edition
tingeltangel

Ein Gebäude verschwindet

In der Chronik des Schwangauer Dorflehrers Alois Left finden sich zwei querformatige Blätter, die ich auf der Umschlaginnenseite einander zugeordnet habe.

Auf das obere hat Left ein Baustellenfoto der »Neuen Burg von Hohenschwangau« aus dem Jahr 1876 geklebt. Die handschriftlichen Anmerkungen mit den Pfeilen beziehen sich zum einen auf ein Nebengebäude des Torbaus, das 1883 in die Pöllatschlucht gestürzt sei, und zum anderen auf einen Felsabbruch 1885.

Auf dem unteren sieht man eine Fotografie aus dem Jahr 1881 und daneben eine Ablichtung des Torbaus, vermutlich um 1873, als dieser gerade fertiggestellt war. Dieses Blatt befand sich, im Gegensatz zu allen anderen der Chronik, nicht in der zeitlichen Reihenfolge eingeordnet, sondern war irgendwo mittendrin lose eingelegt. Wahrscheinlich hat Alois Left dieses Blatt nachträglich angefertigt. Nach den Ausführungen einer Publikation aus den 1970er Jahren gab es in der Left-Chronik außerdem einen Eintrag zum Absturz des Nebengebäudes mit der Datierung 1885. Dieser Eintrag ist in der Chronik leider nicht mehr vorhanden. In meiner Sammlung befindet sich jedoch der Abzug einer Fotografie der Baustelle der »Neuen Burg« aus dem Jahr 1884. Darauf ist das Nebengebäude noch zu sehen.

Hat sich Alois Left bei seinen Anmerkungen zum oberen Foto in den Jahreszahlen getäuscht, weil er sie erst viel später seiner Chronik hinzugefügt hat? Wurde die Öffentlichkeit vielleicht sogar bewusst über das abgestürzte Gebäude im Ungewissen gelassen? Was steckt hinter dessen geheimnisvollem Verschwinden? Und warum hat man es völlig vergessen?

Dieses Rätsel ist der Ausgangspunkt für meine neue Geschichte ...

Umschlaggestaltung (Thomas Endl & Vanessa Richter) unter Verwendung dreier Abbildungen von feel good studio/Fotolia.com (Neuschwanstein), Esther Moreno/Fotolia.com (Kinderkopf und Arm) und Tommy van Kessel/Unsplash (Auge)

Klappengestaltung
Autorenfoto: Thomas Endl, Fotos Left-Chronik: Gemeinde Schwangau / Bearbeitung: Thomas Endl, Umgebungsplan: Frederic Glawe, © Peter Adam (aus Mario Praxmarer und Peter Adam: König Ludwig II. in der Bergeinsamkeit von Bayern und Tirol – Bergresidenzen, Schlösser, Begegnungen, Krise, Tod, Garmisch-Partenkirchen, 2., verbesserte Auflage 2004, Adam-Verlag), Foto Königshaus auf dem Schachen: Sammlung Julius Desing / Verlag Wilhelm Kienberger, Fotos Linderhof, Marokkanisches Haus, Einsiedelei des Gurnemanz, Hundinghütte: Sammlung Jean Louis Schlim

Vignetten: Vanessa Richter

Gedruckt in Europa

Originalausgabe, Zweite Auflage 2023
ISBN 978-3-944936-53-6

© edition tingeltangel, München 2019

Alle Rechte vorbehalten. Das Werk ist in all seinen Teilen urheberrechtlich geschützt. Jede Verwendung außerhalb der engen Grenzen des Urheberrechts ist ohne Zustimmung des Verlags nicht zulässig und strafbar. Das gilt insbesondere für Vervielfältigungen, Übersetzungen und digitale Verarbeitung.

Markus Richter
Ohne Herz
Neuschwanstein-Thriller

Im Dienst der Krone

Lorenz (Lenz) Baumgartner	Kastellan (Verwalter) von Schloss Hohenschwangau und der Neuen Burg Neuschwanstein
Klara Grünspan	Kammerzofe von Königin Marie, der Mutter König Ludwigs II.
Johannes Balthasar Heiland	Soldat des 4. Chevaulegers-Regiments; persönlicher Leibwächter von Prinz Otto, dem Bruder König Ludwigs II. von Bayern
Marianna Rieger	Dienstmädchen im Königshaus auf dem Schachen
Herr Schilling	Agent der bayerischen Geheimpolizei; zuständig für die diskrete Abwicklung von Sonderaufträgen
Paul Lieb und Friedrich Vogelsang	Soldaten des 3. Chevaulegers-Regiments; abkommandiert zum persönlichen Dienst bei König Ludwig II.
Cornelius	Gerüstbauer und Zimmermann aus Schwangau
Karl Hesselschwerdt	Marstallfourier und Vertrauter von König Ludwig II.
Lorenz Mayr	Kammerdiener im persönlichen Dienst bei König Ludwig II.
Franz Dengg	Diener im Königshaus auf dem Schachen
Alfred Reichsgraf Eckbrecht von Dürckheim-Montmartin	Flügeladjutant von König Ludwig II.

Bevor es Nacht wird

Mariannas Schreie hallten von den zerklüfteten Steilwänden zurück und wurden mit jedem weiteren Echo leiser. Angespannt lauschte sie in die langsam eintretende Stille. Je länger diese andauerte, desto schwerer fiel ihr das Atmen. Beklommen rang sie nach Luft. Wo war er nur, ihr Sohn?

Kalter Schweiß stand ihr auf der Stirn. Sie musste ihn finden, bevor die Nacht hereinbrach. Obwohl sie schon völlig heiser war, rief sie ihn wieder und wieder und schrie damit an gegen die schrecklichen Bilder in ihrem Kopf. Zerschmettert sah sie ihren Buben zwischen den Felsen liegen. Seine zarten Arme und Beine blutverschmiert.

»Hansi, wo bist du? So antworte doch«, rief sie erneut aus Leibeskräften und unterdrückte ein Schluchzen.

Sie horchte angestrengt, bis das Echo verstummt war.

Dann nichts mehr.

Wieder nur unheilvolle Stille.

Dabei hatte sich der Bub so auf das Abenteuer in den Bergen gefreut. Je näher der Ausflug gerückt war, desto zappeliger war er geworden. Den kleinen Rucksack hatte sie schon Tage vorher für ihn zusammenpacken müssen. Und ihr aufgeregter Sohn hatte dann beinahe stündlich alles wieder herausgeholt, nur um das rotweiß karierte Kissen, den bunt bemalten Spielzeugsoldaten und die blecherne Trinkflasche in ständig wechselnder Reihenfolge wieder hineinzustopfen.

Schon in aller Früh hatten sie sich von ihrem Haus in der St. Anton-Straße auf den Weg zum Schachenschloss gemacht. Die Gassen von Partenkirchen waren noch menschenleer gewesen.

In der Nähe von Vordergraseck hatten sie die Partnach überquert, und waren dort von der Straße auf einen ausgetretenen Holzfällerpfad gewechselt. Bei trockener Witterung nahm Marianna diese Abkürzung gern, auch wenn der Weg stellenweise nah am Abgrund der Partnachklamm verlief. Sie mochte die senkrechten Wände der Partnachklamm, die über und über mit Moos und Farn bewachsen waren und die von den ersten Sonnenstrahlen in ein leuchtendes Grün getaucht wurden.

Dort, wo sich die Schlucht nur wenige Schritte neben dem Pfad auftat, hatte Marianna die Hand ihres Sohnes instinktiv fester umklammert und ihn zur Hangseite hingeschoben.

Voller Neugier hatte Hansi immer wieder versucht, sich an ihr vorbeizudrücken, um einen Blick in die brodelnde Tiefe zu werfen. Marianna spürte dabei jedes Mal ein unangenehmes Kribbeln im Bauch und sie fing an zu bereuen, diesen Weg gewählt zu haben. Noch dazu mussten sie ständig über frisch geschlagene Baumstämme klettern, die mitten auf dem Weg lagen und die von dort auf der Partnach abwärts getriftet werden sollten.

Als sie die Klamm endlich hinter sich gelassen hatten, fühlte sich Marianna wohler. Sie hatte dem Drängen ihres Sohnes nachgegeben und war mit ihm am flachen Ufer des Wildbachs bis zu dem Punkt gelaufen, wo sich die Felsen zur Schlucht verengten. Dort waren sie auf einen großen Granitblock gestiegen und hatten den Fluten der Partnach, die schäumend im Schlund der Klamm verschwanden, hinterhergeschaut.

Danach hatte Marianna entschieden, über die Kälberhütte aufzusteigen, denn das war eigentlich der schnellste Weg zum Schachen. Anfangs hüpfte Hansi auch noch flink über die Rundhölzer und Wurzeln, die auf dem steilen Stück durch den Wald als Tritte dienten. Er sang fröhlich vor sich hin und ließ seine Mutter weit hinter sich. Doch schon an der ersten Kehre saß er müde auf einem umgestürzten Baumstamm und rieb sich die Waden.

»Wann sind wir endlich da, Mama?«

Und diese Frage wiederholte er dann nach immer kürzeren Abständen. Marianna war ins Grübeln gekommen: War es noch zu früh gewesen, den Buben mit nach oben zu nehmen? Der Aufstieg zum Schachenschloss war nämlich wirklich eine Herausforderung, wenn man nicht, so wie der König, einen »Bergwagen« zur Verfügung hatte. Vielleicht hätte sie doch den bequemeren Reitweg nehmen sollen.

Allerdings wären sie da den Lakaien und Trägern aus den umliegenden Dörfern begegnet, denn die transportierten am gleichen Tag die ersten Fuhren des königlichen Gepäcks zum Schachenhaus. Und Marianna reichte es völlig, diesen Flegeln auf den letzten Metern der Wegstrecke, also erst oben beim Königshaus, in die Arme zu laufen. Deren derbe Sprüche hatte sie nicht schon am frühen Vormittag hören wollen.

Sie rief wieder nach ihm und lauschte.

Nichts.

Sie hätte ihren Buben nicht mitnehmen dürfen, egal auf welchem Weg! Schon bald würde die Sonne untergehen, und Hansi blieb verschwunden.

Ob er zum See hinuntergelaufen war, überlegte Marianna, als ihr Blick auf das Wasser fiel, das von unten zwischen den Bäumen hindurch schimmerte und Marianna daran erinnerte, dass Hansi heute früh vom Anblick des Sees, der unterhalb der Schachenalm in einer Senke lag, so begeistert gewesen war. Als er nach dem mühsamen Aufstieg das in der Sonne glitzernde, smaragdgrüne Wasser entdeckt hatte, wollte er sich von ihrer Hand losreißen und hinunterlaufen.

»Schau, Mama, ein Boot«, hatte er gejauchzt und schien die Strapazen des stundenlangen Aufstiegs völlig vergessen zu haben.

Und sie war so streng mit ihm gewesen. »Du weißt, dass ich erst meine Arbeit machen muss«, hatte sie gesagt. »In ein paar Tagen kommt der König herauf, um hier seinen Geburtstag zu feiern. Da muss alles strahlen und glänzen.«

Sie hatte sich zu ihm hinunter gebeugt und ihm eine feuchte Strähne seiner schwarzen Haare aus der Stirn gestrichen.

»Und du hast versprochen, mir zu helfen. Wenn wir fertig sind, dann gehen wir hinunter und rudern über den See. Versprochen.«

Der See! Mariannas Herz pochte schneller angesichts dieser Möglichkeit. Das war des Rätsels Lösung. Der Frechdachs war ausgebüxt und zum See gelaufen. Es war ihm einfach zu langweilig geworden, Betten zu beziehen, Spinnweben von den Balken zu kehren und das Silberbesteck zu polieren, das die Träger schon heraufgebracht hatten. Womöglich hatte ihn auch die Derbheit der Träger abgeschreckt, die sich gern mit einer lautstarken Partie Watten die Zeit bis zum Abstieg vertrieben. Dabei wurden die Spielkarten mit groben Kommentaren in Richtung Gegenspieler krachend auf die Tischplatten gedroschen und es ging oft reichlich rüde zu.

Marianna hob ihre Rockzipfel, um schneller laufen zu können. Schon bald würde die Spätsommersonne ganz hinter dem Gipfel der Alpspitze verschwinden. Sie musste ihren Sohn unbedingt vor dem Einbruch der Dunkelheit finden!

»Ist er immer noch nicht aufgetaucht, der Rotzlöffel?«

Die Träger und Diener hatten ihr Tagwerk auf der Schachenalpe hinter sich gebracht, waren auf dem Weg nach unten und überholten Marianna ausgerechnet an jener Stelle, an der man zum See hinunterging.

Einer der Männer schaute sie mit einem breiten Grinsen an. Wo bei anderen Menschen die Schneidezähne saßen, klaffte bei ihm eine dunkle Lücke.

»Mit den Lausern hat man nur Ärger! Du solltest ihn finden, bevor es dunkel wird. Sonst fressen ihn noch die Füchse.«

Fassungslos starrte Marianna den Mann an. Er hatte ein ledriges, von der Sonne gegerbtes Gesicht und einen riesigen, blank rasierten

Schädel, der unförmig zwischen den viel zu schmalen Schultern saß und im Abendlicht glänzte.

Eigentlich kannte Marianna die meisten Träger. Das waren in der Regel junge Burschen aus den umliegenden Dörfern, deren Väter schon beim Bau des Königshauses gutes Geld verdient hatten. Sie selber arbeitete seit mehr als fünf Jahren als Dienstmagd auf dem Schachen. Aber diesen groben Menschen hatte sie noch nie gesehen.

»Bitte ... helft mir suchen«, stammelte Marianna trotzdem. Der Mann spuckte vor ihr aus und grinste noch breiter.

»Wir haben Besseres zu tun. Diese Kiste muss heute noch runter zur Wettersteinalpe. Da wird sie morgen wieder vollgepackt.«

Er wies mit dem Kopf in die Richtung des kleinen Trosses, der mittlerweile ein ganzes Stück weitermarschiert war und bald hinter der nächsten Kehre verschwinden würde. Zwei Träger schleppten eine große, hölzerne Transportkiste, in der die Raketen verstaut gewesen waren. Wahrscheinlich sollte darin in den kommenden Tagen das Schwarzpulver für das obligatorische Feuerwerk herauftransportiert werden. Das wurde jedes Mal abgebrannt, wenn König Ludwig auf dem Schachen ankam.

»Viel Glück bei der Suche«, wünschte der Glatzkopf mit einem verächtlichen Unterton und machte auf dem Absatz kehrt.

Marianna lief weiter zum See. So angenehm warm sich der Sommer hier oben den Tag über anfühlte, so empfindlich kalt könnte die Nacht werden. Sie fing an, den Trampelpfad zum Schachensee hinunterzurennen. Immer wieder suchten ihre Augen bang das Ufer und die Wasseroberfläche ab. Der Kahn, der ihrem Buben so gut gefallen hatte, lag festgetäut am Steg und schaukelte sanft hin und her.

Er kann nicht ertrunken sein, beruhigte sie sich immer wieder. Denn für sein Alter konnte er ausgezeichnet schwimmen. Schon von klein auf war sie regelmäßig mit ihm zum Baden gegangen, manchmal sogar in der eiskalten Loisach, damit er es rasch lernte. Bei all den Seen, Tümpeln und Weihern, die es rund um Partenkirchen gab, schien ihr das ratsam.

Sie hastete am Ufer entlang, um seine Anziehsachen zu finden, derer er sich vielleicht noch entledigt hatte, bevor er voller Übermut in den See gesprungen war.

»Hansi«, schrie sie aus Leibeskräften, doch ihre Stimme war vom vielen Rufen schon heiser und kaum noch zu hören. »Wo bist du? Du machst mir solche Angst.«

Die letzten Worte erstickten in einem lauten Aufschluchzen. Tränen strömten über die Wangen. Hätte sie den Buben nur nicht mitgenommen! Andererseits hatte er so lang darum gebettelt, dass sie seinen traurigen Kinderaugen einfach nicht länger hatte widerstehen können. Außerdem wollte sie ihn nicht immer bei ihrer kranken Mutter zurücklassen, wenn sie zum Schachen musste.

Marianna fand keine Spur von seiner Kleidung. Vom Steg aus suchte sie mit Argusaugen den Seegrund ab. Das Abendlicht narrte sie mit allerlei Schatten, doch zum Glück konnte sie dort niemanden ausmachen. Ihr Hansi war nicht am See.

Marianna wischte sich die Tränen aus dem Gesicht und beschloss, wieder zur Schachenalpe hinaufzugehen. Womöglich wartete er ja schon oben auf der Veranda des Küchengebäudes, voller Angst, sie hätte ihn alleingelassen.

Mit jedem Schritt Richtung Königshaus wuchs ihre Hoffnung, den Buben wohlbehalten in ihre Arme schließen zu können. Vielleicht hatten sie sich einfach nur verpasst. Oder Hansi war irgendwo auf einer Wiese eingeschlafen und hatte ihre Rufe nicht gehört.

Die Sonne verschwand hinter dem mächtigen Nordgrat der Alpspitze. Atemlos rannte Marianna am Königshaus vorbei zum Küchengebäude. Schon aus einiger Entfernung konnte sie erkennen, dass niemand auf der Veranda saß.

Sie eilte die Stufen hinauf, riss die Küchentür auf und hoffte, ihn auf der Ofenbank zu finden. Da war er aber auch nicht. Hastig entzündete Marianna alle Lampen, durchsuchte die Kammern des Kochs und der Küchenjungen, schaute unter jedes Bett. Sie brüllte Hansis Namen, lief nach draußen, warf einen ängstlichen Blick in den schummrigen, leeren Stall und in die Remise, wo der Bergwagen des Königs stand. Umsonst.

Voller Sorge lief sie nun zum Königshaus hinauf. Vielleicht hatte er sich ja irgendwo hingelegt und schlief den Schlaf des gerechten, weil hundemüden Gipfelstürmers. Im Königshaus drinnen konnte er nicht sein. Denn noch waren alle Türen und Fensterläden verschlossen. Erst morgen wollte Franz Dengg heraufkommen und aufsperren, damit Marianna auch hier alles auf Hochglanz bringen konnte.

Sie hatte sich so sehr darauf gefreut, ihren Hansi dabei zu beobachten, wie er zum ersten Mal den Türkischen Saal in der oberen Etage betrat: Was für ein Gesicht würde er machen?

Denn als Marianna den Raum zum ersten Mal gesehen hatte, war ihr regelrecht die Spucke weggeblieben, was nicht allzu oft vorkam: Seidenbespannte Diwane, schwere Vorhänge, flauschige Teppiche, emaillierte Vasen mit Pfauenwedeln, goldene Räuchergefäße und prunkvolle Kandelaber umgaben einen plätschernden Springbrunnen mit halbmondförmiger Spitze. Und über diesem orientalischen Märchenzauber, der dank bunter Glasfenster in den leuchtendsten Farben schimmerte, wölbte sich eine himmelblaue Zimmerdecke, die mit goldenen Sternen verziert war.

Der Franz hatte damals ausprobiert, ob der Brunnen funktionierte, und Marianna dazugerufen. Als er ihren Gesichtsausdruck gesehen hatte, konnte er gar nicht mehr aufhören zu lachen. Den Franz hätte sie jetzt dringend an ihrer Seite gebraucht. Er würde ihr beim Suchen helfen.

So wie früher, wenn sie zusammen mit dem Schorschi die Wälder rund um Partenkirchen erkundet hatten. Nicht, dass sie viel Zeit zum Spielen gehabt hätten. Aber wenn, dann waren der Franz, der Schorschi Grieser aus der Bad Gasse und sie unzertrennlich gewesen. Der Schorschi wollte immer der Chef ihrer Rasselbande sein und beschützte sie wie ein großer Bruder – obwohl Marianna drei Jahre älter war als er und viel kräftiger. Die anderen Kinder hatten sie immer aufgezogen und behauptet, er sei in Marianna verliebt, weswegen er eine Rauferei nach der anderen vom Zaun gebrochen hatte. Kurz vor seinem zwanzigsten Geburtstag war der Schorschi plötzlich verschwunden, dreizehn Jahre war das jetzt her.

Sie stöhnte laut. Nachdem Marianna das hölzerne Königshaus mehrfach umrundet und unter den Vordächern der aufgesetzten Veranden und Balkone erfolglos nach Hansi geschaut hatte, verlor sie allen Mut. Ihr Sohn blieb verschwunden. Furchtbare Bilder davon, wie ihr kleiner Sohn hilflos und ganz allein irgendwo zwischen den Felsen lag, quälten sie und umklammerten ihr Herz mit kaltem Griff.

Als es fast schon völlig dunkel war, schleppte sich Marianna mit hängenden Schultern hinunter zum Küchengebäude. Hinter den kleinen Fensterscheiben flackerten die Lichter in der Stube, wie ein Hoffnungsschimmer in der Dunkelheit. Ein winziger Leuchtturm inmitten des tödlichen Steinmeers des Wettersteingebirges, in der ihr Bub verschollen blieb. Marianna öffnete die Küchentür, die ihr schwer wie Blei vorkam und trat ein. Sie setzte sich in der Stube neben der Küche auf die knarzende Eckbank – an den Tisch, an dem die Bediensteten ihre Mahlzeiten einnahmen. Hier hatte sie heute mit ihrem Hansi Brotzeit machen wollen.

Jetzt erst entdeckte sie Hansis Rucksack am anderen Ende der Eckbank. Sie stutzte, denn den hatte sie doch auf Hansis Nachtlager im Schlaftrakt gelegt. Hastig nahm sie ihn und öffnete die Riemen. Das rotweiß karierte Kissen und die Trinkflasche waren noch da. Der Spielzeugsoldat fehlte. Marianna wollte den Rucksack schon wieder zumachen, als ihr etwas Merkwürdiges auffiel: Zwischen Kissen und Trinkflasche spitzte eine weiße Ecke Papier hervor. Sie griff danach und zog einen Brief aus dem Rucksack. *Wie kommt der da rein?*, wunderte sie sich. Sie beugte sich über das leicht vergilbte Kuvert. Es war an »Marianna Rieger« adressiert.

Mit zitternden Fingern öffnete sie den Umschlag.

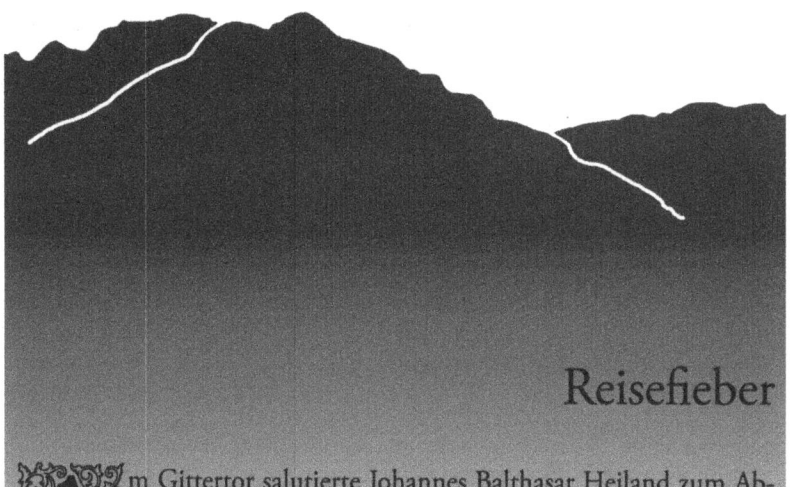

Reisefieber

Am Gittertor salutierte Johannes Balthasar Heiland zum Abschied. Sein erster Urlaub seit vier Jahren! Die weißen Hosen der beiden Torwachen leuchteten in der morgendlichen Augustsonne. Sie wurden nur vom Glanz des geschwungenen »L« übertrumpft, das golden auf dem schwarzen Grund der Helme prangte – das Monogramm von Prinz Ottos Bruder, König Ludwig II. Im Gegensatz zu Heiland, der Chevauleger, also ein Soldat der leichten Reiterei war, trugen sie blaue Überröcke mit roten Epauletten auf den Schultern. Auch die grünen Überröcke der Chevaulegers zierten rote Epauletten. Doch auf denen der Torwachen war zusätzlich eine goldene Königskrone eingestickt.

Heiland zupfte kurz am Ärmel seiner dunkelgrünen Ausgehuniform. Vor vier Jahren, als er sie zum letzten Mal getragen hatte, war sie noch nicht so eng gewesen.

Entschlossen wandte er sich vom Schloss Fürstenried ab und marschierte Richtung Augustinerstraße.

»Heil, Heiland«, hörte er Müller und Lohmayr, die beiden Wachposten hinter sich grölen. Ihr Spott kam nicht von ungefähr, denn die Chevaulegers galten als Trumpf jeder Armee und hielten sich für etwas Besseres als die einfachen Fußsoldaten. Trotzdem stand es den beiden Burschen nicht zu, sich über ihn lustig zu machen, selbst wenn Heiland schon seit zehn Jahren nicht mehr auf dem Rücken eines Pferdes gesessen hatte.

Er wachte über den geistig zerrütteten Prinzen Otto, dem er im Frankreichfeldzug das Leben gerettet hatte. Es war Heiland unangenehm gewesen, zur Belohnung für eine Heldentat, die er nur als soldatische Pflicht betrachtet hatte, von König Ludwig als persönlicher Leibwächter für Otto eingesetzt zu werden. Aber diese Ehre hatte er natürlich nicht ablehnen können.

Nach dem Krieg von 1870/71 hatte sich Ottos Verfassung dramatisch verschlechtert. Anfangs rechnete man mit einer Genesung, sobald die Erlebnisse des Krieges verblasst sein würden. Doch schon bald schwand jede Hoffnung. Angstzustände und Krampfanfälle suchten den Prinzen in regelmäßigen Abständen heim. Als er sich während eines Hochamtes in der gut besuchten Frauenkirche auf die Stufen des Altares warf, um vor der erstaunten Menschenmenge um Vergebung seiner Sünden zu bitten, entschloss sich die königliche Familie, den Prinzen nicht mehr in die Öffentlichkeit zu lassen. Manchmal hatte er seinen Geburtstag noch in den Bergen gefeiert oder seine Mutter im Schloss Hohenschwangau besucht. Doch sein Zustand verschlechterte sich monatlich. Und nun wohnte er in Fürstenried und hatte kaum noch gute Tage. Seine aggressiven Ausbrüche steigerten sich. Außerdem plagten ihn immer beängstigendere Halluzinationen.

Heiland schmerzte es, den Verfall des fast gleichaltrigen Prinzen hautnah miterleben zu müssen. Dabei ähnelte Heilands Alltag eher dem einer uniformierten Gouvernante als dem eines Leibwächters. Er spielte Karten mit dem alt gewordenen Prinzen, ging im Park spazieren und kegelte mit ihm in der mit zahlreichen Hirschgeweihen dekorierten schlosseigenen Bahn. Oder er half den Pflegern, indem er den Prinzen überzeugte, sich morgens von ihnen anziehen zu lassen. Weil König Ludwig II. aber jede Form körperlicher Gewaltanwendung gegen seinen Bruder verboten hatte, gab es Tage, an denen Prinz Otto seinen Pyjama bis zum Schlafengehen nicht auszog.

Es gefiel Heiland, die bedrückende Atmosphäre in Fürstenried nun für zwei Wochen hinter sich lassen zu können. Und er freute sich darauf, Lenz Baumgartner, den Kastellan von Hohenschwangau, zu besuchen. Zusammen mit ihm und der Dienstmagd Klara hatte er vor einigen Jahren einen handfesten Skandal, womöglich sogar den Ausbruch eines Aufstandes in Bayern verhindert. Dabei hatten sie alle ihr Leben riskiert, damit brisante Unterlagen nicht in die falschen Hände gelangten. Sie hatten schwören müssen, niemals mit einer Menschenseele über die Geschehnisse zu sprechen. Doch seither pflegte er einen regen Briefkontakt mit Lenz und jetzt würden sie sich endlich wiedersehen.

Johannes Balthasar Heiland wandte Müller und Lohmayr den Rücken zu und begann durch die Lindenallee zu schlendern, seinen Reisesack über der linken Schulter und die Türme der Münchner Frauenkirche vor Augen. Irgendwann blieb er stehen und nestelte in seiner Jackentasche nach dem Päckchen Zigaretten, besann sich dann aber eines Besseren. Rauchen war für ihn eher Zeitvertreib, nicht Genuss. Schließlich mussten die endlosen Stunden des Wartens ja irgendwie gefüllt werden. Außerdem rauchte er nur, weil es seine Kameraden auch taten, ebenso wie die königliche Hoheit, mit der er so viele Stunden verbrachte.

Heiland zog die Zigaretten aus der Tasche und stopfte sie ganz tief in seinen Reisesack. Er nahm sich vor, sie spätestens am Bahnhof wegzuwerfen. Er schaute ein letztes Mal zum Schloss, um dann zügig voranzuschreiten, in der Hoffnung, von einem Fuhrwerk mitgenommen zu werden. Andernfalls würde er geschlagene zwei Stunden Fußweg bis zum Münchner Hauptbahnhof vor sich haben.

Es war Freitagmittag geworden, bis sie endlich zum Aufbruch bereit waren. Drei Tage und drei Nächte hatten sie auf dem Tegelberg verbracht. Jetzt räumten die Bediensteten Paul Lieb und Friedrich Vogelsang alles für den Umzug ins Tal zusammen. Der König wollte zurück nach Schloss Hohenschwangau, von dort aus bei der Neuen Burg vorbeischauen und spätestens gegen zehn Uhr abends nach Linderhof weiterfahren.

Der Marstallfourier Karl Hesselschwerdt hatte ihnen hinter vorgehaltener Hand zugeflüstert, der König wolle dem »Oberst des 3. Infanterieregiments« aus dem Weg gehen. So nannte Ludwig II. seine

Mutter, wenn er Differenzen mit ihr hatte. Die Königinmutter plante, ihre Zelte am Samstagabend in Hohenschwangau aufzuschlagen.

Paul Lieb konnte Hesselschwerdt nicht leiden, seit der versuchte, sich die Position von Stallmeister Richard Hornig als engstem Vertrauten des Königs unter den Nagel zu reißen, um damit quasi zum Privatsekretär von Ludwig II. aufzusteigen.

»Der Karl meint wohl, er ist was Besseres«, raunte ihm Friedrich ins Ohr.

Sie schlossen den Deckel der letzten Packtruhe mit den Bettlaken und Kissenbezügen. Friedrich Vogelsang war sein bester Kamerad. Sie beide waren von Richard Hornig in den Dienst beim König geholt worden. Das war jetzt ungefähr zwei Jahre her. Seitdem hatte sich einiges verändert.

»Geht das nicht schneller?«, rief Hesselschwerdt zu ihnen ins Jagdhaus hinein und zurrte eine Satteltasche fest. Als einer der wichtigsten Männer der königlichen Hofhaltung beaufsichtigte Hesselschwerdt, wie die Pferde vor dem Jagdhaus am Tegelberg bepackt wurden. »Etwas mehr Tempo!«, kommandierte er.

Der König war schon mit seinem Kammerdiener Lorenz Mayr vorausgeritten, um auf halber Strecke, an der Ahornhütte, wo der Weg breiter wurde, den Pferderücken gegen seinen einspännigen Bergwagen einzutauschen.

»Der Hesselschwerdt hat bloß Angst, dass er was verpasst, wenn der Mayr mit Seiner Majestät allein ist«, spottete Friedrich leise und hob die Truhe an. Paul packte den anderen Griff, dann gingen sie seitlich durch die schmale Hüttentür hinaus ins Freie. Paul blieb keine Zeit, die majestätische Aussicht über die Tannheimer Gipfel im Westen und die saftig grünen Flussauen des Lechs im Norden zu genießen. Denn Hesselschwerdt drängte sie zum Reitweg.

»Lasst den Kutscher nicht warten. Er muss vor Anbruch der Dunkelheit wieder im Schloss sein, um den großen Wagen für die Abreise nach Linderhof fertig zu machen«, schnauzte er sie an und stieg auf seinen voll bepackten Wallach.

»Das hätte es beim Richard nicht gegeben. Wir sind Soldaten, keine Packesel!«, beklagte sich Paul leise.

Ohne die beiden weiter zu beachten, ritt Karl Hesselschwerdt los, an der kleinen Gesindehütte vorbei, die unweit des Jagdhauses stand.

»Wir sind ja gleich unten, dann sind wir das schwere Trumm los«, tröstete Friedrich seinen Freund.

An der Ahornhütte luden sie die Truhe auf einen Fourgon, einen Packwagen.

»Lass uns noch eine Pris' nehmen«, schlug Paul vor. Er zog eine silberne Schnupftabakdose aus der Hosentasche.

Ohne Zögern streckte Friedrich ihm seinen Handrücken entgegen.

»Bloß nicht so sparsam, Bürscherl.«

»Immer langsam, die ist fast leer. Wir haben in den letzten Tagen geschnupft wie die Appenzeller«, bremste Paul.

Trotzdem streute er seinem Freund eine ordentliche Prise auf die Mulde zwischen Daumen und Zeigefinger.

»Wohl bekomm's. Auf den Richard! Die Dose hab ich von ihm geschenkt bekommen.«

Friedrich teilte das Häuflein, sog den Schnupftabak in beide Nasenlöcher ein, kräuselte die Nasenflügel, riss die Augen weit auf und nieste so laut, dass es Paul vorkam, als würde ein mehrfaches Echo zwischen den Gipfeln des Branderschrofens und des Straußberges hin und her geworfen werden.

Vor ein paar Tagen hatten Paul und Friedrich eine Schimpftirade mitbekommen, die aus dem Arbeitszimmer des Königs deutlich zu hören gewesen war. Offensichtlich hatte Richard Hornig seinem Herrn geschrieben, dass die Termine für den Umbau des Schlafzimmers in Linderhof und die Fertigstellung des Hubertus-Pavillons in der Nähe von Linderhof nicht eingehalten werden könnten. Denn die königliche Kasse sei leer, und die Unternehmer weigerten sich, weiter in Vorleistung zu gehen.

Osterholzer, einer der Leibkutscher des Königs, hatte ihnen dann später erzählt, dass der König den Hornig deshalb nicht mehr sehen wollte und über dessen Versetzung nachdachte.

Schon kurz nach ihrem Dienstantritt waren sie ungewollt Zeugen einer Auseinandersetzung zwischen dem König und Hornig geworden. Bei einer Baustellenbesichtigung des Neuen Schlosses auf der Herreninsel folgten sie den beiden in gebührendem Abstand. Plötzlich fing der König an, mit seinem Regenschirm so heftig auf den Stuck eines unfertigen Treppenhauses einzudreschen, dass die Verzierungen zu Bruch gingen.

»Alles Schwindel! Ich wollte echten Marmor, keinen Gips«, brüllte er Hornig an und trampelte wütend auf den Bruchstücken herum. Friedrich und Paul hatten sich umgehend in eines der hinteren Zimmer zurückgezogen und den Rest der Szene nicht mehr mitbekommen. Als sie abends im Alten Schloss ihre Posten im Vorzimmer bezogen, weihte Hornig sie in die Hintergründe ein: Um die königliche Kabinettskasse war es schon lange schlecht bestellt. Deshalb wurde gespart, wo es nur ging. Oder die Arbeiten verzögerten sich. Und der König machte seinen Stallmeister für die finanzielle Misere verantwortlich.

Danach hielten sie Osterholzers Einschätzung zum Abgang von Hornig für realistisch. Paul bedauerte die sich anbahnende Entscheidung des Königs von ganzem Herzen. Denn Richard Hornig hatte ihn vor einer Versetzung nach Aschaffenburg bewahrt, wohin er als eingefleischter Oberbayer auf gar keinen Fall wollte. Außerdem hatte Hornig ermöglicht, dass Paul gemeinsam mit seinem Kameraden Friedrich an den Hof Ludwigs II. berufen wurde. Dafür war Paul dem Stallmeister zutiefst dankbar. Dass man die königlichen Lakaien immer öfter bei der Armee rekrutierte, weil man angeblich kein reguläres Personal für den Dienst beim König mehr fand, spielte für Friedrich keine Rolle.

Hornig erklärte ihnen, dass der König Anschläge auf sein Leben fürchte und sich deshalb mit Soldaten als Lakaien umgab. Allerdings war der Dienst kein Zuckerschlecken. Denn Ludwig II. reiste von einem Schloss zum anderen, wechselte zwischen abgelegenen Berghütten hin und her und hatte seine Geschäftigkeit komplett in die Nacht verlegt. Manchmal fiel es Paul schwer, seine Augen offen zu halten. Stundenlang musste er zu nachtschlafender Zeit vor den Räumen des Königs warten, während der in Baupläne oder in eine Lektüre vertieft war. Richard Hornig hatte schützend seine Hand über die einfache Mannschaft gehalten. Hesselschwerdt dagegen kümmerte sich nicht um ihre Befindlichkeiten. Er versuchte, sich auf Teufel komm raus beim König einzuschmeicheln. Das regte Paul Lieb noch mehr auf als die geplante vollständige Entfernung von Richard Hornig aus dem Umkreis des Königs.

»Auf geht's«, rief er Friedrich zu, fuhr mit dem Handrücken über seinen dünnen, hellblonden Oberlippenbart und steckte die Schnupftabakdose wieder in die Hosentasche zurück. Er fasste nach dem Griff der Truhe. »Im Gegensatz zum Schachen wird das ja eher ein Spaziergang. Hoffentlich haben die anderen das ganze Zeug schon oben, bis wir angekommen sind.«

»Es ist ja noch Zeit bis Montag. Da sollten sie das meiste geschafft haben«, erwiderte Friedrich und packte auch zu.

»Täusche ich mich oder werden die Abstände zwischen den Quartierwechseln in letzter Zeit kürzer?«

Paul zuckte mit den Schultern. »Mich wundert gar nichts mehr.«

Sie wuchteten die Truhe gemeinsam in die Höhe und stiegen, ohne ein weiteres Wort zu wechseln, zur Ahornhütte ab.

Lenz, der Kastellan in Hohenschwangau, kümmerte sich außer um das Alte Schloss auch um die Neue Burg. Die wuchs seit gut sechzehn Jahren gegenüber des Alten Schlosses in die Höhe. Er war also gerade einmal zwölf Jahre alt gewesen, als mit dem Bau begonnen worden war. Der Neubau spielte eigentlich schon fast sein ganzes Leben eine wichtige Rolle, nicht zuletzt, weil sein Vater dort bis zu seinem überraschenden Tod vor ein paar Jahren als Bauarbeiter tätig gewesen war.

Dorthin war er jetzt unterwegs, weil der König einen überraschenden Besuch angekündigt hatte.

»Er will sich heute Nacht nochmal den Thronsaal anschauen«, hatte Hesselschwerdt zu Lenz gesagt. »Warte in der Nähe des Telefonapparats, damit ich dir rechtzeitig Bescheid geben kann. Beeile dich mit dem Anzünden der Kerzen. Außer die Maler sind noch am Werk, dann müsste es ja ausreichend Licht geben. Du musst sie aber alle wegschicken, sobald der Apparat klingelt.«

Lenz war schon gespannt, was Hauschild sagen würde, wenn er von der überraschenden Stippvisite des Bauherrn erfuhr.

Es war noch nicht lange her, da hatte Ludwig II. zwei Wochen probehalber im Palas, dem Hauptgebäude der Neuen Burg gewohnt. In dieser Zeit mussten alle Arbeiten ruhen. Und Hauschild, der Maler, hatte sich beschwert, weil er sowieso schon hinter dem Zeitplan lag und ständig vom König gedrängt wurde, schneller zu arbeiten. Um die Vorgaben des Auftraggebers wenigstens ansatzweise zu erfüllen, blieb ihm und seinen Gehilfen nichts anderes übrig, als Tag und Nacht zu arbeiten.

Lenz konnte sich lebhaft vorstellen, wie der bärtige Künstler seinen Pinsel in die Ecke schleudern und missmutig davonstapfen würde, wenn der Telefonapparat im Raum neben dem Thronsaal läutete, um den heutigen Besuch des Königs anzukündigen.

Lenz sperrte das große Portal auf und sagte bei der Torwache Bescheid. Die Wachstube war immer noch die gleiche wie damals, als er, der blutjunge Kastellansgehilfe, zum ersten Mal auf Johannes Balthasar Heiland getroffen war.

Er hatte sich bei ihm melden sollen, um den Aufenthalt des Königs in der kleinen Wohnung im Dachgeschoss des Torbaus vorzubereiten. »Bei Tag und bei Nacht die Treue stets wacht« mahnte die Inschrift über dem kleinen Portal, hinter dem die Wachsoldaten ihren Aufenthaltsraum hatten. Jedes Mal, wenn er daran vorbei lief, musste er unweigerlich an Heiland denken. Lenz durchquerte den Burghof und steuerte auf die Freitreppe zum oberen Hof zu. Auch hier übermannte ihn die Erinnerung an die Ereignisse von damals. Er dachte an das geheime Verlies im Keller des Torbaus. Dort unten wäre der angeschossene Heiland beinahe verblutet, wenn ihm Klara nicht geholfen hätte.

Beim Gedanken an Klara wurde Lenz traurig. In Windeseile stürmte er die breiten Stufen der Treppe hinauf, in der Hoffnung, den Geistern der Vergangenheit zu entkommen. Wie immer, wenn er die Treppe benutzte, versuchte er die Marienbrücke zu ignorieren, die sich über die Pöllatschlucht spannte. Die abenteuerliche Eisenkonstruktion zog jeden in Bann, der die Stufen zum oberen Hof hinaufstieg. Der

Wasserfall in der Pöllatschlucht führte jetzt nur wenig Wasser, weil es wegen einer spätsommerlichen Hitzewelle schon lang nicht mehr geregnet hatte. Das war im Frühjahr vor zehn Jahren ganz anders gewesen. Zu jener Zeit rauschten wegen der einsetzenden Schneeschmelze gewaltige Wassermassen ins Tal.

Lenz legte nochmals einen Zahn zu. Angesichts der schwindelnden Höhe wurde ihm übel. Dazu trugen auch die Erinnerungen an Klara bei. Er war unsterblich in Klara verliebt gewesen. Jetzt sprintete Lenz quer über den Hof, vorbei an den zwei kleinen Bauhütten und den Schienen für die Materialwagen. Als er die zweite Freitreppe erreichte, die zum Eingang des Palas hinaufführte, wurde er langsamer. Lenz blieb kurz stehen, um durchzuatmen.

Inzwischen gewann die Dämmerung langsam die Oberhand. Die Berggipfel rund um die Neue Burg glühten hellrot und die Burgmauern tauschten ihren weißen Glanz gegen ein rötliches Schimmern ein.

Lenz musste noch die Freitreppe hoch, dann durch den langen Korridor mit dem Holzplankenboden und an den Dienerschaftsräumen vorbei bis zur großen Wendeltreppe. Über diese Stiege kam man in den dritten Stock. Vor knapp einem Jahr hatte der König erstmals seine Räume im Palast bewohnt. Seither arbeitete man mit Hochdruck am Thronsaal, damit dort mit den Wandgemälden begonnen werden konnte.

Lenz bewunderte die Künstler. Wilhelm Hauschild, der mit einer Handvoll Hilfsmalern die kahlen Wände der Neuen Burg mit buntem Leben schmückte, war nur einer von ihnen. Teilweise arbeiteten sie im Liegen auf klapprigen Holzgerüsten. Sie mussten immer wieder herabsteigen, um ihre Arbeit aus der Ferne begutachten zu können.

Die Gedanken an die Künstler wurden durch die Erwartung von Heilands Besuch verdrängt. Er hatte den Soldaten seit damals nicht mehr gesehen. Es fühlte sich an, als käme ein alter Freund zu Besuch. Sie schrieben sich regelmäßig Briefe, nicht nur zu Geburtstagen oder an Weihnachten, und berichteten einander von allen möglichen Ereignissen. Sie tauschten auch ihre persönlichsten Gedanken aus. Lenz wusste von Heilands Sorge wegen der Verschlechterung von Prinz

Ottos Gesundheitszustand. Er kannte Heilands Ängste, als einsamer Mann zu sterben, weil sich sein ganzes Leben ausschließlich an der Seite des kranken Prinzen abspielte. Und er wusste, dass Heiland das ewige Warten vor einer verschlossenen Zimmertür mürbe machte. Es hatte zehn Jahre gedauert, bis sie ihr Wiedersehen in die Tat umsetzten. Lenz konnte sich gar nicht mehr daran erinnern, wer von beiden die Idee gehabt hatte. Heute Abend war es nun aber endlich soweit. Sie würden sich bei seiner Mutter treffen, die in Füssen wohnte. Bei ihr konnte Heiland für die nächsten Tage ein Zimmer beziehen.

Doch die unvorhergesehene Stippvisite des Königs in der Neuen Burg wirbelte seine diesbezüglichen Pläne gehörig durcheinander. Heiland und er würden sich wohl erst spät in der Nacht sehen können. Oder morgen beim Frühstück. Der Soldat war nach der langen Reise bestimmt hundemüde und würde nicht ewig auf ihn warten. Lenz konnte nicht genau sagen, ob er sich auf das Wiedersehen freute oder ob ihm eher mulmig war. Er fürchtete, dass ihn seine Gefühle übermannen würden. Es war viel passiert seit ihrer letzten Begegnung.

Als Lenz die Wendeltreppe im großen Turm betrat, hörte er Stimmen von oben. Sie wurden von Stufe zu Stufe lauter. Die Künstler waren also noch am Werk. Durch die halbrunden Bleiglasfenster des Turms sah er die letzten Strahlen der untergehenden Sonne. Die Wiesen und bewaldeten Hügel rundum leuchteten an dem Spätsommertag ein letztes Mal in einem kräftigen Grün auf. In den kunstvoll verzierten eisernen Laternen, die in regelmäßigen Abständen an der Mittelsäule der Treppe angebracht waren, flackerten dicke Kerzen. Die Maler hatten also bereits für Licht gesorgt. Normalerweise blieb Lenz gern im Treppenhaus stehen, um die Lampen genauer zu betrachten. Jede war ähnlich gearbeitet und mit einer langen Kette versehen, an der sie hoch- und runtergezogen werden konnte. Besonders hübsch waren die schmiedeeisernen Wandhalterungen, die kunstvoll gearbeitete Drachenwesen darstellten. Heute hatte Lenz allerdings keine Zeit, die Laternen zu bewundern. Denn er hörte schon auf halbem Weg die Glocke des Telefonapparats läuten. Im selben Moment erstarben die Stimmen. Lenz beeilte sich und nahm zwei Stufen auf einmal. Jetzt musste er schnell sein. Sonst würde Hauschild ob des Klingelns die Fassung verlieren und Karl Hesselschwerdt wieder einen Grund haben, Lenz zur Minna zu machen. Er verdrängte Heilands Besuch, um ja keine Zeit zu verlieren.

Die Angst ist ein unliebsamer Begleiter

Seit Marianna den Brief gelesen hatte, fühlte sie sich völlig hilflos.

»Wo bleibt mein Tuch?«, fragte Franz Dengg.

Sie stand regungslos vor dem Herd und starrte wie hypnotisiert in den Topf mit der dampfenden Kartoffelsuppe.

»Marianna, mein Tuch«, rief er nochmals.

Seine Worte drangen wie durch Watte gedämpft an ihr Ohr. Sie wollte sich bewegen, schaffte es aber nicht. Erst als ihr der Franz von hinten auf die Schulter tippte, wich die Steifheit aus ihren Gliedern.

»Entschuldige, ich hol dir sofort dein Tuch«, murmelte sie.

Er war am frühen Morgen mit einem großen Fass Bier auf der Rückenkraxe über das Oberreintal aufgestiegen und hatte den Schachen gegen Mittag erreicht. Die Strapazen merkte Marianna dem hageren

Burschen mit dem Vollbart aber kaum an. Wie immer war er schnurstracks zum Brunnen neben der Alm gelaufen, hatte sich mit beiden Händen das eiskalte Wasser ins verschwitzte Gesicht geklatscht, und unter normalen Umständen hätte ihm Marianna dann ein frisches Tuch zum Abtrocknen entgegengestreckt. Das war in den vergangenen Jahren fast schon ein Ritual geworden.

»Ich bin gleich da«, sagte sie, sah den Franz aber nicht an. Denn sie fürchtete, gleich in Tränen auszubrechen.

»Ich hab geschwitzt wie ein Ochs«, brummte Franz.

Er stellte seinen mannshohen Hirtenstock neben den Herd und fragte: »Hast du den Hansi gesehen? Der saust bestimmt noch draußen rum, oder? Bei dem herrlichen Wetter.«

Marianna biss sich auf die Lippen, blieb eine Antwort schuldig und stürmte stattdessen in die Kammer nebenan, um ein Tuch aus dem Wäscheschrank zu holen. Sie hoffte, währenddessen ihre Fassung wiederzufinden.

»Ich nehm' mir einen Teller Suppe«, rief Franz aus der Küche.

»Wie lange bleibst du da?«, versuchte sie ihn von seiner Frage abzulenken.

»Ich dreh nur noch das Wasser im Schloss auf«, sagte er, kaum verständlich, zwischen zwei Löffeln Suppe. »Der Hansi kann mir ja helfen.«

Sie schlug die Hände vor dem Gesicht zusammen, zog dann eines der blütenweißen Tücher aus dem Schrank und holte tief Luft.

»Der Hansi ist zu Hause geblieben«, rief sie in die Küche. »Er hat Fieber«, log sie mit brüchiger Stimme.

Franz reagierte nicht. Aus der Küche drang nur lautes Schlürfen und Löffelgeklapper. *Jetzt sag was*, dachte Marianna. Bestimmt wusste der Franz von den anderen Trägern, dass sie gestern mit dem Hansi hier heroben gewesen war. Das Lügen fiel ihr von jeher schwer. Es war schon immer furchtbar für sie gewesen, dass sie wegen Hansis leiblichem Vater schwindeln musste. Weil sie den Mann nicht heiraten konnte, hatte ihre Familie einem Besenmacher das kleine Vermögen von zwanzig Goldmark gezahlt, damit er sich als Vater des Buben ins

Geburtenregister eintragen ließ. Mariannas Vater reiste mit ihr sogar nach München, damit der Eintrag im Standesamt der Hauptstadt rechtswirksam beglaubigt wurde. Der Besenmacher dachte allerdings gar nicht daran, in die ihm zugewiesene Rolle zu schlüpfen, und haute das schöne Geld auf den Kopf. Die Eltern verbreiteten im Dorf das Gerücht, er habe Marianna verlassen, weil er nicht für sie und das Kind sorgen wollte. So stand sie als geschwängerte und verlassene Frau da. Viele Nächte hatte sie wegen dieser Geschichte wachgelegen, und nun hatten Unholde ihr auch noch das Kind geraubt.

Sie reichte Franz das Tuch. Der tupfte sich das Gesicht ab und verließ dabei die Hütte, wohl um zum Schloss hinaufzugehen. Marianna spülte in der Zwischenzeit ab, setzte sich erschöpft auf die Eckbank und suchte mit angehaltenem Atem nach der kleinen Ampulle, die sie in der Tasche ihrer weißen Schürze wusste. Sie zog das gläserne Fläschchen so vorsichtig heraus, als handle es sich um ein rohes Ei, hielt es sich vor die Augen und fixierte die darin eingeschlossene Flüssigkeit. Ungläubigkeit, Angst und Übelkeit stiegen in ihr auf.

Sie starrte dermaßen gebannt auf die Ampulle, dass sie erst im letzten Moment hörte, wie jemand die Küchentür öffnete. Es gelang ihr gerade noch, ihre Hand samt Ampulle unter ihrer Schürze verschwinden zu lassen. Schon wieder der Franz! Auch wenn sie ihn mochte und sie sich früher um ihn gekümmert hatte, als er noch ein kleiner Bub gewesen war, wünschte sie sich jetzt, dass er endlich verschwinden würde.

»Fehlt dir was? Du bist so blass um die Nase«, fragte der Franz, und schob – ohne auf eine Antwort zu warten – hinterher: »Kannst du mir bitte den Stock geben?«

Marianna rutschte auf der Bank in die Zimmerecke, griff nach dem Hirtenstock und war sorgsam darauf bedacht, die Ampulle, die sie noch immer vorsichtig in der Hand hielt, ja nicht fallenzulassen. Sie schwitzte.

»Ich lass' dich jetzt allein. Wir sehen uns morgen Abend wieder. Dann bring ich mit den anderen die Getränke herauf«, sagte er. »Denn der Herr selbst ist ja erst für den Montag angekündigt.«

Mit »der Herr« meinte Franz den König. Marianna stand auf, um Franz den Stock zu reichen, und spürte, wie ihr die Knie weich wurden. Sie hielt ihm den Hirtenstock hin, und er riss ihn ihr so ungestüm aus der Hand, dass sie ins Schwanken kam und reflexartig die Hand mit der Ampulle unter der Schürze hervorzog, um sich abzustützen. Schon spürte sie die brennende Flüssigkeit in ihrer Handfläche. *Das war's,* schoss es ihr durch den Kopf.

»Hoffentlich geht's dir morgen besser«, sagte Franz. Er bemühte sich, besorgt zu klingen, und zwinkerte ihr aufmunternd zu: »Gute Nacht.«

Beim Rausgehen schnappte er sich die leere Kraxe auf der Veranda und verschwand viel zu langsam aus ihrem Sichtfeld.

Ängstlich stierte Marianna auf ihre geschlossene Faust. Sie wagte es nicht, die Umklammerung zu lösen.

Das ist der Lohn für meine Sünden, hämmerte es in ihrem Kopf. Irgendwann musste sie der liebe Gott zur Rechenschaft ziehen. Millimeterweise öffnete sie die Faust. Die Ampulle war überhaupt nicht zerbrochen, sondern nach wie vor ganz. Marianna hatte ihren eigenen Handschweiß für die ausgelaufene, giftige Substanz gehalten.

Sie setzte sich wieder auf die Eckbank, legte die Ampulle behutsam auf den Tisch und zog aus der anderen Schürzentasche den Brief heraus. Ehrfürchtig glättete sie das zerknitterte Papier. Rechts oben prangte ein Tintenfleck. Marianna las die erste Zeile. Ihre Augen füllten sich mit Tränen.

»Wir haben deinen Sohn! Wenn du ihn unversehrt wieder möchtest, befolge die Anweisungen ...«

Marianna konnte nicht weiterlesen. Ihre Tränen tropften auf das Papier. Sie legte den Brief zur Seite, zog ein Büschel schwarzer Haare aus dem Umschlag und roch daran. Es waren eindeutig die von ihrem Sohn. Der Gedanke, wie viel Angst er jetzt gerade haben musste, brachte sie beinahe um den Verstand.

Jede Nacht wurde Max Schöffl vom selben Albtraum heimgesucht. Und jedes Mal erstickte er von Neuem. Er lag auf dem Rücken, starrte in den blauen Himmel und spürte, wie ihm der kalte Schlamm über die Stirn in Augen und Nase lief. Zu keiner Bewegung fähig, musste er erdulden, wie die zähe Masse seinen

Mundraum füllte und dann seinen Rachen hinabrann. Das strahlende Blau des Himmels wurde von bräunlichen Schlieren durchzogen. Der Schlamm verstopfte seine Luftröhre. Er spürte einen unbändigen Brechreiz, wollte den erdigen Brei ausspucken. Stattdessen rutschte der immer weiter hinunter. Der Himmel verfinsterte sich. Schließlich blieb ihm die Luft weg. Mund und Nase fühlten sich so zu an, als säße jemand auf seinem Gesicht. Max Schöffl wusste, dass er dabei war, bei vollem Bewusstsein zu ersticken. Manchmal wachte er genau in diesem Moment schweißgebadet auf. Hin und wieder glaubte er sogar im Traum, nicht mehr aufwachen zu können. Das fand er jedes Mal aufs Neue schockierend. Wenn er Glück hatte, schreckten die Schreie seine Mutter hoch, die ihn dann voller Mitgefühl aufweckte. Trotzdem dauerte es stets eine Weile, bis ihm bewusst wurde, dass das alles nur ein Traum gewesen war. Das Gefühl der Hilflosigkeit begleitete ihn bis in die Morgenstunden. An Schlaf war nicht mehr zu denken.

Max war eines von sieben Kindern der Familie Schöffl. Neben den Eltern, zwei Brüdern und vier Schwestern lebte auch eine Großmutter in dem Haus in Horn bei Füssen. Max war der Jüngste. Sein Vater arbeitete als Jagd- und Forstgehilfe für den königlichen Forstmeister Caspar Engstler. Er musste bei Hofjagden den Herrschaften das Wild vor die Flinte treiben. Auch die Bergung der geschossenen Tiere gehörte zu seinen Aufgaben. Manchmal lag das Wild in kaum zugänglichen Schluchten oder an Steilhängen. Mit seinem Verdienst konnte der Vater die Großfamilie aber nicht ernähren, zumal er für das erlegte Wild, das er im Jagdhaus ablieferte, in der Regel mit Naturalien bezahlt wurde, bevorzugt mit Innereien wie Rehleber.

Die Jagdgesellschaften waren in letzter Zeit seltener geworden. Es hieß, der König habe für das Waidwerk nichts übrig. Deshalb bewirtschaftete die Familie von Max auch einen kleinen Hof außerhalb von Schwangau. Obwohl die jahrzehntelange harte Arbeit dem Vater körperlich zugesetzt hatte, jammerte er nie. Aber man konnte ihm anmerken, dass ihn jede Bewegung schmerzte.

Zum Glück betrieb Cornelius, der jüngere Bruder von Max' Mutter, eine kleine Zimmerei ganz in der Nähe. Ab und zu hatte Max dort mithelfen dürfen, um zusätzliches Geld für die Familienkasse zu verdienen. Bis zu dem Unglückstag.

In erster Linie arbeitete Cornelius nämlich auf der Baustelle der Neuen Burg in Hohenschwangau. Und dorthin hatte er Max zu dessen Leidwesen noch nie mitgenommen.

»Das ist viel zu gefährlich, mein Kleiner – zum einen, weil die Gerüste so hoch in den Himmel ragen, zum anderen, weil sich unterhalb der Baustelle eine tiefe Schlucht auftut.«

Max war damals schon einen halben Kopf größer als sein Onkel. Trotzdem wurde er von Cornelius immer noch mit »mein Kleiner« angeredet. Sie saßen vor dem Holzschuppen, der dem Onkel zugleich als Werkstatt, Materiallager und Schlafzimmer diente, und schauten zur Baustelle hinauf. Cornelius rauchte eine seiner dünnen, selbstgedrehten und nach Dung stinkenden Zigaretten.

»Schau, am Palas ist das Gerüst schon größtenteils abgebaut«, erklärte er zwischen zwei Lungenzügen. »Nur am Übergang zum Verbindungsgebäude stehen noch ein paar Lagen.«

Max kannte die Baustelle wie seine Westentasche, obwohl er noch nie oben gewesen war. Onkel Cornelius erklärte ihm meistens in einer Zigarettenpause, was dort gerade gemacht wurde. Die im Entstehen begriffene Burg erstreckte sich auf einem Felsrücken, der dem Tegelberg vorgelagert war. Als erstes hatte man am westlichen Rand des Plateaus den Torbau errichtet. Anschließend begannen dann ganz im Osten die Arbeiten am mächtigen Palas, der über sechs Stockwerke verfügte. Beim entsprechenden Lichteinfall glänzte sein kupferbeschlagenes Dach wie eine Krone in der Sonne. An der nordöstlichen Ecke wurde der Palas von einem gewaltigen Treppenturm um mehrere Dutzend Fuß überragt. Nachdem die Gerüste am Palas komplett gefallen waren, konzentrierten sich die Arbeiten auf den Bau des Ritterhauses. Das grenzte an den Palas an und sollte durch einen überdachten Gang mit dem Torgebäude verbunden werden.

»Schwindlig darf es dir nicht werden. Sonst ist es aus mit dir. Und deshalb nehme ich dich nicht mit hinüber. Deine Mutter würde mir das Fell über die Ohren ziehen. Aber wenn du einmal mündig bist, kann sie es dir nicht mehr verbieten.«

Inzwischen stand Max kurz vor der Volljährigkeit, doch er würde seinen Onkel trotzdem nie mehr auf die Baustelle begleiten.

Alles hatte damit angefangen, dass Cornelius beim Burgbau kaum noch Aufträge bekam und sich keinen Hilfsarbeiter mehr leisten konnte. Deshalb sorgte er dafür, dass Max im Frühjahr 1883 als Tagelöhner in den Steinbruch Alter Schrofen kam. Die Arbeit dort war knochenhart. Max' Hauptaufgabe bestand darin, Geröll und Erde wegzuschaffen. Die eigentlichen Abbrucharbeiten blieben gelernten Steinhauern vorbehalten. Die kamen von überall her, um sich im Steinbruch zu verdingen. Meistens waren es raue Gesellen, die nach getaner Arbeit die Wirtshäuser in Füssen und Umgebung belagerten. Der Steinbruch Alter Schrofen lag auf direktem Weg zwischen Füssen und Hohenschwangau, ganz in der Nähe des Schwansees.

Je höher die Neue Burg des Königs in den Himmel wuchs, desto größere Wunden klafften in den Steilhängen des Kienberges. Der lag zwischen dem Lech und dem Schwanseepark und bildete eine natürliche Barriere zwischen Füssen und dem Gebiet rund um die Königsschlösser. Ludwigs Vater, König Max II. von Bayern, hatte als Kronprinz die verfallene Burg Hohenschwangau entdeckt und zum Sommersitz für seine Familie ausgebaut. Nach dem überraschend frühen Tod von König Max II. wurde Schloss Hohenschwangau der Witwensitz seiner Frau Marie. Das wiederum schmeckte seinem ältesten Sohn Ludwig nicht. Er hatte das Schloss und die Gegend drumherum in sein Herz geschlossen.

»Aber er verstand sich überhaupt nicht mit seiner Mutter«, erzählte Cornelius. »Und deswegen, mein Kleiner, hat er sich sein eigenes Schloss, gebaut. Aber natürlich ein bedeutend größeres als das vom Herrn Papa. ›Hauptsache, weg von der Mutter‹ war sein Wahlspruch, wenn es um den Bau dieses Schlosses ging.«

Mittlerweile war der Kienberg auf der Schwanseeseite schon ziemlich ausgebeutet. Mit dem hellen Kalkstein, der hier gebrochen wurde, verkleidete man – der besseren Optik wegen – die aus Ziegeln gemauerte Fassade der Neuen Burg. Allein der Transport der Kalksteinquader vom Steinbruch zur Baustelle war eine elende Viecherei. Man brach die tonnenschweren Blöcke aus der Felswand und zog sie über eine Rampe auf die Ladeflächen von Pferdefuhrwerken.

In Hohenschwangau angekommen, spannte man anstelle von Pferden eiserne Zugmaschinen, sogenannte »Straßenlokomotiven« vor die Wagen, die mit der ungeheuren Last den steilen Weg zur Burg hinaufdampften. Unterhalb der Baukantine zerteilten Steinmetze die Quader in Platten, verzierten selbige und gaben ihnen eine einheitliche Struktur. Anschließend wurden die fertigen Fassadenteile von einer Verladerampe an der Rückseite des Palas mit einem dampfbetriebenen Lastenkran nach oben gehievt.

Das Unglück brach über den Steinbruch herein, nachdem es tagelang geregnet hatte. Die Steine waren glitschig, und Max blieb mit seinen Schuhen ständig im Morast stecken. Am Tag zuvor hatte sich ein soeben gebrochener Steinquader, der gerade über den Köpfen der Tagelöhner schwebte, aus der Schlaufe des dreibeinigen Krans gelöst. Die Seile waren durch die Nässe rutschig geworden. Der Brocken schlug nur eine Handbreit neben dem Vorarbeiter ein, der kurz innehielt, mürrisch den Kopf schüttelte und die Arbeit sofort wieder aufnahm. Seither fragte sich Max, wie sein Leben wohl verlaufen wäre, wenn der Vorarbeiter diesen Wink des Schicksals ernst genommen und die Arbeiten am Steinbruch hätte einstellen lassen. Doch so ging weiterhin alles seinen gewohnten Gang. Der Regen ließ nicht nach. Am nächsten Morgen erschien Max wieder pünktlich zur Arbeit. Es war gegen halb fünf Uhr abends, als einer der Männer über ihm zu schreien begann: »Achtung! Aus dem Weg!«

Max half gerade dem Steinhauer Wöhrle, einem Wanderarbeiter aus Tirol, Keile in den Felsen zu treiben. Die anderen Männer um sie herum stoben auseinander. Wöhrle schubste ihn zur einen Seite und sprang zur anderen. Mit einem dumpfen Grollen löste sich hoch über ihren Köpfen eine ganze Felswand samt einer Lawine aus Geröll und Schlamm. Max stolperte und landete hart auf dem Rücken. Als Letztes sah er, dass der wolkenverhangene Himmel aufriss und ein leuchtendes, verheißungsvolles Blau zum Vorschein kam. *Endlich hört der verdammte Regen auf*, dachte er sich.

Er wurde unter Schlamm und Geröll begraben, verlor die Besinnung und wachte erst im Hospital von Füssen wieder auf. Im Gegensatz zum Steinhauer Wöhrle hatte er überlebt. Doch das Unglück hatte ihn zum Krüppel gemacht. Sein rechter Unterschenkel war völlig zerschmettert und nicht mehr zu retten gewesen. An der linken Hand fehlten ihm sämtliche Finger. Wegen seiner Wirbelsäulenverletzung kam er ohne fremde Hilfe kaum aus dem Bett und konnte sich nur ein paar Schritte mit Krücken fortbewegen, bevor ihn die Kräfte wieder verließen. Unglücklicherweise hatten sie für Max nichts beim Krankenunterstützungsverein der Bauarbeiter am königlichen Burgbau einbezahlt. Deshalb erhielt er von dieser Seite keinen Zuschuss. Weil der König für seine Mildtätigkeit bekannt war, hatte Onkel Cornelius einen Brief mit der Bitte um Hilfe an den Hofsekretär geschickt. Aber es gab noch keine Antwort. Cornelius half der Familie, wo er nur konnte, doch er saß ja selber in der Klemme.

»Weißt du, mein Kleiner, ich habe zwar Arbeit auf der Neuen Burg, aber schon lang kein Geld mehr bekommen. Alle meine Nachfragen bei der Bauleitung – umsonst.«

Die Eltern waren noch im Stall. Onkel Cornelius, der immer öfter in die Rolle eines Pflegevaters schlüpfte, half Max beim Zubettgehen. Es schien fast so, als fühlte er sich für das Unglück seines Neffen verantwortlich.

»Ich höre immer nur, der König werde bald bezahlen. Aber die Leute murren schon. Es heißt, einige der größeren Betriebe wollten gegen den König klagen.«

Max schaute seinen Onkel entgeistert an.

»Ich weiß, mein Kleiner, das klingt völlig unglaubwürdig. Anscheinend wird ihm so langsam der Geldhahn zugedreht. Aber«, sagte er mit leise flackerndem Zorn in den Augen, »bei einer Klage gehen wir Kleinen sowieso leer aus.«

Er zog Max die dünne Bettdecke bis unter das Kinn und tippte ihm bedeutungsschwanger auf die Stirn.

»Hör zu: Es wird Zeit, selber etwas zu unternehmen. Wir haben lang genug gewartet«, sagte er geheimnisvoll und steckte seine Zungenspitze durch die Lücke, die die fehlenden Schneidezähne hinterlassen hatten.

Das machte er immer, wenn er etwas aussheckte. Auf seiner Glatze glänzten Schweißperlen, die ihm in winzigen Bahnen über Stirn und Wangen liefen. Auch die behaarten Unterarme wirkten klebrig verschwitzt. Denn der Spätsommer hatte sich noch einmal mächtig ins Zeug gelegt und die kleine Kammer von Max in eine Art Dampfbad verwandelt.

»Ich hätte einen Wunsch, Onkel Cornelius«, begann Max. Dann erzählte er von den kaum erträglichen Schmerzen, von der Atemnot, den ständig wiederkehrenden Albträumen und davon, dass er die Neue Burg aus der Nähe sehen wollte, bevor es die Schmerzen gar nicht mehr zulassen würden.

Cornelius überlegte eine Weile, nickte und legte seine Hand auf Max' Schulter.

»Ich werde einen Weg finden. Versprochen!«

Der König wandelte bis weit nach Mitternacht durch den unfertigen Thronsaal. Alle anderen mussten währenddessen den dritten Stock des Palas verlassen. Nur Hesselschwerdt und Mayr durften sich in der Nähe des Monarchen aufhalten. Lenz, die Maler um Professor Hauschild und die restlichen Bediensteten hatten sich in die Dienerschaftsräume im Erdgeschoss zurückgezogen. Deren Fenster, die sich zum Gang öffneten, waren verschlossen worden. Nur das Kerzenlicht drang durch sie hindurch.

Hesselschwerdt hatte angeordnet, alle müssten sich ruhig verhalten, um den König nicht zu stören. Und bevor Ludwig II. den Gang entlangkam, um das Schloss wieder zu verlassen, wollte ihnen Hesselschwerdt ein Klopfzeichen geben, damit niemand Seiner Majestät versehentlich über den Weg lief.

Der Korridor war ursprünglich als offener Arkadengang geplant gewesen. Wegen der rauen Witterung hatte man sich dann aber entschlossen, die fensterlosen Rundbogen zu verglasen. Deshalb gab es eine lange Reihe Bleiglasfenster mit schweren Eisenrahmen an der

Außenfassade des Schlosses. Und eine weitere im Inneren. Dahinter verbargen sich die Räume der Dienerschaft. Neben Lagerräumen für Kleidung, im Trakt des Königs war dafür nämlich kein Platz, Wäsche und Putzutensilien befand sich hier auch eine Silberkammer. Dort wurde Besteck und Geschirr in hohen, mit Glastüren versehenen Holzschränken aufbewahrt. In der Mitte der Silberkammer stand ein schwerer Tisch aus Eichenholz, den man beim Putzen und Polieren gut als Unterlage nutzen konnte. Mit solchen Tätigkeiten hatte Lenz schon so manche monotone Stunde verbracht. Allerdings wurde er dafür mit einem wunderschönen Blick ins Tal entschädigt. Wenn er eine Pause einlegen wollte, öffnete er einfach ein Fenster, lehnte sich hinaus und schaute auf das Alte Schloss Hohenschwangau hinunter. Es prangte wie eine goldene Krone auf dem Kopf eines Drachens, der sich in Form bewaldeter Hügel zwischen dem grünlich schimmernden Alpsee und dem dunklen Schwansee hindurchschlängelte.

»Wie soll man konzentriert arbeiten, wenn einen Seine Majestät ständig unterbricht«, jammerte Hauschild und riss Lenz aus seinen Gedanken. Er stand mit Paul und Friedrich in einem der hinteren Dienerzimmer. Ab und zu spähten sie durch die offene Verbindungstür in den vorderen Raum, wo die Maler darauf warteten, dass der König wieder ging.

Der Professor legte sich ächzend auf das saubere Laken einer schmalen Dienerbettstatt. Sein grauer Kittel war mit frischen Farbspritzern übersät. Unablässig rieb sich Hauschild die rechte Schulter und grummelte in seinen grauen Bart hinein. Vor einigen Jahren war er vom Gerüst gefallen und hatte nicht nur eine schwere Gehirnerschütterung erlitten, sondern sich auch noch das rechte Schulterblatt gebrochen. Hinter vorgehaltener Hand erzählten seine Schüler, Hauschild könne sich seither vor lauter Schmerzen kaum bewegen.

Trotzdem fühlte er sich dem König verpflichtet. Denn Ludwig II. hatte ihn stets gefördert und sogar mit der Goldenen Medaille für Kunst und Wissenschaft ausgezeichnet. Außerdem empfand es Hauschild als Ehre, den Thronsaal mit Heiligendarstellungen ausschmücken zu dürfen – zumal das Konzept dafür vom König persönlich stammte.

Der König hatte den Thronsaal in Anlehnung an die berühmte Hagia Sophia in Istanbul und an die Allerheiligenhofkirche der Münchner Residenz entwerfen lassen.

Lenz kannte weder das eine noch das andere Bauwerk. Jedes Mal, wenn er den unfertigen Thronsaal betrat, packte ihn Ehrfurcht. Kaum zu glauben, dass der Erschaffer der monumentalen Wandgemälde des kirchenähnlichen Raumes jetzt hier im Dienerbett lag, das Laken mit Farbe besudelte und sich über seinen Auftraggeber beklagte.

Die Halle erstreckte sich über zwei Etagen und mündete in eine himmelblaue Kuppel, die am Ansatz mit Sternen geschmückt war und in der Mitte mit einem goldenen, sonnenähnlichen Strahlenkranz. In dessen Zentrum klaffte ein faustdickes Loch. Irgendwann sollte an dieser Stelle ein Kronleuchter aufgehängt werden, hatte ihm Friedrich Vogelsang erklärt.

Während ihm Karl Hesselschwerdt und Kammerdiener Lorenz Mayr reserviert und hochnäsig vorkamen, hatte Lenz ein geradezu freundschaftliches Verhältnis zu Friedrich Vogelsang und Paul Lieb. Die beiden waren nie um einen flotten Spruch verlegen. Das gefiel Lenz. Denn auf diese Weise hellten sie die angespannte Atmosphäre um den König ein wenig auf. Aber Paul war ihm von Anfang an sympathischer gewesen als Friedrich. Es gab keinen speziellen Grund für Lenz' Präferenz. Vogelsang hatte ihn nie schlecht behandelt. Trotzdem umgab den Mann manchmal eine düstere Aura. Auch wenn er wie Paul vorlaut war, scheute Friedrich Vogelsang engere Kontakte, bei Gesprächen schaute er oft zu Boden oder wartete die Antworten der anderen gar nicht erst ab. Er ließ einen hin und wieder mitten in der Unterhaltung stehen und wirkte dann in sich gekehrt. So als ob ihn urplötzlich eine schlimme Erinnerung heimsuchte, die ihn marterte.

»Der Hauschild ist nur sauer, weil er schon länger kein Geld mehr bekommen hat«, flüsterte Paul und streckte Lenz eine silberne Schnupftabakdose entgegen. Lenz schüttelte den Kopf.

»Danke, mir reicht's noch vom letzten Mal.«

»Du verträgst halt nix, Baumgartner«, grinste Friedrich. Er schnappte sich die Dose. »Bist eh so ein Hänfling, ein wandelndes Knochengeripp.«

»Bekommst wohl nicht genug zu futtern bei Königinmuttern«, spottete Paul.

»Beim Oberst des 3. Infanterieregiments geht's halt karg zu«, lachte Friedrich. Er zog sich ein stattliches Häufchen Schnupftabak in die Nase.

»Ich glaub, der Hauschild wäre am liebsten sofort abgereist, als der Telefonapparat geschellt hat«, sagte Lenz, »und nicht erst, wie geplant, morgen früh. Beim Läuten war dem Hauschild klar, dass der König kommt und ihn durch seine Anwesenheit wieder stundenlang von der Arbeit abhält.«

»Dabei sind die Künstler ja erst seit ein paar Tagen im Schloss«, fügte Paul hinzu. Er steckte die Schnupftabakdose wieder in seinen Livreerock. »Selbst der ergebenste Künstler verliert die Lust, wenn der schnöde Mammon knapp wird.«

»Meine Herren!«

Sie hatten gar nicht gehört, dass Hauschild von vorne in ihr Zimmer gekommen war. Pauls Gesicht lief knallrot an. Er brachte kein Wort mehr heraus. Obwohl Hauschild eine gedrungene Statur und extrem kurze Gliedmaßen hatte, war er doch eine Respektsperson.

»Wir werden nicht erst morgen, sondern sofort nach Seiner Majestät die Burg verlassen.«

»Jawohl, Herr Professor«, antwortete Friedrich, da Paul seine Fassung noch nicht wiedergefunden hatte.

Der grauhaarige Künstler machte auf dem Absatz kehrt und ging zurück in das vordere Zimmer. Friedrich schlug Paul kumpelhaft auf die Schulter und grinste schelmisch. Im selben Augenblick klopfte es vorne gegen eine der milchigen Fensterscheiben.

Das Zeichen!

Der König würde jeden Moment an den Dienerzimmern vorbei zum Burghof gehen – oder besser marschieren. Denn wann immer Lenz ihn beobachten konnte, erinnerte ihn der Stechschritt Seiner Majestät an eine übertriebene Ausführung des Exerzierens. Der König, sowieso schon von großer Statur, schleuderte seine ellenlangen Beine regelrecht nach vorne und erlangte dadurch eine Geschwindigkeit, mit der niemand Schritt halten konnte.

»Das heißt, dass du die Bude dichtmachen kannst, Baumgartner«, sagte Paul und zwinkerte ihm zu. »Keiner mehr da die nächste Zeit. Wir fahren nach Linderhof und dann zum Schachen. Die andere Wachmannschaft ist bei der Königinmutter. Die Aufsicht über die Baustelle hat man wohl den Gendarmen übertragen. Hab ich gehört.«

Tatsächlich befanden sich nur noch die Maler auf der Baustelle. Trotz der günstigen Witterung, die für Außenarbeiten geradezu ideal gewesen wäre, stand der Bau also still. Friedrich berichtete, der König habe ein zur Schuldentilgung aufgenommenes Darlehen schon wieder aufgebraucht. Jetzt suchte er nach neuen Geldgebern. Lenz konnte nicht verstehen, dass sich ein König Geld leihen musste.

»Das ist in unserer Verfassung so geregelt, Baumgartner«, wusste Paul. »Der König bekommt jedes Jahr einen festgelegten Betrag zum Unterhalt der Familie und des Hofstaates. Was übrig bleibt, kann er nach seinem Ermessen in Geschenke, Schlösser, Theater oder Opernaufführungen stecken. Wenn er mehr brauchen sollte, müsste er sich an den Landtag wenden. Aber das macht er sicher nicht. Dazu ist er viel zu stolz.«

»Lieber schickt er Hesselschwerdt oder seinen Hofsekretär in die Welt hinaus. Auf der Suche nach neuen Geldquellen«, ergänzte Friedrich.

Lenz hatte gedacht, der König verfüge über endlos viel Geld. Wie sonst konnte er sich einen dermaßen ausgefallenen Lebensstil leisten? Den Prunk, die Delikatessen bei Tisch, jeden Tag Wein und Champagner. Aber Lenz war nicht neidisch. Er bekam regelmäßig seinen Lohn. Das war für ihn die Hauptsache.

»Wenn Seine Majestät die Pläne nicht wieder umwirft, bleibt er eine Woche am Schachen«, fuhr Paul fort und verstummte augenblicklich, als er die dunklen Umrisse des Königs an den Fenstern sah.

»Schon wieder zu spät. Wir hätten vor ihm draußen sein sollen, verdammt! Schließ hinter uns alles ordentlich ab, Baumgartner«, zischte Friedrich.

Lenz schlüpfte rasch in seinen blauen Livreerock, den er über eine Stuhllehne geworfen hatte, und knöpfte ihn im Hinauslaufen zu. Wegen des Zylinders, den er auf dem Kopf trug, musste er sich unter der Tür hindurchducken, damit er nicht hängenblieb.

Es dauerte allerdings noch mehrere Stunden, bis auch die Maler die Neue Burg verließen, um nach Hause zu gehen. Anfangs wartete Lenz in der Vorhalle beim Thronsaal. Dann schlenderte er durch die Wohnräume des Königs und sperrte nacheinander alle Türen zu. Die hohen Räume verschluckten das Licht seiner kleinen Laterne. Es reichte nicht einmal zu den Zimmerdecken hinauf und erhellte gerade so die Wandgemälde.

Nach dem Vorbild seines Vaters, König Max' II., der die Räume des Alten Schlosses Hohenschwangau von seinen Malern mit über neunzig Szenen ausschmücken hatte lassen, hatte Ludwig II. auch für die Neue Burg Wandgemälde mit Heldensagen in Auftrag gegeben. Die Geschichte vom Schwanenritter Lohengrin, die das Wohnzimmer der Neuen Burg belebte, kannte Lenz schon aus dem Alten Schloss.

Die tragische Liebesgeschichte von Tristan und Isolde, mit der Ludwig II. sein Schlafgemach in der Neuen Burg ausmalen hatte lassen, war ihm dagegen völlig unbekannt. Ein Gehilfe von Hauschild hatte ihm davon erzählt, als Lenz eines Nachts die Zeit im Burghof totschlagen musste und der junge Maler zum Rauchen heruntergekommen war.

»Die beiden trinken aus Versehen einen Liebestrank, der nicht für sie bestimmt ist, sondern für Isolde und König Marke, den Onkel von Tristan. Sie verlieben sich unsterblich ineinander. Obwohl sie es nicht dürfen, treffen sie sich heimlich im Schlossgarten. Denn wegen dem Liebestrank können sie nicht voneinander lassen. Und es kommt, wie es kommen muss: Ihre verbotene Liebe wird entdeckt. Als Tristan durch eine vergiftete Lanze stirbt, erleidet Isolde den Liebestod, das heißt: Sie muss aufgrund der Zauberwirkung des Trankes ebenfalls sterben.«

Lenz trat noch einen Schritt näher heran, um die Szene mit seiner Laterne besser ausleuchten zu können, und betrachtete wehmütig die Gemälde. Über dem thronartigen Lesestuhl des Königs, der nahe der Balkontür in der Ecke des Zimmers stand, sah er Isolde, die mit geschlossenen Augen halb auf Tristans Leiche lag. Jetzt strahlte Isoldes weißes Kleid, und ihre goldenen Haare glänzten geheimnisvoll.

Lenz fühlte sich an seine große Liebe Klara erinnert. Sie war inzwischen wohl längst mit dem Tross der Königinmutter im Schloss Hohenschwangau eingetroffen. Lenz und Klara gingen sich seit Jahren aus dem Weg. Denn Lenz hatte ihre Entscheidung, dass sie kein Liebespaar sein konnten, wohl oder übel akzeptiert. Obwohl er ihre wahren Beweggründe dafür nicht kannte, denn sie hatte ihm nie einen Grund dafür genannt. Seine Empfindungen waren jedoch ganz andere. Manchmal stellte er sich vor, dass er Tristan wäre. Wenn er eines Tages vor lauter Liebeskummer sterben müsste: Würde Klara dann wie Isolde um ihn trauern und bittere Tränen vergießen?

Ein Knall riss Lenz aus seinen Fantasien. Beinahe hätte er die Laterne fallenlassen. Er lauschte bewegungslos in die Nacht, hörte nur seinen eigenen Herzschlag. Nichts rührte sich.

Eilig schloss er beide Flügel der Schlafzimmertür, sperrte sie zu und schlich zum Thronsaal. In den Wohnräumen war es wegen der zugezogenen Seidenvorhänge stockfinster gewesen. Durch die großen Rundbogenfenster des Thronsaales konnte man aber schon die beginnende Morgendämmerung erkennen.

Im Saal war keine Menschenseele. Die Schritte, die Lenz auf dem marmornen Mosaikfußboden machte, hallten in der Kuppel wider. Wahrscheinlich hatten die Maler die große Eingangstür zum Burghof hinter sich zufallen lassen. Das würde den Knall erklären! Durch den Korridor und den Treppenturm wurde der Schall wie durch ein Hörrohr weitergeleitet. Deshalb durfte man unten auch nicht laut reden. Unter Umständen verstand man nämlich noch drei Etagen höher jedes Wort.

Er atmete auf. Seit der Bauführer Herold auf der Baustelle erschossen worden war, zuckte Lenz zusammen, wenn eine Tür knallte. Und wenn sich die Räume nach einem warmen Sommertag abkühlten, knarzte und knackte in der Nacht das Holz, das sich wieder ausdehnte. Manchmal hörte sich das an, als ob jemand eine Tür zuschlug. Daran konnte sich Lenz einfach nicht gewöhnen. Er bekam es jedes Mal wieder mit der Angst zu tun.

Er sperrte die Vorhalle zu und eilte die Treppe hinunter. Er war in der Neuen Burg nicht gern allein und erleichtert, bald wieder in das wesentlich gemütlichere Alte Schloss zurückzukehren. Denn mit ihrer grellweißen Fassade und den kahlen Mauern wirkte die Neue Burg wie ein Geisterschloss aus einem Mittelalterroman. Der zweifelhafte Charme rührte möglicherweise auch daher, dass der Bau zwar ursprünglich dazu gedacht war, Gäste zu beherbergen, sich jedoch die Lebensumstände des Königs dramatisch geändert hatten. Er entschied sich für ein Leben in Abgeschiedenheit und Einsamkeit. Ludwig II. wollte die Burg ganz allein bewohnen.

Noch nie hatte im Sängersaal eine Aufführung mit Publikum stattgefunden. Noch nie waren hier Gäste verköstigt worden. Einsam speiste der König an einer langen Tafel und lauschte der Musik seiner Spieldose. Einmal hatte Lenz ihn dabei beobachten können, als er sich unbemerkt auf die Galerie des Saales geschlichen und verstohlen hinuntergeblickt hatte. Zwischen den vier großen Lüstern, an denen hunderte Kerzen flackerten, erkannte er die dunkle Gestalt des Königs, der mutterseelenallein auf dem kleinen Podium saß. Nach dem Dessert hatte er sich erhoben, die Spieldose wieder aufgezogen und war auf den Balkon ins Freie hinausgetreten, um seinen Blick über den oberen Burghof und den Torbau schweifen zu lassen.

Bevor sie sich aus dem Weg gegangen waren und kein Wort mehr miteinander wechselten, hatte ihm Klara von Ludwigs Separatvorstellungen im Münchner Hoftheater erzählt, wo der König regelmäßig Theaterstücke und Opern aufführen ließ, bei denen er der einzige Zuschauer war. Mitten in der Nacht. So ähnlich kam Lenz die Szene im Sängersaal vor. Allerdings fehlten hier die Schauspieler, die Orchestermusiker, die Solisten und der Chor, obwohl der Sängersaal Platz für mehrere hundert Personen bot. Mit einem merkwürdigen Gefühl in der Magengegend war Lenz damals auf leisen Sohlen über das knarzende Dienertreppenhaus nach unten geschlichen. Er dachte noch lange über die traurige, fast schon gespenstische Szene im Sängersaal nach.

Es war etwa fünf Uhr früh und Lenz freute sich auf eine Mütze Schlaf in seiner Wohnung im Kavalierbau im Alten Schloss. Da nun

Ruhe in der Neuen Burg eingekehrt war, kam ihm auch Heilands Besuch wieder in den Sinn. Um Sieben wollte Lenz zu seiner Mutter nach Füssen laufen, um mit Heiland und der Mutter Pläne für die kommenden Tage zu schmieden. Lenz bog in den Korridor zum Burghof ein. Er war schon fast am ersten Fenster der Dienerzimmer vorbei. Plötzlich blieb er stehen. Irgendetwas schien nicht zu stimmen.

»Ich schau noch zu den hinteren Kammern«, murmelte er vor sich hin. Er glaubte zwar, alle Fenster zugemacht zu haben und war sich auch keiner sonstigen Nachlässigkeit bewusst. Trotzdem machte er kehrt und steuerte zielstrebig in den hinteren Teil des Erdgeschosses. Schon von Weitem sah er, dass die Tür der Silberkammer einen Spalt offenstand. *Gut, dass ich noch nachgesehen habe,* dachte er sich. Bei den vielen Türen und Fenstern konnte man schon mal was übersehen.

Er öffnete die Tür zur Gänze und betrat die Silberkammer. Besteck und Geschirr waren ordentlich in den Schränken verstaut. Alles in Ordnung! Er wollte schon wieder hinausgehen, warf aber doch noch einen Blick unter den großen Eichentisch, der mitten im Raum stand. Er bückte sich, leuchtete mit der Laterne in das Dunkel zwischen Tischplatte und Fußboden und dachte, seine Fantasie spiele ihm einen Streich. Ohne den Blick abzuwenden, legte er seinen Schlüsselbund auf die Tischplatte, bückte sich noch tiefer und hielt die Lampe so weit hinein wie möglich.

Staubmäuse hätte er erwartet, einen fallengelassenen Löffel oder einen vergessenen Lumpen. Stattdessen blickte er in das Gesicht eines kleinen Buben, der wie ein verängstigtes Tier vor dem Licht zurückwich, am ganzen Leib zitterte und sich mit tränennassen Augen unter dem Tisch zusammenkauerte.

Ein unerwarteter Gast

Klara wechselte im Schlafgemach der Königinmutter die Bettwäsche.

»Grünspan, Sie haben Besuch«, sagte die Baronin von Kreusser zu ihr und zog die rechte Augenbraue hoch. Klara kannte niemanden, der das auf dieselbe Art und Weise beherrschte. Und sie wusste: Damit brachte die Baronin, ohne ein Wort zu sagen, ihre höchste Missbilligung zum Ausdruck.

Die Baronin war eine zierliche Person mit grau gekräuseltem Haar und einem messerscharf gezogenen Mittelscheitel. Die Frisur erinnerte Klara an das Rote Meer, nachdem es Moses, wie es im Alten Testament heißt, geteilt hatte. Zwischen den weit hervorstehenden Wangenknochen saß eine unnatürlich große, sichelförmige Nase. Die Baronin, Gräfin Dürckheim-Montmartin und Gräfin von der Mühle waren die drei wichtigsten Hofdamen der Königinmutter Marie.

Oberthofmeisterin von der Mühle weilte mit der hohen Herrin noch immer in Elbigenalp im benachbarten Tirol. Doch Klara und die beiden Damen waren schon gestern im Schloss Hohenschwangau angekommen. Sie sollten die wichtigsten Vorbereitungen für das bevorstehende Hoflager treffen. Die Königinmutter wurde am heutigen Samstagabend im Alten Schloss erwartet.

Der König hatte vor der Ankunft seiner Mutter in Hohenschwangau wie üblich das Weite gesucht. Nach einem Aufenthalt am Tegelberg war er zwar noch auf der Neuen Burg gewesen, um den Baufortschritt in

Augenschein zu nehmen, im Anschluss daran aber sofort nach Schloss Linderhof enteilt. Sein Baustellenbesuch schien sich freilich bis weit nach Mitternacht gezogen zu haben. Denn seine Karawane setzte sich erst am frühen Morgen polternd im Hof von Schloss Hohenschwangau in Bewegung. Weil die Räume des weiblichen Personals direkt über der Torduchfahrt lagen, war Klara von dem Lärm wach geworden, ohne wieder einschlafen zu können. Kurz vor Sonnenaufgang war sie schließlich aufgestanden.

»Zum einen ist es noch sehr früh am Morgen …«, begann die Baronin und zog die Augenbraue einen Tick weiter nach oben. *Noch höher*, dachte Klara schmunzelnd, *und die Augenbraue berührt deinen Scheitel.* Gleichzeitig plusterte die Baronin ihren rechten Nasenflügel auf. *Da könnte glatt ein Wachtelei hineinpassen*, überlegte Klara und biss sich auf die Lippen, um nicht loszulachen. Während die Oberthofmeisterin von der Mühle eine gemütliche, runde Frau mit einer Vorliebe für dicke Zigarren war und Gräfin Dürckheim-Montmartin eine ungemein gesprächige Gouvernante mit einer Leidenschaft für Gesellschaftsspiele aller Art, wirkte Baronin von Kreusser immer angespannt. Sie hatte keinerlei Humor und erinnerte Klara an die sittenstrenge Klassenlehrerin aus ihrer Münchner Volksschulzeit.

Leider hatten Klara und ihre jüngere Schwester Rosa nie die jüdische Konfessionsschule besuchen dürfen. Ihr Vater schickte sie stattdessen auf eine normale Schule, weil er wollte, dass sie sich in der Welt der Katholiken durchzusetzen lernten. Weil er selber einer der wenigen jüdischen Universitätsgelehrten in der bayerischen Residenzstadt war, dachte er wohl, es sei für die Entwicklung seiner Töchter besser, sich außerhalb der jüdischen Gemeinde Freunde zu machen.

Doch die beiden jüdischen Schwestern waren von ihren katholischen Mitschülerinnen andauernd gehänselt worden. Auch die Lehrerin, Frau Obermair, hatte ihnen das Leben zur Hölle gemacht. Immer wenn Klara Baronin von Kreusser sah, dachte sie an Frau Obermair. Die Ironie der Geschichte war nur, dass die Baronin genau jene Hakennase hatte, die Klara und Rosa von Frau Obermair angekündigt worden war.

»Wenn ihr nicht brav seid, wächst euch über Nacht ein Juden-Zinken im Gesicht«, hatte einer ihrer Sprüche gelautet, worauf die Klasse zuverlässig in schallendes Gelächter ausgebrochen war. Auf dem Schulweg oder in den Pausen wurden sie als Zinken-Schwestern gehänselt. Angesichts des riesigen Nasenlochs der Baronin konnte Klara heute fast schon darüber lachen. Doch damals waren sie und Rosa fast jeden Tag weinend aus der Schule nach Hause gekommen. Lange hatten sie gehofft, dass der Vater sie im nächsten Schuljahr auf die jüdische Gemeindeschule schicken würde. Doch er war unerbittlich geblieben. Klara lernte, sich und ihre kleine Schwester zu verteidigen. Die Mutter tröstete die beiden, versuchte aber gar nicht erst, den Vater dazu zu bringen, die Mädchen auf die jüdische Schule zu schicken. Erst als die Mädchen mit der Schule fertig waren, setzte sie durch, dass ihre Töchter als Dienstmädchen in der Residenz anfangen durften.

Den Weg dorthin hatte ihr Bruder geebnet, der Onkel der Mädchen. Er führte ein Tabakwarengeschäft und belieferte den Hof. Dieses Privileg verdankte er einem Vorfahren mütterlicherseits, der Ende des 17. Jahrhunderts dem damaligen bayerischen Kurfürsten Max Emanuel Geld für die Hochzeit seines Sohnes Karl Albrecht geliehen hatte. Seither gehörte dieser Teil der Familie zum Kreis der Hofjuden, die schon damals ähnlich frei und ungezwungen lebten, wie es den anderen Juden erst nach der Reichsgründung 1871 möglich wurde.

Es hatte nicht lange gedauert, bis Klara Grünspan in das engere Umfeld der Witwe von König Maximilian II. befördert worden war. Am Hof spielte es keine Rolle, dass sie Jüdin war. Und sie kam damit zurecht, dass das Essen für die Dienerschaft nicht koscher war. Nur auf Schweinefleisch verzichtete sie regelmäßig. Das brachte ihr zwar den einen oder anderen schrägen Blick ein, doch daran hatte sie sich längst gewöhnt. Sie lebte in einer behüteten Welt, in der es fast keine Vorurteile gab.

»... und zum anderen ist es auch noch ein Mann!«, vollendete die Baronin ihren Satz. Sie spie das Wort »Mann« aus, als habe sie in eine Zitrone gebissen. »Er wartet im Schlosshof auf dich, Mädchen.«

Klara lief knallrot an. Dass sie eine Jüdin war, kümmerte keine der Hofdamen. Auf männlichen Umgang hingegen reagierten sie äußerst gereizt. Allen voran Baronin von Kreusser.

»Ich werde dich selbstverständlich begleiten«, stellte die Baronin, keinen Widerspruch duldend, fest.

Sie deutete auf die weit geöffnete Tür. Klara schielte verstohlen in den bodentiefen Spiegel, der neben dem Frisiertisch der Königinmutter stand. Wie blass sie neben der orientalischen Pracht dieses Schlafzimmers wirkte. Maries verstorbener Ehemann hatte den Raum mit den Souvenirs seiner Reise von Troja nach Konstantinopel ausstaffieren lassen: Das Bett der Königin stand in einer »Alkoven« genannten Nische und wurde von zwei grünen Marmorsäulen mit goldenen Bändern flankiert. An den Wänden und an der Decke prangten goldene Verzierungen auf himmelblauem Grund, die orientalischen Vorbildern folgten. Auf dem Parkettboden lag ein kostbarer, rot-beiger Perserteppich. Angeblich war er ein Geschenk des Sultans, der Maximilian in Konstantinopel empfangen hatte. Auch die Gemälde an den hellblau getünchten Wänden erinnerten an die Stationen der Reise. Sie zeigten sowohl Troja als auch Konstantinopel, aber auch andere ferne Orte, die Klara bei aller Sehnsucht, fremde Länder und Menschen kennenzulernen, wohl niemals sehen würde. Denn die Reisen der Königinmutter, bei denen Klara immer mit von der Partie war, führten höchstens nach München oder ins benachbarte Lechtal, das immerhin schon in Tirol lag.

»Hör auf zu trödeln, Grünspan!«. Das Gebell der Baronin riss Klara aus ihren Gedanken. »Bevor die Königin heute Abend kommt, gibt es Wichtigeres zu tun, als private Treffen abzuhalten.«

»Ich mache die anderen Zimmer nachher fertig, Frau Baronin«, sagte Klara und legte die restlichen Laken auf den Diwan.

»Sie brauchen mich wirklich nicht zu begleiten. Sie haben genug um die Ohren. Ich möchte Sie keinesfalls aufhalten.«

Die Baronin zog schon wieder die rechte Augenbraue hoch.

»Ich erledige das ganz schnell«, sagte Klara treuherzig. Tatsächlich war sie mit ihrem Tagwerk trotz der frühen Morgenstunde schon fast fertig. Denn sie hatte ja nicht mehr schlafen können, seit der Tross des Königs aus dem Schlosshof gerumpelt war.

Nach kurzem Zögern senkte die Baronin die Augenbraue.

»In exakt fünf Minuten sehe ich dich wieder, Grünspan. Keine Sekunde später«, sagte sie harsch, zog eine vergoldete Uhr, die sie normalerweise um den Hals trug, aus der Tasche des schwarzen Kleides und ließ sie an der feinen Kette vor Klaras Gesicht nach unten baumeln.

»Sonst schicke ich den Grafen hinunter. Das wollen wir alle vermeiden, meinst du nicht auch?«

Klara nickte, vollführte einen Knicks und huschte aus dem Schlafgemach ins angrenzende Schyrenzimmer. In dessen Erker führte eine kleine Wendeltreppe durch den Löwenturm hinunter zum Badezimmer der Königin, das im Erdgeschoss lag. Von dort kam sie nahezu ungesehen in den Schlosshof. Wer auch immer auf sie wartete: Klara wollte um jeden Preis verhindern, dass der Kammerherr Ernst von Dürckheim-Montmartin irgendetwas von dem Besuch mitbekam. Das würde nur Ärger geben. Klara erinnerte sich noch lebhaft an das Donnerwetter, das ihrem Abenteuer vor zehn Jahren gefolgt war.

Im Erker des Schyrenzimmers kniete sich Klara auf den Boden, zog an einem eisernen Ring und hob so die knarzende Falltür zur Wendeltreppe nach oben.

»Sag dem Kastellan Bescheid! Die Tür muss dringend geschmiert werden«, rief ihr die Baronin hinterher.

Wortlos ließ Klara die quietschende Klappe über sich zufallen und stürmte die Treppe hinab.

Wenn sie an Lorenz Baumgartner dachte, der als Kastellan für die Verwaltung des Schlosses zuständig war, schwirrte ihr der Kopf. Vor über zehn Jahren hatte er – damals noch als Gehilfe des Kastellans Pfeifer – im Schloss angefangen. Wenig später war er an der Seite von Klara in ein Komplott verwickelt, in dem Pfeifer eine unrühmliche Rolle spielte. Klara wusste bis heute nicht, was genau Pfeifers Part in diesem Drama gewesen war. Jedenfalls mussten sie alle schwören, niemals über das Erlebte zu sprechen. Im folgenden Jahr wurde Kastellan Pfeifer in den Ruhestand verabschiedet und durfte eine kleine Wohnung in der Nähe von Schloss Hohenschwangau beziehen.

Lorenz Baumgartner, genannt »Lenz«, wurde sein Nachfolger. Pfeifer fühlte sich von all dem zutiefst gekränkt. Bei jeder Gelegenheit machte er Lenz schlecht und behauptete, Lenz habe ihn durch Lügengeschichten und Intrigen aus dem Amt gedrängt.

Pfeifers Missgunst nagte an Lenz, der auf sein Verwalteramt stolz war und versuchte, alles besser zu machen als sein Vorgänger. Er arbeitete härter und länger, packte die Dinge entschiedener an und griff selbst dann in Arbeitsabläufe ein, wenn sie eingespielt und sinnvoll waren. Es schien fast so, als wollte er sich mit aller Macht von seinem Vorgänger abgrenzen. Das befeuerte Pfeifers Neid noch mehr.

Immer wieder tauchte der ehemalige Kastellan in der Schlossküche oder in den Stallungen auf und horchte das Personal aus. Sobald Lenz erschien, verstummten die Gespräche. Und wenn Lenz wieder außer Hörweite war, zogen die Bediensteten von Neuem über ihn her. Irgendwann drehte Lenz den Spieß um. Er ließ seinerseits kein gutes Haar mehr an Pfeifer und versuchte, das Personal auf seine Seite zu ziehen. Klara wusste genau, dass Lenz sich damit nur zu wehren versuchte. Denn er war eigentlich keiner, der über andere lästerte.

Vor fünf Jahren hatte Pfeifer der Schlag getroffen. Er war auf dem Weg zum Nachbarn gewesen und brach auf offener Straße tot zusammen. Klara und Lenz redeten zu dieser Zeit zwar kaum noch miteinander. Trotzdem merkte sie ihm bei ihren flüchtigen Begegnungen im Schloss an, dass ihn der jähe Tod Pfeifers nachhaltig erschüttert hatte. Die Bediensteten machten Lenz für Pfeifers Tod verantwortlich, weil er ihm die Stelle und damit seinen Stolz geraubt hätte. Hesselschwerdt und Mayr untersagten Lenz sogar, auf Pfeifers Beerdigung zu erscheinen.

Klara hatte mittlerweile die letzte Stufe der Wendeltreppe im Löwenturm erreicht. Sie durchquerte das kreisrunde Badezimmer im Erdgeschoss. Seit sie im Schloss Hohenschwangau Dienst tat, träumte Klara davon, ein Bad in der vergoldeten und in den Boden eingelassenen Kupferwanne zu nehmen oder den Brauseapparat benutzen zu dürfen. Vergleichbares hatte sie in der Münchner Residenz noch nie gesehen. Noch unwirklicher erschien ihr das Felsenbad. Es war durch eine Treppe und einen in den Fels gesprengten Gang mit dem Bad im Löwenturm verbunden, hatte eine Drehtür, die Stein imitierte, und bot einen herrlichen Ausblick in den Schlossgarten und auf den Säuling. Warum niemand mehr das Felsenbad benutzte, konnte Klara gar nicht verstehen.

Von außen, vom Schlossgarten, war das Felsenbad über eine stets verschlossene, zweiflügelige Tür aus roten Buntglasfenstern zugänglich. In der Mitte bildeten filigran geschmiedete Ornamente ein Guckloch, durch das Klara manchmal verträumt nach innen blickte.

Das Tageslicht zauberte allerlei Rottöne auf den glatten Marmor, mit dem der ganze Raum verkleidet war. Rotes Glas in gotischen Eisenrahmen überspannte das Gewölbe. Zum Schutz vor Unwettern hatte man darüber eine dünne Schicht mit Erde und Steinen aufgeschüttet. Das verhinderte auch den Einfall von direktem Sonnenlicht und steigerte die Stimmung, wenn man untertags ein Bad nahm und dazu Kerzen und Öllampen anzündete. Zwei lebensgroße Nixen aus Gips flankierten das rechteckige, mittig im Boden versenkte Marmorbecken. Klara malte sich aus, wie es wäre, in diesem Becken zu sitzen, den Duft der Blumenbouquets einzuatmen, die auf den Wandkonsolen verteilt wären, und das warme, mit feinen Ölen veredelte Wasser auf der nackten Haut zu spüren.

Diese zauberhafte Atmosphäre war überhaupt nicht vergleichbar mit ihrer üblichen Körperpflege, die darin bestand, dass sie sich frühmorgens über eine schmucklose Schüssel mit kaltem Wasser beugte, um sich von Kopf bis Fuß mit einem groben Lappen abzuwaschen. Vermutlich war den Majestäten die Außergewöhnlichkeit ihres Badeerlebnisses gar nicht bewusst.

Diesmal ging Klara allerdings nicht zum Felsenbad hinüber, sondern durchquerte die kleine Stube hinter dem Turmbad und betrat die Kleiderkammer. Obwohl vor ihrem geistigen Auge ständig die Uhr der Baronin hin und her pendelte blieb Klara wie angewurzelt stehen und dachte an Lenz. Hier waren sie sich zum ersten Mal begegnet. Auf dem winzigen Holztisch hinter der Tür lagen Notizzettel mit seiner Handschrift. Klara konnte ihrer Neugier nicht widerstehen und öffnete die Schublade unter der Tischplatte. In der Lade befanden sich eine Schreibfeder und ein Briefkuvert. Klara erkannte es sofort. Dieses Kuvert hatte sie Lenz vor vielen Jahren auf die Platte dieses Tisches gelegt.

Nach dem Abenteuer um die gestohlenen Dokumente und dem gewaltsamen Tod des Bauführers der Neuen Burg hatten sich Klara und Lenz innig ineinander verliebt. Sie trafen sich zu ausgedehnten Spaziergängen, die stets in unendlich lange Umarmungen und Küsse mündeten. Eines Tages aber wurde Klara zum Kammerherrn zitiert. Graf Ernst von Dürckheim-Montmartin hatte ihr unmissverständlich klargemacht, dass er eine solche Liaison nicht dulde, und verbot ihr den außerdienstlichen Umgang mit Lenz. Klara müsse sich entscheiden, ob sie die Beziehung zum Kastellan aufrechterhalten oder am Hofe der Königinmutter bleiben wolle.

Fortan trafen sie sich heimlich – entweder in der Kleiderkammer oder irgendwo im Wald. Doch seit dem Verdikt des Grafen fühlte ihr Herz sich wie zwiegespalten. Denn sie liebte Lenz, aber auch den Kammerdienst, der ihr Geborgenheit und Schutz gab. Ohne es zu wollen, wurde sie Lenz gegenüber immer reservierter. Sie umarmte und küsste ihn nicht mehr, wurde wortkarg, sagte Treffen ab. Die Angst, ihr behütetes Leben aufgeben zu müssen, wog schwerer als ihre Liebe zu Lenz.

In einer Nacht voll bitterer Tränen schrieb sie ihm, dass sie ihn zwar immer noch möge, aber nicht mehr liebe. Den wahren Grund aber sagte sie ihm nie. Manchmal, wenn sie sich zufällig begegneten, flammte die Zuneigung zu ihm wieder auf. Doch Klara verdrängte das Gefühl regelmäßig und sperrte es in einer dunklen Kammer ihrer Seele ein.

Sie musste sich beherrschen, nicht zu weinen, schloss mit einem Ruck die Schublade und eilte in die Kleiderkammer hinüber.

»Die Uhr! Nur fünf Minuten«, sagte sie laut, um sich abzulenken.

Sie riss die Tür zur Eingangshalle auf und lief mit großen Schritten an der Säulenreihe entlang bis zum Hauptportal. Die schwere Eichentür stand sperrangelweit offen, um die kühle Morgenluft hereinzulassen. Klara trat auf den Vorplatz der Freitreppe, die von Efeu und Agaven zugewuchert war, und schaute in den Schlosshof hinunter. Vor dem Prinzenbau, in dem König Ludwig und sein Bruder Otto als Kinder gewohnt hatten, stand eine einsame Gestalt. Sie blickte an der gelb getünchten Außenmauer des Prinzenbaus entlang zu einem Wandfresko, das über dem Balkon fröhliche Gaukler zeigte. Über dem ganzen Schlossareal lag frühmorgendliche Stille – abgesehen vom leisen Klappern des Geschirrs und den lautstarken Anweisungen des Küchenchefs im Untergeschoss des Prinzenbaus. Obwohl die stämmige Gestalt ihr den Rücken zuwandte, wusste Klara sofort, wer der Überraschungsgast war. Sie hatte den Mann seit zehn Jahren nicht mehr gesehen. Damals waren sie sich im Schlosshof zur Verabschiedung in den Armen gelegen.

Der Mann drehte sich zu ihr um: »Klara Grünspan! Du hast dich kein bisschen verändert«.

»Du auch nicht, Johannes Balthasar Heiland«, rief sie zurück und hastete die Treppe hinunter. »Allerdings weiß ich nicht, ob dein Besuch ein gutes oder schlechtes Zeichen ist.«

Sie trafen sich am Fuß der Treppe und standen sich für einen langen Augenblick wortlos gegenüber. Bei genauerer Betrachtung sah Klara dem Soldaten die vergangenen zehn Jahre doch an. Seine kurzen, akkurat geschnittenen, mittelblonden Haare waren von einzelnen grauen Strähnen durchzogen, die allerdings kaum auffielen. Deutlicher sichtbar waren die Fältchen um seine rehbraunen Augen.

»Tut mir leid, dass ich mich nicht schon früher gemeldet habe. Immerhin hast du mir ja das Leben gerettet«, sagte er halb entschuldigend, halb keck.

»Ach was, du hast mir nette Briefe geschrieben und Weihnachtsgeschenke geschickt«, entgegnete Klara.

Sie umarmte ihn. Gleichzeitig blickte sie sich verstohlen um. Sie wollte weder vom Kammerherrn noch von der Baronin bei einer solchen Intimität ertappt werden.

»Ich will dich nicht in Verlegenheit bringen, Klara«, sagte Heiland, dem ihre Blicke nicht entgangen waren. Als Leibwächter des Prinzen Otto kannte er die Benimmregeln bei Hof.

»Und ich weiß natürlich von dir und Lenz.« Heiland nahm ihre Hand und drückte sie sanft.

Klara blickte ihn an.

»Er schreibt mir regelmäßig ... Aber darum geht es jetzt gar nicht«, fügte er hinzu.

Klaras plötzlich aufwallender Herzschlag erinnerte sie mit Macht an das Ticken des Kreusserschen Chronografen. Mit jeder Sekunde wurde es wahrscheinlicher, dass ihr die Baronin eine Gardinenpredigt halten würde.

»Tut mir leid! Ich muss wieder ...«

Er unterbrach sie: »Hör bitte zu. Weißt du, wo der Lenz ist? Er wollte sich gestern Abend mit mir im Haus seiner Mutter treffen. Er ist nicht gekommen«.

»Er war in der Neuen Burg. Der König ist erst am frühen Morgen abgereist. Und Lenz musste bestimmt alles zusperren. Wahrscheinlich ist er todmüde ins Bett gefallen und hat verschlafen. Wo sollte er sonst sein? In der Neuen Burg übernachtet er eigentlich nie.«

»Können wir nachsehen? Seine Mutter macht sich furchtbare Sorgen. Seit damals ist er nie so lange weggeblieben, ohne dass sie den Grund kannte. Spätestens zum Frühstück hätte er bei ihr sein müssen.«

»Also gut. Wir müssen uns wirklich beeilen«, sagte sie und packte Heiland an der Hand.

Sie überquerten den Hof und kamen zum Verbindungsgang zwischen Hauptgebäude, Kavalier- und Prinzenbau. Der ganz aus Holz errichtete Korridor führte an der hinteren Küchentür vorbei zum Kavalierbau, der sich unmittelbar an den Prinzenbau anschloss. In der obersten Etage des Kavalierbaus waren während des Hoflagers immer die Offiziere untergebracht, die dem königlichen Tross angehörten. Gäste wurden im Erdgeschoss und im ersten Stockwerk beherbergt. Durch den finsteren, letzten Teil des Gangs gelangten sie schließlich wieder ins Freie.

»Da vorne ist seine Wohnung«, sagte Klara zu Heiland. Sie deutete zu einer kleinen Tür an der äußeren Schlossmauer. »Der Schlüssel hängt unter der Sonnenbank. Aber nur, wenn Lenz nicht da ist.«

Heiland fasste unter die Sitzfläche der wackeligen, offenbar selbstgezimmerten Konstruktion.

»Da ist er.« Er ließ den großen Eisenschlüssel vor ihrer Nase hin und her baumeln.

Klara fühlte sich zerrissen: Einerseits fürchtete sie die Predigt der Baronin, andererseits stieg in ihr die Angst hoch, dass Lenz etwas passiert sein könnte. Denn er war die Zuverlässigkeit in Person.

Heiland sperrte die Tür auf und betrat die Wohnung.

Klara blieb draußen stehen. Die fünf Minuten, die ihr die Baronin zugestanden hatte, waren seit mindestens fünf Minuten abgelaufen.

»Ich muss gehen. Augenblicklich!«, rief sie in den dämmrigen Hausgang hinein.

»Er ist nicht da!«, antwortete Heiland aus dem Inneren, trat aus einem Zimmer zurück in den Flur und steuerte mit großen Schritten auf sie zu.

»Ich glaube, da stimmt etwas nicht«, sagte er mit ernster Miene.

Löwenkopf

Die Fahrt von Hohenschwangau nach Linderhof dauerte, mit einem Halt in Reutte zum Umspannen, gute zwei Stunden. Der König hatte sich für die Strecke über das benachbarte Tirol entschieden. Wie fast immer. Die Straße hatte sein Vater 1850 bauen lassen, da die Anreise ins Graswangtal über Oberammergau viel beschwerlicher war.

Hesselschwerdt saß auf dem Kutschbock. Paul und Friedrich waren diesmal als Vorreiter unterwegs. Beide waren ausgezeichnete Reiter. Paul Lieb dennoch fühlte sich unbehaglich, wenn sie mitten in der Nacht über finstere Straßen und Wege ritten. Ihre Laternen leuchteten lediglich einen kleinen Radius der Umgebung aus. Der Rest versank – vor allem bei Passagen, die durch dichte Wälder führten – im Dunkel.

Ihr Weg führte sie von der Neuen Burg nach Hohenschwangau hinunter und über die Fürstenstraße, die zwischen Alpsee und Altem Schloss ihren Anfang nahm, zur Grenze. Die österreichischen Zöllner waren wie immer über die Fahrt des bayerischen Königs informiert worden. Als sich der königliche Tross der Grenze näherte, hatten sie den Schlagbaum bereits geöffnet und standen salutierend vor ihrer Diensthütte. Das letzte Teilstück der Fürstenstraße führte in Serpentinen hinunter Richtung Gasthof zum Schluxen. Die Abgründe links und rechts der Straße waren mit massiven Steinmauern gesichert. Das beruhigte Pauls Nerven bei den nächtlichen Fahrten enorm. Im Schluxen machte der König gerne Rast – meistens zu einer eher unchristlichen Zeit, nämlich mitten in der Nacht. Für die Wirtsleute war es stets eine große Ehre, wenn sich der bayerische König ankündigte. Bald sprach es sich auch bei der Bevölkerung herum, dass im Schluxen regelmäßig ein hoher Gast zugegen war. Das förderte das Geschäft.

Paul genoss die Aufenthalte im Gasthof. Die Vorreiter nahmen am großen Tisch unter dem Vordach Platz und bekamen ihre deftige Brotzeit, sobald der König versorgt war. Vor sieben Jahren war Paul in den Militärdienst eingetreten. Und erst seit damals hatte er regelmäßig Wurst und Fleisch auf seinem Teller. Paul war mit drei Geschwistern in ärmlichen Verhältnissen in Holzhausen, einem Weiler am Ammersee, aufgewachsen. Seine Eltern versuchten, die Familie mit einer bescheidenen Landwirtschaft über Wasser zu halten. Wurst oder Fleisch gab es nur an Feiertagen. Ansonsten lebten sie vom selbst angebauten Gemüse, vorwiegend von Rüben und Kartoffeln. Deswegen ließ er sich immer noch jeden Bissen Fleisch auf der Zunge zergehen.

Er war neunzehn, als ihn der Vater nach München auf die Militärakademie schickte. In den ersten Wochen plagte ihn ein fürchterliches Heimweh, aber er biss sich durch. Nach der Grundausbildung landete er beim 3. Chevaulegers-Regiment in der Münchner Lehel-Kaserne, wo er den fünf Jahre älteren Friedrich Vogelsang kennenlernte, der einen ähnlichen Weg hinter sich hatte. Friedrich redete auch über familiäre Dinge ganz offen mit ihm. Das imponierte Paul. Keiner der anderen Kameraden sprach je über seine Sorgen. Man wollte nicht als Schwächling dastehen. Friedrich machte sich darüber keinerlei Gedanken. Zwar hing er oft stumm seinen Gedanken nach und wirkte in sich gekehrt. Aber er konnte gut zuhören. Von da an wurde alles leichter für Paul. Er wusste, dass er nicht allein auf der Welt war. Ein glücklicher Zufall für sie beide.

Diesmal stand keine Rast im Schluxen an. Es ging auf direktem Weg nach Linderhof. Man unternahm auch keinen Abstecher zu einem der drei malerischen Parkbauten des Königs inmitten der Wälder zwischen dem Plansee und Linderhof, nicht einmal zur Baustelle des neusten Projekts, dem Hubertuspavillon.

Paul war bisher nur bei der Hundinghütte gewesen. Dieses aus rohen Baumstämmen gezimmerte Blockhaus hatte Ludwig II. in Anlehnung an den ersten Akt der Oper *Die Walküre* von Richard Wagner errichten lassen. Paul kannte die Oper wenigstens vom Hörensagen. Bei ihrem letzten Besuch der Hundinghütte mussten sich die Bediensteten Umhänge über die nackten Oberkörpern werfen und Lederschürzen nach Art der alten Germanen tragen. Der Boden war mit echten Bärenfellen bedeckt. Am offenen Kamin loderte das Feuer. Anschließend lagerten sie sich um den Stamm der als Esche verkleideten Buche, um die man die Hütte gebaut hatte, und tranken Met aus Hörnern. Paul mochte den Geschmack des Honigweins nicht, ließ sich aber nichts anmerken. Der König saß am Tisch oder lag in einer der Nischen und widmete sich seiner Lieblingsbeschäftigung: der Lektüre von archäologischen Prachtbänden, indischen Märchen oder Büchern über das Leben am Hof von Versailles.

Letzten Dezember war – gottlob erst nach Abreise des Königs – ein Brand ausgebrochen und hatte die Hütte bis auf die Grundmauern zerstört. Keiner wusste, wie das Feuer hatte entstehen können.

Ludwig II. selber sprach von einem Funkenflug, verursacht durch die Unvorsichtigkeit der Dienerschaft. Hesselschwerdt glaubte eher an Brandstiftung und wiederholte diesen Verdacht gebetsmühlenartig bei jeder sich bietenden Gelegenheit. Nach dem sofortigen Wiederaufbau der Hütte wurde jedenfalls auf allerhöchsten Befehl ein Wachhäuschen in der Nähe aufgestellt. Hesselschwerdts Bedenken verhallten also nicht ungehört.

Als sie das hell erleuchtete Schloss vor sich auftauchen sahen, war Paul erleichtert. Wieder einmal hatten sie die gefährliche Fahrt durch die Nacht heil überstanden. Die Fassade von Linderhof leuchtete wie der Vollmond einer sternenklaren Sommernacht. Hinter den Fenstern flackerten zahllose Kerzen. König Ludwigs Reisekutsche, eine Berline mit festem Dach, hielt vor dem Haupteingang. Paul sah gerade noch die Umrisse seines Herrn, der ins Schloss huschte. Er wollte sich eben seinem Kameraden Friedrich zuwenden, als Hesselschwerdt von der Kutsche her auf sie zugestürmt kam.

»Ihr zwei«, rief er ihnen zu. »Ihr begleitet mich!«

Ohne eine Antwort abzuwarten, riss er einem verdutzt dreinblickenden Stallburschen, der gerade eines der Pferde zum Stall führen wollte, die Zügel und eine Fackel aus der Hand und stieg auf.

»Wo soll es hingehen?«, fragte Paul schüchtern.

Er hatte sich auf einen Schluck Bier und eine Kleinigkeit aus der Hofküche gefreut. Denn seit er sich mit dem Küchenjungen Hierneis angefreundet hatte, bekamen er und Friedrich hin und wieder heimlich einen Leckerbissen zugesteckt.

»Das erzähl ich euch unterwegs.«

Hesselschwerdt gab dem schwitzenden Warmblut die Sporen. Paul und Friedrich folgten dem Marstallfourier ins Dunkel des Graswangtals.

Sie ritten den Weg zurück, den sie mit dem König gekommen waren, und erreichten auf halbem Weg zwischen Linderhof und dem nordöstlichen Ufer des Plansees den Punkt, wo die kurvenreiche Steigung begann. Hesselschwerdt hatte die ganze Zeit über kein Wort gesprochen. Plötzlich hielt er sein Pferd an. Friedrich wäre beinahe in Hesselschwerdt hineingeritten und ließ vor Schreck seine Fackel fallen. Mit einem lauten Zischen landete sie auf dem staubigen Boden der Straße.

»Wir reiten zum Marokkohaus hinüber«, sagte Hesselschwerdt zu den beiden. »Ich erwarte einen Gast.«

Hesselschwerdt deutete mit seiner Fackel zur Steigung. Tatsächlich sahen sie oberhalb ein Licht. Irgendjemand näherte sich den Serpentinen.

»Beeilung! Er wird bald unten sein. Vogelsang, steck deine Fackel in den Boden, damit er die Abzweigung zum Marokkohaus sieht. Das hatten wir als Zeichen verabredet.«

Friedrich rammte die heruntergefallene Fackel unter Mühen ins knochentrockene Erdreich. Sie überquerten eine kleine Brücke aus Holz, ritten einen gut befestigten, kurvigen Weg hinauf und fanden sich auf einer großen Lichtung wieder. Der zunehmende Mond tauchte nicht nur die Wiese, sondern auch die Stallungen und die Mauern eines kleinen, oberhalb gelegenen Gebäudes in mystisches Licht. Paul kannte das Marokkanische Haus nur aus Erzählungen. Auch Friedrich war noch nie dort gewesen.

»Rasch ins Haus. Gleich links findet ihr Streichhölzer. Zündet die Lichter im Mittelraum und im Salon rechts daneben an.«

Hesselschwerdt band sein Pferd an der Balustrade der Veranda fest und befahl ihnen, das gleiche zu tun. Dann liefen sie gemeinsam die breiten Stufen zum Eingang hinauf. Der Marstallfourier hatte den Schlüssel schon parat und sperrte die Tür auf. Im Fackelschein war die Fassade des Hauses mit ihren roten und gelben Streifen gut zu erkennen.

»Steck die Fackel da rein«, sagte er zu Paul und deutete auf eine schmiedeeiserne Halterung am Geländer. «Sobald ihr die Lampen angezündet habt, geht ihr auf die Terrasse und wartet. Wenn er kommt, schickt ihr ihn zu mir in den Salon.«

Hesselschwerdt klang ebenso nervös wie geschäftig.

Paul hielt ihn mehr denn je für einen Wichtigtuer.

Im Durchgang zum Innenhof fanden sie mehrere Streichholzschachteln – und eine kleine Petroleumlampe. Friedrich zündete sie an. Der zentrale Hauptraum des Marokkohauses funkelte und glitzerte an allen Ecken und Enden.

Paul fühlte sich in die Märchenwelt von 1001 Nacht versetzt und blickte mit weit geöffnetem Mund vom Mosaikfußboden zum pyramidenförmigen Oberlicht an der Decke des Raumes. Da war Friedrich schon längst im Salon verschwunden.

»Trödel nicht, Lieb«, riss ihn Hesselschwerdt aus seinen Träumen. »Da stehen weitere Lampen.«

»Jawohl, Herr Marstallfourier«, stammelte Paul und löste sich aus seiner Erstarrung. Er umrundete den Springbrunnen, lief von Teetischchen zu Teetischchen und zündete nacheinander alle Laternen an, die mit bunten Glaseinsätzen verziert waren.

Kunstvoll ziselierte, goldschimmernde Wände, Möbel mit farbenprächtigen Stoffen, silberne Platten, Wasserpfeifen und Räuherschalen verstärkten Pauls Eindruck vom fernen Orient. Man vergaß, dass man sich auf einer Waldlichtung an der Grenze zwischen Bayern und Tirol aufhielt.

»Und jetzt raus mit euch!« Hesselschwerdt schob die beiden auf die Veranda. »Und kein Wort mehr!« Er schloss die Tür.

»Eine Pris'?« Paul hielt Friedrich seine Schnupftabakdose hin.

Friedrich schüttelte den Kopf.

»Was soll das alles eigentlich? Kannst du dir einen Reim drauf machen?«

Friedrich zuckte mit den Schultern und zupfte an der silbernen Bordüre seiner blauen Livree. Seit sie im unmittelbaren Dienst des Königs standen, trugen sie keine militärischen Uniformen mehr.

»Kannst du dir vorstellen, mit wem er sich treffen will?«, fragte Paul.

Ein laues Lüftchen ließ die Fackel kurz aufflackern. Die Flamme knisterte. Sonst herrschte Stille. Nur ab und zu knackte es im Unterholz.

»Wer auch immer es ist, den er treffen will, er ist gleich da«, flüsterte Friedrich.

Paul blickte ihn überrascht an. Dann folgte er Friedrichs Blick und steckte hastig die Schnupftabakdose weg. Unterhalb der Treppe stand eine Gestalt. Paul hatte niemanden kommen sehen und auch nichts gehört. Nicht einmal das Pferd, dessen Zügel die Gestalt gerade an die Treppenbalustrade band, hatte einen Laut von sich gegeben. Die Person stieg zu ihnen hoch und baute sich vor ihnen auf. Es war ein älterer Mann, hochgewachsen, mit aufrechter Haltung. Unter seinem schwarzen Zylinder spitzten graue, nein, weiße Haarsträhnen hervor. Paul rutschte augenblicklich das Herz in die Hose. Vielleicht lag das an den tiefen Augenhöhlen und der bleichen Haut des Fremden. Oder an dessen überraschendem Auftauchen. Die Situation hatte für Paul etwas Groteskes. Eigentlich sollten sie längst das Bedienstetenhaus im Park von Linderhof bezogen, sich den Bauch vollgeschlagen und ein paar Stunden Schlaf vor sich haben, während der König ausgiebig speiste.

»Ist Hesselschwerdt da drin?«

Die ungewöhnlich tiefe Stimme des Mannes klang beruhigend. Erst jetzt bemerkte Paul den Stock in seiner rechten Hand.

»Er erwartet mich.«

Friedrich drückte Paul zur Seite und öffnete dem Mann die Tür. Dann verbeugte er sich. Paul tat es seinem Kameraden gleich und warf in der Bewegung einen verstohlenen Blick auf den silbernen Knauf des Stockes. Zu seiner Überraschung hatte er die Form eines faustgroßen Löwenkopfes mit rot aufblitzenden Augen.

»Willkommen, mein lieber Herr Schilling«, hörte er Hesselschwerdt drinnen sagen.

Die Tür des Marokkohauses fiel scheppernd ins Schloss. Das Geräusch hallte durch die nächtliche Stille. Paul schaute Friedrich verdutzt an. Er hatte den Namen Schilling schon einmal gehört, aber wo? Bevor er Friedrich danach fragen konnte, ging der schon die Stufen hinunter und blickte stumm über die Lichtung der Marokkowiese.

Rebellisches Herz

Lenz war kurz nach Anbruch der Morgendämmerung in der Silberkammer der Neuen Burg gestanden und hatte zunächst nicht gewusst, was er tun sollte. Dann stellte er seine Laterne auf den Boden, kniete sich hin und schaute unter den Tisch. Der Bub wich ängstlich zurück.

»Ich tu dir nichts.« Lenz versuchte, so ruhig wie möglich zu klingen. »Ich bin der Lorenz. Alle nennen mich Lenz. Wie heißt du?«

Im Lichtkegel der Lampe wirkte das zarte Gesicht des Buben irgendwie fleckig.

Lenz kroch ein Stück nach vorn. Seine Stirn berührte fast die Tischkante.

»Was machst du hier?«, fragte er, streckte die rechte Hand nach dem Buben aus und stieß mit dem Knie gegen die Laterne. Er bekam sie gerade noch zu fassen, bevor sie umkippte. Als er wieder nach vorn blickte, war der Bub verschwunden. Lenz sprang auf und hob die Laterne in die Höhe.

»Wo bist du, Kleiner? Du brauchst wirklich keine Angst vor mir zu haben.«

Er suchte mit der Laterne den Raum ab. Gleichzeitig fiel durch das Fenster das erste Licht des Tages. Nach einer Weile entdeckte Lenz die Silhouette des Buben in der hintersten Ecke zwischen Fenster und Geschirrschrank. Er drückte sich so fest gegen die Mauer, wie er konnte. Sein kleiner Körper zitterte.

Lenz wollte ihn nicht noch mehr verstören, stellte die Lampe auf den Tisch und dachte angestrengt nach. Er hätte den Buben mühelos fangen können. Aber das wäre wohl nicht ohne Gezeter und Gebrüll über die Bühne gegangen. Lenz hatte das beim Sohn seines besten Freundes Wiggerl erlebt. Ludwig, wie er eigentlich hieß, war Metzgermeister in Füssen und konnte kräftig zupacken. Er hatte einen Griff wie ein Schraubstock. Wenn ihm sein kleiner Simon wieder einmal im Weg stand, riss dem Wiggerl gern der Geduldsfaden. Dann packte er den Wurm und presste ihn unter eine Achsel. Wie eine Rinderkeule, die er in sein Geschäft am Füssener Brotmarkt trug. Und es machte ihm gar nichts aus, dass Simon jedes Mal wie verrückt zappelte, sich aus dem Griff herauszuwinden versuchte und ohne Unterlass jaulte. Genau das wollte Lenz aber vermeiden.

»Willst du mir nicht deinen Namen verraten?«

Der Bub blickte zu ihm hoch, schaute aber geschwind wieder auf den Boden.

»Wie kommst du überhaupt hierher? Du weißt schon, dass du im Schloss des Königs bist?«

Der Bub stierte weiter hinunter.

»Erkennst du meine Uniform? Ich bin der Kastellan. Ich muss auf das Schloss aufpassen. Und weil der König jetzt für ein paar Tage weggefahren ist, muss ich alles zusperren. Willst du mir dabei helfen?«

Er zog seinen Schlüsselring aus der Jackentasche und klimperte damit. Der Bub blickte ihn neugierig an. Anscheinend hatte Lenz den richtigen Dreh gefunden, seine Aufmerksamkeit zu wecken. Sie würden gemeinsam die letzten Türen abschließen und dann nach Hohenschwangau hinunterlaufen, schnurstracks zur Gendarmerie-Station. Sollten sich doch die dortigen Herrschaften um das Rätsel seiner Herkunft kümmern. In Abwesenheit des Königs, mit dessen Bewachung sie sonst den ganzen Tag über beschäftigt waren, hatten sie schließlich reichlich Zeit. Lenz machte einen Schritt auf das Kind zu. Obwohl es seinen Blick sofort wieder abwandte, hatte Lenz das Gefühl, dass es nicht mehr so verängstigt war.

»Ganz zum Schluss müssen wir das große Schlosstor zusperren. Wenn du willst, darfst du das machen.«

Lenz stand vielleicht noch zwei Armlängen von dem Kleinen entfernt. Die aufgehende Sonne schien dem Buben jetzt direkt ins Gesicht. Lenz schätzte ihn auf fünf bis sechs Jahre, also nur ein wenig älter als Simon, den Sohn seines Freundes Wiggerl. Die Haare des Buben waren kohlrabenschwarz und derart strubbelig, dass man den Eindruck haben konnte, er sei gerade erst aufgestanden. Die Augen wirkten verweint und aus dem linken Nasenloch quoll eine eindrucksvolle Rotzglocke. *Gleich läuft sie dir in den Mund,* dachte sich Lenz. Stirn und Wangen des Buben waren dreckverschmiert, als habe er mit Erde gespielt und seine schmutzigen Finger am Gesicht abgewischt.

»Dazu muss man sehr sehr stark sein. Das Tor ist nämlich ziemlich groß und schwer.«

Der Bub starrte noch immer an sich hinunter – allerdings nicht auf den Boden, wie Lenz gedacht hatte, sondern auf das, was er in Händen hielt. Lenz konnte es nicht erkennen.

»Zeigst du mir, was du da hast?«

Lenz wagte noch einen Schritt in die Richtung des Buben, der seine Hände jetzt so fest zusammenpresste, als wolle er ihren Inhalt nicht nur verbergen, sondern auch beschützen.

»Ich nehm es dir nicht weg. Keine Angst. Wenn du mir mit dem Schlosstor helfen möchtest, brauchst du beide Hände.«

Lenz ging einen letzten Schritt auf den Buben zu, stand schließlich direkt vor ihm und kniete sich hin, um in sein Gesicht zu schauen. Gebannt blickte der Bub auf das Ding in seinen Händen und würdigte Lenz keines Blickes.

»Ich kann deine Hilfe wirklich gebrauchen. Wir müssen nur noch meinen Hut holen. Den hab ich in der Wäschekammer liegen lassen.« Er deutete mit der Hand zur Tür und ließ den Buben nicht aus den Augen. »Ist das ein Spielzeugsoldat?«

Zwischen den zusammengepressten Händen des Buben war der untere Teil einer Holzfigur mit schwarzen Schuhen und einer dunkelblauen Uniformhose zu sehen.

»Ich kenne noch jemand, der solche Figuren hat. Ich selber habe leider nie eine besessen und würde gern mal damit spielen.«

Zum ersten Mal schaute ihn der Bub richtig an. Er hatte ein Lächeln auf den Lippen.

»Vielleicht gleich auf dem großen Tisch, unter dem du dich versteckt hast. Würdest du mir das erlauben?«

Lenz stand auf, ging zu dem mächtigen Eichentisch, stützte sich mit beiden Händen auf die Platte und blinzelte dem Buben aufmunternd zu. Der kam tatsächlich zu ihm herüber und stellte die Spielzeugfigur in den Lichtkegel der Laterne. Aber ... Lenz traute seinen Augen nicht. Etwas an diesen Soldaten kam ihm sehr bekannt vor.

Bevor er weiter darüber nachdenken konnte, hörte er von draußen Stimmen.

Ist noch jemand im Schloss? Oder sind die Maler zurück? Hat jemand was vergessen? Er verstand zwar kein Wort, aber offensichtlich waren es mehrere Personen, die sich auf dem Gang unterhielten.

Das Gesicht des Buben wurde kreidebleich. Er presste die Lippen fest aufeinander.

»Jeden Winkel durchsuchen!«, rief eine tiefe, männliche Stimme ganz in ihrer Nähe.

Der Bub jaulte auf. In seinem Schritt bildete sich ein dunkler Fleck, der schnell größer wurde. Er zitterte am ganzen Leib.

Wer auch immer da draußen war, der Bub fürchtete sich vor ihm.

Cornelius hatte vor Wut geschäumt.

»Wie konnte das passieren? Warum habt ihr nicht besser aufgepasst? Idioten!«, hatte er seine Helfer angebrüllt.

Der Rotzlöffel war ihnen entwischt.

Die vier Burschen schauten ihn betreten an. Einer von ihnen scharrte beschämt mit den Fußspitzen im Kies. Ein anderer kratzte sich verlegen am Kopf. Sie standen im unteren Hof der Neuen Burg, vor sich die leere Kiste.

»Hatte ich etwa gesagt, dass ihr mich alle begleiten sollt?«, zischte Cornelius.

Speichel spritzte durch seine Zahnlücke und traf den Nebenmann im Gesicht. Der rührte sich nicht und tat so, als ob er nichts bemerkt hätte. Denn Cornelius war für seinen Zorn gefürchtet.

»Einer von euch hätte aufpassen sollen!«

Cornelius trat gegen die leere Kiste. Bisher war doch alles reibungslos gelaufen. Der Mittelsmann hatte die zwei Schlüssel unter einen Granitblock am Steinmetzplatz gelegt. Weil momentan alle Bauarbeiten ruhten, war das ein sicheres Versteck. Der eine Schlüssel passte zum Schlosstor. Der andere zum kleinen Haus im unteren Hof, neben dem Torgebäude. Dort wollten sie die Kiste mit dem Kind verstecken. Der Bub musste aufgewacht sein und sich irgendwie befreit haben – möglicherweise, indem er mit seinem dünnen Ärmchen durch das Atemloch griff und die Riegel löste. Cornelius war von Anfang an der Meinung gewesen, dass das Loch viel zu groß sei und zu nah an den beiden Riegeln.

»Weit is der g'wieß no ned kemma, oda?«, versuchte der Jüngste von den vieren zu beschwichtigen, der als einziger den Mumm hatte, etwas zu sagen.

Cornelius ballte die Fäuste. Am liebsten hätte er zugeschlagen. Eigentlich hatte er vorgehabt, seine Helfershelfer nach getaner Arbeit heimzuschicken. Jetzt brauchte er sie weiterhin.

Vorgestern hatten sie sich in Partenkirchen getroffen. Der Mittelsmann sorgte dafür, dass sie sich ohne jedes Aufsehen in den Tross der Lastenträger zum Schachenschloss einreihen konnten. Sie taten so, als würden sie dazugehören, und erregten keinerlei Verdacht. Tatsächlich aber sollten sie den Buben suchen, mit Chloroform betäuben und in einer der großen Transportkisten ins Tal bringen. An der Wettersteinalm wurden sie zu diesem Zweck von einem zweispännigen Packwagen erwartet. Auf dem Schachen verabschiedeten sie sich vom Gehilfen des Stabskontrolleurs und gaben vor, sie hätten den Auftrag, die Kiste sofort zur Hofhaltung nach Hohenschwangau zu bringen. Cornelius konnte sogar ein entsprechendes Schreiben des Stabskontrolleurs Friedrich Zander vorzeigen, denn der Mittelsmann war geschickt genug gewesen, Schrift und Unterschrift zu fälschen.

In Hohenschwangau angelangt, fuhren sie – unbehelligt von der Wachmannschaft, die nirgendwo auszumachen war – zur Neuen Burg hinauf. Knapp unterhalb der Schänke löschten sie das letzte Licht am Wagen, rangierten ihn auf ein halbwegs ebenes Plateau unter Bäumen und warteten, bis der Tross des Königs, von oben kommend, an ihnen vorbeirauschte. Weil sie trotzdem noch Licht hinter den Fenstern der Neuen Burg sahen, warteten sie erst einmal ab. Wahrscheinlich waren die Maler noch an der Arbeit, mutmaßte Cornelius. Von ihren legendären Nachtschichten hatte er schon gehört. Der Mittelsmann hatte schon angekündigt, dass sie die Neue Burg möglicherweise erst in den Morgenstunden verlassen würden. Und tatsächlich: Gegen halb Fünf passierten, wieder von oben kommend, zwei offene Gesellschaftskutschen mit mehreren Passagieren ihr Versteck. Die Lichter im Schloss waren erloschen.

Erst als die Kutschen außer Sichtweite waren, wagten sich Cornelius und seine Helfer mit dem Packwagen aus ihrem Versteck. Die letzten drei Serpentinen bis zur Neuen Burg nahmen sie im Schritttempo. Der dämmernde Morgen tauchte den Weg in ein diffuses Licht. Sie stellten den Wagen an der letzten Serpentine ab und trugen die Kiste mit dem Buben, der noch immer keinen Laut von sich gab und sich offensichtlich auch nicht bewegte, nach oben. Zu Cornelius' Überraschung war das Schlosstor nicht abgesperrt, sondern nur angelehnt gewesen.

»Habt ihr das Tor hinter uns zu gemacht, als wir vorhin reingegangen sind? Da ist doch ein Riegel an der Innenseite. Hat den denn keiner von euch Schwachköpfen vorgeschoben?«

Es kam keine Antwort. Stattdessen herrschte nur betretenes Schweigen.

»Dann schau nach. Rasch!«, fuhr Cornelius den Jüngsten an. »Du gehst mit ihm mit, sagte er zu einem anderen. Und wir gehen nach oben.«

Er zog die beiden Übrigen an den Ärmeln in Richtung Freitreppe, die zum oberen Hof führte. Cornelius kannte die Neue Burg in- und auswendig. Seit einiger Zeit hatte sich – nach »Neubau« und »Neue Burg« – die Bezeichnung »Burg Neuschwanstein« eingebürgert. Sie ging auf die alte Burg Schwanstein auf dem Hügel gegenüber zurück, die ihrerseits auf den Resten eines frühmittelalterlichen Turmes entstanden war, den man *Der Schwan* genannt hatte. Ludwigs Vater hatte die alte, damals weitgehend verfallene Burg Schwanstein 1832 gekauft und zum heutigen Schloss Hohenschwangau umbauen lassen.

Cornelius war zornig auf Ludwig II. – noch mehr aber auf dessen Umfeld, auf die Minister und auf alle, die für die finanzielle Misere verantwortlich waren. Er hatte viele Jahre gute Arbeit geleistet, war stets zuverlässig gewesen, hatte sein Leben aufs Spiel gesetzt. Für einen Gerüstbauer wie ihn stellte die Neue Burg eine enorme Herausforderung dar – vor allem der Bauabschnitt über der Pöllatschlucht. Vor knapp vier Jahren war das Gerüst am Palas gefallen. Bis dahin stand Cornelius beim Münchner Zimmermeister Anton Ehrengut unter Vertrag, der ihn immer anständig und pünktlich bezahlt hatte.

Im Frühjahr 1882 hatte ihn der Bauführer Josef Adelmannseder gebeten, das Gerüst für den geplanten Ritterbau auf eigene Rechnung aufzustellen. Cornelius sagte zu, besorgte das benötigte Material und stellte Handlanger ein. Die Arbeiten waren allerdings deutlich aufwendiger als gedacht. Und weil sich die Bauleitung entschloss, gleichzeitig den nordöstlichen Aussichtsturm und die Kemenate in Angriff zu nehmen, musste Ehrengut doch wieder einspringen. Denn diese Aufgaben hätten Cornelius überfordert: Er wollte keinen Kredit aufnehmen, um Material und Handlanger vorzufinanzieren. Also übernahm Ehrengut den gesamten Auftrag inklusive Ritterbau und stellte Cornelius wieder ein. Allerdings blieb Cornelius auf jenen Kosten sitzen, die er schon vorgestreckt hatte. Außerdem zahlte ihm Ehrengut den vereinbarten Lohn nicht aus. Als Cornelius Ehrenguts Vorarbeiter darauf ansprach, erhielt er zur Antwort, dass der König bei der Firma Ehrengut mit etwa 100.000 Mark im Rückstand sei, weshalb Ehrengut seinerseits momentan nicht zahlen könne.

»Die Tür in den Palas ist ja auch noch offen«, stellte Cornelius verblüfft fest. »Die haben sie wohl ebenfalls vergessen beim Rausgehen.«

Sie passierten einen Geräteschuppen am Ende der Freitreppe. Daneben sahen sie das Gerüst der zukünftigen Kemenate, das tief unten in der Pöllatschlucht seinen Anfang nahm. Mit einer Lage ragte es schon über die Felskante. Cornelius kannte die Schlossbaupläne nicht im Detail. Zudem äußerte der Bauherr ständig neue Änderungswünsche. Jedenfalls sollte der gewachsene Fels bis weit hinunter mit Kalksteinplatten verblendet werden. Als Cornelius vom Bauführer Adelmannseder erfuhr, dass die Treppe im Turm der Kemenate bis zur Schlucht führen sollte, wunderte er sich zuerst. Dann aber überlegte er sich, dass die Pöllat an dieser Stelle wohl aufgestaut werden sollte – weshalb eine Bootsanlegestelle am Fuß des Turms natürlich eine sinnvolle Angelegenheit wäre. Für diesen künstlichen See müsste man freilich eine gewaltige Staumauer ins Bachbett der Pöllat setzen. Davon abgesehen, fand es Cornelius eigen, dass der König eine Kemenate, also ein »Frauengemach« in Auftrag gegeben hatte, obwohl es in Ludwigs Leben gar keine Frau gab. Seine Verlobung mit Sophie, der jüngeren Schwester der österreichischen Kaiserin Elisabeth, hatte er vor knapp achtzehn Jahren aufgelöst. Und eine andere Herzensdame war weder bekannt noch in Sicht.

Cornelius' Wut steigerte sich. Wo sollte das alles hinführen? Der König befahl ein Projekt nach dem anderen, bezahlte aber nicht einmal seine treuesten Arbeiter – obwohl er im vergangenen Jahr angeblich eine Anleihe über einen größeren Millionenbetrag getätigt hatte. So hieß es zumindest in der Gerüchteküche, die stets am Köcheln war. Cornelius verstand nicht, warum er trotzdem noch kein Geld gesehen hatte. Er vermutete, dass das mit den weiteren Projekten Seiner Majestät zusammenhing. Offenbar steckte der König Unsummen in den Bau des Neuen Schlosses auf der Chiemseeinsel. Außerdem hatte er anscheinend die Ruine Falkenstein bei Pfronten erworben. Aus der Gerüchteküche verlautete, es gäbe Planungen für eine neue Burg anstelle der Ruine, die noch abenteuerlicher gelegen sei als Neuschwanstein.

Weil die Bauarbeiten an der Neuen Burg bei Hohenschwangau in diesem Frühjahr auf Grund des milden Winters zeitig wieder aufgenommen wurden, hatte Cornelius gehofft, endlich sein Geld zu bekommen – und weitere eigene Aufträge. Auf sein Geld wartete er noch immer. Dafür hatte er neue Aufträge für Arbeiten am Ritterbau und an der Kemenate erhalten. Um Material und Gehilfen bezahlen zu können, musste er allerdings im Juni bei der Füssener *Distrikt-Sparkasse* ein Darlehen über 220 Mark aufnehmen. Und bis Ende des Jahres musste er die Summe samt Zinsen zurückzahlen.

»Da ist der Rotzlöffel rein. Darauf verwette ich meine letzten Pfennige!«, rief Cornelius.

Er kletterte flink über herumliegende Gerüststangen, überquerte die Schienen der Transportloren und hastete zum Palas.

»Mir sollt'n z'erst an Hof absuchn, ned woa? Da san an hauffn Versteck'.«

Cornelius hörte gar nicht mehr hin. Seine Helfershelfer waren ihm längst lästig geworden. Und der Rest des Auftrags ging sie eigentlich auch gar nichts mehr an. Er nahm zwei Stufen auf einmal und drehte sich am obersten Absatz zu den beiden anderen um, die noch am Fuß der Treppe standen.

»Auf geht's! Kommt endlich rauf!!«

Von seinem Standpunkt hatte er einen ausgezeichneten Überblick über die Baustelle der Neuen Burg. Hinter dem Torbau stieg schon die Morgensonne auf. Cornelius seufzte. Die bewaldeten Hügel schimmerten in einem freundlichen Grün, das ein Maler nicht schöner auf eine Leinwand hätte zaubern können. Der dunkle Bannwaldsee glitzerte und funkelte, als trieben Diamanten und Edelsteine auf seiner Oberfläche. Er hatte den Ort geliebt. Hier hatte sich sein Leben abgespielt. Doch jetzt spürte er vor allem Hass.

Der erste Tiefpunkt war der Unfall von Max gewesen. Dazu kamen die Geldsorgen, die sein Herz rebellisch werden ließen. Cornelius schüttelte die Wehmut ab. Die Rebellion blieb.

»Beeilung, ihr zwei! Er ist irgendwo da drinnen«, sagte er zu den Männern, die inzwischen keuchend neben ihm standen.

Vor lauter Aufregung versäumte es Cornelius, darüber nachzudenken, weshalb die Tür zum Palas, also zum Allerheiligsten des Königs, überhaupt offenstand. Weil sie mitbekommen hatten, dass der königliche Tross und die beiden Kutschen der Maler die Neue Burg verlassen hatten, ging er davon aus, dass sich keine Menschenseele mehr auf der Baustelle herumtrieb – außer dem kleinen Ausreißer.

Cornelius nahm sich vor, seine Helfershelfer wegzuschicken, sobald sie das Kind aufgestöbert haben würden. Danach wollte er den Buben im Geräteschuppen am Fuß der Freitreppe einsperren und seinen eigentlichen Auftrag erfüllen. Das Ganze sollte ausgerechnet am kommenden Dienstag über die Bühne gehen, also am 25. August 1885, quasi als »spezielles Geburtstagsgeschenk für den König«. So hatte es der Auftraggeber spöttisch genannt.

Die Entführung des Buben hatte sich der Mittelsmann ausgedacht. Er handelte wie Cornelius auf Anweisung des Auftraggebers, verfolgte aber auch eigene Ziele. Dazu gehörte die Entführung des Buben. Cornelius hatte sich darauf eingelassen und der Mutter des Kindes den verschlossenen Brief in den Rucksack gesteckt. Dadurch, dass sich der Bub aus der Kiste befreit und das Weite gesucht hatte, war jetzt die ganze Mission gefährdet. Deswegen bangte Cornelius um die 250 Mark, die ihm der Auftraggeber versprochen hatte. Er brauchte das Geld aber dringend. Also musste er den flüchtigen Buben unbedingt finden.

Außerdem hatte Cornelius seinem Neffen Max ein Versprechen gegeben und zu dessen Erfüllung schon alles eingefädelt: Weil er wusste, dass die Neue Burg in jenen Tagen zeitweise unbewacht war, wollte er die Gelegenheit nutzen, um Max heimlich die Baustelle zu zeigen. Um das alles unter einen Hut zu bringen, war ihm fast nichts anderes übriggeblieben, als das entführte Kind mit zur Baustelle zu nehmen. Auch wenn das einen zusätzlichen Aufwand für ihn bedeutete.

Wie er seinen gelähmten Neffen Max zur Neuen Burg hinaufbringen würde, wusste er immerhin schon: mit dem Packwagen, auf dem sie die Kiste mit dem Buben nach Hohenschwangau transportiert hatten. Natürlich musste er höllisch aufpassen, dass das Ganze nicht entdeckt wurde. Für den Fall der Fälle hatte er sich sogar schon eine Ausrede überlegt. Und Max freute sich unbändig auf dieses Abenteuer. Deshalb stand Cornelius unter Zugzwang – zumal er sich Vorwürfe machte, am Leid seines Neffen mit schuld zu sein. Denn Max war ja nur deshalb gelähmt, weil er über die Vermittlung von Cornelius die Arbeit im Steinbruch bekommen hatte. Mit dem Besuch auf der Baustelle wollte Cornelius ein Stück weit Wiedergutmachung leisten. Doch jetzt war er sich nicht mehr so sicher, ob sich dieses Vorhaben realisieren lassen würde.

»Schaut in jede Ecke«, knurrte er seine Helfershelfer an. »Und findet den Buben – so schnell es geht!«

Cornelius sollte niemanden verletzen oder gar töten. Aber wenn der Bub ihn sehen würde, könnte er ihn später wiedererkennen. Und das änderte alles: Dann durfte er ihn nicht am Leben lassen. Cornelius verfluchte sich, dass er sich überhaupt darauf eingelassen hatte, ein Kind zu entführen.

Dem Buben, der sich in die Hosen gemacht hatte, war die Angst auch ins Gesicht geschrieben. Er schien sich schrecklich vor dem Mann zu fürchten, der da zu hören war. Lenz hatte keine Ahnung, was in dem Kind vorging. Allerdings mahnte ihn eine innere Stimme, es beherzt bei der Hand zu nehmen und sofort durch die einzige Tür der Kammer in den Flur zu verschwinden. Sonst gab es aus der Silberkammer kein Entrinnen. Einen Sprung aus dem Fenster würde man wegen der Höhe kaum überleben.

»Komm, nimm die Holzfigur. Wir spielen später!«

Der Bub reagierte nicht, starrte auf die Tür und wirkte wie hypnotisiert. Von draußen näherten sich Schritte. Lenz musste handeln.

»Ich weiß ein Versteck. Da findet uns keiner. Auch der böse Mann nicht.«

Die Lippen des Buben bebten, sein Atem raste, die Rotzglocke bewegte sich stoßweise auf und ab.

Das Versteck, an das Lenz dachte, war ein Kellerraum im Torbau. Er war durch eine Geheimtür getarnt: Wer den Raum betreten wollte, musste einen Kerzenhalter an der Wand zur Seite kippen. Diese Bewegung löste einen Entriegelungs-Mechanismus aus, der es erlaubte, die Wand beiseite zu schieben und durch den entstehenden Spalt hindurchzugehen. Vor vielen Jahren hatte dieses Versteck einem Geheimbund von Arbeitern und Bediensteten als Treffpunkt gedient. Kaum jemand wusste von seiner Existenz und vom Trick mit dem Kerzenhalter. Lenz aber schon.

Die Schritte kamen näher.

»Du musst mir vertrauen. Bitte!«

Der Bub wirkte noch immer wie versteinert. Lenz spürte eine panische Verzweiflung in sich aufsteigen. Urplötzlich überfielen ihn die furchtbaren Erinnerungen an jene Nacht vor zehn Jahren.

Schon wieder hier! So viel Pech kann ein Mensch doch gar nicht haben.

Es gab nur noch einen Ausweg. Zwar würde das die unbekannten Eindringlinge auf sie aufmerksam machen, aber hier saßen sie unweigerlich in der Falle. Er musste die Flucht nach vorne antreten.

Sein Ziel war die Tür am Ende des Flurs, hinter der das Ritterbad lag. Er klemmte sich den stocksteifen Buben wie einen Sack Mehl unter die Achsel. Das dumme Kind fing augenblicklich zu schreien an.

Das Ritterbad befand sich, wie so vieles in der Neuen Burg, noch im Rohbau. Es erstreckte sich direkt unterhalb des Thronsaals über drei Geschosse, war mit hellem Marmor verkleidet und sollte in der Mitte ein großes Becken bekommen. In der Nähe des zukünftigen Beckens führte eine große Tür ins Freie.

Lenz machte üblicherweise einen großen Bogen um das Ritterbad. Denn dieser Ort weckte bei ihm böse Erinnerungen: Hier war damals das Drama um das geheimnisvolle Päckchen zu Ende gegangen. Aber das spielte jetzt keine Rolle. Es gab keinen kürzeren Weg ins sichere Versteck des geheimen Kellerraums.

Mit den Zähnen hielt er den Spielzeugsoldaten. Mit der rechten Hand griff er nach dem Schlüsselbund in seiner Jackentasche. Und unter dem linken Arm zappelte und brüllte der Bub. Beinahe wäre er ihm ausgekommen. Also packte Lenz fester zu.

»Tut mir leid!«, nuschelte er mit der Holzfigur zwischen den Zähnen. Er rannte von der Silberkammer auf den Gang hinaus, bog scharf nach rechts ab und warf einen flüchtigen Blick zur anderen Seite. In der Vorhalle tanzten Schatten auf den Holzplanken. Sie kamen in ihre Richtung.

»Bleibt, wo ihr seid! Ihr habt keine Chance!«, schrie der Mann, dessen Stimme der Bub so fürchtete.

Lenz dachte nicht im Traum daran. Sekundenbruchteile später stand er keuchend vor der Tür zum Ritterbad. Es war gar nicht so einfach, mit dem zappelnden Kind unter der linken Achsel, den Schlüsselbund so in die rechte Hand zu bekommen, dass er gleich den passenden Schlüssel parat hatte.

Vom Vorplatz stürmten drei Männer in den Gang. Sie waren vielleicht noch dreißig Fuß von ihnen entfernt. Lenz konnte ihre Gesichter im Halbdunkel kaum erkennen. Aber den, der als erster auf sie zulief, hatte er schon öfters auf der Baustelle gesehen – und zwar beim Gerüstbau. Es war einer der Arbeiter.

»Stehenbleiben!«, schrie der Mann Lenz voller Wut hinterher.

Mit einem Mal hörte der Bub auf zu schreien und hing schlaff in Lenz' Umklammerung.

Hinter der Tür zum Ritterbad ging es fünfundzwanzig Fuß in die Tiefe. Dieser Zugang war für die Dienerschaft gedacht, die später, wenn alles fertig war, hinter der Marmorverkleidung – ohne den Badenden zu stören – bis zum Wasserbecken hinabsteigen können sollte. Im Moment gab es hier nur eine provisorische Wendeltreppe aus Holz. Sie stand mitten im leeren Raum und war nur an einigen wenigen Stellen an der Wand und dem Boden befestigt. Wenn man sie betrat, wackelte sie bedenklich hin und her. Kaum einer wollte sie benutzen und man nahm lieber einen Umweg über die Haupttreppe in Kauf. Doch der Weg dahin war ihnen durch die Eindringlinge abgeschnitten.

Lenz steckte den Schlüssel ins Loch – in der Hoffnung, den richtigen erwischt zu haben. Im Rücken meinte er fast schon den Atem der Eindringlinge zu spüren.

Die Farben des Orients

»Der König hat Angst um sein Leben«, sagte Hesselschwerdt zu Herrn Schilling und hielt ihm ein vergoldetes Zigarettenetui entgegen. Als Herr Schilling mit einem Kopfschütteln ablehnte, pickte sich der Marstallfourier eine Zigarette heraus und steckte das Etui wieder in seine Jackentasche.

»*Elephants* sind einfach die besten«, sagte Hesselschwerdt.

Er zündete sich die Zigarette an, nahm einen tiefen Zug und stieß den Rauch genussvoll wieder aus. Die bunte Wanddekoration im Marokkanischen Haus verblasste für einen Augenblick hinter dem Qualm.

Herr Schilling konnte diesen orientalischen Firlefanz nicht ausstehen. Er bevorzugte weiße Wandflächen und schlichte Möbel. Hier aber taten ihm vor lauter Farben und Formen die Augen weh.

»Seine Majestät steckt mir gelegentlich eine seiner Zigaretten zu.«

»So, so …«, entgegnete Herr Schilling gelangweilt.

Er musterte Hesselschwerdt von oben bis unten und nahm zum ersten Mal wahr, wie sehr der neue Privatsekretär dem Stallmeister Richard Hornig ähnelte: der gleiche stechende Blick, der gleiche buschige Vollbart, die gleichen, mit Unmengen von Haarwachs nach hinten gekämmten Haare. Vor allem der ungezügelte Bartwuchs war für einen Angehörigen des Militärs ungewöhnlich, wenn nicht gar unmöglich. Dies galt selbstverständlich auch für Hofchargen wie den Marstallfourier. Allerdings schien der König selber Vollbärte sogar zu bevorzugen.

Auch die stämmige Figur und das übertrieben würdevolle Auftreten erinnerten Herrn Schilling an Hornig. Hesselschwerdt nahm sich wichtig, seit er vor ein paar Jahren zum Marstallfourier befördert worden war. Herr Schilling sah ihn hin und wieder in der Residenz und fand sein Verhalten gegenüber dem Stallpersonal, das ihm unterstellt war, unmöglich. Hesselschwerdt hatte offenbar vergessen, dass er als einfacher Postillion in den Hofdienst eingetreten war und seine steile Karriere allein der Gunst des Königs verdankte. Als Marstallfourier betreute er nicht nur die Pferde, Wagen und Kutschen Ludwigs II. Er musste auch dafür sorgen, dass die häufigen Orts- und Quartierwechsel des Königs möglichst reibungslos verliefen.

Deswegen war er in den Augen Herrn Schillings – trotz aller Antipathie, die Herr Schilling gegen ihn hegte – ein ungemein hilfreiches Werkzeug.

»Ich bin aber nicht an diesen abgelegenen und«, Herr Schilling suchte nach dem richtigen Wort, »bizarren Ort gekommen, um mit Ihnen über die bevorzugte Zigarettenmarke Seiner Majestät zu plaudern.«

»Nein, natürlich nicht. Es geht um Wichtigeres«, entgegnete Hesselschwerdt gönnerhaft.

Er zog erneut an der Zigarette, ließ sich tief in das mit roter Seide bespannte Sofa sinken und pustete den Rauch an die Zimmerdecke.

»Sie sind für Ihre Diskretion bekannt, verehrter Herr Schilling. Und genau das ist es, was Seine Majestät jetzt am bittersten benötigt.«

»Wenn Sie es sagen, Herr Marstallfourier.«

Herr Schilling war so diskret, dass er nicht einmal seinen Vornamen verriet. Denn als Agent wollte er möglichst gar nichts Persönliches preisgeben. Kontakt zu anderen Menschen knüpfte er nur dann, wenn er sich davon einen beruflichen Nutzen versprach. Ansonsten lebte er zurückgezogen und allein in einer kleinen Wohnung am Münchner Karlsplatz. Seine Karriere bei der bayerischen Geheimpolizei hatte er während der revolutionären Umtriebe im Jahr 1848 begonnen. Unter König Maximilian II. stieg er rasch auf. Bald konnte er schalten und walten, wie er wollte. Man betraute ihn mit allerlei Sonderaufträgen, fragte aber nie, wie er sie ausführte. Anscheinend waren seine Vorgesetzten einfach nur froh, dass er sich für sie die Hände schmutzig machte.

»Wie Sie bestimmt wissen, befindet sich die königliche Kasse in einem beklagenswerten Zustand«, sagte Hesselschwerdt.

Herr Schilling hätte beinahe lauthals gelacht, konnte es sich aber gerade noch verkneifen, indem er die aus seiner Sicht verboten blau leuchtende Bordüre des orientalischen Teppichs fixierte. Natürlich war er – wie immer – bestens informiert, erst recht, nachdem der ehemalige Polizeirat Pfister zum neuen Hofsekretär ernannt worden war. Pfister genehmigte sich nach Dienstschluss im Bavariakeller oberhalb der Münchner Theresienwiese regelmäßig das eine oder andere Bier. Das wusste sich Herr Schilling zunutze zu machen. Denn spätestens nach der dritten Maß wurde Pfister redselig und plauderte aus dem Nähkästchen.

Allerdings hatte Pfister den Posten als Hofsekretär inzwischen verloren und an Hermann Gresser abgeben müssen.

»Jetzt will der König auch noch Gresser loswerden, weil der in Sachen Geldbeschaffung ebenso versagt hat wie sein Vorgänger«, sagte Hesselschwerdt. Seine Zigarette war fast ganz heruntergebrannt.

»Seit Bürkels Demission im vergangenen Jahr wechselt Seine Majestät die Hofquellensucher, vulgo Hofsekretäre in immer kürzeren Abständen, wie mir scheint«, ergänzte Herr Schilling.

Tatsächlich war Polizeirat Pfister, Bürkels Nachfolger als Hofsekretär, kein Jahr im Amt gewesen. Und wenn jetzt auch Gresser schon wieder seinen Hut nehmen sollte, musste sich Herr Schilling gar nicht mehr darum bemühen, mit ihm in Kontakt zu treten.

»Ich dachte, Gresser sei beim Kauf der Burgruine Falkenstein höchst hilfreich gewesen«, wunderte sich Herr Schilling.

Hesselschwerdt drückte die Zigarette in einem gläsernen Aschenbecher aus, blickte Herr Schilling erstaunt an und nickte.

»Ich sehe, Sie sind bestens informiert. Das ist sehr gut.«

»Und wenn ich die richtigen Schlüsse ziehe«, fuhr Herr Schilling fort, »sollte niemand erfahren, dass es der König war, der die Ruine kaufen wollte. Deshalb gab sich Hauptmann Gresser als Kunstmaler aus, der am Erwerb der Ruine interessiert sei, und führte die Einheimischen so lang an der Nase herum, bis sie ihm nicht nur die Ruine verkauften, sondern auch Grundstücke in der unmittelbaren Umgebung, um eine serpentinenreiche Straße zu diesem hoch gelegenen Burgplatz bauen zu können. Und von all dem wusste Pfister nichts – geschweige denn, dass der König die Ruine wiederaufbauen wollte. Stimmt das?«

Hesselschwerdt lächelte. »Sie haben vollkommen recht. Und ja, als Verantwortlicher der königlichen Finanzen sollte der Hofsekretär eigentlich in solche Planungen eingeweiht sein«, sagte der Marstallfourier, »auch wenn der Kaufpreis für die Ruine mit 1.000 Mark lächerlich gering war.«

Herrn Schillings Miene verdüsterte sich. Jetzt war endgültig klar: Pfister hatte seine Demission eingereicht, weil er sich vom König hintergangen fühlte. Und der König war tatsächlich fest entschlossen, schon wieder eine Burg errichten zu lassen, die noch dazu kaum zweieinhalb bayerische Meilen westlich der »Neuen Burg« von Hohenschwangau entstehen sollte. Die Bauleidenschaft des Königs geriet offenbar völlig außer Kontrolle.

»Das heißt: Der König hat den Rücktritt Pfisters provoziert und ist ihn auf diese Weise losgeworden, ohne ihn selber entlassen zu müssen. Denn was nutzt ein Hofquellensucher, der keine neuen Geldquellen auftut?«

»So ist es, werter Herr Schilling. Seine Majestät ist ungeduldig. Die Bauten dürfen um keinen Preis ins Stocken geraten.«

»Also braucht er frisches Kapital«, murmelte Herr Schilling. »Doch das ist sicher nicht der Grund, weshalb Sie mich gerufen haben.« Herr

Schilling spürte ein Pochen in seinen Schläfen. Hofsekretär Bürkel und Finanzminister Riedel hatten dem König im vergangenen Jahr ein Darlehen eines Bankenkonsortiums über mehr als sieben Millionen Mark vermittelt. Das Geld floss aber nicht in die königliche Kasse, sondern in die Taschen der Gläubiger. Von Kabinettssekretär Schneider wusste Herr Schilling, dass Ludwig II. daraufhin einen Tobsuchtsanfall erlitten und schon aus Trotz weitere Baumaßnahmen angeordnet und sündteures Mobiliar und noch kostspieligere Geschenke für seine Favoriten bestellt hatte. Seine Lieblinge waren vorwiegend Sänger, Schauspieler oder Lakaien. Außerdem ließ er im April Richard Wagners Oper *Parsifal* dreimal ganz für sich allein im Hoftheater aufführen – genauso wie im Jahr zuvor. Bühnenbild und Requisiten mussten dafür eigens in einem Sonderzug mit zwölf Waggons von Bayreuth nach München gebracht werden. Ganz zu schweigen von weiteren Separatvorstellungen im Frühjahr: Fast jeden Abend stand ein anderes Theaterstück auf dem Programm. Und immer war er der einzige Zuschauer. Diese Marotte pflegte der Herrscher seit 1872, also seit dreizehn Jahren. Denn angeblich fühlte er sich gestört, wenn das Publikum im Theater jeden Gesichtsausdruck von ihm beobachtete und deutete. Erst vor Kurzem hatte sich Herr Schilling mit Karl August von Heigel unterhalten, dem Hauptdichter des Königs. Heigel erzählte ihm, dass er im Auftrag des Königs Stücke schreibe, die einen Bezug zu dessen Schlössern und Wohnsitzen hätten, beispielsweise ein fünfaktiges Drama mit dem Titel »Die Welfen in Hohenschwangau« oder ein Schauspiel über König Ludwig XV. von Frankreich, dessen Epoche zum Vorbild der Gestaltung von Schloss Linderhof geworden war.

Heigel erzählte auch, wie die Separatvorstellungen abliefen. Der leere Zuschauerraum war jedes Mal hell erleuchtet. Die Bühnenarbeiter mussten Filzpantoffeln tragen. Die Schauspieler standen hinter dem geschlossenen Vorhang auf ihren Positionen und warteten darauf, dass der König in seiner Loge Platz nahm. Das erste Läuten zeigte an, dass der König, sein Appartement im nordwestlichsten Winkel der Residenz verlassen und sich durch die spärlich beleuchteten Korridore auf den Weg ins Theater gemacht hatte. Vorneweg ging ein Kammerdiener mit einer Petroleumlampe. Wenn die Glocke zum zweiten Mal erklang, war Ludwig II. eingetroffen.

Der Vorhang hob sich, die Schauspieler verbeugten sich, die Vorstellung konnte beginnen. Es galt als große Ehre, vom König zu einer Separatvorstellung eingeladen zu werden. Allerdings saßen die Gäste in aller Regel nicht in der Königsloge, sondern in der Loge darunter, von wo aus manchmal auch Kabinettsmitglieder eine Aufführung mitverfolgen durften. Über die Kosten der Separatvorstellungen, die Ludwig II. aus seiner privaten Kasse begleichen musste, wollte Heigel allerdings partout nichts sagen.

Seit 1884 waren die Schulden des Königs von 7,5 Millionen fast auf das Doppelte gewachsen. Der König hätte sich unbedingt in Sparsamkeit üben müssen!

Herr Schilling war ein treuer Anhänger der Monarchie und hatte sich mit Leib und Seele dem Schutz des Königreichs verschrieben. Ludwig II. aber brachte Thron und Dynastie in Verruf – und zwar nicht nur wegen seiner Schulden.

»Natürlich habe ich Sie nicht rufen lassen, um neue Geldquellen zu erschließen«, bestätigte Hesselschwerdt. »Sie sollen für seine Sicherheit sorgen.«

Herr Schilling horchte auf. Das war eine interessante Wendung und beförderte womöglich jene Pläne, die er schon seit geraumer Zeit verfolgte.

»Sie wissen schon: Ich meine die Sache mit dem Zaren. Seither spricht der König dauernd von dunklen Kräften, die es auch auf sein Leben abgesehen hätten, Sozialisten etwa oder Anarchisten. Und dann ist ja auch noch die Hundinghütte abgebrannt.«

Der russische Zar Alexander II. hatte mehrere Attentate überlebt, bevor er 1881 von einer Bombe des Studenten Ignati Grinewizki zerrissen wurde.

Von dem mysteriösen Feuer, das die Hundinghütte letzten Dezember zerstört hatte, wusste Herr Schilling natürlich. Kabinettssekretär Schneider hatte ihm davon berichtet. Während der Hofsekretär für private und zeremonielle Belange des Monarchen zuständig war und im Auftrag Ludwigs II. kreuz und quer durch Europa reiste, um neue Geldgeber zu gewinnen, erfüllte der Kabinettssekretär ein politisches Amt. Er war die Schnittstelle zwischen dem König und seinen Ministern. Er musste dem König zu den entlegensten Berghütten folgen, um ihn bezüglich der Regierungsgeschäfte auf dem Laufenden zu halten. Der Hofsekretär reiste in der Regel komfortabel, der Kabinettssekretär dagegen war vor allem auf holprigen Landstraßen und schmalen Gebirgspfaden unterwegs. Denn der König verbrachte seit vielen Jahren nur noch die in der Verfassung vorgeschriebene Zeit von 21 Tagen in seiner Residenzstadt München und hielt sich sonst in seinen diversen Schlössern, Bergresidenzen und Absteigen zwischen Füssen, dem Fernpass und dem Walchensee auf.

»Außerdem beschäftigt Seine Majestät das Attentat auf Kaiser Wilhelm bei der Einweihung des Niederwalddenkmals.«

»Das liegt zwei Jahre zurück. Die Attentäter sind längst verhaftet. Und zwei von ihnen wurden im Februar dieses Jahres in Halle hingerichtet. Von denen geht doch keine Gefahr mehr aus«, erwiderte Herr Schilling.

»Der König spricht aber immer noch darüber. Es erschreckt ihn einfach, wie leicht es für Anarchisten offenbar ist, einen unliebsamen Herrscher mit einer Kugel oder einer Ladung Dynamit aus der Welt zu schaffen.

»Gott sei Dank ist der Anschlag auf Kaiser Wilhelm seinerzeit misslungen.«

»Wegen einer feuchten Zündschnur«, fügte Hesselschwerdt hinzu.

»Und welche Rolle haben Sie mir in dieser Angelegenheit zugedacht, Herr Marstallfourier?«

Mittlerweile war der Samstagmorgen angebrochen. Das Licht der aufgehenden Sonne blinzelte schüchtern durch die Buntglasfenster und mischte sich mit dem Schein der zahlreichen Lampen. Das farbenfrohe Innere des Marokkohauses schien zu pulsieren. Hell. Dunkler. Hell. Dunkler.

»Der König will am Montag auf den Schachen fahren.«

Herr Schilling kannte diesen Plan, ließ sich aber nichts anmerken.

»Solange er noch in Linderhof weilt, könnten Sie sich unauffällig mit der Dienerschaft unterhalten. Ebenso mit den Männern der Wachmannschaft und den einheimischen Arbeitern. Vielleicht finden Sie dabei heraus, wer loyal ist und bei wem Zweifel bestehen. Außerdem könnten Sie die nähere Umgebung unter die Lupe nehmen, ob es irgendwo Schlupflöcher für Eindringlinge gibt, nach Leuten Ausschau halten, die etwas im Schilde führen könnten. Es wäre wünschenswert, dass Sie täglich einen kurzen Bericht anfertigen. Ich möchte Seiner Majestät mitteilen können, dass wir alles Menschenmögliche unternehmen, um seine Sicherheit zu gewährleisten. Seine Majestät möchte noch den einen oder anderen Spaziergang machen. Eine Wanderung vom Pürschling hinüber auf den Brunnenkopf, war im Gespräch. Vorher liefern Sie bitte Ihren ersten Bericht ab. Am besten ist alles unauffällig. Das wird Seine Majestät beruhigen. Für Ihre Dienste werden Sie natürlich entsprechend entlohnt, versteht sich.«

Herrn Schillings Gehirn arbeitete auf Hochtouren. Es taten sich plötzlich unerwartete Möglichkeiten auf. Das spezielle Geburtstagsgeschenk war für die Nacht von Montag auf Dienstag geplant. Den Gerüstbauer hatte er für seinen Plan gewinnen können. Als der Zimmerermeister Ehrengut Herrn Schilling von einem verschuldeten Gerüstbauer erzählt hatte, war ihm die Idee gekommen. Ehrengut wollte Cornelius von den Geldern, die er nach langem Warten endlich aus der Hofkasse erhalten hatte, einen Teil zukommen lassen. Dazu sollte ein Geselle nach Hohenschwangau reisen. Herr Schilling überzeugte Anton Ehrengut, ihm das Geld anzuvertrauen, da er in ein paar Tagen sowieso dorthin fahren musste. Was natürlich komplett erfunden war. Herr Schilling quittierte den Erhalt des Geldes. Für Ehrengut war die Angelegenheit damit erledigt. Herr Schilling begab sich tatsächlich nach Hohenschwangau und suchte Cornelius auf. Schon nach ein paar Sätzen spürte er die Verbitterung des Gerüstbauers. Herr Schilling hatte leichtes Spiel mit ihm. Er verschwieg das Geld von Ehrengut und versprach Cornelius 250 Mark, wenn er ihm half, dem König einen Denkzettel zu verpassen. Der Mittelsmann hatte den Gerüstbauer bereits vorab bearbeitet. Und Herrn Schillings Angebot schaffte es endgültig, den Mann zu überzeugen.

Und nun Hesselschwerdts Ansinnen! Welch glückliche Fügung. Herr Schilling ließ sich seine Begeisterung nicht anmerken, als er dem Marstallfourier antwortete: »Dazu benötige ich ungehinderten Zugang auf das Gelände und eine Liste mit allen Personen, die sich dort aufhalten dürfen.«

Hesselschwerdt kramte erneut sein Zigarettenetui hervor.

»Das sollte kein Problem sein. Nun, da Sie zugestimmt haben, werde ich Sie im Kavalierhaus einquartieren. Somit sind Sie in unmittelbarer Nähe zum Schloss.«

Herr Schilling stand auf. Die aufgehende Sonne ließ die Farben im Marokkohaus geradezu explodieren. Er wollte jetzt schnellstmöglich hinaus aus dem brodelnden Orientkolorit. Geradezu geblendet kniff er die Augen zusammen.

»Es kann sein, dass ich noch jemanden aus meinem Stab hinzuziehe. Das dürfte ja kein Problem darstellen, oder?«

»Wann käme Ihre Unterstützung in Linderhof an?«, fragte Hesselschwerdt und erhob sich ebenfalls.

Herr Schilling hatte keinen Mitarbeiter. Eine Zeitlang hatte er über eine kleine Gruppe von ehemaligen Waisenkindern verfügt, die er aus armseligen Verhältnissen herausgeholt und unabhängig voneinander ausgebildet und rund um München und Nürnberg verteilt hatte. Bei besonders heiklen Angelegenheiten gingen sie ihm zur Hand. Auch Herr Schilling scheute sich davor, sich selber die Finger schmutzig zu machen. Seit ein paar Jahren arbeitete er aber wieder allein und rekrutierte nur ab und zu Gehilfen zur Unterstützung. So wie Cornelius. Eigentlich wäre dessen Part mit dem Anschlag erledigt gewesen.

»Voraussichtlich am Dienstag, wenn ich noch heute nach ihm rufen lasse.«

»Wie ich bereits gesagt habe. Der König reist bereits am Montag zum Schachen. Sie müssten also mit Ihrem Kompagnon nachkommen.«

Herr Schilling überlegte kurz. Das Schachenschloss kannte er nicht. Er wusste nur, dass es inmitten des Hochgebirges bei Garmisch und

Partenkirchen lag. Vielleicht ergab sich eine gute Gelegenheit, dem König in seinem innig geliebten Gebirge Angst einzujagen.

»Ja, das wird machbar sein.« Herr Schilling würde sich etwas einfallen lassen, wenn sie vor Ort waren.

»Dann reiten wir jetzt gemeinsam zum Schloss. Sie beziehen Ihr Lager und können umgehend mit den Ermittlungen beginnen.«

Herr Schilling hatte sich mit Cornelius am Fuße des Schützensteiges verabredet, wo am Morgen nach dem speziellen Geburtstagsgeschenk die Geldübergabe stattfinden sollte. Es schien ihm der passende Ort dafür zu sein. Von der Burg Neuschwanstein gelangte man hinter der Marienbrücke, vorbei am Schweizerhaus auf der Bleckenau und an einigen einsamen Almen, in etwa zwei Stunden Fußmarsch bis zum Ostufer des Plansees. Das Beste an der Route war deren Abgeschiedenheit im Gebirge. Im Gegensatz zur Straße von Hohenschwangau über Pinswang und Reutte. Auch ihr Treffpunkt lag mitten im Wald und war von der Planseestraße aus leicht zu erreichen.

Das spezielle Geburtstagsgeschenk würde seine Wirkung bestimmt nicht verfehlen. Der König würde danach bessere Sicherheitsvorkehrungen befehlen. Herrn Schillings Dienste wären so bei Hesselschwerdt gefragter denn je. Herr Schilling würde noch ein paar Mark drauflegen, um Cornelius zu überzeugen, ihn zum Schachen zu begleiten.

Der König musste unbedingt abtreten. Bislang bestand Herrn Schillings Plan aus vielen kleineren und größeren Nadelstichen, die Seine Majestät aus Angst um sein Leben zur Abdankung zwingen sollten. Jetzt konnte er mit Cornelius' Hilfe zwei wirklich große Nadelstiche setzen, mit einer weiteren Aktion gleich im Anschluss an das Geburtstagsgeschenk. Das könnte der unseligen Regentschaft zu einem raschen Ende verhelfen.

Er malte sich alle mögliche Szenarien aus. Entscheidend war es, den König ganz und gar in Angst und Schrecken zu versetzen. Eine Verletzung des Monarchen konnte man billigend in Kauf nehmen. Das Allerwichtigste für Herrn Schilling war, den Täter in flagranti zu erwischen und zu erledigen. Cornelius durfte natürlich nicht überleben.

Herr Schilling würde seine weiße Weste behalten, eine Belobigung bekommen und der Held der Stunde sein.

Deshalb brauchte er Cornelius. Als Werkzeug. Und Sündenbock.

Marianna hatte in der Nacht kein Auge zugetan. Nur noch zwei Tage bis zur Ankunft des Königs. Dann sollte sie das undenkbare Verbrechen begehen. Bei dem Gedanken daran brach sie wieder in Tränen aus. Rasch versuchte sie sich auf andere Gedanken zu bringen. Franz hatte ihr aufgetragen, jeden Morgen und Abend die Fenster im Schloss zu öffnen.

»Damit die Luft nicht so mufflig ist, wenn der Herr kommt. Untertags ist es zu warm draußen. Da lass lieber alles verschlossen.«

Marianna wischte sich die Tränen aus den Augen. Sie zog ein Taschentuch aus ihrer Schürze und schnäuzte kräftig hinein. Dann trat sie vor die Alm. Die Morgenluft war schon ungewöhnlich warm. *Das wird wieder ein heißer Tag werden,* dachte sie sich. *Wenn das so weiter geht mit der Hitze, wird es bestimmt bald ein Mordsgewitter geben.*

Gegen Mittag waren wieder die Träger angemeldet. Somit blieben ihr ein paar Stunden Zeit, die letzten Vorbereitungen zu treffen. Wobei unglücklicherweise nahezu schon alles erledigt war. Wie sollte sie sich, wenn auch der letzte Handgriff getan war, nur ablenken von den düsteren Gedanken? Ihr Blick wanderte zu der hellbraunen Holzfassade des Schlosses, das in der Morgensonne leuchtend gelb strahlte. Vom Küchengebäude aus betrachtet, erschien das Gebäude fast unwirklich. Als habe man es nicht gebaut, sondern von einem begnadeten Künstler auf die Kuppe zwischen dem sogenannten Teufelsg'saß und der Schachenalm malen lassen. Der blaue Himmel rundherum verstärkte die Wirkung zusätzlich. Marianna wollte sich nicht von dem Anblick lösen. Er hatte eine beruhigende Wirkung auf sie.

Trotzdem ging sie weiter. Wie in Trance setzte sie einen Fuß vor den anderen. Mit jedem Schritt steigerte sich ihre innere Anspannung. Bereits an der Eingangstür des Königshauses war sie den Tränen wieder nahe. Sie sperrte auf, eilte von einem Zimmer zum anderen und öffnete die Fenster. Dann huschte sie die schmale Stiege ins Obergeschoss hinauf. Die Wandbemalungen, die Stoffe der Sitzmöbel und Fasern der Teppiche loderten regelrecht vor ihren Augen, als sie den Raum betrat.

Im Türkischen Saal war sie dem König zum ersten Mal begegnet. Er hatte plötzlich neben ihr gestanden, als sie am Morgen nach einem Gelage die Hinterlassenschaften beseitigte. Als sie ihn bemerkte, erschrak sie, unfähig, sich zu bewegen, geschweige denn sich zu verbeugen.

»Lass dich nicht von deinem Dienst abhalten«, sagte der König zu ihr.

Wie vom Blitz getroffen, sank sie bei seinen Worten auf die Knie und blickte zu Boden. Ihr Herz vollführte einen Salto nach dem anderen. Unter dem Diwan, vor dem sie kniete, lag ein Trinkbecher. Ohne den Kniefall hätte sie ihn wahrscheinlich übersehen. Im Knien fielen ihr die nackten Füße des Königs auf. Er stand tatsächlich barfuß vor ihr.

»Ich habe nur meinen Shakespeare vergessen.«

Er nahm ihre Hand und zog sie sanft zu sich. Sie konnte den Blick nicht von den blanken Zehen des Monarchen lösen. Seltsamerweise erinnerte sie sich noch genau an seine gepflegten Fußnägel. Die waren ihr sofort aufgefallen. Im Vergleich dazu ähnelten die Nägel ihres Vaters den Klauen einer Ziege. Der König ließ ihre Hand los und griff nach einem in weißes Leder gebundenem Buch auf dem Diwan. Auch das Buch hatte sie davor nicht bemerkt.

»*Den Druck der trüben Zeit muss man nun tragen; was man fühlt, sprechen, nicht, was man sollte sagen*«, rezitierte der König, während er das Buch vom Sofa nahm.

»*König Lear* ist eines meiner liebsten Bücher. Ich habe es schon so oft gelesen und ich muss es immer wieder tun.«

Dann hatte er ihr freundlich zugenickt und war auf der Wendeltreppe ins Erdgeschoss verschwunden. Nur die schwere, süßliche Duftnote seines Parfüms verweilte noch.

Jetzt hielt Marianna kurz inne, als sie an die Begegnung zurückdachte. Sie erinnerte sich vor allem an die nackten Füße des Königs und an den Wohlgeruch, den das Parfüm *Chypre* verströmte. Marianna bewunderte manchmal die kunstvoll geformten Parfümflacons im Schlafzimmer Seiner Majestät.

Sie gab sich einen Ruck, durchquerte den Türkischen Saal, öffnete die Balkontür und ging nach draußen. Marianna hatte kein Auge für den Ausblick auf die Gipfel von Hochwanner, Alpspitze und dem Schneefernerkopf. Die Last der vergangenen Tage brach sich Bahn. Tränen strömten aus ihren Augen. Marianna wünschte sich einen Verbündeten. Der Einzige, dem sie vertraute, war Franz, und nur mit ihm wollte sie über ihren Kummer reden. Vielleicht wusste er einen Ausweg.

Die Anweisungen im Brief waren unmissverständlich. Wollte sie ihren Sohn lebend wiedersehen, durfte sie mit niemandem darüber sprechen. Marianna fühlte sich hin- und hergerissen. Einerseits erhoffte sie sich von Franz Unterstützung und einen Ausweg aus der Misere. Andererseits wollte sie Hansis Leben nicht gefährden. Vielleicht war Franz bei den für später angekündigten Trägern dabei. Bis dahin hatte sie noch Zeit, darüber nachzudenken, ob sie ihn einweihen sollte. Die Unholde stammten womöglich aus dem Umfeld der Träger oder aus der Dienerschaft. Ihr schwirrte der Kopf. Sie vermisste ihren kleinen Buben so sehr, dass es schmerzte, und musste wissen, ob er noch am Leben war.

Doch wenn sie ihn wiedersehen wollte, musste sie etwas Grauenhaftes tun. Marianna griff in ihre Schürze und holte die Ampulle mit der trüben Flüssigkeit hervor. Zwischen Daumen und Zeigefinger hielt sie das Fläschchen gegen die aufgehende Sonne. Marianna spürte, wie die Strahlen wärmen konnten. Doch sie würden nicht ankommen gegen die Angst, die ihr eisig in der Brust saß.

Eines war klar: Sie würde alles tun, um Hansi unversehrt zurückzubekommen.

Alles.

Blut im Ritterbad

Der Schlüssel passte ins Schloss! Nun musste er sich bloß noch herumdrehen lassen. Die meisten Schlüssel und deren Gegenstücke kannte Lenz. Nicht beim Ritterbad.

»Bleib stehen!«

Bitte, lieber Gott, lass es den Richtigen sein!

Lenz schielte zu den heranstürmenden Männern, während er den Schlüssel drehte. Selbst wenn sich die Tür jetzt öffnen ließ, würden sie ihn wahrscheinlich zu fassen kriegen. Der Schlüssel hakte.

Es ist der falsche. Nein, das kann nicht sein! Sonst würde er doch gar nicht erst reingehen.

»Du kannst uns nicht entkommen«, rief der Gerüstbauer.

Dessen Name war Lenz immer noch nicht eingefallen. Er wusste nur, dass ihm der Mensch nie sympathisch gewesen war. Obwohl er bislang nicht näher mit ihm zu tun gehabt hatte. Es gab Menschen, die man einfach nicht leiden konnte. Er hatte sich also nicht getäuscht.

Lenz versuchte, den Schlüssel nochmals zu drehen. Aus dem Augenwinkel sah er, wie sich die Hand des Mannes dem Fuß des Kindes näherte. Erneut spürte er einen Widerstand im Türschloss. Die Fingerspitzen des Gerüstbauers berührten die Ferse des Buben. Der hing immer noch schlaff in Lenz' Umklammerung. Lenz verstärkte intuitiv seinen Griff. Gleichzeitig versuchte er, den Widerstand im Türschloss zu überwinden.

»Jetzt hab ich dich!«

Der Mann bekam das Fußgelenk zu packen. Lenz ließ den Schlüssel automatisch kurz locker und drehte dann nochmals. Plötzlich gab die Feder nach. Der Schlüssel ließ sich drehen. Blitzschnell drückte Lenz den Griff hinab, zog den Schlüssel heraus und stieß mit dem Fuß gegen das Holz. Die schwere Eichentür öffnete sich quietschend einen Spalt.

Die müsste man mal schmieren, dachte sich Lenz. Er wunderte sich über sich selber. Sogar in dieser brenzligen Situation kam ihm das fehlende Schmierfett in den Sinn. Lenz drückte mit seiner rechten Schulter gegen die Tür und stand mit einem Fuß auf dem Treppenabsatz. Sofort schwankte die provisorische Wendeltreppe bedenklich hin und her. Lenz hatte sich stets gefragt, wem die Konstruktion eingefallen war. Das obere Podest, auf dem er mit einem Fuß stand, war lediglich mit zwei windigen Eisenankern in der Ziegelmauer befestigt. Unten hatte man vier große Zimmermannsnägel durch das Holz des Treppenabsatzes in die Bodenplanken geschlagen. Die Treppenbauer hatten offensichtlich ein enormes Gottvertrauen in die Stabilität ihrer Konstruktion. Lenz beurteilte das anders. Eine simple Leiter wäre um ein Vielfaches sicherer gewesen.

»Her mit dem Fratz!«, schrie ihn der Gerüstbauer an.

Er zerrte immer noch am Fußgelenk des Buben. Lenz stemmte sich dagegen, wodurch er seinen Fuß mit aller Kraft auf das Podest drückte. Die Treppe knarzte laut. Die Eisenanker zogen die Ziegelsteine ein Stück mit sich aus dem Mauerwerk heraus. Zwischen der Wand und dem Podest bildete sich ein kleiner Spalt. Mittlerweile hatten auch die beiden anderen Männer die Tür erreicht. Einer von ihnen drängte sich neben den Gerüstbauer und grapschte nach dem anderen Fuß des Buben. Für den dritten war kein Platz mehr im Türrahmen.

»Lass los, du Narr!«, geiferte der Gerüstbauer.

Lenz dachte gar nicht daran. Er stemmte sich der Kraft der beiden Männer noch mehr entgegen. Die Beine des Buben wurden in die Länge gezogen. Trotzdem rührte sich das Kind nicht. *Vielleicht ist er tot?,* fragte sich Lenz. Es half nur ein gewagtes Manöver.

Lenz drehte sich um. Jählings ergriff er den Oberarm des Kindes mit der Hand, in der er den Schlüsselbund hielt. Gleichzeitig packte er mit der durch die Drehung freigewordenen Hand das andere Ärmchen, bevor ihm der Bub vollständig entgleiten konnte. Dabei wäre ihm beinahe die Spielzeugfigur aus dem Mund gerutscht. Er musste fester zubeißen. Er wollte weder das Kind noch die Figur verlieren. Sofort lehnte er sich nach hinten, um das Gewicht seines Oberkörpers mit einsetzen zu können. Ein Fuß auf der Schwelle, der andere auf der Treppe. Über sich konnte er die gewaltigen Eisenträger des Thronsaals sehen.

Der Saal war erst nachträglich in die Neue Burg eingeplant worden. Deshalb hatte man sich für eine Eisenträgerkonstruktion entschieden. Nicht nur im Boden, auch in den roten und blauen Säulen des Thronsaals hatte man T-Träger aus Gusseisen verwendet. Selbst die Flachkuppel verbarg eine eiserne Konstruktion. Paul Lieb hatte Lenz darüber aufgeklärt, dass das große Gewicht der Einbauten in das Mauerwerk abgeleitet wurde. Man hatte unter der weißen Marmortreppe der Apsis besonders starke Träger verwendet, da dort irgendwann der Thron stehen sollte. An der Außenfassade konnte man an einigen Stellen verschnörkelte Eisenornamente sehen. Das waren die Verankerungen der Bodenträger.

Jäh gab es einen Ruck. Einer der Anker brach aus der Ziegelmauer. Die Treppe drehte sich mit der losen Seite leicht in den offenen Raum hinein. Lenz konnte durch den entstandenen Spalt zwischen dem Podest und der Türschwelle hindurch den Boden des Ritterbades erkennen. Ihm wurde schwindelig und er bemerkte, wie sich sein Griff lockerte. Er atmete tief ein und packte sofort wieder fest zu.

»Hör auf, oder di haut's mit samt dera Stieg'n obe«, rief der Mann hinter dem Gerüstbauer.

Nun standen sich Lenz und seine Verfolger zum ersten Mal von Angesicht zu Angesicht gegenüber. Für einen Augenblick trafen sich ihre Blicke.

»Was wollt ihr mit dem Buben?«, nuschelte der Kastellan durch die Spielzeugfigur zwischen seinen Zähnen hindurch. Inzwischen klebte eine Mischung aus Farbe und Holz auf seiner Zunge und den Zähnen. So fühlte es sich zumindest an. Lenz durfte gar nicht daran denken, sonst überfiel ihn auch noch ein Brechreiz.

Der Gerüstbauer blitzte Lenz stumm an. Er zerrte noch fester am Bein des Kindes.

Der reißt ihm den Fuß aus. Das ist dem vollkommen egal! Der gibt nicht auf.

Lenz spürte den schweren Schlüsselbund in seiner Hand. Ein Schlag mit den Schlüsseln ins Gesicht des Gerüstbauers würde ihm einen kurzen Vorteil verschaffen. Vielleicht konnte er durch das Überraschungsmoment den Buben aus ihrem Griff befreien.

Der dritte Mann schlang seine Arme um die Taille des Gerüstbauers. Bis auf seinen Kommentar von vorhin hatte er die ganze Zeit nur tatenlos zugesehen. Wenn er jetzt auch noch mithalf, würden sie Lenz den Buben entreißen. Zumal dem Kastellan die Kräfte schwanden.

Lenz nahm seinen ganzen Mut zusammen. Er ließ den Oberarm des Kindes los und holte aus.

Der Gerüstbauer riss die Augen auf.

Die lose Seite des Podests stieß gegen die Mauer. Lenz kippte durch den unerwarteten Aufprall nach vorne und schlug mit dem Gesicht auf dem Rücken des Kindes auf, während er seine Hand mit dem Schlüsselbund weiter in die Höhe gereckt hielt. An einen gezielten Schlag war nicht zu denken. Mit einem dumpfen Klong löste sich der zweite Anker aus der Ziegelwand. Lenz konnte die herausgebrochenen Steinbrocken weit unten aufschlagen hören. Die Treppe kippte nach hinten in den Raum. Lenz taumelte rückwärts. Nun stand er mit beiden Beinen auf der Treppe. Die erhobene Hand mit dem Schlüsselbund wurde nach hinten geschleudert. Instinktiv biss er noch kräftiger auf die Spielzeugfigur, um sie nicht zu verlieren. Von unten hörte man ein metallenes Knacken. Dann noch eines. *Das sind die Nägel! Schnell, schlag zu!*

Die drei Männer auf der anderen Seite hielten inne. Sie gafften auf die kippende Treppe. Der Körper des Buben schien zwischen ihnen und Lenz zu schweben. Lenz bemerkte, wie ihm der dünne Oberarm langsam durch seine Finger glitt. *Deine letzte Chance, zuzuschlagen.*

Das Bersten des Treppenabsatzes hallte von den kahlen Ziegelwänden ohrenbetäubend wider. Die Wendeltreppe machte einen Satz zur Seite. Ihm entglitt das Kind. Lenz wurde nach hinten geschleudert und prallte mit dem Rücken gegen das Geländer. Die Treppe kippte zur Seite, schlug auf der rückwärtigen Mauer des Bades auf und scharrte langsam an den Ziegeln entlang. Lenz konnte sich nicht mehr aufrecht halten. Er musste sich unweigerlich hinsetzen und wurde unsanft auf dem Hosenboden ein paar Stufen hinabbefördert, bis er den Handlauf am Geländer zu fassen bekam. Gerade noch konnte er sich daran festhalten. Im selben Augenblick blieb die Treppe seitlich an der Mauer hängen. Lenz wagte es nicht, sich zu rühren. Viel zu groß war seine Angst, dass sich die Stiege wieder lösen würde und ihn mit in die Tiefe riss.

Im Türrahmen über sich sah er, wie der Gerüstbauer den beiden anderen Männern den Buben übergab. Auf der Stirn des Buben klaffte eine Platzwunde. Obwohl er nur wegen des Kindes in dieser misslichen Lage war, tat es ihm leid. Er hoffte inständig, dass es noch lebte.

Die Treppe machte einen kleinen Ruck und blieb sofort wieder hängen. Lenz ließ den Schlüsselbund los und fasste auch mit dieser Hand nach dem Geländer. Der Bund fiel klimpernd von einer Stufe zur nächsten hinab.

Der Gerüstbauer wandte sich zu Lenz um und grinste ihn breit an. Wieder ertönte ein metallenes Splittern. *Jetzt fällt das Ding um!*

Mit einem lautstarken Knall zerbrach der untere Treppenabsatz endgültig. Die Wendeltreppe stürzte mitsamt Lenz in die Leere des unfertigen Ritterbades.

Auch wenn es schon sehr lange her war, dass Johannes Balthasar Heiland zum ersten und einzigen Mal hier gewesen war, konnte er sich genau an den Weg zur Neuen Burg erinnern. Er war damals mit Stallmeister Hornig zur Baustelle hinaufgefahren, der ihn mit der Örtlichkeit vertraut machen sollte, da man ihn als Nachtwache eingeteilt hatte. Heiland sollte zum ersten Mal den Dienst auf der Burg verrichten. Zu dem Zeitpunkt war lediglich das Torgebäude fertiggestellt. Der restliche Komplex war noch Baustelle. Hornig und er erreichten das Gebäude kurz vor Sonnenuntergang. Wenn Heiland jetzt daran zurückdachte, schauderte ihn. Die eine Nacht und der darauffolgende Morgen hatten sich für immer in seine Erinnerung eingebrannt.

An diesem Samstagmorgen erschien ihm alles in einem sehr viel freundlicheren Licht. Zwar machte sich Heiland Sorgen um den unauffindbaren Lenz, doch die bedrückende Stimmung seiner Erinnerung wurde von der Sommersonne überstrahlt. Auf halbem Weg zur Neuen Burg passierte er die Burgschänke. Sämtliche Fensterläden waren verschlossen, die beiden Terrassen leergeräumt. So viel sich Heiland erinnern konnte, diente die Wirtschaft vor allem als Kantine für die Arbeiter. Unmittelbar daneben befand sich der Platz für die Steinmetze, wo ebenfalls gähnende Leere herrschte. Nirgends war eine Menschenseele zu sehen. Nur ordentlich aufgestapelte Steinhaufen. An den Wänden der Bauhütte lehnten Schubkarren in Reih und Glied. Die Tür hatte man verrammelt und die Fenster verbarrikadiert.

Es waren weder Bauarbeiter noch Wirtsleute anwesend und spätestens an der vorletzten Kurve zur Neuen Burg hätte die Straße durch Gendarmerie oder Militär abgeriegelt sein müssen. Doch Heiland konnte ungehindert weitergehen. Über ihm reckten sich die Mauern des Palas und des Ritterbaus in die Höhe. Die Wetterfahne auf der kupferbeschlagenen Spitze des großen Turmes schien den Himmel wie ein ausgestreckter Zeigefinger zu berühren. Sie glühte im Sonnenlicht. Heiland blieb kurz stehen. Der Anblick der Burg aus nächster Nähe war imposant. *Du musst rasch weiter*, ermahnte er sich, doch es war, als würde sich eine unsichtbare Last auf seine Schultern legen. Jede Bewegung fiel ihm plötzlich schwer. Düstere Gedanken kreisten in seinem Kopf und ihm wurde übel. Er konnte kaum glauben, dass ihn die Ereignisse von damals jetzt einzuholen schienen. All die Jahre hatte er die Erinnerungen, so gut es eben ging, unterdrückt. Darüber zu reden, war ihm ja verboten worden. Nur im Briefwechsel mit Lenz kam ab und zu die Sprache darauf. Ansonsten blieb das Thema tabu. Nur mit viel Glück und Klaras Hilfe hatte Heiland jene Nacht überlebt.

Je näher er dem Schloss kam, desto schlechter fühlte er sich. Heiland lehnte sich gegen die Mauer am Straßenrand und holte tief Luft. Er wünschte sich Klara an seine Seite. Sie hatte ihn nicht begleiten können. Mit der Baronin von Kreusser war nicht gut Kirschen essen. Sie duldete eigentlich keine Männerbesuche für ihre Mädchen. Außerdem schickte es sich für eine Zofe der Königinmutter nicht, gemeinsam mit einem Chevauleger von dannen zu ziehen. Noch dazu mit einem, der nicht im Dienst war.

Sobald er wusste, was mit Lenz los war, würde er ihr eine Nachricht zukommen lassen. So hatten sie sich in Hohenschwangau voneinander verabschiedet. Ihre Begegnung hatte allerhöchstens zehn Minuten gedauert. Da hatte Klara nervös auf Heiland gewirkt. Offensichtlich fürchtete sie sich vor der strengen Hand der Baronin. Vielleicht hatte es auch mit Lenz' Verschwinden zu tun. Jedenfalls war Klara jetzt nicht bei ihm. Er musste es ohne sie schaffen. Johannes Balthasar Heiland biss die Zähne zusammen.

Er stieß sich von der Mauer ab. Mit weichen Knien setzte er seinen Weg fort. *Du musst ja nicht zum Schafott*, dachte er. Nur kam es ihm irgendwie so vor.

Lenz braucht deine Hilfe! Irgendetwas war faul. Keine Wirtsleute. Keine Arbeiter. Keine Soldaten. Trotz der Abreise des Königs hätte man normalerweise eine kleine Wachmannschaft hierher beordert. Jemand hatte dafür gesorgt, dass dem nicht so war. Dessen war er sich beinahe sicher.

Den Zimmermannsplatz unterhalb der letzten Biegung nahm er nur unscharf wahr. Er stolperte weiter. Zwar war sein Blick verschwommen, aber die Kutsche am Vorplatz der Neuen Burg fiel ihm sofort auf. Das Gefährt wurde Heilands Ziel. Wie ein Fixpunkt, den er nicht aus den Augen lassen durfte. Er haderte mit sich selber. Wie konnte sich ein verdienter Soldat nur so gehen lassen? Wegen einer Sache, die schon Jahre zurücklag.

Heiland erreichte die Kutsche. Es handelte sich um eine schwarze Kalesche mit sechs Sitzen und einem Kutschbock für zwei Personen. Das Gefährt hatte schon bessere Zeiten erlebt. Das Leder der Sitze war vielfach aufgeplatzt. Der Lack des Chassis rundherum abgesplittert. Am Heck hatte man eine Laderampe befestigt, auf der man Truhen oder ähnliches transportieren konnte. Die beiden eingespannten

Haflinger waren nirgends angebunden. Sie standen seelenruhig da und ließen sich durch ihn nicht stören. Die Kalesche wurde zum Transport benutzt. Allem Anschein nach befand sich noch jemand im Schloss, um etwas abzuholen oder zu bringen. Das war des Rätsels Lösung! Lenz musste noch jemandem zur Hand gehen. Vielleicht verlangte der König nach bestimmten Exemplaren seiner wertvollen Bücher, die man ihm nachsenden sollte. In Heiland machte sich Erleichterung breit. Es war also nichts passiert und Lenz ging es gut. Die schwere Last auf seinen Schultern verlor deutlich an Gewicht.

Gelöst klopfte er einem der Haflinger auf das Hinterteil und steuerte auf das Schlosstor zu. Just in dem Augenblick trat ein Bursche durch das kleine Portal im großen Tor und lief zielstrebig auf Heiland zu. Seiner Kleidung nach gehörte er nicht zum Personal. Er war blutjung, sein Gesicht mit Sommersprossen übersät und sein Gewand wirkte wie das eines Herumstreuners: Das Baumwollhemd war fleckig, die Hose löchrig. Intuitiv blieb Heiland stehen.

Der gehört nicht hierher, war sein erster Gedanke. Der Bursche lachte ihn an und hob die Hand zum Gruß. Heiland lächelte zurück. Seine Muskeln spannten sich wieder an. Oder der Kerl war ein Gehilfe von Lenz. Noch bevor er den Gedanken zu Ende brachte, nahm er einen Schatten hinter sich wahr. Er wollte sich gerade umdrehen, als ihn ein harter Schlag auf den Hinterkopf traf. Ein greller Blitz explodierte vor seinen Augen. Er wurde nach vorne geschleudert und landete unsanft mit dem Gesicht im Staub der Straße.

Totale Finsternis übermannte Johannes Balthasar Heiland.

»I glab, der is hinüber«, murmelte der Mann, der eben noch zusammen mit Cornelius an den Beinen des Kindes gezogen hatte.

Entweder meinte er den Buben oder den Kastellan, der gerade mitsamt der Wendeltreppe in die Tiefe gestürzt war.

Seit dem Aufprall herrschte Stille.

»Der is mit seim Schädel gegn di Schwell'n grummst«, ergänzte der andere.

Er meinte das Kind. Der Bub war mit der Stirn auf die Kante zwischen Ziegelmauer und Türschwelle geprallt, als die Treppe den Kastellan mit sich gerissen hatte. Im besten Fall war er mit einer Gehirnerschütterung davongekommen. Das Kind rührte sich nicht. Es stellte also im Augenblick keine Gefahr dar.

»Sperrt ihn wieder in die Truhe!«, blaffte Cornelius die Männer an. »Passt auf, dass er euch nicht zu Gesicht bekommt. Sollte er überhaupt noch leben. Und am besten hockt sich einer von euch Spezialisten auf die Kiste, bis ich zurück bin.«

Cornelius trat bis an den äußersten Rand der Schwelle und äugte in die Tiefe des Ritterbades. Vorsichtshalber hielt er sich an der Türlaibung fest. Von seinem ausgesetzten Standpunkt aus konnte er beinahe den ganzen Raum überblicken. Der Treppenkorpus befand sich seitlich auf einem mit Leintüchern abgedeckten Stapel Gipselemente. Soweit sich Cornelius entsinnen konnte, hatte man für den geplanten Maurischen Saal im zweiten Obergeschoss des Palas bereits ein künstliches Stalaktitengewölbe angefertigt und im Ritterbad eingelagert.

Das obere Ende der Treppe zeigte zur Tür, die später einmal zur geplanten Gartenterrasse führen sollte. Der untere Teil war zersplittert, ansonsten schien die Treppe unbeschädigt zu sein.

Den Kastellan konnte er nirgends entdecken. Wahrscheinlich hatte ihn die Treppe unter sich begraben. Cornelius grübelte. Würde es wie ein Unfall aussehen? Jeder vor Ort wusste, dass die Wendeltreppe instabil war. Deshalb benutzte sie auch keiner. Er musste nur hinuntergehen und sicherstellen, dass Baumgartner tot war. Den jungen Kastellan kannte er lediglich von flüchtigen Begegnungen. Auf Cornelius hatte er stets einen geschäftigen Eindruck gemacht. So als sei er immer in Eile. Die Stellung eines Kastellans war eine verantwortungsvolle Position. Noch dazu, wenn man wie Baumgartner für die Verwaltung von zwei Schlössern zuständig war. Für die Arbeiter hatte er meist nur ein Kopfnicken im Vorbeigehen übrig.

Cornelius wünschte sich inständig, dass Baumgartner den Sturz nicht überlebt hatte. Das wäre eine Fügung des Schicksals. So musste er ihn nicht selber beseitigen. Es durfte keine Zeugen geben, denn

Baumgartner war bestimmt nicht bestechlich. Cornelius machte auf dem Absatz kehrt, rannte durch den Gang zum Vorraum und weiter zur Haupttreppe. Er kannte sich auch innerhalb des Gebäudes bestens aus. Schließlich hatte er regelmäßig für die Maler und Dekorateure Gerüste anfertigen müssen.

Exakt unterhalb der Tür, an der sie vorhin noch um den Buben gerungen hatten, befand sich der Zugang zum Bad. Unmittelbar davor war ein großer Heizraum eingebaut worden. Davon gab es im Erdgeschoss insgesamt drei, um die darüber liegenden Säle mit Warmluft zu versorgen.

Vor nicht allzu langer Zeit hatte man ein großes Loch in eine der Ziegelwände des Ritterbades klopfen müssen. Nur so hatte man den großen Warmwasserkessel für das Badewasser nachträglich in den Heizraum bugsieren können.

Angeschlossen hat man ihn bestimmt noch nicht, dachte sich Cornelius.

Neben dem leeren Ritterbad und den Heizräumen befanden sich unten die Schlossküche, die Bäckerei und die Konditorei, in deren Räumen Cornelius noch nie gewesen war. Er betrat die Haupttreppe und eilte die breiten Stufen nach unten. Cornelius musste den Kastellan finden.

Tot oder lebendig.

Grenzüberschreitung

Als Herr Schilling an der Seite von Hesselschwerdt und den beiden Chevaulegers durch das Verbotene Tor in den Schlosspark von Linderhof ritt, hatte die warme Sommerluft die angenehme Kühle der Nacht längst verdrängt. Der Tag würde heiß werden. Herr Schilling freute sich. Nun wähnte er sich seinem Ziel nahe. Das verdankte er nicht Hesselschwerdt, sondern dem Mann, der bei einem Treffen vor ein paar Tagen den Anstoß für all das hier gegeben hatte.

Alfred Reichsgraf Eckbrecht von Dürckheim-Montmartin war der Sohn eines Kämmerers am bayerischen Königshof und seit knapp zwei Jahren als Flügeladjutant im Dienst des Königs. Herr Schilling war erstaunt darüber gewesen, dass dieser sich mit ihm treffen wollte. Ein persönlich verfasster Brief des Grafen hatte Anfang der Woche in seinem Briefkasten gesteckt. Kaum einer wusste, wo Herr Schilling in München wohnte. Der Flügeladjutant verfügte offensichtlich über ausgezeichnet informierte Quellen.

Als Treffpunkt hatte Dürckheim-Montmartin das zwischen Hohenschwangau und Linderhof gelegene Gasthaus Schluxen vorgeschlagen. Er schrieb von absoluter Geheimhaltung und Diskretion, weswegen eine Zusammenkunft in München nicht möglich sei. Außerdem dränge die Zeit, und da sich die königliche Hofhaltung in Hohenschwangau aufhielt, wäre der Schluxen der geeignete Ort. Für Kost und Logis sei gesorgt. Dem Brief waren eine Zugfahrkarte nach Biessenhofen beigefügt sowie der Name des Kutschers, der Herrn Schilling vom dortigen Bahnhof zum Schluxen befördern sollte. Der Geheimpolizist musste nicht lange überlegen. Sein Zug verließ München am Donnerstagmorgen. Gegen Abend erreichte er den idyllisch gelegenen Gasthof in der Nähe des Dorfes Pinswang. Das Treffen mit dem Grafen war für den späten Freitagnachmittag geplant.

Herr Schilling schlief ausgezeichnet in der Nacht von Donnerstag auf Freitag. Was ihn verwunderte. Schließlich plante er ein besonders exklusives Geburtstagsgeschenk für Seine Majestät, den König von Bayern. Die Vorbereitungen dafür sollten bereits am Samstag abgeschlossen sein. Und da er nicht selber mit Hand anlegen wollte, musste er sich voll und ganz auf den Gerüstbauer verlassen. Das hätte ihn eigentlich nervös machen sollen. Dessen ungeachtet verspürte er eine ungewöhnliche Ruhe.

Trotz des herrlichen Sommerwetters verließ Herr Schilling in Pinswang sein Zimmer den ganzen Tag über nicht. Sogar das Mittagessen ließ er sich nach oben bringen. In dem Gasthaus herrschte reger Betrieb. Neben Sommerfrischlern nutzten auch einige Einheimische die schattige Terrasse für eine Einkehr. Hin und wieder erblickte Herr Schilling aus seinem Fenster Reitersoldaten in bayerischen Uniformen, wie sie ihre Pferde die Straße hinauftrieben. Einem Wegweiser zufolge führten die Serpentinen hoch zur Grenze zwischen Tirol und Bayern und weiter nach Hohenschwangau.

Der Wirt, der sich als Alois vorgestellt hatte, erklärte ihm, dass er den Gasthof bereits seit über dreißig Jahren führe. Er bemühte sich, Hochdeutsch zu reden. Herr Schilling musste sich trotzdem anstrengen, um seinen Worten folgen zu können. Wenn er alles richtig verstand, hatte man die Straße von Hohenschwangau über Pinswang nach Füssen im Jahre 1838 beauftragt. Man gab ihr den Namen Fürstenstraße. Der damalige Kronprinz Maximilian von Bayern hat ein Jahr später auf Einladung des kaiserlich-königlichen Landministers beim Einweihungsfest zwei Triumphbögen durchschritten. Dazu stieg er an der Grenze aus seiner Kutsche und lief den ganzen Weg zu Fuß hinab. Die kaiserlich-königliche Schützenkompanie untermalte den Fußmarsch des Kronprinzen musikalisch.

Auch wenn Herr Schilling nur die Hälfte von dem verstand, was der Wirt ihm da erzählte, bemerkte er sehr wohl am Glänzen der Augen dessen Stolz. Wenngleich Tiroler, verehrte der Wirt ganz offensichtlich das bayerische Herrscherhaus.

Das war vielleicht ein Überbleibsel aus den knapp zehn Jahren vor dem Wiener Kongress, als Tirol zu Bayern gehörte. Wobei diese Epoche den Tirolern bestimmt nicht in bester Erinnerung geblieben war.

Lag es etwa an der sprichwörtlichen Sympathie des Monarchen für die einfachen Leute vom Lande? Die Münchner Stadtbevölkerung jedenfalls schielte recht eifersüchtig auf den ungezwungenen und regelmäßigen Umgang des Königs mit Gebirglern wie dem Wirt. Noch heute existierte ein eigenes Zimmer für die königlichen Hoheiten im Gasthof, erzählte ihm Alois. Darin würde Herr Schilling den Flügeladjutanten treffen.

Herr Schilling kam regelmäßig an der Adjutantur in der Münchner Residenz vorbei. So viel er wusste, gab es sechs Generaladjutanten und mindestens zwei Flügeladjutanten. Sie gehörten eigentlich nicht zum Hofstaat des Königs, sondern waren sein militärisches Gefolge und repräsentierten die bayerische Armee. Eigentlich. Denn Ludwig II. behandelte sie zuweilen wie enge Vertraute und übertrug ihnen alle möglichen Aufgaben. Die Flügeladjutanten wählte er angeblich sogar nach persönlicher Zuneigung aus.

Dürckheim-Montmartin ließ Herrn Schilling vom Wirt abholen und in das königliche Gastzimmer bringen. Der Graf saß an einem kleinen Tisch auf einem gepolsterten Stuhl nahe dem weit geöffneten Fenster. Beim Eintreten von Herrn Schilling sprang er behände auf und eilte ihm mit großen Schritten entgegen. Er nickte dem Wirt kurz dankend zu und reichte Herrn Schilling die Hand. Alois ging hinaus und schloss die Tür.

»Schön, dass Sie es sich einrichten konnten, Herr Schilling. Und verzeihen Sie bitte die Umstände.«

Der Graf hatte einen festen Händedruck. Noch während des Händeschüttelns zog er Herrn Schilling zum Tisch, an dem vier Stühle standen.

»Bitte setzen Sie sich. Ich schließe nur das Fenster. Wir benötigen keine ungebetenen Zuhörer.«

Das Zimmer war geräumig und spartanisch eingerichtet. Es unterschied sich kaum von Herrn Schillings Unterkunft. Lediglich das Bett war hier größer und hatte einen Baldachin. Außerdem gab es noch einen Frisiertisch und ein Kanapee.

Nachdem Graf Dürckheim das Fenster geschlossen hatte, setzte er sich zu Herrn Schilling an den Tisch. Obgleich im Rang eines Hauptmannes, trug er einen einfachen Gehrock aus dunkelgrünem Loden. Ein passender Hut mit einem buschigen Gamsbart lag auf dem Bett.

»Ich bin nicht im Dienst, sondern als Privatmann hier«, sagte der Graf. Schilling hatte gerüchteweise vernommen, dass Dürckheim in Ungnade gefallen war. Anscheinend missfiel dem König der allzu frivole Umgang des Grafen mit der Münchner Damenwelt. Ludwig II. soll Dürckheim, der damals schon sein Adjutant war, bei einer nächtlichen Ausfahrt zum Verlassen der Kutsche aufgefordert und im strömenden Regen zurückgelassen haben.

Schilling überlegte: Wenn Dürckheim sich tatsächlich nicht im Dienst befand, war die zivile Garderobe durchaus plausibel. Aber es erklärte nicht, warum ihn Dürckheim eingeladen hatte.

»Gibt es in Ihrer Position überhaupt noch ein Privatleben? Vor allem angesichts der angespannten Situation?«

Der Graf lächelte ihn an, wurde aber schlagartig wieder ernst. Er strich sich schwungvoll durch die akkurat nach hinten gekämmten, braunen Haare. Dann kräuselte er abwechselnd die Spitzen seines Zwirbelbartes zwischen Daumen und Zeigefinger.

»Sie spielen auf die Krise der Kabinettskasse an?«

»Werter Graf, die Finanzkrise Seiner Majestät des Königs ist mittlerweile in aller Munde. Auch wenn kaum einer darüber öffentlich zu reden wagt«, antwortete Herr Schilling. »Die ausländische Presse diskutiert die Angelegenheit dagegen recht offenherzig.«

»Nun ja, man spricht an den Stammtischen höchstens über einen gewissen Herrn Huber, oder?«, merkte der Graf an.

Jetzt musste Herr Schilling lächeln. Um in der Öffentlichkeit ungestraft über den König herziehen zu können, benutzte man in der Residenzstadt das Pseudonym *Herr Huber*.

»Dann ist Ihnen bestimmt bekannt, dass Finanzminister Riedel im vergangenen Jahr ein großzügiges Darlehen für die Kabinettskasse erwirken konnte.«

Herr Schilling nickte wortlos.

»Dessen Rückzahlung wird die Kabinettskasse bis 1910 belasten, müssen Sie wissen. Deshalb wurden vor dem Abschluss des Darlehens die Agnaten um Zustimmung gebeten.«

»Sie meinen damit die nächsten erbberechtigten Blutsverwandten: Prinz Luitpold, und seine Söhne, die Prinzen Ludwig und Leopold, nehme ich an«, entgegnete Herr Schilling.

Er war gespannt, worauf der Graf hinauswollte. Luitpold war der Bruder von König Ludwigs Vater. Da Ludwig II. weder einen Erben gezeugt hatte, ja nicht einmal verheiratet, war und sein einziger Bruder Otto an einer Geisteskrankheit litt, standen Luitpold und dessen ältester Sohn Ludwig in der Thronfolge an nächster Stelle. Es war ein offenes Geheimnis, dass König Ludwig II. diesen Teil seiner Familie nicht mochte. Und das galt umgekehrt genauso. Schon kurz nach der Thronbesteigung Ludwigs II. kursierten Gerüchte, ein geheimer Familienrat unter der Führung seines Onkels Prinz Luitpold habe beschlossen, ihn auf seine geistige Verfassung hin untersuchen zu lassen. Tatsächlich verweigerten Luitpold und seine Söhne dem König regelmäßig die Gefolgschaft. So stimmten sie beispielsweise in der Kammer der Reichsräte immer wieder gegen seine Beschlussvorlagen. Die Mitglieder dieser Kammer stammten aus den Reihen der bayerischen Prinzen, aus dem Adel und dem Klerus, waren Unternehmer oder Gutsbesitzer. Sie wurden zum einen durch die Verfassung bestimmt, zum anderen durch den König ernannt. Das Gegenstück dazu war die

Kammer der gewählten Abgeordneten. Die beiden Kammern bildeten den bayerischen Landtag, den der König mindestens alle drei Jahre einberufen musste.

Luitpold und seine Söhne vertraten – wie die Mehrheit der Abgeordneten – ganz andere politische Überzeugungen als der König. Sie waren dem Klerus ergeben, galten als bayerisch-patriotisch und antipreußisch. Ludwig II. hingegen stand – obwohl er durchaus gläubig war – wegen des päpstlichen Unfehlbarkeitsdogmas im Dauerkonflikt mit der katholischen Kirche und hatte dem preußischen König 1871 die deutsche Kaiserkrone angetragen.

In Bayern wurden die Minister ausschließlich vom König ernannt und entlassen. Sie waren also nicht von den Mehrheitsverhältnissen im Landtag abhängig, sondern allein von der Gunst Ludwigs II.

Den bayerischen Patrioten war die reichsfreundliche Ausrichtung der königlichen Politik allerdings von Herzen zuwider. Sie opponierten immer öffentlicher gegen den liberalen Ministerrat und damit gegen den König, der dies als Majestätsbeleidigung ansehen musste.

1871 hatte sich die Situation weiter zugespitzt. Damals kandidierte Prinz Ludwig, der älteste Sohn Luitpolds, auf der Liste der Bayerischen Patriotenpartei für den Reichstag in Berlin. Dass sich ein bayerischer Prinz dem Volk zur Wahl stellte, galt bereits als äußerst ungewöhnlich – um nicht zu sagen: als unziemlich. Dass Prinz Ludwig als katholisch-konservativer Reichstagsabgeordneter in Berlin eine ganz andere Politik zu betreiben gedachte als sein gleichnamiger, königlicher Vetter in Bayern, machte ihn für alle sichtbar zu einem familieninternen Widersacher Ludwigs II.

Prinz Ludwig unterlag zwar seinem Gegenkandidaten von der Liberalen Reichspartei deutlich, trotzdem schien König Ludwig II. über das Verhalten seines Vetters erzürnt gewesen sein. Jedenfalls erteilte er Prinz Ludwig und seinen nächsten Angehörigen ein zeitweiliges Hofverbot und tadelte Luitpold bei einer der selten gewordenen Hoftafeln in der Münchner Residenz, er habe sich ohne königliche Erlaubnis länger als geplant in Österreich aufgehalten.

Ludwig II. versuchte die unbequeme Verwandtschaft, die nächsten Anwärter auf seinen Thron, so gut es ging klein zu halten. Deshalb fragte sich Herr Schilling, ob die Prinzen der Aufnahme eines Darlehens tatsächlich zugestimmt hatten. Wenn, dann wohl nur murrend und aus Furcht, in Ungnade zu fallen. Denn vermutlich wollte keiner von ihnen aus der Haupt- und Residenzstadt München auf ein unbedeutendes Landgut verbannt werden.

Dürckheim-Montmartin ging auf Herrn Schillings Einwurf zu den Agnaten nicht ein. »Das Geld ist längst ausgegeben und der Ausbau des neuen Schlosses auf der Herreninsel läuft auf Hochtouren. Der König befiehlt seinem Hofsekretär, ein weiteres Darlehen zu organisieren. Er schickt seine Lakaien ins Ausland, um zwanzig Millionen aufzutreiben. Und eine Person spielt dabei eine besondere Rolle: der Reichskanzler.«

»Der Reichskanzler?«, erwiderte Herr Schilling verdutzt.

»Nicht Bismarck, Herr Schilling. Nicht Bismarck. Ich spreche von Karl Hesselschwerdt. So nennt man den Marstallfourier in gewissen Kreisen.«

Und nun passierte Herr Schilling an Hesselschwerdts Seite die Bauarbeiterhütte im Park von Linderhof. Sie würden hinter dem Schloss zum Kavalierhaus reiten. Der Marstallfourier nahm eigens den Umweg zum Verbotenen Tor auf der Rückseite des Schlossparks in Kauf, damit Herr Schilling von ihm höchstpersönlich einen ersten Überblick über die Anlage bekam. Er prahlte damit, dass dieser Eingang dem König vorbehalten und er, Hesselschwerdt, der einzige darüber hinaus wäre, dem Einlass gewährt würde. Und er könnte natürlich mitnehmen, wen er wollte.

Die beiden Torwachen ließen sich aufreizend viel Zeit, das schmiedeeiserne Doppeltor zu öffnen. Griesgrämig dreinschauend und ohne die angemessene Haltung einzunehmen, winkten sie den kleinen Trupp durch. Entweder lag das an ihrer Abneigung gegenüber dem Marstallfourier oder es herrschte zu wenig Zucht und Ordnung an diesem Ort.

Hesselschwerdt erzählte ihm, dass sie einen Bogen um das Schloss ritten, da der König gerade sein Souper zu sich nahm, um bald darauf zu Bett zu gehen. Ein König, der tagsüber schlief. Das passte gänzlich in Herrn Schillings Bild eines Monarchen, der seinen Regierungsgeschäften nicht ordentlich nachkam. Zumindest seine repräsentative Pflicht vernachlässigte. Nicht nur, dass er sich vor der Öffentlichkeit versteckte. Nein, er zwang den gesamten Hofstaat auch noch zur Nachtarbeit. Und dazu kamen die Gerüchte von Gelagen und Orgien. Halbnackte Lakaien, die, auf Teppichen liegend, Met aus Hörnern schlürften. Junge Chevaulegers, die von Ludwig II. mit Geschenken überhäuft wurden. Dem Treiben musste ein Ende gesetzt werden.

Dass man Hesselschwerdt den Spitznamen *Reichskanzler* gegeben hatte, war Herrn Schilling neu. Der Flügeladjutant hatte Hesselschwerdt als Bedrohung ausgemacht. So viel war nach ihrem Gespräch im Schluxen klar. Hesselschwerdt genoss beim König allerhöchstes Vertrauen. Der Graf äußerte die Befürchtung, dass Hesselschwerdt den König absichtlich belog und täuschte, nur, um seine eigene Stellung zu sichern. Die finanzielle Lage des Monarchen war aussichtslos. Die Kabinettskasse bankrott. Der König hätte den Landtag um eine Erhöhung der jährlichen Zahlungen oder eine Sonderzuwendung bitten müssen, um die Schuldenlast seiner Kasse zu mindern. Das erschien auf Grund seines übermäßigen Majestätbewusstseins beinahe ein Ding der Unmöglichkeit.

Hesselschwerdt schien ihn darin zu bestärken, dass dies unter seiner Würde sei und er besser Darlehen im Ausland generieren solle. Somit brachte er gleichzeitig die Agnaten gegen den Herrscher auf. Aufgrund der verfassungsmäßigen Trennung zwischen Staats- und Familienvermögen mussten sie um den Familienbesitz bangen, wenn der König sich weiter Hals über Kopf verschuldete.

Dem Marstallfourier fielen immer neue Reisen ein, die er unternehmen wollte, um Geld zu beschaffen. Die Reisekosten erhielt er zuverlässig vorab vom König. Die dazugehörigen Fahrten unternahm er selten.

Deshalb hatte der Graf auch das Treffen zwischen Herrn Schilling und dem Marstallfourier im Marokkohaus arrangiert. Er wollte, dass Herr Schilling ein Auge auf Hesselschwerdt warf und hatte ihn deshalb als Ermittler in Sachen Sicherheit des Königs vorgeschlagen. Der König schenkte dem Grafen momentan kein Vertrauen und favorisierte einen der anderen Adjutanten. Somit besaß Dürckheim keinen direkten Zugang mehr zum Monarchen. Auch deshalb hatte er Herrn Schillings Dienste in Anspruch genommen. Er hatte ihm von weiteren interessanten Details berichtet.

»Prinz Luitpold hat wohl den Ministerratsvorsitzenden Lutz heimlich dazu aufgefordert, gegen das Verhalten des Königs vorzugehen. Lutz zögert anscheinend, weil er um seinen Posten fürchtet. Schließlich ernennt und entlässt einzig und allein der König die Minister. Wie ich gehört habe, erwartet er wiederum den ersten Schritt von Seiten der Agnaten.«

»Das heißt, es ist Bewegung in der Sache«, hatte Herr Schilling gemurmelt.

»Die hohen Herrschaften schieben die Schachfiguren von einem Feld zum anderen, Herr Schilling. Keiner möchte den finalen Zug unternehmen, der den König Matt setzen soll. Sie alle denken, dass Seine Majestät ängstlich ist, und hoffen, dass er unter dem Druck zusammenbricht und zurücktritt. Zudem fehlt ihm die Dame, die sich schützend vor ihn stellt. Mit einer Gemahlin an seiner Seite böte sich eine geringere Angriffsfläche für die Widersacher aus der eigenen Familie. Die getreuen Bauern haben sich aufgerieben und schwinden in ihrer Zahl. Nicht zuletzt durch die unsägliche Berichterstattung in der ausländischen Presse, die von unseren eigenen Beamten und Würdenträgern heimlich gefüttert wird. Die letzten weißen Figuren auf dem Brett sind von den dunklen umzingelt.«

Herr Schilling erschien dies wie ein weiteres Argument für seinen Plan zum Königsgeburtstag. So konnte er zusätzlich Öl ins Feuer gießen. Den König noch mehr in Angst und Schrecken versetzen. Und den Honoratioren zeigen, dass man mit dem Regenten nicht länger einverstanden war. Herr Schilling fragte sich, woher der Graf sein Wissen bezog. Vielleicht aus dem Umfeld des Prinzen Ludwig. Schließlich war Dürckheim-Montmartin jahrelang Hofmarschall von Prinz Ludwigs jüngstem Bruder Prinz Arnulf gewesen. Bis der sich in die Frau des Grafen verliebte. Als Dürckheim-Montmartin dahinterkam, forderte er Arnulf zum Duell. Der König höchstpersönlich untersagte den Zweikampf und beorderte den Grafen in seinen Stab. Als Adjutant wickelte er bis vor Kurzem den königlichen Schriftverkehr ab, leitete mündliche Aufträge an den Kabinettssekretär weiter und fungierte als Sprachrohr des Monarchen nach außen. Deswegen schätzte Herr Schilling die Kenntnisse des Flügeladjutanten als besonders glaubhaft ein.

»Melden Sie mir alle Besonderheiten rund um Hesselschwerdts Aktivitäten. Finden Sie heraus, wer außer dem Lakaien Mayr noch zu seinen engeren Vertrauten zählt. Ihre Tarnung als Berater in Sicherheitsfragen wird Ihnen dabei zugutekommen. Hesselschwerdt hält sich selber für den einflussreichsten Mann im Umfeld des Königs. Das wird es Ihnen leicht machen, wenn Sie die richtigen Fragen stellen.«

Graf Dürckheim-Montmartin zog ein Kuvert aus seiner Jackentasche und schob es Herrn Schilling hinüber.

»Darin finden Sie Ihre Anzahlung und weitere Instruktionen. Wir werden sehen, wohin das alles führt. Ich vertraue auf Sie.«

Der Graf erhob sich und öffnete das Fenster. Ein Schwall heißer Luft strömte in das Zimmer. Damit war ihr Gespräch im Schluxen beendet.

Als er nun mit Hesselschwerdt und seinen beiden Begleitern das Kavalierhaus in der Nähe des Schlosses erreichte, war er höchst zufrieden, wie sich die Dinge zusammenfügten. Der Flügeladjutant des Königs hatte ihn beauftragt, den Marstallfourier auszuspionieren, und ihn dazu als eine Art Berater in Sicherheitsbelangen nach Linderhof eingeschleust. Und das zeitgleich zu seinem geplanten Komplott in Neuschwanstein. Die Zeit der Abrechnung war gekommen. Sobald er den Gerüstbauer überzeugt hatte, ihm nochmals zur Hand zu gehen, konnte er den finalen Stoß setzen. Herr Schilling stieg lächelnd von seinem Pferd. Er war seinem Ziel ganz nah.

Düstere Mauern

Zwischen zwei Stapeln mit Gipsornamenten kam Lenz wieder zu sich.

Auf ihm lag eines der Leintücher, mit denen man die Einzelteile des Stalaktitengewölbes abgedeckt hatte. *Das Gewölbe für den Maurischen Saal.* Sein Gehirn funktionierte noch. Nach und nach erinnerte er sich, wie die Treppe von der Ziegelwand in den leeren Raum des Ritterbades abgerutscht war. Dann musste er das Bewusstsein verloren haben.

Lenz versuchte aufzustehen. Ein stechender Schmerz jagte durch seinen Rücken, als er sich rührte. Er hielt die Luft an, um einen Aufschrei zu unterdrücken. Vor ein paar Jahren war er im Alten Schloss beim Polieren eines Kronleuchters rückwärts von einer Leiter gestürzt und auf dem Rücken gelandet. Tagelang hatte er sich nicht mehr richtig bewegen können. Jeder Schritt war eine Qual gewesen. Wenn ihm dasselbe jetzt blühte, wäre er leichte Beute für den Gerüstbauer.

Der Gerüstbauer! Lenz hob den Kopf, um einen Blick auf die Tür im Obergeschoss zu erhaschen. Augenblicklich verkrampfte sich seine Rückenmuskulatur in Erwartung einer weiteren Schmerzattacke. Gottlob spürte er lediglich ein leichtes Ziehen im Nacken. Also wurde Lenz mutiger. Er griff nach dem unterarmdicken Endstück eines künstlichen Stalaktits und versuchte, sich an ihm hochzuziehen. Tatsächlich schaffte er es. Der Gerüstbauer stand oben im Türrahmen, mit dem Rücken zu ihm und wild gestikulierend.

Zwischen ihnen befand sich ein ganzes Stockwerk. Die Treppe lag neben Lenz, was bedeutete, dass der Gerüstbauer den Umweg über das Haupttreppenhaus nehmen musste. Vielleicht reichte ihm die Zeit, um von hier zu verschwinden. Er sollte sich besser beeilen, deshalb zog Lenz noch fester an dem Stalaktit. Doch der war nicht stabil genug und brach. Er landete er wieder unsanft auf dem Bretterboden. Der Schmerz durchbohrte seinen Körper bis in die Lunge hinein. Ihm blieb die Luft weg. Lenz starrte auf das abgebrochene Stück Gips in seiner Hand.

Ihm fiel der Bub wieder ein. Er war der Grund dafür, weshalb Lenz hier unten lag. Was auch immer der Gerüstbauer mit dem Kind vorhatte, Lenz musste es verhindern. Doch seine Aussichten waren denkbar schlecht. Er lag zwischen Gipsstapeln, beinahe bewegungsunfähig vor Rückenschmerzen, und einer Überzahl an Gegnern ausgesetzt.

Als erstes musst du dich selber in Sicherheit bringen, dann kannst du weiter darüber nachdenken, was zu tun ist.

Lenz wusste genau, wo er sich verstecken würde. Sein Ziel war der geheime Keller im Torbau. Vom unteren Schlosshof führte eine steile Treppe dort hinunter. Man musste nur die Eichenholztür aufsperren.

Wo war eigentlich sein Schlüsselbund?

Erschrocken blickte sich der Kastellan um. Ohne die Schlüssel kam er nicht weiter. Sie waren ihm beim Treppensturz aus der Hand gefallen und mussten irgendwo liegen. Lenz rollte sich vorsichtig auf die Seite. Die Schmerzen waren nur schwer erträglich. Mit Ellenbogen und Unterarm drückte er sich in die Höhe, ohne den Rücken des Gerüstbauers über sich aus den Augen zu lassen. Lenz bemühte sich, ein Ächzen zu unterdrücken. Erneut suchte er Halt. Er tastete solange, bis er eine stabil wirkende Gipsform zu fassen bekam. Halb daran ziehend, halb mit dem Unterarm drückend, hievte sich Lenz bis auf die Knie. Das auf ihm liegende Tuch fiel zu Boden, und die Spielzeugfigur des Buben rollte aus einer Falte heraus. Fehlte nur noch sein Schlüsselbund.

Der Kastellan ließ den Gips los, sank auf die Handflächen und kroch auf allen Vieren zu der Figur. Behutsam hob er das Spielzeug auf und steckte es in die Jackentasche seiner malträtierten Kastellan-Livree.

Als er wieder nach oben blickte, stand kein Gerüstbauer mehr im Türrahmen. Lenz zuckte zusammen. Natürlich hatte er nicht ewig Zeit. Dessen war es sich bewusst. Gleichwohl hoffte er auf einen kleinen Vorsprung. Er kroch zwischen den Stalaktit-Stapeln heraus und wunderte sich, dass er dabei lediglich ein leichtes Stechen an der Wirbelsäule verspürte. An der Balustrade der umgestürzten Wendeltreppe zog er sich in die Höhe. Dabei verkrampfte sich jeder einzelne Muskel in seinem Rücken. Am liebsten hätte er geweint. Doch er schaffte es schließlich, aufrecht zu stehen. Lenz holte tief Luft und hielt den Atem an. Irgendwie musste er der Schmerzen Herr werden, um seine Schlüssel zu finden und von hier zu verschwinden. Sie waren vorhin die Stufen hinuntergepoltert. Er musste zuerst am Fuß der Treppe suchen. Eigentlich hatte er gar keine Zeit mehr dazu. *Vergiss die Schlüssel. Du schlägst einfach in der Spülküche eine Fensterscheibe zum oberen Burghof ein und kletterst hinaus.*

Die Entscheidung war gefallen. In das Kellerversteck konnte er somit nicht mehr. Ihm blieb nur noch die Flucht aus der Burg. *Und das Kind? Überlässt du es seinem Schicksal? Feigling!*

Nein, das konnte Lenz nicht. Ihm blieb nur gar keine andere Wahl. Er würde ins Tal rennen und Hilfe holen. Lenz ließ die Balustrade los und machte einen Schritt zur Tür hinüber. Ein höllischer Schmerz fuhr ihm ins Kreuz. Als hätte jemand einen Vorschlaghammer in seinen Rücken gedonnert. Seine Knie gaben nach. Er stürzte nach vorne und schlug mit dem Gesicht auf den Bretterboden. Das Brechen des Nasenbeines knackte in seinen Ohren. Blitze zuckten vor seinen Augen, wie bei einem schweren Sommergewitter im pechschwarzen Nachthimmel. *Bloß nicht ohnmächtig werden. Bleib wach!*

Eine warme Flüssigkeit rann ihm über die Oberlippe in den Mund hinein. Der Geschmack nach Blut breitete sich auf seiner Zunge aus. Lenz zog seine Hand zum Körper, weil er sich an die lädierte Nase fassen wollte. Da berührte er mit den Fingerspitzen einen metallischen Gegenstand. Der Schlüsselbund. Er berührte tatsächlich seinen

Schlüsselbund! Schlagartig kehrten sämtliche Lebensgeister zurück. Es bestand noch eine Chance zu entkommen. Er packte den Schlüssel und stieß sich kräftig mit den Beinen nach vorne ab. Er ignorierte die Schmerzen. Das aus seiner Nase tropfende Blut interessierte ihn nicht. Zuerst auf Händen und Füßen, dann in gebückter Haltung wankte der Kastellan aus dem Ritterbad in den Gang hinaus.

Er touchierte mit der Schulter die gegenüberliegende Wand und wurde durch die Karambolage in die passende Richtung manövriert. Er musste so schnell wie möglich die Vorhalle zwischen dem westlichen und östlichen Teil des Palas durchqueren. Denn dort würde auch der Gerüstbauer auftauchen, wenn er die Haupttreppe nach unten nahm. Lenz begann zu rennen. Mit dem Handrücken wischte er sich das Blut von der pochenden Nase. Sobald sich die Anspannung legen würde, das wusste er genau, würden die Schmerzen ihren Tribut verlangen.

Lenz hastete, mit bangem Blick zur Treppe, durch die Vorhalle. Er visierte den Gang hinter der Schlossküche an, um zum Ritterbau und weiter in den oberen Hof zu gelangen. Da hörte Lenz Schritte über sich im Treppenhaus. Er musste das Tempo verlangsamen. Wenn er den anderen hören konnte, dann verhielt es sich umgekehrt genauso. Auf Zehenspitzen schleichend, erreichte Lenz den Durchgang hinter der Schlossküche. Die Schritte des anderen waren jetzt ganz nah. Ihm blieb keine Zeit mehr. Er dankte Gott, dass noch keine Tür zum Gang eingehängt war. Zum Aufsperren wäre keine Zeit mehr geblieben.

Lenz schlüpfte in den Gang und presste sich so gut es ging in eine schmale Nische zwischen dem Türrahmen und der dahinterliegenden Mauer. Er befand sich zwischen Schlossküche und Speisenaufzug. Nun erwies sich die fehlende Tür als Manko, denn die Nische bot kaum Platz. Lenz wagte nicht zu atmen. Wenn er Glück hatte, würde man ihn so nicht sehen können. Noch immer tropfte Blut aus seiner gebrochenen Nase. Das lauwarme Rinnsal verklebte auf der Haut über der Oberlippe und kitzelte in seinen Nasenlöchern. Um ein Niesen zu unterdrücken, kräuselte er seine Nase. Der Drang wurde immer stärker.

Ein Schatten huschte an ihm vorbei. Der Gerüstbauer!

Der Mann blieb stehen.

Lenz kämpfte gegen ein Niesen an. Seine Nase juckte, als ob Federn darin stecken würden. Tränenflüssigkeit schoss seine Augen. *Geh doch einfach weiter*, flehte Lenz.

Der Gerüstbauer kratzte sich am haarlosen Hinterkopf. Das Geräusch seines Fingernagels auf der blanken Haut führte dazu, dass sich sämtliche Härchen auf Lenz' Unterarm aufstellten. *Los, los, los, du musst nach rechts, Mann! Da hinten ist das Ritterbad.*

Lenz hätte ihn gerne durch die Kraft seiner Gedanken in die richtige Richtung dirigiert. Lange würde er das Niesen nicht mehr zurückhalten können. Wenn sich der Glatzkopf nur nicht umdrehte. Es kam Lenz geradezu endlos vor, bis der Mann endlich weiter durch die Vorhalle rannte und im Gang zum Ritterbad verschwand.

Er konnte es nicht länger unterdrücken. Lenz presste beide Hände vor sein Gesicht, um das Niesen zu dämpfen, doch es fühlte sich an wie eine kleine Explosion in der Nase und im ganzen Kopf. Die Schlüssel am Bund in seiner Hand klimperten. Er wischte seine Hände an den Hosenbeinen ab und hetzte durch einen der Heizungsräume, betrat den Ritterbau, und von dort eilte er durch ein langes Gewölbe zur Ausgangstür in den oberen Burghof. Erst jetzt wagte er es, sich umzuschauen. Erleichtert stellte er fest, dass weit und breit keine Menschenseele zu sehen war.

Die Tür zum Hof war unverschlossen. Er hätte sie normalerweise beim Verlassen der Burg noch kontrolliert und zugesperrt. Lenz trat ins Freie und holte das jetzt nach. Das würde den Gerüstbauer fürs Erste zurückhalten.

Im Licht der Morgensonne betrachtete Lenz seine Hände. Sie waren blutverschmiert. Auch die Livree präsentierte sich in einem bedauernswerten Zustand. Ein langer Riss erstreckte sich vom Knie bis zum Hosenbund. Durch den Spalt leuchtete ein fingerbreiter, roter Kratzer auf seinem Oberschenkel. Der Hosenstoff war verschmiert und die stets sorgsam polierten Lackschuhe waren zerkratzt und voller Staub. Seine Nase pochte und war übel angeschwollen. Sein Rücken fühlte sich steif an. Trotzdem drängte es Lenz weiter. Erstens wollte er sich nicht zur Zielscheibe machen und zweitens mussten ja auch die beiden anderen Männer mit dem Buben hier noch irgendwo sein.

In geduckter Haltung schlich der Kastellan an der Mauer des Ritterbaus entlang und beobachtete seine Umgebung. Er überquerte den Hof, an der Grundmauer der Kapelle Deckung suchend, lief bis zur Freitreppe und blickte über die Brüstung zum unteren Hof hinab. Niemand war zu sehen. Die Luft schien rein zu sein. Nochmals schaute Lenz zurück. Der obere Hof war ebenfalls menschenleer. Immer schneller sprang er die steinernen Stufen hinunter. Am Fuß der Freitreppe verharrte er nochmals und versteckte sich hinter der Balustrade. Es waren höchstens zehn Schritte bis zum gegenüberliegenden Kellerabgang. Zudem konnte man den gesamten Burghof überblicken. Er suchte den passenden Schlüssel am Ring. Es sollte möglichst schnell gehen, wenn er vor der Tür stand. Lenz linste um die Ecke in den Hof. Niemand war zu sehen.

Er spurtete zum Torgebäude hinüber. Nur noch eine Tür, dann war er in Sicherheit – selbst wenn der Gerüstbauer einen passenden Schlüssel in den Keller besitzen sollte. Den verborgenen Zugang in den geheimen Raum würde er niemals entdecken.

Lenz erreichte die Kellertür mit etlichen großen Schritten. Er griff nach der Klinke und zielte mit dem Schlüssel in der anderen Hand auf das Loch, doch er zitterte zu stark, verfehlte das Schlüsselloch und traf nur das Türblatt. Der Schlüsselbund rutschte ihm durch die Finger und landete klimpernd auf dem Boden. Stöhnend ging Lenz in die Hocke, um ihn aufzuheben. Die Schmerzen durchfuhren seinen Rücken so heftig, dass seine Beine nachgaben. Lenz sank auf die Knie. Als er wieder nach oben sah, blickte er in das sommersprossige Gesicht eines jungen Mannes.

»Bitte hilf mir«, stöhnte Lenz.

Er hatte den Menschen noch nie zuvor gesehen. Die Schmerzen waren einfach unerträglich.

»Sowieso!«, sagte der Mann und lachte.

Er ließ krachend seine Faust auf Lenz' gebrochene Nase heruntersausen.

Die Angelegenheit war völlig aus dem Ruder gelaufen. Im unteren Hof hatten sich zu der einen geplanten Geisel noch weitere hinzugesellt. Darauf hätte Cornelius liebend gerne verzichtet.

»Habt ihr völlig den Verstand verloren?«, brüllte er schon von Weitem.

Unwillkürlich beschleunigte er seinen Schritt. Die letzten Stufen stürmte Cornelius hinab zu dem Platz zwischen dem Kellerabgang des Torhauses und dem Nebengebäude an der Felskante zur Schlucht, wo die Kiste jetzt stand. Er baute sich vor seinen vier Spießgesellen auf, die sich im unteren Hof versammelt hatten, und stemmte die Hände in die Hüften.

Die beiden mit dem Kind saßen auf der Transportkiste und strahlten ihn an wie kleine Jungs, die zum ersten Mal ein Lob von ihrem strengen Vater erwarteten. Und vor der Kiste bewachten seine Leute zwei weitere Männer.

Der eine war der Kastellan, darüber war Cornelius nicht unglücklich, auch wenn er jetzt überlegen musste, was er mit ihm anstellen sollte. Er hätte ihn lieber zerschmettert unter der umgestürzten Wendeltreppe im Ritterbad vorgefunden. Aber bis auf ein paar Blutstropfen auf den Holzdielen war nichts zu finden gewesen.

Neben dem Kastellan lag jedoch ein weiterer Mann auf dem Boden, der von einem seiner Helfer mit einem Rasiermesser an der Kehle in Schach gehalten wurde. Der Unbekannte starrte Cornelius an.

»Wer ist das?«, fragte der Gerüstbauer endlich.

Niemand antwortete ihm.

Allerdings schien der Unbekannte sprechen zu wollen, aber die Klinge saß haarscharf an seinem Kehlkopf. Vermutlich traute er sich deswegen nicht.

»Nimm das Messer ein Stück weg! Aber nicht ganz«, blaffte Cornelius den Mann mit der Klinge an.

Langsam entfernte der die Schneide ein paar Zoll vom Hals des Unbekannten. Cornelius machte einen Schritt auf den Mann zu.

»Jetzt rede, wenn du was zu sagen hast.«

Der Mann versuchte, sich aufzurichten. Sofort wanderte das Rasiermesser wieder an seinen Adamsapfel und zwang ihn zurück auf den Boden.

»Immer langsam mit den jungen Pferden! Wie heißt du? Und was machst du hier?«

»Mein Name ist Johannes. Ich wollte ihn besuchen.« Der Mann deutete mit dem Kopf zum bewusstlosen Kastellan.

Cornelius musterte ihn von unten bis oben. Die grüne Jacke und Hose, Hemd und Schuhe waren von guter Qualität und sauber. Bis auf ein paar wenige Flecken vom Schmutz der Straße.

»Ich bin ein Freund von Herrn Baumgartner. Wir waren verabredet.«

»Im Schloss? Wohl kaum«, entgegnete der Gerüstbauer. »Ich glaube nicht, dass ihr die Erlaubnis dazu bekommen hättet.«

»Ja und ihr? Ihr schaut auch nicht gerade so aus, als ob hier ihr dazugehören würdet.«

»Werd' ja nicht frech!«, fuhr Cornelius ihn an. Er trat ihn mit voller Wucht in die Rippen.

Der Mann wurde zur Seite geschleudert und krümmte sich vor Schmerz.

»Du hast hier gar nichts verloren! Warum kommst du mir in die Quere?« Cornelius spuckte Gift und Galle. »Und was musste sich der Idiot von Kastellan auch einmischen!«

Er konnte sich kaum noch beherrschen vor Wut, kniete sich auf den am Boden liegenden Fremden und packte ihn an den Schultern. Die Klinge hatte einen dünnen Schnitt an seinem Hals hinterlassen. Cornelius betrachtete den Mann genauer. Irgendetwas kam ihm an dem Menschen seltsam vor. Dann fiel es ihm auf.

»Du bist Soldat!«, rief er. »Das ist doch die Ausgehuniform der Chevaulegers.« Der grüne Anzug, das polierte Schuhwerk und die akkurat frisierten, kurzen Haare sprachen dafür. Die rasierten Nackenhaare waren für ihn der ultimative Beweis. Dazu kam noch, dass der Mann die ganze Zeit über nicht jammerte. Selbst als er getreten und verletzt wurde, hatte er keinen Laut von sich gegeben.

»Gib mir dein Messer«, schrie Cornelius seinen Handlanger an. Er würde dem Soldaten und dem Kastellan die Kehle durchschneiden.

Cornelius entriss dem Burschen neben sich das Rasiermesser. Er kniete sich auf die Oberarme des Soldaten. Der Mann blickte ihn mit schreckgeweiteten Augen an. Dann wurde er panisch und versuchte, sich irgendwie aus Cornelius' Belagerung herauszuwinden. Sofort eilte der junge Handlanger mit den Sommersprossen dem Gerüstbauer zu Hilfe und setzte sich auf die Beine des Soldaten.

»Jetza! Mach Schluss mit dem Bazi!«, feuerte er Cornelius an.

Wenngleich er nichts lieber getan hätte, als ihm sofort die Kehle aufzuschlitzen, zögerte Cornelius. Er wollte vor den anderen Männern nicht als Mörder dastehen. Es war dumm, vor Augenzeugen zu morden. Noch dazu wären seine Opfer ein Soldat und ein Hofbediensteter. Er besann sich eines Besseren. Die beiden mussten unauffällig verschwinden.

Er wusste auch schon, wie.

Durch das Fenster drang gedämpftes Tageslicht in den Raum. Lenz hatte keinen blassen Schimmer, wo er sich befand. In seiner Nase klopfte ein ganzes Bergwerk voller Grubenarbeiter einen gleichmäßigen Rhythmus gegen die Scheidewand. Er stöhnte leise.

»Endlich bist du wach.«

»Heiland!« Lenz erkannte die Stimme des Soldaten sofort, obwohl er ihn seit einer halben Ewigkeit nicht mehr gesehen hatte.

Er versuchte, sich zu bewegen. Prompt erinnerte ihn das Stechen im Rücken an seinen Sturz. Lenz hielt inne und schaute an sich hinab, während sich seine Augen an das schummerige Licht gewöhnten. Er saß mit dem Rücken an einen Holzpfosten gelehnt. Beide Hände lagen überkreuz auf seiner Brust, festgezurrt mit einem Seil.

»Ich sitze genau hinter dir. Sie haben uns vor über einer Stunde in den Raum gebracht. Hatte schon befürchtet, dass du gar nicht mehr aufwachst, mein Junge.«

Nach und nach kehrte die Erinnerung zurück: das Kind, der Gerüstbauer. Der Sturz. Der Schlag auf seine Nase. Lenz war froh, Heiland bei sich zu wissen.

»Bei meiner Mutter wäre es sicher gemütlicher geworden«, witzelte er. »Und es hätte eine deftige Brotzeit zur Begrüßung gege...« Sein Satz endete in einem Hustenanfall, weil ihm ein Schwall Blut den Rachen hinabgelaufen war. Es dauerte eine Weile, bis er sich wieder beruhigt hatte.

»Wer sind die Leute? Kennst du die?«, fragte Heiland.

Lenz versuchte röchelnd, das zähe Schleimblutgemisch aus seinem Rachen hochzuwürgen. Endlich schaffte er es und spuckte aus.

Nachdem er sich etwas davon erholt hatte, erkannte er, wo man sie eingesperrt hatte. Sie befanden sich in dem kleinen Seitengebäude neben dem Torbau. Es beinhaltete lediglich einen einzigen großen Raum. Die Eingangstür befand sich an der Längsseite. Unmittelbar daneben hatte man ein Fenster eingebaut sowie in den Giebelseiten je eine schießschartenähnliche Öffnung. Soweit Lenz das von seiner Position aus beurteilen konnte, war der Raum leer – bis auf vier Holzkisten, die paarweise aufeinander gestapelt neben der Tür standen. Daneben lehnte noch ein großer Jutesack an der Wand. Plötzlich erinnerte er sich wieder an das, was ihn hierher gebracht hatte.

»Weißt du, wo das Kind ist?«

»Welches Kind?«, antwortete Heiland. »Ich hab kein Kind gesehen.«

»Ein kleiner Bub mit schwarzen Haaren.«

Lenz wollte sich zur Seite drehen, um den Raum besser überblicken zu können, doch das Seil war zu eng.

»Ich hab ihn unter dem Tisch in der Silberkammer gefunden«, ächzte Lenz, während er den Kopf hin und her bewegte.

»Der Gerüstbauer hat ihn gesucht.«

»Wer ist der Gerüstbauer?«, fragte Heiland mit einem leicht gequälten Unterton. Es hörte sich für Lenz so an, als wippe er vor und zurück und von links nach rechts.

»Der Gerüstbauer ist der mit der Glatze. Ich kenne ihn von der Baustelle her.«

»Aaah«, entfuhr es Heiland. »Der hat die Hosen an. Hätte uns beinahe die Kehle aufgeschlitzt.«

»Weshalb bist du überhaupt hier? Wir wollten uns doch in Füssen treffen. Weißt du, wie spät es ist?«, sprudelte es aus Lenz nur so hervor.

»Eins nach dem anderen. Jetzt müssen wir erst mal hier weg. Dieser Gerüstbauer will uns endgültig loswerden.«

Lenz wand sich nun ebenfalls hin und her, um das Seil zu lockern. Jede Erschütterung verursachte ihm Schmerzen in Rücken und Nase.

»Ich kann kaum glauben, dass uns das schon wieder passiert«, lamentierte der Kastellan.

»Entweder sind wir verflucht oder der Ort ist es«, ertönte die Antwort hinter ihm. »Ich hatte schon beim Rauflaufen so ein komisches Gefühl.«

»Dann kannst du dir ja gut vorstellen, wie es mir jedes Mal ergeht, wenn ich Dienst habe. Mir kommt ständig das vermaledeite Päckchen in den Sinn«, sagte Lenz, allmählich leiser werdend, bis er nur noch flüsterte. So als ob sie der Mörder von damals belauschen würde.

»Glaub mir, Kleiner, ich kann die Kugel noch heute spüren. Ohne Klara ...« Heiland verstummte. Er merkte wohl, dass er Lenz' wunden Punkt getroffen hatte. »Sie hat mir gesagt, dass du wahrscheinlich in der Neuen Burg bist.«

»Du hast ... Klara getroffen?«

Heiland kannte das zerrüttete Verhältnis zwischen Klara und Lenz aus den Briefen. Er war der einzige Mensch, dem sich Lenz je anvertraut hatte. Nicht einmal Lenz' Mutter wusste davon.

Heiland davon zu *schreiben*, war Lenz leichtgefallen. Die ganzen Jahre über hatte er dem weit entfernten Freund sein Herz ausschütten können. Doch jetzt mit Heiland über Klara zu reden, fiel ihm unendlich schwer. Seit ihr Name gefallen war, kam es Lenz vor, als hätte er einen Kloß im Hals.

Heiland schien es zu merken, denn er wechselte rasch das Thema: »Die Fesseln sind straff um den Balken gebunden. Wenn wir uns weiter bewegen, können wir sie vielleicht lockern. Weißt du, was in den Kisten drin ist?«

Lenz wollte gerade etwas zu den Kisten sagen, als die Tür aufgestoßen wurde. Im Durchgang erschien die schmale Gestalt des Gerüstbauers. Sein Gesicht war im Gegenlicht kaum zu erkennen.

»Mach uns los! Wir können über alles verhandeln«, sagte Heiland.

Wortlos stapfte der Mann zu den Holzkisten und öffnete den Deckel von einer.

»Willst du Geld? Wir können dir Geld besorgen oder was du sonst so brauchst.«

Lenz vernahm einen Hauch von Verzweiflung in Heiland Stimme. Auch wenn sie sich viele Jahre lang nicht mehr getroffen hatten, das Erlebte hatte sie zusammengeschweißt.

Die Erinnerung daran war in Lenz noch quicklebendig. Und natürlich kannte Lenz auch Heilands Geschichte. Wie er dem Prinzen Otto im Krieg von 1870 das Leben gerettet und dabei einem französischen Soldaten aus nächster Nähe das Gesicht weggeschossen hatte. Seit jener Zeit quälten ihn Albträume. Und was für ihn noch schlimmer war: Er konnte keine Waffe mehr abfeuern! Sobald er den Abzug berührte, begannen seine Hände zu zittern. Zu seinem Glück wusste niemand davon, denn der König hatte ihn mit dem Rang einer persönlichen Leibwache von Prinz Otto belohnt, und keiner seiner Vorgesetzten hatte jemals eine Demonstration seines Könnens im Schießstand verlangt.

Auch wenn Lenz um Heilands Probleme wusste, war er froh, den Soldaten jetzt an seiner Seite zu haben.

Ohne ihnen Beachtung zu schenken, holte der Gerüstbauer etwas aus der Kiste und musterte es. Lenz äugte angestrengt zu ihm hinüber. Der Gegenstand in der Hand des Mannes blieb im Schatten verborgen.

»Es ist noch nicht zu spät«, versuchte Heiland erneut, mit dem Mann ins Gespräch zu kommen.

Der Gerüstbauer legte den Gegenstand zurück, schloss den Deckel und packte die Kiste. Als er sie in die Höhe wuchtete und sich mit ihr zur Tür drehte, fiel Tageslicht auf den hölzernen Behälter. Lenz wurde übel, als er das in schwarzer Farbe gemalte Zeichen auf der Kiste erblickte. Heiland musste es ebenfalls entdeckt haben. Er verstummte.

Der Gerüstbauer stellte die Kiste auf den Boden vor dem Gebäude und verschloss die Tür hinter sich. Lenz und Heiland blieben angsterfüllt zurück.

Treu bis in den Tod

Nachdem sie die beiden Männer an den Holzbalken gefesselt hatten, hatte sich Cornelius einen Moment der Ruhe gegönnt. Er musste dringend nachdenken. Er setzte sich mitten auf die Freitreppe und beobachtete die kleine Gruppe seiner Helfer im unteren Hof. Die vier Männer hatten sich um die Transportkiste mit dem weggesperrten Buben versammelt. Immer abwechselnd saß mindestens einer von ihnen darauf.

Nichts war bis jetzt so gelaufen, wie es in ihrem Plan vorgesehen war. Herr Schilling und der Mittelsmann hatten alles perfekt eingefädelt. So hatten sie jemanden aus der unmittelbaren Umgebung des Königs als Verbündeten. Und dass er den Mann auch noch gut kannte, erwies sich als Glücksfall für ihren Plan. Leider hatte seine eigene Unachtsamkeit die Komplikationen verursacht, das musste Cornelius zugeben. Nicht nur Herr Schilling, auch der Mittelsmann wäre verärgert, wenn dadurch alles scheitern würde. Und Cornelius wollte den Mittelsmann keinesfalls enttäuschen. Sie hatten sich lange nicht gesehen und er wollte unbedingt, dass sich ihr Verhältnis zueinander verbesserte.

Das Geburtstagsgeschenk sollte am Dienstag »überreicht« werden. Heute war erst Samstag. Mit einem Kastellan und einem Soldaten als Geiseln konnte er unmöglich noch drei Tage warten. Zumindest den Kastellan würde man beizeiten vermissen und suchen.

Herr Schillings Äußerung war unmissverständlich: Scheiterte die Operation, floss kein Geld. Cornelius überlegte, wie er retten konnte, was noch zu retten war. Er benötigte das Geld dringend. Für sich und um Max Schöffls Familie unter die Arme zu greifen. Ferner musste er sein Versprechen gegenüber Max einlösen. Das wollte er auf keinen Fall verbocken.

Ein Glockenschlag riss ihn aus seinen Gedanken. Die Uhr oberhalb der alten Königswohnung gab weitere sieben Schläge von sich, die von den Felswänden wiederhallten. Die Augustsonne erhitzte die Luft zunehmend.

Cornelius ärgerte sich, das Kind entführt zu haben. Dadurch hatte er die gesamte Mission unnötig in Gefahr gebracht. Nur weil er seinem Mittelsmann die Bitte einfach nicht hatte abschlagen können. Die Entführung auf dem Schachen würde das Komplizierteste sein, hatte er gedacht. Doch der Mittelsmann hatte ihm keinerlei Anweisungen gegeben, wie es mit dem Buben weitergehen sollte. Wenn Cornelius darüber nachdachte, war es ihm auffallend egal gewesen.

»Mach mit ihm, was du willst!«

Mehr war nicht von ihm gekommen. Eigentlich hatte Cornelius den Buben nach dem Königsgeburtstag einfach laufen lassen wollen. Ein Kind zu töten, kam für ihn im Grunde nicht in Frage. Ursprünglich sollte gar niemand zu Schaden kommen. Ihn wurmte es, dass ihm die zwei Männer im Nebengebäude einen Strich durch die Rechnung gemacht hatten.

Cornelius musste sich nun entscheiden. Entweder die *Operation Geburtstagsgeschenk* abbrechen oder mit allen Konsequenzen durchführen. Dazu gehörte auch die Beseitigung der unerwünschten Zeugen. Wenn er es richtig anstellte, würde nicht viel von ihnen übrigbleiben. Das Kind hingegen konnte ihm vielleicht noch von Nutzen sein. Er stand auf und rannte zu den anderen hinunter.

»Schau mal in die Kiste, ob er noch lebt«, befahl er dem Burschen mit der löchrigen Hose und den Sommersprossen. Der wirkte zwar ziemlich einfältig, doch schien er derjenige seiner Gehilfen zu sein, der ohne Zögern beherzt zupackte, wenn man es von ihm wollte. »Verbirg dabei dein Gesicht!«

»Sonst hauts den Buam endgültig vom Stangerl, bei dera Visagn vom Michael!«, grunzte der mit dem Rasiermesser. Sein Lachen verstummte, als er Cornelius' bösen Blick bemerkte. Dem Gerüstbauer war nicht mehr nach Scherzen zumute.

»Alle zur Seite. Ihr beide klappt den Truhendeckel von der Rückseite her auf. Dann sieht er euch nicht, wenn ihr hinter dem geöffneten Deckel steht. Und du: beide Hände vors Gesicht! Und pass auf, dass er nicht aufsteht und raushüpft«

Wie befohlen, legte der Bursche die Hände auf sein Gesicht und linste durch die gespreizten Mittel- und Ringfinger hindurch. Die anderen klappten den Deckel der Truhe auf, während Cornelius und der Vierte im Bunde hinter ihnen darauf warteten, was als Nächstes passierte. Michael spreizte seine Finger etwas mehr und näherte sich so vorsichtig der Öffnung, als ob ein Ungetüm aus der Kiste hüpfen könne. Er starrte eine ganze Weile hinein. Schließlich gab er durch ein Kopfnicken zu verstehen, dass sie den Deckel wieder schließen konnten.

»Der lebt no imma, der zache Hund!«

Cornelius konnte nicht sagen, ob er über die Nachricht erleichtert war. Eigentlich wäre es ihm inzwischen beinahe gleichgültig gewesen, wenn der Bub tot in der Truhe gelegen hätte. Er war zwar zu allem Möglichen entschlossen, aber er wollte kein Kindermörder sein. Da der Bub lebte, würde er ihn mitnehmen. Sein neuer Plan stand fest.

Cornelius hatte die vier Männer mit dem Buben weggeschickt. Er wollte sie ab jetzt nicht mehr dabeihaben. Die restlichen Vorbereitungen konnte er selber durchführen. Dazu benötigte er keine Hilfe.

Sie sollten die Truhe mit dem Kind zum Schützensteig transportieren und sich möglichst vom Weg fernhalten, um keine Aufmerksamkeit zu erregen. Er befahl ihnen, das Gebiet um das Schweizerhaus in der Bleckenau zu meiden. Man konnte nie wissen, ob sich da oben gerade eine der königlichen Hoheiten oder deren Gefolge aufhielt.

Cornelius hielt die vier für nicht besonders helle. Der Einzige, dem er ein wenig mehr zutraute, war Michael. Den würde er später noch gebrauchen können. Nur deshalb merkte er sich seinen Namen überhaupt. Er befahl ihnen, dass einer vorneweg marschieren sollte, um die anderen im Fall der Fälle mit einem vereinbarten Signal warnen zu können. Während sie mit der Truhe die Neue Burg verließen, unterhielten sie sich darüber, welches Zeichen wohl das geeignetste sein könnte. Die Vorschläge reichten vom Ruf eines Käuzchens bis zum Fuchsgebell.

Am Fuße des Schützensteiges sollten sie sich im Wald verstecken und auf ihn warten. Cornelius warnte sie eindringlich davor, sich der Baustelle des Hubertuspavillons zu nähern. Dort um die Ecke gab es nämlich eine alte Sennerei, in der die Bauarbeiter untergebracht waren. Er wollte keine unnötigen Begegnungen und Fragen riskieren. Sobald die *Operation Vorgezogenes Geburtstagsgeschenk* erledigt wäre, würde er sich mit ihnen treffen, damit sie das Kind in das andere Versteck schaffen konnten. Cornelius hatte von seinem Mittelsmann auf einem Stück Papier eine exakte Wegbeschreibung erhalten.

Nachdem die vier endlich gegangen waren, verriegelte Cornelius das Schlosstor und begann alles herzurichten. Die Kisten lagerten in dem kleinen Seitengebäude. Herr Schilling hatte sie beschafft. Zuerst holte sich Cornelius nur eine von ihnen. Der gefesselte Soldat hatte erfolglos versucht, ihn in ein Gespräch verwickeln. Cornelius überlegte kurz, ihn zu knebeln, ließ es dann aber – es konnte ihn hier ja niemand hören.

Er stellte die Kiste im Hof ab. Im Licht der Morgensonne überprüfte Cornelius den Inhalt genauer. Währenddessen wurde ihm klar, dass seine Zeit auf Neuschwanstein zu Ende ging. Er dachte an die vielen Jahre zurück, in denen das Gebäude sein Leben bestimmt hatte, seine zweite Heimat gewesen war. Freud und Leid hatte er darin erlebt. Die harte Arbeit und das gesellige Zusammensein nach Feierabend.

Manchmal hatte der König Bier oder Punsch für die Arbeiter spendiert. Cornelius dachte an den Tod von Zimmermann Franz Straubinger, der bei ihm gleich um die Ecke gewohnt hatte. Straubinger zog an seinem letzten Tag für einen der Metze einen Stein in die Höhe. Dann riss das Seil. Er verlor das Gleichgewicht und stürzte vom Gerüst. Eine

Lage tiefer prallte er mit der Brust auf einen Balken und wurde zwei weitere Stockwerke nach unten geschleudert. Er schlug mit dem Kopf auf dem Stein auf, den er zuvor hatte hinaufziehen wollen. Cornelius musste hilflos zusehen. Die Bergung der Leiche hatte sich in sein Gedächtnis eingebrannt. Von Straubingers Gesicht war nach dem Unfall nichts mehr zu erkennen gewesen.

Vor drei Jahren war der Steinmetz Klotz aus Tirol nach der Arbeit spurlos verschwunden. Man fand ihn ein paar Tage später zerschmettert in der Pöllatschlucht. Wahrscheinlich hatte der Mann abends noch Reiser schneiden wollen, die zum Steinbohren verwendet wurden. Wieder hatte Cornelius bei der Bergung des Leichnams geholfen und auch dieser Anblick verfolgte ihn seither im Schlaf. Dann kam der schreckliche Unfall im Steinbruch. Der Gedanke an Max verdrängte seine Wehmut endgültig.

In der Kiste lagen mehrere Gebinde. Er holte sie nacheinander heraus, um sie auf den Boden neben sich zu legen. Dabei zitterten seine Hände unweigerlich. Hin und wieder hörte man Schauergeschichten über die Detonation von Sprengstoff, ausgelöst allein durch Erschütterung. Der Erfinder des Dynamits hatte beim Experimentieren damit seine halbe Familie in die Luft gesprengt. Das hatte ihm zumindest einer der Bauarbeiter erzählt.

Cornelius entspannte sich, als er das letzte Paket weglegte. Auf dem Boden der Kiste befanden sich mehrere Patronen sowie eine Pistole. Cornelius griff nach der Waffe und betrachtete sie eingehend. Der Lauf war nicht nur halb so lang wie normal, man konnte ihn durch Öffnen eines Hakenverschlusses sogar seitlich aufklappen. In den beiden Hälften des Laufes war die Aussparung für die Zündschnur eingestanzt, die in das Lager für die Patrone mündete. Cornelius musste nur das Ende der Schnur in eine Messingspirale in der Patronenhülse einklemmen. Die Spirale war mit einer kleinen Menge Schwarzpulver überkrustet. Der Schlag des Pistolenbolzens auf das Zündhütchen würde die Schnur entfachen. So hatte es ihm Herr Schilling erklärt.

Nacheinander holte Cornelius auch die drei weiteren Kisten aus dem Gebäude und stellte sie in den Hof. In der letzten, in Leintücher gewickelt und gepolstert, lagerte ein silbernes Kästchen. Darin steckten in stabilen Eisenringen vier Kupferhülsen, deren dünne Enden mit einem winzigen Korken verschlossen waren. Die Sprengkapseln.

Herrn Schillings Plan sah vor, dass Cornelius jeweils ein Dynamitpäckchen pro Kiste mit einer Sprengkapsel versah. Das sollte ausreichen, um die gesamte Sprengladung zu zünden.

Als Letztes trug Cornelius den großen Jutesack aus dem Seitengebäude heraus. Baumgartner und sein Freund schrien ihn an. Sie flehten und bettelten, dass er keinen Blödsinn machen solle. Cornelius schloss die Tür, ohne sie zu beachten. Er durfte keine Zeit mit unnötigen Gesprächen vergeuden, wenn er die Sprengung bis zum Einbruch der Dämmerung vorbereitet haben wollte.

Im Jutesack steckten mehrere Rollen mit Zündschnur, eine Blechhülse und eine Zange. Herr Schilling hatte ihm detaillierte Skizzen angefertigt, wie er vorgehen musste. Nun, da er sämtliche Komponenten zum ersten Mal vor sich liegen hatte, konnte er sich ein Bild von der bis dato abstrakten Angelegenheit machen. Plötzlich fühlte er sich gar nicht mehr so selbstsicher. Vielleicht hätte er vor seinem Auftraggeber nicht damit prahlen sollen, dass es für ihn keine Affäre sei, eine Sprengung durchzuführen. Er legte die Dynamitpäckchen wieder zurück. Wie rohe Eier behandelte er sie, und als sie alle wieder in den Kisten steckten, machte er innerlich ein Kreuzzeichen.

Er öffnete mit dem Schlüssel des Mittelsmannes die Tür zum südlichen Treppenturm des Torgebäudes. Im Bogen über dem Eingang prangte ein in Stein gemeißelter Freimaurerstern. Cornelius hatte von dem Gerücht gehört, dass es unter den Steinmetzen eine Loge geben sollte oder früher gegeben hatte. Er war nie zu dem illustren Kreis eingeladen worden. Wenn dieser überhaupt existierte.

Cornelius öffnete die Aufenthaltsräume des Kastellans im Erdgeschoss. Darin sollte die erste Sprengladung detonieren. Danach ging er die schmale Wendeltreppe hinauf und schloss den Zugang in die mittlere Etage auf. Fast am Ende des langen Ganges würde er die zweite Kiste deponieren. Schließlich stieg Cornelius ganz nach oben, verließ den Turm ins Freie und querte das Dach über einen hölzernen Steg bis zum Mittelbau. Eine im Verhältnis kleine, sehr wuchtige Eichentür führte in einen engen Gang. Hier war der Gerüstbauer noch nie gewesen. Der erste Raum war ein winziges Schlafzimmer mit einer kargen Möblierung. Die Bemalung der Wände täuschte eine grüne Tapete mit dezenten, stilisierten Mustern vor. Cornelius ließ das Zimmer links liegen und ging schnurstracks in das große Wohn- und Arbeitszimmer des Königs. Es roch muffig. Cornelius hatte kein Auge für den prachtvollen Teppich, die filigranen Möbel, das kleine Weinfass auf dem Arbeitstisch und das farbenfrohe Rundumgemälde. In diesem Zimmer wollte er die dritte Ladung abstellen.

Er öffnete die Balkontür und blickte zur Straße hinunter. Es war niemand zu sehen. Er ließ die Tür geöffnet, um später die Zündschnur hinunterbaumeln zu lassen. Cornelius hoffte, dass genügend Schnur vorhanden war. Er wollte die Ladungen möglichst von der letzten Kurve vor dem Torgebäude zünden und so schnell es nur irgend ging mit einem der Kutschenpferde flüchten. Die Kalesche und den anderen Gaul würde er zurücklassen.

Wieder im Hof angekommen, schritt er die Entfernung vom Seitengebäude zur Kurve ab. Er musste die vier Zündschnüre der einzelnen Kisten mit der Hauptschnur verbinden und deren Länge abschätzen. Schon von Weitem sah er, dass sich die Pferde samt Kalesche ein schattiges Plätzchen unterhalb gesucht hatten. Er beschloss, ihnen zwei Eimer Wasser hinzustellen und nach einem Strick zum Anbinden zu suchen. Schließlich brauchte er eines der Tiere noch. Abgesehen von der Kutsche war die Straße noch immer völlig verlassen. Trotzdem atmete Cornelius auf, als er das Schlosstor wieder hinter sich schließen konnte.

Mit der Zange schnitt er die Zündschüre so ab, dass sie lang genug sein mussten. Sollte er sich verschätzt haben, wäre nicht mehr ausreichend Schur vorhanden, um die von ihm geschätzte sichere Entfernung zur Zündung nochmals auszulegen.

Als Nächstes machte sich der Gerüstbauer ans Verteilen der Kisten. Die Kiste, die er nicht für den Torbau benötigte, war für den kleinen seitlichen Bau vorgesehen. Mit ihr wollte er beginnen. Sollten seine

Geiseln ruhig vor Angst zittern bis zum großen Knall. Cornelius hielt kurz inne. Er konnte sich gar nicht daran erinnern, wann genau er so herzlos und zynisch geworden war. Aber war das nicht völlig gleichgültig? Ein hämisches Grinsen huschte über sein Gesicht und gefror zu einer bösen Grimasse.

Sofort als er die Tür öffnete, begannen Baumgartner und der Soldat, auf ihn einzureden. Er schleppte die Kiste in die hinterste Ecke des Raumes. Unmittelbar neben der Fensteröffnung stand ein stabiles Holzregal, vor dem eine Leiter am Boden lag. Er wollte die Kiste später ganz oben hinaufstellen. Von dort war die Strecke zum Oberlicht, aus dem er die Zündschnur nach draußen führen wollte, am kürzesten.

»Gib uns einen Schluck Wasser!«, krächzte Baumgartner.

Ohne ihn eines Blickes zu würdigen, klemmte Cornelius das Ende der Zündschnur provisorisch zwischen Rand und Deckel der Kiste. Er nahm die Leiter, lehnte sie an die Wand, packte das Ende der Schnur und stieg zur Öffnung hoch. Er kippte die Fensterluke nach außen und ließ den Rest der Schur in den Burggraben hinunterfallen. Später konnte er dann neben dem Tor hinunterklettern und die Schnur zur Straße hochholen.

»Lass uns gehen, Mann! Was immer du machen möchtest, tu es einfach, aber lass uns da raus! Wir werden nichts verraten«, versprach der Soldat.

Cornelius stieg von der Leiter und ging zu den Gefangenen hinüber. Er baute sich vor den beiden Männern auf. Dann spuckte er durch seine Zahnlücke auf den Boden vor Baumgartners Füße. Er fasste in seine Hosentasche und holte ein zerbeultes Etui aus Blech hervor. Darin befanden sich noch zwei Zigaretten. *Nein, die rauchst du selber! Eine, wenn alles fertig hergerichtet ist. Die andere dann unterwegs.* Für eine Sekunde hatte er darüber nachgedacht, sie Baumgartner und seinem Freund in den Mund zu stecken. Aber er wollte nicht gütig sein. Nicht einmal eine letzte Zigarette gönnte er ihnen, da sie ihn in diese missliche Lage gebracht hatten.

Die sommerlichen Temperaturen ließen Cornelius bei den Vorbereitungen ins Schwitzen kommen. Die Hitze staute sich bereits zwischen dem Torbau und der Mauer zum oberen Hof. Immer wieder löschte Cornelius seinen Durst mit dem kühlen Wasser aus dem Hofbrunnen, während er die restlichen Kisten verteilte. Zwischendurch überprüfte er die Fesseln seiner Gefangenen. Auch Baumgartner und der Soldat klagten über die Hitze und den unerträglichen Durst. Ohne eine Reaktion auf das Gejammer ging Cornelius wieder hinaus, um die restliche Arbeit zu erledigen.

»Du machst einen großen Fehler, Gerüstbauer«, rief ihm Baumgartner hinterher. Der Kastellan klang kraftlos. Auch der Soldat rief ein paar Worte. Durch die dicke Tür konnte Cornelius sie nicht verstehen. Die beiden waren sich ihrer verzweifelten Lage bewusst. *Bald habt ihr es hinter euch*, dachte sich Cornelius.

Er kramte die daumengroße Blechhülse aus dem Sack heraus. Aus ihrem einen Ende ragten zwei Zündschnur-Schleifen. Aus dem anderen schaute ein knapp zehn Zoll langes Stück der Schnur hervor. Mit der Zange zwickte Cornelius die Schleifen auseinander. An die Enden würde er später die vier Schnüre knoten, die aus den Fenstern des Torbaus und dem Nebengebäude kamen. Die gegenüberliegende Schnur würgte er in die Spule der Zündpatrone, die er mit der Pistole entfachen würde. Danach holte er die erste Sprengkapsel aus dem Silberkästchen. Diesmal fädelte er das Schnurende ganz vorsichtig durch die Öffnung der Kapsel. Im Inneren der Kapsel befand sich eine Mischung aus Knallquecksilber und Kali, das durch die Funken der Zündschnur explodieren sollte. Den Vorgang wiederholte er mit zwei weiteren Schnüren und Kapseln. Der Schweiß lief ihm in Strömen übers Gesicht.

Erst nachdem er die drei Kapseln am Falz mit der Zange zusammengezwickt hatte, war Cornelius erleichtert. Nun sollte keine der Sprengkapseln mehr aus Versehen in seinen Händen explodieren. Es war bereits Mittag. Die Zeit raste.

Nacheinander platzierte er die präparierten Sprengkapseln in den Sprenghütchen. Eines blieb übrig. Die Sprengladung im Seitengebäude wollte er ganz zum Schluss präparieren. Er lief nacheinander zu den Kisten im Torgebäude, steckte je ein präpariertes Sprenghütchen in eine der Dynamitstangen.

Herr Schilling hatte ihn darauf eingeschworen, dafür möglichst eine Stange in der Mitte der Kiste auszuwählen. Das Wichtigste sei, die Zündladung tief genug in die weiche Masse der Stange zu pressen. Ansonsten drohe der Funke aus dem Zündhütchen nicht wirklich überzuspringen und die Wirkung zu verpuffen. Cornelius drückte die Ladungen so tief in die Stangen hinein, wie er sich nur traute. Bei jeder weiteren Kiste wurde er mutiger. Die Enden der drei einzelnen Zündschnüre warf er jeweils aus einem der Fenster zur Straße hinab.

Zur Krönung das Seitengebäude, dachte er sich, nachdem alle drei Kisten im Torgebäude hergerichtet waren.

Der Soldat glotzte ihn an, als er Zündschnur, Sprengkapsel und das Zündhütchen verband und in eine der Stangen schob. Sein Gesicht war schweißnass und knallrot angelaufen.

»Das kannst du nicht machen. Warum tust du das? Du zerstörst das Eigentum des Königs? Man wird dich dafür zur Rechenschaft ziehen«, schleuderte er Cornelius entgegen.

Der Kastellan saß auf der anderen Seite des Balkens, der Situation den Rücken zugewandt. Er konnte nicht sehen, was Cornelius gerade machte, und stöhnte bei jedem Satz des Soldaten verzweifelt auf.

Unbeeindruckt öffnete Cornelius die Kiste und griff nach dem Ende der eingeklemmten Zündschnur. Er präparierte das vierte und letzte Sprenghütchen und drückte es in die Sprengstangen. Dann lehnte der Gerüstbauer die Leiter an das Regal und wuchtete, ohne sich festhalten zu können, die Kiste mit dem Dynamit Sprosse für Sprosse nach oben. *Bloß nicht ausrutschen*, dachte er sich bei jedem Schritt.

»Im Namen des Königs befehle ich dir, damit aufzuhören!«, schrie ihn der Soldat an.

Unter größter Anstrengung stemmte Cornelius die Kiste auf den obersten Regalboden. Er schob die Zündschur behutsam durch die Fensteröffnung nach und platzierte sie auf dem kleinen Riegel des Kippfensters. Es sollte an der Stelle kein Knick entstehen, der die Flamme unterbrechen konnte. Als er zufrieden war, stieg er wieder hinab. Die Leiter wollte er vorsichtshalber mitnehmen. Womöglich konnte er sie noch gebrauchen. Cornelius lehnte die Leiter an den Balken zwischen den Männern, machte einen Schritt zum Soldaten hinüber und ging unmittelbar vor ihm in die Hocke. Ihre Gesichter berührten sich beinahe. Cornelius roch die Angst im Atem des Mannes.

»Dein König kann mich im Arsch lecken«, zischte er. »Wo war er, als wir ihn brauchten? Im Stich gelassen hat er uns. Und jetzt zerstöre ich das, was er am meisten liebt.«

»Von mir aus. Aber lass uns beide gehen.«

Cornelius erhob sich. Er konnte den Anblick des Mannes nicht mehr ertragen.

»Ihr beide seid ihm treu ergeben! Und du hast geschworen, für ihn zu sterben, Soldat. Jetzt ist es dann bald soweit.« Ein höhnisches Gelächter platzte aus ihm heraus. Er konnte sich nicht mehr zurückhalten. Vor lauter Lachen strömten Tränen aus seinen Augen und vermischten sich mit dem Schweiß auf den Wangen. Lauthals lachend nahm er die Leiter wieder, verließ das Gebäude, sperrte die Tür zu und setzte sich auf die steinerne Türschwelle.

So saß er dann eine Weile, bis er sich endlich wieder beruhigt hatte. Noch nie in seinem ganzen Leben hatte er dermaßen lachen müssen. Er stapfte zum Brunnen hinüber und wusch sich das Gesicht. Das Wasser war warm und abgestanden, also pumpte er einen Schwall kühles hervor. Cornelius benötigte einen klaren Kopf. Das Chaos war einigermaßen bereinigt. Alles war vorbereitet und sein neuer Plan wohldurchdacht. Selbst wenn er nun riskierte, endgültig zu scheitern. Eigentlich war das, was er jetzt vorhatte, zu diesem Zeitpunkt der Mission ein absoluter Wahnsinn, Aber vielleicht war er ja wahnsinnig geworden! Er konnte einfach nicht anders: Als Nächstes würde er Max holen.

Versprochen war versprochen.

Das Zeichen

Max Schöffl saß auf der Veranda und wartete darauf, dass der Tag zu Ende ging. Der Rest der Familie war seit frühmorgens um vier Uhr auf den Feldern zugange. Der zweite Grasschnitt war fällig. Max war traurig, nicht beim *Grummet machen* dabei sein zu können. Während die einen mit der Sense mähten, mussten die anderen das Heu ständig wenden. Erst wenn das Wetter umzuschlagen drohte, verteilte man das Heu auf Heinzen. Auf den hölzernen Gestellen luftig gelagert, überstand das Heu ohne Bodenberührung längere Regenperioden. Er hatte diese Arbeit geliebt.

Die Mutter war am frühen Vormittag nach Hause gekommen, um eine Brotzeit für die Familie herzurichten und Max aus dem Bett zu holen. Nach dem Anziehen half sie ihm ins Freie hinaus.

»Damit du nicht zerfließt in der stickigen Kammer«, sagte sie. Zum Abschied tätschelte sie seine Wangen.

Als sie um die Hausecke verschwunden war, hatte Max angefangen zu weinen. Er fühlte sich nutzlos. Ein Krüppel, den man zu nichts gebrauchen konnte. Früher war er so gern mit den anderen an diesen arbeitsamen Tagen auf dem Feld gewesen. Im Schweiße seines Angesichts das Tagwerk zu verrichten, mittags gemeinsam im Schatten Brotzeit zu machen und sich den ganzen Nachmittag auf den Feierabend zu freuen. Am Ende des Tages waren dann sämtliche Mühen vergessen, wenn man mit schmerzenden Handflächen und hitzigen Köpfen in den Högartsried-Weiher oder den Lech hüpfte. Max würde nie wieder einen solchen Tag erleben.

Gegen Mittag stand unerwartet sein Onkel Cornelius auf der Veranda. Max hatte gedöst und ihn gar nicht kommen gehört.

»Heute ist es soweit. Wir fahren zum Schloss«, sagte Onkel Cornelius in einem feierlichen Tonfall, der so gar nicht zu seiner abgehetzten Miene passte. Sein Hemd war voller Schweißflecken, die Hose schmutzig und die Glatze leuchtete feuerrot.

»Wir müssen den anderen Bescheid geben.« Max wusste gar nicht, wie ihm geschah.

»Bevor sie überhaupt merken, dass du weg warst, habe ich dich wieder zurückgebracht. Willst du oder nicht?«

Natürlich wollte Max. Bislang schien die Neue Burg des Königs für ihn unerreichbar zu sein. Er sog sämtliche Geschichten darüber in sich auf. Unter seinem Kopfkissen bewahrte er ein kleines Bild der Neuen Burg auf, das ihm Onkel Cornelius vorletztes Jahr zum Geburtstag geschenkt hatte. Der hatte einen der Künstler, die in den Räumen des Königs tätig waren, darum gebeten. Es handelte sich um eine Bleistiftzeichnung des Torbaus mit dem im Bau befindlichen Aussichtsturm daneben. Die Zeichnung zeigte den Turm bereits in voller Pracht. Sogar ein Teil des Ritterbaus war noch zu erkennen.

»Jetzt besitzt du eine Zeichnung von Gebäudeteilen, die noch nicht gänzlich existieren und dessen endgültiges Aussehen keiner kennt außer den wichtigsten Personen rund um den König«, hatte Cornelius stolz gemeint, als er ihm das Bild überreichte. Max holte die Zeichnung so oft es ging unter seinem Kissen hervor und betrachtete sie stundenlang. Ja, Max wollte unbedingt zur Neuen Burg hinauf. Selbst wenn er den plötzlichen Besuch von Onkel Cornelius seltsam fand. Max nickte seinem Onkel zu.

Der reichte ihm beide Hände und half ihm.

Wie so oft verspürte Max einen stechenden Schmerz im linken Unterschenkel, obwohl ihm doch das gesamte Bein nach dem Unfall amputiert worden war.

»Halt dich an meinem Hals fest«, sagte Cornelius und drehte ihm den Rücken zu.

So wie Max das linke Bein fehlte, besaß sein Onkel eigentlich gar keinen Hals. Der Oberkörper mündete praktisch unmittelbar in den Kopf. Wie sonst auch immer, schlang Max beide Arme um Cornelius, verschränkte die Finger am Kinn und drückte sich kraftlos vom Boden ab.

Sein Onkel ging in die Knie und lud sich Max auf den Rücken. Dann angelte er sich die an der Hauswand lehnenden Krücken und marschierte mit ihm zur Hofeinfahrt.

Max staunte nicht schlecht, als er die Kalesche sah, und er genoss die Fahrt dann in vollen Zügen. Seit dem Unfall hatte er das elterliche Anwesen kaum mehr verlassen.

Schwangau lag wie ausgestorben da. Lediglich auf den Feldern rund um das Dorf herrschte rege Betriebsamkeit. Alle wollten das Grummet fertigbekommen. Die unnatürliche Hitze würde früher oder später mit einem gewaltigen Donnerwetter enden. Cornelius trieb die Pferde an. Max saß hinten unter dem geschlossenen Verdeck und hielt sich krampfhaft fest. Er sparte sich die Frage, weshalb sie es so eilig hatten. Max konnte sich zusammenreimen, dass sie etwas Verbotenes taten.

Auf dem Weg durch den Wald hinauf schindete Onkel Cornelius die Zugpferde über Gebühr. Plötzlich tauchte die Neue Burg zwischen den Bäumen auf. Max vergaß alles um sich herum. Seine Schmerzen, seine Atemnot, die Eltern und Geschwister. Es gab nur noch die Neue Burg und ihn selber.

Sie fuhren bis zur letzten Kurve. Die restliche Strecke bis zum Portal musste ihn sein Onkel tragen. Nachdem die Torchurchfahrt durchschritten war, hatte Max nur noch Augen für das Gebäude. Dieses Schloss war einfach wunderschön. Am liebsten wäre er mit den hellen Mauern verschmolzen, um ein Teil von dieser Pracht zu werden.

»Ein Blick in den oberen Hof«, ächzte Cornelius.

Max bestand nur noch aus Haut und Knochen. Nichtsdestoweniger musste er allmählich zu schwer für seinen Onkel sein. Doch der legte auf der Treppe ein beachtliches Tempo vor. Oben angekommen, tauchte das Hauptgebäude vor ihnen auf. Max bewunderte die beiden Gemälde unterhalb des Giebels.

»Der heilige Georg und die Patrona Bavariae«, erklärte sein Onkel.

Max nickte. Endlich konnte das er alles aus der Nähe sehen. »Es ist genauso beeindruckend, wie du es mir beschrieben hast! Nein, sogar noch schöner. Danke, dass du mir das noch ermöglichst«, flüsterte er seinem Onkel von hinten ins Ohr.

Max war glücklich. Sein sehnlichster Traum war beinahe in Erfüllung gegangen.

»Können wir noch auf den Turm? Das wäre noch das allerallerhöchste für mich!«

»Welchen Turm? Wir müssen uns beeilen, weißt du. Was wir machen, ist streng verboten«, entgegnete Cornelius.

»Auf den viereckigen Turm. Bloß ein Stück auf dem Gerüst nach oben«, bettelte Max.

Das wäre die Krönung. Max wollte nur einmal von dort hinunterschauen.

»Also gut«, keuchte sein Onkel.

Sie überquerten den Hof bis zum Gerüst.

»Wir müssen über schmale Treppen und durch enge Klappen, also mach dich ganz klein und schmieg dich so eng wie möglich an mich.«

Max presste sich noch stärker an Cornelius' verschwitzten Rücken. Schon beim ersten Durchstieg stieß er sich den Kopf an. Das war ihm gleichgültig. Wie lächerlich erschien ihm der Schmerz angesichts der Erhabenheit dieses Augenblicks. Er wollte nur nach oben. Sie kletterten insgesamt drei Gerüstlagen hinauf.

»Das ist genug«, sagte Cornelius und umrundete den Turm bis zur Vorderseite. »Steig ab!« Er schüttelte Max beinahe von seinem Rücken, bis dieser an der Mauer lehnte. Dann drückte er ihm die Krücken in die Hand.

Max humpelte bis zum Querriegel vor, lehnte die Krücken gegen den Balken und hielt sich daran fest. Trotz der Hitze spürte Max einen angenehmen Luftzug im Gesicht. Mit einem versonnenen Lächeln schaute er in die Ferne. Der Lech schlängelte sich durch die saftigen

Auen. Davor reihten sich die Häuser von Schwangau aneinander. Er konnte sein Elternhaus ausmachen. Östlich glitzerte der Bannwaldsee im Sonnenlicht. Max Schöffl holte das kleine Bild aus seiner Hosentasche. Er hatte es zusammengefaltet auf die Veranda mitgenommen.

»Du hast ja das Bild dabei!«, staunte sein Onkel.

»Vielen Dank!«

»Du hast dich bereits dafür bedankt.«

»Nicht für das Bild. Für den Ausflug. Das werde ich dir nie vergessen.«

Sein Onkel hatte die ganze Zeit über angestrengt und verbissen gewirkt. Nun huschte ein Lächeln über seine Lippen.

»Wir sollten jetzt wieder runter, nicht, dass man uns noch entdeckt. Und ich habe Wichtiges zu erledigen.«

»Ich bin eine zu große Last, weißt du«, sagte Max.

»Das ist in Ordnung! Wir sollten ...«

Schon oft hatte Max darüber nachgedacht, aber nun schien ihm plötzlich der richtige Zeitpunkt zu sein. Bislang hatte ihm stets der Mumm gefehlt. Er wollte für niemanden mehr eine Bürde sein. Das hier war das Einzige, wovon er noch geträumt hatte. Der Augenblick war perfekt. Was sollte noch kommen? Höchstens ein Leben voller Einsamkeit, Schmerz und Angst.

Er ließ sich auf den Hosenboden nieder und schob sein Bein über die Gerüstkante. Entschlossen presste Max die Zeichnung gegen seine Brust, sah hinüber zu seinem Elternhaus, schob sich unter dem Querriegel hindurch und stürzte sich kopfüber ins Nichts.

Entsetzt versuchte Cornelius, den Jungen zurückzuhalten. Doch es passierte zu schnell. Es war zu spät! Seine Hand griff nur noch ins Leere.

Wie gelähmt musste Cornelius den Sturz seines Neffen mitansehen.

Kurz bevor Max unten aufkam, wich die Anspannung aus dessen Körper. Arme und Beine schlackerten unkontrolliert, die Zeichnung schwebte neben Max durch die Luft. Und obwohl Cornelius wusste, was jetzt kommen musste, zuckte er beim Aufprall von Max' Kopf auf dem harten Boden zusammen. Sein Herz setzte für einen Schlag aus.

Die Zeichnung trudelte gemächlich hinterher und landete ein paar Fuß entfernt im Kies.

Fassungslos starrte Cornelius auf den verkrümmten Körper. Es dauerte, bis er endlich seine Hände vom Querriegel des Gerüstes losreißen konnte. *Vielleicht hat er das überlebt!* Der Gedanke wummerte durch seinen Kopf, während er Lage um Lage nach unten hastete.

Ich muss ihn sofort ins Hospital bringen. Seine Eltern verständigen. Ein paar Knochenbrüche wird er schon abbekommen haben. Das wird schon wieder. Die Hoffnung steigerte sich mit jedem Schritt. Max konnte nicht tot sein. Ein so junger Mensch wie er wollte nicht freiwillig aus dem Leben scheiden. Bei all dem Unglück, das ihm widerfahren war, hatte er doch stets lebensfroh gewirkt. Kämpferisch. Er hatte sich durch die trüben Monate hindurchgebissen und alle Schmerzen klaglos weggesteckt.

Auf dem Weg durch den oberen und unteren Burghof hoffte Cornelius, dass das eben Erlebte nur ein Alptraum wäre, aus dem er gleich erwachen würde: Max Schöffl war am Leben und hatte sich nicht vor seinen Augen vom Gerüst hinuntergestürzt. Gleich hinter der nächsten Kurve würde der junge Mann am Wegesrand sitzen und ihn anstrahlen.

Doch er sah den verkrümmten Körper schon von Weitem. Ebenso die Blutlache neben dem Hinterkopf. Cornelius wurde langsamer. Seine Beine knickten bei jedem Schritt ein.

Ein Arm war unter Max' Körper begraben. Allerdings nicht ganz, denn der Unterarm ragte auf Höhe des Ellbogens darunter hervor. Das Gelenk war vollständig verdreht, so dass er in die verkehrte Richtung abstand. Cornelius wurde übel. Speichel sammelte sich in seinem Mund.

Es kostete ihn Überwindung, nah an den Körper heranzutreten. Der andere Arm verdeckte Max' Gesicht. Cornelius wollte ihn erst wegnehmen, fürchtete sich aber davor, was er zu sehen bekäme. Stattdessen kümmerte er sich um Max' Bein. Der Schuh war halb von seinem Fuß gerutscht. Cornelius fiel auf die Knie. Mit zitternden Händen nahm er den Schuh und schob ihn wieder zurück.

»Alles wird gut, mein Kleiner. Alles wird gut«, murmelte Cornelius. »Ich fahr dich ins Hospital nach Füssen. Die flicken dich wieder zusammen.« Er tastete sich am Stoff über dem Unterschenkel entlang. Max' zugenähtes Hosenbein, in dem sich der Stumpf verbarg, lugte unter dem anderen Oberschenkel hervor. Ein dunkler Rand hatte sich an den Nähten gebildet. Cornelius schloss die Augen und tastete weiter. Schließlich berührte er Max' Ellenbogen. Sanft drückte er den Arm zur Seite. Erst dann öffnete er die Lider.

Max' linke Gesichtshälfte war bis auf eine kleine Abschürfung unversehrt. Sein Auge blickte ausdruckslos in die Ferne. Dass seine Nase fehlte, fiel Cornelius zuerst gar nicht auf. Der andere Teil von Max' Gesicht war wie zäher Brei mit dem Kiesboden vermengt. Cornelius robbte um den Körper herum und drehte Max auf den Rücken. Mit einem schmatzenden Laut löste sich die Gesichtshälfte vom Boden.

»Oh mein Gott«, stammelte Cornelius.

Max' rechte Kopfhälfte war eingedrückt. Das Auge saß tiefer als normal, viel zu weit außen und leicht verdreht. Aus Max' jugendlichem Antlitz war eine Mischung aus Knochensplittern, Blut und Hirnmasse geworden. Es würgte Cornelius und er musste den Blick abwenden.

Was hatte er nur angerichtet. Das war alles seine Schuld. Max' Tod ging auf sein Konto. Wie hatte er ihn zur Neuen Burg bringen können? Als ob die Kindesentführung und der Anschlag nicht schon genug Wagnis wären. Nein, er musste zusätzlich Max heraufbringen. Wie sollte er seiner Schwester, seinem Schwager und Max' Geschwistern jemals wieder unter die Augen treten? Dabei hatte er ihnen nur helfen wollen und war gescheitert. Cornelius wollte um Max weinen, nur: Er konnte nicht. Er versuchte mit aller Macht, Tränen hervorzubringen. Nichts geschah.

Der Zorn übermannte ihn wie ein urplötzlich aufziehender Gewittersturm. Die Raserei verursachte ihm Kopfschmerzen und Herzrasen. *Das werden sie alle büßen! Der Kastellan, der Soldat, der König und das Kind.*

Sie mussten für Max' Tod bezahlen.

Cornelius holte die Zeichnung, stopfte sie in seine Tasche und hob Max' leblosen Körper in die Höhe. Der Kopf hing schlaff über seinen Unterarm hinab. Blut tropfte zu Boden. Cornelius ließ Max' Kopf in seine Armbeuge sinken. Wenigstens jetzt wollte er ihn behüten.

Er schleppte sich mit Max in den Burghof zurück, öffnete die Tür in das Seitengebäude und legte den Körper in das Regal unter die Dynamitkiste. Er würdigte die beiden Gefangenen dabei keines Blickes. Cornelius kniete sich vor Max. Dann rückte er den geschundenen Körper so zurecht, dass er auf dem Rücken lag. Er faltete dem Jungen die Hände über der Brust und steckte die Bleistiftzeichnung hinein. Der Gerüstbauer streichelte Max über das Haar. Ihn störten weder das Blut noch die klebrige Masse, die an seinen Händen zurückblieb.

»Wir sehen uns«, flüsterte Cornelius.

Er stand auf und ging ins Freie. Die beiden gefesselten Männer hatten keinen Ton gesagt. Ohne zurückzuschauen, verschloss Cornelius die Tür. Jetzt wollte er den Anschlag hinter sich bringen. Auch wenn der Auftraggeber das zum Geburtstag des Königs geplant hatte. Es scherte ihn nicht mehr. Zu den Risiken und Unberechenbarkeiten gesellte sich seine persönliche Rache. Max' Tod durfte nicht umsonst gewesen sein und ungesühnt bleiben. Hatte er bislang noch ein paar Zweifel an dem Vorhaben gehegt, waren die nun hinweggefegt.

Cornelius holte die Zündpistole und die Leiter. Seine ursprüngliche Idee, die Zündung an der Kurve vorne auszulösen, erschien ihm nun nicht mehr sicher genug. Kurz vor dem Torbogen drehte er sich um und ließ seinen Blick nach oben schweifen.

Die weißen Mauern reflektierten das Sonnenlicht. Geblendet legte er die Hand über seine Augen. Die Mauern hatten sich als tödlich erwiesen. Sie waren verflucht und hatten ihm Max genommen. Es war die richtige Entscheidung, den toten Jungen mit den anderen in die Luft zu sprengen. Max hätte es sicher so gewollt, hier seine letzte Ruhestätte zu finden.

Cornelius verließ die Burg endgültig, kletterte mithilfe der Leiter in den Burggraben und sammelte die vier Zündschnüre zusammen. Er zog sie durch das Steingewölbe unter der Straße hindurch. Im Schutz des Grabens verknotete er sie mit den vier Schnüren, die aus der Blechhülse ragten. Seine Hände zitterten. Ein ums andere Mal glitt ihm ein Schnurende zwischen den Fingern hindurch und er musste von vorne beginnen. So verging etwa eine Viertelstunde. Mit den Schnüren in der einen und der Zündpistole in der anderen Hand stieg er nach oben. Cornelius blickte sich um. Die Luft war rein. Er klappte den Lauf der Pistole auf und steckte die Zündpatrone in die Ausstanzung. Dann legte er das Ende der Zündschnur hinein und verschloss den Lauf wieder.

Jetzt war es endlich soweit. Er musste nur noch abdrücken. Cornelius spannte den Hahn. *Wenn du das tust, gibt es kein Zurück mehr!*

Die Glocke der Torbauuhr ertönte.

Der Gerüstbauer drückte den Abzug durch. Es knallte wie beim Abfeuern einer echten Pistole. Ein Rückstoß war zu spüren.

Noch ein Glockenschlag.

Zuerst passierte nichts. Cornelius beobachtete die Pistole wie in Trance.

Wieder läutete die Uhr.

Urplötzlich züngelten winzige Funken an der Schnur aus dem Lauf heraus. Gemächlich bahnten sie sich ihren Weg zur Blechhülse, in der sie verschwanden. Wenn sie darin erloschen, blieb ihm nur ein Versuch. In seiner Hosentasche steckte nämlich das letzte Zündhütchen.

Mit einem lauten Zischen erglühten gleichzeitig die vier Schnüre. Die Funken überwanden auch noch die Knotenpunkte und züngelten gemächlich weiter. Laut Herrn Schilling konnte es einige Minuten dauern, bis die gesamte Strecke zurückgelegt war.

Cornelius ließ die Zündpistole in den Graben fallen und beobachtete kurz die glühenden Schnüre, dann rannte er die Straße hinunter zu den Pferden. Er wollte den Ort so schnell wie möglich verlassen und die Explosion höchstens aus sicherer Entfernung erleben. Außerdem sollte ihn niemand damit in Verbindung bringen können. Unterwegs fiel ihm siedend heiß ein, dass er die Pferde gar nicht mehr angebunden und das Wasser vergessen hatte. Hoffentlich waren sie noch da!

Hinter der Kurve entdeckte er die Kalesche mitsamt den Gäulen auf dem Zimmermannplatz. Sie grasten auf einer der Grünflächen zwischen den Balken und Brettern, die dort aufgestapelt waren. Cornelius löste die Zugstränge des linken Pferdes vom Waagscheit und legte sie über den Pferderücken. Hastig umrundete er den Kopf und entfernte auch den Aufhalter von der Deichsel. Er verfluchte sich selber dafür, dass er das nicht schon vor dem Zünden der Ladungen erledigt hatte. In Windeseile löste er die vorderen Kreuzverbindungen der Leinen und klemmte eine davon in das Zaumzeug des zur Flucht auserkorenen Gauls. Zuletzt trennte er die am Kutschbock befestigten Leinen der Pferde. Die waren für den Kutscher um die Bremse gewickelt. Mit der Leine des linken Pferdes in der Hand kletterte Cornelius über den Kutschbock auf das Tier. Die Leine war zwar ellenlang, konnte aber immerhin als Zügel benutzt werden. Der Trab des Kaltbluts erinnerte ihn schmerzhaft daran, dass er ohne Sattel ritt. Nicht genug, dass der knochenharte Rücken des Pferdes bei jedem Schritt sein Hinterteil malträtierte. Auch der Kammdeckel, durch den am Widerrist des Tieres normalerweise die Leinen gezogen waren, klopfte gegen sein empfindlichstes Körperteil.

Der Gerüstbauer ritt die Straße wieder ein Stück hinauf, bog dann in der letzten Kurve nach rechts ab. Er wagte nicht, zurückzuschauen, aus Angst vor der anstehenden Explosion. Erst als er am Ritterbau vorbei und den kleinen Pfad neben dem Hauptgebäude hinunterritt, fühlte er sich wieder sicherer.

Auch wenn er sie erwartet hatte, erfolgte die Detonation völlig überraschend. Sie war lauter als jeder Donnerschlag, den er bislang vernommen hatte. Das Kaltblut scheute. Cornelius konnte sich nur mit Mühe auf dem Rücken halten. Der Knall hallte von den Berghängen zurück, bis er schließlich verstummte. Cornelius erlangte die Kontrolle über das Tier rasch wieder. Er ritt hinter dem Palas vorbei auf den schmalen Weg zur Marienbrücke. Von der Baustelle stieg eine dunkle Rauchwolke auf. So gut er es durch die Äste der großen Tannen erkennen konnte, war das Dach des Torgebäudes unbeschädigt. Anscheinend war nicht die gesamte Ladung explodiert. Oder noch nicht. Er verlor die Burg aus den Augen. Inzwischen hätte längst eine weitere Detonation erfolgen müssen. Irgendetwas war schiefgelaufen. Cornelius war eben kein Sprengmeister, sondern Gerüstbauer.

Er trieb das Kaltblut an der Abzweigung zur Brücke vorbei und bog in die Bleckenaustraße ein. Ein Stück bergab hielt er an und stieg vom Pferd.

Hier zwischen den Bäumen und unter der Brücke hindurch konnte er auf die Neue Burg blicken. Der Torbau wurde von den Bäumen auf dem davorliegenden Felsvorsprung und einer dichten Rauchwolke vollständig verdeckt. Sie hing genau über der Stelle des kleinen Seitengebäudes, an der sich jetzt eine Rinne aus Geröll und Schutt in die Schlucht hinunter erstreckte. Da wenigstens das Seitengebäude nicht mehr existierte, war er einigermaßen beruhigt. Max Schöffl konnte in Frieden ruhen. In seiner Burg. Einen besseren Ort konnte sich Cornelius dafür nicht vorstellen. Er bekreuzigte sich im Andenken an seinen Neffen.

Der Kastellan und sein Soldatenfreund waren pulverisiert. Für den Moment plagte ihn somit eine Sorge weniger, aber er war noch nicht fertig. Der Gerüstbauer jagte das Kaltblut mit einem kräftigen Schlag auf das Hinterteil vorwärts.

Es musste Blut fließen, eine Menge Blut. Vorher würde er nicht ruhen.

Petit Trianon

Seine Kammer im Kavalierhaus war klein und rustikal eingerichtet. Herr Schilling hatte kurz, aber ausgezeichnet geschlafen und fühlte sich gut erholt. Nur einmal war er aus dem Schlaf gerissen worden, als im Zimmer nebenan die Tür geräuschvoll ins Schloss gefallen war. Kastellan Josef Almesberger hatte ihm erklärt, dass oft Kuriere mitten in der Nacht aus München ankamen, die man im Kavalierhaus unterbrachte.

»Da kann es schon mal laut werden. Die Burschen sind todmüde und, wenn sie nach ein paar Stunden Schlaf weitermüssen, nicht gut aufgelegt«, entschuldigte sie Almesberger, der ihn abgeholt hatte.

Der Kastellan von Linderhof war schlank, wenn nicht gar dürr. Sein Bart umrandete den Mund und verdeckte das Kinn vollständig. Die eingefallenen Wangen waren glattrasiert. Die Haare hatte er tollkühn nach hinten und zur Seite frisiert, so dass viel Platz für seine blasse Stirn blieb. Almesberger sollte Herrn Schilling mit dem Schlosspark und seinen Gebäuden vertraut machen. Sie wollten hoch zum Venustempel laufen. Von da genoss man anscheinend den besten Überblick.

Almesberger, der im Ökonomiegebäude wohnte, zeigte auf den Inhalt des kleinen Picknickkorbes, den er in der Hand hielt.

»Hat meine Juliana für uns eingepackt. Schaun S': an Brocken Geselchtes, an Käs und für jeden a Flasche Bier.« Almesberger bemühte sich, hochdeutsch zu reden. Zwischendurch rutschten ihm aber immer wieder Fragmente seines Dialektes heraus. »Wollen wir?« Der Kastellan schritt zügig voran und fing an, Herrn Schilling die Räumlichkeiten zu erläutern.

»Seit 1869 hat der König an die Jagdhütte seines Vaters zusätzliche Gebäudeteile anbauen lassen. Vor zehn Jahren wurde die Hütte abgetragen und versetzt, der danebenstehende alte Hof des Linder-Bauern abgerissen und die stehengelassenen Anbauten zum Schloss erweitert. Oder zur königlichen Villa, wie es so schön heißt. Erst heuer im Mai hat man damit begonnen, das Schlafzimmer Seiner Majestät umzubauen. Es soll noch größer und prachtvoller werden.«

Almesberger blieb stehen und bohrte mit dem kleinen Finger ausgiebig im Ohr. Herr Schilling war dankbar für die kurze Verschnaufpause. Er spürte bei jeder Treppenstufe sein Alter. Eigentlich hätte er längst im Ruhestand sein sollen. Doch er fühlte sich verpflichtet, dazu beizutragen, dass der König abdankte.

Von dem runden Tempel aus, in dessen Mitte lebensgroß eine Venusstatue in weißem Marmor strahlte, bot sich Herrn Schilling ein überwältigender Ausblick auf das kleine Schloss. Die helle Fassade leuchtete mit der Augustsonne regelrecht um die Wette. Auf dem Giebel thronte die steinerne Figur des Atlas, der eine Weltkugel vor der tannengrünen Kulisse des dahinterliegenden Berghanges emporreckte. Darunter bildeten drei kreisrunde Ochsenaugenfenster den Übergang zum vorspringenden Mitteltrakt. Anhand der aufwendigen Fassadengestaltung der ersten Etage konnte man deutlich erkennen, dass sich dahinter die Räume des Königs verbargen. Das Erdgeschoss war, bis auf drei hohe Rundbogentore in der Mitte, wesentlich simpler verkleidet worden.

Das Gebäude spiegelte sich auf der klaren Oberfläche des davor angelegten Wasserbassins, in dessen Mitte ein Springbrunnen mit vergoldeten Putten und einer sitzenden Göttin Flora glänzte.

»Neunzig Fuß hoch schießt das Wasser aus dem Brunnen«, erklärte ihm Almesberger. Er zog eine silberne Taschenuhr aus seiner Livree und warf einen Blick darauf. »Halb Zehn, da ist Seine Majestät gerade zu Bett gegangen. Hat sich wie immer vom Diensthabenden im Schlafzimmer einsperren lassen. Besser gesagt im Spiegelzimmer, weil das Schlafzimmer gerade umgebaut wird. Für genau neun Stunden und vierzig Minuten. Drum gibt es keine Wasserfontäne zu sehen bis dahin.«

»Was heißt ›einsperren lassen‹?«, fragte Herr Schilling irritiert.

»Tja, der erste Diener schreibt die Zeit, wann der König sich zur Ruhe bettet, auf einen Zettel und legt diesen neben dessen Uhr auf den Nachttisch. Dann sperrt er das Schlafgemach ab und behält den Schlüssel bei sich. Gleich nach dem Wecken vergleicht Seine Majestät die Uhrzeit mit der Zeit auf dem Zettel. Stimmen die Zeiten überein, ist er zufrieden und begibt sich ins Bad.«

»Hat er Angst? Oder warum lässt er sich einsperren?«, wollte Herr Schilling wissen.

Almesberger zuckte nur mit den Schultern, lehnte sich gegen eine der kannelierten Marmorsäulen, die rund um die Statue standen, und erklärte weiter das Gelände: »Hinter der Villa sehen Sie die Wasserkaskade. Die zugewachsenen Laubengänge links und rechts davon führen hoch zum Pavillon. Ja, und der Berg dahinter ist der Hennenkopf.«

Er nahm vor einer der Säulen Platz, stellte den Korb ab, öffnete den Deckel und bedeutete Herrn Schilling, sich zu ihm zu setzen.

Endlich! Erst jetzt bemerkte der Geheimpolizist seinen Heißhunger. Er hatte seit seiner Abreise vom Schluxen am Vorabend nichts mehr zu sich genommen, und das Frühstück hatte er verschlafen.

»Wir sind jetzt auf dem Linderbichl. Statt der Venus hatte Seine Majestät eigentlich ein großes Theater geplant.« Er deutete mit dem Daumen zur Figur auf dem Sockel hinter ihnen. »Hat er sich anders überlegt. War vielleicht zu teuer«, fügte er lapidar hinzu und reichte Herrn Schilling eine Flasche Bier aus dem Korb.

Eigentlich war es Herrn Schilling noch ein bisschen zu früh für Bier, aber neben dem Hunger plagte ihn der Durst. Seine Kehle war nahezu ausgetrocknet. Während Almesberger ihm erzählte, dass zeitweise bis zu zweihundert Arbeiter am Bau der Schloss- und Parkanlage beschäftigt gewesen waren, leerte Herr Schilling die Flasche in einem Zug.

»Die meisten stammten aus Ammergau oder Graswang und Umgebung. Das Bezirksamt hatte den König damals darum gebeten, Einheimische zu beschäftigen. Dass sie a bissl Arbeit haben. Ich bin seinerzeit als Gärtner hergekommen.« Er nahm auch einen kräftigen Schluck. »Und jetzt ...« Er klopfte sich stolz auf die Livree und stellte die Flasche zur Seite.

»Der Baum passt da gar nicht hin«, murmelte Herr Schilling. Er sprach mehr mit sich selber als mit dem Kastellan. Unmittelbar vor den Terrassengärten, die zum Venustempel hinaufführten, stand eine mächtige Linde. Herr Schilling schätzte ihre Höhe auf über vierzig Fuß. Sie störte die ansonsten strikt eingehaltene Symmetrie der gesamten Anlage.

»Die Linde? Die musste stehenbleiben.«

»Ist da ein Freisitz drin?«, fragte Herr Schilling den Kastellan. In der Baumkrone konnte man eine hölzerne Aussichtsplattform erkennen. Seine Neugierde war geweckt. Von oben hatte man bestimmt alles gut im Blick, ohne selber gesehen zu werden.

»Ja«, sagte Almesberger. »Manchmal lässt sich der König im Baum sein Essen servieren. An der Seite führt eine Treppe hoch. Die sieht man von hier aus gar nicht so gut.«

Sie blieben noch bis zur Mittagszeit im Venustempel. Erst als alles aus dem Korb getrunken und gegessen war, machten sie sich wieder auf den Weg. Almesberger führte ihn seitlich am Linderbichl zur Straße hinab, die sie überquerten. Nach einem kurzen Anstieg erreichten die beiden Männer dann ein kleines, orientalisch anmutendes Bauwerk.

»Das ist der Kiosk«, sagte Almesberger. Er stellte den Korb auf den Boden und stemmte die Hände in die Hüften. »Den hat der König von einem bankrotten Eisenbahnunternehmer gekauft.«

Nicht schon wieder diese orientalischen Scheußlichkeiten! Herr Schilling verspürte nach dem nächtlichen Erlebnis mit Hesselschwerdt im Marokkanischen Haus keine Lust, sich erneut den übertriebenen Farben- und Lichteffekten auszusetzen.

Der Kiosk war kleiner als das Marokkohaus und stand auf einer zweistöckigen Terrasse, in deren Mitte eine breite Treppe zum Eingang führte. Die Ecken des Daches zierten vier kleine Türmchen, die jeweils eine vergoldete Kuppel besaßen. Eine große goldene Kuppel überwölbte den Mittelteil des Baus und zog unwillkürlich die Blicke auf sich.

Herr Schilling rieb sich die brennenden Augen. Er schob es auf die Müdigkeit, die ihm schon wieder in den Knochen steckte. Es konnte aber genauso an der Blendwirkung des kleinen Gebäudes liegen, das so gar nicht in die Bergeinsamkeit des Graswangtals passen wollte.

Herr Schilling zupfte seinen Begleiter am Ärmel der Livree. »Lassen Sie uns weitergehen. Die Sonne sticht und ich habe meinen Hut vergessen.«

Tatsächlich verwandelte die Mittagssonne das Tal allmählich in einen Glutofen. Herr Schilling holte ein blütenweißes Taschentuch aus seiner Anzugsjacke und wischte sich den Schweiß von der Stirn.

Bei dem Anblick hatte der Kastellan ein Einsehen. Er nahm den Korb wieder in die Hand, dann marschierten sie am Waldrand entlang, bis sie zu einem mächtigen Felsen kamen.

»Da drin ist die künstliche Grotte«, sagte Almesberger.

Im Gegensatz zum Kiosk interessierte sich Herr Schilling für die Grotte durchaus. Die Gerüchte über deren Ausmaße und technische Finessen hatten sich bis in die Hauptstadt herumgesprochen. Nur einigen Auserwählten war es vergönnt, die künstliche Welt zu bestaunen.

»Interessant!«, sagte er voller Tatendrang.

»Aber das Betreten der Grotte ist strengstens verboten!« erklärte Almesberger.

»Unsinn, Sie sind der Kastellan. Sie dürfen doch überall hin!«

»Nur wenn der hohe Herr nicht da ist. Dann muss ich mich um alles kümmern. Sauber machen, aufräumen und zusperren. Manchmal treibt sich hier seltsames Gesindel herum. Erst seit ein paar Jahren gibt es überhaupt eine kleine Gendarmeriestation. Bis dahin war ich auch für die Sicherheit ganz allein zuständig.«

Wieder horchte Herr Schilling auf. »Wie viele Gendarmen sind in Linderhof stationiert?«

»Ganze zwei Mann. Deshalb hat man Sie ja gerufen, oder? Zur Verstärkung.«

Herr Schilling verstand seine Aufgabe natürlich nicht als Unterstützung der örtlichen Gendarmerie. Mit den gewöhnlichen Gendarmen hatte er sowieso wenig am Hut. Offiziell sollte er für zusätzliche Sicherheit sorgen. Inoffiziell die engsten Vertrauten des Königs für Dürckheim-Montmartin ausspionieren. Und in Wirklichkeit sahen seine Pläne ganz anders aus.

Auch wenn sie nicht in die Grotte konnten, war Herr Schilling mehr als zufrieden. Die Zufriedenheit dauerte auch noch während des gemeinsamen Kaffeekränzchens mit Herrn und Frau Almesberger in der Küche des Ökonomiegebäudes an.

Die Zeit mit den beiden endete, als der Kastellan auf seine Taschenuhr schaute und »Bald die Hälfte rum, ich muss zum Schloss« murmelte. Damit meinte er wohl, dass der erste Teil der neun Stunden und vierzig Minuten Schlafenszeit vorbei waren.

Josef Almesberger verließ die Küche, während Juliana, seine Frau, Herrn Schilling noch zum morgigen Sonntagsfrühstück einlud und ihn dann freundlich, aber bestimmt aus dem Haus scheuchte.

Als er die Treppen des Kavalierhauses für ein kurzes Nickerchen hinaufstieg, freute sich Herr Schilling darüber, in der Nähe des Königs zu sein. Und er würde alles Nötige dazu beitragen, den König zum Rücktritt zu bewegen.

Nach einem Schläfchen wollte er Hesselschwerdt suchen und den Marstallfourier unauffällig zu den weiteren Plänen des Königs während seines Aufenthaltes auf dem Schachen befragen. Danach wollte Herr Schilling seinen Posten im Freisitz auf der Linde beziehen und sich darüber Gedanken machen, wie er den Gerüstbauer gegen den König einsetzen konnte.

Alles in allem stand ihm ein gemütlicher Samstag bevor.

Dachte er.

Gegen Samstagmittag kamen die letzten Träger durch die Gluthitze auf dem Schachen an, wo Marianna einen großen Kessel Gemüseeintopf für sie vorbereitet hatte. Nachdem alle Vorräte und sonstigen Utensilien für den Aufenthalt des Königs verstaut waren, saßen die Männer auf der Veranda im Schatten und löffelten Suppe. Die sonst so lauten und derben Gespräche waren wegen der Hitze matter Ermüdung gewichen. Marianna konnte sich nicht daran erinnern, jemals einen heißeren August erlebt zu haben.

Den ganzen Vormittag hatte sie sich vor der Ankunft der Männer gefürchtet. Seit Hansis Verschwinden hatte sie kaum noch einen klaren Gedanken fassen können. Nur eines wusste sie mit Sicherheit: Die Entführer waren bei den gestrigen Trägern dabei gewesen. Wahrscheinlich hatten sie Hansi in die große Truhe gesteckt, die sie abtransportiert hatten. Der unsympathische Mann mit der Glatze steckte bestimmt mit drin.

Sie hatte sich auf eine der Bänke in der Stube gekniet und aus dem Fenster den Weg beobachtet. Mit jeder Stunde steigerte sich ihre Nervosität und sie wechselte ständig von einem Fenster zum anderen. Bei der Ankunft der ersten Männer hatte sie angespannt nach dem Glatzkopf Ausschau gehalten und fieberhaft überlegt, was sie machen sollte, wenn er tatsächlich dabei war. Ihn direkt darauf ansprechen? Ja, am besten vor allen anderen. Er würde natürlich alles leugnen. Und wer glaubte schon einer einfachen Dienstmagd? Vielleicht wäre es besser, ihn an eine abgelegene Stelle zu locken und zu befragen. Aber das würde sie sich nicht trauen. Er jagte ihr eine Heidenangst ein.

Sie überlegte, sich Franz Dengg anzuvertrauen, den sie schon seit Ewigkeiten kannte. Insgeheim wünschte sie sich ihre Dreierbande aus Kindertagen zurück. Mit den beiden an ihrer Seite hätte sie den Mut, dem Mann mit Glatze und Zahnlücke entgegenzutreten. Sie war hin- und hergerissen. Die Untätigkeit machte sie verrückt. Zudem wusste sie ja nicht, wer alles mit dem Glatzkopf unter einer Decke steckte. Jeder war verdächtig.

Außer dem Franz. Der war für Marianna über jeden Zweifel erhaben. Dazu kannte sie ihn einfach schon zu lange und zu gut. Plötzlich fühlte sie sich fürchterlich einsam und verloren.

Nach und nach waren die Träger eingetrudelt. Zu Fuß, auf einfachen Transportwägen, mit Kraxen und Kisten. Auch Franz Dengg befand sich unter ihnen. Nur der Glatzkopf war nicht dabei. Einerseits verdross sie das, weil sie nichts unternehmen konnte und abwarten musste. Andererseits war sie erleichtert, denn so brauchte sie den Franz nicht auch noch in die Angelegenheit mithineinzuziehen.

Gleich nach der Stärkung packten die Männer und Burschen ihre Sachen zusammen und verabredeten sich zu einer Abkühlung im Schachensee. Nur einer blieb zurück.

»Ich helf' dir beim Aufräumen«, sagte Franz Dengg und stapelte in Windeseile mehrere schmutzige Suppenteller aufeinander. »Die kommen auf die Anrichte neben der Spüle, oder?« Er wartete die Antwort gar nicht erst ab, sondern lief sofort über die Veranda in die Hütte.

Marianna fühlte sich schlecht. In ihrem Magen rumorte es. Sollte sie die Gelegenheit nutzen, reinen Tisch machen und Franz doch einweihen? Sie waren unter sich. Keiner würde etwas davon mitbekommen. Marianna sehnte sich nach einem Verbündeten. Ach was, nur einem? Sie hätte auch zwei gut verkraften können, so wie früher in ihrer Dreierbande. Wie schade, dass der Schorschi damals einfach verschwunden war. Ihn hätte sie in ihrer Lage jetzt gut gebrauchen können. Zu dritt hätten sie das alles bestimmt gemeistert.

»Du schaust immer noch schlecht aus! Geht's dir nicht gut?«, fragte Franz, als sie die Küche betrat. »Hat dich der Hansi angesteckt? Oder du ihn?«

Franz spielte auf Mariannas Notlüge mit Hansis angeblichem Fieber an.

»Er hat's bereits vor mir gehabt. Kann schon sein, dass er mich angesteckt hat.«

Sie nahm den Kessel vom Herd und goss dampfendes Wasser in das Spülbecken.

»Solltest schon zumachen«, lachte Franz.

Er drückte den Stöpsel in den Abguss und zog seine Hand blitzschnell zurück, um sich nicht zu verbrühen. »Du bist ja ganz woanders mit deinen Gedanken!«

Natürlich hatte der Franz recht. Der alte Kamerad merkte langsam, dass mit ihr irgendetwas nicht stimmte. Aber sie würde es diesem herzensguten Kerl nicht antun, ihn in diese entsetzliche Angelegenheit zu verwickeln. Sie würde es sich niemals verzeihen, sollte ihm etwas zustoßen. Die Entführer waren offensichtlich zu allem im Stande. Sie waren abgrundtief böse und würden auch nicht davor zurückschrecken, dem Franz Leid zuzufügen.

»Ich war heut früh in der St. Antonstraße, um mich nach dem Hansi zu erkundigen.«

Bei den Worten rumorte ihr Magen erneut.

»Dachte, ich schau auf einen Sprung vorbei und frag mal, wie es ihm geht. Ich wusste ja, dass wir uns heute sehen. Er fehlt dir bestimmt und du machst dir Sorgen, oder?«

Marianna kämpfte gegen die aufsteigenden Tränen. Sie wollte jetzt nicht weinen. Falsch, im Grunde wollte sie weinen. Sie wünschte sich so sehr, dem Franz alles erzählen zu können. Sie durfte nicht. Nur, was sollte sie ihm jetzt für eine weitere Lüge auftischen? Da Hansi nicht bei den Großeltern war, wollte er bestimmt wissen, wo sich ihr Sohn aufhielt. Und weshalb sie ihn angelogen hatte.

»Bist du deshalb so zerstreut? Weil er dir fehlt und du nicht weißt, wie es ihm geht?«

Marianna nickte. Sie wagte es nicht, den Franz anzuschauen, weil sie fürchtete, dass ihr die Unaufrichtigkeit ins Gesicht geschrieben stand.

»Mach dir keine Sorgen«, sagte Franz und berührte kurz ihren Unterarm. »Es war keiner daheim. Dem geht's sicher schon wieder besser.«

Danke, lieber Gott! Vielen Dank! Marianna atmete erleichtert auf. Sie nahm ein paar der schmutzigen Teller und tauchte sie unter Wasser.

»Das ist nett von dir, Franz. Es sind ja nur noch ein paar Tage, dann seh' ich ihn wieder, meinen Lausbub«, brachte sie scheinbar heiter heraus. Zugleich spürte sie einen Stich im Herzen und wollte nur noch für sich sein. »Und jetzt geh zu den anderen! Die Abkühlung tut dir bestimmt gut.«

»Den Rest schaffst du ja allein, oder? Das Geschirr mein ich.« Franz huschte hinter ihr durch und lief zur Tür. »Wir sehen uns spätestens, wenn der Herr da ist«, rief er noch beim Hinausgehen.

Marianna trocknete die Hände an einem Geschirrtuch ab. Sie holte die Ampulle aus ihrer Schürze. Wie in Trance wankte sie zum Tisch und setzte sich hin. Sie griff nochmals in die Tasche, zog die Haarlocke und den Brief heraus und legte alles auf den Tisch.

Was würde Franz Dengg von ihr halten, wenn das alles vorbei war? Vielleicht hätte sie sich ihm doch lieber anvertrauen sollen? Aber wie hätte er ihr helfen können? All diese Fragen quälten sie.

Man verlangte von ihr, den König zu vergiften.

Sie sollte das Gift, in mehreren Dosen verteilt, in sein Essen geben. Die Erpresser wussten gut Bescheid. In der Regel transportierte Marianna die Speisen des Königs vom Küchengebäude zum Schloss, damit sich die Lakaien den Weg sparen konnten. So praktizierten sie es schon seit einigen Jahren. Wer auch immer Hansi entführt hatte, kannte das Ritual. Der Feind befand sich im innersten Kreis des Monarchen.

Sollte der König bei seinem Aufenthalt auf dem Schachen sterben, würde sie ihren Hansi wiedersehen. Sollte König Ludwig den Giftanschlag überleben, wäre ihr Sohn verloren. So stand es in dem Brief.

Marianna Rieger hatte sich entschieden. Sie war zwar keine Mörderin. Aber sie war eine Mutter. Und sie wollte ihren Sohn zurück.

Kampf der Herzen

Klara Grünspan focht einen langen Kampf mit sich aus. Seit Heiland Hohenschwangau verlassen hatte, begleiteten sie ununterbrochen düstere Gedanken.

Bereits als Heiland aus Lenz' leerer Wohnung gekommen war, hatte Klaras Grübeln begonnen. Irgendetwas stimmte nicht. Das spürte sie. Es passte ganz und gar nicht zu Lenz, einfach nicht aufzutauchen, eine lang geplante Verabredung zu versäumen und seiner Mutter nicht Bescheid zu geben. Aber eigentlich ging sie das gar nichts an. Lenz war alt genug, sich um sich selber zu kümmern.

Sie spürte ein Pochen in ihrer Brust. Es war nicht ihr Pulsschlag, sondern noch etwas anderes, es fühlte sich an, als würde jemand zaghaft mit der Fingerspitze gegen ihr Herz tippen und sie ermahnen.

Natürlich hatte die Baronin von Kreusser sie mit einem vorwurfsvollen Blick bedacht, ihre Taschenuhr hervorgeholt und griesgrämig den Kopf geschüttelt. Dann hatte sie in einem monotonen Singsang eine Vielzahl von zu erledigenden Aufgaben heruntergerattert und dabei die Utensilien der Königinmutter auf dem Frisiertisch in die richtige Reihenfolge gerückt. Nachdem sie fertig war, verließ sie, ärgerlich vor sich hin grummelnd, das Zimmer.

So rasch Klara konnte, erledigte sie sämtliche Aufträge der Baronin. Es dauerte bis zum Nachmittag, bis alle Tücher von den Möbeln gezogen und zusammengelegt waren und sie die weiß-blauen Jalousien an den Fenstern so positioniert hatte, dass zwar die Luft zirkulieren, aber keine Sonne direkt in die Zimmer scheinen konnte. Zu guter Letzt mussten noch alle Möbel und Anrichten vom Staub befreit werden. Nachdem auch das letzte Staubkorn beseitigt war, meldete sie sich bei der Baronin ab.

»Die Ankunft der Königin ist für den frühen Abend geplant. Halten Sie sich zur Verfügung, Grünspan«, sagte die Baronin, würdigte Klara dabei aber keines Blickes, sondern überprüfte geschäftig die vorbereiteten Gemächer der hohen Herrin. Mit einem gnädigen Winken entließ sie Klara. Den ganzen Weg bis zum Treppenhaus spürte Klara den bohrenden Blick der Baronin in ihrem Rücken. Sicherlich platzte sie vor Neugierde. Dennoch hatte sie Klara nicht nach dem männlichen Besucher gefragt.

In ihrer Kammer war es stickig, doch selbst Lüften schaffte keine Abhilfe. Es strömte nur noch mehr Hitze in den kleinen Raum. Klara setzte sich auf ihr Bett und öffnete die oberen Knöpfe ihrer Bluse. Eine einzelne Schweißperle kullerte von ihrem Halsansatz herab und verschwand in der Furche zwischen ihren Brüsten. Sie versuchte sich zu entspannen und sank nachdenklich in sich zusammen.

Obwohl sie sich damals gegen Lenz entschieden hatte, war er immer ein Teil ihres Lebens geblieben. So nah und doch so fern. Er war stets vor Ort, wenn die Hofhaltung der Königinmutter nach Hohenschwangau übersiedelte. Lenz war für sie die Seele dieses Ortes. Ohne ihn wäre Schloss Hohenschwangau nicht dasselbe. Er hatte ihr damals seine bedingungslose Verbundenheit eindrucksvoll bewiesen.

Sie hingegen bevorzugte die Sicherheit des Hoflebens. Sollte sie den Verlust dieses Schutzes riskieren? Klara hatte sich schon einmal heimlich aus dem Schloss weggeschlichen. Mit mehr Glück als Verstand war die Sache gutgegangen.

Heiland war seit ein paar Stunden weg. Vielleicht saßen die beiden bereits bei Lenz' Mutter in Füssen und hatten Klara ganz vergessen. Aber nein, Heiland hätte ihr bestimmt eine Nachricht zukommen lassen. So zuverlässig schätzte sie den Soldaten jedenfalls ein. Doch warum hörte sie nichts von ihm? Sie könnte doch zumindest in Lenz' Wohnung nachsehen, ob die beiden inzwischen dort waren? Was sollte dabei schon schief gehen?

Klara stand auf und knöpfte ihre Bluse wieder zu. Erneut bemerkte sie ein zaghaftes Klopfen in ihrer Brust. Und beim Verlassen der Kammer und auf der schmalen Wendeltreppe wurde das Pochen heftiger. Ihr Herz schlug immer noch für den Kastellan. So sehr sie sich auch bemüht hatte, ihre Gefühle für ihn zu unterdrücken. In diesem Augenblick gelang es ihr einfach nicht mehr.

Der Schlüssel baumelte noch immer an der Bank neben der Tür. Das galt eigentlich als ein Zeichen für die Abwesenheit des Kastellans. Sie betrat die Wohnung. Klara schaute in jedes Zimmer. Kein Lorenz Baumgartner. Kein Johannes Balthasar Heiland. Sie hatte so sehr gehofft, einen Hinweis auf die beiden Männer zu finden. Eine Notiz vielleicht. Oder Lenz' Livree am Kleiderhaken. Nichts dergleichen.

Klara verschloss die Wohnung, hängte den Schlüssel zurück an den Nagel und setzte sich auf die wackelige Bank. Es gab drei Möglichkeiten. Einfach zurück in ihre Kammer gehen und nichts weiter tun. Oder ihre unmittelbare Vorgesetzte Baronin von Kreusser informieren. Zuletzt blieb ihr noch, selbst etwas zu unternehmen.

Klara kaute nachdenklich an ihrer Unterlippe. Ihr Herz wusste, das Nichtstun ausschied. Lenz war ihr zu wichtig.

Die Baronin wollte sie unter gar keinen Umständen einweihen. Wie sollte Klara ihr erklären, dass sie von Lenz' Abwesenheit wusste? Sie konnte ja schlecht zugeben, dass sie sich Zutritt zu seiner Wohnung verschafft hatte. Die Baronin würde ihr weder glauben, dass etwas Merkwürdiges im Gange war, noch würde sie irgendetwas tun. Höchstwahrscheinlich bekäme Klara eine Rüge wegen ungebührlichen Verhaltens.

Sie schaute zur weißen Burg hinauf. Ihr dämmerte, worauf die Angelegenheit hinauslief. Schon einmal hatte das Gebäude ihr Schicksal beeinflusst. Klara hatte es jahrelang geschafft, zu verdrängen, dass damals im oberen Schlosshof bereits ihr Todesurteil gesprochen worden war und nur Lenz' beherztes Eingreifen den Mörder dazu gebracht hatte, von ihr abzulassen. Anscheinend wollte das Schicksal die Niederlage aus jener Nacht vor zehn Jahren nicht auf sich sitzen lassen und legte nach. Klara musste sich entscheiden. Sicherheit oder Liebe.

Sie saß noch eine Weile sinnierend auf Lenz' Bank, die Neue Burg betrachtend. Sie überlegte, ob sie zuerst zu Lenz' Mutter nach Füssen gehen sollte. Doch die strahlend hellen Mauern der Neuen Burg schickten ihr eindeutige Signale. Etwas anderes konnte doch das ungewöhnliche Pulsieren der weißen Steine vor ihren Augen nicht bedeuten. Schließlich gab sie sich einen Ruck und verließ Schloss Hohenschwangau durch die kleine Gartentür vor Lenz' Wohnung.

Der Weg zur Burg Neuschwanstein war einsam und verlassen. Im Dorf herrschte gähnende Leere. Keiner wollte bei der Nachmittagshitze freiwillig die kühlenden Mauern des Hauses verlassen. Höchstens die umliegenden Seen oder der Lech boten heute eine Abkühlung. Nicht einmal im Wald fühlte es sich wesentlich frischer an.

Kleine Sturzbäche ergossen sich über Klaras Rücken. Nasse Haarsträhnen klebten an der Innenseite ihrer Haube und auf der Stirn. Sie schwitzte nicht nur wegen der Sommerhitze. Es war auch die Angst, die Erinnerung an das Grauen jener Nacht von vor zehn Jahren. Außerdem wollte sie ihre Anstellung nicht verlieren.

Als erstes sah sie die herrenlose Kutsche auf dem Zimmermannplatz, dann die Blutlache in der Nähe der letzten Kurve. Ihr Herz klopfte noch schneller, als sie die Leiter entdeckte, die im Burggraben lehnte, und dann stand auch noch die Tür im großen Portal offen.

Alarmiert eilte sie zur Tordurchfahrt. Die Tür der Wachstube war zu. Zuerst klopfte sie zaghaft gegen das Guckloch, dann drückte sie die Klinke, doch die Tür war abgesperrt. Sie wartete kurz auf eine Reaktion, dann wagte sie zögerlich die letzten Schritte aus dem Schatten des Torbaus in die pralle Sonne des unteren Hofes. Es fühlte sich an, als liefe sie gegen eine unsichtbare Mauer.

Klara rannte zum Brunnen auf der gegenüberliegenden, schattigeren Seite. Sie hatte Durst und wollte auf keinen Fall wie auf dem Präsentierteller im Hof herumstehen, denn die verlassene Burg flößte ihr Angst ein.

Gierig schöpfte sie mit der Handfläche Wasser aus dem Brunnen und trank. Der Glockenschlag ließ sie zusammenfahren. Beinahe gleichzeitig ertönte von draußen ein Knall. Geschockt spuckte sie das Wasser wieder aus.

Instinktiv ging Klara in die Hocke und presste sich ganz nah an die Brunnenwand. Gebannt starrte sie zur Tordurchfahrt und wartete darauf, dass jemand den Hof betrat. Die Glocke läutete nochmals. Die Uhr über dem Balkon am Torbau zeigte Viertel vor Fünf. Noch ein Schlag also. Obwohl sie es wusste, zuckte sie zusammen, als es soweit war. Klara lauschte. Vielleicht hatte sie sich den Knall nur eingebildet. Sicherlich war irgendwo auf der Baustelle etwas umgefallen. Es war nur das dumpfe Plätschern des Wasserfalls in der Pöllatschlucht zu hören.

Klara zog sich am Brunnenrand in die Höhe. Ihre Knie zitterten. Sie wusste ganz genau, wie sich ein Schuss anhörte. Und was immer sie sich nun einzureden versuchte, der Knall vorhin hatte nach einem Pistolenschuss geklungen. Es war besser, sich zu verstecken.

Also duckte sie sich nochmals hinter dem Brunnen weg und suchte den Burghof nach einem geeigneten Versteck ab. Zu ihrer Linken ragten etliche Gerüstlagen in den blauen Himmel. So viel sie wusste, entstand gerade ein weiterer Aussichtsturm. Angeblich wollte man in dem neuen Turm eine Bibliothek für die gewaltige Büchersammlung des Königs einrichten. Und natürlich die entsprechenden Lesezimmer dazu.

Rechts von Klara befanden sich die Freitreppe in den oberen Hof sowie das kleine Gebäude neben dem Torbau. Sie erinnerte sich noch lebhaft daran, wie sie damals im Dunkeln die Treppe nach oben gegangen war, um Lenz zu suchen. Dass sich das nun wiederholte, war kaum zu glauben. Wenn sie Lenz finden wollte, dann musste sie wohl oder übel hinauf.

Klara blickte zurück zur Tordurchfahrt. War es nicht besser, die Burg wieder zu verlassen, um so schnell wie möglich nach Hohenschwangau zu rennen und rechtzeitig zur Ankunft der Königinmutter vor Ort zu sein? Die Sache mit Lenz würde sich bestimmt von selbst aufklären.

Klara dachte an den Knall. Nein, den hatte sie sich nicht eingebildet. Den Weg durch das Burgtor würde sie lieber meiden. Klara nahm ihren ganzen Mut zusammen. Rückwärts, ohne den Torbogen aus den Augen zu lassen, schlich sie zur Stützmauer. In deren Schatten schritt sie seitlich in Richtung Freitreppe. Dabei berührten ihr Rücken und die Handflächen stets die Wand, als könne diese sie schützen. Klara beobachtete die ganze Zeit über die Durchfahrt.

In der Ecke, in der die Stützmauer und die nach oben gerichtete Balustrade der Freitreppe aufeinandertrafen, kauerte sich Klara ganz tief zusammen und verharrte bewegungslos. Sie überlegte, was sie als Nächstes tun sollte. Noch immer war niemand zu sehen oder zu hören. Bis auf das Plätschern des Wasserfalls herrschte eine fast beängstigende Stille. Klara taxierte den kleinen Seitenbau gegenüber dem Kellerabgang des Torgebäudes. Mit dem Keller verband sie ebenfalls Erinnerungen, die sie lieber vergessen hätte. Trotzdem erschien ihr der schmale Durchgang zwischen den beiden Gebäuden als idealer Beobachtungsposten auf die Freitreppe. Von dort konnte sie einen Teil des oberen Hofes auspähen für den Fall, dass sie doch noch hinaufgehen würde. Sie hatte sich nicht endgültig für den Rückzug nach Hohenschwangau entschieden.

Dann rannte Klara los. Der Temperaturunterschied vom Schatten zur prallen Sonne raubte ihr kurzfristig den Atem. Sie hielt nicht an, bis sie die Türlaibung des Kellerabgangs erreichte. Keuchend schmiegte sich Klara gegen die Eichentür. Sie ignorierte die eiserne Klinke, die sich stechend in ihre Wirbelsäure bohrte. Nur so konnte sie ganz in der steinernen Türlaibung verschwinden. Sie äugte zur Treppe hinüber. Klara hatte sich getäuscht. Von ihrem Standort aus konnte sie nur den unteren Teil der Freitreppe sehen. Vom oberen Hof war gar nichts zu erkennen. Bis auf den Schatten der großen Seilwinde.

Die Seilwinde! Dort hatte sie sich damals versteckt. Die Angst aus jener Nacht kehrte jählings zurück. Klara wollte nur noch weg. Ihre Knie gaben nach. Beinahe wäre sie zusammengesackt. Die schrecklichen Bilder des Mörders und seines Opfers jagten durch ihren Kopf. Die Furcht zu sterben fühlte sich wieder real an.

Sie traf eine Entscheidung. Egal, was draußen vor dem Tor geknallt hatte, Klara würde die Neue Burg sofort verlassen. Noch bestand die

Chance, nach Hohenschwangau zurückzukehren, ohne dass ihre Abwesenheit entdeckt worden war.

Sie drückte sich von der Tür ab, stolperte beinahe über die Kante der Laibung und wankte um die Ecke. Sie musste sich mit der Hand an der Mauer des Torbaus abstützen, sonst wäre sie hingefallen. Noch rund dreißig Schritte bis zum Torbogen. Und dann nichts wie raus.

»Bist du noch da? Gerüstbauer?«

Klara blieb abrupt stehen. Die Stimme war nur gedämpft zu hören gewesen. Sie hielt den Atem an und horchte angestrengt in die Stille hinein. Kein Laut ertönte mehr. Anscheinend war ihr die Hitze zu Kopf gestiegen und die Fantasie spielte Klara einen üblen Streich. Sie ging weiter.

»Komm zurück! Das kannst du nicht machen.«

Klara drehte sich um die eigene Achse und suchte den gesamten Burghof ab. Es war niemand zu sehen.

»Ist da jemand?«, stieß sie zaghaft hervor.

Keine Antwort. Nur das Geräusch des Wasserfalls.

»Ist da jemand?«, rief sie.

»Hier drin. Wir sind hier drin. In dem kleinen Nebenhaus.«

Mit einem Mal erkannte sie die Stimme. Klara stürmte zu dem Gebäude hinüber und drückte die Klinke. Die schwere Eichentür war abgesperrt.

»Heiland, bist du das?« Sie fragte, wenngleich sie die Antwort bereits kannte.

»Ja, und Lenz ist auch bei mir. Wir sind gefesselt und können uns nicht bewegen.« Der Soldat sprach langsam und gequält, so als ob er Schmerzen hätte.

»Die Tür ist verschlossen. Was ist passiert?«

»Hör mir jetzt gut zu, stell keine Fragen und beeile dich.«

Klara biss sich auf die Lippen. Sie hatte eigentlich viele Fragen. Vor allem wollte sie wissen, weshalb Lenz nichts sagte.

»Du musst die Fensterscheibe einschlagen und zu uns hereinklettern. Such dir einen Stein oder irgendetwas anderes, womit du die Scheibe zertrümmern kannst. Rasch! Wir haben keine Zeit.«

»Was geht hier vor?«

»Schnell, sonst ist es aus mit uns allen.«

Klara brauchte etwas, das groß genug war, um die Bleiverglasung zu zertrümmern, jedoch nicht zu schwer für sie. Ihre Gedanken tanzten Polka. Weshalb waren sie so in Eile? Sie konnte einfach Hilfe holen. Jemanden, der die Tür öffnen und die beiden Männer befreien konnte. Warum war von Lenz kein Ton zu hören? Sollte sie sich seinetwegen beeilen?

»Bist du fündig geworden? Beeil dich, Klara!«

Aus dem Ernst in Heilands Stimme war Panik geworden. Klara sah keine andere Möglichkeit. Sie musste zum oberen Hof. Sicherlich würde sie Werkzeug oder Ähnliches finden. Hier war alles blitzblank aufgeräumt. Sie zog die Rockzipfel ihres Kleides und des Unterrockes in die Höhe, damit sie schneller laufen konnte. Schnurstracks rannte sie zur Freitreppe hinüber. Den Schatten der Seilwinde über sich versuchte sie zu ignorieren.

Auf halber Strecke zweigte die Treppe im rechten Winkel ab. Nun eilte Klara direkt auf das hölzerne Podest mit der großen Seilwinde für die schweren Baumaterialien zu. Ihre Beine wurden schwerer, ihr Atem kürzer. Sie wusste nicht, ob das an der Hitze oder den bösen Erinnerungen lag. Auf dem oberen Hof herrschte ein geordnetes Chaos.

Unter der Transportwinde hatte man Schienen verlegt, die sich über den Hof erstreckten und an Knotenpunkten zu den unterschiedlichen Gebäudeteilen abzweigten. Mehrere eiserne Loren standen bei der Winde für die Beförderung von Materialien bereit.

Über dem Abgrund der Pöllatschlucht wuchs ein Gerüst in die Höhe. Und genau davor stand eine Bauhütte. Eigentlich handelte es sich um einen zusammengeschusterten Verschlag ohne Tür und Fenster.

Klara vergaß die Seilwinde und hastete zur Hütte. Darin hatten die Arbeiter allerhand verstaut. Übereinander gestapelte Zementsäcke, gegen die Wände gelehnte Schubkarren und an Nägeln aufgehängte Schaufeln. Auf einem Balken entdeckte Klara einen faustgroßen Hammer. Das war genau das richtige Werkzeug. Sie kletterte auf einen Stapel Säcke, griff sich den Hammer und rutschte dann langsam hinab, bis sie wieder festen Boden unter den Füßen hatte. Für einen winzigen Augenblick ärgerte sie sich über ihr verschmutztes Kleid. Es war übersät mit hellen Flecken und Streifen. Die Mädchen am Hof hatten stets auf saubere und korrekte Kleidung zu achten. Sie packte die Säume von Kleid und Unterrock und zog sie, so weit es ging, in die Höhe. Niemals hätte sie sich so in der Öffentlichkeit gezeigt. Ihre knielange, weiße Pluderhose, die sie als Unterwäsche trug, hatte außer den anderen Mädchen noch niemand gesehen. Jetzt aber war eindeutig der falsche Zeitpunkt für Schamgefühl.

Klara stürmte aus der Hütte zur Treppe. Der Hammer lag schwer in ihrer Hand. Sein Gewicht zog sie regelrecht nach unten. Beinahe wäre sie vor lauter Unrast schon an der ersten Stufe ins Straucheln geraten und konnte sich geradeso fangen. Von Weitem hörte sie Heilands Stimme.

»Klara, wo bist du? Um Himmels willen, antworte!«

»Ich komme«, krächzte sie. Ihre Kehle war staubtrocken.

Die letzten beiden Stufen sprang sie hinunter. Sie hörte Heiland an, dass sie keine Zeit mehr hatte. Als sie schließlich vor dem Fenster stand, stellte sie mit Erschrecken fest, dass es zu hoch war. Mit ihren Fingerspitzen konnte sie nur mühevoll den unteren Rand des steinernen Fenstersimses erreichen. Verzweifelt versuchte sie, sich daran festzuklammern und sich gleichzeitig mit dem Fuß an der Sandsteinmauer hinauf zu drücken.

»Ich komme da nicht hin«, rief sie.

»Du musst es probieren. Die Zeit läuft ab. Einen Versuch hast du. Wenn du es nicht schaffst, bringst du dich in Sicherheit.«

Heiland sprach in Rätseln. Klara bekam es mit der Angst zu tun.

Sie reckte sich soweit es ging und drosch mit dem Hammer gegen den unteren Rand der Bleiverglasung. Sofort zersplitterte das Glas.

»Fester! Du musst viel fester dagegen hauen«, schrie Heiland.

Und Klara schlug zu. Ein ums andere Mal. Die filigranen Bleistäbchen zwischen den Butzenscheiben barsten und landeten zusammen mit den Glassplittern im Inneren.

Nach kurzer Zeit hatte Klara die gesamte linke untere Hälfte der Scheibe zertrümmert. Bis zur mittleren Sprosse hin. Sie holte Luft. Ihre

Idee war vielleicht die einzige Möglichkeit, das Fenster zu öffnen. Sie nahm den Hammerstiel noch fester, zählte bis drei und sprang. Mit ihrer Linken zielte sie durch die Öffnung und umklammerte die vertikalen Holzsprossen der beiden Fensterhälften. Splitter bohrten sich in ihre Handfläche. Die abgebrochenen, scharfkantigen Bleistäbchen ritzten ihren Handrücken auf. Klara biss die Zähne zusammen. Sie würde auf keinen Fall loslassen. Klara hing mit einer Hand an den Fenstersprossen. Ihre Fußspitzen klopften gegen die Mauer.

»Deine Zeit ist um, Klara. Verschwinde!«, rief Heiland.

Klara Grünspan dachte nicht daran, aufzugeben. Sie sammelte ihre ganze Energie und drosch mit dem Hammer in die rechte Fensterhälfte. Schon dieser erste Schlag hinterließ ein untertassengroßes Loch in der Scheibe. Durch das Gewicht ihres hin und her pendelnden Körpers ließen ihre Kräfte rapide nach. Sie holte nochmals aus und traf nur den Rand des Loches. Der Stiel entglitt ihr und der Hammer flog durch die Öffnung in das Gebäude hinein. Vor Schreck ließ Klara die Sprosse los und sie schlitterte an der Mauer hinab.

»Ich meine es todernst! Gleich fliegt alles in die Luft. Verschwinde ...«

Der Rest des Satzes wurde von einem Hustenanfall verschluckt.

Klara schätzte sich selber als nicht besonders mutig ein. Im Gegenteil. Sie fürchtete sich pausenlos. Nicht nur hier und jetzt. Eigentlich jeden Tag. Sie hatte sogar Angst vor Spinnen. Davon gab es reichlich an den üblichen Aufenthaltsorten der Dienstmädchen. Sie fürchtete sich laufend davor, beim Dienst Fehler zu machen. Lieber kontrollierte sie alles zigmal, und selbst dann war sie noch unsicher. Und ihr war angst und bange vor ihren wahren Gefühlen für Lenz gewesen. Damit war jetzt Schluss. Klara würde nicht verschwinden.

Sie fixierte die Fenstersprossen, holte tief Luft und sprang hoch. Mit aller Kraft klammerte sie sich fest und zog sich nach oben. Mit einer Hand griff sie durch das Loch und tastete nach dem Fenstergriff. Als sie ihn zu fassen bekam, drückte sie ihn. Sofort öffnete sich die eine Fensterhälfte und schwang nach innen auf. Gerade noch rechtzeitig konnte sie ihre Hand aus dem Loch im Glas herausziehen. Ihr anderer Arm begann zu zittern. Sie packte die Sprosse der noch geschlossenen Fensterhälfte nun auch mit der zweiten Hand und wuchtete sich auf das Fensterbrett. So lag sie mit dem Oberkörper auf dem Fenstersims, während ihre Beine nach unten hingen, und versuchte, den Schwerpunkt nach innen zu verlagern. Schließlich schaffte sie es, sich am Rand des inneren Fensterbrettes hineinzuziehen.

Kopfüber fiel sie in das Gebäude und konnte ihren Sturz mehr schlecht als recht mit den Handflächen an der Mauer abbremsen und schließlich am Boden abfangen. Sie landete unsanft zuerst mit den Unterarmen, dann mit der Stirn auf dem Fußboden. Ihre Knie schlitterten an der Mauer entlang, bis sie ganz unten angekommen war.

Sie hatte es geschafft. Die Schmerzen in Kopf, Rücken und Händen waren unwichtig. Klara setzte sich auf. Unmittelbar vor ihr saßen Heiland und Lenz, Rücken an Rücken an einen Holzpfeiler gefesselt. Heiland starrte sie kopfschüttelnd an. Lenz' Kopf dagegen hing schlaff zur Seite.

»Schnell, nimm eine Scherbe«, sagte Heiland.

Klara rappelte sich auf, suchte auf dem Steinboden nach einer passenden Glasscherbe und kroch auf allen Vieren zu Heiland hinüber.

»Was ist los?«, wollte sie wissen.

»Später, falls wir dann noch leben!«

Sofort begann sie an dem Seil zwischen Heilands Schultern und dem Pfosten zu sägen. Dabei bemerkte sie eine klaffende Wunde an Heilands Hals. Kein Wunder, dass der Soldat gequält klang.

Die Scherbe war scharfkantig. Klara musste achtgeben, sich nicht selber zu schneiden. Der erste Strick war rasch durchtrennt. Auch der zweite hielt dem gebrochenen Glas nicht lange stand. Heiland stemmte sich gegen die Fesseln, um sie zu lockern. Klara ließ die Scherbe fallen und zog die restlichen Stricke über Heilands Kopf. Der Soldat war frei. Er rollte sich zur Seite und stemmte sich auf die Knie.

»Ich spüre meine Füße kaum. Hilf mir auf. Wir müssen Lenz zusammen hochziehen.«

Während er mit ihr sprach, schaute er zu einem Regal auf der hinteren Seite des Raumes. Klara folgte seinem Blick. Sie hätte die Kiste beinahe übersehen. Auch die Schnur, die vom gekippten Fenster zur Kiste führte, nahm sie erst auf den zweiten Blick wahr.

»Da kommen wir nicht ran und das Regal ist an der Wand befestigt. Wir können es nicht einmal umkippen«, erklärte der Soldat. »Was sowieso viel zu gefährlich wäre! Wegen der Erschütterung«, fügte er hinzu.

Dann entdeckte Klara den Körper im untersten Fach. Sie konnte einen Aufschrei nicht unterdrücken. Das bleiche, zur Hälfte grausam zerstörte Gesicht zeichnete sich gespenstisch im schummrigen Licht ab. Die Hände lagen gefaltet auf der Brust.

»Wer immer er sein mag, er ist längst tot.«

»Aber ...«, stammelte sie.

»Schau nicht hin. Wir müssen sofort raus. Pack Lenz unter den Armen. Dann ziehen wir ihn hoch.«

Ein Toter im Regal und eine Kiste Dynamit darüber. Klara wollte noch nicht sterben.

»Verdammt! Seine Schlüssel sind nirgends«, fluchte Heiland, während er Lenz' Livree und Hose abtastete.

»Wir müssen durchs Fenster.«

Lenz stöhnte leise. Er öffnete die Augen einen Spalt breit. Ein Lächeln huschte über seine Lippen, als er Klara sah. Heiland und Klara packten seinen schlaffen Körper und manövrierten ihn zum Fenster hinüber. Sie lehnten ihn gegen die Mauer. Dann schlug ihm Heiland mit der flachen Hand klatschend auf die Wangen.

»Wenn du leben willst, dann hilf mit!«

Lenz riss die Augen auf. Heiland nickte ihm aufmunternd zu, drehte ihn mit dem Gesicht zum Fenster und umklammerte beide Beine des Kastellans. So hievte er ihn nach oben.

»Zieh dich raus!«, brüllte Heiland.

Tatsächlich gelang es Lenz, sich mit Heilands Hilfe durch das offene Fenster zu wuchten. Als seine Fußsohlen verschwunden waren, lehnte sich Heiland rücklings gegen die Wand und formte mit seinen Händen eine Räuberleiter für Klara. Draußen sackte Lenz zu Boden und stöhnte.

»Wenn du es geschafft hast, schnappst du dir Lenz. Rennt aus der Burg hinaus, so schnell ihr kö...«

Sein letztes Wort ging in einem lauten Zischen unter. Durch das geöffnete Fenster sprühten Funken auf der Schnur, die zur Kiste führte. Langsam und unaufhörlich.

»Rennt. Schaut nicht zurück!«

Heiland zog Klara harsch zu sich heran. Sie trat in seine Handflächen, umklammerte seinen Kopf und zog sich hinauf. Mit einem beherzten Satz sprang sie auf das Fensterbrett und mit eingezogenem Kopf durch das Fenster ins Freie. Beinahe wäre sie auf Lenz gelandet. Das Zischen der Schur hallte in ihren Ohren wider. Vom Fenster zur Kiste war es nur eine knappe Unterarmlänge gewesen.

Klara half Lenz in die Höhe. Auf wackeligen Beinen lief er zusammen mit ihr los. Sie wollte aus dem Tor ins Freie rennen. Klara wurde immer schneller und zerrte Lenz hinter sich her. In den Augenwinkeln sah sie Heilands Kopf im Fensterrahmen. Sie zog noch heftiger an Lenz und riss ihn mit sich. Sie hatten die Tordurchfahrt fast erreicht, als die Druckwelle der Explosion sie gegen die Säule des Torbogens schleuderte. Klara schlug mit der Schulter hart gegen den Pfeiler und prallte davon ab. Mit der anderen Schulter kam sie auf dem Boden auf. Ein heißer Windstoß fegte über sie hinweg. Schlagartig ertönte ein helles Pfeifen in ihren Ohren.

Die Welt um sie herum verstummte und verschwand in einer Wolke aus Staub.

Nacht zu Tag

Der Baum bot Herrn Schilling eine großartige Aussicht. Und das Beste daran: Man wurde von unten nicht gesehen und konnte es sich dabei auf einer Bank im Freisitz bequem machen.

Die Hitze des zu Ende gehenden Tages fühlte sich in geschätzten vierzig Fuß Höhe gar nicht mehr so schlimm an. Angeblich war die Linde über dreihundert Jahre alt. Den Freisitz durfte außer dem König und seinen Dienern niemand besteigen. Hatte zumindest Kastellan Almesberger bei ihrem Rundgang am Vormittag zu berichten gewusst. Herrn Schilling scherte das nicht im Geringsten.

Am späten Nachmittag, nach einem kurzen, erquickenden Nickerchen, hatte sich der Geheimpolizist auf die Suche nach Hesselschwerdt gemacht. Er vermutete den *Reichskanzler* irgendwo am oder im Schloss, weshalb er zuerst dorthin ging. Zu seiner Überraschung fand er das Portal offen. Er trat in ein beinahe quadratisches Vestibül und stand Aug in Aug mit einem bronzenen Reiterstandbild von Ludwig XIV., dem französischen Sonnenkönig. Es thronte auf einem mächtigen, schwarzen Sockel in der Mitte der Eingangshalle. Den Plafond schmückte ein goldener Strahlenkranz mit dem Gesicht der Sonne im Zentrum. Links und rechts davon reckten zwei Genien aus hellem

Stuck dem Betrachter ein Banner mit der Aufschrift *NEC PLURIBUS IMPAR* entgegen. *Auch einer Mehrzahl überlegen,* dem Wahlspruch des französischen Sonnenkönigs.

Herr Schilling war empört. Ausgerechnet eine Erinnerung an den ärgsten Gegner! Denn obwohl man Frankreich 1870 besiegt und 1871 auf französischem Boden, nämlich im Spiegelsaal von Schloss Versailles, das Deutsche Reich ausgerufen hatte, galt das Volk jenseits des Rheins noch immer als Erzfeind der Deutschen. Und Ludwig II. war ein deutscher König. Das Königreich Bayern gehörte zum Deutschen Reich. Wie konnte er es wagen, einem Franzosen auf Reichsboden ein Denkmal zu setzen? Herr Schilling, eigentlich ein treuer Anhänger der bayerischen Krone, verstand sich durchaus auch als deutscher Patriot.

Bevor er noch wütender werden konnte, tippte ihm jemand von hinten auf die Schulter. Herr Schilling wirbelte erschrocken herum, wobei ihm fast seine Jacke aus der Hand gerutscht wäre. Vor ihm stand ein Hartschier in voller Montur. Er musste durch eine der Nebentüren gekommen sein. Herr Schilling hatte ihn in seiner aufflammenden Raserei gar nicht bemerkt. Unter dem silbernen Helm, der mit dem vergoldeten Wappen des Königreiches verziert war und auf dem ein Busch aus dunklem Rosshaar steckte, liefen dem Wachsoldaten Rinnsale über beide Schläfen hinunter. Die weiße Supraweste zierte ein in Silber und Gold gestickter Stern des Hausordens vom Heiligen Hubertus, in dem in großen Lettern der Leitspruch *In Treue Fest* zu lesen war.

Die Hartschiere stellten seit jeher die Leibgarde der Regenten. Ihre Mitglieder fühlten sich als Teil einer Elitetruppe innerhalb der Armee. Herr Schilling kannte kaum einen persönlich. Sie pflegten sich gegenüber Normalsterblichen wie ihm reserviert zu verhalten. Dieses spezielle Eliteexemplar hatte sich offensichtlich vor der prallen Sonne im Inneren versteckt. Nachdem Herr Schilling einen Vortrag über Pflichten und Aufgaben eines Wachsoldaten sowie das Betreten ohne Erlaubnis über sich hatte ergehen lassen, erfuhr er, dass Marstallfourier Hesselschwerdt noch nicht zum Dienst erschienen war. Und das, obwohl sich die Schlafenszeit des Monarchen dem letzten Drittel entgegenneigte.

Da Herr Schilling die vom Marstallfourier versprochenen Papiere mit der Erlaubnis zum Aufenthalt im Park noch nicht erhalten hatte, wollte er sich auf keine Diskussion mit dem Hartschier einlassen. Sogar mit den Papieren hätte er das Schloss bei Anwesenheit des Königs niemals betreten dürfen.

Beim Verlassen des Vestibüls erspähte er durch einen Türspalt drei weitere Hartschiere, die ohne ihre schwere Kopfbedeckung an einem Tisch saßen und Spielkarten in der Hand hielten. Selbst wenn das Schlossgelände nur mit zwei Gendarmen und einem Trupp Wachsoldaten gesichert war, die Leibwache des Monarchen schien gut aufgestellt zu sein. Unbemerkt an ihnen vorbeizukommen, konnte eine Herausforderung werden.

Nachdem der Schlosspark wie ausgestorben da lag, marschierte Herr Schilling unbehelligt an dem großen Wasserbassin vorbei und stieg über die Holztreppe zum Podium der Linde. Zwischen den Ästen des Baumes herrschte ein sanfter Durchzug. Hin und wieder raschelten die Blätter.

Nach und nach erwachte das Umfeld des Schlosses zum Leben. Neben Almesberger erschienen weitere Männer zum Dienst. Köche, Lakaien und Chevaulegers trudelten grüppchenweise ein. Die silbrigen Einsätze der blauen Dienerlivreen reflektierten das Licht der tiefstehenden Sonne und warfen flirrende Flecken auf die Schlossfassade. Beinahe wäre dem Geheimpolizisten der Mittelsmann entgangen, weil er sich durch die Lichter ablenken ließ. Der Mittelsmann hätte vom Alter her fast sein Enkel sein können oder wenigstens sein Sohn. Sie waren beinahe gleich groß und achteten beide sehr auf ihre äußere Erscheinung. Allerdings trug der Mittelsmann wie alle anderen am Hof einen Bart. Wenn auch nur einen Oberlippenbart. Es war beruhigend, ihn zu sehen und zu wissen, dass er noch einen Verbündeten vor Ort und Stelle hatte. Allerdings konnte eine unvorsichtige Kontaktaufnahme durch Herrn Schilling dessen Tarnung auffliegen lassen. Deshalb mussten sie bei jeder Begegnung, die nicht unter vier Augen stattfand, so tun, als ob sie sich nicht kannten.

Gegen halb Sieben setzte die Dämmerung ein. Eine Dreiviertelstunde später war die Sonne untergegangen. Von seinem Posten aus konnte Herr Schilling beobachten, wie der Palast Raum für Raum erleuchtet wurde. Auch entlang der Wege und rund um das große Wasserbassin entzündete man Laternen und Lampions. Zwischendurch fürchtete Herr Schilling schon, dass einer der Lakaien auf den Baum steigen wollte. Doch der huschte dann doch daran vorbei und lief stattdessen zum Venustempel hinauf. Bald wurde auch der von zahlreichen Lampen illuminiert. Man verwandelte die bevorstehende Nacht zum Tage. In nicht einmal einer Stunde würde man den König wecken.

Die Geschäftigkeit vor dem Schloss ließ nach. Dafür musste nun im Inneren eine emsige Betriebsamkeit herrschen. Doch davon bekam Herr Schilling auf seinem Beobachtungsposten nichts mit.

Er überlegte, ob er sich nicht näher ans Geschehen heranwagen sollte. Herr Schilling hatte sich den Musikpavillon auf der Anhöhe hinter dem Schloss auserkoren. Vielleicht konnte er von dort einen aufschlussreichen Blick in die königliche Villa erhaschen. Er verließ die Linde, überquerte den Weg und schlich durch das Unterholz, bis er auf die Hauptzufahrtsstraße gelangte. Gerade wollte er sie passieren, um erneut im Schatten der Bäume weiterzulaufen, als er die stämmige Gestalt von Hesselschwerdt in Richtung Schloss eilen sah. Das war die Gelegenheit, endlich an seine Papiere zu kommen. Sein neues Versteck konnte er auch später aufsuchen.

»Herr Marstallfourier«, sagte er mit lauter Stimme.

Hesselschwerdt blieb prompt stehen und äugte angestrengt in seine Richtung, ohne ihn entdecken zu können. Herr Schilling trat aus dem Zwielicht hervor. Er winkte Hesselschwerdt zu sich her. Ihm war es lieber, wenn ihn nicht allzu viele Leute in der Nähe des Schlosses zu Gesicht bekamen.

»Ich hab schon im Kavalierhaus nach Ihnen gesucht.« Mit großen Schritten steuerte Hesselschwerdt auf Herrn Schilling zu. »Bitteschön, Ihre Aufenthaltsgenehmigung«, sagte er und wedelte mit einem Papier, das er im Laufen aus seiner Jackentasche zog.

Herr Schilling trat ein Stück zwischen die Bäume zurück und bugsierte den *Reichskanzler* so unvermittelt von der Straße weg.

»Wie sind die Pläne Seiner Majestät für heute? Damit ich mich darauf einstellen kann.« Herr Schilling nahm dem Marstallfourier das Schriftstück ab und steckte es, ohne auch nur einen Blick darauf zu werfen, in die Innentasche seiner Frackjacke. Nur der Hitze wegen hatte er die schwarze Jacke nicht angezogen und trug sie schon den ganzen Tag mit sich herum, um sie in Notfällen anziehen zu können. Eine Begegnung mit Hesselschwerdt zählte für ihn nicht dazu.

»Zuerst Frühstück, dann diverse Vorträge von Mitgliedern des Kabinetts und eventuell ein Besuch der Grotte. Wegen der mondhellen Nacht ist ein Abstecher über den Brunnenkopf zum Pürschling geplant. Mehr weiß ich noch nicht.«

Herr Schilling lauschte aufmerksam. Ganz in der Nähe waren Schritte und Stimmen zu hören.

»Das wird die Ablöse für die Grottenmannschaft sein«, sagte Hesselschwerdt. »Die sind auf dem Weg zum Maschinenhaus oberhalb der Grotte.«

Man konnte im schwankenden Licht mehrerer Laternen die Umrisse einer Gruppe Menschen auf der Straße sehen. Sie steuerten direkt auf sie zu.

»Ich weiß zwar noch nicht, ob Seine Majestät die Grotte heute besucht, trotzdem muss alles vorbereitet sein. Die sieben Öfen befeuert man seit heute Vormittag. Trotz der Sommerhitze ist es drinnen kühl. Die Dampfmaschine für die Dynamos muss auch laufen. Die Bogenlampen und die Regenbogenmaschine brauchen Elektrizität. Ebenso muss der Wellenapparat für den See einsatzbereit sein.«

Herr Schilling hörte Hesselschwerdt staunend zu. Man benötigte einen ganzen Trupp Männer, um die Grotte zu betreiben? Ganz ohne Kenntnis darüber, ob der König sich überhaupt einfinden würde?

»Und woher kommen die Männer?«, wollte er wissen.

»Die meisten aus Ammergau und Graswang. Gebirgler eben. Manche sind Bauern. Andere Tagelöhner. Sie unterstützen den Grottenmeister mit ihrer Muskelkraft. Der Meister ist für den reibungslosen Ablauf zuständig.«

Bevor Herr Schilling noch etwas erwidern konnte, marschierte die Grottenmannschaft an ihnen vorbei. Abseits der Straße, im Zwielicht der Bäume, waren Herr Schilling und Hesselschwerdt für sie nicht zu sehen. Der Geheimpolizist konnte allerdings einige der Gesichter gut erkennen.

Zuerst traute er seinen Augen nicht. Der zweite Blick verschaffte ihm Gewissheit. Sein wohldurchdachter Plan erhielt gerade die ersten Risse.

Mitten unter den Männern marschierte ausgerechnet Cornelius, der Gerüstbauer.

Die Sonne verschwand hinter den umliegenden Berggipfeln. Marianna Rieger entzündete eine Öllampe in der Stube des Küchengebäudes.

So schwer ihr Herz war, so schwer fiel ihr jeder Schritt durch den Raum. Ächzend ließ sie sich auf der Eckbank nieder und platzierte die Lampe auf der Mitte des Tisches. Der Lichtkegel erhellte nur einen Teil der Tischplatte. Der restliche Raum lag in ein schummriges Licht getaucht da. Neben ihr an der Wand hing ein gerahmtes Porträt des Königs. Doch sein Antlitz verbarg sich im Schatten, lediglich die rote Schärpe stach hervor.

Marianna stellte die Ampulle mit dem Gift auf den Tisch. Sie lehnte sich zurück und betrachtete das Fläschchen nachdenklich.

Heute war ihr letzter Abend allein. Am morgigen Sonntag würde die Vorhut der Dienerschaft ankommen. Dann war es vorbei mit der Ruhe. Das war einerseits auch gut so. Ihre Arbeit war vorerst getan und in ihrem Kopf herrschte das blanke Chaos. Die Einsamkeit verdammte sie zum unaufhörlichen Nachdenken. Ihre Gedanken waren finster. Die Anwesenheit von Menschen und die damit einhergehenden Aufgaben würden sie ablenken.

Doch andererseits fürchtete sie sich vor dem Kommenden. Natürlich hatte sie Angst um ihren Sohn. Marianna bangte in jeder Sekunde um sein Leben. Und ihr graute vor dem, was man von ihr verlangte. Es musste einen anderen Ausweg geben.

Sie starrte auf die Ampulle, deren trüber Inhalt vor der Lampe gelblich schimmerte. Marianna wusste nicht, um welches Gift es sich handelte.

Erst wenn der König tot sei, würde sie erfahren wo sie ihren Sohn finden könne, stand im Brief. Laut den Anweisungen darin sollte sie das Gift in zwei gleich großen Dosen in das Essen des Königs kippen. Am besten geeignet seien dafür eine Suppe und die Bratensauce, schrieben der oder die Entführer. Suppen wurden tatsächlich bei jedem Diner oder Souper serviert. Von der Ochsenschwanzsuppe über klare Suppen mit Einlage bis zur Wildpüree-Suppe hatte man schon viele Kreationen in ihrem Beisein zubereitet. Überhaupt präferierte man weichgekochte Speisen. Fleischklöße, Kartoffelbrei, Omeletts und Fisch. Marianna kannte das Zahnleiden des Herrschers. Es war andauernd Thema in der Küche. Beinahe wöchentlich erschienen wohl Zahnärzte am Hof und versuchten zu behandeln, was kaum noch zu behandeln war. Rottenhöfer hatte erzählt, dass man lockere Zähne mit Garn an gesunde wickelte. Die Prozedur wiederholte man in immer kürzeren Abständen und man musste wohl jedes Mal noch fester zuschnüren. Marianna wollte sich gar nicht vorstellen, welche Schmerzen der König dabei hatte. Wegen seiner schlechten Zähne wurden die Speisen entweder püriert oder weichgekocht. Einmal hatte sie erlebt, wie die Köche ein Roastbeef vier Stunden garten und dann in hauchdünne Scheiben schnitten. Nur so konnte es der König kauen. Erneut wurde ihr bewusst, dass der oder die Hintermänner der Entführung einen guten Einblick in die Abläufe am Hof hatten. Tatsächlich war die Suppe das Geeignetste für die Beigabe des Giftes. Sie hatte noch nie erlebt, dass in der Suppenterrine ein Rest übriggeblieben war. Auch Bratensauce gab es immer reichlich, egal ob zu Fisch oder Fleischgerichten. Nur so würde Ludwig II. die vollständige Portion der todbringenden Flüssigkeit abbekommen.

Marianna erschauderte über ihre Gedankengänge. Die Idee, einen Menschen zu vergiften, war für sie gottlos. Egal, ob es sich dabei um den König handelte oder einen gewöhnlichen Menschen. Marianna streichelte behutsam über die schwarze Haarlocke ihres Sohnes. So sehr sie sich auch den Kopf zerbrach – ihr fiel kein Ausweg ein.

Sie dachte an die Mundköche, die jedes Gericht für den König zubereiteten. Besonders gut verstand sie sich mit dem schmächtigen Carl Rottenhöfer. Er ließ ihr jedes Mal ein kleines Stück Fleisch oder Fisch zukommen, bevor die Horde der Lakaien und Chevaulegers über die Mahlzeiten herfiel. Zuerst wurde natürlich für den hohen Herrn gekocht.

Erst wenn sich dessen Menü dem Ende entgegenneigte, begann die Hofküche mit der Zubereitung des Lakaienessens. Besonders bitter für Küche und Dienerschaft war es, wenn sich durch unvorhergesehene Staatsgeschäfte die Ausgabe der servierfertigen Mahlzeiten verzögerte.

Marianna hatte zu solch einer Gelegenheit bei Kammerdiener Mayr den Begriff »Einlauf« aufgeschnappt. Wie ihr Rottenhöfer später erklärte, meinte Mayr damit das Eintreffen von dringenden Staatsakten mitsamt dem Kabinettsekretär zum Vortrag derselben beim König. In solchen Fällen entstand große Unruhe in der Küche. Carl Rottenhöfer blieb stets gelassen.

Anders verhielt es sich dagegen bei dem anderen Mundkoch, Theodor Zanders. Der neigte zu Wutausbrüchen und Ohrfeigen, wenn es nicht nach seinen Vorstellungen lief. Eigentlich war auch er ein ruhiger Zeitgenosse. In der Küche verwandelte er sich allerdings in eine andere Person. Zum Glück hielt sich Zanders stets im Hintergrund, wenn Rottenhöfer vor Ort war. Der hatte in der Küche nämlich das Sagen.

Marianna hoffte inständig, dass Rottenhöfer diesmal auch dabei war. Bei den häufigen Ortswechseln des Königs konnte es ab und zu passieren, dass sich die Mundköche aufteilen mussten.

Zanders würde ihr die Lieferung hinauf zum Schloss nach seinem finalen Abschmecken der Speisen vielleicht gar nicht erlauben. Dann musste sie einen anderen Weg finden, das Gift unterzumischen. Der Mundkoch war jedes Mal der letzte, der das Essen vor dem König nochmals probierte. Sollte sie den Transport nicht übernehmen dürfen, musste sie versuchen, das Gift schon vorher in den Suppentopf zu schütten. Mit unabsehbaren Folgen für den Mundkoch und für alle, die zuvor von der Suppe kosteten.

Mariannas Verzweiflung steigerte sich von Minute zu Minute. Sie fühlte sich von unsichtbaren Augen beobachtet. Die versteckten sich in den Schatten der Stube und verfolgten jede ihrer Regungen. Die Astlöcher in Balken und Vertäfelung verwandelten sich in dunkle Pupillen, die sie böse anblickten.

Sie sprang auf und holte sämtliche Lampen und Kerzen, die sie in der Stube und dem angrenzenden Speiseraum finden konnte. Einige stellte sie auf den Tisch und verteilte die restlichen in der Stube. Auf der Anrichte, dem Schrank und der Ablage der Eckbank.

Schließlich entzündete Marianna ein Licht nach dem anderen, bis auch der letzte dunkle Fleck verjagt war. Sie setzte sich wieder an den Tisch und weinte.

Wenn der Donner verhallt

Starker Würgereiz riss Lenz aus seiner Ohnmacht. Er wollte husten, brachte aber nur ein gequältes Röcheln zustande. Ein kratzender Belag auf den Pupillen verschleierte ihm die Sicht. Neben sich nahm er verschwommen eine Gestalt wahr.

Lenz lag bäuchlings am Boden, die Hände unter dem Körper begraben, die linke Wange im Sand. Steinchen piksten in seine Haut. Das Letzte, woran er sich erinnern konnte, war ein ohrenbetäubender Knall, was den unangenehmen Druck und das leise Surren in seinem Gehörgang erklärte.

Lenz schaffte es, einen seiner Arme zu befreien. Er wischte sich mit dem Handrücken über die geschlossenen Augenlider. Die scheuernde Masse, die darunter lag, vermischte sich mit Tränenflüssigkeit, was teilweise sein Blickfeld freispülte. Die Gestalt neben ihm hatte blonde Haare.

Langsam erinnerte er sich wieder: Klara hatte Heiland und ihn von den Fesseln befreit und aus dem Nebengebäude geholt. Sie wollten gerade durch die Tordurchfahrt fliehen, als das Dynamit explodierte und sie zu Boden geschleudert wurden. Lebte Klara?

Lenz zog auch den anderen Arm hervor und stemmte den Oberkörper empor. Erneut musste er würgen, bis sich endlich ein Pfropfen in seiner Kehle löste. Lenz spuckte aus. Ein Hustenanfall schüttelte ihn so heftig, dass er beinahe zu Boden ging. Die Erschütterungen malträtierten seine gebrochene Nase unsäglich. Hustend und keuchend kroch er zu Klara hinüber. Sie lag auf der Seite, den Rücken zu ihm gewandt. Behutsam berührte Lenz ihre Schulter. Urplötzlich überfiel ihn ein weiterer Hustenanfall. Endlose Sekunden konnte er nichts tun, außer zu husten und zu würgen. Als die Attacke vorbei war, lag Klara auf dem Rücken und schaute ihn an. Sie lebte!

»Bist du verletzt?« Lenz konnte seine eigene Stimme nicht hören. Klaras Lippen bewegten sich. Kein Laut war zu vernehmen.

Lenz deutete auf seine Ohren. »Ich kann dich nicht hören! Tut dir was weh?« Er schrie aus Leibeskräften, doch nur ein undeutliches Winseln erreichte sein Trommelfell.

Klara blickte ihn besorgt an. »Was ist denn mit deinen Ohren? ... du Schmerzen?«, schien sie Lenz zu fragen. Sie setzte sich auf, tastete ihre Gliedmaßen ab und zuckte mit den Schultern.

»Ich glaube, mir fehlt nichts«, formten ihre Lippen. »Höre ... ein Pfeifen im ... das ... unangenehm ...« Vermutete Lenz zumindest. Bis auf das Summen im Ohr konnte er nahezu nichts hören. Er richtete sich vollends auf und stand mit wackeligen Beinen vor Klara. Sie streckte ihm die Hand entgegen.

»... hilf ... auf.« Erneut betätigte sich Lenz als Lippenleser, konnte jedoch nicht jedes Wort verstehen. Er griff nach ihrer staubbedeckten Hand und zog sie hoch. Allerdings viel zu fest. Klara Grünspan war ein Leichtgewicht. Sie stolperte Lenz entgegen und prallte mit ihrem Oberkörper an den seinen, was sich trotz seiner misslichen Lage ganz wunderbar anfühlte und Erinnerungen weckte.

Doch leider trat Klara sofort einen Schritt zurück und musterte ihn von oben bis unten.

»Wir müssen ... Gesicht ab...« Sie formte ihre Lippen bei jedem Wort so, als ob sie mit einem Tauben sprechen würde. Lenz musste durch die Lautstärke der Detonation praktisch sein Gehör verloren haben. Schlagartig fiel ihm das restliche Dynamit ein. Der Gerüstbauer hatte nur eine Kiste im Nebengebäude abgestellt. Insgesamt waren es vier Kisten gewesen. Lenz' Gehirn nahm seine Tätigkeit wieder auf.

Er wandte sich von Klara ab und trat angsterfüllt aus der Tordurchfahrt in den Innenhof. Dort, wo das kleine Nebengebäude hätte stehen sollen, klaffte ein Loch. Lediglich einige Steine des Sockels ragten wie vereinzelte Zähne eines lückenhaften Gebisses aus dem Fundament hervor. Im gesamten Burghof lagen Gesteinsbrocken und Holzsplitter verteilt.

»Heiland! Wo ist Heiland?«

Lenz brüllte die Worte lauthals und voller Panik. Der Soldat war hinter ihnen gewesen, als sie aus dem Fenster geklettert waren. Lenz drehte sich zu Klara um.

»Hast du Heiland gesehen? Er war doch hinter uns, oder?«

Klara schaute ihn verzweifelt an. Offensichtlich wusste sie es auch nicht. Der Gedanke daran, dass Heiland die Explosion nicht überlebt haben könnte, schockierte Lenz. Er vergaß die drohende Gefahr der drei verbliebenen Dynamitkisten und suchte den Hof nach Heilands Körper ab, konnte außer Schutt aber nichts entdecken. Schließlich stand er vor den Überresten des Nebengebäudes.

Er wagte einen vorsichtigen Schritt an die Stelle des ehemaligen Türrahmens. Die Schwelle lag noch am Boden. Dahinter herrschte gähnende Leere. Selbst das Fundament war in der Schlucht verschwunden. Vor Lenz erstreckte sich eine breite Rinne aus Geröll.

Angespannt durchforsteten seine Augen von diesem luftigen Standpunkt aus die Schuttlawine. Seine Fußspitzen ragten schon bedenklich über die Türschwelle hinaus. Immer wieder wischte er sich über die Augen, in der Hoffnung, dann besser sehen zu können. Gleichzeitig fürchtete er sich davor, Heilands leblosen Körper irgendwo zwischen den Steinbrocken zu entdecken. Er dachte darüber nach, die Rinne hinunterzuklettern, um nach Heilands Leichnam zu suchen. Dann kam ihm das restliche Dynamit wieder in den Sinn. Und Klara.

Sie stand immer noch bei der Tordurchfahrt und beobachtete ihn. Er durfte sie nicht auch noch verlieren. Lenz stürmte zu ihr zurück.

Offensichtlich war Heiland tot. Der Soldat hatte seinen Besuch bei Lenz mit dem Leben bezahlt. Er presste die Lippen zusammen, um nicht die Beherrschung zu verlieren, doch ein tiefer Seufzer entrang sich seiner Brust.

Verzweifelt betrachtete Lenz nun Klara. Trotz ihres zerzausten Haares unter der schiefsitzenden Haube, des verstaubten Kleides und den Schmutzflecken im Gesicht war sie für ihn die schönste Frau der Welt.

Lenz hatte sie beinahe erreicht, als sie ihm plötzlich entgegenlief. Ihr Mund formte Worte, die er in seiner Aufregung nicht ablesen konnte. In der Mitte des Hofes trafen sie aufeinander.

»Wir sollten schleunigst verschwinden!«

Klara schüttelte den Kopf und nahm seine Hand.

Lenz packte ebenfalls zu und zerrte sie mit sich.

Klara zog in die entgegengesetzte Richtung.

»Raus hier. Auf der Stelle!« Lenz war verzweifelt. Er wollte keinen Augenblick länger im Burghof bleiben.

Klara zog ihn weiter zum zerstörten Nebengebäude hinüber.

»Wir ... nachsehen«, konnte Lenz auf Klaras Mund erkennen.

»Ich habe nachgesehen. Da gibt's nichts mehr«, entgegnete er.

Die Situation wurde Lenz zu brenzlig. Zusätzlich machte es ihn verrückt, seine eigene Stimme nicht zu hören. Aus dem Summen in seinen Ohren war inzwischen ein dumpfes Wummern geworden. »Es ist einfach zu gefährlich!«

Vorhin hatte er Klara nicht noch zusätzlich in Panik versetzen wollen. Vielleicht war es nun aber an der Zeit, ihr von den drei anderen Kisten zu erzählen. Dann würde sie bestimmt mit ihm kommen.

»Da stehen irgendwo noch ...«

Klara riss sich los und rannte zum ehemaligen Nebengebäude. Lenz konnte ihr kaum folgen. Vor der Ruine bog sie links ab, lief am Kellerabgang vorbei und lehnte sich über den Zaun, der an der Hangkante entlang vom südlichen Treppenturm des Torbaus hinter das Nebengebäude führte. Besser gesagt: geführt hatte. Von dem Holzzaun existierten nur noch Fragmente.

»Bist du lebensmüde?«, schrie Lenz. Er zerrte Klara von den Überbleibseln des Zaunes weg.

Klara deutete hinunter. Lenz konnte ihren Mund nicht erkennen, weil sie hinabschaute. Also nahm er ihre beiden Schultern und drehte sie zu sich.

»Da unten. Wir ... tun«, las er ab.

»Was ist da?« Er ließ Klara los und lehnte sich über die Reste des Zauns. Ungefähr zehn Fuß unterhalb saß, zusammengekauert auf einem Felsvorsprung, Johannes Balthasar Heiland. Lenz entfuhr ein Jubelschrei, den er zwar nicht hören, aber mit ganzem Herzen fühlen konnte. Heiland winkte zaghaft mit angewinkeltem Arm zu ihnen herauf, um sich sofort wieder festzuhalten. Er lehnte mit dem Rücken am Fundamentsockel des Turmes, die Knie eng an den Körper gezogen, und krallte sich am Felsen fest. Die beinahe senkrecht abfallende Felswand befand sich höchstens eine Handbreit von seinen Füßen entfernt.

So sehr sich Lenz darüber freute, den Soldaten lebend zu sehen, so verzwickt war seine Lage.

Klara redete wie ein Wasserfall.

»Ich versteh dich nicht. Mach langsamer!«

»Mir ... was reingefallen«, formten Klaras Lippen.

»Hä? Wo reingefallen?«

»*Ein*gefallen«, betonte sie die erste Silbe. Sie schüttelte genervt den Kopf und ergriff seine Hand.

Lenz kam sich dumm vor. Er fühlte sich nutzlos ohne sein Gehör. Ihm blieb nichts anderes übrig, als Klara hinterherzulaufen. Sie durchquerten den Hof bis zur Durchfahrt. An der Stelle, an der sie beide vor ein paar Minuten im Dreck gelegen hatten, blieb sie stehen.

»Wir ... raus ...«, formten Klaras Lippen.

Lenz war ganz ihrer Meinung. Endlich konnten sie das Schloss verlassen. Er wusste nicht, wo der Gerüstbauer die restlichen Kisten hingestellt hatte und weshalb sie nicht schon längst explodiert waren. Auf jeden Fall lag der beste Aufenthaltsort definitiv außerhalb der Schlossmauern. Es konnte ihm nicht schnell genug gehen.

Er versetzte Klara einen sanften Schubs und bugsierte sie so nach und nach zur kleinen Tür, die im Tor eingelassen war, hinaus.

Nach ein paar Schritten blieb Klara abrupt stehen. Sie deutete in den Burggraben hinunter.

»... steht ... Leiter«, sah er auf ihren Lippen.

Tatsächlich lehnte im Graben eine Leiter. Lenz bückte sich, zog sie nach oben und stellte sie vor sich auf. Sie überragte ihn um fünf Sprossen. Es handelte sich um die Leiter aus dem Nebengebäude.

Wie um alles in der Welt war die Leiter da unten hingekommen?

»Für Heiland«, bedeuteten ihm Klaras Lippen.

Anscheinend war durch die Explosion nicht nur sein Gehör, sondern auch sein Denkvermögen beschädigt worden. Er brauchte eine Weile, bis er verstand, was Klara damit sagen wollte. Er sollte die Leiter zu Heiland hinunterlassen. Gleichzeitig befanden sich womöglich die restlichen Kisten im Burggraben und konnten jederzeit explodieren.

»Es gibt noch mehr Dynamit.«

Klara macht unwillkürlich ein Schritt zurück.

»Ich weiß nicht wo. Irgendwo in der Nähe. Renn hinunter zum Zimmermannsplatz und versteck dich hinter den Balken.«

»Und du?«, konnte er ablesen.

»Keine Zeit. Rasch! Verschwinde!«, rief er.

Lenz klemmte sich die Leiter unter die Achsel. Dabei drückte sie auf etwas in seiner Jackentasche. Er griff hinein und zog die Spielzeugfigur heraus. *Das Kind!* Er hatte keine Zeit, sich darüber länger Gedanken zu machen. Er stopfte die Figur in seine Tasche zurück, zielte mit der Leiter unterm Arm durch die schmale Tür im Tor und preschte in den Burghof zurück. Er musste den Verstand verloren haben.

Heiland hatte einen waghalsigen Fluchtweg gewählt. Das war seine einzige Chance zum Überleben gewesen.

Nachdem Klara und Lenz durch das Fenster verschwunden waren, hatte er alleine sehr lange gebraucht, um sich nach oben zu hangeln. Sein letzter Blick hatte sich auf die Zündschnur gerichtet. Durch seine langjährige Militärerfahrung war ihm klar, dass nicht mehr viel Zeit übrig war. Er ließ sich aus dem Fenster fallen, rollte sich ab, um sofort auf den Füßen zu landen. Mit zwei riesigen Sätzen sprang er nach rechts zum Zaun neben dem Seitengebäude, packte das oberste vertikale Brett, trat mit der Fußsohle auf das Brett darunter und wollte darüber hechten. Unter ihm tat sich ein felsiger Abgrund auf. Im letzten Moment bekam er noch einen der Zaunpfosten zu fassen, um seinen Schwung abzustoppen, damit er nicht ungebremst in den Abgrund fiel. Durch den Schwung entglitt ihm der Pfosten. Gleichzeitig blieb er mit dem Knie am oberen Brett hängen. Kopfüber glitt er am Zaun hinab. Mit ausgestreckten Armen versuchte er am Felsrand seinen Schwung nochmals abzubremsen, konnte jedoch nicht verhindern, dass er über die Hangkante glitt. Auf dem Bauch liegend war er den Hang hinuntergerutscht.

Die Explosion war gewaltig gewesen. Sie hatte seinen Körper gegen die Mauer des Turmes katapultiert. Gesteinsbrocken flogen durch die Luft. Staub und Sand prasselten auf seinen Kopf. Wie durch ein Wunder bekam er einen kleinen Ast zu fassen, der neben dem Fundament aus der Felswand ragte. Zwar konnte er sich nicht lange daran festhalten, aber lange genug, um nicht weiter bergab zu rutschen. Er blieb auf einem winzigen Absatz am Fuße des Turmes sitzen.

Heiland wagte kaum zu atmen. Bei jeder noch so kleinen Bewegung rutschte er weiter hinunter. Verzweifelt klammerte er sich am nackten Felsen fest. Direkt unter seinen Füßen gähnte inzwischen ein senkrechter Abgrund. Die Explosion überlebt, danach abgestürzt. So durfte es nicht enden. Heiland begann zu schreien.

Es kam ihm wie Stunden vor, bis er Klaras Gesicht über den Resten des Zaunes entdeckte. Nach einer Weile schaute auch Lenz zu ihm herab und stieß einen freudigen Jauchzer aus. Heilands Sitzposition hatte sich mittlerweile soweit stabilisiert, dass er wagte, länger nach oben zu schauen und den Abgrund aus den Augen zu lassen. Sofort lösten sich kleine Steine und kullerten über die Kante. Der Soldat versteifte sich wieder und krallte seine Fingerspitzen in den Fels. Er bedauerte, seine Leibesertüchtigung in den letzten Jahren schleifen gelassen zu haben. Jedes überflüssige Pfund, das der Schwerkraft ausgesetzt war, zog ihn weiter nach unten.

Nach einer Ewigkeit erschien Lenz erneut über ihm.

»Ich kann nichts mehr hören, also heb dir deine Worte für später auf«, brüllte der Kastellan.

Gleichzeitig wuchtete er eine Leiter über das verbliebene obere Zaunbrett. Heiland erkannte sofort, dass die Leiter nicht lang genug war.

»Wo soll ich die abstellen?« Er schaute zu Lenz hinauf. Der Kastellan ließ die Leiter Stück für Stück durch seine Handflächen gleiten.

»Du kannst mich nie im Leben halten, wenn ich daran hochklettere«, rief er ihm entgegen.

»Du bist zu schwer für mich. Du musst die Leiter auf einen Absatz am Felsen stellen, daran anlehnen und soweit wie möglich hochklettern.«

Lenz schätzte die Situation richtig ein und hatte ganz offensichtlich nicht gehört, was er ihm zugerufen hatte.

»Wir haben keine Zeit mehr. Es hat nur eine Explosion geben, aber vier Kisten.«

Auch damit lag Lenz richtig. Heiland hatte gar nicht mehr an das andere Dynamit gedacht. Es war an der Zeit zu handeln. Er schob sich, mit dem Rücken gegen die Turmmauer gepresst, Stück für Stück in die Höhe. Eine kleine Gesteinslawine rieselte über die Kuppe. Heiland tippelte mit winzigen Bewegungen seiner Füße soweit zur Seite wie möglich. Die Leiter baumelte nun neben seinem Kopf. Er holte tief Luft.

Mit einem beherzten Ruck drehte er sich um. Sein Oberkörper und die Nase berührten nun die Turmmauer. Mit der einen Hand suchte er Halt an der glatten Mauer, mit der anderen im rauen Fels.

Bloß nicht das Gleichgewicht verlieren, schoss es ihm durch den Kopf.

Seine Füße rutschten abwechselnd von den glatten Steinen ab. Er konnte sie immer wieder Stück für Stück nach vorne bringen, während er die Fingerspitzen in die Mauer- und die Felsenritzen bohrte. Irgendwann hatte er es endlich geschafft, seinen Stand in der Felswand zu stabilisieren.

»Kannst du die Leiter nehmen?«, rief Lenz ihm zu.

Die nächste Herausforderung. Er fragte sich ernsthaft, wie er das bewerkstelligen wollte. Zaudern war definitiv fehl am Platz. Eine andere Chance gab es nicht. Er bewunderte Lenz, dass er nicht Hals über Kopf davonlief angesichts der explosiven Gefahr. Der Gerüstbauer hatte bestimmt vor, alle Ladungen zu sprengen. Manche Zündungen dauerten länger als andere, je nach Qualität der Zündschnur.

Er schielte ein letztes Mal über die Schulter in den Abgrund. Ein winziger Strom aus Steinen ergoss sich über den Rand der Kuppe, auf der er stand. Lange würde er sich nicht mehr halten können. Ganz behutsam griff Heiland nach der Leiter, bekam sie sogar gut zu fassen und holte sie sachte herab. Tatsächlich gelang es ihm, die Leiter zwischen den Steinen auf der Kuppe so zu platzieren, dass sie nicht hinabglitt. Dass sie sein Gewicht tragen würde, ohne abzurutschen und mit ihm in die Schlucht zu stürzen, bezweifelte er.

Bevor er auf die Leiter stieg, schaute Heiland zu Lenz hoch. Es war ein Jammer, dass der ihn nicht hören konnte. Wie sollte Heiland ihm nur seinen Plan erklären? Sie mussten sich wohl oder übel so verstehen.

»Du musst meine Hände erreichen«, brüllte Lenz

Der Kastellan legte sich flach auf den Boden, unter das noch vorhandene Zaunbrett. Er robbte gerade so weit nach vorne, dass seine Arme hinab baumeln konnten.

»Umklammere meine Handgelenke so, dass ich die deinen fassen kann.«

Heiland musste sein Leben in die Standfestigkeit der Leiter und, falls er überhaupt so weit kam, in die Hände von Lorenz Baumgartner legen. Es wenigstens bis zur sechsten Sprosse zu schaffen war sein Ziel. Dann hatte er eine reelle Chance, Lenz' Hände zu erreichen. *Jetzt oder nie.*

Er griff nach dem linken Holm, drückte sich leicht von der Wand weg, setzte den Fuß ungeduldig gleich auf die zweite Sprosse und hievte seinen Körper entschlossen nach oben. Heiland schaffte es durch den Schwung spielend bis zur vierten Sprosse. Plötzlich geriet er bedrohlich in Rückenlage. Doch er wollte weiter. Mit der Fußspitze erreichte er noch Sprosse fünf. Die Leiter verrutschte und knirschte auf den Steinen der Kuppe. Mit dem Mut der Verzweiflung nahm Heiland auch diese Sprosse und hob den Fuß für einen weiteren Schritt. Lenz' Hände waren zum Greifen nah. Die Leiter glitt nochmals ab.

Schau nach oben, befahl er sich selber.

Heiland verfehlte die sechste Sprosse. Sein Fuß landete dafür auf einem vorstehenden Stein. Instinktiv drückte er sich ab und sprang, mit ausgestreckten Armen.

Über ihm Lenz' rettende Hände. Unter ihm der todbringende Schlund. Ihm kam es vor, als schwebe er eine endlose Zeit im Nichts.

Er konnte sich nicht erklären weshalb, aber er hatte plötzlich das Gesicht seiner Mutter vor Augen. Sie war vor ein paar Jahren an einer Lungenentzündung gestorben. Heiland hatte sich nicht von ihr verabschieden können. Er hatte es nicht einmal rechtzeitig zur Beerdigung geschafft. Vielleicht würden sie sich gleich wiedersehen.

Die Leiter rutschte über die Kuppe und stürzte klappernd in die Tiefe. Lenz bekam ihn an den Unterarmen zu fassen. Teilweise am Stoff seiner Jacke, teilweise krallte er sich ins Fleisch. Heilands Knie knallten gegen die Steine. Sofort suchte er nach Halt für die Fußspitzen, um an der Felswand entlang nach oben zu laufen. Heiland packte jetzt auch zu. Umklammerte die hageren Handgelenke von Lenz. Er wunderte sich über dessen Kraft. Der Kastellan war gertenschlank, fast dürr. Doch er ließ nicht locker, sondern zog ihn bis zur Kante hoch. Heiland drückte sich nochmals von einem Stein der Felswand ab und schaffte es, mit einem Bein den Vorsprung oberhalb zu berühren. Er wunderte sich über seine Gelenkigkeit.

Lenz ließ einen Arm los und packte Heilands Jacke am Rücken. Mit vereinten Kräften zerrten und drückten sie ihn unter dem Zaunbrett hindurch. Heiland rollte in den rettenden Burghof. Die beiden Männer lagen nebeneinander und schauten sich in die Augen.

»Schnell weg«, unterbrach Lenz den Moment.

Erneut hatte er recht. Lenz sprintete vorneweg. Sie rannten, als wäre der Teufel hinter ihnen her. In kürzester Zeit war Heiland dem Tod dreimal von der Schippe gesprungen. Ein Rasiermesser, eine Kiste mit Dynamit und eine senkrechte Felswand hatten es nicht geschafft, ihn ins Jenseits zu befördern.

Als sie endlich das Tor durchquerten und die Straße nach unten liefen, löste sich Heilands Anspannung. Seine Knie begannen zu zittern. Er vernahm seinen Herzschlag in den Ohren und seine Augen wurden feucht.

Auf dem Platz der Zimmermannsleute wartete Klara hinter einem Stapel Balken versteckt. Als sie die Männer kommen hörte, stürmte sie ihnen entgegen. Erleichtert fielen sich die drei in die Arme. Dann verließen Heiland die Kräfte. Er sank zu Boden und setzte sich auf einen der Balken.

»Schon wieder hier! Schon wieder wir!«, murmelte er.

Klara setzte sich neben ihn. Nur Lenz blieb stehen.

»Setz dich hin. Ruh dich aus«, sagte Klara betont langsam.

Lenz nestelte in seiner Jackentasche herum und kramte eine kleine Spielzeugfigur hervor.

»Die hatte der Bub dabei.«

Den Buben hatte Heiland ganz vergessen. Doch das ließ er sich nicht anmerken. »Als erstes müssen wir zur Gendarmerie und alles melden«, sagte er zu den anderen.

Lenz ließ die Figur nicht aus den Augen. Also konnte er nicht verstehen, was Heiland sagte.

Der Soldat stand auf und hielt Lenz die offene Hand hin. »Gib mir die Figur, bitte.«

Zögerlich gab Lenz das Spielzeug aus der Hand.

Auf einer kreisrunden Platte montiert, stand in blauer Generalsuniform ein Soldat mit einem Säbel an der Seite. Die Gesichtszüge waren fein herausgearbeitet. Koteletten und ein Schnauzbart hatte man naturgetreu modelliert. Der Spielzeugsoldat erinnerte Heiland an irgendjemanden.

»Wir müssen den Buben finden. Der Glatzkopf bringt ihn sonst um«, sagte Lenz.

»Das müssen die Gendarmen machen«, erwiderte Heiland. »Wir wissen ja nicht mal, wo er jetzt sein könnte.«

Heiland reichte die Figur an Klara weiter.

»Die kommt mir bekannt vor«, meinte sie.

Klara zupfte Lenz am Ärmel, damit er sie anschaute.

»Wem gehört sie? Mir kommt sie bekannt vor. Und welchen Buben meinst du?«, sagte sie Wort für Wort.

Lenz nahm Klara die Figur ab und reckte sie ihnen wie eine wertvolle Trophäe entgegen.

»Der Spielzeugsoldat gehört keinem Geringeren als Seiner Majestät König Ludwig II. von Bayern höchstpersönlich. Er besitzt eine kleine Armee davon. Und sie alle werden in einer Truhe im Dachboden von Schloss Hohenschwangau aufbewahrt. Diese hier stellt seinen Vater König Max II. dar.«

Heiland und Klara schauten ihn fragend an.

»Aber wie ist der Bub, den der Gerüstbauer in die Kiste gesperrt hat, an die Figur aus dem Besitz des Königs gelangt?« Lenz blickte fragend in die Runde. »Und außerdem stammt die Kiste aus dem Bestand des Marstalles. Ich kenne diese Art von Transportkisten. Man hat den Buben womöglich irgendwo aus der Umgebung des Königs entführt. Zumindest muss jemand die Finger im Spiel haben, der Zugriff auf das Inventar hat. Der König ist jetzt in Linderhof. Wenn ihr mich fragt, sollten wir dorthin. Vielleicht weiß einer von den Stallburschen was. Wie etwa eine Kiste abhandengekommen ist. Oder jemand hat was zu der Spielzeugfigur zu sagen oder wir finden wenigstens sonst einen Hinweis auf den Buben. Womöglich haben sie ihn ja auch dorthin verschleppt, wer weiß.«

Heiland betrachtete den Kastellan nachdenklich. Lorenz Baumgartner gab ein Bild des Jammers ab. Seine Uniformhose wies einen langen Riss auf. Die Jacke war rundherum löchrig und verschmutzt, es fehlten Knöpfe. Vom verlorengegangenen Kastellanzylinder ganz zu schweigen. Handrücken und Gesicht waren übersät mit Schrammen, die geschwollene Nase leuchtete veilchenblau und aus den Ohrmuscheln zog sich eine dünne, klebrig aussehende Blutschicht bis zu den Ohrläppchen. Sein Freund musste dringend einen Arzt aufsuchen. Auch er selbst merkte inzwischen, wie sehr ihn die letzten Stunden erschöpft hatten.

»Das Beste wäre, im Dorf Alarm zu schlagen«, sagte er schließlich und bemühte sich, sehr deutlich zu sprechen, damit Lenz ihn verstehen konnte. »Außerdem sind wir beide ganz schön mitgenommen.«

»Man wird uns nur zur Explosion verhören. Und wissen wollen, was ihr beide verbotenerweise im Schloss zu suchen hattet«, entgegnete Lenz. »Da interessiert sich bestimmt keiner für die Geschichte mit dem Kind. Und selbst wenn. Bis sie damit fertig sind, uns zu befragen und alles zu protokollieren, ist es zu spät für den Buben. Ich kenn die Gendarmen da unten. Die haben's lieber ruhig und gemütlich.«

Womöglich hatte Lenz recht. Zudem die Sache mit dem Leichnam, den der Gerüstbauer in das Nebengebäude gelegt hatte. Vielleicht würde man Überreste des Toten finden. Auch Heiland wollte gerne wissen, was es mit diesem toten Burschen auf sich hatte. Ganz abgesehen davon, dass sich ein hilfloses Kind in den Fängen eines offenbar geistesgestörten Mannes befand, der zu allem fähig war. Da konnte Heiland kaum tatenlos zusehen! Doch bei einer Befragung kämen eine Menge unangenehme Fragen auf sie zu, für die sie keine zufriedenstellenden Antworten parat hätten. Denn sie konnten sich ja selbst nicht zusammenreimen, warum das Kind entführt und die Explosionen ausgelöst worden waren.

Das Entscheidende für die Gendarmen war sicher nicht das Kind, sondern die Tatsache, dass das Königsschloss angegriffen worden war und noch weitere Kisten mit Sprengstoff irgendwo im Gebäude verteilt lagen. Die Attacke war unter Umständen noch gar nicht vorbei.

Klara und Heiland hatten sich zum Zeitpunkt des Anschlages unerlaubt in der Neuen Burg aufgehalten. Damit gehörten sie von vornherein zum Kreis der Verdächtigen.

»Und was schlägst du vor?«, fragte Klara. Heiland konnte in ihrem Blick erkennen, dass sie sich große Sorgen machte.

»Ihr beide solltet wirklich zum Arzt«, sagte sie. »Die Wunde an deinem Hals gehört gereinigt und verbunden.«

Die Turmuhr schlug sechsmal. Es war schon eine Stunde seit der Explosion vergangen. Heiland wunderte sich, dass noch immer keine Gendarmen oder Soldaten aufgetaucht waren. Die Attentäter schienen gute Beziehungen zu haben. Irgendwer musste die Gendarmen bestochen oder abgelenkt haben, damit die Täter freie Bahn für ihren Plan in der Neuen Burg hatten. Ein unbewachtes Königsschloss war eigentlich undenkbar. Wobei sich am Hof von Ludwig II. die kuriosesten Dinge abspielten, wenn man den Gerüchten Glauben schenkte. Jetzt, nach dem großen Knall, musste das Militär oder die Polizei dennoch irgendwann erscheinen. Das war nur eine Frage der Zeit.

»Immerhin haben wir ein Pferd zur Verfügung«, sagte Heiland und zeigte zu dem friedlich grasenden Kaltblut am hinteren Ende des Platzes.

»Wer kennt den kürzesten Weg nach Linderhof?«

Die wundersame Welt der Venus

Friedrich Vogelsang war nervös. Kammerdiener Mayr hatte ihn zur Unterstützung in das Allerheiligste von Schloss Linderhof mitgenommen. Beziehungsweise in das Behelfsallerheiligste, den Spiegelsaal, da das richtige Schlafzimmer des Königs umgebaut wurde. Mayr hatte gerade die Tür aufgesperrt, um den hohen Herrn zu wecken und ihm eine Tasse Tee zu kredenzen. Friedrich sollte im Musikzimmer bleiben, bis er gerufen wurde. Mit ihm zusammen warteten auch zwei Dienstmädchen.

»Sobald der König seinen Tee getrunken hat, geht er ins Bad. Die Mädchen beziehen das Bett, du lüftest das Zimmer. Ihr habt zwanzig Minuten Zeit, dann müsst ihr wieder verschwunden sein«, hatte Mayr sie instruiert.

Die Treppe ins Badezimmer hinunter verbarg sich hinter einem kleinen, kaum zu erkennenden Portal in der Türlaibung zwischen dem Schlafgemach und dem Rosa Kabinett. Friedrich hatte sie bei ihrem letzten Aufenthalt zufällig entdeckt, als er Kastellan Almesberger helfen musste, das wertvolle Blumenbukett aus Porzellan von dem versenkbaren Esstisch zu nehmen und in das Blaue Kabinett zu stellen. Seit König Ludwig im Spiegelsaal übernachtete, musste er jedes Mal durch etliche Räume laufen, um zur Badezimmertreppe zu gelangen. Die näher gelegene Haupttreppe wollte er im Schlafrock wohl nicht benutzen.

Friedrich wusste manchmal nicht, wofür genau er zuständig war. Stallmeister Richard Hornig hatte seine und Pauls Versetzung an den Hof damit begründet, dass man durch die Anwesenheit von ausgebildeten Chevaulegers die Sicherheit des Königs verbessern wolle. Dass sie hin und wieder mit Hand anlegen sollten, akzeptierte Friedrich gerade noch so. Mittlerweile erfüllten sie aber sogar die Aufgabe von Lakaien. Fehlte nur noch das Servieren bei Tisch. Hesselschwerdt hatte dazu schon eine Andeutung verlauten lassen. Andere Chevaulegers wurden für diese Dienste bereits regelmäßig herangezogen. Auch für die Aufgaben des ersten Dienstes. Also aufwecken, beim Waschen behilflich sein oder ankleiden. Sehr intime und private Vorgänge. Angeblich fühlte sich Kammerdiener Lorenz Mayr überlastet. Die ständigen Nachtdienste und kaum noch freie Tage. Kammerlakai Adalbert Welker hatte sich bereits vor Monaten krankgemeldet und eine Kur angetreten. Lediglich Kammerdiener Alfons Weber, ein gelernter Schriftsetzer aus München, wechselte sich mit Mayr bei der Organisation und Durchführung des ersten Dienstes ab.

Dem König war das wohl egal. Er müsse auch vierundzwanzig Stunden täglich und sieben Tage die Woche seine Pflicht erfüllen, soll er Mayr zu einem Antrag auf Urlaub entgegnet haben. Immerhin hatte der König gestattet, dass Mayr und Welker vom Chevauleger Thomas Osterauer unterstützt wurden, nachdem Hornsteiner in Ungnade war.

Dem Vernehmen nach schätzte der König Osterauers Gesellschaft und verhielt sich ihm gegenüber beinahe väterlich. Darauf war Friedrich ganz und gar nicht scharf. Er diente lieber als Soldat. Genug, dass sie im Umfeld des Königs keine Uniformen trugen, sondern die blauen Livreen mit den silbernen Einsätzen und Kragen. Man erkannte sie gar nicht mehr als Chevaulegers. Für den einen oder anderen mochte der unmittelbare Dienst eine hohe Ehre sein. Doch Friedrich hoffte insgeheim, dass diese Zeit bald vorüber sein würde. Außerdem hatte ihm Mayr diesmal eine viel zu enge Dienerlivree verpasst, da seine eigene erst gereinigt werden musste. Sie zwickte und zwackte an den unangenehmsten Stellen. Friedrich fürchtete, dass seine heutige Aushilfstätigkeit darauf zielte, ihn in den ersten Dienst einzuführen.

Während sie warteten, betrachtete Friedrich die farbenfrohen Malereien. Er entdeckte den Sonnengott Apollo im Deckengemälde. Ein Wandbild zeigte eine fröhliche Gesellschaft an einem malerisch gelegenen Weiher, ein anderes erzählte vom Hirtenleben der Schäfer. Die Schafe schienen ihm besonders gut getroffen.

Sie erinnerten ihn an sein Zuhause, denn der Nachbar hatte eine kleine Schafherde besessen. Ein Anflug von Heimweh streifte den jungen Chevauleger. Er schüttelte sich. Dieses Gefühl wollte er keinesfalls in sich aufkeimen lassen. Nach dem Tod seiner Mutter hatte er seinen Heimatort im Zorn auf seinen versoffenen und gewalttätigen Vater verlassen und war zur Armee gegangen. Sein Zuhause, das nie wirklich eines gewesen war, konnte ihm gestohlen bleiben!

Ein Gemälde wurde teilweise von dem mit zahllosen goldenen Arabesken verzierten Pianino verdeckt. Noch nie hatte er einen Ton von diesem Instrument erklingen gehört. Laut Hesselschwerdt funktionierte es durch Luftzufuhr über die Fußpedale.

Für die kostbaren Vorhänge aus dicker, roter Seide und die goldenen Einlegearbeiten in den Wandvertäfelungen hatte Friedrich kaum ein Auge. Egal, wo man sich im Schloss aufhielt, es glänzte und blinkte sowieso überall.

Mit einem Schlag wurde die Tür des Spiegelsaals aufgerissen. Friedrich zuckte zusammen.

»Seine Majestät ist ins Bad hinunter«, zischte Mayr und winkte sie zu sich.

Noch bevor Friedrich sich in Bewegung setzen konnte, war der Kammerdiener verschwunden, um seinem Herrn zu folgen. Im Spiegelsaal brannten nur einige Kerzen in einem Standleuchter auf dem wuchtigen Schreibtisch. Die zuckenden Flammen spiegelten sich hinter dem Tisch in einer schier endlos wirkenden Reihe wider. Friedrich blickte fast automatisch immer tiefer in das Spiegelbild hinein, begann die Flammen zu zählen.

»Das ist wegen dem Spiegel gegenüber«, sagte eines der Mädchen. Im gesamten Raum waren große Spiegel einander gegenüberliegend angebracht. Friedrich sah sich selber vielfach hintereinander. Sein Körper in der blauen Livree wurde mit jeder Wiederholung kleiner.

»Fenster auf«, rief das andere Mädchen.

Sie hatten das provisorische Bett des Königs, das in einer Nische unter einem eindrucksvollen weißen Lüster stand, bereits frisch bezogen. Friedrich stellte sich vor, wie das Lüster-Ungetüm den König im Schlaf erschlagen würde, sollte es nicht sicher genug befestigt sein. Sicher war er aus Porzellan hergestellt. Oder aus Elfenbein?

»Viel Zeit hast du nicht mehr«, lachte eines der Dienstmädchen.

Friedrich stürmte zur Fensterseite, klappte den erstbesten innenliegenden Laden so zusammen, dass er mit dem Fensterrahmen bündig wurde und riss das Fenster auf. Warme Luft strömte herein. Sie schien nicht dazu angetan, Frische in den Raum zu bringen.

»Von wegen Lüften!« Er drehte sich zu den Mädchen um. Die beiden eilten bereits mit der Schmutzwäsche und dem Nachttopf zurück ins Musikzimmer.

»Verdammt«, entfuhr es Friedrich Er hatte getrödelt. So schnell es ging, öffnete er das zweite Fenster. Unter ihm lagen das Wasserparterre und die weißen Mauern der Terrassengärten künstlich erleuchtet in der unheimlichen Stille der Dunkelheit. Vereinzelt konnte man Bedienstete durch die Lichtkegel der Bogenlampen huschen sehen. Wahrscheinlich hätte man die gut getarnten Laternen in der mondhellen Nacht gar nicht benötigt. Die Dynamos im Maschinenhaus produzierten auch heute ausreichend Energie, um nicht nur die Grotte und den Maurischen Kiosk zu beleuchten, sondern auch die Gartenanlage.

»Nach dem Souper lässt Du den kleinen Bergwagen für die Ausfahrt einspannen.« Die Stimme des Königs drang von draußen in den Spiegelsaal. Friedrichs Magen verkrampfte sich. Dem König unaufgefordert in seinem Schlafzimmer zu begegnen, war ein grobes Vergehen.

Mayr und Hesselschwerdt erzählten ständig vom Jähzorn des Monarchen, der völlig aus dem Nichts aufbranden konnte. Es habe auch schon Ohrfeigen und Fußtritte vom König für Lakaien gesetzt, die seinen Ansprüchen im persönlichen Dienst nicht gerecht wurden.

Es hieß, Mayr habe seinem Herrn monatelang nur mit einer schwarzen Maske gegenübertreten dürfen, weil der zeitweise sein Gesicht nicht ertragen habe. Friedrich war nie Zeuge gewesen, wie der Kammerdiener mit einer Maske zum Dienst erschienen war. Er glaubte die Schauergeschichten nicht.

Friedrich konnte es unmöglich ins Musikzimmer schaffen. Man hörte die schweren Schritte des Königs schon vor der Tür. Er schloss die Fenster wieder, flitzte zur Nische mit dem Bett und dem weißen Lüster. Sein Versuch, sich hinter einem der blauen Seidenvorhänge zu verstecken, entpuppte sich als hoffnungsloses Unterfangen. Der Vorhang war mit einer doppelten Kordel eng zusammengerafft und mit einem Haken an der Wand befestigt. Die Tür wurde aufgerissen. Mayr stand in tief gebückter Haltung, soweit für Friedrich zu erkennen, ohne Maske, neben dem geöffneten Türflügel. Er umklammerte noch den Türknopf, während er den freien Arm steif nach hinten durchstreckte. Friedrich schlug instinktiv die Haken zusammen und stand stramm, so als ob er genau an jener Stelle stehen sollte. Aus den Augenwinkeln beobachtete er die Tür. Der König kam mit großen Schritten herein. Ihre Blicke trafen sich. Die hellblauen Augen des Monarchen fixierten ihn.

Ohne eine weitere Regung zu zeigen, trat er an den Schreibtisch, auf dessen Mitte eine Statue aus hellem Marmor stand. Friedrich glaubte, dass sie einen der französischen Bourbonenherrscher im Krönungsornat darstellte, die überall im Schloss abgebildet waren. Der König betrachtete stumm die Rückseite der Büste. Er strich behutsam über eine zierliche Puttenfigur, die eine der beiden Girandolen krönte, die links und rechts der Statue aufgestellt waren und jeweils vier Kerzen trugen. Sein weißes Hemd hing leger aus der dunklen Hose und war nur zur Hälfte zugeknöpft. Ein Büschel Brusthaare spitzte hervor, verdeckte teilweise die bleiche Haut des hünenhaften Mannes. Friedrich fühlte sich in seiner Gegenwart fast wie ein Zwerg. Der König war ein ungewöhnlich großer Mann. Das allein schon flößte jedem, den Friedrich kannte, gehörigen Respekt ein.

Im schwachen Kerzenlicht traten die Gesichtszüge des Königs gespenstisch fahl hervor. Friedrich fragte sich, wann wohl das letzte Mal Sonnenstrahlen diese Haut berührt hatten. Da wirkte der Bart des Königs, der rund um den Mund und bis unters Kinn reichte, wie ein dunkles Loch inmitten einer schneebedeckten Landschaft. Den schwarzen Haaren fehlte noch die Pflege des Hoffriseurs, der ihnen nach dem Ankleiden eine kunstvoll gekräuselte Form verpassen würde. Friedrich fand das reichlich eingebildet.

»Habe ich zusätzliches Wachpersonal befohlen?«, fragte der König wie aus heiteren Himmel.

Mayr stand mittlerweile neben seinem Herrn und schaute Friedrich vorwurfsvoll an.

»Und noch dazu gänzlich unbewaffnet und in Lakaien-Livree gekleidet.«

Friedrich konnte erkennen, wie es in Mayrs Gehirn arbeitete. Der Kammerdiener suchte nach einer passenden Ausrede. Schließlich war er verantwortlich für den reibungslosen Ablauf der Morgenzeremonie. Der König drehte sich schwungvoll um und machte einen Schritt auf Friedrich zu.

Jetzt geht's los! Friedrich hielt vorsichtshalber die Luft an, senkte den Kopf und schlug die Haken erneut zusammen. Ängstlich stierte er auf die helle Zierleiste des blauen Samtteppichs.

Der König kam auf ihn zu. Bei jedem Schritt vibrierte der Parkettboden unter dem Teppich. Plötzlich tauchten die nackten Füße des Monarchen in Friedrichs Blickfeld auf. Ihm war vorher gar nicht aufgefallen, dass der König weder Strümpfe noch Schuhe trug.

»Waffen sind mir zuwider. Und in meinem Schlafzimmer bestimmt nicht notwendig. Du kannst mich jetzt ansehen.« Die Stimme des Königs klang ganz anders, als er es erwartet hatte. Sanft. Beinahe liebevoll. Friedrich blickte hinauf. Die Gestalt des Herrschers überragte ihn um mehr als einen Kopf. Aus seinem Mund strömte ihm ein süßlicher Geruch entgegen. Friedrich blickte auf eine Reihe Backenzähne, die teilweise schief im Ober- und Unterkiefer saßen. Die Vorderzähne fehlten beinahe gänzlich. Einige davon existierten nur noch als dunkle

Stummel. Natürlich wusste Friedrich von König Ludwigs Zahnleiden. Das geschah ihm ganz recht. Nur weil er das Glück gehabt hatte, in die Königsfamilie geboren worden zu sein, stand er heute über allen Menschen im Königreich. Er konnte Befehle erteilen, wie es ihm beliebte. Alles tanzte nach seiner Pfeife. Jedermann kuschte vor ihm. Und dennoch war er auch nur ein Mensch mit stinknormalen Zahnschmerzen. Dieser Gedanke erfüllte Friedrich mit Genugtuung.

»Deine Kameraden Osterauer und Lieb werden Ihren König heute bei der Ausfahrt zum Brunnenkopf begleiten. Und damit ich mich noch beschützter fühle, nehmen wir dich auch mit, Vogelsang.«

Paul hatte ihm bereits gestern in der Neuen Burg berichtet, dass er den König wahrscheinlich zu den Brunnenkopfhäusern begleiten sollte. Von dort wanderte der Monarch gelegentlich auf dem Höhenweg zum Pürschling und wieder nach Linderhof hinunter. Es würde eine sternenklare und helle Nacht werden. Trotzdem war die Wanderung kein ungefährliches Unterfangen. Der Weg führte anscheinend stellenweise durch ausgesetztes Gelände mit tiefen Abgründen. Friedrich war ganz und gar nicht traurig gewesen, dass man ihn nicht als Begleitung eingeplant hatte. Zudem hatte er andere Pläne, die durch diesen neuen Befehl des Königs ins Wanken gerieten. Friedrich unterdrückte einen Fluch. Wäre ihm nur dieses Missgeschick nicht passiert.

»Lass ein weiteres Pferd herrichten«, sagte der König zu Mayr. »Drei Chevaulegers sind besser als zwei. Wer weiß, welches Gesindel sich im dunklen Wald herumtreibt. Nicht wahr, Mayr?«

Der Kammerdiener stand noch immer am Schreibtisch. Er hatte das Geschehen regungslos beobachtet. Als der König ihn ansprach, schnellte er förmlich zu einer tiefen Verbeugung hinab.

»Du kannst uns jetzt allein lassen. Ich bin mir sicher, dass Mayr sein Möglichstes tun wird, um seinen König zu beschützen.« Ein zaghaftes Lächeln erschien im bleichen Gesicht Seiner Majestät.

Friedrich verbeugte sich ebenfalls.

Als der König sich zu Mayr umdrehte, packte Friedrich die Gelegenheit beim Schopf. Er schlich durch den Spiegelsaal, schlüpfte zur offenstehenden Tür ins Musikzimmer und schloss dieselbe leise hinter sich. Der junge Soldat atmete auf. Er war glimpflich davongekommen. Das Gefühl der Erleichterung wich, als er ins Treppenhaus hinausging. Mit einem Mal befiel ihn eine kribbelnde Unruhe. Er musste sich dringend etwas einfallen lassen. Friedrich Vogelsang rannte die Treppe hinunter. Er hatte keine Zeit zu verlieren.

Herr Schilling konnte Marstallfourier Hesselschwerdt nicht abschütteln. Der sogenannte *Reichskanzler* am bayerischen Königshof versorgte ihn mit allerhand Informationen zum Aufsteh-Zeremoniell des Königs.

Herr Schilling machte einen Schritt von der Wiese auf die Straße. Er wollte der kleinen Arbeitergruppe mit dem Gerüstbauer folgen. Dass dieser im Schlosspark aufgetaucht war, verwirrte ihn. Was wollte der Mann im Schlosspark? Wie hatte er es wagen können, die Sprengladungen aus den Augen zu lassen?

»Also nach exakt neun Stunden und vierzig Minuten wird geweckt, werter Herr Schilling, dann nickt Seine Majestät gnädig und der erste Diener muss sich zum Gruß tief verbeugen. Dieses Ritual müsste vor einer guten halben Stunde stattgefunden haben.«

Herr Schilling schlenderte Richtung Schloss. Hesselschwerdt folgte ihm. Am liebsten wäre der Geheimpolizist gerannt, so sehr brannte ihm die Ungewissheit wegen Cornelius auf den Nägeln. Er musste den Marstallfourier beim Schloss loswerden.

»Sie werden bestimmt schon dringend erwartet.«

»Ach, wissen Sie, das Wecken übernimmt heute der Mayr. Ich werde dann später für die wichtigeren Dinge benötigt. Ich habe also noch Zeit.«

Eben das wollte Herr Schilling nicht hören. Allerdings verstand er nun das Ansinnen von Graf Dürckheim-Montmartin. Hesselschwerdt nahm sich wahrlich wichtig. Mit Sicherheit befördert durch das Verhalten des Königs ihm gegenüber, der ihm ein unangemessen großes Vertrauen schenkte und ihn mit bedeutenden, nicht seinem Rang entsprechenden Aufträgen bedachte. Diesen Mann sollte man wirklich im

Auge behalten, wenn man es gut mit dem König meinte. Was Herr Schilling nicht tat.

Hesselschwerdt warf einen Blick auf seine für einen Hofbediensteten viel zu kostbare Taschenuhr.

»Mayr wird ihn gerade ankleiden. Übrigens ein köstlicher Anblick, weil er die Bandkrawatte nur mit ausgestreckten Armen binden kann. Majestät ist so groß, der Mayr bräuchte eigentlich einen Schemel dafür. Der Kammerlakai Hornsteiner, der genauso hochgewachsen wie Seine Majestät ist, hat mit der Höhe beim Binden keine Schwierigkeiten und war deshalb dafür zuständig. Nur befindet der sich gerade in Ungnade, deshalb muss Mayr wieder ran. Vielleicht darf der Hornsteiner bald zurückkehren. Seine Majestät erzürnt sich ebenso schnell, wie er sich wieder beruhigt und verzeiht.«

Mittlerweile standen die beiden Männer an einer Weggabelung in der Nähe des Schlosses. Durch die Bäume konnte man die Beleuchtung rund um den kleinen Palast hindurchschimmern sehen.

»Gegen Mitternacht wird das Souper serviert. Wahrscheinlich irgendwo im Freien, vielleicht auf der Linde. Rings um das Schloss wird alles abgeriegelt sein. Da hilft Ihnen auch der Passierschein nichts.«

»Ist das so üblich?«, wollte Herr Schilling wissen. »Das erscheint mir übertrieben. Wer will schon eindringen?«

»Ich habe es Ihnen gesagt. Er fürchtet um sein Leben. Außerdem, täuschen Sie sich nicht. Es gab schon zwei Einbrüche ins Schloss. Zwar bei Abwesenheit des Königs und schon einige Jahre her, aber immerhin.«

Herr Schilling war enttäuscht. Wenn man den Monarchen selbst innerhalb des Parks zusätzlich abschirmte, wie sollte er dann eine Möglichkeit finden, an ihn heranzukommen?

»Zeigen Sie den Wachposten einfach Ihre Papiere und sagen Sie Ihnen, dass Sie zu mir wollen. Man wird mich umgehend rufen.«

Hesselschwerdt strich sich mehrfach über die Ärmel und Hosenbeine seiner Uniform. Dann zog er einen kleinen Kamm aus der Tasche und kämmte eifrig seinen buschigen Vollbart.

»Was haben Sie als Nächstes vor?«, fragte er, ohne mit dem Kämmen aufzuhören.

»Ich werde die Männer im Maschinenhaus genauer unter die Lupe nehmen. Bestimmt wurden sie alle bereits überprüft. Doch ich gehe da lieber auf Nummer sicher.«

Selbstverständlich wusste Herr Schilling, dass einer von ihnen nicht dazugehörte. Nur für den interessiere er sich. In dem Zusammenhang musste es bei der Einlasskontrolle eine Schlamperei gegeben haben. Wie sonst wäre der Gerüstbauer mit den anderen hereingekommen?

»Lassen Sie es mich wissen, sobald Ihnen etwas verdächtig vorkommt.« Hesselschwerdt steckte den Kamm in die Hosentasche zurück.

Herr Schilling wunderte sich erneut darüber, dass ein Militärangehöriger, auch wenn er im unmittelbaren Dienst des Königs stand, einen Vollbart tragen durfte. Das war ihm ja bereits bei Stallmeister Richard Hornig aufgefallen. Einen Zwirbel- oder Knebelbart hätte er einem Soldaten der bayerischen Armee vielleicht noch durchgehen lassen. Aber das restliche Gesicht musste glattrasiert sein. So sah es jedenfalls Herr Schilling. Am Hof von Ludwig II. aber herrschten andere Sitten. Keine vernünftigen Sitten.

Hesselschwerdt nickte dem Geheimpolizisten zu und verschwand zwischen den Bäumen. Herr Schilling zögerte nicht länger und begann zu laufen. Sein Orientierungssinn war ausgezeichnet, geprägt durch die Zeit beim Militär. Bevor er zur Geheimpolizei gewechselt war, hatte er mehrere Jahre in der bayerischen Armee beim Infanterie-Leib-Regiment gedient. Das war aus den Elitetruppen des Grenadier-Garde-Regiments von König Max I. Joseph hervorgegangen und stand an der Spitze der bayerischen Infanterieregimenter. Im Volksmund nannte man die Soldaten die *Leiber*. Nur die Schönsten und Größten wurden überhaupt aufgenommen. Und zu denen hatte damals auch Herr Schilling gezählt.

Lang ist's her, dachte sich Herr Schilling, als er keuchend durch den Park lief. Heuer würde er immerhin seinen 70. Geburtstag feiern. Ans Aufhören dachte er noch nicht, zumindest solange dieser König an der Macht war. Er erreichte eine weitere Weggabelung und entschied sich für die rechte Abzweigung. Der andere Pfad führte zum alten Königshäuschen. Obwohl er erst ein einziges Mal an der Stelle entlanggegangen war, hatte er sich alles eingeprägt. An und für sich hätte er auch die Abkürzung durch die Laubengänge nehmen können. Nur war es unter den dicht zugewachsenen Rankgittern bestimmt stockdunkel. Stattdessen lief er schneller. Sein Ziel war der kleine Pfad zwischen der Grotte und dem Maurischen Kiosk.

Almesberger hatte ihm vormittags erzählt, dass man dort zum Maschinenhaus gelangte. Und dann gab es noch die Heizungsanlage in der Grotte. Vielleicht war der Gerüstbauer ja auch dahin unterwegs.

Herr Schilling erreichte den Felsen, hinter dem sich die Grotte verbarg. Eine Handvoll verschwitzter Männer in zerschlissener Kleidung stand am Wegesrand. Sie unterhielten sich im tiefsten Dialekt, sodass Herr Schilling kaum ein Wort verstand. Einer zündete sich eine krumme Zigarette an. Sie würdigten den Geheimpolizisten keines Blickes. Herr Schilling verlangsamte seinen Schritt, tippte sich zum Gruß mit Zeige- und Mittelfinger an die Stirn und schlenderte an der kleinen Gruppe vorbei. Kaum, dass er ein kleines Stück weitergegangen war, rumpelte es hinter ihm. An der Stelle des Felsens, wo Almesberger ihm den Eingang beschrieben hatte, öffnete sich ein Teil des Gesteins. Zwei Männer traten aus dem rötlich schimmernden Inneren hervor. Ein Arbeiter und ein junger Gendarm in voller Uniform. Hinter ihnen verschloss sich die Felsentür wie von Zauberhand. Die beiden Grüppchen vereinten sich und marschierten unter Führung des Gendarmen den Weg, auf dem Herr Schilling hergekommen war, zurück.

Grotte oder Maschinenhaus, wohin sollte er zuerst gehen? Der Gerüstbauer konnte sich abgesetzt haben und irgendwo im Schlosspark unterwegs sein. Herr Schilling entschloss sich, zum Kraftwerk zu gehen. Gerade wollte er loslaufen, als zwei schemenhaft zu erkennende Gestalten aus dem Wäldchen neben den Felsen schlichen. Sie steuerten direkt auf den verborgenen Eingang zu. Herr Schilling konnte einen Gegenstand in der Hand der einen Person aufblitzten sehen. Im nächsten Augenblick öffnete sich die verborgene Tür. Erneut schimmerte rötliches Licht in die Sommernacht. Die beiden Männer verschwanden im Felsen.

Herr Schilling zögerte keinen Augenblick. So schnell ihn seine Beine trugen, hastete er zum offenstehenden Portal, um im allerletzten

Augenblick ebenfalls durch die sich wieder von selbst schließende Tür ins rote Licht zu huschen.

Das Felsentor schloss sich nahezu geräuschlos hinter Herrn Schilling. Er fand keinen Türgriff. Wahrscheinlich verbarg sich irgendwo ein geheimer Mechanismus, um das Portal auch von innen öffnen zu können. Ein solcher war allerdings nirgends zu entdecken.

Herr Schilling fühlte sich unwohl. Er mochte es nicht, wenn ihm der Rückweg versperrt wurde. Noch dazu führte er seinen Stock nicht mit sich. Der leistete ihm hin und wieder nützliche Dienste, sollte es kritisch für ihn werden. Ein gezielter Hieb mit dem harten Löwenknauf konnte den stärksten Burschen niederstrecken. Neben dem Stock vermisste er seinen Revolver. Beide Waffen lagen auf seinem Bett im Kavalierhaus. Er musste besondere Vorsicht walten lassen, damit es zu keiner unnötigen Konfrontation kam.

Drinnen war es deutlich kühler als vor der Felsentür. Herr Schilling fing an zu frösteln und schlüpfte in seine Jacke. Er befand sich in einem engen Gewölbe. Über ihm hingen Tropfsteine von der Felsendecke herab. Wie Almesberger ihm vormittags geschildert hatte, war es wirklich gelungen, die Grotte aus einer Mischung aus Zement, Leinwand und Glimmer naturgetreu zu modellieren.

Herr Schilling berührte die Felswand neben sich. Tatsächlich fühlte sich der vermeintliche Stein weicher an als der natürliche. Er klopfte mit der Fingerspitze darauf. Ein hohles Pochen ertönte. Herr Schilling war neugierig. Nicht nur auf die Grotte, sondern auch darauf, wer da vorhin heimlich hereingeschlichen war. Außerdem zog ihn das gleichmäßige Plätschern von Wasser im Hintergrund an. Er entschied sich, tiefer in den künstlichen Berg hineinzugehen. Nach einigen Schritten vergrößerte sich der Felsengang zu einer kleinen Höhle, um sich dann wieder zu einem schmaleren Gang zu verjüngen. Als er aus diesem hinaustrat und eine hervorstehende künstliche Felswand umrundete, blieb ihm vor Staunen der Mund offenstehen.

Er blickte in ein gewaltiges Gewölbe, das in blaues Licht getaucht war. Ein Stalaktitengebilde wuchs von der Decke herab und vereinigte sich inmitten eines unnatürlich grün schimmernden Teiches mit seinem Gegenstück, das aus dem Wasser emporragte.

Es ist bestimmt eine künstliche Lichtquelle im Spiel, dachte sich Herr Schilling. In Ufernähe lag ein vergoldeter Muschelkahn vertäut und wartete darauf, vom König bestiegen zu werden. Ringsum an den Felswänden rankten sich zahllose Rosenblütengirlanden und Schlingpflanzen.

Den Abschluss der Grotte bildete ein Monumentalgemälde, auf dem Herr Schilling Tannhäuser im Venusberg erkannte. Der Held des Ritterepos' lag, versonnen dreinblickend, im Schoss der Liebesgöttin Venus, während halbnackte Grazien um die beiden herumtanzten. Daneben ergoss sich ein kleiner, in gelbes Licht getauchter Wasserfall aus der Felswand und plätscherte in den See.

Herr Schilling erinnerte sich an Almesbergers Geschichte vom Heizraum unterhalb des Wasserspiegels, wo man das Seewasser in Gussröhren durch Heizkessel zirkulieren ließ, um eine für den König angenehme Badetemperatur zu erreichen. *Vielleicht ist der Gerüstbauer ja unten,* überlegte der Geheimpolizist. Im gleichen Moment hörte er eine Stimme.

»Wir können es heute Nacht beenden ... wie ein Unfall ...«

Herr Schilling trat ganz nah an die künstliche Felswand und suchte aus der geschützten Position die Grotte ab. Er konnte die Herkunft der Stimme nicht orten, was bei den vielen Nischen und Gewölben und dem steten Plätschern auch kein Wunder war.

»Und was ... Kind?«

»Den brauchen wir nicht mehr ... müssen das Gör loswerden ...«

»... alles seine Schuld ... niemand sollte sterben ... Max ist auch tot!«

Herr Schilling drehte den Kopf hin und her, um sich besser orientieren zu können. Es klang so, als ob die Stimmen von oberhalb kamen. Und tatsächlich entdeckte er mit Mühe in einer Nische genau gegenüber von seinem Standort, knapp unterhalb der Decke, zwei Männer. Nicht nur, dass sie hoch oben standen, das bläuliche Licht ließ ihre Konturen nahezu mit der Felswand verschmelzen. Herr Schilling schlich auf Zehenspitzen zur anderen Seite der Grotte hinüber. Ein hölzerner Aufgang verlief an der Mauer entlang. Er überlegte, ob er ein paar Schritte nach oben gehen sollte.

»Ein Grund mehr, die Gelegenheit zu nutzen. Ich kenn da eine Stelle, an der es keinen Ausweg gibt.«

»Ich bin zu allem bereit. Und dann knöpf ich mir den Buben vor. Sein Leben für das von Max.«

Jetzt erkannte Herr Schilling die Stimmen. Über ihm standen der Gerüstbauer und der Mittelsmann und heckten einen Plan aus. Er hielt inne. Von der Stelle aus konnte er sie gut verstehen.

»Und wie willst du an dein Geld kommen?«

»Ich habe die Sprengung ausgeführt. Er ist es mir schuldig«, sagte der Gerüstbauer.

»Er wird es dir nicht geben. Du hast dich nicht an den Plan gehalten!«

»Nur wegen der verdammten Mistkröte. Und den hirnverbrannten Einfaltspinseln, die du mir als Helfer geschickt hast. Nur der Jüngste von ihnen scheint mir einigermaßen brauchbar zu sein. Die anderen habe ich weggeschickt.«

Herr Schilling versuchte zu kombinieren. Der Gerüstbauer hatte die Sprengung in Neuschwanstein schon durchgeführt? Drei Tage zu früh! Ein gewisser Max war gestorben und ein Bub sollte dafür mit dem Leben bezahlen. Zuvor wollten sie allerdings noch etwas anderes anstellen.

»Und wenn der König tot ist, hol ich mir mein Geld. Notfalls mit Gewalt.«

»Du sollst ihn nur zu Tode erschrecken. Sonst nichts!«, blaffte der Mittelsmann den Gerüstbauer an.

Der Geheimpolizist horchte auf. Cornelius wollte den König ermorden, während sich der Mittelsmann an ihren Plan der besonderen Schockbehandlung halten wollte.

»Wir sollten jetzt verschwinden. Die beiden anderen sind im Heizraum unterm See. Wenn sie fertig sind, feuern sie die Öfen hier oben in der Grotte nach. Ich will nicht, dass man uns zusammen sieht. Ich zünde noch rasch die Laterne an. Wir brauchen Licht da draußen.«

»Gut. Dann führ mich jetzt zu der Stelle rauf.«

Herr Schilling hatte genug gehört. So leise er konnte, ging er zu seinem vorherigen Versteck zurück, duckte sich hinter der Kehre und hoffte, nicht entdeckt zu werden. Weder von seinen beiden Mitverschwörern noch von den Arbeitern, die im Heizraum beschäftigt waren. Das Plätschern des Wassers vermischte sich mit den Schritten der beiden Männer. Auf dem Weg zum Felsentor mussten sie genau an ihm vorbei. Er wollte sich gerade zurückziehen, als die beiden abbogen und in die andere Richtung liefen.

Herr Schilling wartete kurz und folgte den Männern auf leisen Sohlen. Bei jedem Schritt war er darauf bedacht, ein Knirschen des feinen Kieses zu vermeiden. Nachdem er das Teichufer hinter sich gelassen hatte, passierte Herr Schilling ein weiteres Gewölbe, um dann erneut einen Felsengang zu betreten. Nicht weit entfernt ertönte ein Rumpeln. Es klang so ähnlich wie vorhin am Eingangstor.

Herr Schilling lief schneller. Schließlich versperrte ihm eine Felswand den Durchgang. Von den beiden Männern fehlte jede Spur. Der Polizist drückte mit beiden Händen gegen die Wand aus Gips. Irgendwie mussten die beiden anderen hindurchgekommen sein. Und tatsächlich bewegte sich die Mauer. Herr Schilling drückte fester. Mit einem Ruck drehte sich der Felsen weg. Warme Luft strömte ihm entgegen. Die nächtlichen Geräusche der realen Welt drangen an seine Ohren. Genauso wie die hastigen Schritte der zwei Verschwörer.

Herr Schilling würde ihnen folgen. Vielleicht tat ihm der Gerüstbauer kostenlos den Gefallen, zu dem er ihn ursprünglich mit einer weiteren Geldsumme hatte verlocken wollen. Allerdings sollte der König nur einen Schock erleiden, keinesfalls sterben. Der Mann war offensichtlich außer Kontrolle geraten. Der Mittelsmann versuchte den Gerüstbauer zu zügeln, jedoch erschien es Herrn Schilling fraglich, ob ihm das gelingen würde. Wie sie das anstellen wollten, würde er herausfinden. Er musste rechtzeitig eingreifen, bevor der König ernsthaft zu Schaden kam. Vor allem, wenn er selbst der glorreiche Retter sein konnte.

Auch die wahre Rolle des Mittelsmannes galt es zu klären. Letztendlich musste auch noch das Rätsel um dieses Kind gelöst werden. Das passte so gar nicht ins Bild. Und wer war Max?

Herr Schilling lief in die dunkle Nacht hinein. Nichts war mehr wie von ihm geplant. Aus Verbündeten waren undurchschaubare Akteure geworden, die ihr eigenes Spiel spielten.

Halte sicheren Abstand, ermahnte er sich. *Wer weiß, was die beiden mit dir anstellen, wenn sie dich entdecken.* Ja, er vermisste seinen Stock mit dem Löwenkopf. Und seine Pistole.

Die andere Seite

Endlich waren sie da. Zwischenzeitlich hatte Lenz nicht mehr daran geglaubt. Ohne das Kaltblut, auf dem immer zwei von ihnen einen Teil der Strecke abwechselnd geritten waren, wären sie höchstwahrscheinlich nie in Linderhof angekommen.

Die drei standen vor einer Eisenbrücke, die über die jämmerlichen Überbleibsel eines Wasserlaufes zum Schlosstor führte. Die Breite des Flussbettes ließ erahnen, welche Wassermassen sonst darin hindurchströmen konnten.

Heiland zog seine Taschenuhr heraus und kippte sie so, dass das Mondlicht auf das Zifferblatt fiel. »Bald Mitternacht«, las Lenz ihm von den Lippen ab.

In seinen Ohren surrte es immer noch unangenehm. Inzwischen leiser, dennoch beständig. Er musste ganz nah an Heiland heran, um dessen Mundbewegungen in der Dunkelheit erkennen zu können.

Sie waren beinahe sechs Stunden unterwegs gewesen. Nach Einbruch der Dunkelheit hatten sie bei einer Quelle am Fuße des Schützensteiges eine längere Pause eingelegt, nachdem Klara darauf bestanden hatte. Lenz war ihr dafür dankbar. Er fühlte sich schlecht, wollte das aber vor Heiland nicht zugeben. Bloß keine Schwäche zeigen. Bis zum

Schützensteig hatte der Weg beständig bergauf geführt. Dann verweigerte sich das Pferd plötzlich.

Es nutzte eine Unaufmerksamkeit von Heiland und riss sich los. Die drei blickten dem Gaul entgeistert nach, wie er sich gemächlich auf den Rückweg machte. Klaras Versuch, das Pferd wieder einzufangen, konterte es mit einem gestreckten Galopp. Sie mussten den Abstieg über den Schützensteig ins Ammertal zu Fuß antreten. Das brachte Lenz an seine körperlichen Grenzen. Auf dem schmalen Steig stolperte er ständig über Steine oder Wurzeln. Heiland musste ihn ein ums andere Mal festhalten, damit er nicht stürzte.

Unten angekommen, holte Klara Wasser aus der Quelle und versorgte die Wunden ihrer Begleiter. Dafür schnitt sie mit Heilands Messer lange, schmale Streifen aus ihrem Unterrock. Heilands Wunde konnten sie damit leicht verbinden, auch wenn er sich mit einem Halstuch komisch vorkam, was er nicht müde wurde zu betonen. Die Verletzung an Lenz' Oberschenkel wusch sie aus und umwickelte sie mit mehreren Stoffstreifen. Lenz fühlte sich peinlich berührt, als er aus seinem Hosenbein schlüpfen musste. Auch der Anblick von Klaras zartem Knie unter der hochgerutschten Pluderhose, das beim Abschneiden des Stoffes zu sehen war, versetzte ihn in einige Unruhe. Ihre Haut strahlte hell in der Dunkelheit des Ammerwaldes, doch wenn sie sich nicht schämte, musste er sich ebenfalls keine Gedanken machen. Trotz der schwierigen Situation fühlte er sich wohl in ihrer Gegenwart. So als habe sie ihn niemals zurückgewiesen. Dennoch machte Klara einen traurigen Eindruck auf ihn. Seinen besorgten Nachfragen wich sie allerdings mehrmals aus, so dass er es schließlich bleiben ließ.

Der letzte Streckenabschnitt zog sich. Sein Oberschenkel juckte und brannte höllisch unter dem provisorischen Verband. Zweimal erspähten sie Lichter zwischen den Bäumen. Lenz vermutete die Bauarbeiterhütte des Hubertuspavillons, das Pförtnerhäuschen der Hundinghütte oder das Marokkanische Haus hinter den Lichtquellen. Er wusste, dass die Gebäude entlang der Straße im Wald verborgen lagen. Die genauen Standorte kannte er nicht.

Jetzt stupste Klara Lenz an, damit er sie anschaute. »Wir können nicht ... aufkreuzen, oder? ... überlegt, was ... sagen willst?«

Heiland zupfte ihn am Ärmel und kam mit dem Gesicht ganz nah heran. »... du jemanden ... Linderhof? Einen Stallburschen nach dem ... verlangen ...?«

Er musste kurz überlegen, was Heiland meinen könnte. »Ich kenn ein paar der Diener, die mit Seiner Majestät unterwegs sind.«

»Es ... bestimmt ... Kastellan in Linderhof.«

»Ja, Almesberger ist sein Name«, sagte Lenz.

»Kennt ihr euch? ... besser, zuerst ... zu reden. Wenn ... aufgefallen ist, ... dem Kastellan. Was ... du?«

Lenz ging das Lippenlesen gehörig auf die Nerven. Er musste sich alles zusammenreimen. Heiland wollte wohl, dass er den Linderhofer Kastellan aufsuchte. Er war Almesberger ein einziges Mal begegnet.

Der König hatte nach einem Buch über den amerikanischen Dichter Edgar Allan Poe aus seiner Bibliothek in Hohenschwangau verlangt. Da der Postillion sich beim Absteigen vom Pferd verletzt hatte, schickte man kurzerhand Lenz nach Linderhof. Und so war Lenz mit einem einzigen Buch in der Satteltasche losgeritten. Im Postgasthof von Reutte durfte er eine kurze Rast einlegen, es reichte immerhin für zwei Schlucke Bier. Mit einem frischen Pferd hetzte er am Plansee vorbei nach Linderhof. Almesberger erwartete ihn bereits ungeduldig am Haus der Torwache. Zur Begrüßung gab es kein freundliches *Grüß Gott*, nur eine ausgestreckte Hand und die Frage nach dem Buch. Nachdem er Almesberger das in weißes Leder gebundene Buch ausgehändigt hatte, ließ ihn der einfach wortlos zurück. Immerhin bekam er ein frisches Pferd für den Rückweg.

»Ich habe Almesberger schon getroffen und kann es versuchen. Was soll ich ihn fragen?«

»Das Allerwichtigste: ... im Dunkeln. Mit ... zerrissenen Uniform und ... Nase machst du ... verdächtig.«

Lenz hatte alle Mühe, Heilands Lippenbewegungen zu folgen.

»Wie soll ich nur mit ihm reden, wenn ich nichts höre?«

Heiland zuckte mit den Schultern. Klara nahm Lenz' Hand.

»Tauchen ... alle zusammen ..., finden .... bestimmt seltsam. Du als ... von Hohenschwangau ... eher Vertrauen. Sie werden ... Kastellan schicken.«

Heiland ergriff Lenz' andere Hand und drehte ihn zu sich.

»Du ... achten, dass sein ... Licht ist. Mittlerweile ... geübt im Lippenlesen.«

Der Soldat lächelte ihn an. Damit wollte er ihm natürlich Mut machen. Für Lenz fühlte es sich nach einem Himmelfahrtskommando an. Ausgang ungewiss. Seine Freunde lagen völlig richtig. Sie drei gemeinsam würden zu viel Aufmerksamkeit erregen. Aber er allein in seinem Zustand? Das war kaum besser! Dennoch antwortete Lenz: »Ihr versteckt euch im Unterholz, bis ich zurück bin.«

Heiland nickte. Klara zupfte an Lenz' Livreeärmeln, so als ob das sein ramponiertes Äußeres irgendwie retten würde. Sie lächelte ihn aufmunternd an. Das hatte Lenz auch bitter nötigt!

Er marschierte los. Anfangs fast im Laufschritt, bald langsamer, bis es ein Schlendern wurde. Reichlich langsam überquerte er die Brücke mit den geschwungenen Bögen in der Hoffnung, ihm würden endlich die passenden Worte einfallen. *Du schindest nur Zeit,* rügte er sich selbst. *Auf geht's!*

Er peilte das Wachhäuschen links neben dem zweiflügligen Gittertor an. Zwischen dem haushohen Tor, dem dazugehörigen, noch höheren Steinpfosten und dem Wachhäuschen war eine schmiedeeiserne Tür in die Mauer eingelassen. Aus dem einzigen Fenster in der Fassade des Häuschens drang Licht in die Nacht heraus. Das war sein Ziel.

Hinter dem Tor führte ein breiter Fahrweg in den Park hinauf. In regelmäßigen Abständen brannten Feuerschalen am Straßenrand. Das Schloss konnte Lenz nicht sehen.

Die letzten zwanzig Meter rannte Lenz. Er wollte es hinter sich bringen.

Schon umklammerte er die eiserne Gittertür mit beiden Händen.

»Ist jemand da?« Vielleicht war er zu leise gewesen. Er hörte seine eigene Stimme ja nicht. Gerade, als er nochmals Luft holte, tauchte ein Uniformierter mit einer Laterne in der Hand hinter der Tür auf.

»Was schreist du so?« Der Wachsoldat tat ihm den Gefallen und beleuchtete sein eigenes Gesicht mit der Lampe. Lenz konnte jedes Wort erkennen.

»Ich bin der Kastellan von Hohenschwangau und habe eine wichtige Nachricht für meinen Kollegen Almesberger.«

Der Soldat trat näher ans Gitter und hielt ihm die Laterne entgegen.

»Wie ist dein ...«

Der Rest des Satzes verschwand hinter dem grellen Kerzenlicht. Lenz versuchte, um die Flammen herumzuschauen und den Mund des Mannes wiederzufinden. Vergeblich. Er riet die passende Antwort.

»Ich heiße Lorenz Baumgartner und habe den weiten Weg hierher gemacht, um mit Herrn Almesberger zu sprechen. Kannst du mich bitte melden?«

Die Laterne verdeckte weiterhin das Gesicht des Mannes. Lenz konnte lediglich den Büschel auf dem Raupenhelm und die blaue Uniformjacke mit der roten Waffenkoppel quer über den Oberkörper erkennen. An der Seite baumelte ein Degen in einer ledernen Scheide.

Eine endlos lange Zeit verstrich, bis der Wachsoldat sich wieder rührte. Er wandte sich zum Häuschen und sagte etwas. Ein zweiter Soldat erschien auf der Bildfläche.

»Ich ... keine Ahnung wo ...« Mehr konnte Lenz nicht von dessen Lippen ablesen, weil der erste Soldat die Laterne nun vor das Gesicht seines Kameraden hielt.

»Wenn ... bei Juliana ist ... fragen.«

Lenz hätte sich am liebsten aus dem Staub gemacht. Da er weder hörte noch sehen konnte, was die beiden da miteinander redeten, kostete es ihn große Überwindung zu bleiben. Verzweifelt schaute er zur Brücke zurück. Wenn er schnell genug rannte, konnte er es bestimmt bis dorthin schaffen, bevor einer der beiden die Tür aufgesperrt hatte, um ihn zu verfolgen. Plötzlich riss ihn jemand am Ärmel. Lenz wirbelte herum.

»Bist du taub?«

Der erste Soldat schaute ihn fragend an. Der andere lief gerade auf der Straße in den Park.

»Ich höre schlecht. Du musst deutlich reden, bitte!« Es gab Menschen, die hörten einfach schlecht. Daran war nichts Verwerfliches oder Verdächtiges.

»Er ... Ökonomiegebäude rüber und ... er ihn findet. Du wartest«, schien der Soldat zu sagen.

»Hast du einen Schluck zu trinken für mich?«

Lenz' Kehle war trocken. Seit ihrer Rast hatte er nichts mehr getrunken. Die Aufregung des Tages und die anhaltende Hitze taten ihr Übriges.

Der Soldat nickte und verschwand hinter der Mauer. Sein Kamerad war mittlerweile aus Lenz' Blickfeld verschwunden. Es dauerte eine Weile, bis der zurückgebliebene Wachsoldat mit der Laterne und einem Steinkrug zurückkehrte.

Lenz hatte in der Zwischenzeit den Mond betrachtet, der hoch über einem langgezogenen Berggrat stand. Um sich abzulenken, überlegte er, wie die Berge rund um das Schloss hießen. Sein Vorgänger in Hohenschwangau, Benedikt Pfeifer, hatte ihm regelmäßig Lehrstunden in Gipfel- und Flusskunde erteilt. Hinter dem Schloss gab es den Brunnenkopf, den Hennenkopf und den Pürschling. Daran erinnerte er sich noch. Und der ausgetrocknete Fluss war die Linder. Der Name des vom Mondlicht angestrahlten Berges fiel ihm partout nicht ein. Irgendetwas mit »Kuchen« oder »Küche«. Das war seine Eselsbrücke gewesen, die nicht mehr funktionierte. Das lag wohl an der Aufregung.

Der Wachsoldat reckte ihm den Krug entgegnen. Dabei schaute er an ihm vorbei in die Dunkelheit. Lenz wunderte sich zwar, griff trotzdem nach dem Gefäß. Bevor er den Krug fassen konnte, zog der Soldat ihn zurück und verschwand hinter der Mauer. Wie aus dem Nichts tauchte neben Lenz der Kopf eines Pferdes auf. Lenz sprang vor Schreck zur Seite. Er prallte mit dem Rücken gegen den steinernen Torpfeiler. Es fühlte sich so an, als ob ihm jemand ein Messer zwischen die Rippen rammte. Das Surren in seinen Ohren verwandelte sich kurzzeitig in ein grelles Pfeifen. Auf dem Rücken des schweißtriefenden Warmblutes saß ein Postillion des Königs. Der schwitzte mindestens genauso wie sein Ross.

»Ich ... zum Diensthabenden! Oder zum Marstallfourier. Besser zu ... höchstpersönlich. ... aufmachen!«, war alles, was Lenz verstand.

Der Wachsoldat rannte mit einem großen Schlüssel zum Tor. Vom Schlosspark konnte Lenz zwei Männer die Straße herunterlaufen sehen. Sie näherten sich zügig. Lenz erkannte Almesberger schon von Weitem. Noch bevor der Soldat das Schloss aufgesperrt hatte, standen die beiden anderen Männer neben ihm. Almesberger musterte Lenz argwöhnisch, dann wandte er sich an den Postillion.

»Was ... Dringendes?«

Lenz schaute den Boten an. Sein Gesicht war im Schatten nur teilweise zu erkennen.

»... fürchterliches ... Verstärkung ...«

Der Wachsoldat schaffte es, das Gittertor zu öffnen. Sein Kamerad hatte inzwischen eine weitere Laterne geholt.

»... Explosion in der ... Neuschwanstein?«, sah Lenz Almesberger sagen.

Jetzt wurde ihm mulmig zumute. Am liebsten wäre er schnurstracks davongerannt.

Almesberger starrte ihn grimmig an.

»Und ... Tür steht der Kastellan ... drüben. Seltsam!« Almesberger entriss dem Soldaten die Laterne und ging auf Lenz zu. Er schwenkte das Licht von seinem Kopf bis zu den Füßen. »Von der geschwollenen ... und ... Livree ... schweigen!«

Lenz ahnte, worauf das Ganze hinauslief. Almesberger konnte ihn nicht leiden. Von Pfeifer wusste Lenz, dass der Kastellan von Linderhof sich gerne als Gendarm aufspielte und keiner Menschenseele über den Weg traute. Er hielt Linderhof für sein Territorium, das es zu beschützen galt. Egal, welche Erklärung Lenz jetzt abgeben würde, er stand wahrscheinlich bereits unter Generalverdacht. Und er saß in der Falle. Vor ihm die Mauer und dahinter das Pferd mit dem Boten. Daneben der Kastellan und zwei Soldaten. Blieb nur noch das ausgetrocknete Flussbett auf der anderen Seite. Fraglich, ob er es erreichen konnte. Bevor Lenz einen Schritt machen konnte, packten ihn die zwei Soldaten mit eisernem Griff an den Oberarmen. Einer von ihnen drückte ihm eine Pistole in die Seite.

»Einsperren!«

Diesen Befehl von Almesberger verstand Lenz sofort.
Die Soldaten führten ihn durch das Gittertor ab.

Um Hansi herum herrschte stickige Dunkelheit. Er konnte atmen, doch er bekam kaum Luft. Trotzdem summte er unablässig die Melodie von dem Lied, das ihm seine Mutter immer zum Einschlafen vorgesungen hatte.

»Weißt du, wieviel Sternlein stehen
an dem blauen Himmelszelt?
Weißt du, wieviel Wolken gehen
weithin über alle Welt?«

Er konnte hören, dass er nicht wie seine Mutter klang, aber trotzdem fühlte es sich an, als ob sie bei ihm wäre. Irgendwo da in dieser schrecklichen Dunkelheit. Er vermisste sie so sehr und wenn er sang, sah er ihr Gesicht vor sich, sah, wie sich ihre Lippen bewegten, sah, wie sie ihn anlächelte und ihm zunickte.

»Gott, der Herr, hat sie gezählet,
dass ihm auch nicht eines fehlet
an der ganzen großen Zahl,
an der ganzen großen Zahl.«

Beim Singen kratzte er mit seinem Finger am Deckel der Kiste. Irgendwann käme er schon hindurch. Das Holz widerstand seinem Finger bestimmt nicht ewig. Er freute sich auf die frische Luft, die dann durch das Loch hereinströmen würde.

Dass er sich nicht bewegen konnte, war schlimm. Auf der Seite liegend, mit angewinkelten Knien, musste er nahezu reglos verharren. Er wünschte sich sehnlichst, seine Beine ausstrecken zu können. Mit viel Mühe schaffte er es, sich hin und wieder auf die andere Seite zu drehen. Doch mit jedem Mal fühlte er sich schwächer und er fürchtete den Moment, wenn er nicht einmal mehr das schaffen würde.

Warum nur hatten ihn diese Männer mitgenommen und in die Kiste gesperrt? Er war artig gewesen. Ihm fiel nichts ein, was er angestellt haben könnte. Als die vielen Männer am Bergschloss angekommen waren, war er ihnen aus dem Weg gegangen und hatte mit seinem Soldaten gespielt, genau wie es ihm seine Mama gesagt hatte. Eine Träne lief aus seinem Augenwinkel und kullerte ihm über die Wange. Hansi wollte nach Hause. Er begann wieder zu summen.

*»Weißt du, wieviel Kinder schlafen
heute Nacht im Bettelein?
Weißt du, wieviel Träume kommen
zu den müden Kinderlein?«*

Hansi kratzte am Holz. Nicht mehr lange, redete er sich ein, und es würde nachgeben. Zuerst brauchte er ein kleines Loch im Deckel, um mit dem Finger hindurch zu kommen. Dann würde er das Loch immer größer bohren, bis er seine ganze Hand durchstecken konnte.

Die Männer hatten die Kiste vor einiger Zeit abgestellt. Er war froh, nicht mehr durchgeschüttelt zu werden. Allerdings stand die Seite mit dem Atemloch an einer Wand. Durch das Loch hatte er am Morgen hindurchgreifen können, um die Schnallen der Kiste aufzuklappen und zu verschwinden. Das war jetzt unmöglich. Hansi konnte die Kiste auch nicht durch das faustgroße Loch von der Wand wegschieben. Dazu fehlte ihm die Kraft. Seitdem das Loch verstellt war, wurde die Luft schlechter. Ihm war so heiß. Er wollte nicht ersticken. Trotzdem summte er, weiter, immer weiter …

*»Gott der Herr hat sie gezählet,
dass ihm auch nicht eines fehlet,
kennt auch dich und hat dich lieb,
kennt auch dich und hat dich lieb.«*

Marianna schreckte auf. »Hansi?«

Sie brachte nur ein Krächzen hervor. Gerade eben noch hatte sie in Hansis Bett gelegen und zusammen mit ihm ein Schlaflied gesungen. Die Vorhänge mit den blauen Streifen und dem Veilchenmuster waren zugezogen. Hinter den Gardinen flackerte ein bizarres Licht. Man wusste nicht, ob es draußen Tag oder Nacht war. Hansi hatte den kleinen Spielzeugsoldaten fest umklammert, während er sie mit großen Augen angeschaut hatte und sang. Den Soldaten hütete er wie seinen Augapfel, seit sie ihm erzählt hatte, dass er ein Geschenk des Königs für ihn war. Er sollte eine kleine Wiedergutmachung dafür sein, dass Hansis Vater nicht bei ihm sein konnte.

König Ludwigs eigener Vater sei lieblos und streng zu ihm gewesen. Eigentlich habe er nie wirklich Zeit für ihn gehabt. Deshalb wisse er nur zu genau, wie es sich anfühlte, ohne Vater aufzuwachsen. Diese Worte sollte Marianna Hansi unbedingt von ihm ausrichten, nachdem er ihr den Spielzeugsoldaten bei seinem letzten Aufenthalt auf dem Schachen überreicht hatte. Das war vor einem Monat gewesen.

Marianna blickte sich um. Sie befand sich gar nicht in Hansis Kammer. Sie musste mit dem Kopf auf der Tischplatte eingeschlafen sein. Alles war nur ein Traum gewesen. Dabei spürte sie deutlich Hansis Gegenwart. So, als würden sie sich gerade umarmen. Hansi war nicht da. Das Gefühl quälte ihre Eingeweide, schickte Wellen von Übelkeit durch ihren Magen. Das Flackern im Traum stammte von den Flammen der unzähligen Kerzen, die sie in der Stube aufgestellt hatte. Damit hatte sie die bösen Geister vertreiben wollen. Leider war ihr das nicht gelungen.

Die Uhr auf der Anrichte neben der Küchentür zeigte kurz vor Mitternacht. Marianna hatte sich auf ein paar sorglose Tage mit Hansi auf der Hütte gefreut, war aufgeregt gewesen, weil der Bub zum ersten Mal in der Nähe des Königs sein würde. Dass sie nun einsam und angsterfüllt die Stunden zählte, hätte sie sich in ihren schlimmsten Ahnungen nicht vorstellen können.

Ihr Traum eben hatte sich so wirklich angefühlt, als wäre Hansi ganz nah bei ihr. Sie spürte seine Augen immer noch auf sich ruhen, so als wollte er ihr sagen, dass er noch lebte und dass sie ihn nicht im Stich lassen durfte.

Der große Zeiger der Uhr sprang auf die Zwölf. Geisterstunde. Marianna fröstelte.

Auf allen Gipfeln herrscht Ruh

Herr Schilling hatte Mühe, dem schwankenden Licht zu folgen. Die beiden Männer legten ein beachtliches Tempo vor. Vorbei an der künstlichen Felswand der Grotte und über eine steinerne Brücke, zweigte in Sichtweite zum Maurischen Kiosk ein Weg von der Straße in den Wald ab. Hinter den bunten Fensterscheiben des Gebäudes konnte man Licht erkennen. Die obere der beiden Terrassen, auf denen das orientalische Haus stand, war hell erleuchtet.

Es ging bergauf. Aus der Ferne erklang das rhythmische Pulsieren von Maschinen. Kurze Zeit später entdeckte Herr Schilling die Quelle der Geräusche. Nach einer Kurve führte die Straße zuerst an einem einfachen Holzhaus vorbei. Die Fensterläden standen offen, und es brannte Licht in der Hütte. Zu sehen war allerdings niemand. Das musste die kleine Gasfabrik sein, in der nach Aussage von Kastellan Almesberger mehrere Chemiker seit Jahren nach einem passenden Blau für die Grottenbeleuchtung forschten. Die Glasscheiben, die wechselweise in die Laternen mit den Kohlebogenlampen eingeschoben werden konnten, wurden mit einer Mischung aus Schießbaumwolle, Äther und Alkohol beschichtet und dann eingefärbt. Dem König schwebte ein ganz bestimmtes Blau vor. Er hatte Stallmeister Hornig eigens nach Capri geschickt, damit der das Licht der Blauen Grotte studieren konnte. Allerdings schienen die Forschungen bislang ohne Erfolg geblieben zu sein. Almesberger hatte süffisant gelächelt, als er davon erzählte, dass der Begriff *Blau machen* für den König inzwischen eine ganz andere Bedeutung hatte als für Normalsterbliche.

Unmittelbar neben der Gasfabrik stand eine zweite, ähnliche Holzhütte, nur um ein Vielfaches länger. Aus dem Schornstein stiegen dicke Rauchwolken in den Nachthimmel und aus den weit geöffneten Fenstern drang der Lärm von rotierenden Rädern und Eisenteilen. Herr Schilling konnte eine sich drehende, wagenradgroße Metallspule erkennen. Das war also das Maschinenhaus mit der Dampfkesselanlage und den Dynamos zur Stromerzeugung. Auf dem Dachfirst führten Leitungsdrähte über die Straße in den Wald. Herr Schilling war neugierig geworden. Zu gerne hätte er einen Blick in das Gebäude geworfen. Allerdings durfte er die beiden Männer nicht aus den Augen verlieren.

Er rannte am Maschinenhaus vorbei, bis ihm ein Gittertor den Weg versperrte, und damit hatte er die Grenze des Schlossparks erreicht. Links und rechts führte der hohe Staketenzaun zwischen den Bäumen hindurch. Zähneknirschend sah Herr Schilling das Licht der schwankenden Laterne hinter dem Tor schwächer werden. Die beiden hatten ihn abgehängt!

Ohne Hilfsmittel konnte er weder Tor noch Zaun überwinden. Herr Schilling rüttelte ungehalten an den Gitterstäben. Zu seiner Überraschung gab der Torflügel nach. Der Mittelsmann hatte hinter sich nicht abgesperrt. Vielleicht wollten sie nachher auf diesem Weg wieder zurück?

Schnell versuchte er den Abstand zwischen sich und den Männern etwas zu verringern. Schon nach einigen Schritten musste er die Straße verlassen und auf einen schmalen Wurzelpfad in den Wald hinein abbiegen. Das Blätterdach über ihm verfinsterte die Umgebung zunehmend und er hatte Mühe, den Boden zu erkennen. Ging es nun für kurze Zeit nochmals ebenerdig dahin, wandelte sich die Strecke dann wieder zu einem kontinuierlichen Aufstieg.

Das Laternenlicht verschwand ab und an, um unvermittelt wieder aufzutauchen. Irgendwann wusste Herr Schilling nicht mehr, ob er überhaupt noch einem Weg folgte oder querfeldein durch den Hang marschierte. Er verfluchte den König dafür, dass er derartig abgelegene Plätze für seine Residenzen ausgewählt hatte. Eine Verfolgung durch die Gassen von München oder jeder anderen Stadt wäre ihm leichter gefallen. Wobei seine letzte Verbrecherjagd eine ganze Weile zurücklag. Drei Jahre immerhin.

Ein Aufwärter des Gastwirts Schneider aus dem Münchner Tal hatte damals der Polizei gemeldet, dass sich regelmäßig verdächtige Personen in der dortigen Schwemme trafen. Er fürchtete, es handle sich um konspirative Versammlungen. Denn er konnte einen der Männer als Schreiberling der *Neuesten Nachrichten* ausmachen. Schließlich war der Verleger des Blattes ein Protestant und noch dazu von liberaler Gesinnung. Damit lagen die *Neuesten Nachrichten* zwar ganz auf der Linie Ludwigs II., gleichwohl aber galt es, ihre Berichterstattung aufmerksam zu verfolgen und unzulässige Forderungen, etwa nach uneingeschränkter Pressefreiheit, im Keim zu ersticken. In der Regel landeten solche Anzeigen auf Herrn Schillings Schreibtisch. Tatsächlich gelang es Herrn Schilling eines Abends, Gesprächsfetzen aufzuschnappen, die sich gegen die Monarchie an sich richteten. Nachdem er ausreichende Notizen angefertigt hatte, holte er die bereitstehende Gendarmerie dazu. Doch dann eskalierte die Lage. Es gab ein Handgemenge, und einem der Aufwiegler gelang die Flucht. Herr Schilling nahm kurzentschlossen die Verfolgung auf, musste aber schon auf Höhe der Heilig-Geist-Kirche dem eklatanten Altersunterschied zwischen Jäger und Gejagtem Tribut zollen. Seither überließ er derartige Aktionen den jüngeren Kollegen. Um die Kondition stand es mit seinen siebzig Jahren eben nicht mehr ganz so gut.

Noch dazu hatte sich seine Einstellung zum König grundlegend geändert. Dessen rigorose Abschottung von der Außenwelt, seine immer länger andauernde Abstinenz gegenüber der Hauptstadt und die Rekrutierung von einfachen Reitersoldaten zum persönlichen Dienst. Das alles war doch nicht mehr normal! Hetze und Häme gegen den

Monarchen waren in der Politik und der höheren Gesellschaft salonfähig geworden. Herr Schilling unterstützte diese Entwicklung, indem er nicht mehr dagegen vorging. Au contraire! Anzeigen verschwanden im Papierkorb und er stieß sogar in dasselbe Horn. Er wunderte sich anfangs, wie oft er auf offene Ohren stieß. Mit so viel Unzufriedenheit hatte er nicht gerechnet.

Die Steigung nahm stetig zu. Immer seltener schaffte es das Mondlicht wegen der dicht zusammenstehenden Bäume bis zum Erdboden herab. Immer länger versteckte sich das Licht der Laterne hinter den Baumstämmen des Bergwaldes. Unvermittelt herrschte nur noch stockdunkle Nacht um ihn herum. Zuerst war er stehengeblieben in der Hoffnung, bald wieder sehen zu können. Doch weder Mond noch Laterne ließen sich erneut blicken. Herr Schilling tastete sich langsam vorwärts. Er verlor vollständig die Orientierung. Dass ausgerechnet ihm das passieren musste, ärgerte ihn maßlos. Ganz abgesehen davon, dass er den Gerüstbauer nicht mehr aufhalten und im richtigen Augenblick verhaften konnte.

Als er unvermittelt einen Schritt ins Leere machte und auf dem Hosenboden ein paar Fuß über scharfkantige Gesteinsbrocken hinabschlitterte, entschloss sich der Geheimpolizist, sitzenzubleiben und abzuwarten.

Nach einer ihm endlos erscheinenden Zeit der Stille schlug die Glocke der kleinen Kapelle von Linderhof zwölf Mal. Es war ihm unmöglich, die Entfernung, aus der das Läuten zu ihm drang, einzuschätzen. Er konnte die ungefähre Richtung taxieren, in der sich das Königsschloss befand. Herr Schilling stand auf, traute sich dann aber doch weder vor noch zurück. Der Geheimpolizist arrangierte sich mit seiner Lage. Er würde auf das Morgengrauen warten. Sollte doch lieber Ludwig II. in dieser Nacht sterben als er selbst.

»Seine Majestät wünscht bei den Brunnenkopfhäusern ein kaltes Souper einzunehmen. Gemeinsam mit euch dreien.« Mit diesen Worten bugsierte Mayr sie zur Schlossküche, wo bereits drei prall gefüllte Rucksäcke auf Paul, Friedrich und Osterauer warteten.

»Geschirr, Besteck und Gläser. Alles in Damastservietten eingewickelt.« Mayr deutete auf einen der Rucksäcke. »In diesem sind die Getränke, also Vorsicht! Eine große Feldflasche mit Wasser. Zwei Flaschen Rauenthaler Berg und vier Cognac mousseux. Für jeden eine. Ich hoffe, ihr wisst das zu schätzen! Denkt daran, die Flaschen mit dem Cognac müssen sich vor dem Öffnen erst beruhigen. Sonst fliegt euch alles um die Ohren. Die schäumen schon ohne Schütteln ordentlich.«

»Und da drin sind die Fressalien, oder?«, fragte Friedrich.

Mayr rollte mit den Augen.

»Frisches Brot, Pasteten, kalte Koteletts, Speck und Rahmstrudel. Dazu Obst. Ich hoffe, den Herrschaften wird es recht munden. Falls ihr ins Haus rein müsst: Der Schlüssel hängt unter der Veranda am allerersten Pfosten. Bitte wieder an den Nagel hängen.«

Er drückte jedem von ihnen einen Rucksack in die Hände und schickte sie zum Schlosseingang. Dort standen bereits der kleine Bergwagen und ihre Pferde bereit.

»Jetzt heißt's warten«, brummelte Friedrich mürrisch.

Er war erst kurz vor dem Gang zur Schlossküche zu ihnen gestoßen. Paul fragte sich, wo er die letzten zwei Stunden zugebracht hatte. Vielleicht hatte er sich, wie schon des Öfteren, zu einem heimlichen Schäferstündchen getroffen. Friedrich zeigte sich den Reizen des weiblichen Geschlechtes gegenüber selten abgeneigt und hatte bereits manch einem Mädchen rund um Linderhof das Herz gebrochen.

Er wollte ihn gerade darauf ansprechen, als Friedrich wissen wollte: »Hast du a Pris' dabei? Der Thomas will bestimmt auch eine.«

Paul blickte zu Osterauer, der schüchtern nickte. Der junge Soldat galt als Günstling des Königs und hatte deswegen bei den anderen keinen leichten Stand. Paul war das egal. Er konnte Osterauer gut leiden. Paul verteilte drei ordentliche Haufen Schnupftabak, die auf den Handrücken in zwei Portionen geteilt und mit Inbrunst eingesogen wurden. Er beobachtete, wie Tränen in Osterauers Augen schossen. Der junge Soldat versuchte, sich mit aller Macht zusammenzureißen, um ein Niesen zu unterdrücken. Dazu rieb er seine Nasenflügel unablässig zwischen Daumen und Zeigefinger.

Als sich Osterauer wieder im Griff hatte, wollte er wissen: »Wart ihr beide schon mal bei den Häusern?«

Paul schüttelte den Kopf.

»Ich bin auch gar nicht scharf darauf«, grummelte Friedrich. Der Rest seiner übellaunigen Worte wurde vom einsetzenden Glockengeläut der St. Anna-Kapelle unterbrochen. Das kleine Gotteshaus befand sich in unmittelbarer Nachbarschaft zum Schloss. Während der fünf Schläge, die verkündeten, dass es ein Uhr wurde, kramte er seine Feldflasche aus der Satteltasche hervor.

»Ich mach nochmals voll«, sagte er im Weggehen und betrat das Vestibül.

»Weißt du, ich hab a bissl Bammel vor der Wanderung zum Pürschling rüber«, gestand Paul.

Osterauer nickte ihm aufmunternd zu. »Solange der Mond nicht wieder hinter den Wolken verschwindet«, begann er und blickte zum Himmel. »Und es schaut heute nicht danach aus. In drei bis vier Stunden hast du es hinter dir.«

In der Tat zeigte sich der Nachthimmel gerade wolkenlos. Der Mond war beinahe voll und würde ihnen den richtigen Weg weisen. Dennoch hatte Paul kein gutes Gefühl.

Es hatte gut eine Stunde gedauert, bis der König endlich seinen Bergwagen vor dem Schlosseingang bestieg. Paul hatte schon nicht mehr an eine Abfahrt geglaubt. Trotz der nächtlichen Hitze trug der König einen schweren Lodenmantel und einen Kalabreserhut mit breiter Krempe.

Während sie noch vor dem Schlosseingang auf die Abfahrt gewartet hatten, war Hesselschwerdt erschienen. Er würdigte sie keines Blickes und stürmte an ihnen vorbei ins Schloss. Sie mutmaßten, dass er dem König die Botschaft des Postillions überbrachte. Um welche Nachrichten es sich dabei handelte, erfuhren die drei später vom König höchstpersönlich.

Kurz nach dem Zweiuhrläuten ging es los. Friedrich ritt vorneweg. Er hielt eine Laterne mit drei Kerzen in die Höhe. Ihm folgte Osterauer, der das Kutschpferd an einer langen Leine hinter sich herführte. Paul bildete das Schlusslicht und folgte dem mit zwei Lampen beleuchteten, wendigen Gefährt. Der stattliche Körper des Monarchen fand geradeso Platz darin.

Sie passierten das Königshäuschen, ritten an der Grotte, der Gasfabrik und dem Maschinenhaus vorbei. Osterauer sprang ab, riss das Waldtor auf und verschloss es wieder, nachdem sie alle hindurch waren. Paul wunderte sich, dass man keine Wachposten aufgestellt hatte. Ihm blieb keine Zeit, weiter darüber nachzudenken. Osterauer setzte sich wieder an die Spitze des kleinen Konvois und trieb sein Pferd an. Anfangs war der Weg gut ausgebaut und breit. Irgendwann zweigten sie auf einen schmaleren Pfad ab, der sich in Serpentinen durch den Bergwald schlängelte. Der letzte Streckenabschnitt verlangte den Reitern und Pferden nochmals alles ab. Ausdauer und Konzentration waren gefragt. Nach der andauernden Steigung konnte ein unvorsichtiger Schritt einen Sturz in den Abgrund bedeuten.

Endlich angekommen, brachten Friedrich und Paul sowohl die Pferde als auch die Kutsche zum oberen der beiden Brunnenkopfhäuser und banden die Tiere an. Dort sollten sie später von einem Bereiter und einem Stallknecht abgeholt werden.

In der Zwischenzeit hatte Osterauer das nachmitternächtliche Souper auf der Veranda des unteren Hauses hergerichtet. Die Laterne hing an einem Balken und beleuchtete einen Teil der kleinen Terrasse und der geschindelten Fassade. Die vier Männer saßen schweigend am Tisch, aßen und tranken, bis nichts mehr übrig war. Unter ihnen funkelten die Lichter des Schlossparks und seiner Gebäude. Man erkannte die Lichter von Graswang und in der Ferne die von Ettal. Irgendwann stieß der König einen Seufzer aus.

»Hier oben ist mir so wohl zumute. Keiner kann mir meinen inneren Frieden rauben.« Er stand auf, stützte sich mit beiden Händen auf den oberen Querriegel der Veranda und blickte in die Ferne. »Es wurde ein ruchloser Angriff auf die Neue Burg verübt. Mit einer Dynamitbombe«, sagte er nach einer Weile. »Gottlob sind nicht sämtliche Sprengsätze detoniert, sonst wäre der Schaden um ein Vielfaches größer.«

Keiner der drei Chevaulegers sagte ein Wort. Paul fasste sich instinktiv an den Gürtel, um nach seinem Säbel zu tasten. Mayr hatte sie instruiert, ihre Waffen zurückzulassen. Sie seien auf einer Gebirgspartie unnötiger Ballast und der König fühle sich dadurch gestört.

»Es scheint, als haben Karl Hesselschwerdt und Mayr recht. Man trachtet mir nach dem Leben. Ich wollte es nicht glauben ...« Er hörte mitten im Satz auf zu reden und schüttelte den Kopf. Dann drehte er sich zu ihnen um. »Dass ich nur mit Leibwache durch den Englischen Garten kann, dass man die Wege räumt, bevor ich komme, nun gut. In München wimmelt es von Anarchisten, Sozialisten und Aufwieglern. Sagen Karl und Mayr. Aber in Hohenschwangau, meinem geliebten Hohenschwangau ...« Der König setzte sich wieder an den Tisch und schaute von einem zum anderen. Im Schein der großen Laterne meinte Paul Traurigkeit in seinen Augen zu erkennen. »Es gibt bereits eine Festnahme.«

Paul horchte auf. Er war gespannt, wen man da verhaftet hatte.

»Baumgartner!«, schrie der König unvermittelt. Er schlug mit der Faust auf den Tisch.

Osterauer und Friedrich bekamen im letzten Augenblick die umstürzenden Flaschen und Gläser zu fassen.

»Richard hat ihn mir wärmstens empfohlen. Wie konnte er sich nur so irren! Deshalb darf er nicht mehr bei mir sein. Er schafft kein frisches Geld heran und wählt die falschen Menschen aus. Es ist richtig, Karl zu vertrauen. Und Mayr, obwohl der manchmal so ungeschickt ist.« Der König steigerte sich zusehends in Rage. »Hornig muss ganz verschwinden. Man müsste ihn versetzen lassen. Und Baumgartner für den Rest seines Lebens wegsperren, bei Wasser und Brot. Aber zuvor binden und auspeitschen!«

Paul war anderer Meinung. Baumgartner hatte mit der Angelegenheit bestimmt nichts zu tun. Er schätzte ihn als braven und königstreuen Zeitgenossen ein. Und die scheibchenweise Entfernung von Richard Hornig aus dem inneren Kreis hielt er für einen großen Fehler. Er hatte schon oft darüber nachgedacht, was er unternehmen konnte, um Hornig zur Rückkehr zu verhelfen. Doch er war nur ein einfacher Soldat, der König würde ihm nicht zuhören. Nun verschaffte ihm die Explosion auf Neuschwanstein eine passende Gelegenheit.

»Eure hochwohlgeborene Majestät! Baumgartner ist seinem Herr und Gebieter treu ergeben. Der Herr Stallmeister hat ihn seiner hochehrwürdigen Majestät sicher mit Bedacht vorgeschlagen. Das muss ein Irrtum sein!«

Der König starrte ihn entgeistert an. Kaum hatte er ausgesprochen, bereute es Paul, vorlaut gewesen zu sein. In Erwartung eines Tobsuchtsanfalls rutschte er auf der Sitzbank soweit es ging nach hinten. Was hatte er sich nur dabei gedacht! Das musste die berauschende Wirkung der Flasche Cognac mousseux sein. Klein, aber oho! Die Euphorie seines Schwipses verpuffte jäh.

Ludwigs Blick bohrte sich förmlich in Pauls Kopf hinein. Seine Oberlippe zitterte, die geballte Faust lag noch immer auf der Tischplatte. Der wuchtige Oberkörper wippte vor und zurück.

»Was ...«, brüllte der König. Er atmete mehrmals hintereinander tief ein.

Unvermittelt verschwand die Anspannung aus seinen Gesichtszügen. Er öffnete die Faust und erhob sich von seinem Stuhl. Erneut ging er zum Geländer der Veranda hinüber, stützte sich am Handlauf ab.

»Ihr könnt euch nicht vorstellen, wie schwer es manchmal ist, Vertrauen zu fassen«, sagte er ruhig. »Baumgartner habe ich vertraut. Er hat seine Treue bereits vor langer Zeit bewiesen. Ich kann mir nur schwerlich vorstellen, dass er etwas mit der Angelegenheit zu schaffen hat. Almesberger war vielleicht zu vorschnell mit seinen Verdächtigungen. Und Karl und Mayr zu eifrig dabei, gleich in dieselbe Kerbe zu schlagen. Sie müssen ihn nochmals in Ruhe befragen. Ich werde es befehlen, wenn wir wieder in Linderhof sind.«

Nachdem sich der König wieder beruhigt hatte und das ausgiebige Picknick auf der Veranda des Brunnenkopfhauses beendet war, ging es auf dem Höhenweg weiter zu den Pürschlinghäusern. Paul bewunderte die Kondition des Königs. Ihm selber rann der Schweiß über Stirn und Rücken. Ludwig II. wirkte ausgeruht. Allerdings musste Paul mindestens zwei Schritte machen, wenn Seine Majestät nur einen tat. Seine langen Beine flogen nur so durch die Luft.

Das Königshaus am Pürschling thronte auf einer schroffen Felsnadel. Die Wirtschaftsgebäude lagen darunter in einer Senke. Genauso wie Osterauer es unterwegs beschrieben hatte. Das Mondlicht und Osterauers Laterne hatten den Weg überall gut ausgeleuchtet. An einigen Stellen klafften tiefe Abgründe neben dem Trampelpfad, an anderen Stellen konnte Paul über sich die Konturen von felsigen Wänden und Gipfeln erkennen.

Im Pürschlinghaus würden sie sich mit zusätzlichen Lampen ausrüsten. Denn der Rückweg nach Linderhof führte durch den Wald. Seit sie die Brunnenkopfhäuser verlassen hatten, dachte Paul darüber nach, wie er die Situation doch noch dazu nutzen konnte, Richard Hornig zu helfen. Er verstand nicht, weshalb Baumgartner in Linderhof aufgetaucht war. Nach ihrer Rückkehr musste er versuchen, Kontakt mit ihm aufzunehmen. Er wollte genau von ihm wissen, was sich in der Neuen Burg abgespielt hatte. Almesberger war dafür bekannt, dass er überall Feinde des Königs sah. Das hing wohl mit den Einbrüchen in Linderhof vor ein paar Jahren zusammen.

Alles, was der König ihnen vorhin erzählt hatte, verstärkte seinen Verdacht gegen Hesselschwerdt und Mayr. Noch während sie die Essensreste, Gläser und leeren Flaschen auf der Veranda des Brunnenkopfhauses einpackt hatten, sprach der König unablässig davon, dass Karl schon die Wahrheit ans Licht bringen werde. Auch Mayr sei geschickt in solchen Dingen. Eigentlich könne er nur noch diesen beiden bedenkenlos vertrauen.

Überhaupt tauchten die Namen des Marstallfouriers und des Kammerlakaien in beinahe jeder Angelegenheit auf, die es zu regeln oder organisieren gab. Für Paul wirkte das so, als hätten die beiden ihren König völlig um den Finger gewickelt. Und sie führten seiner Ansicht nach etwas im Schilde. Nicht umsonst versuchten sie, Seiner Majestät einzureden, dass er in ständiger Gefahr sei. Seit Paul seinen Dienst am Hofe verrichtete, hatte es nicht ein einziges Mal eine brenzlige Situation zu überstehen gegeben. Das Gefährlichste waren die nächtlichen Ausritte und Kutschfahrten, die nicht selten in atemberaubender Geschwindigkeit stattfanden.

Bösartige Menschen, die Seiner Majestät nach dem Leben trachteten, waren ihm bislang nicht begegnet. Er wurde lediglich der Reden von hinterlistigen Zungen, die dem König unverhohlen schmeichelten und ihn dann hintenrum schlecht machten, gewahr. Vorwiegend in Person von Mayr und Hesselschwerdt. Vielleicht steckten die zwei hinter der Affäre in Hohenschwangau. Sie besaßen die Mittel und Wege, so etwas durchzuführen.

Osterauer lief zum Wirtschaftsgebäude, während der König zum oberen Haus ging und einsam auf der vorderen Terrasse stand. Er hatte ihnen befohlen zu warten. Paul empfand Mitleid für den Mann. Er konnte verstehen, dass es ihm in seiner Stellung schwerfiel, irgendjemandem zu vertrauen. Und das nutzten Hesselschwerdt und Mayr gnadenlos aus.

»Ich möchte zu gern wissen, was da los ist. Meinst du, der arme Baumgartner hat das wirklich angestellt?«, fragte er Friedrich.

»Schwer vorstellbar«, murmelte sein Kamerad. »Nur kann man nie in einen Menschen hineinsehen.«

»Wie soll er sowas ganz alleine bewerkstelligen? Ohne Helfershelfer!«, antwortete Paul.

»Wieso nicht? Wenn er es gut geplant hat«, entgegnete Friedrich.

»Um dann in Linderhof aufzutauchen?«

»Sehr gerissen, oder unglaublich dumm!« Friedrich wollte gerade noch etwas sagen, als Osterauer mit den Lampen zurückkehrte.

»Die werden wir gut gebrauchen können. Im Wald wird es streckenweise finster«, sagte Osterauer.

Sie entzündeten nacheinander die Kerzen.

»Du kennst dich hier gut aus, oder?«, wollte Paul von Thomas Osterauer wissen.

»Ich war schon ein paar Mal mit dabei, als Seine Majestät das Lager in den Häusern aufgeschlagen hat. Mayr hat mir seinerzeit alles gezeigt. Und du, Vogelsang, warst ja auch schon dabei.«

»Nur ein Mal. Ich glaube, der Mayr kennt rundherum jeden Stein«, ergänzte Friedrich.

»Seine Majestät bleibt oft ein paar Tage am Brunnenkopf. Danach wird zum Pürschling übergesiedelt, von wo man auch nach Oberammergau gelangt und mit dem Wagen zurück nach Linderhof fährt. Meistens befiehlt der König diese Route«, erzählte Osterauer und fuchtelte mit der Laterne zur entgegengesetzten Seite ihres Standortes. »Oberammergau ist ein Umweg und bleibt uns heute glücklicherweise erspart. Wir nehmen die Abkürzung und marschieren jetzt unterhalb des Hauses an der Felswand vorbei. Passt auf, der Pfad ist recht schmal. Ist für mich die einzige kritische Stelle.«

»Schon recht«, brummte Friedrich.

»Ich will schnellstmöglich ins Bett. Bin nämlich hundemüde.« Wie zum Beweis schickte Osterauer ein Gähnen hinterher.

Paul war auch erledigt. Seine Uhr zeigte kurz nach vier Uhr morgens. Wie aus dem Nichts stand der König vor ihnen. Hastig stopfte Paul die Uhr in seine Jackentasche zurück und unterdrückte seinerseits ein Gähnen, das er gerade noch herzhaft in die warme Nachtluft hatte hinauslassen wollen.

»Zeit für den Abstieg, meine Herren. Zwei vorneweg, einer hinter mir.«

Die drei Soldaten tauschten kurze Blicke. Friedrich machte sofort einen Schritt zurück und bedeutete Paul und Osterauer, dass sie vorangehen sollten.

Thomas Osterauer setzte sich an die Spitze, Paul folgte ihm. Hinter sich hörte er die schweren Schritte des Königs.

Der Weg führte bergab und verschmälerte sich zu einem Trampelpfad. Paul blickte sich im Laufen um. Hinter sich erkannte er noch den Dachfirst des Königshauses, neben sich zerklüftete Felswände. Friedrich hatte den Anschluss verloren. Zwischen ihm und dem König klaffte eine Lücke von mehreren Fuß. Paul wunderte sich. Vielleicht hatte sein Kamerad einen offenen Schnürsenkel binden müssen oder einen Stein aus dem Schuh geschüttelt. Paul blickt rasch wieder nach vorne und konzentrierte sich auf den Weg, der sich an der stetig höher aufragenden Felswand entlangschlängelte. Paul hörte über sich ein Knacken, als ob ein Ast abbrach. Kleine Steine rieselten von der Felswand herab und landeten vor seinen Füßen. *Das muss eine Gämse sein,* dachte er, drehte sich zur Wand und schaute nach oben.

Mit dumpfen Schlägen rumpelte etwas ganz anders auf sie zu.

Keine Gefangenen

Lenz litt unsäglichen Durst. Die Hitze in der kleinen Kammer war erdrückend. Er hatte mehrmals um einen Schluck Wasser gebeten. Keiner war auf seine Bitte eingegangen. Weder Hesselschwerdt noch Mayr und auch nicht der Gendarm vor der Tür. Man behandelte ihn wie einen Schwerverbrecher.

Die erste Befragung hatte Hesselschwerdt durchgeführt. Das war etwa zwei Stunden nach seiner Festnahme gewesen. Hesselschwerdt hatte angeordnet, Lenz in ein Zimmer im Kavalierhaus zu sperren. Das war zumindest das Erste, was er Lenz gegenüber äußerte. Und dass er das Sagen habe. »Auf allerhöchsten Befehl Seiner Majestät des Königs.«

Seit Stallmeister Hornig vom König auf das Abstellgleis befördert worden war, riss Hesselschwerdt das Ruder an sich. Das war Lenz bereits beim letzten Hoflager in Hohenschwangau aufgefallen. Der Marstallfourier tigerte regelrecht vor den Gemächern Seiner Majestät hin und her. Er fing alles und jeden ab, der zum König wollte. War Hesselschwerdt nicht vor Ort, dann übernahm Mayr seinen Part.

»Wenn Seine Majestät von der Bergpartie zurückgekehrt ist, möchte er Antworten, Bursche! Also erzähl mir, weshalb du das Dynamit gezündet hast.«

Lenz berichtete Hesselschwerdt von dem kleinen Buben, dem Gerüstbauer und dessen Komplizen, wie Klara ihn im letzten Augenblick hatte befreien können, dass er seitdem nichts mehr hören konnte, und von dem Spielzeugsoldaten, der aus dem Besitz des Königs stammte. Johannes Balthasar Heiland erwähnte er mit keinem Wort.

Der Marstallfourier hörte aufmerksam zu. Er kraulte dabei beständig seinen buschigen Vollbart am Kinn und strich sich ab und zu das gewachste Haupthaar nach hinten. Als Lenz fertig war, baute sich Hesselschwerdt vor seinem Stuhl auf und streckte die Hand aus.

»Kann ich die Figur sehen?«

Lenz fasste in die Innentasche seiner Livree und erstarrte. Nein, er konnte ihm die Figur nicht zeigen. Bei ihrer Rast am Fuße des Schützensteiges hatte er Klara den Spielzeugsoldaten anvertraut, da seine Taschen zerrissen oder zu eng waren. Er wollte den hölzernen König Max II. nicht kaputtmachen. Klara hatte das Spielzeug in einen übriggebliebenen Stofffetzen gewickelt und vorsichtig in die tiefe Seitentasche ihres Kleides gesteckt.

»Ich habe sie ... nicht bei mir«, stammelte Lenz.

Hesselschwerdt fragte ihn, wo denn die Figur sei.

»Die habe ich Klara gegeben. Ich kann sie Ihnen nicht zeigen.«

Nach einer Weile schüttelte Hesselschwerdt den Kopf und verließ die Kammer. Ohne einen einzigen Beweis hätte auch Lenz so eine Geschichte kaum glauben können. Sie klang einfach zu abenteuerlich.

Nach einer gefühlten Ewigkeit erschien Lorenz Mayr im Zimmer. Auch er trug einen Vollbart, der an einigen Stellen allerdings beträchtliche Lücken aufwies. Das passte zum schütteren Haupthaar, das Mayrs hoher Stirn viel Platz zur Entfaltung einräumte. Mayrs Gesicht war knallrot angelaufen. Ob von Hitze oder vor lauter Aufregung konnte Lenz nicht sagen.

»So, du bist ... taub, Baumgartner. Geschieht ... ganz recht!«

Schon die Begrüßung ließ erahnen, in welche Richtung sich die Befragung entwickeln würde. Mayr ignorierte seine Bitte nach Wasser und einer Kleinigkeit zu essen mehrmals. Er brachte sogar ohne Umschweife zum Ausdruck, dass ein Verbrecher wie Lenz ruhig verdursten könne. Dann müsse man nicht jahrelang für seine Unterbringung im Zuchthaus aufkommen. Eigentlich handelte es sich um keine Befragung. Mayr wollte gar nichts zu den Vorfällen auf der Neuen Burg wissen.

»Man wird ... den Rest deines kümmerlichen Lebens in ... Anger ... sperren. Da ... Zeit zum Nachdenken, Baumgartner.«

Es folgte ein minutenlanges Bombardement mit Vorwürfen, dem Lenz nichts entgegenzusetzen hatte. Nicht nur, dass er Schwierigkeiten hatte, alles von den Lippen abzulesen. Er war schlicht zu erschöpft. So kannte er Lorenz Mayr gar nicht. Der Mann hatte auf ihn sonst eher zurückhaltend gewirkt, wenn auch undurchsichtig in seinen Absichten.

»Dann kannst du mit den anderen Verbrechern dein bemitleidenswertes Dasein fristen und verschwindest für immer aus der Gesellschaft.«

Hatte Lenz bei Hesselschwerdt noch den Eindruck gehabt, dass der Marstallfourier ihm aufmerksam zuhörte, klang Mayr wütend. Die Röte im Gesicht war also auf Mayrs Zorn zurückzuführen. Er hatte sein Urteil offenbar gefällt.

»Und glaub mir, Junge, ich ... tun, dass man ... zur Rechenschaft zieht!«

Er verpasste Lenz einen Tritt ans Schienbein, schaute ihn grimmig an und verließ das Zimmer. Beim Hinausgehen redete er mit dem Gendarmen, der vor der Tür stand. Lenz konnte nur »... dann schieß ... Haufen« von seinen Lippen lesen.

Der Auftritt von Mayr flößte Lenz Furcht ein. Er bereute es, nach Almesberger gefragt zu haben. Jetzt saß er in der Falle und würde vielleicht für etwas büßen müssen, das er gar nicht getan hatte. Der kleine Bub lebte höchstwahrscheinlich nicht mehr. Furchtbar, dass er ihm nicht hatte helfen können. Natürlich waren da noch Heiland und Klara. Hoffentlich fiel den beiden ein Ausweg ein. Sie durften sich unter keinen Umständen in Linderhof melden. Wegen Klaras Abwesenheit und dem morgendlichen Besuch von Heiland im Schloss Hohenschwangau gehörten sie auch zum Kreis der Verdächtigen. Die Kreusser hatte dahingehend bestimmt schon Alarm geschlagen. Lenz ärgerte sich, dass er Hesselschwerdt die Wahrheit erzählt hatte.

Lenz ging zum Fenster, öffnete es und schaute hinaus. Er überlegte, ob er einen Sprung wagen sollte, da er sich lediglich im ersten Stock befand. Er könnte nach draußen steigen, sich am Fensterbrett festhalten und seinen Körper an der Wand hinabgleiten lassen. Doch leider hatte der Gendarm seinen Posten nach draußen verlegt. Er machte Lenz vom Vorplatz aus ein unmissverständliches Zeichen, dass er ihn im Blick hatte.

Im Haus gegenüber brannte trotz der fortgeschrittenen Stunde noch Licht. Das musste das Ökonomiegebäude sein, in dem Almesberger nach Lenz' Verhaftung verschwunden war. Der Kastellan von Linderhof hatte Lenz keines Blickes mehr gewürdigt. Auch er sah in ihm den Schuldigen. Der Postillion war schlichtweg zum falschen Zeitpunkt am Schlosstor aufgetaucht. Lenz wünschte sich, mit Richard Hornig sprechen zu können. Der Stallmeister kannte ihn schon lange und wusste, dass er nie gegen den König agieren würde.

Lenz wankte vom Fenster weg und ließ sich auf das unbequeme Bett fallen. Seine Lippen und die Kehle waren strohtrocken. Er würde es gar nicht bis ins Zuchthaus schaffen, sondern vorher schon verdursten. Er fühlte sich schwach.

Etwas Unerhörtes kam ihm in den Sinn. Konnte es sein, dass der Kammerdiener des Königs in den Anschlag auf Neuschwanstein und die Entführung des Buben verwickelt war? Dass er ein Komplize des Gerüstbauers war? Weshalb sonst wollte er Lenz auf Biegen und Brechen in Münchens schlimmstem Zuchthaus für immer verschwinden lassen? Warum wollte er Lenz' Geschichte nicht hören? Weil es ihm egal war? Nein, Lenz war ein gefährlicher Zeuge! Je länger Lenz darüber nachdachte, desto deutlicher wurden die Zusammenhänge. Mit Mayrs Hilfe war der Anschlag in Neuschwanstein erst möglich gewesen. Er wusste, dass die Baustelle verwaist war. Er konnte seinen Mitverschwörern den Zutritt ermöglichen und das Dynamit besorgen.

Spielte Hesselschwerdt auch eine Rolle? Und was das Kind wohl mit der ganzen Sache zu tun hatte?

Ging es nach denen, die dem König am nächsten standen, war Lenz' Schicksal besiegelt. Er verlor allen Mut.

Sie hatten das Hufgetrampel schon von Weitem gehört und im Graben vor der Brücke Deckung gesucht. Als der Postillion an ihnen vorbeiritt, schwante Johannes Balthasar Heiland schon nichts Gutes.

»Der kommt bestimmt aus Hohenschwangau«, flüsterte ihm Klara zu.

Aus dem Verborgenen beobachteten sie kurz darauf, wie man Lenz abführte.

»Jetzt ist alles aus, jetzt ist alles aus«, jammerte Klara.

Heiland legte seinen Zeigefinger auf ihren Mund und gab ein Zeichen für den Rückzug. Er musste erst einmal in Ruhe über die neue Situation nachdenken. Um ja nicht von den Wachen entdeckt zu werden, schlichen sie halb auf dem Weg, halb im Graben von der Brücke fort. Sie huschten am Forsthaus mit den beiden gewaltigen Hirschgeweihen an der Giebelseite vorbei, überquerten die Straße und versteckten sich im Dickicht. Hinter den Fenstern im Erdgeschoss brannte Licht. Vielleicht bereitete sich der Revierjäger auf eine nächtliche Pirsch vor. Ein weiterer Grund, sich unsichtbar zu machen.

Klara wirkte apathisch. Sie saß auf einem Baumstumpf und stierte ins Leere, während Heiland ihre Optionen durchspielte. Es sah nicht gut für sie aus. Einen Vorteil gab es immerhin: Solange Lenz es nicht im Verhör ausplauderte, würde niemand damit rechnen, dass er in Begleitung eines Soldaten nach Linderhof gezogen war. Lediglich Lenz' Mutter, der Gerüstbauer, seine Gehilfen und die Baronin von Kreusser wussten von Heiland.

Mit wem der Gerüstbauer allerdings unter einer Decke steckte, konnte sich Heiland nicht zusammenreimen. Um einen derartigen Anschlag zu planen und durchzuführen, benötigte man einflussreiche Komplizen. Es konnte durchaus sein, dass sich weitere Verschwörer in der Nähe des Königs aufhielten. Den Gerüstbauer vermutete Heiland nicht in Linderhof. So tollkühn würde er nicht sein, nach dem, was er in der Neuen Burg angerichtet hatte. Der verbarg sich höchstens irgendwo in der Nähe, um Kontakt mit seinen Mitverschwörern aufzunehmen.

Und was Lenz' Mutter betraf: Bis die Verhaftung ihres Sohnes von Linderhof nach Hohenschwangau durchdringen würde, vergingen gewiss noch einige Stunden. Ein Risiko stellte allenfalls die Baronin von Kreusser dar. Klaras Vorgesetzte. Oder die Wachen, bei denen er sich im Schloss Hohenschwangau angemeldet und nach Klara gefragt hatte. Bis diese Personen ihre Beobachtungen gemeldet hatten, würde allerdings eine ganze Weile vergehen.

Sollte er sich am Tor melden und nach einem Nachtlager fragen? Nein. Er trug zwar seine Ausgehuniform, konnte sich jedoch nicht ausweisen. Und da er ähnlich ramponiert wie der Kastellan aussah, würde man ihn höchstwahrscheinlich verdächtigen, mit ihm unter einer Decke zu stecken oder auf andere Art in die Vorkommnisse verstrickt zu sein.

Selbstverständlich hatte man in Hohenschwangau Klaras Abwesenheit vom Hoflager bereits entdeckt. Heiland hatte keine Ahnung, wer von den Herrschaften von ihrer kurzen Liebschaft mit Lenz wusste.

»Wird man dich mit Lenz in Verbindung bringen?«, fragte er.

Klara blickte auf und brach unvermittelt in Tränen aus.

Heiland fühlte sich unwohl.

Je länger und heftiger ihre Tränen flossen, desto hilfloser fühlte er sich. Gerne wollte Heiland ihr ein Taschentuch reichen, aber er hatte keines.

Heiland kannte die Geschichte der beiden aus Lenz' Briefen. Bis heute war es dem Kastellan ein Rätsel, weshalb sie sich damals von ihm getrennt hatte. Eine Begründung war sie Lenz immer schuldig geblieben.

»Wer weiß, dass ihr ein Paar wart? Auch wenn es lange her ist.«

»Graf Dürckheim hat mich in die Mangel genommen ...« Der restliche Satz wurde von neuen Tränen erstickt.

Heiland musste sich zwingen, geduldig zu bleiben.

Erst nach einer Weile konnte Klara weitersprechen und wischte sich die Augen. »Er hat mich vor die Wahl gestellt. Ein Leben am Hof oder mit Lenz. Da unser Techtelmechtel bis zum Kammerherrn der Königin durchgedrungen ist, wissen es bestimmt einige.«

Klara hatte sich also damals gegen Lenz entschieden, weil sie um ihre Anstellung fürchtete.

»Jetzt bist du da. Das ist das Wichtigste!« Heiland wollte Klara gerne trösten. Sie hatte sich ein Herz gefasst und war ihnen zur Neuen Burg gefolgt, trotz der Aussicht auf gewaltigen Ärger. Genauso wie Lenz und er selber, war sie allein durch ihren Mut in eine ausweglose Lage geschlittert.

»Egal wie das ausgeht, ich werde niemals zurückkönnen.«

»Das ist nicht gesagt. Wir müssen irgendwie das Kind aufspüren. Der Bub ist der Schlüssel zu dieser Verschwörung. Finden wir ihn und entlarven dabei die Hintermänner, so können wir alles aufklären.« Heiland ging vor Klara in die Hocke und nahm ihre feuchte Hand. »Ich verspreche dir, es wird einen Weg geben, damit du zurückkehren kannst.«

»Ich möchte mit Lenz zusammen sein. Mehr als alles andere auf der Welt. Nur wird man ihn meinetwegen entlassen. Wir dürfen anscheinend nicht zueinanderkommen.« Erneut flossen Tränen Klaras Wangen hinab.

Heiland nahm auch noch Klaras andere Hand und näherte sich ihrem Gesicht. Trotz der Dunkelheit konnte er ihre Züge deutlich erkennen. Ihre Haut schimmerte so hell im Mondlicht.

»Ich weiß nicht wie, aber ich werde ihn da rausholen. Wir lassen ihn nicht zurück.«

»Selbst, wenn dir das gelingt – man wird ihn für schuldig halten und mich für seine Komplizin.«

Er wusste nicht, wie er sie aufrichten sollte. Gleichwohl wollte er nicht aufgeben, solange noch ein Fünkchen Hoffnung bestand.

»Du hast mir schon zweimal das Leben gerettet, Klara Grünspan. Es wird Zeit, sich dafür zu revanchieren.«

Er half ihr vom Baumstumpf hoch und umarmte sie. Auch wenn es für die späte Stunde ungewöhnlich warm war, zitterte Klara am ganzen Leib. Heiland wusste, dass es an der Aufregung lag und nicht an der Temperatur. Dennoch zog er seine Jacke aus und legte sie über ihre schmalen Schultern.

»Du wartest und verhältst dich ruhig. Ich werde mich umsehen.«

»Lass mich bitte nicht allein. Ich flehe dich an.«

»Ich verspreche dir hoch und heilig, dass ich wiederkomme.«

»Und wenn nicht?« Ihre Stimme klang brüchig. Das Zittern verwandelte sich in ein Schlottern. Heiland nahm sie nochmals in den Arm.

»Das wird nicht geschehen. Rühr dich nicht vom Fleck. Egal, wie lange es dauert!«

Es waren nur noch ein paar Stunden bis zum Morgengrauen. Heiland wollte den Schutz der Dunkelheit ausnutzen. Freilich konnte er sich kaum noch daran erinnern, wann er das letzte Mal seine militärische Ausbildung zum Tarnen und Anschleichen angewendet hatte. *Manche Dinge verlernt man nie,* machte er sich selber Mut.

Er drückte Klara sanft auf den Baumstumpf zurück. Sie holte ein kleines Bündel aus ihrer Rocktasche, packte den Spielzeugsoldaten aus und betrachtete ihn. »Weshalb ihn das Kind wohl dabeihatte?«

»Weshalb auch immer. Pass gut darauf auf. Wer weiß, wozu er noch nütze sein wird«, sagte Heiland. »Ich bringe Lenz mit. Ehrenwort!«

Die Warterei im Steilhang hatte Cornelius einiges abverlangt. Angesichts dessen, was er noch alles erledigen wollte, war ihm die Zeit endlos lange vorgekommen. Anfangs hatte er hin und wieder seinen Posten verlassen und war die vier Tritte im Stein emporgeklettert, um sich die Füße zu vertreten oder zu pinkeln. Das wollte er auf gar keinen Fall dort erledigen, wo er wartete. Je länger es dauerte, desto seltener traute er sich. Cornelius wollte die Gelegenheit keinesfalls verpassen.

Noch vor ein paar Tagen war es bloß darum gegangen, den Torbau der Neuen Burg in die Luft zu sprengen. Jetzt wollte er den König ermorden. Seine Entscheidung, sich gegen den Herrscher aufzulehnen, hatte eine dramatische Steigerung erfahren.

Der Mittelsmann hatte ihn darauf eingeschworen, keinesfalls die Geduld zu verlieren. Der König änderte oft seine Pläne, nicht selten kam es zu stundenlangen Verzögerungen. Cornelius sollte bis acht Uhr in der Früh warten. Würde der König nicht erscheinen, gab es noch einen anderen Plan. Der Mittelsmann beteuerte, dass dieser todsicher eingefädelt sei. Details erfuhr Cornelius nicht. Auf die Frage, weshalb er überhaupt das Kind hatte entführen sollen, erhielt er, wie schon beim Treffen in der Grotte, keine Antwort. Cornelius versuchte das Eis zwischen ihnen zu brechen und erzählte ihm, dass er den Buben ganz in der Nähe von Linderhof gefangen hielt und die Bewachung einem seiner Gehilfen anvertraut hatte. Er erklärte dem Mittelsmann auch, weshalb er den jungen Burschen namens Michael dafür besonders geeignet hielt. Michael hatte Cornelius nämlich davon berichtet, wie seine Familie den Linder-Hof einst verloren hatte, obwohl er bis heute noch nicht verstand, wie sich das genau abgespielt hatte. Er wusste lediglich, dass es nicht mit rechten Dingen zugegangen war:

Das Armeegestüt Schwaiganger hatte den Gebrüdern Ginthart Anfang des Jahrhunderts den Linder-Hof für ein Butterbrot abgekauft, um seine Weideflächen für die Fohlenzucht zu vergrößern. Der ältere Bruder starb bereits wenige Jahre, nachdem er den Hof verlassen hatte. Das Geld aus dem Verkauf versickerte in einer eigenen Schenke, in der er selbst der beste Gast war. Sein jüngerer Bruder blieb mittellos zurück, da er über keinen Besitzanteil am Hof verfügt hatte. Anfangs gestattete das Gestüt ihm und seiner Familie zu bleiben und den Hof weiter zu bewirtschaften. Nach seinem frühen Tod mussten die Witwe und die Kinder fort. Von da an ging es bergab mit der Familie.

Eigentlich waren die Gintharts nur über mehrere Ecken Michaels Familie. Seine Mutter war von ihnen mit dreizehn als Pflegekind aufgenommen worden. Man hatte zur Bewirtschaftung des Anwesens jede helfende Hand gebrauchen können. Sogar Kinderhände. Trotzdem waren die Gintharts die einzige Familie, die er je gehabt hatte. Dass sie ihre Heimat verloren hatten, war die Schuld des Königs. *An allem war nur der König schuld!* So hieß es bei den Gintharts. Und das glaubte der Bursche. Deshalb war es ihm selber so schlecht ergangen. Michael war zornig auf den König und alle, die heutzutage mit Linderhof zu tun hatten. Das war die perfekte Voraussetzung, um bei Cornelius' Plan für das Kind mitzuspielen.

Trotzdem wurde der Mittelsmann wütend. War jemand wie dieser Michael wirklich in der Lage, sicherzustellen, dass der Bengel erst im richtigen Moment wieder auftauchen würde? Ansonsten sei alles umsonst gewesen. Dann dachte er einen Moment nach und fügte hinzu, noch besser wäre es, das Kind würde für immer verschwinden.

Cornelius beteuerte, dass er nicht vorhatte, den Buben am Leben zu lassen. Gleich wenn der König beseitigt sei, würde er ihn ertränken. Doch auch das passte dem Mittelsmann nicht und er wurde ungehalten. Darin waren sich die beiden sehr ähnlich, dachte Cornelius. Auf gar keinen Fall, blaffte der Mittelsmann, dürfe der König sterben, er sollte nur einen gehörigen Schrecken eingejagt bekommen. Das musste Cornelius ihm schwören. Er tat es, aber vorsichtshalber mit überkreuzten Fingern hinter dem Rücken. Man konnte nie wissen.

Der Mittelsmann, nun deutlich besänftigt, zeigte ihm die Stelle unterhalb des Pürschlinghauses. Gemeinsam suchten sie in der Dunkelheit nach einem großen Ast, den er als Hebel benutzen sollte. Der Felsblock war etwa mannshoch und ruhte unmittelbar an einer Kante. Er wartete nur darauf, von ihm in die Tiefe befördert zu werden. Der Platz schien nahezu perfekt und bot freie Sicht auf den Weg bis zur nächsten Biegung. Von unten konnte man seinen Standort nicht ausmachen. Zumindest nicht rechtzeitig. Denn über den Tritt nach oben konnte er rasch verschwinden.

Die Zeit kroch dahin. Sein Posten bot einen Blick über das Tal und auf die umliegenden Gipfel. Weit unterhalb konnte er die Lichter im Schlosspark erkennen. Dahinter funkelten die spärlichen Reste des Flusses im Mondlicht, wie eine künstlich beleuchtete Grenze zwischen dem Park und den bedrohlichen Steilwänden der Berge.

Für einen Augenblick versank Cornelius in der friedfertigen Erhabenheit der Bergwelt. Der Zorn lockerte den Griff und zog seine Krallen aus Cornelius' Herz. Zum ersten Mal seit Max' Todessprung spürte er wieder einen Anflug innerer Ruhe.

Doch der Gedanke an Max brachte die Wut schlagartig zurück. Sie überrollte Cornelius wie eine gigantische Flutwelle, die in ein winziges Bachbett gespült wird. Die Krallen des Zornes bohrten sich zurück in sein Herz und schlugen es in Fetzen.

Endlich hörte er Stimmen. Sie tönten vom Haus zu ihm herunter. Er schüttelte seine Beine, kreiste mit den Armen und schlug sich mit der flachen Hand auf die Wangen. Von der Warterei war er träge geworden. Es hatte tatsächlich bis zum Morgengrauen gedauert. In weiter Ferne erschien bereits ein heller Streifen am Horizont.

Der dicke Ast steckte an Ort und Stelle. Gefühlt tausend Mal hatte Cornelius den Bewegungsablauf geprobt. Trotzdem wusste er nicht, ob es tatsächlich so funktionieren würde wie geplant. Er lehnte sich seitlich mit der Schulter an den Felsbrocken, packte den Ast mit beiden Händen und stellte zusätzlich den rechten Fuß darauf. In Erwartung seines Opfers war sein ganzer Körper angespannt und der Blick auf die Biegung gerichtet.

Bevor er ihn allein zurückgelassen hatte, war der Mittelsmann den Weg von der Biegung bis unterhalb des Felsblockes mehrmals abgeschritten und hatte dabei den ausholenden Schritt des Königs imitiert. Cornelius musste exakt in dem Moment, wenn der König aus seinem Blickfeld verschwand, bis drei zählen und dann drücken. Nur dann würde er ihn um Haaresbreite verpassen.

Endlose Minuten vergingen. Niemand erschien. Sie hatten bestimmt einen anderen Abstieg gewählt. Ansonsten wären sie längst vorbeigekommen. Cornelius lockerte den Griff, nahm den Fuß vom Ast. Er fühlte sich vom Pech verfolgt, nichts funktionierte wie geplant.

Gerade als er den Ast loslassen wollte, bog ein Lakai mit blauer Samtjacke, weißer Lederhose, schwarzen Stiefeln und einer großen Laterne um die Kurve. Knapp dahinter marschierte noch einer, gefolgt vom König. Cornelius erstarrte vor Schreck. Jetzt hatte er so lange auf den Moment gewartet und fühlte sich bewegungsunfähig. Das war vielleicht seine einzige Möglichkeit auf Rache. Jetzt war es ihm einerlei, ob der Monarch getroffen wurde. Schwur hin oder her.

Er schnappte sich den Ast, stellte den Fuß wieder darauf und stemmte sich gegen den Felsen. Der erste Begleiter war bereits aus seinem Blickfeld verschwunden. Der zweite trat gerade in den toten Winkel. Jetzt war es gleich soweit! Der König war nur noch ein paar Schritte entfernt. Unerwartet schnell gab der Felsblock seinem Druck nach und kippte um. Cornelius war so überrascht, dass er beinahe hinterhergestürzt wäre. Im letzten Augenblick erlangte er das Gleichgewicht wieder. Der Fels brach durch zwei Latschensträucher hindurch und gewährte Cornelius freie Sicht. Der zweite Lakai reckte sein Licht in die Höhe und schaute überrascht auf den herunterkrachenden Felsbrocken. Cornelius konnte seine Gesichtszüge für einen Bruchteil erkennen.

Im nächsten Moment prallte der Stein hart auf Kopf und Oberkörper des Mannes und riss ihn über den Wegrand mit sich. Cornelius glaubte das Knacken des brechenden Schädels gehört zu haben. Die Laterne wirbelte im hohen Bogen durch die Luft. Das Licht erlosch. Der König und der erste Soldat sprangen erschrocken zur Seite und starrten dem polternden Felsen hinterher, bis er weiter unten im Hang zum Stillstand kam. Die Beine mit der weißen Hose sowie ein Teil des Unterkörpers des getroffenen Uniformierten lagen unnatürlich verkrümmt auf dem Weg. Der Oberkörper hing schlaff über der Kante des Trampelpfades.

Cornelius fluchte leise. Das Pech war ihm treu geblieben. Vielleicht hätte er das mit dem Schwur ernster nehmen sollen.

Den ganzen Marsch ins Tal haderte Cornelius mit seinem Schicksal. Eine Zeitlang hatte es das Leben gut mit ihm gemeint. Vornehmlich als mit dem Bau der Neuen Burg begonnen wurde. Da hatte er sich vor Aufträgen kaum retten können. Womöglich hätte er anfangs besser mit seinen Einnahmen haushalten sollen, anstatt das Geld ins Wirtshaus zu tragen. Nicht selten las der Schwangauer Pfarrer seinen Schäfchen von der Kanzel herab die Leviten. Die Männer bevölkerten nach dem Zahltag die umliegenden Schenken, die Frauen kleideten sich in der neusten Mode. Der Geistliche forderte in seinen Predigten mehr Demut und Sparsamkeit im Umgang mit den Mark aus der königlichen Kasse. Erst die Krise von vor fünf Jahren öffnete so manchem die Augen. Denn ganz unerwartet wurden die Arbeiten ein halbes Jahr eingestellt und über zweihundert Arbeiter entlassen. Streitigkeiten unter den Verantwortlichen führten zu einem Baustopp. Die kleinen Leute mussten die Intrigen zwischen Hofsekretariat, Bauleitung und Bauunternehmern ausbaden.

Das führte zu grotesken Auswüchsen, da ein Großteil der Wanderarbeiter schon angereist war. Sie warteten von Woche zu Woche auf den Baubeginn und konnten irgendwann weder Unterkünfte noch Verpflegung bezahlen. Auch die Tagelöhner aus den umliegenden Dörfern erschienen täglich in Hohenschwangau in der Hoffnung, dass es endlich losgehen würde. Vergeblich. Für viele bedeutete dies jeden Tag einen Fußmarsch von zwei bayerischen Meilen oder mehr.

Erst als die Bauarbeiten im Frühjahr 1881 wieder aufgenommen wurden, hatte bei Cornelius ein Umdenken stattgefunden. Er legte sein Geld auf die hohe Kante. Besser gesagt, versteckte er es unter einer lockeren Bodendiele in der Stube.

Vielleicht hatte er die all die Jahre zuvor im Wirtshaus auch nur den Schmerz über den frühen Tod seiner Frau ertränken wollen. Und auch über die Tatsache, dass er dann ihr gemeinsames Kind hatte hergeben müssen. Es hatte ihn hart getroffen, dass er sich nicht um den kleinen Buben kümmern konnte. Was hätte er mit einem Säugling anfangen sollen? Auch wenn ihn seine Schwester anfangs, so gut es ging, unterstützt hatte, konnte er ihre Hilfe auf Dauer nicht annehmen. Sie musste sich um ihre eigene Großfamilie kümmern. Deshalb hatte er das Kind in die Obhut von Pflegeeltern geben müssen.

Nach dem Unglück im Steinbruch hatte Cornelius sich seiner Schwester gegenüber für ihre damalige Unterstützung erkenntlich zeigen und der Familie beistehen wollen, wo es nur ging. Und jetzt war Max tot und Cornelius trug die Schuld daran. Es existierten nur noch zwei Möglichkeiten der Gegenleistung. Geld und Rache.

Cornelius lief so schnell, wie es das schummrige Morgenlicht zuließ. Wahrscheinlich befanden sich der König und seine übriggebliebene Begleitung ebenfalls auf dem Rückweg. Sie durften ihn auf keinen Fall einholen. Zwei Mal stolperte er und fiel der Länge nach hin. Beim zweiten Mal schlug er mit dem Kopf auf einer Wurzel auf. Zwar hinterließ der Sturz nur eine schmerzhafte Beule auf seiner Stirn, aber wäre die Wurzel ein Stein gewesen, hätte er mit höchster Wahrscheinlichkeit seinem Schöpfer gegenübertreten müssen. Dazu war es noch zu früh. Zuerst wollte er seine Bezahlung, um sie Max' Familie zu übergeben.

Nur so konnte er den braven Leuten gegenübertreten und diese furchtbare Nachricht überbringen. Danach lag sein eigenes Schicksal in ihren Händen. Sie hatten alles Recht der Welt, ihn für immer aus ihrem Leben zu verbannen.

Die Kapellenglocke schlug sechs Uhr, als er das Tor im Wald erreichte. Er beobachtete es eine Weile aus einem Versteck im Unterholz. Weit und breit war niemand zu sehen. Nichts rührte sich. Lediglich das unterschwellige Summen der Dynamos war zu hören. Nach einer Weile beschloss Cornelius, loszustürmen. Sollte das Tor verschlossen sein, würde er versuchen, darüberzuklettern. Er musste in den Schlosspark zum Kavalierhaus. Wie er vom Mittelsmann wusste, hatte man darin Herrn Schilling untergebracht. Entweder traf er ihn persönlich an und würde ihn zwingen, das Geld rauszurücken. Notfalls mit Gewalt. Oder er würde sich Zutritt verschaffen und auf ihn warten. Er hatte sich seinen versprochenen Lohn mehr als verdient. Das würde Herr Schilling einfach kapieren müssen!

Gerade als er loslief, traten zwei Uniformierte auf das Tor zu. Cornelius zog sich lautlos zurück ins Gebüsch. Beinahe wäre er den Wachsoldaten in die Arme gelaufen. Verstohlen linste er zwischen den Zweigen hindurch. Die beiden Männer postierten sich hinter dem Gittertor und zündeten sich gegenseitig Zigaretten an. Der Zugang war vorerst versperrt. Cornelius überlegte, ob er sich am Zaun entlang schleichen sollte. Bestimmt würde er irgendwo eine Stelle entdecken, wo er darübersteigen konnte.

»Wir brauchen Hilfe! Es gab einen Unfall!«

Die Stimme ertönte vom Weg oberhalb. Die beiden Wachen schleuderten ihre Zigaretten zur Seite. Einer fingerte hektisch den Schlüsselring vom Gürtel. Das Tor ging von selbst auf, als er den Schlüssel ins Loch steckte. Es war die ganze Zeit unverschlossen gewesen. Cornelius ärgerte sich, dass er zu spät dran gewesen war.

»Wir bringen Seine Majestät zum Schloss, rasch!«

Das war der junge Lakai, der am Pürschling vorneweg marschiert war. Sogar aus seinem Versteck heraus konnte Cornelius die Leichenblässe in seinem Gesicht erkennen. Hinter ihm lief der König.

Wenn Cornelius die beiden sehen konnte, würden sie umgekehrt auch ihn sehen können Ganz leise sank er also auf die Knie und legte sich platt auf den Waldboden.

»Und wir brauchen sofort einen Arzt!«

Stimme und Schritte entfernten sich. Mit einem Satz sprang er auf. Das war seine Chance. Glück im Unglück! Er stand völlig einsam und verlassen auf der Lichtung. In der Aufregung hatte keiner das Tor geschlossen. Sperrangelweit stand es offen.

Cornelius zögerte keine Sekunde. Er rannte durch das Tor, verließ sofort die Straße und lief querfeldein zwischen den Bäumen hindurch den Hang hinab. Ganz in der Nähe der Grotte erreichte er wieder den Weg. Er verkroch sich hinter einem Felsen und spähte die Umgebung aus. Keine Menschenseele war in Sicht und kein Laut zu hören. Nicht weit entfernt ragte das Dach des Pavillons in die Höhe.

Er wollte die Straße lieber meiden und sich stattdessen in ihrer Nähe von Baum zu Baum schleichen. Sein nächster Orientierungspunkt war das alte Jagdhaus zwischen Schloss und Ökonomiegebäude. Danach am Weiher vorbei und immer geradeaus, hatte ihm der Mittelsmann die ungefähre Richtung beschrieben.

Je weiter er hinunterkam, desto spärlicher wurden die Baumverstecke. Erst bei dem einfachen Holzhaus, das angeblich schon König Ludwigs Vater bewohnt hatte, konnte er hinter einem dicken Ahornstamm erneut in Deckung gehen und durchatmen. Er wollte gerade weiter, als wildes Glockengeläut ertönte. Die Tür des Hauses wurde aufgerissen und eine Schar Bediensteter preschte zum Schloss. Kurz darauf stürmte eine Horde Soldaten und Gendarmen vom unteren Weg in dieselbe Richtung. Dann kehrte Stille ein. Das morgendliche Gezwitscher der Vögel war wieder zu vernehmen.

Cornelius ließ das Jagdhaus hinter sich, passierte den Weiher und blieb erneut hinter einem Baum stehen, diesmal einer Buche. Von seinem Standpunkt aus hatte er das Kavalierhaus und das Ökonomiegebäude im Blick. Sie lagen wie ausgestorben da. Das spielte Cornelius in die Hände. Er fasste sich ein Herz und sprintete zum Kavalierhaus. Laut der Beschreibung des Mittelsmannes befanden sich die Kammern in der oberen Etage, genau über den vier großen Toren, hinter denen die Kutschen des Königs untergestellt waren.

Cornelius hatte den König einmal mit einer seiner sechspännigen Prachtkarossen das Schloss Hohenschwangau verlassen sehen. Zuerst erschien der Vorreiter samt Zylinder, blauer Livree mit silbernen Knöpfen und einer weißen Lederhose. Auf dem Bock saß der Kutscher in Gala-Uniform, Zopfperücke und Dreispitz. Auf den Pferdehäuptern wackelten prächtige Federbuschen, während hinten auf dem Trittbett der Kutsche zwei Lakaien standen und sich festhielten. Die über und über vergoldete Kutsche hatte mit der Sonne um die Wette gestrahlt, und ganz besonders waren ihm die drei goldenen Engelsfiguren auf dem Wagendach in Erinnerung geblieben, deren oberste eine Königskrone gen Himmel reckte. Cornelius fragte sich, ob dieses Gefährt wohl hinter einem dieser Portale stand. Beinahe geriet er in Versuchung, nachzusehen, konnte aber doch widerstehen. Er wollte sein momentanes Glück nicht überstrapazieren.

Eine schmale Stiege führte seitlich am Gebäude zu den Zimmern. Wieder blickte er sich verstohlen um. Selbst wenn er den König nicht um die Ecke gebracht hatte, verhalf ihm seine nächtliche Aktion nun dazu, unbemerkt in Herrn Schillings Zimmer zu gelangen. Die Stiege knarzte bei jedem Schritt. Die Außentür war unverschlossen. Rasch zog er sie hinter sich zu und stand in einem schmalen, düsteren und muffigen Korridor. Er drückte die Klinke der ersten Zimmertür. Sie öffnete sich und Cornelius blickte in eine winzige Kammer mit einem Bett, einem Tisch, einem Stuhl und einem Nachtkästchen.

Das Zimmer schien nicht bewohnt zu sein, weshalb er die Tür wieder schloss und eins weiterging. Auch diese Tür war nicht abgesperrt und mit dem gleichen Mobiliar eingerichtet. Niemand hielt sich darin auf. Aber auf dem Bett lagen eine schwarze Aktentasche, eine Reisetasche, ein Zylinder und ein Gehstock. Cornelius erkannte den Stock sofort. Sein Knauf war in Form eines Löwenkopfes gearbeitet. Er gehörte Herrn Schilling. Erneut flammte Neugierde in Cornelius auf. Diesmal gab es keinen Grund, sich zurückzuhalten. Er öffnete die lederne Tasche. Auf deren Boden lag nur ein einziger

Gegenstand. Eine Pistole! Cornelius holte sie heraus und spannte den Hahn. Sie war geladen.

Sachte ließ er den Hahn zurückgleiten. Er durchsuchte die Tasche eingehender und fand in einem Seitenfach ein Magazin mit zwanzig Schuss. Nun besaß er noch bessere Argumente für seine Verhandlungen mit dem Auftraggeber.

Vom Nebenzimmer ertönte das Knarzen einer Bodendiele. Cornelius lauschte. Nochmals! Da war jemand. Vielleicht Herr Schilling. Er nahm zwei Patronen aus dem Magazin und schlich in den Gang hinaus.

Es gab zwei weitere Türen. Er hätte schwören können, das Knarzen aus dem vorletzten Raum vernommen zu haben. Er presste sein Ohr gegen die Tür und hielt die Luft an. Nichts. Vorsichtig drückte er die Klinke, das Ohr weiter am Türblatt. Die Tür gab leicht nach, wurde jedoch durch den Riegel des Türschlosses gestoppt. Es war also mit einem Schlüssel abgeschlossen. Wer auch darin sein mochte, er hatte den metallischen Laut des Anschlages sicherlich bemerkt. Kurz entschlossen machte Cornelius einen Schritt zurück und trat mit voller Wucht gegen das Türblatt. Der Riegel riss die blecherne Aussparung aus dem Rahmen und die Tür schlug krachend nach innen auf.

Cornelius hatte mit vielem gerechnet. Doch unter keinen Umständen hatte er erwartet, den Kastellan aus Hohenschwangau in dieser Kammer vor sich stehen zu sehen.

»Aber ... du bist tot!«, stammelte der Gerüstbauer.

Baumgartner blickte ihn erschrocken an und wich stolpernd zurück. Er stützte sich rücklings auf das Fensterbrett. Der Kastellan machte einen verheerenden Eindruck auf Cornelius. Zerrissene Kleidung, geschwollene Nase und am ganzen Leib zitternd. Dennoch lebte er.

»Das darf doch nicht wahr sein!« Die Gedanken wirbelten nur so durch Cornelius' Kopf. Wütend stampfte er mit dem Fuß auf.

Er spannte den Hahn der Pistole und zielte auf Baumgartner.

Die Schlinge zieht sich zu

Die Dunkelheit gab Herrn Schilling lange Zeit nicht frei. Er musste sich in Geduld üben. Zwei, drei, vier und fünf Uhr. Viertelstündlich hatte er die Glockenschläge gezählt und sich geärgert über seine Blauäugigkeit. Er war eben ein Stadtmensch. Sein Hintern schmerzte vom Sitzen auf dem steinigen Untergrund. Andauernd änderte Herr Schilling seine Position. Sitzend, stehend oder in der Hocke, stets auf demselben Fleck, aus Furcht, abzustürzen. In der Stille der Nacht klangen die Geräusche des Waldes ohrenbetäubend laut. Das Knacken im Unterholz, wenn ein Tier auf herabgefallene Äste trat, oder der Flügelschlag eines aufgeschreckten Vogels. Mehrmals wurde er Ohrenzeuge eines Kampfes auf Leben und Tod zwischen unsichtbaren Waldbewohnern. Er vermutete einen Fuchs oder Marder hinter dem Spektakel, das nach längeren Unterbrechungen ständig aufs Neue entfacht wurde. Irgendwann erstarb das Kreischen des unterlegenen Tieres und es herrschte Ruhe.

Während Herr Schilling, in der Hocke kauernd, das Halbsechsuhrläuten herbeisehnte, vernahm er Schritte. Zuerst dachte er an ein Tier, das ganz in der Nähe vorbeilief. Bei genauerem Hinhören erkannte man das typische Schrittmuster eines abwärts laufenden Menschen. Abrupt richtete er sich auf. Vielleicht lief da der Gerüstbauer nach getaner Arbeit den Hang hinunter.

Sollte er es tatsächlich geschafft haben, den König zu ermorden, würde Herr Schilling dem Monarchen keine Träne nachweinen. Sein

Plan hatte den Tod des Königs nicht vorgesehen, er wollte nur seine Abdankung forcieren. Sollte Ludwig II. jetzt tot sein, würde man ihm unangenehme Fragen stellen. Schließlich war er offiziell zum Schutz des Königs in Linderhof. Besser, er konnte eine Verhaftung vorweisen. Noch besser, der Verhaftete verlor dabei sein Leben, damit er nichts ausplauderte. Danach würde er sich um den Mittelsmann kümmern, der inzwischen ein unkalkulierbares Risiko darstellte. Dazu musste Herr Schilling endlich diesen gottverdammten Flecken Erde verlassen.

Das Halbsechsläuten war bereits vorbei, als wieder Schritte zu ihm herüberdrangen. Diesmal eilten mehrere Personen bergab. Herr Schilling schätzte, drei bis vier Männer. Frauenfüße verursachten andere Geräusche, weniger druckvoll und federnder. Seine Sinne waren mit einem Mal wieder ganz scharf. Verblüfft stellte er fest, dass er inzwischen auch seine nähere Umgebung erkennen konnte. Er stand tatsächlich unmittelbar auf einer Felskante. Vier Fuß unterhalb ragte nochmals eine Bruchkante hervor, auf der man stehen konnte. Danach fiel der Fels jäh ab, Es mochten dreißig bis vierzig Fuß sein. So genau konnte er das in der einsetzenden Dämmerung noch nicht sehen. Einen Sturz hätte er bestimmt nicht überlebt. Herr Schilling presste ein gequältes Lachen hervor. Die Bruchkante hatte lediglich eine Breite von fünf großen Schritten. Er hätte nur zur Seite gehen müssen, links wie rechts, und wäre in Sicherheit gewesen. Zahllose Buchen, Erlen und Linden vereinten ihre Kronen zu einem dichten Laubdach. Kein Wunder, dass er so lange nichts hatte erkennen können.

Endlich frei! Er fühlte sich wie eine junge Gams, die nach langer Gefangenschaft in die Freiheit entlassen wurde. Bei den ersten Schritten schmerzten die steifen Gelenke, dann sprang er behände über Wurzeln und Steine. Bald gelangte er an einen Trampelpfad. Durch die Baumkronen zog sich eine schmale Schneise und gab den Blick auf den Morgenhimmel frei, der sich anschickte, strahlend blau zu werden.

Herr Schilling wusste, dass König Ludwigs Vater ein begeisterter Jäger und Wanderer gewesen war. Ludwig II. dagegen beschränkte sich auf ungestörte Aufenthalte in den Bergresidenzen. Um zu lesen, Baupläne zu studieren und Gelage mit der Dienerschaft zu veranstalten. Dass der König dort den Regierungsgeschäften nachging, Sekretäre empfing und Verordnungen bearbeitete, wusste Herr Schilling ebenfalls.

Er ließ es außer Acht. Das passte nicht in sein Bild von einem krankhaft veranlagten Regenten. Jagdgesellschaften fanden bei Ludwig II. jedenfalls nicht statt. Es drangen Beschwerden bis in die Hauptstadt, dass der Wildbestand in den königlichen Revieren unnatürlich hoch sei, es große Schäden durch Verbiss gab und die eigens für die Hofjagden angelegten Wege verlotterten. Genau um so einen Pfad musste es sich handeln. Vor vielen Jahren hatte man eine Schneise freigeschnitten, die allmählich wieder zuwucherte.

Trotz der frühen Stunde war ihm reichlich warm. Er entledigte sich seiner Jacke und warf sie sich über die Schulter. Herr Schilling überlegte kurz, ob er den Berg nach oben oder zum Schloss hinunterlaufen sollte. Egal was sich abgespielt hatte, sein Platz war jetzt bei den Verantwortlichen in Linderhof. Unter Umständen geriet er in Verdacht, in die Angelegenheit verstrickt zu sein, sollte er durch Abwesenheit glänzen.

Es war höchste Zeit, zurückzukehren.

Michael saß an den Stamm einer stattlichen Linde gelehnt, fingerte in den Löchern seiner Hose herum und beobachtete den Himmel. Der Gerüstbauer hatte ihm eindeutige Instruktionen erteilt. Michael wollte sich daran halten.

Nachdem sie sich mit dem Gerüstbauer am Fuß des Schützensteiges getroffen hatten, schleppten sie die Kiste zum Versteck. Seine drei Kameraden schickte der Gerüstbauer weg. Er brauche nur noch einen Aufpasser, meinte er. Michael war freilich der Jüngste im Bunde. Offenbar traute der Gerüstbauer ihm aber am meisten von allen zu. Die anderen ließen sich darauf ein, dass sie den verabredeten Lohn später bekommen würden, wenn alles glattgegangen wäre. Erst nachdem sie gegangen waren, weihte der Mann ihn in die weiteren Pläne ein. Michael hörte aufmerksam zu.

Nun vertrieb das Tageslicht die Nachthimmel. Die Luft fühlte sich angenehm frisch an, wenngleich es nachts kaum abgekühlt hatte. Das musste am Wald liegen.

Seine Mutter hatte ihn früher oft in den Wald mitgenommen. Brennholz oder Beeren suchen. Manchmal sammelten sie auch Harz, um es unter der Hand an einen Pechler zu verkaufen. Am besten funktionierte das Harzen bei Fichten oder Kiefern. Mit einem kleinen, axtähnlichen Werkzeug ritzte man tiefe Risse in die Baumrinde, um später das ausgetretene und getrocknete Harz abzuschaben. Das war aufwendig und vor allem verboten, wenn man keine Sondererlaubnis besaß, da die Bäume die Prozedur nicht schadlos überstanden. Das war der Mutter völlig gleichgültig gewesen und die meisten der Pechhersteller nahmen ihr das Harz ab, ohne nachzufragen, woher es stammte. Schließlich ersparte ihnen das den aufwendigsten Teil der Arbeit.

Seine Mutter hatte darin eine Möglichkeit gefunden, sie beide über Wasser zu halten. Einen Vater hatte er nie gehabt und seit drei Jahren auch keine Mutter mehr. Sie war eines Nachts von einem Hausbesuch, wie sie es nannte, nicht mehr heimgekommen. Beinahe jeden Tag suchte Michael nach ihr. Ohne Erfolg.

Im Wald unterhalb der Kreuzspitze war Michael mit seiner Mutter oft auf Harzsuche gewesen. Das Betreten des Gebietes war strengstens verboten, seit der König seine Behausungen hier stehen hatte. So nah wie jetzt war er den Hütten noch nie gekommen.

Er stand auf, drehte eine Runde um den Baum, betrachtete eine Weile die heller werdenden Felswände der Geierköpfe und setzte sich wieder auf seinen Beobachtungsposten. Er hatte den Himmel und das Versteck im Blick.

Zuerst war Michael die Beteiligung an der Kindesentführung eine willkommene Verdienstmöglichkeit gewesen. Er wollte gar nichts weiter darüber wissen, sondern am Ende sein Geld einsacken. Spätestens in der Neuen Burg wurde ihm klar, dass es dabei um etwas Bedeutsameres ging. Bei all dem Aufwand, der betrieben wurde, vor allem, nachdem der Balg ausgebüxt war, musste es sich um ein besonderes Kind handeln.

Der Gerüstbauer erzählte ihm, dass der König höchstpersönlich bezahlen müsse. Dafür würde er sorgen. Deshalb ginge er nach Linderhof. Michael glaubte ihm jedes Wort. Der Mann war zu allem entschlossen.

Michael wusste zwar nicht, wie viel der König bezahlen würde oder weshalb er überhaupt für das Kind bezahlen sollte. Das war ihm egal. Hauptsache er bekäme den versprochenen Lohn.

Das Kind sei ein Faustpfand. Gesetzt den Fall, dass er bis mittags nicht zurück sei, müsse der Bub sterben. Bis Montag müssten sämtliche Spuren beseitigt sein. Kind, Transportkiste, überhaupt alles. Der Gerüstbauer fragte Michael, ob er ein Problem damit habe.

Michael konnte durchaus eins und eins zusammenzählen. Der Gerüstbauer wollte Geld vom König. Das Kind war seine Sicherheit und somit wertvoll. Gerne wollte Michael das Geld fürs Aufpassen nehmen oder eben das Leben des Buben, wenn der Gerüstbauer ein paar Münzen dafür locker machen würde. Für Geld machte Michael so ziemlich alles. Und wenn er dem blöden König irgendwie eins auswischen konnte, erst recht! Nein, er hatte kein Problem damit, sämtliche Spuren zu beseitigen. Einschließlich dem Gör. Wahrscheinlich würde er ihm den Schädel einschlagen. Oder ihn im Weiher ertränken und anschließend im Wald verscharren.

Auf Michaels Einwand, dass er keine Uhr besäße, entgegnete der Gerüstbauer, dass er einfach den Himmel beobachten solle. Sobald die Sonne senkrecht über den Baumkronen stünde und die Felswände der Geierköpfe gänzlich ins Tageslicht getaucht wären, wäre es an der Zeit.

Michael blickte zum langgezogenen Felsmassiv mit den zahlreichen Gipfeln. Es kribbelte in seinen Eingeweiden. Nicht mehr lange.

Der Gerüstbauer hatte ihn gefunden! Der Unmensch stand in der Zimmertür und zielte mit einer Pistole auf ihn. Der Hahn war gespannt, der Finger näherte sich dem Abzug. Nur ein Sprung aus dem Fenster konnte Lenz noch retten. Vorrübergehend. Wenn überhaupt.

Lenz wich bis zum Fensterbrett zurück und riskierte einen Blick über die Schulter. Soweit er erkennen konnte, lag der Hof einsam und verlassen da.

Ihm taten noch sämtliche Knochen vom Sturz mit der Wendeltreppe weh. Das war jetzt knapp einen Tag her. Die Erinnerung daran fühlte sich so quicklebendig wie schmerzhaft an. Bei einem unkontrollierten Sprung aus dem Fenster würde er sich vielleicht die Beine brechen. Spätestens dann konnte der Gerüstbauer ihn in aller Seelenruhe erschießen.

Der Mann stampfte wutentbrannt auf und sprach Worte, die Lenz nicht entziffern konnte, weil die Gesichtszüge des Gerüstbauers zu einer furchteinflößenden Grimasse verzerrt waren. Lenz würde den Schuss, der ihn gleich tötete, höchstwahrscheinlich gar nicht hören. Er versuchte, sich daran zu erinnern, wie ein Pistolenschuss klang.

Unerbittlich kam der Gerüstbauer mit der Waffe näher. Schweiß glänzte auf seiner Glatze. Lenz drehte nochmals den Kopf zum Hof. Besser ein paar Knochenbrüche und die Chance zu überleben, als im nächsten Augenblick von einer Kugel getroffen zu werden. Er würde sich einfach rücklings fallen lassen und möglichst auf den Füßen landen. Sicher war das Unterfangen zum Scheitern verurteilt. Doch er musste es einfach versuchen.

Etwas traf ihn hart am Kopf. Lenz spürte die dünne Hautschicht an seiner Schläfe aufplatzen. Er hatte den Schuss tatsächlich nicht gehört. Welche Ironie, dass er einen halsbrecherischen Treppensturz und eine Dynamitexplosion auf Neuschwanstein überlebt hatte und nun in Linderhof so banal niedergeschossen wurde.

Lenz' Kopf flog zur Seite, seine Beine gaben nach. Sein ganzer Körper wurde zur Seite geschleudert und er prallte mit der rechten Schulter gegen das Bettgestell, das neben dem Fenster an der Wand stand. Das Knacksen konnte er nicht hören, aber spüren. Der Schmerz jagte ihm Tränen in die Augen. Eine Schulterprellung tat mehr weh als ein Kopfschuss. Mit dieser Erkenntnis trat er aus dem Leben.

Plötzlich landete der Körper des Gerüstbauers auf Lenz und riss ihn von der Bettkante auf den Bretterboden hinab. Abgesehen vom abermaligen Knacken in seiner Schulter und dem stechenden Schmerz, der bis in seine Fingerspitzen jagte, spürte er die feuchte Kopfhaut des Mannes auf seiner Wange. Der Gerüstbauer lag rücklings auf ihm. Sein kahler Hinterkopf wippte leicht auf Lenz' linker Gesichtshälfte hin und her. Das Ohrläppchen war mit einem Flaum überzogen. Eine dünne Blutspur bahnte sich ihren Weg über den Rand der Ohrmuschel.

Plötzlich tauchte Heilands Antlitz über ihm auf. Er blickte Lenz besorgt an, dann lächelte er.

»Du ... klein ... kriegen, oder?«, las Lenz auf den Lippen des Soldaten.

Heiland packte den Hemdkragen des Gerüstbauers, zog ihn von Lenz herunter und reichte seinem Freund die Hand.

Der ergriff sie sofort, voller Euphorie, noch am Leben zu sein. Heiland zog mit aller Kraft. Lenz schrie auf und verlor wohl durch den rasenden Schmerz in seiner Schulter beinahe das Bewusstsein. Heiland blickte ihn erschrocken an, doch er ließ nicht locker und zog ihn ganz zu sich heran.

»Ich glaub, ich habe mir die Schulter gebrochen oder zumindest geprellt«, sagte Lenz nach einigen tiefen Atemzügen matt.

Heiland schob ihn behutsam zum Bett, so dass er sich hinsetzen konnte. Der Gerüstbauer lag zu seinen Füßen. An dessen Hinterkopf klaffte eine Platzwunde. Lenz wischte sich unwillkürlich über die Wange, auf der vorhin der Hinterkopf des Mannes gelegen hatte. Tatsächlich klebte Blut an seinem Handrücken. Lenz biss die Zähne zusammen. Seine Verletzungen, die Platzwunde und eine kaputte Schulter waren allemal noch besser als ein Kopfschuss.

Heiland berührte ihn sachte am Arm. »Das ... dir und von ihm! Er hat dir die Pistole ... Schädel gedonnert, als ich ... zugeschlagen habe.« Er deutete auf einen Stock, der neben dem Gerüstbauer auf den Dielen lag. Es war ein hölzerner Gehstock mit einem faustgroßen Knauf in Form eines Löwenkopfes. Lenz kannte den Besitzer. Er hatte ihn zuletzt vor zehn Jahren auf der Baustelle der Neuen Burg in Hohenschwangau gesehen.

»Der gehört Schilling. Ist er da?« Herr Schilling war ein undurchsichtiger Zeitgenosse. Einerseits hatte er ihnen damals geholfen, andererseits war er irgendwie in die Verschwörung verstrickt gewesen. Lenz war froh, nichts mehr mit ihm zu tun gehabt zu haben. Und das sollte so bleiben.

»Nein. Nur der Stock, zwei ... und ein Zylinder ... Nebenzimmer. Vielleicht wohnt er da.«

»Was macht er in Linderhof? Denkst du, er hat was mit der Angelegenheit zu schaffen?«

»Zuzutrauen wäre es ihm«, sagte Heiland. Er kniete sich neben den Gerüstbauer und durchsuchte dessen Taschen.

»Ist er tot?«, wollte Lenz wissen.

»Nein, er atmet noch.« Heiland holte ein gefaltetes Stück Papier aus der Jackentasche des Mannes und klappte es auf.

»Das ist ... der Neuen Burg. ›Für Max‹ steht ... oberen Ecke. Kennst du einen Max, der ... tun haben könnte?« Heiland hielt ihm die Zeichnung entgegen.

Lenz schüttelte den Kopf und bereute es sofort. Eine Schmerzwelle schwappte durch seine Schulter und den gesamten Arm. Unwillkürlich krümmte er sich zusammen, um die Schulter zu entlasten. Als er wieder nach oben blickte, stand Heiland am offenen Fenster. Er hatte sich so platziert, dass man ihn von draußen nicht sehen konnte. Den Körper dicht an der Wand und den Kopf an den Fensterrahmen gepresst, lugte er hinunter zum Vorplatz. Lenz traute sich nicht zu sprechen, bis er wieder zu ihm herüberkam.

»Da stehen jetzt Schilling und ... mit einem im dunklen Anzug ... kenn ich nicht. Könnte ... Kammerdienst sein. Die ... vorhin ... nicht da.«

Unter Schmerzen erhob sich Lenz und ging zum Fenster hinüber. Genau darunter standen die beiden samt Kammerdiener Mayr in lebhafter Diskussion. Besonders Mayr fuchtelte mit erhobenem Zeigefinger und grimmigem Gesichtsausdruck nach oben. Erschrocken trat Lenz vom Fenster weg, nur um die hastige Bewegung gleich wieder stöhnend zu bereuen.

»Hörst du, was sie reden?«, fragte er Heiland.

Er versuchte zu flüstern und konnte nicht einschätzen, wie laut oder leise er tatsächlich redete.

»Sie schwatzen ... durcheinander. Man kann ... Wort verstehen. Der Anzugträger ... nach München überstellen lassen. Schilling ist dafür, dich ... isolieren, wenn ich ... verstehe.«

»Der mit dem Anzug ist Kammerlakai Mayr. Ich glaube, der hat seine Finger im Spiel. Ihm dürfen wir am wenigsten trauen.«

Heiland kratzte sich mit dem Zeigefinger am Hinterkopf. Er nickte Lenz zu, bückte sich zum Gerüstbauer hinunter und kramte nochmals in dessen Taschen und fand ein weiteres, winzig zusammengefaltetes Papier. Er klappte es auseinander und ließ Lenz kurz mit draufblicken. Eine schlampig hingekritzelte Landschaft mit Bäumen und Straßen war darauf zu erkennen. Zwischen den Bäumen standen die Buchstaben »HH«. Heiland steckte das Papier in seine eigene Jackentasche, zog mit einem kräftigen Schwung das Laken vom Bett und klemmte es Lenz unter den gesunden Arm. »Das brauchen wir ... deinen Arm ...«, begann er.

»Und jetzt ... wie raus!«, sagte er und hob dabei den Löwenkopfstock und die Pistole auf.

Lenz verstand nicht, was Heiland mit dem Laken wollte, doch für Fragen blieb keine Zeit.

Der Soldat warf einen Blick in den Flur und winkte Lenz zu sich.

»Die ... rein. Rasch!«, verstand Lenz.

Mit dem Laken unter dem Arm folgte er Heiland bis zur Eingangstür. Jeder Schritt verursachte ein qualvolles Stechen in seiner Schulter. Er war froh, als ihm Heiland bedeutete, hinter ihm zu warten, bis er die Lage auf der Außentreppe ausgekundschaftet hatte. Lenz lehnte sich gegen die Wand und fragte sich, wie Heiland es unbemerkt an den drei Männern vorbeischaffen wollte.

Heiland öffnete die Tür einen Spalt, steckte den Kopf hindurch und spähte nach draußen, dann wandte er sich zu Lenz »Jetzt muss ... schnell ... Ich ... zuerst, dann du. Da hinten ... Gebüsch, das solltest du treffen.«

Allein beim Gedanken, sich zu bewegen, wurde Lenz speiübel. Noch dazu dröhnte sein Kopf und es fiel ihm schwer, Heilands Anweisungen zu verstehen.

»... keine Wahl. Das ... einzige Ausweg!«

Dadurch wurde die Sache keinen Deut besser. Unwillkürlich raste Lenz' Herzschlag.

Heiland blickte erneut zur Treppe, nickte dann Lenz aufmunternd zu, steckte die Pistole in seinen Gürtel und trat hinaus. Lenz folgte ihm.

Mit dem Stock in der Hand schwang Heiland sich über die Balustrade des oberen Treppenpodestes.

Lenz konnte niemanden auf der Treppe sehen, nun zögerte er nicht länger und drückte die Tür leise ins Schloss. Anschließend schleuderte er das Bettlaken über die Brüstung. Er riskierte einen hastigen Blick hinunter. Heiland stand neben einem mannshohen Holunderbusch und winkte ihm. Gut, der Busch war sein Ziel. Nach einem letzten Umschauen zur Freitreppe ergriff Lenz mit der gesunden Hand die Balustrade und schwang sich vorsichtig darüber. So langsam wie möglich versuchte sich Lenz hinuntergleiten zu lassen. Unter sich sah er Heiland, der ihm die Arme entgegenreckte. Urplötzlich verließ Lenz die Kraft. Halb glitt, halb stürzte er in Heilands Arme, der ihn hastig unter das schützende Blätterdach des Holunderbusches bugsierte.

Herr Schilling war schnurstracks zum Schloss gelaufen. Das Parktor im Wald hatte sperrangelweit offen gestanden und nirgends war ein Wachposten zu sehen. Erst am Schlosseingang begegnete er Wachsoldaten. Er zeigte ein paar Mal seinen Passierschein vor, bis eine der Wachen zusagte, Hesselschwerdt holen zu lassen. Der spräche gerade beim König vor. Es habe ein Unglück am Berg gegeben.

Offenbar veranlasste Herrn Schillings Gesichtsausdruck den Soldaten, rasch hinzuzufügen, dass Seiner Majestät gottlob nichts passiert sei. Aber einer ihrer Kameraden habe in Ausübung seiner Pflicht das Leben verloren. Mehr erfuhr Herr Schilling zunächst nicht.

Es dauerte eine geschlagene Stunde, bis der Marstallfourier erschien, im Schlepptau Kammerlakai Mayr. Als Herr Schilling die beiden auf sich zukommen sah, erinnerte er sich an ein Gespräch mit dem Oberstallmeister Graf Holnstein. Bei ihrem zufälligen Treffen in der Münchner Residenz hatte der Graf keinen Hehl daraus gemacht, dass er die ruinöse Verschwendungssucht von Ludwig II. missbilligte. Er habe dem König zu offenherzig dargelegt, dass er sparsamer mit den Geldern aus der Zivilliste umgehen sollte. Bauten, Theater und verschwenderische Geschenke für Günstlinge müssten eingeschränkt werden. Herr Schilling bezweifelte, dass Holnstein so deutlich geworden war. Bekanntermaßen neigte der Oberstallmeister dazu, sich selber in den Vordergrund zu stellen. Doch dann sagte Holnstein etwas, das Herrn Schilling aufhorchen ließ.

»Ich werde nicht zulassen, dass private Geldgeber Seine Majestät mit frischen Krediten versorgen. Der vermaledeite Neustätter hat sich das in den Kopf gesetzt. Den Herrn Hofrat Klug habe ich bereits geeicht. Er soll bei den Verhandlungen die Zinsen nach unten drücken, so dass es für Kapitalisten unrentabel wird. Aber Hesselschwerdt und Mayr lassen nichts davon zum König durchdringen.«

Herr Schilling kannte Ferdinand Neustätter nicht persönlich. Der Teilhaber der *Süddeutschen Theater- und Concert-Agentur* galt als glühender Anhänger Seiner Majestät. Das war in München allseits bekannt. Herrn Schillings Nachforschungen ergaben, dass Neustätter dem Monarchen tatsächlich Anleihen vermitteln wollte und bereits Gespräche mit dem für die königlichen Finanzen zuständigen Hofsekretär geführt hatte, doch Herr Schilling hatte das damals nicht besonders gekümmert. Als er jetzt den Marstallfourier Hesselschwerdt und den Lakaien Mayr auf sich zukommen sah, fielen ihm Holnsteins Worte wieder ein.

»Der Lieb ist von einem Felsen erschlagen worden«, sagte Hesselschwerdt.

»Einer von den Chevaulegers. Beim Pürschlinghaus«, ergänzte Mayr.

»Seine Majestät glaubt, es war eine Gämse, die den Stein losgetreten hat.«

»Wir müssen ihm klarmachen, dass es sich um einen Anschlag auf sein Leben gehandelt hat. Von Menschenhand durchgeführt. Dazu benötigen wir Ihre Unterstützung, werter Schilling.« Hesselschwerdt nahm Herrn Schillings Unterarm und manövrierte ihn vom Eingang und von Mayr weg. »Gestern gab es ein Sprengstoffattentat in Neuschwanstein. Kastellan Baumgartner ist nach Linderhof gekommen. Sein Äußeres war ramponiert und er hat mir eine wirre Geschichte erzählt. Er muss intensiver verhört werden. Das gehört zu Ihren Spezialitäten, nicht wahr. Jemanden so richtig in die Mangel zu nehmen.«

Hesselschwerdt beschleunigte seinen Schritt und zog ihn weiter mit sich. Auf Höhe des Königshäuschens holte Mayr die beiden Männer wieder ein.

»Wir verschwenden nur unsere Zeit. Baumgartner wollte das Schloss in die Luft jagen, kein anderer«, keuchte er. »Wir lassen ihn sofort nach München bringen und in den Anger werfen.«

Der Name Baumgartner kam Herrn Schilling bekannt vor, er konnte ihn nur nicht gleich einordnen. Natürlich hatte er nichts mit dem Attentat von Neuschwanstein zu tun. Er war allerhöchstens ein unliebsamer Zeuge, der die weite Strecke nach Linderhof bestimmt nicht auf sich genommen hatte, um sich zu stellen. Dieser Gedanken war Hesselschwerdt und Mayr anscheinend noch nicht gekommen. Wollten oder konnten sie nicht in diese Richtung denken?

Auf dem Weg bis zum Kavalierhaus erzählte Hesselschwerdt, was er von Baumgartner über die Ereignisse in Neuschwanstein wusste. Erneut tauchte der kleine Bub auf, dessen Rolle für den Geheimpolizisten ein Rätsel darstellte. Der Gerüstbauer jedenfalls war entlarvt. Durch Baumgartner und das Mädchen Klara, die den Kastellan befreit hatte, also gab es bedauerlicherweise sogar zwei Zeugen. Baumgartner und Klara ... Erst als er die Namen zusammen hörte, fiel Herrn Schilling ein, woher ihm die Namen bekannt waren: Die beiden hatten ihm schon mal ins Handwerk gepfuscht. Das sollte sich nicht wiederholen.

»Und wo ist diese Klara?«, fragte er Hesselschwerdt.

Sie hatten gerade eben den Vorplatz beim Kavalierhaus erreicht.

»Ach was, Baumgartner war allein. Die Geschichte mit dem Mädchen ist nur eine Erfindung von ihm. Er kennt den Namen aus dem Gefolge der Königinmutter«, behauptete Mayr. »Wir müssen dem König klarmachen, dass er in höchster Gefahr schwebt und wir noch mehr Wachen brauchen, die ihn gegen die Außenwelt abschotten. Keinesfalls darf er nach München zurück. Dort können wir ihn nicht beschützen.« Mayr ging auf Herrn Schillings Frage gar nicht ein, sondern hielt einen flammenden Vortrag über die mangelnde Sicherheit des Herrschers und den einzigen Schutz durch Isolation. Hesselschwerdt nickte andauernd zustimmend mit dem Kopf.

Obwohl Herr Schilling erst seit Kurzem in Linderhof war, festigte sich in ihm der Eindruck, dass die beiden Herren den König massiv beeinflussten. Es würde ihn nicht wundern, wenn sie die Korrespondenz fälschten oder zensierten, um ihre Ziele zu erreichen. Holnsteins Aussage über die Kreditverhandlungen und Herrn Schillings Gespräch mit Adjutant Graf Dürckheim erschien ihm nun deutlich plausibler.

Allerdings wurde die Angelegenheit immer verzwickter. Herr Schilling hatte bereits von seinem ursprünglichen Ansinnen, Cornelius in flagranti zu erwischen, abweichen müssen, nur weil er sich im Bergwald verirrt hatte. Doch nun kamen auch noch Baumgartner und Klara dazu. Das passte ihm gar nicht. Ihm blieb nur eine Möglichkeit: Sie mussten verschwinden. Der Anger war dazu natürlich geeignet. Wer in dem Gefängnis landete, konnte leicht eliminiert werden. Bis dahin durfte Baumgartner auf keinen Fall mit noch mehr Menschen über seine Geschichte sprechen. Nicht dass jemand auf die Idee käme, weitere Nachforschungen anzustellen. Das wollte er lieber nicht riskieren.

Herr Schilling bezweifelte, dass Baumgartner Klaras Beteiligung erfunden hatte. Vielleicht war sie mit dem Kastellan nach Linderhof gekommen und versteckte sich bloß irgendwo? Um sie konnte er sich nach dem Kastellan und dem Gerüstbauer kümmern. Schließlich war sie nur eine Frau und dazu noch eine einfache Zofe. Da würde man ihr von Haus aus kaum Gehör schenken.

»Wir sollten Baumgartner isolieren. Gibt es einen Raum, wo ihn niemand hören kann? Es könnte laut werden, wenn ich alles aus ihm herausquetschen soll.«

Hesselschwerdt und Mayr schauten sich an. Mayr deutete zur Uhr auf dem Dach des dreistöckigen Ökonomiegebäudes.

»Es ist bald sieben Uhr«, sagte Mayr. »Wir könnten ihn zur Gasfabrik hochbringen. Das Pochen der Generatoren im Maschinenhaus übertönt jedes Geschrei. Der König besucht die Grotte heute nicht mehr. Er wollte noch ein kurzes Gebet für den armen Lieb in der St. Anna Kapelle sprechen und dann zu Bett gehen. In der Gasfabrik ist niemand mehr zugange. Wir hätten dort also freie Bahn.«

»Ich habe freie Bahn, meine Herren.«, sagte Herr Schilling im Befehlston. »Sie nicht! Helfen Sie mir, Baumgartner zur Fabrik zu bringen, dann kehren Sie umgehend auf Ihre Posten zurück. Sie haben Baumgartner somit der Polizei übergeben und sind aus der Sache raus.«

Seit Jahren hatte sich Herr Schilling die Hände nicht mehr schmutzig gemacht. Er ärgerte sich, unterschätzt zu haben, was es wirklich bedeutete, einen Anschlag auf den Besitz des Königs zu verüben. Vor allem war er nicht darauf vorbereitet gewesen, wie abgeschottet der Monarch tatsächlich lebte. Im Vorfeld hatte er diesen Sonderling für leichte Beute gehalten, nur weil er lieber mit Künstlern und Stallpersonal verkehrte, als mit den Würdenträgern seines Königreiches.

Herr Schilling rannte die Freitreppe hinauf. Hesselschwerdt und Mayr folgten ihm. Die Eingangstür war unverschlossen, der Gang leer.

»Haben Sie keinen Wachposten abgestellt?«

»Selbstverständlich ...«, begann Hesselschwerdt. »Aber wegen der Alarmglocke vorhin ist er wohl zum Treffpunkt gelaufen und ...«

»Baumgartner ist im Zimmer neben dem Ihren eingesperrt«, vervollständigte Mayr.

Kopfschüttelnd entdeckte Herr Schilling die offen Zimmertür. Ihm schwante Böses. Die blecherne Aussparung der Zarge lag auf dem Boden und mitten auf dem Türblatt zeichneten sich die Konturen einer Schuhsohle ab.

Er betrat den Raum. Der Stuhl lag unter dem Tisch, das Nachtkästchen hing schräg auf dem Bettrand. Bettdecke und Kopfkissen hatte man auf das Kästchen geworfen. Das Laken fehlte.

Der Holzboden rund um das Bett war gesprenkelt mit dunklen Flecken. An der Wand daneben klebten Blutspritzer. Hier hatte offensichtlich ein Kampf stattgefunden. Herr Schilling drehte sich zu seinen beiden Begleitern um. Mayr stand hinter ihm, Hesselschwerdt betrat gerade das Zimmer.

»Die anderen Räume sind auch leer«, sagte der Marstallfourier. »Der Boden im Gang ist voller Bluttropfen. An der Vertäfelung klebt sogar ein blutiger Handabdruck!«

»Sie sollten sofort eine Suchmannschaft zusammenstellen. Wir müssen den Park durchkämmen. Weit kann er noch nicht sein.« Herr Schilling konnte sich keinen Reim auf das machen, was er vorgefunden hatte. Alles wurde immer verworrener und gefährlicher. »Ich hole meine Pistole. Sie instruieren Ihre Leute, notfalls von der Schusswaffe

Gebrauch zu machen. Wir treffen uns in fünf Minuten beim Ökonomiegebäude«, befahl er.

Die beiden Bediensteten zögerten kurz. Sie waren es nicht gewohnt, in ihrer Umgebung von jemand anderem als dem König Befehle zu erhalten.

»Los jetzt! Wir dürfen keine Zeit verlieren.« Herr Schilling drängte die beiden zur Tür hinaus. Mayr wollte etwas sagen, doch Hesselschwerdt packte ihn am Ärmel seiner Anzugjacke und zog ihn mit sich.

Herr Schilling atmete durch. Endlich allein. Nun konnte er in Ruhe nachdenken. Er verließ das Zimmer und ging um die Ecke in den Flur. Tatsächlich zeichnete sich an der Wandvertäfelung gegenüber seiner Zimmertür ein dunkler Handabdruck ab. Die Tür stand ebenfalls offen. Hesselschwerdt hatte sie nicht zugemacht, nachdem er einen Blick ins Zimmer geworfen hatte. Auf dem Bett lagen nach wie vor die Aktentasche, die Reisetasche und sein Zylinder. Vom Stock fehlte jede Spur. Beim Eintreten fielen ihm eine Reihe dunkler Spritzer auf der Türschwelle auf. Verärgert trat er ein, verpasste der Tür mit der Ferse einen Tritt, sodass sie krachend ins Schloss fiel, und lief zum Bett hinüber.

»Wir sollten uns unterhalten!«

Die Stimme kannte er. Herr Schilling wirbelte herum. Vor ihm stand Cornelius, der Gerüstbauer. Er musste sich hinter der Tür versteckt haben. Kopf, Hals und Jacke waren blutverschmiert.

»Es ist an der Zeit, Ihre Schulden zu begleichen!« Cornelius trat an die Tür und drehte, ohne Herrn Schilling aus den Augen zu lassen, den Schlüssel im Schloss herum. Mit schweren Schritten ging er auf den Geheimpolizisten zu.

Ausweglos

Lenz ließ sich unter dem Holunderbusch auf den Hosenboden sinken und lehnte sich mit dem Rücken gegen den Stamm.

Heiland kniete sich zu ihm und legte das Laken und den Stock neben Lenz. Er schaute ihn eindringlich an. Gerade als Heiland etwas sagen wollte, hörte er von der Vorderseite des Gebäudes Schritte auf der Treppe. Da rannte jemand zu den Zimmern hinauf. Und jeden Augenblick würde dieser Jemand über die Balustrade zu ihnen herunterschauen.

»Steh auf! Wir müssen uns ganz eng an den Stamm schmiegen und versuchen, zwischen den Blättern unsichtbar zu werden«, flüsterte er Lenz ins Ohr, ohne zu wissen, ob sein Freund das überhaupt verstehen würde. Er presste Laken und Stock unter den Arm, nahm Lenz' gesunde Hand und bedeutete ihm aufzustehen. Tatsächlich fanden sie ausreichend Lücken, um sich zwischen den Ästen hindurch zu winden und aufrecht im Busch stehen zu können.

Heiland mühte sich, zwischen den Holunderblättern den Eingang ins Kavalierhaus zu beobachten und glaubte für einen Moment eine Gestalt zu erspähen.

Er blickte noch eine Weile angestrengt nach oben, doch es war nichts mehr zu sehen oder zu hören. Entweder hatte man sie entdeckt und war auf dem Weg zu ihnen, oder sie hatten Zeit gewonnen.

»Wir werden jetzt deinen Unterarm schienen und in eine Schlaufe legen, damit deine Schulter stabilisiert wird. Dann geht's dir gleich besser. In Ordnung?« Er formte die Lippen beim Sprechen übermäßig, in der Hoffnung, dass Lenz ihn so besser verstand. »Du darfst keinen Laut von dir geben. Schaffst du das?«

Eine Träne floss aus Lenz' Augenwinkel und vermischte sich mit der Staubschicht der ausgetrockneten Erde auf seinen Schläfen. Lenz nickte.

»Wir kriechen zu der Buche rüber und du lehnst dich gegen den Stamm.«

Heiland wand sich zwischen den Ästen hindurch, ließ sich hinabsinken und bewegte sich auf allen Vieren hinter dem Holunderstamm zu dem Baum hinüber. Dort drehte er sich, weiter flach auf dem Boden liegend, herum und verbarg sich dahinter. Lenz verharrte noch immer zwischen den Ästen und bewegte sich nicht. Heiland winkte ihm zu, doch Lenz reagierte nicht.

Noch war niemand zu sehen, weder am Eingang zum Kavalierhaus noch bei dem kleinen Schuppen neben der Treppe. Den musste man erst umrunden, um hinter das Gebäude zu gelangen.

Beweg dich endlich, Lenz! In Heilands Gliedmaßen kribbelte es vor Ungeduld. Schließlich manövrierte sich Lenz durch das Dickicht nach unten auf die Knie, stützte sich mit dem unverletzten Arm am Boden ab und kroch zu ihm. Bei jeder Bewegung biss sich sein Freund auf die Lippen, der Schmerz stand ihm ins Gesicht geschrieben. Kniend streckte Heiland dem Verletzten die Hände entgegen, um ihm bei den letzten Schritten hinter den Baum zu helfen.

Heiland stand auf, lehnte Herrn Schillings Stock schräg an den Stamm und trat, so fest er konnte, mit dem Fuß auf die Mitte des Holzes. Beim zweiten Versuch barst es mit einem kurzen Knacken auseinander. Sofort schob er die obere Hälfte des Stockes bis zum Ellenbogen in Lenz' Livreeärmel, so dass nur noch der Löwenknauf herausragte.

Instinktiv umklammerte Lenz den Griff. Heiland breitete das Laken auf dem Boden aus und faltete es zu einer länglichen Bahn zusammen. Dabei hatte er stets die Rückseite des Kavalierhauses im Blick. Wer auch immer die Treppe hinaufgegangen war, hatte inzwischen bemerkt, dass Lenz fehlte. Bestimmt würde man gleich Alarm schlagen.

Heiland schlang das gefaltete Laken um Lenz' Nacken und passte die Länge so an, dass er den Unterarm stabil hineinlegen konnte.

»Besser so?«

Lenz nickte stumm, daraufhin knotete Heiland eine Schlaufe und fächerte das restliche Laken so auf, dass sein Freund den angewinkelten, vom Stock stabilisierten Unterarm darin ablegen konnte.

»Kannst du aufstehen? Ich glaube nicht, dass deine Schulter gebrochen ist. Wahrscheinlich ist es nur eine starke Prellung. Das tut zwar sehr weh, aber es kann nichts weiter passieren. Wir sollten dringend los.«

»Ich versuch es. Wie kommen wir raus?« Lenz sprach immer noch viel zu laut.

»Leise, ich weiß ...« Heilands Satz wurde vom wilden Läuten der Glocke auf dem Ökonomiegebäude unterbrochen. Lenz runzelte die Augenbrauen, als Heiland zu reden aufhörte, und sah ihn fragend an.

»Das ist bestimmt ein Alarmläuten!«, stellte Heiland fest. »Jetzt wird's eng für uns. Sämtliche Tore werden doppelt besetzt und ein Suchtrupp zusammengestellt. Los, schleichen wir runter zum Weiher.«

Er nahm Lenz' Hand und zerrte ihn mit sich. Zuerst liefen sie ein Stück in den lichten Wald hinein, um sich dann von Baumstamm zu Baumstamm hinunter in eine Mulde zu bewegen. Die Straße ließ Heiland dabei keinen Moment aus den Augen. Sie führte vom Kavalierhaus durch die Senke, am Weiher vorbei, um eine Kurve herum und hinauf zum Königshäuschen.

Nachdem er Klara zurückgelassen hatte, war Heiland am Staketenzaun entlanggestreift, in der Hoffnung, irgendwo eine Schwachstelle zu finden. Zuerst hatte ihn sein Weg immer parallel zum Bachbett geführt, bis er in einiger Entfernung die steinernen Säulen eines Tores entdeckte. Mitsamt Wachmannschaft davor. Hier war ein unbemerktes Vorbeikommen unmöglich und er musste unverrichteter Dinge umkehren. Dann hatte Heiland den beinahe ausgetrockneten Fluss überquert und sich ins Gras gelegt, um das Haupttor zu beobachten: Es gab zwei Wachposten vor dem Tor und zwei dahinter, die alles im Blick hatten. Er war schon kurz davor zu resignieren, als er eine ungewöhnliche Entdeckung machte. Er hatte tatsächlich eine Schwachstelle im Bollwerk gefunden.

Genau die war nun sein Ziel und wahrscheinlich der einzige Weg nach draußen. Er stand mit seinem Freund in der Mulde und beobachtete die Straße, während Lenz vollauf damit beschäftigt war, sich auf den Beinen zu halten. Heiland fragte sich ernsthaft, wie er den verletzten Kastellan unbemerkt aus dem Schlosspark schaffen sollte. Die Straße war weiterhin leer. Er zupfte Lenz am Kragen und deutete zur anderen Straßenseite.

»Los geht's!«

Viel zu langsam quälten sie sich über den unebenen Waldboden auf die Straße zu. Sie überquerten diese und verließen damit ihre Deckung. Zum Weiher ging es leicht bergab. Dieser Teil ihrer Fluchtroute war von der Straße aus gut einsehbar.

Heiland konnte es gar nicht schnell genug gehen und er erreichte so als Erster das Ufer, wo er über die Böschung kletterte und ins seichte Wasser stieg. Er wartete auf Lenz, der mit dem gesunden Arm den verletzten abstützen musste, um ein Herumschlenkern zu verhindern. Oben an der Straße scharrten Schritte auf dem Kiesweg. Jeden Augenblick würde irgendwer auftauchen und Lenz zum Weiher laufen sehen.

»Es kommt jemand«, formte Heiland mit den Lippen.

Lenz mühte sich ab, nicht hinzufallen und hörte ihn augenscheinlich nicht. Seufzend stieg Heiland wieder aus dem Wasser, sprang zu Lenz und zerrte ihn mit sich zu Boden. Der Kastellan jaulte kurz auf und verstummte sofort wieder. Sitzend rutschten sie über das Gras und über die niedrige Böschung in den Weiher, bis Heilands Gesäß schlammigen Boden berührte.

»Nach hinten kippen!«, kommandierte er, »Kopf runter!«

Er hoffte inständig, dass Lenz ihn verstand und ließ sich nach hinten ins Wasser sinken. Nur sein Gesicht ragte aus der Oberfläche.

Heiland konnte nichts mehr beeinflussen, nur abwarten. Er rührte sich nicht.

Die Geräusche der Umgebung drangen gedämpft an sein Ohr. Den Flügelschlag eines größeren Tieres, wahrscheinlich eines Schwanes, konnte er ausmachen. Schritte oder Stimmen waren nicht zu hören. Das Teichwasser schwappte warm hin und her und roch modrig. Um ihn herum trieben die Hinterlassenschaften der Teichbewohner. Da konzentrierte er sich lieber auf den Uferrand. Die von seiner Position aus sichtbaren Baumwipfel reckten sich reglos gegen den strahlendblauen Morgenhimmel. Jeden Augenblick erwartete er, dass Gesichter von Soldaten in deren grünen Umrissen auftauchten.

Nichts dergleichen geschah.

Irgendwann wagte Heiland, seinen Kopf zu heben und über die Böschung zur Straße zu linsen. Kein Mensch in Sichtweite. Er zog sich am Uferrand zu Lenz. Der Kastellan trieb mit halb offenen Augen allmählich auf den Weiher hinaus. Heiland packte ihn am Fuß, bevor er ganz abdriften konnte, und zog ihn so nah an sich heran, bis sie Kopf an Kopf trieben.

»Im Wasser sind die Schmerzen erträglich«, flüsterte Lenz ihm zu.

»Wir müssen weiter. Zieh dich am Ufer entlang. Bleib so flach wie möglich im Wasser liegen. Du vorneweg.«

Sie mussten sich gute einhundert Fuß an der östlichen Uferseite entlanghangeln. Lenz konnte mit seiner verletzten Schulter nicht schwimmen und Heiland erhoffte sich von der Nähe zur Böschung ein Minimum an Deckung. So zogen sie sich stückchenweise am dünnen Gestrüpp der Grasnarbe entlang. Heiland konnte dabei lediglich die westliche und frontale Uferseite nach Verfolgern absuchen. Der Hang zu ihrer Linken ragte zu steil in die Höhe, als dass er jemanden hätte sehen können. Außerdem konnte er sich nicht permanent nach hinten umdrehen, sonst wären sie noch langsamer vorangekommen.

Endlich erreichten sie die Stufe am Ende des Teiches, an der das Wasser in einen schmalen Kanal hinabgeleitet wurde. Ein hölzerner Zaun überspannte die Schleuse von einer Uferseite zur anderen. Flach im Wasser liegend, drehte sich Heiland zu Lenz um. Gleichzeitig ließ er seinen Blick über das Gelände schweifen. Tatsächlich entdeckte er an der Stelle auf der gegenüberliegenden Seite, an der sie vorhin in den Weiher gerutscht waren, zwei Wachsoldaten.

Er legte warnend den Finger an seine Lippen.

Die beiden Männer blickten über das Wasser. Einer von ihnen nestelte an seinem Gürtel herum. *Jetzt zieht er seine Waffe.*

Der Mann wandte sich seinem Kameraden zu und streckte ihm etwas entgegen. Heiland konnte nicht erkennen, was da vor sich ging. Die Entfernung war dafür einfach zu groß. *Vielleicht eine Trillerpfeife? Um Alarm zu schlagen.*

Lenz schaute ihn mit großen Augen fragend an.

Der zweite Soldat nahm den nicht erkennbaren Gegenstand und fasste gleichzeitig in seine Hosentasche. Heiland schaute kurz zu Lenz, der ihn weiterhin anstarrte. Das Laken hatte sich vom Unterarm gelöst und schwebte unter Lenz' Körper im Wasser. Der Kastellan umklammerte den Löwenkopf. Der Stock steckte noch in seinem Ärmel. Der blaue Jackenstoff weichte zusehends auf. Allzulange würde die provisorische Stütze den Arm nicht mehr stabilisieren können.

Die Soldaten am Ufer hielten sich nacheinander die Hände vor das Gesicht. Im nächsten Augenblick züngelte eine kleine Flamme auf, dann noch eine und beide Männer pusteten Rauchwolken in den Morgenhimmel. Die beiden pafften in aller Seelenruhe eine Zigarette. Entweder gehörten sie nicht zum Suchtrupp oder sie nahmen ihren Auftrag nicht allzu ernst. Jedenfalls hoffte Heiland, dass sie sich baldmöglichst verzogen. Neben ihm verkrampfte sich Lenz gerade wieder. Offensichtlich wurden die Schmerzen schlimmer. Nicht mehr lange und er würde sich unweigerlich bewegen.

Einer der beiden Soldaten bückte sich, um einen Stein aufzuheben, und schleuderte ihn in einen Pulk umherschwimmender Höckerschwäne, Haubentaucher und Enten. Die Vögel stoben mit lautem Flügelschlagen und entrüstetem Schnattern auseinander. Der Steinwerfer lachte seinen Kameraden an. Sie schnippten ihre Zigaretten auf den Boden und stapften zur Straße zurück.

»Wir können weiter.«

Heiland drehte sich zur Schleuse, fasste unter dem Zaun hindurch und packte die Kante der Steinstufe, an der das Teichwasser in den Kanal hinabstürzte. Bäuchlings zog er sich unter dem Gatter hindurch, darauf bedacht, nicht mit dem Rücken daran hängenzubleiben. Er ließ seine Beine über die Kante gleiten und versuchte sich gleichzeitig am glitschigen Stein festzuhalten. Mit Müh und Not ertastete er unter dem herabfließenden Wasser einen weiteren Tritt. Er musste äußerst vorsichtig sein, um nicht den Halt zu verlieren und rücklings in den Kanal zu stürzen.

Als er sich sicher genug fühlte, reichte er Lenz die Hand. Wenn sie diese Stelle überquert hatten, würde er drei Kreuzzeichen machen. Selbst ohne verletzte Schulter musste man höllisch aufpassen. Das Teichwasser plätscherte unablässig über die Schwelle und die dadurch glitschigen Steine erschwerten einen festen Stand. Trotz der sommerlichen Temperaturen fröstelte ihn. Sein Hemd und die Uniformhose klebten klitschnass auf seiner Haut.

Lenz bewegte sich nicht. Er trieb reglos im Wasser und schaute Heiland mit glasigen Augen an. Nein, er blickte durch ihn hindurch.

Die Glocke auf dem Ökonomiegebäude läutete wieder Sturm. Man würde jetzt die gesamte Wachmannschaft zusammentrommeln und die Bemühungen verstärken. Es war nur eine Frage der Zeit, bis man sie entdeckte. Heiland reckte sich Lenz entgegen, um ihn mit der freien Hand greifen zu können. *Verdammt, er war zu weit weg!* Allmählich glitt seine Fingerspitzen von der schmierigen Steinkante ab. Wenn er jetzt nichts anderes zu fassen bekam, würde er das Gleichgewicht verlieren. Im Gegensatz zur Felswand bei Neuschwanstein war die Absturzhöhe in den Kanal lächerlich gering. Jedoch floss darin nicht genug Wasser, um seinen Sturz zu dämpfen. Er spürte seinen Hinterkopf bereits gegen den steinernen Kanalboden knallen.

Im letzten Moment bekam er das aufgeweichte Bettlaken in die Finger. Geschwind ergriff Heiland Lenz' Bein, zog den Kastellan unter das Gatter und weiter, bis nur noch Lenz' Oberkörper auf der Schwelle lag und die Beine bereits in der Luft baumelten.

»Mir ist übel«, murmelte Lenz. Kaum hatte er das gesagt, würgte Lenz auch schon und spie eine rötlich gefärbte Flüssigkeit ins Teichwasser. Auf der gegenüberliegenden Uferseite tauchte wie aus dem Nichts eine Schar Wachsoldaten auf. Sie marschierten, vom Kavalierhaus kommend, in Zweierreihen auf den Weiher zu.

Jetzt musste es schnell gehen. Heiland schlang die Arme um Lenz' Körper und ließ sich hinabrutschen. Die mittlere Schwelle, auf der Heiland gerade eben noch gestanden hatte, stieß schmerzhaft gegen seinen Ellenbogen und die Rippen. Das herabfließende Wasser aus dem Teich spülte sie in den Kanal. Lenz lag rücklings auf Heilands Bauch und drückte ihn unter die Wasseroberfläche. Die Strömung schwappte die beiden ein Stück weit in die glitschige Rinne hinein, wo sie wieder auftauchten. Und sofort drangen fremde Stimmen an Heilands Ohren.

»Mir läuft die Brühe jetzt schon runter. Wird Zeit, dass es abkühlt!«

»Kann nicht mehr lange dauern, bis es scheppert.«

Trotz Wasser im Ohr konnte Heiland alles deutlich hören. Man hatte also Männer geschickt, den Kanal abzusuchen. Und sie hielten sich ganz in ihrer Nähe auf. *Jetzt ist unsere Flucht vorüber.*

Er hielt Lenz eng umschlungen. Über ihnen erstreckte sich der Himmel wie eine weite, hellblaue Wasserstraße. Der Anblick wurde jedoch getrübt durch das Teichwasser in seinen Augen.

»Gut«, sagte einer der Soldaten, »dass wir die Abkürzung über die Wiese genommen haben.«

»Ja«, antwortete der andere, »da geht's einfach schneller zum Tor als ...«

Die Stimmen entfernten sich. Heiland kippte Lenz zur Seite, spuckte das Wasser aus und konnte nur mühsam ein Husten unterdrücken. Er kniete sich in der Rinne neben Lenz und half ihm, sich aufzusetzen.

»Dankeschön«, ächzte der Kastellan. Rote Schleimspuren klebten in seinen Mundwinkeln. Aus der Schramme auf seiner Stirn suppte eine gelblich schimmernde Flüssigkeit. Und sein Gesicht war weißer als ein Bettlaken.

»Wo ist das Laken?«, fragte Heiland erschrocken.

Der Stockknauf ragte noch aus dem Jackenärmel hervor, vom Bettlaken fehlte dagegen jede Spur. Heiland blickte zurück. Das Laken hing wie eine weiße Fahne zwischen den unteren Latten des Gatters und bewegte sich im herabplätschernden Teichwasser über den beiden Schwellen hin und her. Dass die beiden Soldaten den Hinweis übersehen hatten, grenzte an ein Wunder. Sie waren wohl auf der Suche nach ganz anderen Dingen und offensichtlich blind für das, was vor ihrer Nase vor sich ging.

»Wir können nur auf allen Vieren oder im Watschelgang durch das Wasser weiter, sonst sieht man uns.«

»Robben wird nicht funktionieren mit der Schulter«, antwortete Lenz.

»Dann eben Watscheln. Pass bloß auf, dass du unterhalb der Grasnarbe bleibst.« Heiland war sich nicht sicher, ob Lenz ihn verstand. Der Kastellan machte einen abwesenden Eindruck. Vorsichtshalber bedeutete er ihm zuerst mit nach unten gerichtetem Daumen, dann auch noch mit der flachen Hand, dass er sich geduckt halten sollte. Er ging in die Hocke und watschelte los.

Die Wasserrinne führte vom Teich quer durch die Wiese bis zur Zufahrtsstraße hinüber. Es ging stets leicht bergab. Ein Stück vor der Hauptstraße mussten sie durch eine schmale Unterführung, über der ein Weg Richtung Wirtschaftsgebäude verlief. Heiland reichte Lenz die Hand und zog ihn unter der kleinen Brücke hindurch.

Danach reckte sich Heiland ein wenig in die Höhe und spähte über den Rand. Die aufrechte Haltung erlöste ihn kurzzeitig von dem Brennen in seinen Oberschenkeln. Das Haupttor befand sich bereits in Sichtweite. Wie schon befürchtet, hatte man die Wachmannschaft verdoppelt. Vor und hinter dem Tor waren Wachen positioniert. Sonst konnte Heiland niemanden sehen. Er duckte sich wieder in die Rinne hinein.

»Jetzt können wir nicht mehr anhalten, bis wir unter der Hauptstraße durch sind. Dahinter gibt es ausreichend Gebüsch und Bäume als Deckung.«

Lenz nickte tapfer. Mit der Hand des gesunden Armes versuchte er den Unterarm mitsamt dem Stock zu stabilisieren.

Heiland watete wieder los. Das Wasser reichte ihm nur noch bis zu den Knien. Er drehte sich nicht mehr zu Lenz um, bis sie die Unterführung der Hauptstraße erreichten. Die steinerne Brücke war zwar größer, aber der Durchlass genauso schmal wie zuvor. Heiland zwängte sich hindurch und ließ sich in eine von oben kommende zweite Wasserrinne sinken.

Das Teichwasser wurde an dieser Stelle in einen anderen Kanal geleitet, der, ein Stück abwärts, seitlich am Haupttor vorbei in das Flussbett vor dem Schlosspark mündete. Das war die Schwachstelle, die Heiland ausgekundschaftet hatte. Anscheinend leitete man ständig frisches Wasser aus den Bergen in den Teich hinein, damit er von den Hinterlassenschaften der zahlreichen Enten und Schwäne befreit wurde. Das verbrauchte Wasser floss durch die Rinne in den zweiten Kanal und neben dem Haupttor wieder hinaus. Wasser gab es trotz der Sommerhitze in den Bergen ausreichend. Wo der zweite Kanal seinen Ursprung hatte, wusste Heiland nicht. Es scherte ihn auch nicht. Hauptsache, er half ihnen zu entkommen.

Heiland dirigierte Lenz unter der Brücke hindurch, reichte ihm die Hand und zog ihn zu sich herab. Der Kastellan lehnte sich erschöpft gegen die Böschung. Das Haupttor war keine dreißig Fuß mehr entfernt.

»Das Wasser ist hoch genug, um zu tauchen. Unsere einzige Chance, da ungesehen durchzukommen.«

Heiland formte die Worte, ohne einen Laut von sich zu geben. Von nun an mussten sie noch leiser sein. Eine der Wachen stand unmittelbar neben dem Kanal, wo sie durch die Öffnung in der Mauer schwimmen wollten.

»Bereit?«, fragte Heiland.

Lenz schüttelte den Kopf. Natürlich war er nicht bereit. Wie auch? *Er kippt mir bald um.* Heiland sank ins Wasser und streckte ihm seine Hand entgegen.

»Ich helfe dir. Das schaffen wir schon«

Er musste sich auch selber Mut zusprechen. Während Lenz ins Wasser glitt, kam ihm ein Gedanke.

»Zieh den Stock raus.«

Lenz schaute ihn verständnislos an, tat aber, was Heiland verlangte. Der nahm den abgebrochenen Stock und steckte ihn in den Jackenärmel der unverletzten Seite seines Freundes. Dann ließ er sich neben Lenz treiben und packte den Löwengriff.

»Du hältst den Stock unterhalb des Knaufs. Halt dich daran fest, so sehr du kannst! Der Ärmel stabilisiert den Stock. So habe ich einen besseren Halt, um dich zu ziehen. Herr Schilling hilft uns raus«, formten seine Lippen.

Heiland lächelte Lenz an, dann zog er ihn am Knauf mit sich ganz ins Wasser hinein. Er ließ den Wachposten nicht aus den Augen, bis sie nahe genug an der Öffnung im Mauerwerk waren. Das Wasser strömte durch die Aussparung ins Freie. Sie würden sich hindurchspülen lassen. Auf Höhe der Wache tauchte Heiland ab und zog Lenz mit sich unter die Wasseroberfläche. Er tastete an der Kanalmauer nach einer Möglichkeit zum Festhalten. Über ihnen konnte er eine Bewegung ausmachen. Wenn sie jetzt auftauchten, war alles vorbei!

Die Strömung war unter Wasser nicht stark genug. Sie kamen einfach nicht vom Fleck. Doch das Wasser hatte zwischen den Steinen der Kanalmauer schmale Fugen ausgespült. Heiland konnte sich mit den Fingerspitzen von einer Fuge zur nächsten hangeln. Mit der anderen Hand umklammerte er den Löwenkopf und zog Lenz mit sich. Sie mussten in einem Zug bis um die nächste Biegung tauchen, wo sie keiner mehr sehen konnte.

Heiland war kein guter Schwimmer und er bemerkte, dass ihm das lange Luftanhalten Schwierigkeiten bereitete. Vielleicht lag das auch an Lenz, den er ziehen musste. Über sich sah er die Silhouette eines Menschen am Ufer stehen. Er hoffte, dass es sich dabei schon um einen der äußeren Wachsoldaten handelte.

Das Wasser brannte in seinen Augen, die Finger schmerzten, sein Arm wurde bleiern, er bekam kaum noch Luft und mit einem Mal endete die Mauer. Heilands Finger stocherten in der lockeren Uferböschung herum. Er bohrte sie mit letzter Kraft ins Erdreich, um sich und Lenz vorwärts zu bringen. Dann verlor er den Halt und musste auftauchen.

Panisch sah er sich um und konnte es kaum glauben, aber sie hatten es tatsächlich bis zur Kurve geschafft. Das Tor war außer Sichtweite und niemand stand über ihnen, um sie zu verhaften. Heiland japste, hustete, stand schwankend auf und zog Lenz noch ein Stück mit sich durch das Wasser. Der Körper des Kastellans schlenkerte schlaff, mit dem Gesicht nach unten hinter ihm her. Hastig bugsierte er Lenz ans Ufer, schob seinen Oberkörper hinauf ins Trockene und drehte ihn um. Sein Gesicht war blau angelaufen. Heiland bückte sich und hielt sein Ohr an Lenz' Mund.

Lorenz Baumgartner atmete nicht mehr.

Der Tag des Herrn

Cornelius wollte Herrn Schilling an Ort und Stelle umbringen. Wutschnaubend lief er auf ihn zu.

Ehe er es sich versah, stellte Herr Schilling ihm ein Bein und Cornelius landete rücklings auf dem Dielenboden. Sein Hinterkopf schlug hart auf die Bretter. Helle Punkte tanzten vor seinen Augen. In der nächsten Sekunde wuchtete sein Gegner den kleinen Tisch mit der Kante auf Cornelius' Brustkorb, stellte sich auf die unteren Tischbeine, lehnte sich mit beiden Armen auf das Möbelstück und drückte es hinunter. Cornelius blieb die Luft weg.

Herr Schilling grinste ihn breit an.

»Eine falsche Bewegung und ich drücke dir die Tischkante in den Kehlkopf. Dann ist es schnell ganz aus mit dir, verstehst du?«

Natürlich verstand Cornelius. Sein Auftraggeber war klar im Vorteil.

»Wenn du soweit bist, dass wir uns vernünftig unterhalten können, dann gib mir ein Zeichen.«

Herr Schilling erhöhte den Druck auf die Tischkante, die Zoll für Zoll über Cornelius' Brustkorb rutschte und sich seinem Hals gefährlich näherte. Es war an der Zeit, aufzugeben. Cornelius klopfte mit der flachen Hand auf den Boden. Sofort ließ der Druck nach.

»Sehr vernünftig! Es wäre ein Leichtes, deine Leiche als die eines Einbrechers zu präsentieren. Jeder würde mir die Geschichte abkaufen. Aber wir beide sind noch nicht fertig miteinander, oder?«

Cornelius schnappte nach Luft. Die Entlastung auf seinem Oberkörper brachte ihm Erleichterung. Erst jetzt bemerkte er die warme Flüssigkeit, die von seinem Hinterkopf in den Nacken floss und auf den Boden tropfte.

»Hast ganz schön was abbekommen. War das der Baumgartner?«

»Gerade als ich dem eine Kugel verpassen wollte, hat's bei mir geknallt!«, sagte Cornelius.

»Wo ist Baumgartner hin?«, hakte Herr Schilling nach. »Und wer hat ihm geholfen?«

»Das kann nur der Soldat gewesen sein, der ihn im Schloss besuchen wollte. Der müsste aber tot sein! Ich hab sie beide in die Luft gesprengt.«

»Womit wir beim eigentlichen Thema wären.«

Herr Schilling stützte sich ohne Vorankündigung wieder mit beiden Händen auf der Tischkante ab und drückte zu.

Jäh durchfuhr Cornelius ein stechender Schmerz in seinem Brustbein.

»Weshalb hast du dich nicht an den Plan gehalten? Was machst du überhaupt hier? Und von welchem Soldaten sprichst du?«

Cornelius konnte nicht reden und klopfte erneut mit der Hand auf den Dielenboden.

Herr Schilling wartete ein Weilchen, bis er den Druck lockerte.

»Der Bub, alles nur wegen dem Buben ...«, röchelte Cornelius.

Sein Auftraggeber über ihm runzelte die Stirn und steigerte nochmals den Kraftaufwand auf das Möbel.

Es knackste in seiner Brust und der Schmerz wurde unerträglich.

Cornelius bedauerte zutiefst, sich mit diesem Mann eingelassen zu haben. Der war ihm weit überlegen. Ihm blieb nichts anderes übrig, als reinen Tisch zu machen. Also erzählte er, wie ihn der Mittelsmann überredet hatte, den Buben zu entführen und in der Neuen Burg zu verstecken. Dass er ihnen entwischt war, geradewegs in die Arme des unseligen Kastellans, dem dann zu allem Übel auch noch ein Soldatenfreund zu Hilfe gekommen war. Zuletzt berichtete er vom Transport des Kindes in das sichere Versteck und von der Idee, den König zu beseitigen. Cornelius verschwieg die Episode mit Max. Nicht nur, weil es zu schmerzhaft war, darüber zu reden. Er schämte sich dafür und wollte nicht noch schlechter vor Herrn Schilling dastehen.

»Da hast du ja eine ganze Menge Mist gebaut! Der König sollte nie sterben, nur abdanken! Du wirst verstehen, dass ich dir für diese miserable Arbeit nichts bezahlen kann.«

Das hatte Cornelius befürchtet. Noch mehr fürchtete er allerdings, dass der ältere Herr ihn umbringen würde.

Zu seiner Überraschung hob Herr Schilling den Tisch an und stellte ihn zur Seite. Cornelius spürte die Kante weiterhin auf seiner Brust. Die eingedrückten Wirbel wollten zurück in ihre angestammten Positionen.

»Du kannst es wiedergutmachen und deinen vollen Lohn erhalten.« Er streckte Cornelius die Hand entgegen. Der Gerüstbauer blickte anscheinend verdutzt drein, denn Herr Schilling brach in schallendes Gelächter aus.

»Zuallererst musst du mich zu dem Buben bringen. Der könnte mir noch von Nutzen sein. Baumgartner und sein Soldatenfreund werden sich zunächst unsichtbar machen. Alle glauben, der Kastellan hat den Anschlag auf die Neue Burg verübt.«

Cornelius griff nach Herrn Schillings Hand. Mit einem Ruck stand er auf wackeligen Beinen. »Kennt jemand außer dir das Versteck des Kindes?«

»Nur der Mittelsmann und ein Aufpasser, ein Einfaltspinsel aus Graswang. Wenn ich bis Mittag nicht zurück bin, soll er den Fratz umbringen. Wir haben also genug Zeit.«

Herr Schilling ging rückwärts zum Bett. Cornelius fixierend, nahm er die Aktentasche an sich.

»Den Mittelsmann lassen wir außen vor. Der ist hier besser aufgehoben. Hauptsache, sonst weiß keiner was vom Aufenthaltsort des Buben«, sagte er und öffnete die Tasche.

»Meine Pistole ist weg! Hast du sie genommen?«

Cornelius schüttelte den Kopf. Er öffnete seine Jacke und zeigte Herrn Schilling die Innenseiten. Als Nächstes krempelte er das Innere der Jackentaschen hervor.

»Moment mal«, murmelte Cornelius.

Hastig durchwühlte er nochmals die Jackentaschen. Nichts! Dann die Hosentaschen. Bis auf Fussel waren sie leer.

»Ich glaube, die haben den Lageplan«, sagte er leise.

»Welchen Plan?« Herr Schilling sah von der Tasche auf und musterte ihn ernst mit zusammengekniffenen Augen.

»Den Plan vom Versteck« presste Cornelius widerwillig hervor. »Hat mir der Mittelsmann gezeichnet.«

»Dann sollten wir den Ausreißer und seinen Fluchthelfer besser als Erste finden.« Herr Schilling warf die Aktentasche auf das Bett, holte ein blütenreines Schnupftuch aus seiner Anzugsjacke und reichte es Cornelius.

»Wisch dir das Blut vom Hinterkopf!«, sagte er und öffnete die Zimmertür.

»Wenn dich jemand anspricht: Du bist mein Assistent. Und du bist stumm!«, sagte er im Hinausgehen.

Cornelius spuckte in das Tuch und tupfte sich das geronnene Blut von Kopfhaut und Nacken, während er Herrn Schilling folgte. Er wollte gerade auf die Freitreppe hinaustreten, da begann die Glocke auf dem gegenüberliegenden Gebäude wie wild zu läuten. Unwillkürlich ging er zurück und wartete im Flur. Es dauerte nicht lange, bis Herr Schilling wieder auftauchte.

»Sie sammeln jetzt die Wachmannschaft auf dem Vorplatz. Das warten wir lieber ab. Sobald die mit der Suche beginnen, legen wir los. Wir gehen zum Königshaus hinüber.«

Weshalb zuerst dorthin, wusste Cornelius nicht und er wollte nicht danach fragen. Vorerst würde er sich einfach ruhig verhalten. Das Erlebnis mit dem Tisch steckte ihm noch in den Knochen.

Sie standen mindestens zwanzig Minuten stumm im Flur. Hin und wieder lugte Herr Schilling um die Ecke. Endlich gab er das Zeichen zum Aufbruch.

Der Vorplatz war wie leergefegt. Sie ließen das Kavalierhaus hinter sich und nahmen die schmale Straße zum Weiher hinunter. Herr Schilling legte ein beachtliches Tempo vor, mit dem Cornelius kaum Schritt halten konnte.

»Das gehört da nicht hin!«, rief Herr Schilling. Blitzartig änderte er die Laufrichtung und rannte zum Weiher hinab. Cornelius wäre auf dem feinen Kies beinahe ausgerutscht, konnte sich gerade noch fangen und hastete hinter Herrn Schilling her. Er suchte die Gegend ab, um das zu finden, was Herr Schilling meinte. Aber er entdeckte es erst, als sie den Weiher auf der östlichen Anhöhe fast umrundet hatten. In dem Gatter auf der Steinschwelle am hinteren Auslass hing ein weißes Tuch. *Das Bettlaken,* schoss es ihm durch den Kopf.

Herr Schilling stand auf der Anhöhe und blickte zum Schlosstor.

»Der Kanal führt zur Hauptstraße«, sagte er.

Cornelius kam keuchend neben ihm zum Stehen. Bevor er auch nur einmal durchschnaufen konnte, lief Herr Schilling bereits den Hang hinunter. Cornelius holte Luft und folgte ihm. Die ungewöhnliche Wärme des Augusttages trieb ihm den Schweiß aus sämtlichen Poren. An der kleinen Brücke angekommen, musste er sich die Stirn wischen, damit die salzige Flüssigkeit nicht in seinen Augen brannte. Herr Schilling ging vor ihm an der Rinne entlang, bis sie unter der Zufahrtsstraße in einen weiteren Kanal mündete. Er blickte nach links und rechts.

»Das Wasser fließt zum Haupteingang hinunter«, sagte Herr Schilling mehr zu sich selbst als zum Gerüstbauer. »Und dann wahrscheinlich weiter in den Fluss.«

Erneut rannte Herr Schilling los. Diesmal am Ufer entlang, bis sie vor einem uniformierten Wachposten standen. Herr Schilling holte ein Papier aus seiner Jackentasche und reichte es dem Soldaten wortlos. Der las es, nickte ihnen zu und ging zu seinem Kameraden an der anderen Hälfte des Tores.

»Komm hierher«, rief Herr Schilling und winkte Cornelius zu sich.

»Da liegt was im Wasser.«

An einem hervorstehenden Mauerstein klebte ein Stück Papier. Bei der nächsten höheren Welle würde es wohl mitgerissen werden. Herr

Schilling gab Cornelius einen Schubs. Dem blieb nichts anderes übrig, als sich die Böschung ins hüfthohe Wasser hinabgleiten zu lassen. Beinahe wäre er hineingestürzt. Noch bevor er das Papier zu fassen bekam, begriff er, dass es die Zeichnung der Neuen Burg war, die er Max geschenkt hatte. Während das strömende Wasser seine Hosenbeine aufweichte, starrte er auf das Papier. Er spürte einen unvermittelten Stich ins Herz und konnte ein Schluchzen nicht unterdrücken, Die Konturen waren bereits arg verwischt. Vom Schloss erkannte man lediglich die Turmspitze. In der oberen Ecke existierte nur noch das kleine *a* von ›Für Max‹.

»Und was ist es?«, fragte Herr Schilling.

Cornelius streckte ihm das nasse Papier entgegen.

»Eine Zeichnung. Die gehört mir. Bestimmt hat der Baumgartner sie mir aus der Tasche gestohlen.«

Herr Schilling schaute ihn böse an, legte seinen Finger auf die Lippen und drehte sich zu den Soldaten um. Die hatten nichts von ihrer Unterhaltung gehört. Herr Schilling kniete sich hin und blickte zu ihm in den Kanal.

»Da hinten ist ein Durchlass in der Mauer.«

Herr Schilling hatte recht.

»Schau mal, ob da ein Gitter verbaut ist.«

Der Gerüstbauer steckte die klatschnasse Zeichnung in seine Hosentasche und watete zum Loch hinüber. Er musste sich an der glitschigen Mauer festhalten, um nicht auszurutschen.

»Nein, da ist kein Gitter drin. Offen wie ein Scheunentor!«

»Dann wissen wir jetzt, wie sie entwischt sind«, sagte Herr Schilling und befahl ihm zurückzukommen.

Er half Cornelius die Böschung hinauf.

»Weit können sie nicht sein!«

An Einschlafen war nicht mehr zu denken gewesen. Die Gespenster der Nacht, die Hansi so lebendig in ihrem Traum erscheinen ließen, verhöhnten sie ununterbrochen. Immer wenn der Schlaf sie übermannen wollte, wurden die Gespenster wieder lauter und riefen ununterbrochen Hansis Namen.

Um den Stimmen in ihrem Kopf zu entkommen, hatte Marianna die Hütte verlassen, als sich die ersten hellen Streifen im Nachthimmel gezeigt hatten. Seitdem saß sie auf einer Anhöhe und starrte abwechselnd auf die Gebäude unter sich und in die raue Bergwelt des Wettersteins. Die beklommene Enge, die der Albtraum in ihrer Brust ausgelöst hatte, verschwand langsam, aber nur, um sie dann wieder mit der dumpfen Angst zu füllen, die sie jede wache Minute begleitete, seit Hansi verschwunden war.

Die aufgehende Sonne erhellte die Holzfassaden des Schlosses und der Wirtschaftsgebäude. Im Tal funkelten das Wasser der Flüsse und Bäche mit den Hausdächern von Partenkirchen um die Wette, so als wollten sie sich mit ihrer Schönheit über sie lustig machen.

Marianna seufzte. Ja, sie war völlig auf sich allein gestellt. Der Vater konnte ihr diesmal nicht aus der Patsche helfen, anders als damals bei der Suche nach dem Ersatzvater für Hansi.

Marianna hatte früh gelernt, für sich zu sorgen. Schon als Kind hatte sie die Almsommer mit dem Jungvieh und einem Oberhirten rund um die Schachenalpe, die Kälberhütte und die Wettersteinalpe verbracht. Jeden Tag musste die gesamte Herde gezählt werden, verirrte Tiere waren zu suchen und zur Herde zurückzutreiben und natürlich auch nach Verletzungen abzutasten.

In der freien Zeit brachte man die Hütten in Ordnung oder bereitete das Brennholz für das kommende Jahr vor. Hin und wieder erschienen die Bauern, um nach ihren Tieren zu schauen. Die Männer wollten dann gerne verköstigt werden, bevor sie wieder ins Tal abstiegen.

Kurz vor ihrer Volljährigkeit vertraute man ihr zum ersten Mal eine kleine Herde an. Ausgerechnet in jenem Sommer tobte mitten im August ein Schneesturm über die Weiden. Mit letzter Kraft gelang es ihr, die Herde an einen geschützten Platz zu treiben. Sie verlor keines der Tiere, zog sich jedoch leichte Erfrierungen der kleinen Zehen zu und bestand so ihre Reifeprüfung als Hirtin. Mit jedem weiteren Jahr wuchs die Anzahl der ihr zugewiesenen Rinder.

Eines Tages fragte sie der Vater, ob sie nicht als Magd für die Schachenhäuser aushelfen wolle. Sie sei nun alt genug und man könne eine zuverlässige Hilfe gut gebrauchen. Gleich nach Fertigstellung der Gebäude Ende des Jahres 1872 hatte Hofbauingenieur Röhrer den Vater als Hüttenwart bestellt. Durch die Nähe der Alpe zum Schloss bot sich die Konstellation an. Sechs Jahre später half Marianna zum ersten Mal in den königlichen Hütten aus. Dem Vater wurde vom Stallmeister höchstpersönlich ausgerichtet, dass Seine Majestät an Mariannas Anwesenheit und Erscheinung Gefallen fand. Sie durfte im August des folgenden Jahres erneut helfen. Von da an veränderte sich ihr Leben gravierend.

Marianna rieb ihre müden Augen. Nun blieben ihr nur noch ein paar Stunden Zeit, bis die Vorhut des königlichen Hoflagers erscheinen würde. Sie wollte die Ruhe nutzen, um sich nochmals ihren Plan zurechtzulegen. Eine der wichtigsten Voraussetzungen für dessen Gelingen war die Anwesenheit von Mundkoch Carl Rottenhöfer.

Vom langgestreckten Küchenbau in der Senke benötigte sie mit den Warmhalteglocken höchstens zwei Minuten zum Schloss. Sie würde es am Hintereingang betreten. Durch einen einfachen Vorplatz gelangte man ins Wohnzimmer. Der Salon diente dem König als Haupteingang von der Vorderseite her. Marianna musste das Tablett auf den großen Tisch stellen und die Tischglocke dreimal läuten. Seine Majestät hielt sich vor dem Essen meistens im angrenzenden Arbeitszimmer auf.

Sobald Marianna die Glocke geläutet hatte, musste sie sich zurückziehen und der erste Diener übernahm das Servieren und das Abräumen. Marianna durfte sich lediglich um den Transport kümmern. Die weiteren Gänge lieferte sie unmittelbar beim Kammerdiener ab, nahm die Reste der vorherigen Speisen von ihm in Empfang und machte sich unverzüglich auf den Rückweg zur Küche hinunter.

Genau in den zwei Minuten der Wegstrecke, nachdem sie das Essen vom Mundkoch ausgehändigt bekommen hatte, musste sie es bewerkstelligen, die Warmhalteglocke hochzuheben, den Korken aus der Giftampulle zu ziehen, die richtige Menge in die Suppe oder unter die Soße zu mischen und alles wieder exakt so zu drapieren, wie man es gewohnt war. Es gab eigentlich nur eine Stelle, wo sie weder vom Lakaienzimmer oder dem Hintereingang des Schlosses noch vom Küchengebäude aus gesehen werden konnte. Marianna hatte sie in den letzten Tagen ausgekundschaftet, dazu hatte sie sich einen hölzernen Kleiderständer aus dem Zimmer des Kammerdieners geborgt und ihn versuchsweise auf dem Trampelpfad platziert. Sie lief immer wieder rauf und runter, von Fenster zu Fenster und Tür zu Tür, bis sie endlich den kurzen Abschnitt, an dem der Ständer nicht zu sehen war, gefunden hatte. Sie prägte sich die Stelle exakt ein und legte vorsichtshalber noch drei Steine aufeinander, um sie leichter wiederzufinden. Dort musste sie es wagen, die Platte auf den Boden zu stellen, um ihr teuflisches Werk zu vollführen.

Warme Sonnenstrahlen auf ihrem Gesicht rissen sie aus ihren Gedanken.

Marianna erhob sich und taumelte schlaftrunken zu den Häusern hinab. Auch wenn sie noch so müde war, mit jedem Schritt reifte die Entscheidung, was sie tun würde. Nicht nur die Angst um Hansi, auch die Furcht vor der ungeheuerlichen Tat hatte sie die letzten Nächte und Tage um Schlaf und Verstand gebracht. Sie lief zum Brunnen und schaufelte sich frisches Wasser ins Gesicht. Das Spiegelbild im Trog starrte ihr vorwurfsvoll entgegen.

»Ich habe keine Wahl«, versuchte sie sich selbst zu überzeugen. »Was auch immer mit mir geschieht. Hauptsache, Hansi bleibt am Leben.«

Wahrscheinlich würde man sie nach ihrer Tat verhaften oder womöglich flog sie bereits vorher auf. Hansi musste dann zwar ohne Mutter aufwachsen, aber wenigstens würde er leben. Außer sie versagte! Der Gedanke trieb ihr die Tränen in die Augen, aber sie konnte nicht mehr weinen, denn sie war völlig leer von all dem Kummer.

Sie spritzte sich noch einen Schwall Wasser ins Gesicht, prustete lautstark, strich sich mit den feuchten Händen durch die Haare und gab sich einen Ruck.

Die Zeit des Haderns war vorbei. Sie würde genau das tun, was man von ihr verlangte. Die Ampulle mit dem Gift steckte in ihrer Schürze, zusammen mit Hansis Haarlocke. Sie würde das Fläschchen nicht mehr weglegen und es hüten wie einen kostbaren Schatz. Ohne das Gift konnte sie ihre Aufgabe nicht erfüllen. Das wäre Hansis Todesurteil.

Sie stieg zum Schloss hinauf und setzte sich unter die östliche Veranda. Im Schatten kauernd, beobachtete sie den Weg. Marianna betete unablässig zu Gott um Vergebung. Und darum, dass er ihr Rottenhöfer schickte, denn der würde sie wie üblich mit dem Essenstransport von der Küche zum Schloss betrauen.

Zanders tat das nie. Bei ihm würde sie eine andere Möglichkeit finden müssen, das Gift beizumischen. Nämlich bereits vor dem Abtransport. Das würde allerdings auch den Mundkoch beim finalen Abschmecken vergiften. Hoffentlich blieb ihr wenigstens diese Katastrophe erspart. Genug, dass man sie nach der Tat wahrscheinlich verhaften würde und ihr Hansi ohne Mutter aufwachsen musste. Wobei trotzdem das Wichtigste war, dass ihr Sohn überlebte. Doch auch hier gab es keine Sicherheit, egal, was sie tat. Sie war den Entführern hilflos ausgeliefert. Mariannas Gedanken drehten sich immer schneller im Kreis. Ihr Kopf drohte zu platzen.

Nach einer Ewigkeit tauchte der erste Wagen auf. Ihm folgte eine kleine Karawane mit Lastentieren und Trägern. *Hoffentlich sitzt dieser Zanders nicht im Wagen. Es muss unbedingt Rottenhöfer sein.*

Nach einer weiteren Ewigkeit bog die Kutsche endlich um die letzte Kurve und hielt vor dem Küchengebäude. Die Tür flog auf und ein kleiner, gedrungener Mann stieg aus: Carl Rottenhöfer.

Marianna biss sich auf die Lippen und unterdrückte einen Aufschrei der Erleichterung. Ja, sie konnte Hansi retten, aber es gab keinen Grund zur Freude, wenn sie dafür den König vergiften musste. Aber mit der Ankunft Rottenhöfers waren die Würfel gefallen.

Erschlagen oder ertränken?

Michaels Gedanken kreisten unablässig um diese Frage. Er konnte sich nicht entscheiden. Vielleicht war das Kind bereits tot. Immerhin lag es schon seit Tagen ohne Essen und Trinken in der engen Transportkiste, abgesehen von der kurzen Episode in der Neuen Burg. Da hatte sich der Fratz mal kurz die Beine vertreten können. Bei der Hitze der letzten Tage war der Bub bestimmt verdurstet. So lang konnte das keiner ohne Wasser aushalten.

Sie hatten gar nicht mehr in die Kiste hineingeschaut, bevor sie die Truhe gestern in der Klause abgestellt hatten. Michael überlegte, ob er nicht einen Blick riskieren sollte.

Erschlagen oder ertränken?

Erwürgen wäre auch noch eine Möglichkeit. Michael erhob sich und schlenderte den Hang hinunter. Die Klause bestand ganz und gar aus Baumstämmen und geflochtenen Zweigen. Sie glich einer schlichten Kapelle. Ganz ohne Heiligenbilder oder Gold und Marmor. Hinten auf dem Dachgiebel ragte ein aus zwei dicken Ästen zusammengenageltes Kreuz in die Höhe. Michael blieb stehen.

Hab dich nicht so! Das ist kein Gotteshaus.

Trotzdem zögerte er. Natürlich wusste Michael, dass die Klause kein heiliger Ort war. Außerdem hasste er die Priester. Keiner von ihnen hatte sich je um ihn gekümmert – ganz im Gegenteil. Diese ruchlosen Pfaffen hatten seine Mutter und ihn von der heiligen Messe ausgeschlossen. Und Gott im Himmel hatte noch nie ein einziges Gebet von ihm erhört.

Michael setzte sich auf einen großen Stein, der zwischen zwei Tannen im Moosboden steckte. Als sie die Kiste im Inneren der Klause abgestellt hatten, war er überrascht gewesen, wie einfach die Behausung eingerichtet war. Ein Bett mit einem Vorhang aus Strohmatten, Fischernetze und ein offener Herd. Dazu ein Betschemel, auf dessen Armbrett man ein Holzkreuz gestellt hatte. Auf dem Kniebrett davor kauerte ein schwarz gekleideter Mönch und las in einem großen Gebetsbuch. Zuerst hatte ihn die Figur sehr erschreckt. Als er dann erkannte, dass es nur eine Wachspuppe war, war er froh, dass keiner von den anderen ihn dabei gesehen hatte. Die hätten ihn nur ausgelacht.

Die Transportkiste hatten sie ins hinterste Eck gerückt, mit der Atemöffnung gegen die Wand, damit der Bub nicht wieder hindurchfassen konnte. Die Truhe erweckte den Eindruck, als gehöre sie hierher. Ein wirklich unauffälliges Versteck.

Michael überlegte, ob Erwürgen für ihn in Frage käme. Eigentlich wollte er dem Kind nicht in die Augen schauen, während er das Leben aus ihm herauspresste. Freilich, es war nur ein Kind! Erwachsene durften mit Kindern anstellen, was sie wollten. So war es ihm auch ergangen, bis er älter und kräftiger wurde. Bis dahin hatte er alles über sich ergehen lassen müssen. Michael kannte den Buben zudem gar nicht. Es war ihm einerlei, ob er lebte oder nicht. Ein Kind mehr oder weniger. Selbst der Pfaffe schimpfte über die vielen von Gott verlassenen Kinder, die man durchfüttern musste.

Also erschlagen.

Im Wald lagen genügend passende Steine herum. Das Kind aus der Truhe geholt, mit dem Gesicht auf den Boden gedrückt und ein paar kräftige Schläge auf den Hinterkopf.

Michael stand auf und setzte seinen Weg fort. Dabei fiel ihm ein, wie er in seiner Kindheit Zeuge eines Totschlages geworden war. Ein grantiger Ökonom erschlug im Zorn einen Straßenköter, der ins Heu seiner Kühe geschissen hatte. Der wütende Mann zerrte den jaulenden Hund gerade vor den Stall, als Michael vorbeikam. Der Mann benötigte vier Hiebe mit einem herumliegenden Pflasterstein. Überall war Blut, selbst an den Armen und im Gesicht des Bauern. Er fragte sich, wie viele Schläge er wohl für das Kind benötigen würde.

Bevor er aus dem Schutz der Bäume vor die Klause trat, kundschaftete Michael die Umgebung aus. Er schlich hinter der Hütte zur rückwärtigen Giebelseite. Hier war niemand zu entdecken. Michael lief um die Klause herum, vorbei an einem Haufen übereinandergeschichteter Steinbrocken, auf denen ein Teil des Vordaches auflag. Gerade wollte er unter dem Vordach zum Eingang gehen, als er das Seil entdeckte, das vom Glockenturm herabhing. Michael lehnte sich mit verschränkten Armen gegen den dicken Baumstamm, der das Vordach mit abstützte.

»Das ist die Lösung. Ertränken!«, freute er sich. Es kam ihm ganz einfach vor: Das Seil war lang genug, die Steinbrocken ausreichend schwer. Zuerst würde er auf das Türmchen klettern und das Seil kappen. Auch wenn er kein Messer dabeihatte. Er brauchte dazu nur einen scharfkantigen Stein. Anschließend musste er bloß noch zwei der aufgeschichteten Felsen zum Wasserschleppen. Gott sei Dank waren es nur ein paar Hundert Fuß bis zum Weiher vor der Hundinghütte. Das Wasser darin war nicht sonderlich tief. Man konnte vom Ufer aus die metallenen Platten erkennen, mit denen der Grund des Weihers ausgeschlagen worden war. Aber es war tief genug, um das Balg darin zu versenken. Er musste die Felsen mit dem Seil nur so um ihn herumwickeln, dass sie nicht verrutschen konnten.

Er grinste erleichtert. Nun brauchte er dem Kind nicht beim Sterben zuzusehen, sondern konnte in aller Seelenruhe abseits warten.

Ein Blick zum Himmel zeigte ihm, dass es schon bald Mittag war. Noch verbarg sich die Sonne hinter den dunkelgrünen Waldriesen, doch Baumwipfel und Berggipfel leuchteten bereits. Der Tag des Herrn näherte sich seiner Mitte.

Leise pfeifend machte sich Michael auf die Suche nach einem scharfen Stein, um das Seil abzuschneiden. Die Glocke im Türmchen der Klause musste heute nicht mehr läuten.

Hundings Waldeinsamkeit

Klara war eingenickt. Wie lange, konnte sie nicht sagen. Eine Uhr besaß sie nicht. Das Leben als Kammerzofe bot ihr Sicherheit, aber keinen persönlichen Wohlstand. Sie wünschte, sie wäre in ihrer kleinen Kammer im Schloss Hohenschwangau. Stattdessen saß sie einsam und verlassen in einem ihr unbekannten Waldstück und wartete auf die Rückkehr von Heiland und Lenz. Ihre Kammer im Schloss würde sie nie wiedersehen, so oder so.

Klara seufzte und rieb sich die Augen. Unter dem Blätterdach konnte man schwer erkennen, welche Tageszeit herrschte. Ihren Rückenschmerzen nach zu urteilen, hatte sie längere Zeit, gegen den Baumstumpf gelehnt, geschlafen. Kein Wunder nach den Strapazen der vergangenen Nacht. Klara musste sich nach vorne auf die Knie fallen lassen, um in die Höhe zu kommen.

Ihre Blase war zum Bersten voll. Ungelenk stolperte sie ein Stück von ihrem Ruheplatz weg, zog ihren zerschnippelten Unterrock mitsamt dem ruinierten Kleid nach oben, schob ihre Pantalons bis unter die Knie und setzte sich hinter den dicksten Fichtenstamm der näheren Umgebung.

»Klara! Wo bist du?«

Das war Heilands Stimme. Es folgte ein dumpfer Aufprall.

»Klaaaara! Ich brauch deine Hilfe. Geschwind!«

Klara war noch nicht fertig. Sie spürte förmlich die Röte in ihr Gesicht steigen. Eine peinliche Lage!

»Bleib, wo du bist, ich komm sofort.« Sie musste ja etwas sagen, nicht dass er auf die Idee kam, sie zu suchen.

»Ich glaube, er atmet nicht! Seit ein paar Minuten.« In Heilands Stimme lag eine Mischung aus Angst und Panik. Eigentlich konnte es nur um Lenz gehen.

Jetzt packte Klara eine Heidenangst. Wenngleich sie noch mit Wasserlassen beschäftigt war, versuchte sie, um den Baumstamm herumzuspähen. Beinahe hätte sie das Gleichgewicht verloren. Im letzten Augenblick bekam sie gerade noch eine Wurzel zu fassen. Ansonsten wäre es wirklich peinlich geworden.

»Wir mussten tauchen, um herauszukommen. Ich glaube, er ist dabei ertrunken«, klagte Heiland.

Klara hielt es nicht mehr aus. Im Aufstehen zog sie ihre Pantalons hektisch nach oben. Sie hatte die Fichte bereits halb umrundet, als sie den Rest der zerfetzten Röcke nach unten streifte.

Lenz' Körper lag neben dem Baumstumpf, der Kopf hing schlaff zur Seite. Die Augenlider waren geschlossen, die Haut war bläulich verfärbt. Seine vollen, dunkelblonden Haare klebten klatschnass auf Kopfhaut und Stirn. Heiland kniete neben ihm und vergrub sein Gesicht in den Händen.

»Verzeihung!«

Klara stieß ihn zur Seite, ging auf die Knie und presste beide Handflächen auf Lenz' Brust. Das hatte sie vor ein paar Jahren am Alpseeufer in Hohenschwangau beobachtet. Das Pferd eines Vorreiters war durchgegangen und mitsamt dem Soldaten in den See gestürzt. Der Gaul konnte ans Ufer zurückschwimmen, der Chevauleger ging unter wie ein Stein. Der Wirt vom Gasthof Alpenrose beobachtete das Unglück zufälligerweise, sprang hinterher und holte den Mann vom Seegrund. Bis sie endlich am Ufer ankamen, vergingen etliche Minuten. Der Wirt tat genau das, was Klara nun bei Lenz vorhatte. Hoffentlich funktionierte es. Der Chevauleger konnte damals ins Leben zurückgeholt werden.

»Lenz! Hörst du?«

Sie drückte mehrmals aufs Brustbein. Nichts geschah. Mittlerweile kniete Heiland neben ihr.

»Meinst du, das hilft?«

»Es muss einfach funktionieren.«

Sie stemmte sich mit voller Kraft auf Lenz' Brustkorb. Drückte, ließ locker. Drückte, ließ locker. Nichts.

»Ich glaube, wir … müssen … ihn gehen lassen«, stammelte Heiland. »Irgendwann ist auch der stärkste Mann am Ende.«

Das wollte Klara nicht hören.

»Nein. Nein!«, schrie sie aus Leibeskräften. Sie schlug mit beiden Fäusten auf Lenz' Brust. Sein Körper vibrierte unter dem Hieb. Heiland legte seine Hände auf Klaras Fäuste, die auf Lenz' Brustkorb zitterten. Keine Bewegung war darunter zu spüren.

»Es tut mir leid, dass ich mein Versprechen nicht einlösen konnte«, flüsterte Heiland.

Klara brach in Tränen aus. Nach all den Jahren, die sie Lenz von sich gestoßen hatte, wollte sie ihm sagen, wie sehr sie ihn liebte und sich dafür schämte, nicht mutig genug gewesen zu sein, ihre Gefühle zuzulassen.

»Nein, mir tut es leid! Mir!«, schluchzte sie.

Unversehens sprudelte ein Schwall Wasser aus Lenz' Mundwinkel. Der Totgeglaubte riss die Augen auf und prustete noch mehr Wasser aus dem Mund. Ruckartig setzte er sich auf.

Klara fiel vor Schreck um und landete auf Heiland, der davon wiederum überrascht wurde, den Halt verlor und mitsamt Klara zur Seite kippte.

»'zefünferl!«, fluchte Lenz.

Er schaute die beiden mit großen Augen an. Er musste husten und spuckte dabei abermals Wasser aus.

Klara rappelte sich auf. Sie konnte kaum glauben, dass Lenz am Leben war. Ihr Herz vollführte einen Freudensprung. Sie wollte lachen, weinen und schreien gleichzeitig, brachte aber keinen einzigen Ton hervor. Denn eben war ihr deutlich geworden, dass sie sich ein Leben ohne Lenz gar nicht vorzustellen vermochte.

»Ich habe geträumt, dass ich ersoffen bin!«

Auch Heiland kam wieder auf die Füße, stellte sich breitbeinig vor Lenz und stemmte die Hände in die Hüften.

»Du hast uns einen Riesenschreck eingejagt! Wir dachten, du bist tot.« Heiland formte jedes Wort deutlich mit den Lippen.

»Nein, noch nicht!«, sagte Lenz und fasste sich an die rechte Schulter.

»Hast du meine Schiene noch? Wir sollten das stabilisieren, bevor wir uns auf den Weg machen.«

»Welche Schiene? Warum stabilisieren? Wohin gehen wir?« Klara war verblüfft, verwirrt und unendlich froh zugleich.

Heiland erzählte ihr von Lenz' Sturz, den Schmerzen und Herrn Schillings Stock.

»Du musst dich erst mal ausruhen!« Sie kniete sich neben Lenz und umarmte ihn, dann ließ sie ihn wieder los und schüttelte den Kopf, um ihn sogleich wieder zu umarmen. Dabei störte sie es nicht im Geringsten, dass seine Uniform feuchte Flecken auf ihrem Kleid hinterließ.

Lenz drückte sie mit einem Arm eng an sich. »Das geht schon wieder«, flüsterte er ihr ins Ohr. »Wir machen halt zwischendurch öfters mal Pause.«

Klara ließ ihn los, sprang auf und ging verärgert einen Schritt zurück. Sie konnte kaum glauben, dass Lenz so unvernünftig war. »Wir machen unterwegs eine Pause? Wohin gehen wir denn? Du sollst dich ausruhen!«

Unbeirrt wandte sich Lenz dem Soldaten zu. »Kannst du mir die Zeichnung nochmals zeigen?«

Der Soldat kramte in den Taschen seiner Ausgehuniform, bis er ein feuchtes Stück Papier herauszog. An den Ecken löste es sich zwischen seinen Fingern bereits auf.

Lenz streckte seine flache Hand empor, so dass Heiland das matschige Papier behutsam daraufleaufregen konnte.

»Das ist vielleicht eine besonders kurvige Straße. Die kleinen, geschwungenen Linien hier. Das da könnte ein Fluss sein, über den ein Weg führt. Und das bei dem kleinen Kreuzchen heißt ›HH‹, oder?«

Der Soldat zuckte mit den Achseln.

»›HH‹ steht für?«

Lenz schloss die Augen und schwankte, so als ob ihm schwindelig wäre.

»Du solltest dich ausruhen«, stellte Klara erneut fest. Sie kniete sich wieder neben ihn.

Lenz ignorierte ihre Aufforderung und betrachtete das Papier. »Das ist eindeutig eine Karte! Ich glaube, da hat er das Kind versteckt. Zumindest ist das der einzige Hinweis, den wir haben. Wenn das ein Fluss ist und ganz in der Nähe ein HH, dann kann damit eigentlich nur die Hundinghütte gemeint sein. Der Weg dahin führt nämlich über ein Flussbett ganz in der Nähe von einer ziemlich kurvenreichen Steigung. Das hat mir der alte Kastellan Pfeifer mal erzählt.« Er warf den mickrigen Rest des Zettels auf den Boden. »Wir müssten demnach zum Plansee zurück und nach einem breiten Flussbett mit Weg darüber Ausschau halten. Könnt ihr euch an die Serpentinen erinnern? So auf halbem Weg vom Schützensteig. Da könnte es sein. Es war nur schon zu dunkel beim Herweg.« Lenz kratzte sich an der Nase.

Klara wurde wütend. Sie konnte es kaum glauben, aber Lenz wollte trotz seines Zustandes die Suche nach dem Buben fortsetzen. »Wir gehen nirgends hin, außer zu einem Arzt!«, empörte sie sich.

Lenz schaute sie irritiert an. Er stand ächzend auf und ging auf sie zu. Klara wich voller Zorn zurück.

»Wir alle haben bereits unser Leben und unsere Stellungen riskiert. Es wäre töricht, jetzt aufzugeben. So wäre ja alles umsonst gewesen!«

Lenz machte einen weiteren Schritt zu Klara hin und nahm ihre Hand. Er schaute ihr tief in die Augen. »Wir kennen den Buben zwar nicht, aber stell dir vor, es wäre dein Kind. Da gibt es irgendwo eine Mutter und einen Vater, die auf ihren Sohn warten. Es kann sein, dass ich mich mit der Karte irre. Aber sonst haben wir nichts!« Er nickte Klara aufmunternd zu und lächelte sie an.

Ihr Ärger verflog. Im Grunde musste sie Lenz zustimmen.

Lenz ließ ihre Hand los und kippte den Kopf zur Seite, zuerst links, dann rechts, so als ob er Wasser aus den Ohren schütteln wollte. »Ach, übrigens … warum auch immer. Die Ohrspülung hat geholfen!«, sagte er, als er mit dem Schütteln fertig war. »Ich kann euch wieder richtig hören!«

Herr Schilling hielt sich wacker. Cornelius bewunderte ihn dafür. Dumm nur, dass sie wertvolle Zeit bei der Verfolgung der Flüchtigen verloren. Herr Schilling diskutierte schon seit ein paar Minuten mit den Soldaten am Haupttor.

»Es kommt keiner rein und es kommt keiner raus! So lautet der Befehl, mein Herr.«

Der Wachsoldat wiederholte den Satz zum dritten Mal mit stoischer Ruhe. Herrn Schilling knirschte mit den Zähnen und ballte die Fäuste bereits so fest zusammen, dass die Knöchel weiß hervortraten. Cornelius erwartete jeden Moment eine verbale Entladung des Mannes.

»Ich habe Ihnen den Passierschein gezeigt! Vom Marstallfourier persönlich unterschrieben!«, zischte Herr Schilling.

»Wir haben unsere Befehle, mein Herr.«

»Das könnte Ihrer Karriere wirklich schaden! Ich kenne einflussreiche Männer.« Herr Schilling zog das nächste Register.

Cornelius war gespannt auf die Antwort. Der Wachmann behielt seinen ungerührten Gesichtsausdruck bei.

»Der Befehl stammt von ganz oben. Einflussreicher geht's, glaub ich, nicht.«

»Sturer Hund!«, schimpfte Herr Schilling. »Das wird dir noch leidtun!«

Ohne sich weiter um Cornelius zu kümmern und lautstarke Verwünschungen fluchend, zog Herr Schilling davon.

»Drecksgesindel, Bastard« und »Arschlochmensch« hörte er ihn noch keifen. Cornelius stand am Wegesrand und dachte darüber nach, was er tun sollte. Keiner der Wachposten schenkte ihm einen Funken Aufmerksamkeit. Im Gegenteil. Der Soldat auf seiner Seite des Tores wandte ihm gerade den Rücken zu.

Cornelius wollte die Gelegenheit beim Schopfe packen. Wenn er sich beeilte, konnte er die Verfolgung aufnehmen. So geräuschlos wie möglich rutschte er auf dem Hosenboden den kleinen Abhang in die Rinne hinab, tauchte unter und schwamm mit ein paar kräftigen Zügen durch die Öffnung im Mauerwerk. Erst als er keine Luft mehr bekam, ließ er sich zur Oberfläche treiben. Cornelius drehte sich auf den Rücken und blickte zum Haupttor. Die beiden Vorposten rührten sich nicht und fixierten die Brücke, die gerade zu Cornelius' Linker hinter Bäumen und Büschen aus dem Sichtfeld verschwand. Kurz darauf war auch vom Tor mitsamt den Wachen nichts mehr zu sehen.

Mit leichtem Paddeln unterstützte er die abnehmende Kraft der Strömung, bis er regelrecht strandete. Das Wasser aus dem Schlosspark versickerte bereits nach ein paar Fuß im Kies des Flussbettes.

Tief geduckt überquerte Cornelius den Kies, erst auf der gegenüberliegenden Uferseite wagte er es, sich aufzurichten. Bäume und Gebüsch, wohin das Auge blickte. Sie boten Sichtschutz, falls weitere Wachen unterwegs waren. Da Herr Schilling sein Leben verschont hatte, schöpfte Cornelius wieder Hoffnung, doch an das Geld zu kommen. Aber den Gedanken der Rache würde er nicht aufgeben. Eins nach dem anderen.

Herr Schilling hatte großes Interesse an dem Kind gezeigt, weshalb auch immer. Hoffentlich hatte Michael, der Einfaltspinsel, den Buben noch nicht erledigt. Nur ein lebendes Kind war eine gute Verhandlungsbasis, denn er wollte aus Herrn Schilling eine höhere Summe herauspressen. Er musste das Kind vor Herrn Schilling in die Hände bekommen und würde ihm den Buben nur gegen mehr Geld aushändigen. Mit dem Einfaltspinsel waren sie immerhin zwei gegen einen.

Fatal nur, dass Baumgartner und der Soldat von dem Versteck wussten. Dank der Zeichnung, die er nicht vernichtet hatte, kannten sie zumindest den ungefähren Ort. Anders als Herr Schilling glaubte Cornelius nicht, dass die beiden sich in nächster Zeit unsichtbar machen würden. Allein ihr Auftauchen in Linderhof zeigte ihm, dass sich Baumgartner wohl als Schutzengel des Kindes aufspielen wollte.

Dummerweise hatte Cornelius den Gaul, mit dem er von der Neuen Burg gekommen war, bei seiner Ankunft vor dem Schlosspark laufen lassen. Zu Fuß würde er nun bestimmt um die zwei Stunden bis zur

Hundinghütte brauchen. Eher länger, wenn er sich abseits der Straße bewegte. Er erinnerte sich an ein einzelnes Gebäude mit Stallung bei der Abzweigung zum Schlossareal. Vielleicht konnte er sich ja dort ein Pferd »ausleihen«.

Der Gerüstbauer machte sich auf den Weg. Seine nassen Schuhe quietschten bei jedem Schritt. Hose, Hemd und Jacke trockneten bereits dank der erstaunlichen Hitze dieses Sonntagvormittags.

Er schlich über die Straße und näherte sich dem Haus mit der Stallung von der anderen Seite. Bereits von Weitem entdeckte er mehrere Personen rund um den Hof. Ein Mann in Jagdmontur saß auf einer Bank neben der Haustür, in der eine Frau mit Schürze stand, mit der er redete. Aus dem Stall drangen die Geräusche von scharrenden Schaufeln und Mistgabeln.

Verdammt! Zu viel Betrieb. Das mit dem Ausborgen konnte er glatt vergessen. Und bis zur Hundinghütte gab es keine Behausungen mehr, wo er sich nach einem Ross hätte umschauen können.

Cornelius legte noch ein Stück im Dickicht zurück, ehe er unbemerkt auf die Straße wechselte. Er musste es riskieren, gesehen zu werden. Ihm stand ein Wettlauf gegen die Zeit bevor. Ein Wettlauf gegen den Einfaltspinsel, gegen die beiden Ausreißer und ein Wettlauf gegen Herrn Schilling.

Michael war ins Schwitzen gekommen. Er kniete am Ufer des Weihers und spritzte sich Wasser in das erhitzte Gesicht. Neben ihm auf dem Waldboden lagen zwei stattliche Felsbrocken und das Glockenseil. Nachdem er Wasser in seinen Nacken gerieben hatte, hockte sich Michael auf einen der Steine und dachte nach. Wie sollte er es bewerkstelligen, das Seil um beide Steine und zusätzlich um den Buben herumzuwickeln?

Er stand auf und legte das Seil der Länge nach auf den Boden, schob ächzend einen der Felsenbrocken auf das Seil und knotete dessen Enden darüber zusammen. Unzufrieden schüttelte Michael den Kopf. Ob das halten würde? Er packte die Seilenden und versuchte, den Stein hochzuhieven. Natürlich rutschte der Brocken aus der Schlinge heraus.

»Scheißdreck!«, fluchte Michael und setzte sich auf den anderen Felsen, um nachzudenken. Doch kein so guter Plan! Sein Hemd war klitschnass, sogar der Hosenbund klebte feucht an seiner Taille. *Verdammt heiß heute, sogar im Schatten.*

Und da strahlte auch schon die Holzfassade der Hundinghütte im Sonnenschein. Das schmiedeeiserne Vorhängeschloss der Eingangstür funkelte. Die Sonne hatte es jäh über die Baumwipfel geschafft.

Sonntagmittag. Der Gerüstbauer war noch nicht wieder da, aber Michael würde sich an seine Befehle halten. Jetzt musste er rasch handeln. Bloß wie?

Natürlich konnte er das Kind einfach nur mit dem Glockenseil fesseln und in den Weiher werfen. Aber das Tau würde nass werden und weich und der elende Fratz womöglich wieder freikommen. Dann musste er ihn wieder einfangen, erneut fesseln und so weiter und so fort. Nein, das mit dem Felsbrocken war viel besser.

Er riss sich vom Anblick des glänzenden Türschlosses los und machte sich auf den schmalen Kiesweg, der sich zur Klause hinüberschlängelte.

Schweißgebadet erreichte Michael die Klause und trat in den kühlen Schatten der Fichten, die neben und hinter der Hütte in die Höhe ragten. Er wischte sich mit beiden Hemdsärmeln über die Stirn.

Vielleicht hatte ihm der Bub den Gefallen getan und war bereits verreckt. Das wäre das Beste für alle. Voller Hoffnung betrat Michael die Klause, in der es viel dunkler war als draußen. Michael tastete sich vorsichtig voran, bis er mit den Fußspitzen gegen die Transportkiste stieß. Er blinzelte, um sich schneller an das schummrige Licht zu gewöhnen. Mit dem Fuß und seinen Händen schob Michael die Truhe von der Wand und zog sie dann näher an sich heran.

»Jetzt bin i gspannt«, flüsterte er.

Ihn beschlich ein mulmiges Gefühl, so als ob ihn jemand beobachtete. Er drehte sich um die eigene Achse. Niemand war zu sehen. »Stäi di ned so bled an!«, schalt er sich selbst, um sich zu beruhigen. Er öffnete die Schnallen der Kiste und schleuderte den Holzdeckel in die Höhe.

Es stank bestialisch. Michael hob die Hand vor die Nase und vermied es, einzuatmen.

Der Bub lag zusammengekauert auf der Seite. Um ihn herum konnte Michael dunkle Flecken und eine Wasserlache erkennen. Bei genauerer Betrachtung klebten an Wänden und Boden sämtliche Arten von Körperausscheidungen. Sogar Haare und Kleidung waren verschmiert. Ihn grauste. Er würde den Leichnam einfach in der Truhe liegen lassen und mitsamt der Kiste aus der Klause zerren. Hauptsache, er musste den stinkenden Haufen Elend nicht anfassen. Michael bückte sich zum Griff.

»Mama«, ertönte es leise.

Michael erstarrte. Sein Hirn spielte ihm einen Streich. Das musste die Hitze sein. Er beugte sich über den Truhenrand. Der Bub blickte ihn mit großen Augen an.

»Kreuzkruzifix«, entfuhr es Michael.

»Du bisd jo gar ned hi!«

Vor lauter Schreck schlug er den Deckel zu. Das konnte jetzt nicht wahr sein. Michael setzte sich dermaßen schwungvoll neben den knienden Wachs-Mönch auf den Tritt des Betschemels, dass die Puppe bedenklich wackelte und das Kruzifix umkippte und auf dem staubigen Boden landete. Der süßliche Geruch aus der Truhe steckte ihm noch in der Nase. Das mit der Kiste erschien ihm kein guter Einfall mehr zu sein. Viel zu auffällig! Die Truhe würde sicherlich Schleifspuren hinterlassen. Aber den Haufen Dreck anfassen? Nie im Leben!

Neben ihm an der Wand hing das Fischernetz. Michael schlug sich mit der flachen Hand gegen die Stirn.

»Depp!«, schalt er sich selber.

Beim Aufstehen rutschte der Mönch noch ein Stück zur Seite, fiel jedoch nicht um. Auf den Zehenspitzen stehend erreichte Michael den Rand des Netzes und zog es von der Wand. Er breitete es auf dem Boden aus. Es war groß genug für Kind und Steine. Immerhin! Aber dann musste er das stinkende Gör trotzdem aus der Truhe herausholen und in das Netz wickeln. Hoffentlich zappelte es nicht herum. Und hoffentlich musste er nicht speien, wenn er dem Kind so nahekam.

Er zog das Netz zur Kiste hinüber und breitete es erneut aus. Mit angehaltenem Atem hob er den Deckel. Der Bub hatte sich in der Zwischenzeit auf die andere Seite gerollt. Michael wollte gar nicht so genau hinsehen. Er packte das Kind an den Knöcheln, zog es heraus und hielt es kopfüber wie ein Huhn und weit von sich gestreckt in die Luft.

Der Bub wimmerte kaum hörbar, ein Auge halb geöffnet, das andere geschlossen.

Michael drehte sich zum Netz und ließ das Kind kopfüber hineinfallen. Der Bub jaulte kurz auf. *Das hat bestimmt wehgetan. Egal, hast es sowieso gleich hinter dir!*

Flink raffte er die Enden über dem Kind zusammen und warf sich das Netz wie ein Bündel über die Schultern. Der Geruch nach Pisse und Kotze stach ihm in die Nase und ließ ihn würgen. Michael stürmte ins Freie, wo ihm die Hitze wie ein Schild entgegentrat. Bei jedem Schritt schlug das Bündel mit dem halbtoten Kind schmerzhaft gegen seinen Rücken. Die Sonne brannte erbarmungslos auf seinen Kopf. Er wollte das alles nur noch hinter sich bringen.

Am Ufer ließ er das Bündel rücklings ins Gras sinken. Das Kind schaute ihn von der Seite an, seine Zungenspitze ragte aus dem Mundwinkel, die Ärmchen fielen kraftlos zur Seite. Michael zerrte das Netz mitsamt seinem Opfer ganz nah an den Uferrand, bis er mit dessen Position zufrieden war. Nun brauchte er die Felsbrocken. Also ging er hinüber und rollte den ersten bis ins Netz, so nah es ging an den Körper des Kindes heran. Bei der Berührung durch den Stein zuckte der Bub zusammen und drehte den Kopf in Michaels Richtung. Seine Lippen zitterten, als ob er sprechen wollte.

Das passte Michael gar nicht in den Kram. Er wollte kein Wort hören. Kein Flehen, Bitten oder Betteln. Er legte einen Zahn zu und wuchtete den zweiten Gesteinsbrocken auf das Netz. Der kleine Körper lag nun zwischen den Steinen eingepfercht. Als Letztes holte er das Seil und schnürte die Enden des Netzes über den Steinen und dem Buben zusammen.

»Mama«, flüsterte das Kind.

Michael hatte genug gehört. Er warf das Seilende ins Wasser, zog Schuhe und Hose aus und kletterte über die Böschung in den Weiher, der sich kühl anfühlte. Michael mochte das Wasser nicht, ganz und gar nicht. Und er mied es, wann immer er konnte. Zögerlich ließ er sich ganz hineingleiten. Seine Füße reichten zum metallenen Grund. Nur mit Müh und Not konnte er sich am Uferbewuchs festhalten, sonst wäre er auf den Platten weggerutscht.

»Mama«, rief der Bub.

Ein gellender Schrei folgte. Wie konnte ein so kleines Kind nur dermaßen laut brüllen?

Michael musste die Sache beenden. Er angelte sich das Seil, suchte sich auf den Bodenplatten einen festen Stand und zog so fest er konnte. Das Bündel bewegte sich kaum. Breitbeinig stellte er sich wieder in das bauchnabelhohe Wasser des Weihers, wickelte sich das Seil mehrmals um beide Hände und stemmte sich mit aller Kraft nach hinten. Halb rückwärts ziehend, halb rutschend beförderte Michael das Bündel über die Uferkante. Die schweren Steine zogen das Kind mit einem dumpfen Klatschen unter Wasser.

Lenz' Nase pochte, die Narbe auf dem Oberschenkel brannte, die Schulter stach bei jedem Schritt und sein Rücken fühlte sich steif an. Aber die Sorge um den Buben war so groß, dass er versuchte, das alles wegzustecken. Und es half ihm, dass er wieder hören konnte. Während ihres Marsches lauschte er andauernd in seine Umgebung hinein, war ständig versucht stehenzubleiben, um die Quelle eines Geräusches ausfindig zu machen oder fragte seine Begleiter, ob sie gerade gesprochen hatten. Anfangs freuten sich Klara und Heiland über seine ständige Fragerei, doch nach einer Weile schien sie das doch eher zu reizen. Lenz war das einerlei. Er wollte einfach nichts mehr verpassen.

Nachdem ihnen das Laken auf der Flucht abhandengekommen war, hatte Klara eine neue Schlinge aus den Resten ihres Unterrocks gebastelt. Herrn Schillings halber Stock diente weiterhin als Stütze in Lenz' Jackenärmel. Am liebsten hätte er seine Livreejacke ausgezogen. Sonne und Anstrengung heizten ihm kräftig ein. Sein Hemd allein erschien Klara aber für den Stock nicht stabil genug. Außerdem wollte Lenz die schmerzhafte Ausziehzeremonie vermeiden. Lieber schwitzte er.

Sie bewegten sich abseits der Straße und folgten dem ausgetrockneten Flusslauf. Der ehemalige Hohenschwangauer Kastellan Pfeifer hatte Lenz einmal eine Karte gezeigt, in der die ausgedehnten Schotterfelder zwischen der Straße und den Bergen als »Lindergries« bezeichnet wurden. Pfeifer hatte erzählt, dass die Linder zum Teil unterirdisch floss und nur während der Schneeschmelze oder bei heftigen Regenfällen Wasser oberirdisch strömte. Damals hatte Lenz sich nichts darunter vorstellen können. Jetzt wusste er, dass es sich beim Gries um Geröllmassen handelte, die aus den Schluchten zwischen den Bergen in das Flussbett transportiert wurden. Sie passierten in regelmäßigen Abständen solche Gräben, die durch Urgewalten der Natur entstanden waren. Vor solchen Verwerfungen hatte Lenz großen Respekt und er fühlte sich ihnen gegenüber wie ein Winzling.

Das Geröll erschwerte ihr Vorankommen und irgendwann entschieden sie sich, auf die befestigte Straße zu wechseln. Sie hielten sich dicht am Wegesrand, um jederzeit rasch in den Graben springen zu können.

Unglücklicherweise hatten sie auf der Zeichnung mit der Wegbeschreibung wenig erkennen können, weil sie durch die Nässe nahezu unbrauchbar geworden war. Erst nachdem sie eine Weile herumgerätselt hatten, fiel Klara dann eine Stelle auf, wo sich die Straße in Serpentinen einen Hang hinauf schlängelte, genau wie das Kiesbett, das sich vor ihnen in südlicher Richtung wie eine breite Schneise durch den Wald zog.

»Das müssen die Geierköpfe sein!«, murmelte Lenz. »Der Zugang zur Hundinghütte ist im Geröllbett, das zu den Geierköpfen da hinten führt.«

Heilands und Klaras Blicke folgten seinem ausgestreckten linken Arm.

»Das würde passen. Die engen Kurven auf dem Papier waren die Serpentinen. Das andere der Fluss zwischen den Bäumen«, fügte Lenz hinzu.

»Nur dass im Fluss kein Wasser fließt«, ergänzte Heiland.

»Da vorne geht ein Weg in den Wald hinein.« Klara lief los, ohne auf die beiden Männer zu warten. Lenz wunderte sich, dass sie keinerlei Anzeichen von Erschöpfung zeigte. Immerhin hatte auch sie die letzten beiden Tage einiges durchgemacht.

Klara verließ die Straße und verschwand behände zwischen den Bäumen. In der Tat verlief im Schatten der Bäume ein befestigter Weg, der nach ein paar Fuß im Geröllbett mündete. Schon stand Klara mittendrin und winkte ihnen zu. Heiland und er schlossen zügig auf. Im Geröllbett hatte man den Weg zu einer gut ausgebauten Straße erweitert, was aus der Entfernung auf den ersten Blick gar nicht zu erkennen gewesen war. Gemeinsam erreichten sie die andere Seite. Der Weg beschrieb hinter der Steinwüste eine enge Kurve und verschwand weiter oben im Wald.

»Bleiben wir auf dem Weg oder schleichen wir zwischen den Bäumen hindurch?« Klaras Frage war berechtigt. Wer wusste schon, was sie erwartete. »Besser, wir suchen die Hütte abseits des befestigten Pfades, oder was meinst du, Lenz?«

Lenz' Zustimmung blieb ihm im Halse stecken. Ein markerschütternder Schrei drang durch das Dickicht zu ihnen.

»Mama!«

»Der Bub! Das muss der Bub sein«, rief Lenz und wollte losstürmen.

Heiland hielt ihn am Hosenbund zurück.

»Halt! Wir wissen nicht, was da vor sich geht. Wir könnten blindlings in eine Falle tappen.«

Lenz blieb nur widerwillig stehen, auch wenn er dem Soldaten zustimmen musste.

»Was sollen wir tun?«, fragte Klara.

»Der Schrei kam von da hinten. Nicht weit entfernt. Wir teilen uns auf. Ihr beide lauft einen Bogen abseits vom Weg und nähert euch vorsichtig. Bleibt stets in Deckung! Ich lauf direkt da hoch.«

Heiland zog Herrn Schillings Pistole aus der Innentasche seiner Jacke.

»Ich hab ja die Waffe.«

»Einverstanden. Du kannst mehr ausrichten. Mit meiner Schulter bin ich eher ein Hemmschuh als eine Hilfe. Viel Glück«, wünschte Lenz Heiland zum Abschied und machte sich mit Klara auf den Weg.

Kurz darauf erreichten sie die Anhöhe. Die Waldstraße bog nach rechts ab. Eine kleine Hütte stand am Wegesrand.

»Schaut aus wie ein Wachhäuschen«, raunte ihm Klara zu.

Tatsächlich hatten in der schmalen Behausung höchstens zwei Personen Platz. Eine einfache Holztür und ein einzelnes Fenster waren so angebracht, dass man die Straße im Blickfeld hatte. Wäre ein Wachposten darin gewesen, hätte man sie längst entdeckt.

»Die Hundinghütte ist also in der Nähe.«

Sie gingen geradeaus weiter und liefen parallel zum Pfad in sicherer Entfernung zwischen den Baumstämmen. Lenz musste sich auf den unebenen Waldboden konzentrieren, um nicht zu stolpern. Der Löwenkopfgriff an Herrn Schillings Stock half ihm hin und wieder beim Ausbalancieren, wenn er ins Straucheln geriet. Er war Heiland dankbar für den genialen Einfall.

»Hoffentlich lebt das Kind noch«, flüsterte er.

Er bekam keine Antwort mehr, denn vor ihnen tauchte wie aus dem Nichts ein Weiher auf einer Lichtung auf. Im Wasser spiegelten sich die Bäume und die Umrisse einer Hütte. Erst jetzt entdeckte Lenz die Behausung aus roh gehauenen Baumstämmen am gegenüberliegenden Ufer. An der ihnen zugewandten Längsseite existierte nur ein kleines Fenster, das mit Fensterläden verschlossen war. Es wirkte verloren in der wuchtigen Holzfassade. Von ihrem Standpunkt aus konnten sie wegen der dichten Bewaldung nicht die gesamte Breite des Bauwerks erkennen. Unweit vom Fenster entfernt befand sich eine mit breiten Holzbändern beschlagene Eingangstür, über die ein geschnitztes Relief eingearbeitet war. Neben dem Haus plätscherte Wasser aus einem hölzernen Brunnen in einen ausgehöhlten Baumstamm. Unterhalb der Uferböschung lag ein schmaler Kahn im Weiher. Der Hüttenbewohner musste also lediglich wenige Schritte zurücklegen, um das kleine Boot zu besteigen.

»Da badet einer neben dem Kahn«, flüsterte ihm Klara ins Ohr. »Siehst du?«

Lenz war die Person im Wasser gar nicht aufgefallen. Doch nun sah er, dass eigentlich niemand badete, sondern bis zum Bauch im Weiher stand. Er musste zweimal hinschauen, bis er das seitliche Profil des Mannes erkannte. Das war einer der Komplizen des Gerüstbauers! Der Bursche mit den Sommersprossen im Gesicht.

Was in Gottes Namen treibt der im Weiher vor der Hundinghütte? Und wo ist der Bub?

Da entdeckte Lenz ein Seil in den Händen des jungen Mannes. Das Seil tauchte vor ihm ins Wasser ein. Ein schrecklicher Gedanke schoss Lenz in den Kopf.

»Oh mein Gott! Ich glaube, der ertränkt gerade das Kind«, zischte er.

Ohne Rücksicht auf seine lädierte Schulter und den geschundenen Rücken rannte Lenz los. Er musste den Mann aufhalten. Sein Ziel war der Weg zwischen Hütte und Ufer, um schnellstmöglich an den Tatort zu gelangen. Lenz war erst wenige Schritte weit gekommen, als urplötzlich der Gerüstbauer vor ihm erschien.

»Du schon wieder!«, rief der zornig.

Er war ihm so nah, dass Geifer auf Lenz' Wange spritzte. Die Augen seines Gegenübers funkelten ihn böse an. Im nächsten Moment holte der Mann zum Schlag aus. Lenz versuchte auszuweichen. Die Faust des Mannes verfehlte ihn um Haaresbreite. Der Gerüstbauer strauchelte kurz, packte Lenz jedoch im nächsten Augenblick am Hals, um ihn zu würgen. Die Kraft seiner großen Hände war enorm. Die Umklammerung ließ Lenz rückwärts taumeln. Er schnappte nach Luft und versuchte mit seiner gesunden Hand den Würgegriff des Mannes abzuwehren. Da tauchte Klara hinter dem Gerüstbauer auf. In der Hand hielt sie einen dicken Ast, den sie dem Gerüstbauer seitlich in die Rippen schlug. Die Wucht des Treffers ließ ihn straucheln, er ließ los und Lenz stürzte rücklings in den Weiher.

Es dauerte, bis er sich endlich beruhigen konnte. Den gesamten Marsch zum Schloss spuckte Herr Schilling Gift und Galle. Ihm kamen Verwünschungen über die Lippen, von denen er nicht mal wusste, dass er sie kannte. An und für sich brachte ihn nichts dermaßen aus der Fassung. Am bayerischen Königshof herrschten andere Sitten als die, die er gewohnt war. München wurde von Beamten regiert. In der Hauptstadt öffneten sich sämtliche Türen für ihn. Ohne Wenn und Aber. Kleine Geschenke und Aufmerksamkeiten halfen. Auch sein Wissen über schmutzige Geheimnisse oder Verfehlungen diente als Türöffner und unterstützte die Auskunftsfreudigkeit von kleineren Bediensteten und hochgestellten Honoratioren. In der gottverlassenen Einöde namens Linderhof nutzte ihm das offensichtlich nichts.

Nicht weniger als viermal musste er unterwegs seinen Passierschein vorzeigen. Überall begegneten ihm aufgescheuchte Wachsoldaten und Gendarmen, die nach dem entflohenen Kastellan suchten. Natürlich hätte er durch sein Wissen über Baumgartners Flucht aus dem Park dem Treiben ein Ende bereiten können. Aber jetzt gönnte er ihnen das Suchspiel in der prallen Sommersonne.

Der Höhepunkt an Unverschämtheit spielte sich am Schloss ab. Nachdem er bei der Schlosswache nach Hesselschwerdt verlangte, musste er schon wieder eine geschlagene Stunde auf den Marstallfourier warten.

»Herr Schilling, sind Sie etwa bei der Suche fündig geworden?«

Der Geheimpolizist musste seinen Ärger hinunterschlucken. Der bittere Geschmack stieß ihm übel auf. Am liebsten wäre er dem bärtigen Stallburschen, der zum Sekretär des Königs aufgestiegen war, an die Gurgel gegangen, um die blasierte Hochnäsigkeit aus ihm herauszuwürgen.

»Ich wünschte, ich könnte Vollzug melden, Herr Marstallfourier«, säuselte er stattdessen. »Man lässt mich allerdings nicht gewähren, deshalb habe ich eine aussichtsreiche Spur verloren.«

Hesselschwerdt ließ ihn einfach stehen und lief die Treppe hinunter zum Wasserbassin. Er setzte sich auf den Beckenrand und spielte leise plätschernd mit den Fingern im Wasser. Herr Schilling schluckte erneut. Der Ärger rann brennend seinen Rachen hinab.

Er fragte sich, wie oft er das noch ertragen konnte, bevor ihm die Hand ausrutschte.

Natürlich war Hesselschwerdt lediglich eine Marionette von Oberststallmeister Holnstein. König Ludwig besaß ein Faible für alles

Schöne. Das betraf nicht nur die Kunst, sondern auch die Menschen, die ihn umgaben. Bald nach Ernennung von Graf Holnstein zum Leiter des königlichen Marstalls im Jahr 1866 hatte dieser König Ludwigs jugendliche Schwärmerei für Karl Hesselschwerdt erkannt. Holnstein sorgte dafür, dass sich Hesselschwerdt stets im engsten Dunstkreis des Monarchen bewegte. Auch wenn Graf von Holnstein beim König vor zwei Jahren in Ungnade gefallen war, konnte er sein Amt bis heute bekleiden. Dieser Umstand gab zu allerlei Spekulationen Anlass. Die Leute zerrissen sich das Maul darüber, dass der *Roßober* gar etwas gegen Seine Majestät in der Hand hätte, mit dem er ihm schaden könne. Holnstein tönte in ganz München großspurig herum, dass er dem verschwendungssüchtigen Treiben des Monarchen die Stirn geboten habe. Zwar umgebe sich Seine Majestät nur noch mit der allernötigsten Anzahl an Bediensteten und habe keinen zusätzlichen Aufwand für eine Frau und deren Gefolge zu bestreiten. Es könne jedoch nicht angehen, dass der sowieso bereits eingeschränkte Hofstaat demnächst zu noch mehr Sparsamkeit verdonnert werde, während Seine Majestät ständig neue Geldquellen für Bauprojekte suche. Als Mitbegründer der *Bayerischen Vereinsbank* verstehe er seinerseits schließlich, korrekt zu haushalten und habe sich gezwungen gesehen, bei Seiner Majestät zu intervenieren.

Herr Schilling glaubte, dass Holnstein dem Stallmeister Hornig befohlen oder ihn zumindest dahingehend beeinflusst hatte, dem König von weiteren Krediten und Bauprojekten abzuraten. Der Graf wusste haargenau, dass dies auch Hornig aufs Abstellgleis befördern würde. Seitdem hielt Seine Majestät Hornig auf Distanz und betraute Hesselschwerdt mit den Aufgaben eines Privatsekretärs und Beraters.

Auf Hesselschwerdt konnte Graf von Holnstein, aus welchen Gründen auch immer, offenbar mehr Einfluss ausüben als auf Hornig. Herrn Schillings Ansicht nach sollte der Marstallfourier den König aus München fernhalten, damit die Herrschaften dort in Ruhe ihren Ränkespielen nachgehen konnten. Hinter vorgehaltener Hand wurde bereits von einer erzwungenen Absetzung des Königs gemunkelt. Das war gut so, aber Herr Schilling wollte nicht ewig warten.

Wer wusste schon, wie lange es dauern würde, bis sich die Agnaten und der Ministerrat über ein derartiges Vorgehen einigten. Wollte der König nicht freiwillig abdanken, bliebe beispielsweise, ihm eine Geisteskrankheit anzudichten und ihn aus diesem Grund zu entmündigen oder auf seinen baldigen Tod zu hoffen. Ein Entmündigungsverfahren konnte für die Familie und den Staat allerdings zu einer höchst unangenehmen Posse werden.

Für Herrn Schillings Vorhaben wiederum eignete sich die abgeschiedene Lebensweise Seiner Majestät ganz hervorragend. Deshalb wollte er Hesselschwerdt vorerst auch nicht ins Handwerk pfuschen.

Nur ein schwacher Herrscher ließ sich vom Personal in seinen Entscheidungen beeinflussen. König Ludwig II. hatte die wichtigsten Aufgaben an kleine Hofbedienstete übertragen. Fehlte nur noch, dass der Hoffrisör zum Adjutanten befördert wurde. Der Monarch war untauglich für das höchste Amt im Königreich.

»Man hat mich nicht aus dem Park gelassen, deshalb ist die Spur dahin«, monierte Herr Schilling und setzte sich neben Hesselschwerdt in die pralle Sonne. Herr Schilling vermisste seinen Zylinder, den er im Kavalierhaus liegengelassen hatte. Sein schütteres Haar diente nicht mehr allzu gut als Sonnenschutz.

»Denken Sie wirklich«, fragte er, »dass Baumgartner etwas mit dem Sprengstoffanschlag zu tun hat? Vorhin kam ein weiterer Bote aus Hohenschwangau. Man hat mehrere Sprengsätze entdeckt und kümmert sich um deren Entschärfung.«

Der Marstallfourier schöpfte eine Handvoll Wasser aus dem Becken und träufelte sie mit den Fingerspitzen der anderen Hand auf seine Stirn.

»Das habe ich noch gar nicht an Seine Majestät weitergeleitet. Er schläft tief und fest. Die doppelte Dosis Chloralhydrat setzt ihn für eine Weile außer Gefecht. Das hätte für einen ausgewachsenen Elefanten gereicht.«

»Verabreichen Sie ihm das regelmäßig?«

»Beinahe täglich. Es hilft gegen seine Angstzustände und Rastlosigkeit, verschafft ihm ein paar Stunden friedlichen Schlaf.«

Und treibt ihn in die Abhängigkeit, dachte Herr Schilling.

Chloralhydrat war als Schlafmittel zu einer regelrechten Modedroge avanciert. In den Kreisen der höheren Gesellschaft, ob Adel oder Bürgertum, diente es gar als Allheilmittel. Herr Schilling hatte selbst gehört, wie sogar führende Mitarbeiter der Polizei zugaben, dieses Mittel zu verwenden.

Wirklich erfindungsreich! Nicht genug, dass die Vertrauten des Königs ihm laufend suggerierten, in Gefahr zu schweben. Gleichzeitig verabreichte man ihm auch die passende Medizin gegen die dadurch hervorgerufenen Angstzustände. Diabolisch!

Der König selbst umgab sich mit zweifelhaften Gesellen, die ihm nach dem Mund redeten und in der Illusion eines absoluten Königtums bestärkten, das doch nur noch in den abgelegenen Bergresidenzen existierte und zelebriert wurde. Mitglieder des Hofstaates lenkten diese Gesellen in der Hoffnung, in Ruhe gelassen zu werden, während die Minister ungestört schalten und walten konnten und höchstens auf ein Zeichen der Familie warteten, dass die Regentschaft von Ludwig II. frühzeitig zu Ende gehen sollte

Herr Schilling war beeindruckt. Man benutzte die Schwäche des Monarchen, um ihn heimlich aus der Welt zu schaffen! Die Münchner sahen in ihm den Sonderling, der seine Hauptstadt mied und nicht mit Geld umgehen konnte. Und da der König augenblicklich nicht an die Absetzung des liberalen Ministerrats dachte, setzte dessen Vorsitzender Johann von Lutz auf die Taktik *Abwarten und Tee trinken*. Doch nach den aktuellen Erkenntnissen bezweifelte Herr Schilling, dass der König aus Furcht um sein Leben freiwillig abdanken würde.

Im vergangenen Dezember war die Hundinghütte abgebrannt. Angeblich durch einen Blitzschlag oder Funkenflug. Der Sprengstoffanschlag auf das unbewachte Schloss. Ein Steinschlag, der sein Ziel nur knapp verfehlte. Dazu der Tod eines Chevaulegers, was ihm den Ernst der Lage verdeutlichen sollte. Nichts davon würde ihn zur Abdankung treiben. Denn das Chloralhydrat verschaffte ihm stets Erleichterung und vernebelte seine Sinne.

Es fehlte das i-Tüpfelchen, damit der König endlich freiwillig die Segel strich. War es das Kind, von dem ihm der Gerüstbauer berichtet hatte? Konnte Herr Schilling daraus eine neue Geburtstagsüberraschung machen? Eine, die alles beendete? Würde die Existenz des Buben dem Ansehen von König und Monarchie dermaßen schaden, dass sich Prinz Luitpold und Minister Lutz endlich zum gemeinsamen Vorgehen gegen Ludwig II. entschließen konnten?

»Wie dem auch sei«, wollte Herr Schilling das Gespräch nun wieder in eine andere Richtung lenken, »ich würde gerne meine Spur weiterverfolgen. Dazu müsste ich den Park verlassen.«

Hesselschwerdt blickte ihn mitleidig an.

Diese Dreistigkeit ließ Herrn Schillings Halsschlagader pochend anschwellen. »Lassen Sie Baumgartner ziehen!«, verlangte er. »Sie und Mayr haben sich verrannt. Ich brauche Sie an Ort und Stelle. Sie müssen uns morgen früh zum Schachen begleiten. Ihre Anwesenheit wird den König beruhigen.«

Hesselschwerdt stand abrupt auf und strich sich seine Uniform glatt. »Wann kommt eigentlich Ihre Verstärkung an?«

Auch Herr Schilling erhob sich. Der Gerüstbauer war bereits da und wartete am Haupttor auf ihn.

»Ich habe noch keine Nachricht erhalten. Womöglich morgen«, log er.

»Dann muss er zum Schachen nachkommen. Wir verlassen Linderhof gegen Mitternacht.« Hesselschwerdt tippte sich zum Gruß mit Zeige- und Mittelfinger gegen die Stirn und ließ Herrn Schilling ein weiteres Mal einfach stehen.

Der Geheimpolizist spuckte brennend vor Wut auf den sandigen Boden. Er flüsterte dem Marstallfourier eine gesalzene Verwünschung hinterher, machte kehrt und lief, so schnell er konnte, zum Haupttor zurück. Die Sonne näherte sich ihrem mittäglichen Zenit.

Herr Schilling musste sich mit dem Gerüstbauer zurückziehen und beratschlagen. Wenn der Mann sein Geld sehen wollte, dann nur gegen die Auslieferung des Kindes. Er würde derweil die Stellung halten. Verschwände er jetzt aus dem Park, verlöre er das Vertrauen von Hesselschwerdt und käme wahrscheinlich nie wieder in die Nähe des Monarchen. Das wollte er nicht riskieren.

Schon von einiger Entfernung fiel ihm auf, dass sich der Gerüstbauer nicht mehr an seinem ursprünglichen Platz aufhielt. Allerdings waren über zwei Stunden vergangen. Bestimmt hatte er sich in das Wachhäuschen zurückgezogen.

Derselbe bärbeißige Wachsoldat von vorhin hielt die Stellung.

»Wo ist mein Assistent hin? Ist er da drin?«, wollte Herr Schilling von ihm wissen.

Der Mann zuckte mit den Achseln. »Nein, den hab ich ewig nicht mehr gesehen«, antwortete er lapidar und blickte gleich wieder stur geradeaus an Herrn Schilling vorbei.

Herr Schilling drehte sich um, sein Zorn ließ ihn sauer aufstoßen. Er schlug seine Faust hart in die andere Handfläche, um nicht die Beherrschung zu verlieren. Der Gerüstbauer hatte die Gunst der Stunde genutzt und war durch den Kanal abgetaucht. Herr Schilling hoffte, dass er wirklich an sein Geld wollte. Dann musste er zurückkehren und ihm den Buben ausliefern. Doch weder Vertrauen noch Geduld zählten zu Herrn Schillings Tugenden.

Schweren Herzens musste er die Taktik des Ministerratsvorsitzenden Lutz anwenden. Abwarten und Tee trinken.

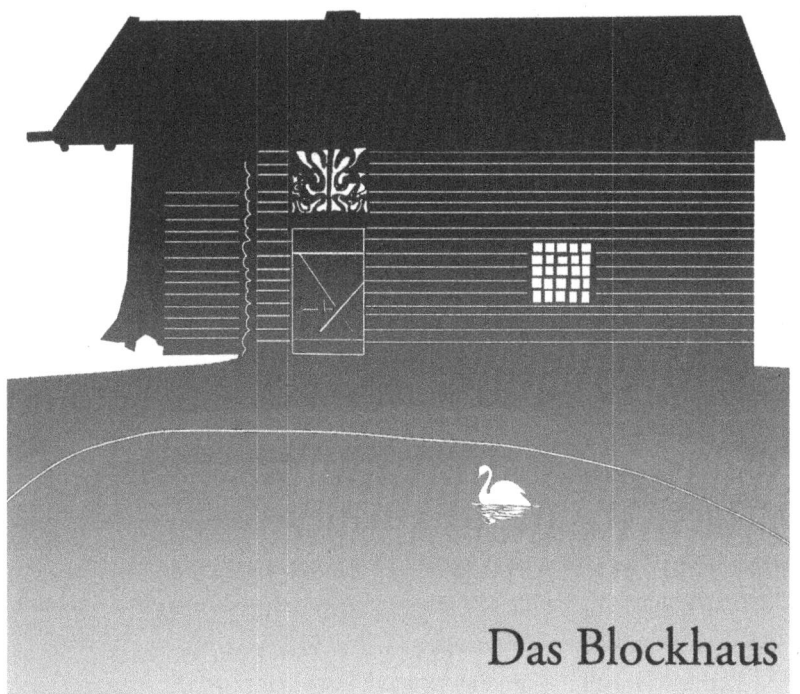

Das Blockhaus

Die Hitze machte Johannes Balthasar Heiland schwer zu schaffen.

Er war den Hang geradezu nach oben gestolpert. Zwischendurch hatte ihm das Anheben seiner Beine große Mühe gemacht und er war mit den Zehenspitzen an Wurzeln oder von Gras überwucherten Baumstümpfen hängengeblieben.

In einiger Entfernung konnte er nun eine kleine Hütte zwischen den Bäumen erkennen. Wenn auf seinen Orientierungssinn noch Verlass war, stand sie in der Nähe der Straße. Er versteckte sich hinter einem Baumstamm und beobachtete das winzige Gebäude eine Zeitlang. Er vermutete darin einen Unterschlupf für Jäger oder Förster. Vielleicht auch für Wachpersonal. Nichts rührte sich rundherum, also stolperte Heiland weiter.

Nach einigen Minuten, die Heiland aber eher wie Stunden vorgekommen waren, erblickte er eine wuchtige Holzfassade zwischen den Bäumen.

Das mit Legschindeln gedeckte Dach war in unregelmäßigen Abständen mit Steinen beschwert worden. Ein abgebrochener Baumstamm ragte aus dem Dach hervor. *Wahrscheinlich ein Kamin,* dachte sich Heiland, da es sonst keinen anderen Auslass zu sehen gab. Das musste die sagenumwobene Hundinghütte sein. In Fürstenried war sie des Öfteren Gesprächsthema gewesen. Einige der Wärter ließen ihrer Fantasie freien Lauf, wenn es um die geheimen Bauten des Königs ging. Der Pfleger Mauder sprach manchmal davon, dass er irgendwann den König betreuen würde. Die Verrücktheit sei bei den Brüdern nämlich Veranlagung. Die abgelegenen Schlösser und Fantasiebauwerke wie die Hundinghütte wären Beweis genug. Im Königreich herrschte eine angespannte Stimmung. Heiland fragte sich, ob die Explosion in Neuschwanstein gar der Beginn eines Aufstandes war. Hatte der König die Kontrolle über seine Untertanen verloren?

Die Hundinghütte als Beweis für eine Geisteskrankheit ins Spiel zu bringen, war sehr weit hergeholt. Davon konnte sich Heiland gerade überzeugen. Es handelte sich ganz offensichtlich um eine einfache Blockhütte, wie es sie sehr oft gab.

Lautes Gebrüll riss ihn aus seinen Gedanken.

»Bist du noch zu retten? Zieh ihn da raus!«

Das war die Stimme des Gerüstbauers, die da von der anderen Seite der Hütte zu ihm drang. Heiland rannte zum Gebäude und verlangsamte dann vorsichtshalber seinen Schritt. An der Hausecke blieb er stehen. Der Anblick, der sich ihm bot, war kurios:

Nahe der Hütte lag ein Weiher, in dem der Gerüstbauer und einer seiner Gehilfen im hüfthohen Wasser standen. Es erweckte den Anschein, als wollten sie etwas aus dem Wasser herausziehen. In einiger Entfernung lag Lenz am Ufer. Seine Beine hingen ins Wasser, als ob er sich gerade ein erfrischendes Fußbad gönnte. Neben ihm kniete Klara mit sorgenvollem Blick.

»I soll'n umbringen, host g'sagt! Jetzt is Mittag«, brüllte der junge Gehilfe den Gerüstbauer an.

»Halt's Maul und zieh!«

Heilands Gehirn arbeitete viel zu langsam. Es dauerte, bis er in seinem Oberstübchen alles ordnen konnte.

Die beiden Männer hielten ein Tau in Händen und zogen im Rückwärtslaufen ein Netz zur Uferböschung. Der Gerüstbauer kletterte die

Böschung hoch und begrub dabei den jungen Helfer teilweise unter sich. Sie versuchten mühsam, festen Boden unter die Füße zu bekommen, rutschten aber laufend ab. Erst jetzt entdeckte Heiland den schwarzen Haarschopf im Netz. Da lag das Kind drin.

Die haben ihn ersäuft.

Plötzlich war er ganz da. Heiland öffnete den seitlichen Blockverschluss der Pistole, die sie Cornelius entwendet hatten. Es handelte sich um einen *Bayerischen Blitz*, den Heiland von seinem Militärdienst kannte. Wie der Gerüstbauer wohl in den Besitz einer Militärwaffe gekommen war? Vielleicht hatte einer der unbekannten Mitverschwörer sie ihm verschafft. Aus dem drehbar gelagerten Blockverschluss strömte ihm Wasser entgegen. Die Flucht durch den Kanal hatte ihre Spuren in der Waffe hinterlassen. Zwar steckte eine Patrone abschussbereit darin, aber die Nässe würde das Abfeuern verhindern.

Heiland ließ den Verschluss einrasten und steuerte auf die beiden Männer zu, die mittlerweile mit dem Kind im Netz das Ufer erreicht hatten.

»Hände hoch!«, rief Heiland mit fester Stimme.

Der Gerüstbauer fuhr herum.

Sein Kompagnon wollte sich unbemerkt aus dem Staub machen.

»Bleib stehen oder ich schieße!«

Der junge Mann erstarrte augenblicklich und schaute ihn mit großen Augen an.

»Du hast nur einen Schuss. Für wen von uns beiden entscheidest du dich?« Der Gerüstbauer blickte ihn hämisch an.

»Ich lade schneller nach, als du für einen Atemzug brauchst. Lenz, Klara, kommt ihr?« Er konnte ihre Unterstützung gut gebrauchen. Zum einen sollten sie helfen, die beiden Männer in Schach zu halten. Zum anderen hatte Klara schon einmal ihr Geschick für vermeintliche Wasserleichen bewiesen.

»Mach das Seil auf und hol den Buben raus!«, befahl Heiland dem Gerüstbauer.

Der grinste und bewegte sich nicht.

Heiland richtete die Pistole auf den Kopf des Mannes. Neben seinem Daumen rann eine Wasserspur aus der Ritze zwischen Blockverschluss und Pistolengriff. Er betete, dass der Gerüstbauer das Wasser nicht entdeckte. Ansonsten wäre sein einziges Druckmittel dahin.

»Ich mach schon.« Klara kniete bereits neben dem Netz und beugte sich zum Gesicht des Buben. Von hinten näherte sich Lenz, dessen Livree klatschnass war und von der kleine Wasserrinnsale auf den Waldboden tropften.

»Ich kann nicht hören, ob er atmet! Das Kind muss da raus, damit ich besser rankomme«, sagte sie und fingerte hastig am Knoten des Taus herum. Solange es noch feucht war, konnte sie es aufbekommen. Die Lippen des Kindes waren blau angelaufen, die dunklen Haare klebten auf der Stirn, sein Gesicht war bleich.

Die Fummelei am Seil kam Heiland wie eine halbe Ewigkeit vor. Ein Wassertropfen löste sich vom hölzernen Lauf der Pistole und landete auf Heilands Schuh.

»Geschafft!«, jubilierte Klara. Der Knoten war gelöst. Klara zog den kleinen Körper aus dem Netz und legte ihn sanft daneben auf die Straße.

Heiland ließ den Gerüstbauer nicht aus den Augen. Der glatzköpfige Mann stand mit geballten Fäusten, die sich andauernd öffneten und schlossen, zwischen seinem Komplizen und Klara mit dem Kind. Er beobachtete, was sie mit dem Buben anstellte.

Lenz behielt den jungen Mann im Visier, wirkte aber auf Heiland so, als könne er jeden Augenblick zusammenbrechen. Er schwankte bedenklich hin und her.

Klara drehte das Kind auf die Seite und klopfte ihm kräftig auf den Rücken.

Der Bub stieß ein heiseres Husten aus, drehte sich auf den Rücken, starrte Klara entsetzt an und brüllte wie am Spieß. Eine dicke Träne kullerte aus seinen Augen.

Klara schaute Heiland hilflos an.

»Hauptsache, er lebt!«, sagte Lenz, der sich gerade noch so auf den Beinen halten konnte. Ohne den Komplizen des Gerüstbauers aus den Augen zu lassen, wankte Lenz zu dem Buben hinüber und kniete sich ebenfalls vor ihn hin. Das Kind brüllte ungerührt weiter.

»Gib mir mal die Figur, Klara.«

Klara holte den hölzernen Spielzeugsoldaten aus ihrer Rocktasche und reichte ihn Lenz.

Wie auf Kommando erstarb das Brüllen. Der Bub schnappte sich die Figur und drückte sie fest auf seine Brust.

Heiland hatte den Gerüstbauer die ganze Zeit über beobachtet. Es kam ihm so vor, als ob der Mann sich über das lebendige Kind freute.

»Weshalb bist du froh, dass er am Leben ist? Dir war es doch egal, ob er lebt oder stirbt?«

Keine Antwort. Nur ein überhebliches Grinsen.

»Wo gehört das Kind hin? Weshalb habt ihr ihn in eure Gewalt gebracht?«

»Von mir erfährst du kein Sterbenswörtchen«, knurrte Cornelius.

»Und du? Du willst bestimmt weiterleben, nicht wahr?«

Heiland machte einen Schritt auf den jungen Begleiter des Gerüstbauers zu und zielte auf dessen Kopf. Der Mann hob reflexartig die Hände vors Gesicht und drehte sich ängstlich weg.

»Du sagst kein Wort!«, blaffte der Gerüstbauer ihn an.

Die Situation war heikel. Nicht nur, weil der *Bayerische Blitz* nicht zünden würde. Der Gerüstbauer konnte in Versuchung geraten und es darauf anlegen, dass Heiland seinen Begleiter erschoss. Es blieb niemals genug Zeit zum Nachladen.

»Sag, was du weißt und ich verschone dich. Ich zähle bis Drei! Eins ...«

Der Helfer duckte sich tiefer.

»Bitte ned. Mach mi ned tot!«

»Den wehrlosen Buben hättest du gnadenlos ertränkt und selber winselst du? Raus mit der Sprache. Wohin gehört das Kind? Zwei ...«

»Achtung!«, rief Klara.

Aus den Augenwinkeln sah Heiland die Glatze des Gerüstbauers auf sich zukommen. Der hatte die Gunst des Moments genutzt. Jäh hob der Soldat den Arm und rammte dem Angreifer seinen Ellenbogen in den Kehlkopf. Der Mann sackte in sich zusammen und fiel wie ein voller Kartoffelsack auf den staubigen Boden des Weges zwischen Weiher und Hundinghütte.

»Das hätte ich gleich tun sollen! Und jetzt zu dir ...«

Heiland drückte dem winselnden Helfer den Pistolenlauf an den Hinterkopf.

»Auf'm Schachen. Da ham man abg'holt«, jammerte er und sank auf die Knie.

»Dem Schachen?«, wiederholte Heiland ungläubig und schaute zu den anderen.

Das Kind saß zwischen Klara und Lenz und drückte die Figur weiterhin an seine Brust.

»Und weiter? Wem gehört er? Vater? Mutter? Spuck's endlich aus!«

Heiland wurde ungeduldig. Noch lag der Gerüstbauer bewusstlos auf der Straße. Wer wusste, wie lange noch.

»I woaß sonst nix. I schwör's!«

Heiland presste die Pistole hart an seinen Schädel.

»Lüg mich nicht an! Ich bring dich um. Wer schert sich schon um einen Kindermörder? Was meinst du?«

»I woit bloß mei Gejd! Hob ned gfrogt, warum. Und der ...«, er zeigte auf den Gerüstbauer, »woit vom König Gejd für den Fratz. I woaß ned mehra. Mach mi bitte ned tot!«

Jetzt wusste Heiland nicht weiter. Aus dem Jammerlappen konnte er nichts mehr herauspressen, da seine Druckmittel erschöpft waren. Der Gerüstbauer würde bestimmt nichts preisgeben. Es musste ein neuer Plan her.

»Wir sperren sie da rein«, sagte er zu Klara und Lenz und deutete auf die Hundinghütte.

»Und wie öffnen wir die Tür?« fragte Lenz. »Siehst du das schwere Vorhängeschloss am Riegel?«

Lenz hatte natürlich recht. Aber einen Versuch war es allemal wert.

»Du!«, schrie Heiland den Helfer an und klopfte mit dem Lauf gegen dessen Hinterkopf.

»Nimm einen der Brocken aus dem Netz und zerschmettere das Schloss damit.«

Der junge Mann schaute ihn verschämt an, wischte sich mit den Ärmeln übers tränenverschmierte Gesicht und schlich zum Netz hinüber.

»Wir haben nicht ewig Zeit. Beeilung!«, polterte Heiland. Er wollte die beiden Verbrecher so schnell wie möglich festsetzen.

Ächzend holte der Komplize einen der Steine aus dem Netz und schleppte ihn zur Hütte. Heiland begleitete ihn mit gezogener Pistole, ohne dabei den Gerüstbauer aus den Augen zu lassen.

Er konnte kaum glauben, dass der schwere, hölzerne Riegel nur mit einem einzigen Vorhängeschloss gesichert war. Anscheinend hatte man in der Einöde keine Angst vor Einbrechern. Vielleicht war das auch der Anwesenheit des Königs in Linderhof geschuldet und sobald er abreiste, würde man die Hütte verbarrikadieren.

Es brauchte nur einen gezielten Schlag und das Vorhängeschloss zerbrach.

»Zieh bitte das Seil aus dem Netz, Klara.« Heiland schob den Riegel zurück und drückte die Tür nach innen auf. Ein muffiger Geruch nach Leder, Holz und kaltem Rauch kroch ihm in die Nase. Heiland schob den jungen Helfer vor sich her in das Innere der Hütte.

Im Hauptraum stand ein knorriger Baum, dessen Stamm und kahle Äste bis unter den Dachstuhl reichten. Die Blätter erweckten im diffusen Licht einen unnatürlichen Eindruck. So wie der gesamte Baum, der wie eine wuchtige Esche aussah. Der Bretterboden rund um den Baumstamm war mit von Wurzeln durchzogenem Moos bedeckt. Ganz links hinten konnte Heiland eine offene Feuerstelle ausmachen, über der ein kleines Dach aus einfachen Brettern auf Birkenstämmen ruhte. Über dem Feuerplatz, der lediglich aus aufeinandergeschichteten Steinen bestand, hing an einer Kette ein Kupferkessel. Vom Hauptraum leidlich abgegrenzt wurde die Feuerstelle von zwei Baumstämmen, auf denen je ein Bärenfell zum bequemeren Sitzen lag.

Auf der anderen Seite der Esche stand ein Tisch. Die unförmige Platte wurde von knorrigen Wurzeln getragen, vier abgesägte Baumstümpfe dienten als Stühle. Auf dem Tisch befanden sich zwei mit Silber beschlagene Trinkhörner, die in hölzernen Haltern hingen, sowie Kerzenständer aus Wurzelwerk. An der Wand dahinter, über einem zehnendigen Hirschgeweih, war ein ausgestopfter Büffelkopf zu bewundern. Im Halbschatten wirkte er wie ein düster dreinschauender, pelziger Teufel, der jeden ungebetenen Gast hinausscheuchen sollte.

»Heiland, er bewegt sich!« Das war Klaras Stimme. Anscheinend erlangte der Gerüstbauer wieder das Bewusstsein.

»Du rührst dich nicht vom Fleck!«, befahl er dem jungen Mann.

Lenz und Klara knieten noch immer neben dem Kind, in das nach und nach die Lebensgeister zurückkehrten.

»Behalte den da drinnen im Blick. Wenn er nur einen falschen Mucks macht, rufst du mich«, wies Heiland Klara an. »Nimm gleich das Seil mit rein.«

Heiland ging zum Gerüstbauer hinüber und ohrfeigte ihn solange, bis der sich ruckartig aufsetzte.

»Was ...«

Der Blick in den Pistolenlauf ließ ihn verstummen.

»Wir gehen jetzt da rein. Steh auf!«

Ein hasserfüllter Blick traf Heiland. Er jagte ihm Schauer durch Mark und Bein. Lediglich der eine Schuss, der in der Pistole steckte, trennte ihn vor einer Attacke des Mannes. Ein Schuss, der nie fallen würde. Heiland durfte sich nichts anmerken lassen.

Der Gerüstbauer stand ächzend auf und stolperte zur Hütte.

Heiland folgte ihm mit der Waffe im Anschlag.

»Rüber zur Feuerstelle mit euch«, befahl er. »Auf den Boden, ihr zwei, die Gesichter einander zugewandt, Fußsohle an Fußsohle, die Unterarme übereinandergelegt. Klara, du fesselst zuerst ihre Arme an den Handgelenken. Danach ziehst du das Seil zu den Füßen runter und knotest auch die Fußgelenke zusammen. Lass keinen Spielraum. Die beiden sollen es nicht bequem haben!«

Heiland hatte das Gefühl, dass Klara seinen Anweisungen mit großem Vergnügen nachkam. Jedenfalls stellte sie sich ungemein geschickt dabei an. Am Ende der Prozedur saßen sich die Männer gegenüber. Sie mussten sich zwangsweise anschauen und waren eng miteinander verbunden. Heiland war zufrieden mit Klaras Werk.

»Bring die Hörner raus und füll sie mit Wasser. Lenz und der Bub brauchen dringend Flüssigkeit. Ich kontrolliere noch die Nebenräume.«

Hinter dem Tisch mit den Trinkhörnern führten drei Stufen in ein simpel eingerichtetes Schlaflager. Im Zimmer war es dunkel, da die Läden des einzigen Fensters verschlossen waren. Flugs durchsuchte er sämtliche Schränke und Schubladen nach Messern und anderen scharfen Gegenständen. Ebenso wie die Kammer auf der gegenüberliegenden Seite und die mit den Vorräten.

Nirgends war etwas zu finden, das den beiden helfen konnte, ihre Fesseln zu lösen. Im Hauptraum hingen zur Dekoration drei Streitäxte unterschiedlicher Größe sowie vier altertümlich anmutende Jagdspeere und ein Schwert. Heiland riss sie allesamt herab und prüfte die Klingen. Für Wandschmuck waren sie recht ordentlich geschärft. Ihm war wohler zumute, wenn sie der Gerüstbauer nicht in die Hand bekäme. Er schleuderte sie klirrend vor den Eingang. Danach kehrte er nochmals in die Hütte zurück.

Er warf einen letzten Blick auf die beiden Männer. Keiner sagte ein Wort. Dem Gerüstbauer stand die Wut ins Gesicht geschrieben. Es war knallrot angelaufen. Sein Gegenüber wirkte eingeschüchtert, den Blick starr auf den Boden gerichtet.

Heiland steckte die Pistole in den Hosenbund, riss ein gewobenes Tuch mit runenartigen Schriftzeichen von der Wand, nahm es mit nach draußen, schloss die breite Tür und schob den starken Holzriegel in die Aussparung der Fassade. Selbst ohne Vorhängeschloss würde der Riegel eine Weile standhalten.

Klara und Lenz saßen mit dem Buben auf der Straße. Der Kastellan trank aus einem der Hörner, während Klara versuchte, dem Kind kleine Schlucke aus dem anderen Trinkhorn einzuflößen. Die Spielzeugfigur lag zwischen den dreien auf dem Boden.

Der Anblick war nahezu idyllisch: das in der Sonne funkelnde Wasser, umsäumt von Buchen und Tannen, die sich auf der Oberfläche spiegelten. Das von allerlei Pflanzen bewachsene Ufer. Weiße Seerosen mit ihren gelben Blüten und Sumpfdotterblumen erkannte sogar Heiland, der in Pflanzenkunde kaum bewandert war. Und davor saß ein Elternpaar, das sich um sein kleines Kind kümmerte.

Ein Trugbild. Natürlich.

Sie hatten große Strapazen und Gefahren auf sich genommen, um das Kind zu finden. Als Nächstes musste es zurück zu seinen Eltern. Laut dem Komplizen war es auf dem Schachen entführt worden. Nach den Ereignissen in Linderhof hielt Heiland es für keine gute Idee, sich an die Gendarmerie zu wenden. Er hatte keine Ahnung, wie weit Herrn Schillings Einfluss reichte. Oder der von Hesselschwerdt und Mayr.

Es blieb nur eine Möglichkeit. Sie mussten das Kind persönlich abliefern und versuchen, die Umstände aufzuklären. So bekämen sie vielleicht die Chance, ihre Unschuld zu beweisen. Heiland wusste, dass der Weg zum Schachenschloss hinauf irgendwo bei Garmisch oder bei Partenkirchen begann. Kurz vor Linderhof hatte er einen Wegweiser zu den beiden Ortschaften gesehen. Das musste ihr nächstes Ziel sein.

Erst jetzt spürte er seine eigene Müdigkeit und auch einen ungeheuren Durst. Er ging zum Brunnen hinüber und schöpfte sich das kühle Wasser in den Mund, bis ihm der Magen zum Bersten voll war. Angesichts ihrer üblen Verfassung war es sicher besser, sich ein schattiges Versteck zu suchen, den Rest des Tages zu schlafen und erst bei Nacht zu laufen.

Heiland drehte sich nochmals zur Hundinghütte um. Mit einem Mal wirkte die Behausung nicht mehr wie eine normale, zu groß geratene Blockhütte. Mit dem Wissen, dass der Gerüstbauer darin eingesperrt war, verwandelte es sich in ein Zuchthaus für Schwerverbrecher mitten im Wald. Selbst gefesselt und hinter einer dicken Holzmauer eingesperrt, verursachte ihm der Mensch Unbehagen.

Nein, Heiland würde wohler sein, wenn sie sich von dem Mann entfernten. Dann konnte seinetwegen irgendjemand die gefesselten Männer entdecken und hoffentlich aus dem Verkehr ziehen. Er umrundete die Hütte, kontrollierte die Riegel der Fensterläden und schlürfte einen letzten Schluck Brunnenwasser.

»Nächste Etappe ist Garmisch. Oder Partenkirchen. In einer der Ortschaften geht's zum Schachen«, sagte er zu Klara und Lenz, die sich immer noch um das Kind kümmerten. Klara hatte den Buben mit einem Tuch aus der Vorratskammer gewaschen und in ein weiteres eingewickelt, bis seine Kleider in der Sonne getrocknet waren. Lenz sammelte währenddessen im Wald Beeren, da es in der Vorratskammer der Hütte nichts Essbares zu finden gab. Behutsam steckte Klara dem Kind eine Waldbeere nach der anderen in den Mund.

»Wir sollten auch deine Schulter wieder fixieren«, sagte Heiland zu Lenz.

»Die Schmerzen sind einigermaßen erträglich.«

»Trotzdem! Wir haben einen weiten Weg vor uns. Nehmt die Trinkhörner mit. Wir geben sie auch wieder zurück, wenn alles zu Ende ist. Die Waffen werfen wir vorsichtshalber in den Weiher. Die sind nur unnötiger Ballast. Bis auf eines der Beile. Vorsichtshalber …« Er wickelte eine Axt in das Tuch, das er aus der Hütte mitgenommen hatte. Besser, wenn sie niemand zu Gesicht bekam. Johannes Balthasar Heiland befürchtete, dass ihnen noch einiges bevorstand. Sein Soldateninstinkt für Gefahr war noch nicht gänzlich verkümmert.

Sünde

»*Vater unser, der Du bist im Himmel*«, flüsterte Marianna. »*Geheiliget werde Dein Name. Zu uns komme Dein Reich. Dein Wille geschehe wie im Himmel, also auch auf Erden.*«

Der Nachmittag war im Nu verflogen. Durch die Geschäftigkeit wegen der Ankunft des Königs verging die Zeit schneller. Zuerst richtete sie nochmals die Zimmer im Küchenbau her, obwohl sie das in den letzten drei Tagen bereits mehrmals getan hatte.

Rottenhöfer und der Stabskontrolleur bezogen jeweils eine Kammer allein, während sich die beiden Küchenjungen ein Quartier teilten. Im Nebenhaus, das an das Küchengebäude grenzte, waren im großen Bettenlager im Dachgeschoss sechs Träger untergebracht. Die mussten zur geplanten Ankunft des Königs an der Wettersteinalm dort hinunter, um den Leuten vom Marstall beim Verteilen der Utensilien des hohen Herrn aus den Transportkutschen auf Rucksäcke und Kraxen zu helfen. Wenn sie dann alles nach oben zum Schachenschloss getragen hatten, konnte man sie später, im Fall der Fälle, ins Tal schicken, sollte während seines Aufenthaltes irgendetwas fehlen. Einer der Träger war Franz Dengg.

»*Unser tägliches Brot gib uns heute und vergib uns unsere Schuld, wie auch wir vergeben unseren Schuldigern.*«

Marianna war Franz den ganzen Nachmittag über aus dem Weg gegangen. Sie konnte nicht sagen, ob ihm das überhaupt auffiel. Er war auch sehr beschäftigt: den Küchenjungen beim Ausladen und Verstauen helfen, die Kutschen so in der winzigen Remise unterstellen, dass auch noch der Bergwagen des Königs Platz finden würde, sich um die Pferde kümmern, weil vom Marstall noch niemand dabei war, und zu guter Letzt die Sprengkörper des Feuerwerks zum Schloss hinauftragen, damit die Vorhut sie nur noch aufstellen und bei Ankunft des Monarchen abfeuern musste. Das Feuerwerk gehörte zur Tradition, wenn der König seinen Geburts- und Namenstag auf dem Schachen verbrachte.

»*Und führe uns nicht in Versuchung, sondern erlöse uns von dem Übel.*«

Um das Abendessen musste sich Marianna nicht kümmern, lediglich um das Servieren, Abräumen und Abspülen. Die beiden Küchenjungen kochten einen Eintopf, doch sie verspürte keinen Appetit, stocherte lustlos im Essen herum und schüttete in einem unbeobachteten Moment alles wieder in den Kessel zurück.

»*Amen!*«, sagte Franz.

Marianna wirbelte herum. Sie hatte ihn nicht hereinkommen hören.

»Bittest du noch immer jeden Abend um Vergebung?« Franz schloss die Tür und setzte sich auf das Bett, vor dem sie kniete. In den beiden kleinen Kammern im Obergeschoss des Stallgebäudes war es heiß und schwül von der ungewöhnlichen Augusthitze der letzten Tage.

Franz zeigte auf das leere Bett gegenüber. Marianna hatte Hansis Rucksack darunter versteckt. Sie hoffte, dass er ihn nicht entdecken würde.

»Schade, dass Hansi nicht dabei sein kann. Du hast einem wunderbaren Buben das Leben geschenkt. Kein Grund, sich zu schämen oder um Verzeihung zu bitten. Er ist jemand ganz Besonderes, weißt du.«

Marianna kämpfte gegen die Tränen. Sie wollte nicht weinen. Sie fragte sich, weshalb Franz ausgerechnet jetzt solche Worte zu ihr sagte. Er hatte sich bisher kaum zu den Umständen von Hansis Geburt geäußert, während sich das halbe Dorf das Maul darüber zerriss, dass der Besenmacher nur ein Lückenbüßer sei. Über den wahren Vater kursierten die wildesten Gerüchte.

»Hast du was von ihm gehört? Wie geht's ihm?«

Marianna spürte einen Kloß im Hals.

»Ich mach mir Sorgen. Um den Hansi und um dich. Das Geschwätz der Leute macht dir zu schaffen, denk ich mir. Es ist nicht immer leicht, wegzuhören, oder?«

Sie fragte sich, worauf Franz hinauswollte. Selbstverständlich war es schwer, ein normales Leben zu führen mit einem Kind und ohne den dazugehörigen Ehemann. Das mochte vielleicht in der Anonymität der Stadt einigermaßen funktionieren. In einem Dorf wie Partenkirchen musste man sich viel anhören. Manche nahmen kein Blatt vor den Mund, andere tuschelten hinter ihrem Rücken. Einige Leute wechselten die Straßenseite oder spuckten vor ihr aus. Ihr Vater hatte schon manch einen öffentlich zur Rede gestellt, mit Schlägen gedroht und Backpfeifen verteilt. Ganz abgesehen von der gekauften Vaterschaft, die er ins Münchner Geburtenregister hatte eintragen lassen. Das hatte ihn bestimmt ein paar Mark extra gekostet, worüber er niemals ein Wort verlor. Er unterstützte sie eben, so gut er nur konnte.

»Ich hab dich schon oft nach der Messe beten gehört, weißt du. Es gibt keinen Grund, sich zu grämen.«

»Es ist eine Sünde. Mein Leben lang muss ich dafür um Vergebung bitten«, murmelte Marianna.

Franz zupfte sich die Barthaare an der Oberlippe, atmete tief ein und ließ die Luft zischend entweichen.

»Sie sagen, als ich mit dem Herrn damals allein hier oben war, soll es passiert sein. Ich hätte Schande über ihn und die Familie gebracht. Hansi sei ein Bastard, eine Gefahr ...« Erneut war sie den Tränen nahe. Franz legte seine Hand auf die ihre. Augenblicklich verspürte sie eine Woge der Erleichterung durch ihre Eingeweide strömen.

»Lass die Leute reden. Du kannst es nicht ändern. Deine Familie hält zu dir, du hast Freunde.« Franz stand auf und setzte sich auf das leere Bett gegenüber. Er schaute sie ernst an. »Immer schon waren wir Freunde – und jetzt verrat' mir, was mit Hansi ist. Ich war gestern bei deinen Eltern. Sie haben mir erzählt, dass er bei dir ist.«

Die Erleichterung verflüchtigte sich. Sie war aufgeflogen. Ihr fiel keine Notlüge mehr ein.

»Hast du ihm etwas angetan?«, fragte Franz vorsichtig.

Sie konnte nicht glauben, dass ihr Franz das zutraute.

»Nein, nein! Was denkst du überhaupt. Es ist ganz anders ...« Ihre Stimme versagte. Marianna sank in sich zusammen.

»Ja, dann sag es mir doch einfach!«

»Es tut mir leid! Es tut mir schrecklich leid!« So sehr Marianna sich bemühte, sie konnte die Tränen nicht mehr zurückhalten. »Ich kann und darf es niemandem erzählen, sonst ergeht es Hansi schlecht. Bitte, glaub mir.«

Franz reichte ihr ein zerknittertes Taschentuch, das sie ignorierte.

»Du kennst mich schon so lange, Franz«, sagte sie schniefend. »Niemals könnte ich dem Hansi ein Leid zufügen. Er ist mein Ein und Alles. Ich will ihn nur wohlbehalten zurück. Und deshalb darf ich dir nichts verraten. Bitte, versteh mich!« Sie schaute Franz mit tränenverhangenen Augen an und konnte ihn nur wie hinter einem Schleier sehen.

Franz stand ruckartig auf, schob das Tuch in seine Lederhose zurück und kaute auf den Lippen herum. Mit zwei großen Schritten erreichte er die Tür und riss sie auf. Bevor er hinausging, drehte er sich noch einmal um.

»Wenn du reden willst, weißt du, wo du mich findest.«

Die Tür fiel scheppernd ins Schloss. Der gesamte Rahmen erzitterte.

Marianna fühlte sich elend. Jetzt gab es einen Mitwisser, der zwar keine Ahnung hatte, was vor sich ging, doch aus lauter Sorge ein Auge auf sie haben würde.

Hoffentlich kam ihr Franz Dengg nicht in die Quere.

Der von sechs Schimmeln gezogene kleine Galawagen des Königs preschte an ihnen vorbei und schleuderte Staub und Steine in den Straßengraben. Sie waren also auf dem richtigen Weg. Lenz konnte vom Graben aus einen flüchtigen Blick auf das Gefährt werfen. Die elektrisch beleuchtete Krone, die von einem Genius auf dem Dach in die Höhe gereckt wurde, strahlte mit dem Vollmond um die Wette. Die beiden ebenfalls elektrisch beleuchteten Glaslaternen an der Stirnseite der Kutsche erhellten das Gesicht des Königs im Wagen.

Mayr stand hinter dem Wagenkasten auf dem Lakaientritt. Unter dem Sitz des Königs befand sich die Batterie für die Laternen. Mittels einer Kurbel und einer Drehscheibe ließ sich – soweit Lenz wusste – vom Lakaientritt aus die Stromzufuhr und damit die Lichtstärke regulieren. Außerdem konnte der kleine Galawagen bei Schnee auf ein Schlittengestell umgesetzt und so auch im tiefsten Winter genutzt werden.

Das Laternenlicht des Vorreiters hatte sie rechtzeitig gewarnt, so dass sie ungesehen zur Seite springen konnten. Eine halbe Stunde zuvor hatte sie bereits die Vorhut mit Reitern und Transportkutschen von der Straße getrieben.

»Dann feiert er auch heuer seinen Geburtstag wieder auf dem Schachenschloss«, stellte Heiland fest. »Es werden also recht viele Menschen da oben sein.«

Mit Heilands Hilfe kletterte Lenz auf die Straße zurück. Die Hand seines Freundes fühlte sich schweißnass an. Es musste nach drei Uhr nachts sein und es hatte kaum abgekühlt. Anschließend half Heiland Klara nach oben, die den Buben mit Hilfe eines um ihren Körper gewickelten Tuches im Arm hielt. Der Kleine umklammerte Klaras Hals, sein Kopf ruhte auf ihrer Schulter. Seit sie von der Ladefläche des Heuwagens gestiegen waren, schlief der er wieder.

Kurz nach Einbruch der Dunkelheit hatten sie ihren Unterschlupf, einen Stadel auf der gegenüberliegenden Seite des Lindergries, verlassen. Die Ruhepause hatte ihnen allen gut getan. Nichtsdestoweniger fühlte sich Lenz immer noch wie gerädert.

Bis Graswang waren sie zu Fuß unterwegs gewesen. Zwischen Graswang und Ettal nahm sie ein alter Mann auf seinem Eselskarren mit. Das Tier hielt sich wacker, bis vor die Tore des Klosters. Der Alte sprach während der Fahrt kein Wort, aber er schenkte ihnen zum Abschied einen großen Laib Brot, den er unter seinem Sitz aus einem Leinentuch hervorzauberte. Grußlos ließ er sie vor dem barocken Gebäude mit dem runden Kuppelbau zurück. Eilig verzogen sie sich in den Schutz einer Lindengruppe und verschlangen das Brot. Sie rissen Brocken heraus und zerfetzten den Laib wie ausgehungerte Tiere ihre Beute.

Von Ettal nach Farchant ergab sich keine Mitfahrgelegenheit. Hinter Ettal ging es kontinuierlich bergab. Die Straße war nah an Felswände gebaut und auf der anderen Seite mit hölzernen Riegeln gegen Absturz gesichert worden. Verstecken war nicht möglich. Der stundenlange Marsch brachte Lenz an seine Grenzen. In seiner Schulter pochte es beinahe unaufhörlich, der Rücken verkrampfte und sein lädiertes Nasenbein meldete sich zu Wort. Zwischendurch fielen seine Ohren zu. Lenz befürchtete, sein Gehör erneut zu verlieren. Nach kurzer Zeit löste sich der Druck und Lenz konnte zu seiner großen Erleichterung wieder ganz normal hören.

Den Buben trugen Heiland und Klara abwechselnd, damit sie schneller vorankamen. Er hatte sich erstaunlich rasch erholt, redete gleichwohl nicht mit ihnen. Dessen ungeachtet schien er ihnen zu vertrauen. Vor allem Klara. Irgendwann wollte er sich nur noch von ihr tragen lassen.

In Ettal und Farchant sichteten sie die Anschlagtafeln bei den Gemeindeämtern aus Angst, steckbrieflich gesucht zu werden. Sie fürchteten, Lenz' Konterfei zu entdecken, fanden jedoch nichts dergleichen. Höchstwahrscheinlich hatte man aus Linderhof einen Fahndungsaufruf an die örtlichen Gendarmerien gemeldet. Deswegen sollten sie möglichst unsichtbar bleiben. Indes, wollten sie vorankommen, mussten sie hin und wieder jemanden wegen einer Mitfahrgelegenheit ansprechen. Noch dazu konnten sie nicht ständig abseits der Straße laufen. Streckenweise war das Gelände einfach zu unwegsam.

Der Vollmond erhellte den Weg, drang aber schon am Straßenrand oft nicht mehr durch die Baumkronen bis zum Boden. So verwandelte sich das Gehen in eine gefährliche Angelegenheit. Sie besaßen kein Licht. Und hätten sie eines gehabt, hätten sie sich gar nicht getraut, es anzuzünden.

Kurz hinter Farchant hatten sie einen Viehhändler überreden können, sie auf die Ladefläche zu den Schweinen zu lassen. Heiland erzählte dem Mann, dass der Bub seine im Sterben liegende Großmutter nochmals sehen solle. Deshalb hätten sich seine Eltern und der Onkel gemeinsam auf den Weg nach Kaltenbrunn gemacht.

Lenz schmunzelte, weil Heiland ihn als »den Onkel« verkaufte. Lenz zählte ein Dutzend ausgewachsener Säue, die ihre letzte Reise zum Metzger nach Partenkirchen unternahmen. Der Händler wollte sie nicht während der Tageshitze transportieren, weil das die Tiere zu sehr aufregte und zu einer schlechteren Qualität des Fleisches führte. Auf seine Frage, wohin sie genau unterwegs seien, reagierte Heiland ausweichend und fragte seinerseits, als triebe ihn die reine Neugier, ob es eigentlich von Garmisch oder von Partenkirchen aus zum sagenumwobenen Schachenschloss ginge. Das habe er sich schon immer gefragt.

Der König reise stets über Kaltenbrunn nach Klais, erläuterte der Viehhändler, ohne nochmals auf seine eigentliche Frage zurückzukommen. Beim Forsthaus zweige der Weg nach Elmau ab, wo wiederum die neue Straße zum Schloss begänne. Beim Gasthaus zu Klais liefere er regelmäßig Rinder und Schweine ab, die auch für die königliche Hofhaltung auf dem Bergschloss bestimmt seien. In seiner Stimme schwang Stolz mit. Der Viehhändler war gerührt von ihrem Familiensinn und hatte offenbar Mitleid wegen ihres erbärmlichen Aufzuges. Er schenkte Klara sogar etwas Leinenstoff zum Abschied, damit sie ein Tragetuch für ihren Buben daraus binden konnte. Er liege bei ihm sowieso nur unnütz auf dem Kutschbock und ihr könne es die Last erleichtern.

Erst in der Nähe von Kaltenbrunn konnten sie dann bei einem blutjungen Knecht auf den Heuwagen aufspringen. Der rümpfte freilich die Nase wegen ihres strengen Geruches, nahm sie aber trotzdem bis weit hinter Klais mit. Der Gestank lenkte den Knecht wohl zusätzlich von ihrem kläglichen Erscheinungsbild ab. Er würdigte sie jedenfalls kaum eines Blickes. Obwohl Lenz selber danach stank und trotz seiner ramponierten Nase, roch er das Schweinearoma intensiver, wenn sich einer der anderen ihm näherte. Der Duft hatte sich in ihrer Kleidung eingenistet.

»Von nun an müssen wir zu Fuß weiter.« Heilands Stimme klang ernst. »Unsere Reise bis hierher war schon riskant genug. Wer weiß, wem wir alles begegnen und wer sonst noch hinter dem Kind her ist.«

»Er muss besonders sein, wenn sich diese Leute so viel Mühe machen, ihn zu entführen, zu verstecken, und ihn sogar umbringen wollen«, sagte Klara nachdenklich. Sie streichelte dem Buben sanft über den Haarschopf. Selbst in der Dunkelheit konnte Lenz erkennen, wie sehr sie es genoss, dass der Bub sich an sie schmiegte. Klara wäre bestimmt eine gute Mutter geworden. Am besten die Mutter seiner Kinder. Leider war der Wunsch nicht in Erfüllung gegangen. Und jetzt war es zu spät. Sie hatten beide den Zenit ihrer Ersprießlichkeit überschritten.

Seine Gefühle für Klara hatten sich mit den Jahren nicht geändert. Immer wenn er sie ansah, traf ihn diese Erkenntnis mit Wucht. Dass sie die Hofhaltung unerlaubterweise verlassen hatte und bei ihnen war, schürte in ihm die Hoffnung, dass es ihr ähnlich erging.

Oft dachte er darüber nach, ob eine Verbindung mit ihm in ihrer Religion eine Sünde war und sie ihn deshalb abserviert hatte. Dazu kannte er sich mit dem Judentum nicht gut genug aus. Vielleicht wollte sie nicht zum Katholizismus konvertieren, oder ihre Eltern hatten es ihr verboten. Er selber konnte sich jedenfalls schlecht vorstellen, zum Judentum überzutreten. Lenz wünschte sich, über all diese Fragen mit ihr zu sprechen. Es fehlte freilich die passende Gelegenheit. Und der Mut.

Die Mitglieder dieser Rettungsexpedition hatten alle ihr Kreuz zu tragen.

Ein Soldat in Ausgehuniform, der zum ersten Mal seit Jahren einen Urlaub genießen wollte. Bewaffnet mit einer Pistole samt Wasserschaden und einer Streitaxt. Die transportierte er die ganze Zeit in das Tuch gehüllt und, so gut es ging, unter der Jacke versteckt. Der Schnitt an seinem Hals zeigte erste Anzeichen einer Entzündung. Er benötigte dringend Alkohol zum Desinfizieren.

Eine Kammerzofe, die sich unerlaubterweise vom Hof entfernt hatte und mittlerweile unablässig den Buben tragen musste, da er nicht mehr von ihrer Seite weichen wollte.

Ein Kastellan, der verdächtigt wurde, einen Sprengstoffanschlag auf die ihm anvertraute königliche Neue Burg ausgeübt zu haben, und der sich nun auf der Flucht befand. Mit verletzter Schulter, einem steifen Rücken, gebrochener Nase und einem unterschwelligen Hörschaden.

Als es dunkler wurde, holte Heiland die Streitaxt unter seiner Jacke hervor und wickelte sie aus dem Tuch.

»Man weiß nie, zu was es gut ist«, sagte er und schaute nach hinten.

Lenz drehte sich ebenfalls um. Die Lichter von Klais waren längst verschwunden. Der Mond verpasste der Landschaft eine geisterhaft glimmende Beleuchtung. Nachtschwärze mit einer silbrigen Patina umhüllte Bäume, Sträucher und Hügel. Dazu herrschte absolute Stille. Die anhaltende Hitze hatte die Bäche und die Tierwelt verstummen lassen.

Lenz fühlte sich wie ein Schlafwandler mit offenen Augen. Er lief durch eine Traumlandschaft, in der Klara, der Bub, Heiland und er selber die einzigen lebendigen Wesen waren. Tief in seinem Innersten spürte er eine Gefahr, die ihnen irgendwo im Schatten auflauerte. Lenz hoffte, sich zu täuschen. Nach den schrecklichen Erlebnissen spielte ihm seine Fantasie sicher nur einen Streich. Er blickte nochmals zurück. Niemand war zu sehen. Trotzdem warnte etwas seine Sinne: Sie waren nicht allein.

Die Stunden in der Hütte wurden zur Tortur.

Nicht nur die Hitze, auch die unnatürliche Haltung und der Anblick seines Gegenübers verlangten ihm alles ab. Es kam der Zeitpunkt, da wollte Cornelius aufgeben und sich seinem Schicksal fügen.

Die einzige Lichtquelle in der Hütte bildete das Tageslicht, das durch die Fugen des geschnitzten Reliefs über der Eingangstür drang. Dort fauchten sich zwei Geschöpfe mit langen Hälsen und weit aufgerissenen Mäulern an, die Cornelius wie Mischwesen aus Drache und

Schlange vorkamen. Der Tag wich langsam dem Dämmerlicht der bevorstehenden Nacht. Alles in der Blockhütte kleidete sich dadurch in ein gespenstisches Gewand. Die Fabelwesen über der Tür wirkten wie Ungeheuer, die das Tor des Höllenreiches bewachten.

Sein naiver Gehilfe hing schlaff zur Seite und zog ihn unablässig mit sich. Cornelius hatte es satt, dagegen anzukämpfen.

Sein gesamtes Leben war ein Kampf gewesen. Der Schicksalsschlag mit seiner früh verstorbenen Frau, der kleine Sohn, den er hatte weggeben müssen, weil er sich nicht um ihn kümmern konnte. Die harte Arbeit und trotzdem nie genug Geld. Der finanzielle Ruin durch den insolventen Auftraggeber.

Ein Hoffnungsschimmer war in ihm aufgekeimt, als eines Tages ein junger Mann vor seiner Tür stand und ihm eröffnete, dass er sein Sohn sei. Er besaß die Geburtsurkunde, die Cornelius seinerzeit der Pflegemutter mitgegeben hatte. Eigentlich hatte sie versprochen, die Papiere zu vernichten, dem Kind neue zu besorgen, mit geändertem Namen und allem Drum und Dran. Offensichtlich hatte sie ihr Versprechen nicht gehalten und seinem Sohn das Original übergeben. Dass er sich nun nicht mehr Georg Grieser nannte und seinen Geburtsnamen wieder angenommen hatte, erfüllte Cornelius mit Freude.

Der erste Besuch dauerte nicht lange. Sie unterhielten sich über seine Mutter und er erzählte Cornelius, dass er bei der Armee gelandet sei. Zum Abschied schüttelten sie sich kurz und distanziert die Hände, wie zwei flüchtige Bekannte. Doch in einem Brief kündigte sein Sohn einen weiteren Besuch zu Weihnachten an. Das versetzte Cornelius in helle Aufregung. Zum ersten Mal seit dem Tod seiner Frau besorgte er einen Christbaum, schmückte die karge Stube und beschaffte ein ordentliches Stück Fleisch. Er wollte die Chance nutzen, die sich ihm da auftat.

Cornelius wartete vergebens. Erst nach Lichtmess erreichte ihn ein weiteres Schreiben. Ohne ein Wort der Entschuldigung oder Erklärung, nur ein paar Zeilen, dass er den Besuch bald nachholen würde. Die Zeit verstrich und Cornelius glaubte nicht mehr an ein Wiedersehen, bis sein Sohn plötzlich Anfang März vor seiner Tür stand.

»Wir müssen reden, Vater ...«

Genug davon. Er musste hier raus! Cornelius ließ sich mitsamt dem Helfer zur Seite kippen. Sie fielen genau zwischen die beiden Baumstämme mit den Bärenfellen. Der Kopf des jungen Mannes knallte hart auf den Boden. Über die Planken war eine geflochtene Bastdecke ausgelegt, was den Aufprall geringfügig dämpfte. Sein Gegenüber riss die Augen auf. »Öha!«, rief er aus.

Cornelius hätte am liebsten laut gelacht, als er Michaels dämlichen Gesichtsausdruck sah. Er verspürte nicht die geringste Lust, ihn zu fragen, ob der Aufprall schmerzhaft gewesen war. Trotz ihrer momentan recht engen Verbindung.

Anfangs hatten die beiden Männer noch versucht, durch kontinuierliches Ruckeln mit Händen und Füßen die Fesseln zu lockern. Das Seil gab kaum nach. Das elende Luder hatte ganze Arbeit geleistet. Cornelius versuchte rücklings aufzustehen, indem er sich vom sitzenbleibenden Gegenüber weg- und empordrückte. Die Fesseln schnitten schmerzhaft in die Fußgelenke und zwangen ihn auf den Boden zurück, ehe er sich zur Hälfte oben befand. Es war vorbei. Cornelius musste sich die Niederlage eingestehen. Den Rest seines Lebens würde er im Zuchthaus verbringen.

Cornelius ließ seinen Kopf zur Seite fallen, um das dumme Gesicht seines Gefährten nicht mehr anschauen zu müssen. Er blickte auf den dicken Stamm des Baumes. Ihm war die nordische Sage rund um den Drachentöter Sigurd und dessen Vater Siegmund nur bruchstückhaft bekannt. Jeder, der auf der Baustelle der Neuen Burg arbeitete, hörte irgendwann zwangsläufig davon. Cornelius hatte die Geschichte nicht besonders berührt. Er glaubte eigentlich nicht an Magie. Das war weltfremder Firlefanz, den keiner brauchte. Und doch herrschte in dieser Hütte eine ganz seltsame Atmosphäre. Es kam ihm so vor, als befände er sich inmitten eines bösen Ammenmärchens. Nur nicht als Zuschauer, sondern als unfreiwilliger Mitspieler. Er fürchtete sich ein wenig vor dem, was das seltsame Märchen noch für ihn bereithielt, und wollte den kuriosen Ort lieber verlassen.

Er blickte erneut den Baum an. Cornelius hatte sich die Grundzüge der Sage gemerkt: Unter der Weltesche Yggdrasil hielten einst die

Götter Gericht. Odin wollte dem zukünftigen Herrscher der Völsungen ein von Zwergen geschmiedetes Schwert mit magischen Kräften zum Geschenk machen. Einzige Bedingung war, dass der Auserwählte das Schwert aus dem Stamm der Weltesche herausziehen konnte. Viele scheiterten, nur Siegmund schaffte es.

Cornelius war mit einem Schlag hellwach. Er streckte seinen Hals nach hinten durch, um den ganzen Stamm sehen zu können. Es dauerte eine Weile, bis sich seine Augen an die Dunkelheit, die auf der Rückseite des Stammes herrschte, gewöhnt hatten. Der Soldat hatte sämtliche Waffen aus der Hütte geräumt. Eine hatte er glatt übersehen. Siegmunds Schwert steckte noch in der Weltesche.

Er wandte sich Michael zu.

»Wir müssen da rüber. Siehst du das Schwert im Baum?«

Michael kniff die Augen zu engen Schlitzen zusammen.

»Ganz sche weit drobn.«

Das stimmte. Cornelius schätzte, dass die Waffe in fünf Fuß Höhe im Baum steckte. Die Klinge war bestimmt stumpf. Alles in der Hütte diente zur Dekoration.

»Wir müssen es versuchen. Oder willst du hier drin verrotten?« Noch während er sprach, zerrte er den anderen mit sich in die Sitzposition, so dass sie auf den Hintern über den Boden rutschen konnten.

»Gleichzeitig abstoßen, dann kommen wir voran«, blaffte er.

Sie fanden einen gemeinsamen Rhythmus, der sie bis zum Fuß der Esche brachte. Durch die Reibung bildeten sich schmerzhafte Einschnitte in den Handgelenken. Endlich erreichten sie das Wurzelwerk des Baumes. Über ihnen schimmerte die Schneide silbern in der Dunkelheit.

»Das wird jetzt schmerzhaft. Wir müssen da hoch«, sagte er.

»Mir hat des scho g'reicht«, jammerte der junge Mann. »Schaug, meine Bratzn.«

Es war zu dunkel, um richtig sehen zu können. Das war auch nicht nötig, weil Cornelius das warme Rinnsal auf seiner Haut spürte. Er konnte nicht sagen, ob es sich um sein eigenes oder das Blut des anderen handelte.

»Egal! Bei drei stehen wir gemeinsam auf«, herrschte Cornelius ihn an. »Eins, zwei und …«

Ohne Vorwarnung katapultierte er sich empor und zog sein Gegenüber mit. Der Schwächling hätte seinen Schwung bestimmt ausgebremst, aus Angst vor den Schmerzen. Deshalb hatte er die »Drei« nicht abgewartet und das Überraschungsmoment ausgenutzt. Der Bursche schrie aus Leibeskräften. Cornelius biss sich auf die Lippen. Das Seil schnitt ihnen tief in Hand- und Fußgelenke. Bevor sie zur falschen Seite umkippen konnten, warf sich Cornelius mit dem anderen gegen den Baumstamm.

»Hör auf zu schreien!« Er schaffte es nicht, ihn zu übertönen. Nun musste es schnell gehen, bevor der Waschlappen ihn wieder mit hinunterriss. Cornelius hob ihre Hände in hohem Bogen über das Schwert. Beinahe hätten sie dabei das Gleichgewicht verloren. Mit Mühe schaffte er es, die Fesseln auf der Klinge abzulegen. Somit konnten sie wenigstens nicht mehr umfallen. Er traute der Standfestigkeit von Michael nicht. Der hing bereits wie ein Kartoffelsack am anderen Ende und zog Cornelius auf seine Seite.

Bereits bei der ersten Bewegung spürte er, dass sich etwas tat. Die Klinge war zwar nicht übermäßig scharf, aber auch nicht stumpf. Mit einem leisen Ratsch riss das Seil. Die Arme des Jüngeren fielen schlaff hinunter, er drohte nach hinten zu fallen. Cornelius umklammerte Michael rasch am feuchten Nacken und drückte dessen Kopf zur Stabilisierung gegen den Baum. Gleichzeitig packte er mit der anderen Hand den Schwertgriff und mühte sich, es auf und ab zu bewegen. Nach kurzer Zeit lockerte sich die Klinge und er konnte die Waffe aus dem Baumstamm ziehen. Endlich war ihm das Glück hold!

Mitsamt Siegmunds Schwert setzte er sich auf den Boden und säbelte die Fußfesseln durch. Erst jetzt hörte sein Helfer mit dem Gebrüll auf. Cornelius verpasst ihm im Aufstehen einen Tritt.

»Pack mit an! Als nächstes die Tür oder eines der Fenster.«

Er rannte zum Tisch und schleuderte die knorrigen Kerzenleuchter zu Boden.

»Beeil dich! Ich will nach draußen«, rief er.

Michael trottete zu ihm herüber. Dabei rieb er sich ständig die Handgelenke und jammerte vor sich hin. Gemeinsam schleppten sie den Tisch zur Eingangstür und stellten ihn ab.

»Der ist schwer genug. Das könnte funktionieren. Wir nehmen den Tisch seitlich und laufen mit voller Wucht gegen die Tür.«

Jeder stellte sich auf eine Seite des klobigen Möbels, sie hoben den Tisch in die Höhe und stürmten blindlings los. Die Wucht des Aufpralls ließ die Tür erzittern und den Tisch zu Boden donnern. Cornelius konnte gerade noch rechtzeitig zur Seite springen, sonst wäre ihm ein Tischbein auf den Fuß gefallen.

»Ihr könnt das nicht verhindern«, schrie er die Fabelwesen über der Tür an und reckte ihnen die geballte Faust entgegen.

»Los, nochmals mit Anlauf!«

Erneut krachte Holz auf Holz. Die Tür schien sich nicht zu bewegen. Noch einmal. Und noch einmal. Fast verließ sie schon die Kraft. Sie benötigten ein Dutzend Anläufe, bis der Riegel endlich nachgab und sich die Pforte aus dem Höllenreich öffnete. Sie stolperten mitsamt dem Tisch auf den Weg und ließen sich beide erschöpft auf den Boden sinken. Cornelius rappelte sich als erster wieder auf. Er holte drinnen Siegmunds Schwert, stürmte aus der Hütte und zerrte den ungeschickten Helfer neben dem Tisch in die Höhe. Er hatte überlegt, ob er an Ort und Stelle kurzen Prozess mit ihm machen sollte. Aber vielleicht konnte er seine Hilfe ja doch noch einmal gebrauchen.

»Du begleitest mich!«, sagte er.

»Wo gäht's hi?«

»Auf dem schnellsten Weg zum Schachen«, knurrte Cornelius.

Noch war nicht alles verloren.

Ein Feuerwerk zu Ehren

Bereits gegen elf Uhr hatten sich die Träger und der Stabskontrolleur Zanders an den Abstieg zur Wettersteinalpe gemacht. Man erwartete die Ankunft des Königs dort unten irgendwann zwischen Mitternacht und drei Uhr. Ganz genau konnte man das nie vorhersagen.

Zuvor instruierte Zanders die Zurückgebliebenen. Rings um das Schloss mussten bunte Gläser auf den Boden gestellt und mit Wachslichtern bestückt werden. Auch die Fensterbretter, die Brüstungen des Balkons und die Dachterrassen sollten solche Gläser zieren. Sobald die Laterne des Vorreiters unten am Gatterl zu sehen war, mussten alle gemeinsam die Kerzen entzünden. Als Gatterl bezeichnete man die Stelle des Weges, von der man das Schachenschloss zum ersten Mal erblickte.

Somit konnte der König sein farbig beleuchtetes Bergschloss die restliche Wegstrecke über bewundern.

Marianna liebte den Anblick der bunten Lichter rund um das hölzerne Schloss. Er versetzte einen in eine farbenfrohe Märchenwelt und man konnte die Realität vergessen.

Diesmal würde alles anders sein. Seit Zanders, Franz und die anderen losgegangen waren, fühlte sich Marianna von Stunde zu Stunde elender. Beim Aufstellen der Gläser musste sie sich zwei Mal übergeben. Bis auf Magensäure würgte sie nichts heraus, schließlich hatte sie die letzten Tage kaum gegessen. Am laufenden Band kontrollierte sie die Ampulle in ihrer Schürze, aus Angst sie verloren oder beschädigt zu haben.

In Abwesenheit des Stabkontrolleurs übertrug Mundkoch Rottenhöfer Marianna die ehrenvolle Aufgabe, von der vorderen Dachterrasse des Schlosses Ausschau zu halten. Er drückte Marianna die Handglocke aus dem Arbeitszimmer in die Hand und befahl ihr, energisch zu läuten, sobald sie das Licht am Gatterl erblickte. Sie durfte sich auf einen der gepolsterten Sessel setzen, sollte es sich darin aber nicht zu bequem machen.

»Einschlafen verboten!«, lachte Carl Rottenhöfer und ließ sie auf der Veranda zurück.

Gerade weil sie den Mundkoch so sehr mochte, schämte sie sich umso mehr, seine Gutmütigkeit derart ausnutzen zu müssen.

Marianna rückte den Sessel ans Geländer heran, stellte die Glocke daneben auf die Bodenplanken und legte die Arme auf die Brüstung. Sie platzierte ihr Kinn auf die verschränkten Unterarme, um den Weg im Blick zu haben.

Rottenhöfer und die beiden Küchenjungen begannen derweil mit den Vorbereitungen für das Souper. Vom Küchengebäude drangen die Gespräche der Männer, vermischt mit dem Klappern ihres Handwerkzeuges, zu ihr herauf.

Die Zeit kroch dahin. Jede Minute, die verstrich, legte sich zentnerschwer auf Mariannas Herz. Andauernd fürchtete sie, das Licht der Vorhut am Gatterl zu entdecken. Sie täuschte sich ein ums andere Mal, was ihre Anspannung nur noch steigerte. Der Vollmond schickte sein Licht auf die Oberfläche des Schachensees und verwandelte ihn in ein schimmerndes Wasserloch.

Die Augustnacht war unnatürlich warm. Eigentlich hätte schon längst der Herbst in der Bergwelt Einkehr halten müssen. Sonst musste man zum Wiegenfest des Königs bereits sämtliche Öfen anschüren, da es nach Sonnenuntergang empfindlich frisch wurde. Am vierzigsten Geburtstag Seiner Majestät verhielt sich alles ganz anders.

Hin und wieder rauchte einer der Köche eine Zigarette auf der Veranda des Küchengebäudes und rief fragend zu ihr hinauf, ob sie nicht endlich zu sehen seien.

»Immer noch nichts!«, lautete ihre monotone Antwort.

»Dann erblickt Seine Majestät die illuminierten Gipfel gar nicht, wenn er so spät ankommt«, rief ihr Rottenhöfer zu. »Das Zugspitzkreuz funkelt und am großen und kleinen Waxenstein lodert ein geschwungenes *L*. Da haben sich die Burschen die ganze Mühe umsonst gemacht. Irgendwann geht das Petroleum zur Neige.«

Marianna konnte die leuchtenden Gipfel von der Veranda aus gar nicht sehen. Der Mittelbau des Königshauses verdeckte ihr die Sicht. In den letzten Jahren hatte sie das Schauspiel bis zum Schluss betrachtet. Heuer war es ihr einerlei. Nachdem Rottenhöfer in den Küchenbau zurückgekehrt war, legte Marianna das Kinn zurück auf die Unterarme und seufzte tonlos.

Kaum merklich tauchte ein heller Streifen am Horizont auf. Der Vollmond befand sich auf dem Rückzug über den Schneeferner Kopf. Das Tageslicht zwang die Nacht allmählich in die Knie.

Trotz aller Anspannung war Marianna todmüde. Ihre Augenlider versagten immer öfter den Dienst. Sie sanken langsam nieder, um sofort wieder vor Schreck aufgerissen zu werden. Das Spiel wiederholte sich in ständig kürzer werdenden Abständen. Ihr Kopf neigte sich nach links, sie riss ihn wieder hoch. Der Kopf kippte nach rechts. Marianna schreckte in die Höhe.

Weit hinter dem Schachensee flackerte ein Lichtpunkt. Sie setzte sich kerzengerade hin und rieb ihre Augen. Sie entdeckte das Licht erneut. Es lief den Weg hinauf, wie ein übermütiger Steinbock, der über die Felskanten tollte. Marianna sprang auf. Der Sessel rutschte zurück und warf die Glocke um. Das kurze Läuten weckte alle Lebensgeister in ihr. Sie bückte sich, um die vergoldete Schelle aufzuheben.

Wenn du jetzt läutest, geht es los!

Es gab keine andere Möglichkeit. Wenn sie Hansi zurück haben wollte, musste sie tapfer sein. Marianna stützte sich mit einer Hand am Geländer ab und klingelte Sturm. Das Läuten verstärkte sich durch die Felswände und war bestimmt noch in der weit oberhalb liegenden Meilerhütte zu hören. Marianna läutete und läutete, bis ihre Ohren schmerzten.

Rottenhöfer und seine Jungen stürmten aus dem Küchengebäude und liefen den Trampelpfad zum Schloss hinauf.

»Fang du gleich mit den Kerzen auf Veranda und Balkon an«, rief er ihr kurzatmig zu.

Marianna stellte die Glocke auf die Sitzfläche des Sessels, holte die Zündholzschachtel und eine kleine Wachskerze aus ihrer Schürze. Dabei tastete sie nochmals mit den Fingerspitzen nach der Ampulle und versicherte sich, dass der Korken weiterhin tief genug darin steckte.

Nach und nach entzündete Marianna die Kerzen in den bunten Gläsern auf der Brüstung, lief durch den Türkischen Saal zum Balkon und tat dort dasselbe. Die Wirkung der Lichter wurde durch den angebrochenen Tag nahezu verschluckt. Nichts erinnerte an die märchenhaften Ankunftszeremonien der vergangenen Aufenthalte des Königs.

Marianna rannte die Wendeltreppe hinunter und stellte die Glocke zurück in das Arbeitszimmer. Sie verließ das Schloss durch den Hintereingang und gesellte sich zu Rottenhöfer und den Küchenjungen. Sie blickten gebannt nach unten.

Es dauerte nicht lange, bis zwei Vorreiter in Livree hoch zu Ross erschienen. Einer der beiden trug die Laterne, deren Licht Marianna gesehen hatte. Die Küchenjungen rannten ihnen entgegen. Jeder packte eines der Pferde am Zügel. Einer nahm die Laterne. Die Männer sprangen behände ab.

»Wo ist die Kiste mit dem Feuerwerk?«, fragte der eine.

»Auf der Wiese unterm Balkon. Wie immer«, antwortete Rottenhöfer und begleitete die beiden.

»Das kann er gar nicht mehr erkennen!«

»Es muss ein Feuerwerk geben. Befehl ist Befehl«, hörte Marianna einen der Reiter noch sagen.

Ihre Hände zitterten. Jetzt konnte es nicht mehr lange dauern, bis der Tross mit dem König ankam. Marianna wollte nur noch unsichtbar sein. Sie lief den kleinen Pfad entlang und setzte sich oberhalb der Wirtschaftsgebäude auf einen Stein im Hang. Vom sogenannten Teufelsg'saß aus konnte sie das Schloss samt Vorplatz sehen. Die Zufahrt verbarg sich ihrem Blick.

Bumm!

Ein Donnerhall zerfetzte die Stille. Marianna blickte unvermittelt zum Himmel und erwartete, dunkle Gewitterwolken zu sehen. Die unerträgliche Hitze der letzten Zeit musste sich bald entladen. Stattdessen zerstob über dem kleinen Schloss eine hellrot leuchtende Kugel in tausende Funken.

Bumm! Peng!

Grüne und gelbe Explosionen glommen am graublauen Himmel auf und stürzten hinter dem großen Holzgebäude ins Nichts.

Eine weitere Rakete zischte weit hinauf.

Peng!

Diesmal entlud sich eine violette Ladung über dem Dach des Schlosses. Marianna löste den Blick von dem blassen Funkenregen und erblickte den Marstallfourier am Schloss. Gefolgt vom einspännigen, offenen Bergwagen des Königs. Sie konnte die Gesichtszüge des Monarchen aus der Entfernung nicht erkennen, nur den breitkrempigen Hut und den dicken Lodenmantel, in den er gehüllt war.

Bei seinem Anblick schnürte es Marianna die Kehle zu. Sie holte das Fläschchen aus der Schürze und biss sich fest auf die Lippen.

Bumm!

Ein blutroter Funkenregen explodierte über dem Schachenhaus. Marianna zuckte heftig zusammen. Beinahe wäre ihr die Ampulle aus der Hand gefallen.

»Ich weiß nicht, ob ich das durchhalte!« Lenz stöhnte.

Seit sie Elmau hinter sich gelassen hatten, ging es bergauf. Der Weiler war voll geschäftiger Menschen gewesen, dabei umfasste die Ortschaft nur drei Gehöfte, ein Sägewerk und eine Kapelle. Dampfende Rösser hatten auf der Straße gestanden, umringt von rauchenden und schwatzenden Reitknechten und Dorfbewohnern. Heiland hatte vermutet, dass man vor Kurzem einen Pferdewechsel vor der Auffahrt zum Königshaus vorgenommen hatte.

Sie machten einen großen Bogen um die Häuser und hielten sich von da an, wenn möglich, abseits vom Fahrweg.

Lenz fühlte sich schlapp. Er spürte seine Beine kaum noch, dafür seine Schulter umso mehr. Wenigstens hatten sie unterwegs ausreichend Quellwasser gefunden und konnten aus den »geliehenen« Germanen-Hörnern regelmäßig trinken. Gerade waren sie von der Straße zu einem Bachlauf hinabgeklettert, als über ihnen eine Horde Reiter und der Galawagen des Königs talwärts jagten. Zu sehen war von unten lediglich das Dach der Prachtkarosse, auf dem eine goldene Nymphe eine Krone in die Höhe stemmte. Da sich der König nicht mehr im Wagen befand und die Nachtschwärze schwand, hatte man die Beleuchtung ausgeschalten. In dem Augenblick hatten sie mehr Glück als Verstand gehabt.

»Schaut mal geradeaus! Ich seh' ein Dach. Vielleicht ist das eine Hütte, an der wir uns kurz ausruhen können«, sagte Klara.

»Wir müssen da drüben weiter«, entgegnete Heiland und zeigte auf einen weiß gekalkten Markierungsstein, auf dem mit schwarzer Farbe getüncht die Ziffer *1870* eingemeißelt war.

Er lag halb verborgen hinter einem Tannenstamm. Seit Elmau hatten sie etliche solcher Steine passiert. Hier zweigte ein steiler Reitweg nach Westen von der Fahrstraße ab.

»Wir brauchen dringend eine Pause. Ich spüre meine Arme kaum noch.« Klara trug den Buben, der immer noch tief und fest schlief. Manchmal konnte Lenz beobachten, wie sie die Hand auf seine Brust legte, um zu kontrollieren, ob er atmete. Klara bewies eine erstaunliche Ausdauer. Kein Wunder, dass sie eine Pause benötigte. Das Tuch erleichterte zwar das Tragen, doch die Last blieb.

»Ihr zieht euch ins Gebüsch zurück und wartet«, schlug Heiland vor. »Ich kundschafte die Lage aus. Mal sehen, ob die Luft rein ist. Die haben spätestens an diesem Ort die Kutsche gewechselt oder sind auf Pferde umgestiegen.«

Lenz wollte einwenden, dass der König seit einem Leistenbruch selten ein Pferd bestieg, war aber zu erschöpft. Er ließ Heiland ziehen und kauerte sich zusammen mit Klara und dem schlafenden Buben hinter einen mannshohen Felsen, der wahrscheinlich vor Urzeiten von einem der Steilhänge zwischen die Bäume herabgerollt war. Klara wollte sich gerade zu ihm setzen, als Getrampel von Pferdehufen ertönte.

Hoffentlich biegen die auf den Reitweg ab, dachte Lenz.

Der Pferdetrab verwandelte sich in einen Schritt. Das Schnauben der Tiere klang ganz nah. Klara verharrte und blickte Lenz sorgenvoll an.

»Hinter dem Stein.«

Das war die Stimme des Gerüstbauers. Im nächsten Augenblick tauchte das Gesicht seines jungen Komplizen neben Klara auf.

»D'erwischt!« grinste er.

Lenz schob sich mit dem Rücken am Felsen in die Höhe. Kaum stand er, umklammerte ein eiserner Griff seine kaputte Schulter. Ihm wurde schwarz vor Augen, der Schmerz jagte Schockwellen durch seinen Körper. Seine Knie wurden weich und gaben nach. Der Gerüstbauer trat vor ihn und drückte fester zu. Lenz erkannte sein Gesicht durch einen nebligen Schleier aus Pein. Er glitt am Felsen wieder rücklings hinab.

»Ganz ruhig, Bürschchen! Wir wollen das Kind. du legst dich jetzt schlafen. Für immer ...« In der anderen Hand des Mannes blitzte eine Klinge auf.

Klara stieß einen markerschütternden Schrei aus, der jählings erstarb. Lenz konnte erkennen, wie der junge Bursche ihren Hals von hinten umklammerte. Das Kind auf Klaras Arm öffnete verschlafen die Augen.

Der Gerüstbauer hob die Klinge, die zu einem altertümlichen Schwert gehörte. Das war sein Ende, dachte Lenz. Es war vorbei mit ihm.

Ein Zischen, gefolgt von einem dumpfen Schlag, ertönte. Der Gerüstbauer lockerte seinen Griff und wandte den Kopf zu Klara hinüber. Das Schwert schwebte unverändert über Lenz.

Er überlegte, woran ihn das Geräusch erinnerte, während er sich wie in Trance zu Klara drehte. Das Kind hatte die Augen wieder geschlossen und presste sein Näschen in Klaras Armbeuge. Der junge Halunke stand noch hinter Klara und hielt weiterhin ihren Hals in Händen.

Es fiel ihm ein! Es erinnerte ihn an die exotischen Wassermelonen, die vor Jahren in Hohenschwangau für den König angeliefert wurden. Kastellan Pfeifer musste die überreifen Früchte zerhacken, weil man sie Seiner Majestät nicht mehr servieren konnte. Und exakt jenes Geräusch einer gespaltenen Wassermelone hatte er eben vernommen.

Langsam lichtete sich der Schleier von Lenz' Augen. Er entdeckte die Kante der silbernen Schneide, die zwischen den Augenbrauen des jungen Burschen herausstand und seine Stirn in zwei Hälften teilte. Die restliche Streitaxt ragte aus seinem Schädel hervor, wie eine bizarre Kopfbedeckung.

»Was zum Teufel ...«, rief der Gerüstbauer.

Das Schwert sauste herab, verfehlte Lenz um Haaresbreite und schlug klirrend auf den Felsen. Dabei wurde es dem Gerüstbauer aus der Hand geschleudert und landete auf dem Waldboden. Lenz nutzte die Gelegenheit und trat dem Mann zwischen die Beine. Der Gerüstbauer jaulte auf und taumelte ein paar Schritte rückwärts. Im selben Moment kippte sein Helfer nach vorne. Er landete mit dem Gesicht auf Lenz' Schuhen. Der Stiel der Streitaxt ragte zu Lenz auf. Lenz blickte auf eine fingerbreite Spalte im Kopf des Burschen. Die Schneide steckte fast zur Hälfte in der Schädeldecke.

Lenz' Knie gaben endgültig nach. Er rutschte am Felsen hinunter, bis er auf seinem Hintern landete. Vor ihm stürzte sich Heiland auf den verdutzten Gerüstbauer und warf ihn zu Boden. Die beiden Männer wälzten sich herum, während der Soldat verzweifelt versuchte, die Pistole ganz aus seinem Gürtel herauszuziehen. Sie hatte sich darin verhakt. Zuerst lag Heiland oben, dann der Glatzkopf und wieder umgekehrt. Bei ihrer nächsten Rolle schaffte es der Gerüstbauer, Heilands Kopf gegen einen Baumstumpf zu knallen. Heiland verlor das Bewusstsein und blieb reglos liegen. Der Gerüstbauer sprang auf, schaute Lenz vernichtend an und rannte in den Wald hinein.

Lenz versuchte, sich aufzurappeln. Doch er schwankte und landete auf den Knien. Heiland wachte auf. Der Soldat schüttelte sich kurz.

»Wo ist denn Klara?«, fragte er mit brüchiger Stimme.

Lenz sah sich suchend um. Nichts. Dieser Kampf hatte ihm alles abverlangt und nun fehlte nicht nur vom Gerüstbauer, sondern auch von Klara und dem Buben jede Spur. Ihm wurde kalt.

Herr Schilling saß in der winzigen Kammer, die man ihm zugewiesen hatte, und rieb sich die Zehen. Unter dem großen entdeckte er eine prall gefüllte Blase.

Das Pferd hätte man Herrn Schilling ruhig lassen können. Aber nein, er hatte es unten abgeben müssen, weil auf dem Schachen nicht genug Platz zum Unterstellen mehrerer Pferde vorhanden war. Fast zwei Stunden hatte der Aufstieg von der Wettersteinalm bis zum Königshaus gedauert. Wenngleich sie bereits kurz vor acht Uhr morgens bei diesem Bergschlösschen angekommen waren, forderte die Temperatur des beginnenden warmen Augusttages ihren Tribut. Herr Schilling spürte jedes seiner Lebensjahre in den Knochen.

Die Verladestation an der Wettersteinalm, die auf halbem Weg zwischen Elmau und dem Schlösschen lag, hatten sie rund dreißig Minuten nach den Vorreitern verlassen. Die bequeme Fahrstraße verwandelte sich dort in einen schmalen, steinigen Reitweg. Vorneweg marschierten sechs Träger, voll bepackt mit Kraxen und Rucksäcken. Einem schnallte man zusätzlich etliche Pergamentrollen oben drauf. Baupläne für neue Projekte des Königs. Eine weitere Burg und ein chinesischer Palast seien darunter, erklärte Hesselschwerdt. Sie standen bei der Wettersteinalm kurz beieinander, während alles auf die Träger umgeladen wurde. Der Marstallfourier beobachtete den Verladevorgang mit Argusaugen und merkte ab und zu etwas an zum Procedere.

Zuletzt holte man aus der Begleitkutsche eine hölzerne Badewanne, die zwei der Träger zwischen sich nahmen. Nachdem der König aus seiner luxuriösen Kutsche in den zweirädrigen Bergwagen umgestiegen war, setzte sich der Zug in Bewegung. Einer der Lakaien nahm das Zugpferd am Zügel und führte das Tier hinter den Trägern her.

Der Kammerdiener Lorenz Mayr saß rücklings auf einem schmalen Sitz am Heck des Bergwagens. Man hatte ihn mit einem Strick an den Sitzhalterungen festgezurrt. Mayr blickte somit die gesamte Zeit auf die nachfolgende Karawane, bestehend aus Lakaien und einer Handvoll Wachsoldaten. Bei jeder engen Stelle oder felsigen Steigung klammerte er sich an seinen Sitz und schloss die Augen. Hesselschwerdt ritt meist neben der Kutsche des Königs her und führte dabei ein weiteres Pferd. Einen glänzenden Rappen mit einem weißen Fleck auf der Stirn, den er *Ralph* nannte.

Sie waren von Linderhof später losgefahren als geplant. Der König hatte zwar exakt seine neun Stunden und vierzig Minuten geschlafen. Doch der Tod des jungen Chevaulegers lastete wohl schwer auf seinen Schultern, drückte seine Stimmung, und deshalb hatte er sich zu nichts aufraffen können.

Herr Schilling zog Strümpfe und Schuhe wieder an. Den Zylinder wollte er vorerst am Türhaken seiner Kammer hängen lassen. Er steckte in derselben Wäsche, demselben Hemd sowie demselben schwarzen Anzug, in dem er Linderhof verlassen hatte. Er wollte Zanders oder Hesselschwerdt suchen, damit sie ihm seine Reisetasche gaben. Man hatte sie den Trägern anvertraut. Die Aktentasche hatte er nicht aus der Hand gegeben, wobei darin nur noch ein paar Notizen steckten und nutzlose Patronen herumkullerten.

Er trat aus der Kammer in einen engen, stickigen Gang und verließ die Hütte. Draußen wehte kein Lüftchen, anders als man es auf über fünftausend Fuß über Meereshöhe erwartet hätte. Stattdessen stach die Morgensonne herab. Um sich einen Überblick zu verschaffen, suchte sich Herr Schilling rasch ein Schattenplätzchen unter dem Vordach. Die Wirtschaftsgebäude lagen in einer kleinen Senke mit steil aufragenden Felswänden dahinter und einem Fernblick auf das bewaldete und hügelige Oberland. Auf der Veranda des Küchentrakts tummelten sich allerlei Männer und bekamen von einer jungen Magd Kaffee und Brote serviert. Herr Schilling fragte sich, ob das vielleicht die Mutter des entführten Kindes sein konnte. Beim Gespräch zwischen dem Mittelsmann und dem Gerüstbauer in der Grotte war des Öfteren der Name des kleinen Bergschlosses im Zusammenhang mit dem Buben und seiner Mutter gefallen. Und die junge Frau machte einen gehetzten Eindruck, schaute sich ständig suchend um und schätzte die Männer ab, die sie bediente. Sogar aus einiger Entfernung fiel Herrn Schilling auf, wie nervös sie war.

Das kleine Bergschloss ruhte wie eine hölzerne Fata Morgana auf einer Erhebung. Der König war unmittelbar nach ihrer Ankunft mit Hesselschwerdt und Mayr darin verschwunden. Gegen neun Uhr sollte dem König ein Diner im Schloss serviert werden, hatte Herr Schilling von einem der Küchenjungen erfahren. Die Vorbereitungen dazu waren bestimmt in vollem Gange.

Unter dem Vorbau an der Rückseite standen drei Wachsoldaten Gewehr bei Fuß. Auf dem gekiesten Pfad zum Vordereingang patrouillierten zwei Wachposten in Livree. Das waren zwei der auserkorenen Chevaulegers, die sich der König hatte zuteilen lassen. Der Dynamitanschlag und der tote Reitersoldat zeigten ihre Wirkung. Er würde niemals an den König herankommen. Und er wollte es eigentlich gar nicht mehr.

Für den Augenblick hatte Herr Schilling seine Schuldigkeit getan. Die Organisation des Anschlages in der Burg Neuschwanstein war eine kleine Meisterleistung gewesen. Ebenso die Bestechung des Munitionswartes in Freising, um an das Dynamit zu kommen. Und das Freibier mit dem Abführmittel für die Gendarmen in der Wache unten in der Ortschaft Hohenschwangau, damit der Gerüstbauer unbemerkt zur Neuen Burg hochfahren konnte. Und selbstverständlich die Requirierung des Mittelsmannes und des Gerüstbauers.

Als er von deren persönlichen Beziehung zueinander erfahren hatte, hatte der Plan erst richtig zu reifen begonnen. Die beiden Männer verband eine komplizierte Vergangenheit. Er hätte nie vermutet, dass die zwei ihre Mission eigenständig erweitern würden. Anfangs hatte es ihn wütend gemacht, dass sie sich nicht an die Abmachungen hielten. Von einer Entführung war nie die Rede gewesen! Zudem hätte der Anschlag ja erst morgen zum vierzigsten Geburtstag des Königs stattfinden sollen.

Doch mittlerweile war er hocherfreut über die Entwicklung. Im Prinzip konnte er sich zurücklehnen und abwarten. Der Gerüstbauer jagte das Kind, weil er ihm zusätzliches Geld dafür geboten hatte.

Das Gerücht, der König hätte in den Bergen einen unehelichen Bastard gezeugt, war kein Geheimnis in Polizeikreisen. Der Bub solle ihm zum Verwechseln ähnlich sehen. Die Entführungsgeschichte des Gerüstbauers hatte plötzlich Begehrlichkeiten in Herrn Schilling geweckt. Wie gerne wollte er den Bastard des Königs in Gewahrsam nehmen und mit Veröffentlichung drohen, falls er nicht zurücktrat.

Nur, wie sollte er die Geschichte beweisen? Dazu benötigte er Unterlagen, Indizien, glaubwürdige Aussagen, im besten Fall ein Geständnis der Mutter. Das eine hatte er nicht, das andere war schwierig. Wer würde der Mutter glauben? Wenn es tatsächlich die Bedienstete von hier oben war, dann war sie nur eine einfache Magd. Am Ende würde sie selbst noch versuchen, aus der Situation Kapital zu schlagen. Das alles erschien ihm letztlich zu vage.

Die unliebsamen Zeugen aus Neuschwanstein in Person von Baumgartner und seinem Soldatenfreund gehörten zum Kreis der Verdächtigen für den Anschlag. Niemand würde ihn damit in Verbindung bringen. Auch der Gerüstbauer und der Mittelsmann waren fein raus. Falls Baumgartner noch einen Funken Verstand besaß. Denn der konnte sich ja nur noch ins Ausland absetzen. Den würde man hier bestimmt nie wiedersehen.

Der Mittelsmann freilich führte Teuflisches im Schilde. Die Entführung des Kindes musste ihm für einen höheren Zweck dienen. Ansonsten wäre er niemals den Aufwand und das Risiko eingegangen. Nachdem sich nun sowohl der Mittelsmann als auch die Mutter des Kindes auf dem Schachen befanden, konnte es interessant werden. Das Drama spitzte sich zu. Und er würde einfach dasselbe tun wie immer: sich die Hände nicht schmutzig machen.

Er trat aus dem Schatten in die Sonne und schlenderte zum Küchengebäude hinüber, um ebenfalls eine Tasse Kaffee zu bekommen. Kaum hatte er den Fuß auf die erste Stufe der Veranda gesetzt, brach das Inferno los.

Inferno am Teufelsg'saß

Klara rannte querfeldein. Es ging steil bergauf. Sie sprang über Wurzeln, wich herumliegenden Steinbrocken aus und blieb in kleinen Bodenlöchern stecken. Der Bub klammerte sich um ihren Hals und presste das Gesicht fest an sie. Sie wagte nicht, sich umzudrehen, aus Angst, eingeholt zu werden. Wobei sie gar nicht wusste, ob sie jemand verfolgte. Klara war auf und davon, als sich die Gelegenheit bot, und sie hoffte, dass Heiland und Lenz den Gerüstbauer längst überwältigt hatten. Sie musste das Kind in Sicherheit bringen. Mütterliche Gefühle trieben sie vorwärts.

Zwischen den Bäumen tauchte ein Trampelpfad auf. Er schlängelte sich in westlicher Richtung den Hang hinauf. Klara mobilisierte nochmals sämtliche Kräfte, um den Pfad zu erreichen. Ihre Lunge schmerzte beim Einatmen, die Oberschenkel brannten.

Am Pfad angekommen, blieb sie stehen und drehte sich endlich um. Sie blickte auf die Rückseite der Alm hinab, deren Dach sie von der Straße aus gesehen hatte. Der hintere Teil der Hütte war in den Hang hineingebaut worden, die Dachschindeln mit Rundhölzern und Steinen beschwert. Unter dem seitlichen Vordach lagerte stapelweise Brennholz. Aus dem Kamin stieg heller Rauch auf. Die Hütte war also bewohnt. Jetzt entdeckte sie auch die dazu gehörigen Rindviecher, die ein gutes Stück von der Alm entfernt und weit verstreut den Hang abgrasten.

»Alles wird gut, mein Kleiner«, flüsterte sie dem Buben ins Ohr. »Diese Leute werden uns helfen. Vielleicht kennen sie sogar deine Mama.«

Das Kind schaute sie mit seinen hellblauen Augen an. Der Anflug eines Lächelns umspielte die schmalen Lippen. Die aufgeschürfte Beule an seinem Haaransatz schimmerte gelb und blau.

Klara schaute wieder zur Alm hinunter. Aus den Augenwinkeln nahm sie im Gehölz unter sich eine Bewegung wahr. Zwischen zwei Tannen trat der Gerüstbauer heraus und wankte den Hang herauf.

Klara verschwendete keine Zeit mit Nachdenken. Sie drehte sich um und folgte, so schnell es ihre müden Beine erlaubten, dem Trampelpfad. Sie kam gut voran, obwohl es in Serpentinen stetig bergauf ging. Nicht nur, dass sie Angst vor dem Gerüstbauer hatte. Sie fragte sich unablässig, was mit Lenz und Heiland geschehen war. Hatte diese Bestie sie etwa umgebracht? Sie wollte und konnte sich das einfach nicht vorstellen und versuchte, sich auf den Weg zu konzentrieren.

Bloß nicht hinfallen, dachte sie wieder und wieder. Was mit einem Kind auf dem Arm kein leichtes Unterfangen war. Ein ums andere Mal blieb sie mit den Fußspitzen an Steinen und Wurzeln hängen und konnte gerade so das Gleichgewicht halten. Die Sonne tat ihr Übriges. Klaras Haube war tropfnass. Der Schweiß rann ihr in die Augen, über die Nase in den Mund und hinterließ einen salzigen Geschmack auf der Zunge. Wie gern hätte sie einen Schluck zu trinken gehabt. Sie passierte ein dünnes Rinnsal, das aus einer Felsspalte auf den Pfad tropfte. Mit dem Gerüstbauer im Nacken blieb ihr keine Zeit. Klara lief weiter.

Bald änderte sich die Landschaft. Anstelle von Bäumen wuchsen nunmehr niedrige Latschen, die Grasbüschel wurden rarer. Klara überquerte ein kleines Geröllfeld und hatte größte Mühe, nicht andauernd wegzurutschen. Die groben Steine bohrten sich schmerzhaft in ihre Fußsohlen. Ihr Schuhwerk taugte nicht für eine Bergpartie. Doch sie hatte die Königinmutter, die eine ausgezeichnete Bergsteigerin war, oft bei ihren Wanderungen begleitet. Das kam Klara nun zugute.

Am Ende des Geröllfeldes hielt sie an, um nach dem Gerüstbauer Ausschau zu halten. Seine Glatze glänzte im Sonnenlicht. Klara schätzte, dass er kaum aufgeholt hatte, und sie konnte nur hoffen, dass sie sich nicht täuschte.

Der Bub schwitzte ebenfalls. Sie liefen die ganze Zeit in der prallen Sonne. Die Felswände über ihnen reflektierten die Wärme um ein Vielfaches. Sie erreichten eine Weggabelung. Klara musste erneut anhalten. Links ging es steil bergauf zwischen die Felswände hinein, geradeaus leicht bergauf weiter wie bisher. Sie konnte sich kaum vorstellen, dass der felsige Steig zum Schachenschloss führte. Klara entschied sich, geradeaus weiterzugehen.

Das Kind lastete inzwischen zentnerschwer in ihren Armen. Sie hob es aus der Schlaufe und stellte es auf den Boden.

»Kannst du bitte ein Stück selber laufen?«

Der Bub nickte tapfer, nahm wortlos ihre Hand und marschierte neben ihr her. Zumindest ein paar Schritte weit, dann wurde er langsamer und langsamer, stolperte über jeden noch so winzigen Stein. Klara konnte ihn jedes Mal gerade noch festhalten. Sie hob ihn wieder ins Tuch und erschrak. Nur wenige Fuß unterhalb lief der Gerüstbauer. Der Mann hatte sie bald eingeholt.

Unter ihr klafften weitläufige Geröllfelder, die in eine Mulde mündeten. Ein bewaldeter Bergkamm dahinter nahm ihr die weitere Aussicht. Über ihr ragten zerklüftete Steilwände und mächtige Berggipfel in die Höhe.

Ihnen blieb nur ein Ausweg. Sie mussten sich zwischen den Felsen verstecken und darauf hoffen, dass der Gerüstbauer an ihnen vorbeilief. Klara machte in unmittelbarer Nähe eine Rinne im Felsen aus. Nach ein paar Schritten konnte sie über hervorstehende Felstritte an Höhe gewinnen. Mit der einen Hand hielt sie den Buben fest, mit der anderen zog sie sich an hervorstehenden Steinen nach oben. Die Rinne war gerade so breit, dass drei bis vier Menschen nebeneinander Platz hatten. Sie glich einer Rutschbahn, von den Gewalten der Natur in den Fels geschliffen, und führte weit in das Felsenmeer hinein. Ein Ende war nicht in Sicht. Beim Anblick der Gesteinsmassen und der Höhe begannen ihre Knie zu zittern.

»Keinen Mucks. Wir klettern ein Stück hinauf, um eine Rast zu machen«, log sie das Kind an.

Der Bub hatte seit der Hundinghütte nichts gesprochen, unwahrscheinlich, dass er ausgerechnet jetzt damit anfangen würde. Klara wollte ihren Fuß anheben, um auf den nächsten Absatz zu steigen.

Da packte eine Hand ihr Fußgelenk und zog sie hinab. Klara verlor das Gleichgewicht. Sie glitt ab. Würde gleich mit dem Kind gegen die scharfen Felskanten krachen. Drehte sich im letzten Augenblick und wandte die Seite mit dem Kind ab vom Massiv. Sie prallte mit ihrer Schulter und mit der Stirn gegen einen Stein, rutschte hinab, trat gleichzeitig mit dem freien Fuß nach hinten aus.

»Aua!«

Das war der Gerüstbauer. Klara hatte ihn am Oberkörper getroffen. Sein Griff lockerte sich kurz, aber sie konnte ihren Fuß nicht befreien.

»Hab ich dich, du Miststück!«, geiferte der Glatzkopf. »Her mit dem Kind!«

Er richtete sich in der steilen Wand zitternd auf und schlug mit dem Schwert zu. Doch der Hieb verfehlte das Ziel.

Der Bub jaulte auf, als er die Stimme hörte. Er krallte sich in Klaras Oberarme. Die Felskanten schnitten und bohrten sich in ihre Haut. Der Gerüstbauer suchte mit den Füßen nach festem Untergrund. Er bereitete einen weiteren Schwerthieb vor.

Zeit für noch einen Tritt, schoss es Klara durch den Kopf. Sie löste sich etwas von der Felswand, um ihr Bein zum Ausholen besser anheben zu können.

Jäh verdunkelte sich der Himmel über ihnen. Finstere Wolken waren wie aus dem Nichts über dem Gipfel von der anderen Seite des Berges aufgezogen. Ein grelles Licht blendete Klara. Im nächsten Augenblick zerfetzte eine Explosion die Bergeinsamkeit. Der Blitz musste in ihrer unmittelbaren Nähe in die Rinne eingeschlagen sein. Die Erschütterung schleuderte Klara gegen die Felswand zurück. Beinahe wäre ihr das Kind aus dem Armen gerutscht. Der Gerüstbauer ließ ihr Fußgelenk los und schlitterte bäuchlings nach unten, bis er sich irgendwo festhalten konnte. Plötzlich herrschte Finsternis in der Rinne und ein heftiger Regenschauer platzte vom Himmel. Die Regentropfen trafen Klara wie Geschosse im Gesicht. Eine wahre Sintflut strömte über sie herab.

Raus aus der Rinne!

Dann ging alles rasend schnell. Klara ließ sich auf dem Hosenboden am Gerüstbauer vorbeigleiten, den Buben, mit beiden Armen umschlungen, auf ihrem Schoss. Der Gerüstbauer klammerte sich an einer Wurzel fest und versuchte verzweifelt, nicht in einen weiteren tiefen Abgrund gerissen zu werden. Er hieb mit dem Schwert in ihre Richtung und blickte ihr hinterher. Der Regen sorgte für einen glitschigen Wasserfilm auf den Felsen.

Ein heftiger Donnerschlag kündigte weiteres Unheil an. Der Regen verstärkte sich nochmals. Die Schreie des Kindes wurden vom Tosen der Wassermassen verschluckt. Klara ignorierte die Schläge gegen Steißbein und Wirbelsäule. Sie wurden regelrecht aus der Rinne gespuckt und landeten auf dem Trampelpfad.

Über ihr ertönte ein tiefes Grollen. Es klang ganz anders als der Donner kurz zuvor. Langanhaltend, dumpf und furchteinflößend. Klara rappelte sich auf. Durch Regenwasser verdünntes Blut lief ihr an einem Unterschenkel hinunter. Der Regen peitschte aus allen Himmelsrichtungen herab. Klara musste gegen den Sturm ankämpfen und schleppte sich mit dem Buben vom Schlund der Rinne weg. Sie presste sich gegen die anschließende Felswand und versuchte vorwärts zu kommen. Vergeblich. Also kauerte sie sich auf die Knie und beugte ihren Oberkörper schützend über den Buben.

Das dumpfe Grollen entlud sich ohrenbetäubend aus der Rinne. Wasser, Matsch, Wurzelwerk und Felsbrocken schossen in einer schmutzigen Fontäne aus dem Schlund der Felswand und rissen den Pfad an dieser Stelle mit sich. Trotz des dichten Regens konnte Klara zwischen den Gesteinsbrocken die Schwertklinge vorbeitreiben und über die Kante verschwinden sehen.

Ein weiterer Donnerhall ließ den Berg erzittern. Der Himmel hatte sämtliche Schleusen geöffnet. Sie konnten unmöglich an Ort und Stelle ausharren, brauchten dringend einen Unterschlupf. Klara sah von dem übriggebliebenen Pfad keine drei Fuß. Bleiben und Gehen waren gleichermaßen riskant. Sie presste sich enger an den Buben, der zusammengekrümmt unter ihr lag und sich die Ohren zuhielt. Sobald die Sicht sich besserte, würden sie weitergehen, um sich unterzustellen.

Hauptsache, der Gerüstbauer konnte ihnen nichts mehr antun. Doch in ihre Erleichterung mischte sich die Sorge um Lenz und Heiland.

Obwohl es sich durch die anhaltende Schwüle des Tages angekündigt hatte, war das Gewitter wie aus dem Nichts aufgetaucht. Herr Schilling schaffte es gerade noch, trocken unter die Veranda zu kommen. Selbst die mussten sie fluchtartig räumen, weil der Wind den Regen unter das Vordach peitschte. Und so saßen sie eng zusammengepfercht im Speiseraum des Küchengebäudes, während draußen die Welt unterging. Zeitweise prasselte der Regen so heftig gegen die Fensterscheiben, dass er fürchtete, sie könnten zerbersten.

Sein Nebenmann, ein bärtiger Träger aus Partenkirchen, brabbelte im tiefsten oberbayerischen Dialekt. Ab und an verstand Herr Schilling ein paar Worte. Anscheinend hatte der Eingeborene selten ein heftigeres Unwetter erlebt. Alles, was über die Dreitorspitze von der anderen Seite herüberziehe, entlade sich überraschend schnell, meinte er lakonisch.

Auch in der kleinen Stube vor der Küche saßen Männer auf der Eckbank und warteten auf das Ende des Gewitters. Nur bei Mundkoch Rottenhöfer und den Küchenjungen herrschten reges Treiben und Hektik. Die Suppe als erster Gang des königlichen Soupers war längst fertig und wartete darauf, serviert zu werden.

Herr Schilling überlegte, wer wohl das Essen zum Schloss hinaufbefördern würde. Von den Lakaien war keiner zu sehen. In der Hütte saßen nur Träger, Soldaten und einfache Diener. Und diese hübsche, nervöse Magd mit den dunkelblonden Haaren, die sie zu einem Dutt unter ihrem Kopftuch zusammengesteckt hatte.

Sie hieß Marianna Rieger, erzählte ihm sein Sitznachbar auf Nachfrage. Die ganze Zeit über hockte sie auf einem Stuhl neben der Küchentür, nagte an ihren Fingernägeln und zuckte bei jedem Donnerschlag zusammen.

Das Gewitter dauerte eine gute Stunde. Der Regen ließ allmählich nach. Die Luft in der einfachen Hütte roch abgestanden und nach menschlichen Ausdünstungen.

»Lasst doch mal Luft rein!«, rief Rottenhöfer aus der Küche. Herrn Schillings Tischnachbar erhob sich, öffnete das Fenster am Kopfende ihres Tisches und verließ die Hütte.

Herr Schilling rückte zum Fenster auf und nahm einen tiefen Atemzug. Die Luft schmeckte kühl und frisch, eine Wohltat nach der drückenden Hitze. Es regnete noch ganz leicht. Die Nebelschwaden hatten sich verzogen und gaben teilweise die Sicht ins Tal frei. Die Berggipfel versteckten sich hinter einer grauen Wand.

Herr Schilling schnaufte nochmals ein. Er wollte gerade das Fenster schließen, da fiel ihm eine Person auf, die den Zufahrtsweg heraufkam. Wenn ihn seine Augen nicht täuschten, handelte es sich um eine Frau. Der schmächtigen Gestalt wegen. Wer auch immer sie war, sie musste unterwegs in das Gewitter geraten sein. Sie bewegte sich langsam, nein, eigentlich taumelte sie voran. In Herrn Schilling erwachte die Neugier. Vor allem, als er erkannte, dass sie ein Bündel in den Armen hielt. Ein Bündel mit schwarzen Haaren.

Von oben lief ihr ein Mann in Livree entgegen.

»Jetzt kannst du die Suppe hochbringen, Marianna«, hörte er Carl Rottenhöfer sagen.

Herr Schilling blickte in die Stube und beobachtete, wie einer der Küchenjungen der hübschen Magd einen Korb in die Hände drückte. Aus dem Geflecht ragte die Kuppel einer blank polierten Warmhalteglocke heraus. Der Küchenjunge öffnete Marianna die Tür. Jetzt wusste Herr Schilling, wer das Essen hinaufbrachte.

Er schaute wieder aus dem Fenster. Die dahintaumelnde Frau hatte beinahe die Kehre vor dem finalen Anstieg erreicht. Der Mann in der Livree hatte sie fast erreicht. Herr Schilling konnte sein Gesicht gut erkennen. Er kannte seinen Namen.

»Da fehlt ja ein Teil vom Weg! Einfach hinuntergespült«, sagte Lenz zu Heiland.

Sie standen an der Bruchkante und blickten abwechselnd in die Felsrinne hoch und in das Geröllfeld hinunter. Noch immer prasselte der Regen herab.

Heiland und Lenz waren bis auf die Haut durchnässt. Das Gewitter hatte sie in der Nähe des ersten Geröllfelds überrascht. Auf die Schnelle hatten sie Unterschlupf in einer kleinen Latschengruppe neben dem Trampelpfad gefunden. Zum Schutz gegen die Wassermassen hatten die verkümmerten Gewächse aber nur leidlich getaugt.

Lenz schlotterte am ganzen Körper. Es hatte deutlich abgekühlt. Anstrengung, Hunger, Schmerzen und Nässe zeigten ihre Wirkung.

»Mein Gott, hoffentlich ist unsere Klara nicht in den Steinschlag hineingeraten, der hier eben heruntergekommen sein muss!«, antwortete Heiland und setzte vorsichtige Schritte über das Hindernis aus Geröll und Schlamm.

»Reich mir deine Hand, ich helfe dir rüber.«

Sie hatten eine Weile gebraucht, bis sie sich nach der Attacke der beiden Männer wieder auf den Weg machen konnten. Den Burschen mit dem gespaltenen Schädel schleppten sie hinter den Felsbrocken, damit man ihn vom Weg aus nicht sehen konnte. Keiner von ihnen wollte die Streitaxt aus seinem Kopf ziehen.

Am liebsten wäre Lenz zur Almhütte gegangen und hätte die Leute um Hilfe gebeten. Ein Bett und reichlich Alkohol zum Betäuben der Schmerzen waren alles, was er sich wünschte. Stattdessen biss er die Zähne zusammen und folgte Heiland den Hang hinauf. Der schwor, er hätte die Gestalt des Gerüstbauers vor dem Gewitter oberhalb zwischen den Bäumen gesehen. Der polierte Schädel habe wie eine Signalleuchte in der Sonne geblinkt. Es war kein Zweifel möglich, beteuerte der Soldat. Allerdings betrug der Vorsprung etliche Minuten. Lenz glaubte nicht, dass sie jemals zu ihm aufschließen konnten. Und jetzt mussten sie ihre Hoffnung wohl endgültig begraben.

Dennoch ergriff er nun Heilands Hand und mühte sich beim Überqueren der Schlammlawine, das Gleichgewicht zu wahren. Er konnte sich dabei einen Blick über die Bruchkante nicht verkneifen.

Zuerst glaubte Lenz an eine optische Täuschung. An eine Ausgeburt seiner Fantasie, heraufbeschworen durch die maßlose Erschöpfung. Unmittelbar unter dem ehemaligen Pfad lag eine teils mit Schlamm und Kiesel bedeckte Hand auf einem Stein.

»Da unten!«, rief Lenz, bevor er zu Heiland aufschloss, »Schau mal, siehst du die Hand?«

Heiland antwortete nicht, sondern zog ihn erst ganz zu sich herüber und machte sich dann sofort an den Abstieg. Mehrmals lösten sich Steine unter seinen Schuhen. Er schlitterte, fing sich aber sofort wieder.

Lass es nicht Klara sein, lieber Gott. Oder den Buben. Bitte, bitte, bitte!

Lenz beobachtete, wie Heiland die Steine zur Seite räumte. Seine Zähne schlugen klappernd aufeinander. Unter dem vierten oder fünften Stein tauchte ein kugelrunder, mit Blut und Matsch verschmierter Hinterkopf auf.

»Der Gerüstbauer?«, presste Lenz hervor.

»Er ist es.« Heiland nickte ihm zu. »Ganz sicher, auch wenn er sehr mitgenommen aussieht.«

Mittlerweile hatte der Soldat den Körper mehr oder weniger freigelegt. Der Unglückselige war lediglich von einer dünnen Schicht bedeckt gewesen.

Heiland drehte den Körper zur Seite. Ein paar Gesteinsbrocken mussten den Mann frontal am Kopf getroffen haben. Lenz grauste es.

»Und sonst? Noch jemand?«

Heiland schaute angestrengt in die Tiefe, schüttelte den Kopf.

Er setzte sich neben den Toten und durchwühlte dessen Jackentaschen.

»Was ..., was soll das? Das hast du in Linderhof bereits getan.«

»In der Innentasche waren Ausweispapiere drin. Die habe ich das letzte Mal stecken lassen. Brauchten wir nicht.« Heiland zog ein dünnes Lederbündel heraus, in dem ein graues, labbriges Stück Papier eingewickelt war. Daran klebte ein weiterer Fetzen, der sich löste und auf den Boden fiel. Heiland hob ihn auf.

Er drückte den leblosen Körper zurück in den Schlamm und kletterte mit seiner Beute zu Lenz hinauf.

»Du wusstest seinen Namen nicht mehr. Willst du ihn wissen?«, keuchte Heiland. Er wedelte mit dem besudelten und zerschlissenen Papierstück vor seiner Nase herum. Das Wort *Passierschein* konnte man noch gut erkennen, daneben das Siegel des königlichen Hofsekretariats.

»Ein Passierschein für die Baustelle!«, staunte Lenz »Zeitweise ging gar nichts mehr ohne diese Dokumente. Die Kontrollen waren äußerst streng. Selbst ich durfte nicht mehr ohne rein.«

Die Regentropfen verfärbten die Tinte. Blaue Striche und Patzer bildeten sich in sämtliche Richtungen aus.

»Cornelius Vogelsang «, las Heiland vor.

»Jetzt ... fress ich einen Besen«, stammelte Lenz. »Ein Chevauleger Friedrich Vogelsang ist zum unmittelbaren Dienst beim König abkommandiert. Glaubst du, das ist ein Zufall?«

»Bestimmt nicht. Die Geschichte ist noch längst nicht ausgestanden. Wir müssen schleunigst zum Schachenhaus. Hoffentlich sind wir auf dem richtigen Weg.«

»Und was steht auf dem kleinen Papier?«

Heiland streckte ihm auch den Fetzen entgegen.

Es waren nur noch die verschwommenen Konturen eines Turmes zu erkennen. In der oberen Ecke sah man noch die Umrisse eines kleinen *a*.

»Die Bleistiftzeichnung vom Schloss. Die haben wir im Schlosspark von Linderhof verloren. Viel ist davon nicht übriggeblieben. Da stand mal ›Für Max‹«, sagte Heiland nachdenklich.

Er knüllte das Papierchen zusammen und schleuderte es zum Leichnam des Gerüstbauers hinunter.

»Wer immer Max ist. Wir müssen los!«

War das ihr Gesicht, das ihr von dem blank polierten Silber entgegenblickte? Sah so eine Mörderin aus? Regentropfen liefen daran herunter wie Tränen und verwandelten ihr Gesicht in ein abstoßendes Zerrbild.

Die letzten Stunden waren grauenhaft gewesen. Seit der Ankunft des Königs tobte in ihr eine schreckliche Schlacht. Egal, was sie tun würde, es war das Falsche. Das Gewitter hatte ihr einen Aufschub verschafft, aber es verzögerte lediglich das unausweichliche Ende.

Während sie in der Stube des Küchengebäudes auf Rottenhöfers Befehl zum Servieren gewartet hatte, betete sie ein *Vaterunser* nach dem anderen.

Sie befürchtete, dass Rottenhöfer einen der Küchenjungen an ihrer Stelle schicken könnte. Vom Vorraum stierte sie in die Küche, um herauszufinden, in welchem Topf die Sauce für den Hauptgang vor sich hin köchelte. Sie wollte vorbereitet sein, falls es schnell gehen musste.

Nachher blieb dann keine Zeit, erst nach dem richtigen Topf für das Gift zu suchen. Gleichzeitig versuchte sie abzuschätzen, ob einer der Anwesenden der Erpresser war und sie beobachtete. Die Träger kannte sie allesamt. Von den Soldaten hatte sie keinen je zuvor gesehen, genauso wenig wie den älteren grauhaarigen Herrn am Fenster.

Sie wälzte die düsteren Gedanken im Kopf umher. Immer wieder. Für das Überleben ihres Kindes war sie bereit, einem anderen Menschen das Leben zu nehmen. Hätte sie nicht doch besser jemanden einweihen sollen? Franz Dengg oder Carl Rottenhöfer. Vielleicht wäre einem der beiden eine Lösung eingefallen. Sie wischte den Gedanken sofort wieder beiseite. Was sollte der Franz schon ausrichten können? Rottenhöfer würde alles tun, um den König zu schützen. Ohne Rücksicht auf Hansis Leben.

Rottenhöfers Auftrag brachte die Erlösung. Mit zittrigen Händen nahm sie den Korb entgegen, in dem das Tablett und die Warmhalteglocke ruhten.

»Soll dich der Hirneis mit dem Schirm begleiten?«, fragte der Mundkoch.

Marianna wurde heiß und kalt zugleich. »Braucht's nicht«, antwortete sie knapp und schlüpfte geschwind ins Freie, wo sie den gekiesten Vorplatz überquerte, auf dem der Regen große Pfützen hinterlassen hatte.

Neben dem kleinen Kutschenhaus begann der schmale Pfad. Bis auf den Bergwagen des Königs war die Remise leer. Darin hätte sie das Gift im Trockenen in die Suppe mischen können. Doch der Schuppen lag ihr zu nah am Küchengebäude. Marianna hielt sich lieber an ihren Plan und ging bis zu der Stelle, die sie tagelang immer wieder ausgekundschaftet hatte. Ein Steinhaufen diente zur Markierung.

Sie stellte den Korb auf den Boden und schaute nach oben. Die Wachen hatten sich bestimmt unter die Veranda zurückgezogen. Eine Patrouille konnte sie nicht entdecken. Von unten kam ebenfalls niemand. Sie bückte sich über den Korb. Marianna holte das Giftfläschchen aus der Schürze und zog den Korken mit dem Mund heraus. Der Inhalt des Fläschchens hatte die Farbe geändert. Die gelbliche Färbung war einem stumpfen Grauton gewichen.

Sie bekreuzigte sich mehrfach.

Mit der freien Hand hob sie die Warmhalteglocke hoch. Würziger Dampf entwich aus der mit einem Tuch umwickelten Terrine. Ein Regentropfen landete platschend in der Brühe. Sie kippte die Ampulle und schüttete die Hälfte der gräulichen Flüssigkeit hinein.

Mit dem Mund verkorkte sie das Fläschchen und steckte es zurück in den Schurz, um anschließend mit dem Zeigefinger das Gift in der Suppe zu verrühren.

Heiß! Sie biss sich auf die Lippen. *Kein Laut jetzt!*

Danach schob sie die Glocke unter dem Korbhenkel hindurch und stülpte sie über die Terrine.

Jetzt war sie also wirklich eine Mörderin!

Sie nahm den Henkel, schaute sich nochmals um und lief zum Schloss hoch.

»Na endlich! Bist du über München gelaufen?«, begrüßte sie Kammerdiener Mayr ungeduldig.

Er wartete auf der Türschwelle, während drei Wachsoldaten rauchend unter dem Vordach saßen und sie gleichgültig anschauten.

»Jetzt aber hurtig! Du weißt, wohin. Und drei Mal Läuten nicht vergessen.«

Marianna drückte sich am Kammerdiener vorbei, durchquerte den großen Vorplatz und betrat das Wohnzimmer. Mitten im Raum stand der bis auf Besteck, Serviette und Klingel leergeräumte Tisch. Sie stellte den Korb darauf ab und holte die Terrine unter der Warmhalteglocke hervor. Das Tuch ließ sie auf dem Tablett liegen. Sie warf nochmals einen Blick in die Brühe. Man konnte im trüben Suppenwasser nichts Auffälliges entdecken.

Marianna zog den Korb vom Tisch, der einen grauen Schmutzrand auf der polieren Platte hinterließ. Hastig putzte sie mit ihrer Schürze darüber. Das Fläschchen darin zerbrach. Sofort bildete sich ein dunkler Fleck auf dem hellen Stoff.

Erschreckt zuckte Marianna zusammen. Sie konnte keine zweite Gabe in die Bratensauce kippen. Wenn sie Hansi wiedersehen wollte, musste der König also an der Suppe zugrunde gehen. Nun wollte sie erst recht so schnell es ging hinaus. Sie nahm die Klingel und läutete drei Mal hintereinander. Danach stürzte sie förmlich an Mayr und den Soldaten vorbei ins Freie.

Es war vollbracht.

Blutrote Aussicht

Er hatte die Frau mit dem Kind im Arm schon von Weitem entdeckt. Sie befand sich ungefähr auf Höhe der alten Schachenalm, da sah er sie um die Biegung kommen. Man konnte keine Gesichter erkennen, gleichwohl wusste er, wer da heraufgetragen wurde. Der Schock fuhr ihm durch sämtliche Glieder. Friedrich Vogelsang überlegte fieberhaft, wie er seinen Plan retten konnte.

Hesselschwerdt hatte ihn zur ersten Wache am vorderen Eingang eingeteilt. Sie waren zu dritt. Einer musste ständig an der Tür stehen, während zwei um das Gebäude patrouillierten. Natürlich wechselten sie sich damit regelmäßig ab.

Das plötzliche Gewitter hatte sie gezwungen, unter den seitlichen Überständen des Balkons in Deckung zu gehen, wobei die keinen vollständigen Schutz gegen den Regen boten. Seine Kameraden hatten sich für den westlichen Überstand entschieden, er selber für die dem Tal zugewandte Seite. Niemals hätten sie es gewagt, um Einlass zu bitten, außer einer der Diensthabenden wäre auf sie zugekommen. Der Trupp an der Hintertür hatte es wesentlich komfortabler erwischt, weil es eine breite Überdachung zum Unterstellen gab.

Innerhalb kürzester Zeit war Friedrichs Livree durchweicht. Der Wind peitschte den Regen in regelmäßigen Abständen in die Hausecke. Egal, wie tief Friedrich sich hineindrückte, ihn traf andauernd ein Regenschwall. Einmal konnte er durch das Fenster Hesselschwerdt im Fremdenzimmer sehen, der wohl kontrollierte, ob alles richtig verschlossen war.

Friedrich hielt Hesselschwerdt für einen Aufschneider, der es gekonnt verstand, den König um den Finger zu wickeln. Seit Richard Hornig nicht mehr in die Nähe der Majestät durfte, spielte er sich fürchterlich auf. Hin und wieder verriet er Begebenheiten, deren Kenntnis er besser für sich behalten hätte. Was gingen einfache Soldaten wie ihn intime Details aus dem Privatleben des Königs an? Kaum hatte Hesselschwerdt von Mayr eine pikante Geschichte erfahren, ließ sich der Marstallfourier zu Äußerungen anderen gegenüber hinreißen.

Im Oktober des Vorjahres, bei ihrem vorletzten Aufenthalt auf dem Schachenhaus, zog Hesselschwerdt über die junge Dienstmagd vom Leder. Sie sei eine Dirne, die sich dem König hingegeben und zu allem Überfluss einen Bastard geboren habe. Selbstverständlich werde sie alles leugnen. Die Metze nehme es nicht so genau mit ihren Liebhabern, habe man ihm über sie erzählt. Es kämen wohl mehrere Männer als Vater in Frage. Allerdings habe Seine Majestät nie einen Zugang zum weiblichen Geschlecht gefunden. Das sei hinter vorgehaltener Hand sogar in der Öffentlichkeit bekannt. Deshalb könne man mit der Affäre entspannt umgehen, meinte Hesselschwerdt.

Friedrich hörte meistens weg, wenn Hesselschwerdt solche Gerüchte herumposaunte. Doch als er an jenem Oktobertag das Mädchen zum ersten Mal zu Gesicht bekam, war er alarmiert.

Zwei Monate später, im tiefsten Winter, hatte er einen Aufenthalt in Linderhof für einen Abstecher nach Partenkirchen genutzt. Er wollte den Buben sehen. Schnee und Eis hatten ihn nicht davon abhalten können, stundenlang hinter einem Holzstapel vor dem Anwesen mit dem Hausnamen *Beim Maunggn* auszuharren. Erst am späten Nachmittag kam der Bub in den Hof zum Spielen. Dick eingemummelt in Wollmütze und Schal, was die frappierende Ähnlichkeit zum König aber nicht verbergen konnte. Friedrichs Welt war erschüttert.

»Ich hab was Falsches gegessen! Muss mal ins Gebüsch«, schwindelte er nun seine Kameraden an. Ihm fiel auf die Schnelle nichts Besseres ein. Die beiden anderen schützten sich immer noch unter der gegenüberliegenden Seite des Balkons vor dem ausklingenden Regenschauer und schenkten seiner Ankündigung keine Beachtung. Friedrich rannte los. Unterwegs reifte sein neuer Plan. Frau und Kind durften das Königshäuschen niemals erreichen.

Sein Vater war gescheitert. Friedrich hatte nichts anderes erwartet. Der Stümper konnte nicht mal auf ein kleines Kind aufpassen. Friedrich hätte es besser wissen müssen, schließlich war dem Mann das mit ihm auch nicht gelungen. Im Gegenteil! Er hatte ihn an fremde Leute abgegeben, weil er ihn lästig fand. Eine Plage, so wie Läuse, die man loshaben möchte.

Er war bei Pflegeeltern aufgewachsen, ohne es zu wissen. Später hatte er erfahren, dass seine Pflegemutter Karoline keine eigenen Kinder bekommen konnte. Sie war eine gütige Frau, hielt den trunksüchtigen Pflegevater ständig im Zaum und verhinderte durch ihr Eingreifen so manche Tracht Prügel. Rückblickend wollte sich Friedrich nicht beschweren. Den meisten Buben erging es kaum besser. Doch Karoline starb, als er neunzehn Jahre alt war. Er fand sie eines Morgens tot am Fuß der Haustreppe. Sie hatte wohl im Dunkeln eine Stufe verfehlt und sich beim Sturz das Genick gebrochen.

Der Pflegevater hatte ihn für ihren Tod verantwortlich gemacht, dabei hatte Friedrich sie doch nur gefunden. In seinem alkoholvernebelten Kopf war der Pflegevater trotzdem davon überzeugt, Friedrich habe sie die Treppe hinuntergeschubst. Die regelmäßigen Prügel hatte Friedrich weggesteckt, doch die ununterbrochenen Schuldzuweisungen hatten ihn zermürbt.

Sein einziger Trost waren seine beiden Gefährten gewesen: Marianna und der kleine Franzl Dengg. Sie gingen mit ihm durch dick und dünn und zu dritt waren sie unzertrennlich. Friedrich verehrte Marianna wie eine Heilige und er wich fast nie von ihrer Seite. So musste ein Mädchen sein: hübsch, aber nicht eingebildet und stets zum Pferdestehlen aufgelegt. Sie tröstete ihn nach dem Tod der Pflegemutter, die er für seine leibliche gehalten hatte, und versuchte, ihn aufzumuntern. Damals wurde Friedrich klar, dass er niemals eine andere Frau lieben würde. Sobald sie es durften, würde er sie heiraten. Andere Mädchen existierten neben Marianna nicht.

Eines Tages warf ihm der Pflegevater ein Stück Papier vor die Füße. Er kehrte gerade vom Wirtshaus zurück, kaum noch in der Lage zu stehen, und lallte, dass er nicht sein richtiges Kind sei und sein Name auch nicht Georg Grieser. Morgen müsse er verschwinden! Am nächsten Tag saß Friedrich im Zug nach München, um ins Militär einzutreten. Einen Abschied von Marianna und Franz hatte er nicht übers Herz gebracht. Er schämte sich, vor den beiden zuzugeben, dass ihn nicht nur seine leiblichen Eltern weggegeben hatten, sondern ihn nun auch noch der Stiefvater verstieß, weil er ihn für einen Mörder hielt. Damals hatte er einfach nur noch weggewollt.

»Was habt ihr hier zu suchen? Das ist Sperrgebiet«, rief er der Frau entgegen.

Sie blickte erschrocken zu ihm auf, erschöpft und völlig durchnässt. Ihr Kleid war so zerfetzt, dass man ihre blassen Waden sehen konnte. Die Unterschenkel waren mit hellroten Blutspuren und Schürfwunden übersät.

»Der Bub ... gehört hierher«, stotterte sie. Frau und Kind schlotterten am ganzen Leib. Der Bub starrte apathisch ins Leere.

»Wie kommst du da drauf?«, fragte Friedrich.

Die Frau fasste in ihre Rocktasche und holte einen bunten Spielzeugsoldaten hervor.

»Den hatte er dabei. Gehört dem König. Das ist eine lange Geschichte.«

Die Frau wankte leicht hin und her, verlagerte das Gewicht des Kindes von einem Arm auf den anderen. Ihr klatschnasses Haar hing in wirren Strähnen über Stirn und Wangen.

»Ich kann dich nicht rauflassen ohne Rückfrage. Niemand darf ins Sperrgebiet. Lass mich dir einen Vorschlag machen. Ich bring euch rüber zum Pavillon. Da könnt ihr euch unterstellen und ausruhen. Keiner wird euch krumm ansehen oder gar fortjagen. Ich renne hoch und frage den Diensthabenden, ob ich euch aufs Gelände lassen darf. Ohne Erlaubnis riskiere ich meine Anstellung.«

Die Frau nickte. Sie konnte die Tränen nicht mehr unterdrücken.

»Vielen Dank für Ihre Mühe. Wir sind durch die Hölle gegangen. Bitte beeilen Sie sich. Der Bub muss ins Warme.«

»Wir sollten keine Zeit mehr verlieren. Ich geh voran.«

Friedrich lotste sie zur Abkürzung. Der Pfad war so schmal, dass sie anfangs nur hintereinander gehen konnten. Er blickte ständig verstohlen zum Königshäuschen hoch, ob die Kameraden sie sahen. Da er niemanden entdeckte, fühlte er sich unbeobachtet. Sie standen vielleicht noch unter dem Balkon, da es weiterhin regnete. Irgendwo oben befand sich auch Hesselschwerdt, der mit seinen Indiskretionen alles erst ins Rollen gebracht hatte. Zuerst hatte Friedrich dem Geschwätz ja keinen Glauben geschenkt. Aber die Ähnlichkeit des Buben mit König Ludwig II. genügte ihm als Beweis. Und dann war aus Friedrich all das herausgebrochen, was sich in ihm über Jahre angestaut hatte.

Die Idee war Friedrich gekommen, als er den engen Pfad zwischen den Latschen gefunden hatte. Eine Abkürzung zum Belvedere, einem Aussichtspunkt mit Pavillon. Den hatte er bei einem nächtlichen Spaziergang des Königs letztes Jahr im Oktober entdeckt. Seine Majestät verbrachte die halbe Nacht lesend in dem offenen Pavillon, während Paul Lieb und er in einiger Entfernung patrouillierten.

Es war eine saukalte Nacht, was den Monarchen nicht abhielt. In dicke Decken gehüllt, musste ihm mollig warm sein. Doch Paul und er froren elendiglich. Am nächsten Morgen sah er Marianna vor dem Küchenbau stehen. Friedrich erkannte sie sofort wieder und grüßte freudig.

Sie aber schaute einfach durch ihn hindurch. Er hatte sie anschreien wollen, ob sie ihn nicht mehr kenne. Stattdessen war er schweigend an ihr vorüber gegangen, voller Angst davor, dass sie ihn einfach nicht mehr mochte. Dass sie so reagierte, weil er damals ohne Abschied verschwunden war. Friedrich wollte nicht noch einmal verstoßen werden, so wie von seinem leiblichen und seinem Pflegevater. Vielleicht ergab sich irgendwann der passende Zeitpunkt, damit sie sich wieder annähern konnten.

Franz Dengg arbeitete als Diener auf dem Schachen. Zuletzt gesehen hatten sie sich, als der Franzl in die Schule kam. Friedrich wusste sofort, wer er war.

Doch Friedrich musste sich eingestehen: Weder Marianna noch der Franz hatten ihn erkannt. Das kränkte ihn zutiefst. Anfangs wollte er die beiden darauf ansprechen, konnte es aber nicht. Allein der Gedanke daran, mit Marianna oder Franz zu reden, verursachte bei ihm Übelkeit und Schweißausbrüche. Friedrich hielt es für einen kuriosen Zufall, dass seine alte Bande ausgerechnet auf dem Schachen wieder aufeinandertraf. Doch er war nicht mehr der Schorschi von früher. Alles hatte sich geändert.

Dann wurde er krank, lag mehrere Wochen mit Fieber und Schüttelfrost im Bett. Friedrich bekam ungewollt Zeit zum Nachdenken. Der König übermittelte ihm Genesungswünsche, was ihn nur noch kränker machte. Ein Vater, der sein Kind verleugnete. So einem Herrn wollte er nicht länger dienen. Paul Lieb saß regelmäßig an seinem Krankenlager und bestärkte ihn darin, sich seiner Vergangenheit zu stellen. Paul wusste von seiner Pflegefamilie und half ihm, die Anschrift seines leiblichen Vaters herauszufinden. Dass Paul unter den Felsbrocken geraten war, tat ihm schon leid. Er hatte sich irgendwie an den Kameraden gewöhnt gehabt und war ihm auch dankbar für seine Unterstützung gewesen. Aber sie beide waren Soldaten und der Tod war in ihrem Beruf ein allgegenwärtiger Begleiter. Bei einem Einsatz konnte es eben auch zu Kollateralschäden kommen und es war schade, dass es von allen ausgerechnet Paul hatte treffen müssen.

Nachdem Paul Friedrich die Informationen über seine wahre Herkunft beschafft hatte, war Friedrich lange in sich gegangen. Doch schließlich hatte er sich durchgerungen und dem Mann, der sein leiblicher Vater sein sollte, einen Besuch abgestattet. Dazu war es während eines Hoflagers in Hohenschwangau gekommen. Die paar Meilen war er zu Fuß vom Schloss nach Schwangau gelaufen und dabei hatte er sich seine Worte genau zurechtgelegt. Er wollte seinem Vater die Meinung geigen, ihn zur Rede stellen und mit Vorwürfen überhäufen. Doch dann konnte er es nicht. Er sehnte sich so sehr nach einem richtigen Vater, dass er seinen ursprünglichen Namen wieder führte.

Bei ihrem Gespräch spürte man die schier unüberbrückbare Kluft. Er versprach, das Weihnachtsfest mit ihm zu feiern, konnte sich dann nicht dazu überwinden. An Weihnachten versammelte sich die Familie. Sein Vater und er waren keine. Und sie würden niemals eine werden. Er konnte ihm nicht verzeihen, dass er ihn in die Obhut eines gewalttätigen Säufers gegeben hatte. Erst im März entschloss sich Friedrich zu einem letzten Besuch. Er wollte dem Mann, der sich Vater schimpfte, für immer Lebewohl sagen. Nur kam es ganz anders.

»Wie weit ist es noch? Wir sind bestimmt schon zwanzig Meilen gelaufen seit gestern Abend ...«, fragte die junge Frau mit dem Kind.

»Nicht mehr weit. Ich kann das Dach vom Pavillon sehen«, sagte Friedrich und öffnete unauffällig den Pistolenhalfter.

»Gleich könnt ihr euch hinsetzen und ausruhen. Die Berge sind wieder zu sehen. Der Blick ins Reintal ist fantastisch. Da drüben geht's teuflisch tief runter. Das wird euch ablenken, bis ich zurückkehre.«

Trotz der Situation konnte er sich dem Anblick, der sich vor ihnen auftat, nicht entziehen. Wolkenfetzen zogen das Reintal hinauf und gaben nach und nach den Blick auf die bewaldeten Steilhänge links und rechts frei. Wie die Krönung der Schöpfung zeigten sich die Gletscherfelder des Schneeferners. Durch eine Wolkenlücke verirrte sich ein Bündel Sonnenstrahlen zum Felsvorsprung, auf dem der Belvedere thronte. Der Pavillon wirkte wie der letzte Vorposten der Menschheit, vor dem Eingang in ein Reich voll unbekannter Wesen, Riesen und Zauberer. Die Wiesen und Latschenfelder rund um die Felsnadel bildeten, ins Sonnenlicht getaucht, einen surreal grünen Kontrast zur grauen Wildheit der Steilwände im Hintergrund.

Sein Vater hatte ihn damals herzlich begrüßt, aber gar nicht zu Wort kommen lassen. Vertrauensvoll weihte er ihn in einen Plan ein, der dem König schaden sollte. Friedrich schluckte seinen Ärger hinunter und hörte zu. Mit jedem Satz stieg sein Interesse. Eigentlich hatte Friedrich den Dienst quittieren wollen. Sein Herr hatte ihm das Mädchen geraubt, seine einzige wahre Liebe. Der König hatte Schande über sie gebracht. Sie ihm für alle Zeiten entrissen. Er wollte keine Frau an seiner Seite, die bereits von einem anderen berührt worden war. Das Schlimmste dabei war, dass Ludwig II. nicht einmal zu seinem Sprössling stehen wollte.

Friedrich fand Gefallen an dem Gedanken, sich zu rächen. Der Dynamitanschlag war eine ausgezeichnete Idee. Er stimmte zu, sich mit dem Auftraggeber zu treffen, und unterstützte den Plan, wo er nur konnte. Er heuerte Helfer an, verschaffte Cornelius und den Männern den Auftrag als Träger, was zu großem Unmut unter den Einheimischen führte. Friedrich besorgte eine Kalesche und stahl den Ersatzschlüssel für die Neue Burg aus der Torwächterstube.

Nur reichte ihm diese Bestrafung für die Missetat des Monarchen nicht aus. Noch dazu fehlte die Ahndung von Mariannas Tat. Sie hatte ihn im Stich gelassen, so wie seine Mutter und seine Pflegemutter. Wären ihre Gefühle aufrichtig gewesen, dann hätte sie auf ihn warten müssen. Selbst wenn er nie zurückgekommen wäre. Dass sie ihn dann auf dem Schachen gar nicht mehr wiedererkannte, enttarnte sie als Heuchlerin. Sie war durch und durch falsch und verlogen.

Marianna und der König mussten nicht unbedingt sterben, sondern nur so bitter leiden wie er. Mit der Entführung des Kindes hatte er ein geeignetes Druckmittel. Marianna sollte die erste Portion des Arsens in die Suppe geben. Der König konnte daran kaum sterben. Es würde ihm rasch schlecht ergehen, im Idealfall, wenn der Hauptgang hinaufgebracht wurde.

Der umgehend gerufene Leibarzt konnte bestimmt die Vergiftungserscheinungen feststellen. Bauchschmerzen, Erbrechen oder blutigen Durchfall. So hatte es ihm der Tierpräparator aus der Werkstatt in der Maxvorstadt geschildert, dem er das Gift abkaufte. Natürlich war das illegal. Aber der Mann war pleite und stellte keine Fragen.

Sein Plan entpuppte sich als gewagt, vor allem durch die Missgeschicke von Cornelius. Sein Vater verpatzte die Entführung und tauchte plötzlich in Linderhof auf, in seinem Schlepptau der Auftraggeber, der als Geheimpolizist ermittelte. Er war wie von Sinnen, erzählte eine wirre Geschichte über den Selbstmord eines Jungen und dass er den König umbringen müsse.

Friedrich ließ sich zu dem Steinschlag-Desaster hinreißen, das Cornelius gründlich misslang und nur noch mehr Aufregung produzierte. Danach war er mit geringen Hoffnungen zum Schachenschloss gereist. Als er Marianna mit dem Korb aus dem Küchengebäude kommen sah, erkannte er an ihrem vergrämten Gesichtsausdruck, dass alles wie am Schnürchen lief. Er musste sie nur im Beisein eines Zeugen mit dem Giftfläschchen stellen. Im Idealfall dann, wenn sie die zweite Ladung ins Essen des Königs mischte. Sie würde im Zuchthaus verrotten oder wegen Landesverrates hingerichtet werden. Das lag dann nicht mehr in seiner Hand.

Und jetzt? Tauchte die unselige Frau mit dem Kind auf. Er musste sich sputen, wollte er Marianna rechtzeitig erwischen.

»Da könnt ihr euch ausruhen«, sagte Friedrich und zeigte auf die wuchtige Holzbank unter dem Pavillon.

Die Frau setzte das Kind ab und nahm es an der Hand. Gemeinsam überholten sie Friedrich. Blitzschnell zog er die Pistole aus dem Halfter. Ein Schuss würde ein lautes Echo erzeugen.

Mit einem gezielten Schlag hieb er die Unterseite des Griffs gegen den Hinterkopf der Frau. Sie kippte lautlos nach vorne, riss den Buben mit sich zu Boden und landete mit dem Gesicht auf dem Pfad. Blut färbte die Kieselsteine rund um ihren Kopf rot. Das Kind heulte auf. Der Spielzeugsoldat purzelte ihm aus der Hand.

Friedrich packte den Buben und hielt ihm den Mund zu.

»Ich habe keine Zeit mehr! Deine Mutter verschwindet sowieso im Zuchthaus. Besser man steckt dich nicht zu Pflegeeltern. Ich erlöse dich!«

Friedrich ging mit dem zappelnden Kind zur Felskante.

Heiland traute seinen Augen nicht. Mit diesem Menschen hätte er hier am wenigsten gerechnet. Sie waren so schnell gelaufen, wie es ihre geschundenen Körper zuließen. Heiland fühlte sich ausgelaugt. Die Fußsohlen schmerzten bei jedem Schritt. Die feuchte Hose scheuerte unangenehm an den Oberschenkelinnenseiten. Er mochte sich gar nicht vorstellen, wie elend es Lenz Baumgartner gehen musste. Der Aufstieg verlangte ihnen nochmals alles ab.

Nachdem sie das Schachenschloss zum ersten Mal in der Ferne hatten auftauchen sehen, mobilisierte der Gedanke an Klara und den Buben ihre letzten Kräfte. Die entpuppten sich als bitter nötig, denn die Entfernung täuschte. Zuerst mussten sie bergab, bevor sie endlich den breiten Weg zum Schlösschen erreichten. Von da an hatten sie König Ludwigs Bergresidenz ständig vor Augen. Die schroffe Welt des Wettersteingebirges erhob sich majestätisch rund um das Berghaus.

Sie passierten gerade einen kleinen Schuppen am Wegesrand, da sah Heiland, wie Klara ein Stück über ihnen zwischen den Latschen verschwand.

»Klara! Warte auf uns!«, brüllte Heiland aus Leibeskräften.

Die beiden versuchten zu rennen. Abwechselnd riefen sie nach dem Mädchen.

»Sie lebt!«, keuchte Lenz nun mit neuem Mut. »Gott sei Dank!«

Wie aus dem Nichts stand plötzlich Herr Schilling, einer Erscheinung gleich, vor ihnen. Dunkler Anzug, stahlgraue Haare. Ohne Stock und Zylinder.

»Ihr beide kommt gerade recht!«, sagte Herr Schilling.

Heiland konnte nicht einschätzen, ob er das ernst oder ironisch meinte.

»Die drei sind da hintergelaufen.«

»Drei?«, fragte Heiland.

»Das Dienstmädchen mit dem Kind in Begleitung eines Soldaten.«

»Vogelsang? Ein Chevauleger?«

Er konnte es nicht beschwören, aber es kam ihm so vor, als wäre Herr Schilling nicht sehr überrascht, als er ihm den Namen nannte.

Herr Schilling zuckte mit den Schultern. »Irgendein Bediensteter, den ich nicht kenne.«

»Nichts wie hinterher!« Lenz reagierte als Erster und rannte in die Latschengasse hinein. Heiland verstand, was den Kastellan jetzt wieder antrieb. Ohne zu zögern, folgte er Lenz. Hinter sich hörte er Herrn Schillings Schritte im Kies. Der Pfad führte sie durch offenes Gelände unterhalb des Königshauses vorbei und zweigte dann auf einen breiteren Pfad, der wiederum von halbhohen Bergkiefern eingesäumt wurde. Sie liefen über eine Wiese bis zu einer Gabelung. Lenz stoppte abrupt.

»Geradeaus oder runter?«

Heiland schaute Herrn Schilling fragend an.

Der blickte etwas ratlos drein. »Aufteilen oder auf gut Glück entscheiden!«

Heiland überlegte. Arg viel weiter konnten die drei noch nicht sein. Der Weg hinab war relativ weit einsehbar. Und leer. Die Entscheidung war gefallen.

»Geradeaus!«

Ein Kinderschrei ertönte. Sie konnten nicht einordnen, von wo. Die Steilwände verteilten den Schall in sämtliche Himmelsrichtungen. Diesmal stürmte Heiland zuerst los. Wieder ging es durch einen Tunnel aus Latschen. Im Laufen zog er die Pistole aus dem Gürtel.

Dann sah er sie. Klara lag am Boden. Der Bedienstete, der Vogelsang sein musste, lief mit dem strampelnden Buben auf den Abgrund neben dem Pavillon zu.

Offensichtlich wollte er das Kind in die Schlucht werfen. Heiland hatte nicht den Hauch einer Chance, ihn rechtzeitig zu erreichen. Er konnte das Unausweichliche nicht mehr verhindern. Ihm blieb nur eine einzige, wenn auch winzige Möglichkeit.

Er blieb stehen und zielte. Ein Pistolenschuss aus gut fünfzig Fuß Entfernung konnte gelingen.

Doch er verfügte nur über einen Schuss. Die Pistole war bereits zwei Mal nass geworden. Unwahrscheinlich, dass sie überhaupt zündete. Ganz abgesehen von seiner eigenen »Ladehemmung«. Johannes Balthasar Heiland hatte bereits seit Jahren keinen Schuss mehr abgefeuert. Seine Finger kribbelten vor Erregung. Gleich würde er zu zittern beginnen.

Die Aussichten auf einen Treffer waren niederschmetternd gering.

Marianna hatte sich die giftdurchtränkte Schürze förmlich vom Leib gerissen. Sie starrte den gelbgrauen Fleck lange an, der durch den anhaltenden Nieselregen immer größer und blasser wurde. Ihre Gedanken waren ganz woanders.

Sie saß auf ihrem Lieblingsort oberhalb des Königshauses und der Nebengebäude. Unfassbar, dass sie die schreckliche Tat begangen hatte. Genauso fürchterlich war das Missgeschick mit der zerbrochenen Ampulle. Es gab kein Gift mehr für die zweite Dosis. Deshalb brauchte sie auch gar nicht in das Küchengebäude zurückzukehren. Sollte der König die Vergiftung überleben, würde sie ihren Hansi nie wiedersehen. Stimmen drangen zu Marianna herauf. Wie in Trance löste sie den Blick von der durchnässten Schürze, die neben ihr im Gras lag.

Vor dem Hintereingang stand eine Horde Männer, die sich wild gestikulierend unterhielten. Sie zählte vier Uniformen der einfachen Wachsoldaten, eine Lakaienlivree und sah Hesselschwerdt und Mayr. Sie alle umringten eine Person, von der nur die Füße zu erkennen waren. Anscheinend hatte man bereits einen Leibarzt des Königs geholt. Marianna hatte gar nicht darauf geachtet, ob Dr. Fahrer oder Dr. Brattler mit angereist war. Laut Franz reiste der König nie ohne einen seiner Ärzte. Zumindest mussten sie sich in Reichweite aufhalten.

Marianna beschloss, etwas hinunter zu gehen, damit sie die Männer besser verstehen konnte. Selbstverständlich würde der Verdacht auf sie fallen, sobald man die Vergiftung festgestellt hatte. Ausschließlich Marianna hatte die Suppenterrine nach Rottenhöfers Mundprobe in Händen gehalten. Sollte der Mundkoch wohlauf sein, musste man nur eins und eins zusammenzählen. Selbst wenn sie Hansi lebend zurückbekommen würde – Mariannas Zukunft lag hinter Gittern. Schlimmstenfalls endete sie am Strang. Aber sie wollte nur eines: Hansi sollte leben!

Sie erhob sich mit wackligen Beinen und schlich in geduckter Haltung bergab. Ihre Hände zitterten unablässig. Unterhalb, auf dem Pfad zum Belvedere standen drei Gestalten an der Gabelung. Sie waren zu weit entfernt, als dass Marianna ihre Gesichter hätte erkennen können. Marianna glaubte einen Mann in grüner Uniform und einen in

Livree zu erkennen. Der letzte im Bunde steckte im dunklen Anzug. Sie schenkte den Personen keine Beachtung mehr. Ihr Ziel war ein größerer Stein, hinter dem sie ungesehen lauschen konnte.

»... hat dich geritten, Bursche«, hörte sie Hesselschwerdt sagen.

»Weshalb habt ihr ihn überhaupt passieren lassen? Ohne Erlaubnis!«, fügte Mayr mürrisch hinzu.

Die Uniformierten schauten sich gegenseitig an. Keiner traute sich zu sprechen.

»Mir ist der Wedel auf dem Leuchter siedend heiß eingefallen.«

Die Stimme kannte Marianna aus tausenden heraus. In der Mitte des aufgeregten Grüppchens stand kein Geringerer als Franz Dengg.

»Der kann da nicht drobenbleiben.«

Marianna verstand nicht, worüber die Männer sprachen. Welchen Leuchter meinte Franz? Und was hatte es mit dem Wedel auf sich?

»Du hast dir ein ganz schönes Ei gelegt, Dengg. Wie kann man bloß so vergesslich sein? Seine Majestät wird aus der Haut fahren!«, schimpfte Mayr.

»Verzeihung, haben Sie den Wedel nicht gesehen bei Ihrem gründlichen letzten Kontrollgang?«, fragte Franz.

Mayr blieb kurz der Mund offen stehen.

»Ja, aber auf den Tisch steigen ...«

»Sollte ich noch nach einer Leiter suchen? Ich hätte die Tischplatte bestimmt gesäubert. Wäre nicht das Malheur geschehen.«

Marianna konnte sich nicht zusammenreimen, was passiert war.

»Unglücksrabe, elendiger«, maulte Hesselschwerdt.

»Ihr geht auf eure Posten zurück. Und du, Dengg suchst das Mädchen. Sie soll rasch alles aufputzen und noch rascher eine neue Portion hochbringen.«

Mit den Worten löste der Marstallfourier die Runde auf. Er selbst und Kammerdiener Mayr verschwanden im Königshaus. Die Soldaten verteilten sich rund um das Gebäude. Franz Dengg stand allein am hinteren Vorplatz und schaute sich um.

Marianna befürchtete weiteres Unheil. Sie hielt es nicht mehr aus und verließ ihre Deckung. Franz erspähte sie und eilte ihr entgegen.

»Franz, was hast du nur angestellt?«, rief Marianna schon von Weitem.

Sie trafen auf halber Strecke, bei der Abzweigung zum Abstieg ins Reintal, aufeinander.

»Ich hab mich reingeschlichen, den Wachen gesagt, dass ich was vergessen habe.«

»Was hast du getan?«, schluchzte Marianna.

Sie ahnte die Antwort bereits.

»Ich hab dich beobachtet. Von der Remise aus. Du hast mich hinter dem Bergwagen gar nicht gesehen. Mir war klar, dass da was nicht stimmt. Ich hab mich auf die Lauer gelegt.«

Mariannas Herz raste. Eine Hitzewallung nach der anderen durchströmte sie.

»Was hast du in die Suppe geträufelt?« Franz packte sie an den Handgelenken. Er schüttelte sie. Zuerst zaghaft, dann fester.

»… musste es tun …«, stammelte Marianna, ohne aufzublicken.

»Ich habe die Suppe auf den Boden geschüttet. Hab ihnen gesagt, dass ich den Wedel auf dem weißen Leuchter vergessen hab und auf den Tisch gestiegen bin. Und da hätte ich die Suppe aus Versehen vom Tisch gestoßen«

»Das ist sein Todesurteil«, sagte Marianna und sank vor Franz auf die Knie.

Franz Dengg kniete sich ebenfalls hin und nahm Mariannas Gesicht zwischen die Handflächen.

»Nein, du verstehst nicht. Ich hab die Suppe ausgeschüttet. Was auch immer du reingeträufelt hast. Der König hat nichts davon abbekommen!«

Marianna Rieger schaute ihrem Freund tief in die Augen.

»Nein, du verstehst mich nicht. Ich meine nicht den König.« Sie schlug die Hände vors Gesicht und begann zu weinen. »Hansi muss sterben. Du hast sein Todesurteil unterzeichnet und …«

Der Rest des Satzes wurde von ihren Tränen verschluckt.

Lenz verfolgte das Geschehen wie in einem Traum. Er wusste nicht, ob das alles wirklich geschah oder pure Einbildung war. Lenz fühlte sich zurückversetzt in jene unheilvolle

Aprilnacht auf der Baustelle der Neuen Burg in Hohenschwangau. Damals hatten Heiland, Klara und er einer Verbrecherbande gegenübergestanden und Heiland hatte mit der Pistole auf einen der Gauner gezielt. Genauso wie jetzt.

Er wollte schreien. Kein Laut drang hervor. Die Strapazen des langen Marsches, die verletzte Schulter, der steife Rücken und seine gebrochene Nase ließen endgültig seine Stimme versagen. Doch er würde nicht einfach zusehen. Er rannte los, überholte Heiland, wohl wissend, dass er das Unglück nicht mehr verhindern konnte.

Friedrich Vogelsang stand an der Felskante, hielt dem Buben mit einer Hand den Mund zu und drehte die Körperhälfte mit dem Kind gerade nach hinten, um ihn über die Klippe zu schleudern.

Lenz kannte Vogelsang vor allem im Duo mit Paul Lieb. Die beiden waren beinahe unzertrennlich gewesen.

Der Pistolenschuss ließ Lenz zusammenzucken. Doch er setzte seinen Weg zum Pavillon unbeirrt fort, sprang dabei über Klaras leblosen Körper. Er konnte genau sehen, wie die Kugel Vogelsangs Hals zerfetzte. Knapp neben dem Kehlkopf wurde ein Gemenge aus Haut, Fleisch und Blut zur Seite geschleudert.

Der Soldat wankte nach hinten und fasste sich instinktiv auf die Wunde. Das Blut spritzte zwischen seinen Fingern hindurch. Der Treffer war tödlich. Aber sterben würde er erst dann, wenn der Blutverlust groß genug war. Vogelsang hatte also schon noch die Möglichkeit, den Buben über die Felskante zu werfen. Lenz rannte schneller. Das Kind schrie wie am Spieß. Noch zehn Schritte.

Eine rote Fontäne schoss durch Vogelsangs Finger in die Luft. Er bewegte sich wie ein betrunkener Tänzer hin und her, versuchte nicht umzufallen, die Balance zu finden. Ein blutiger Tanz des Grauens spielte sich vor ihren Augen ab. Noch sechs Schritte.

Die Bewegungen des Soldaten wurden koordinierter. Vogelsang tänzelte mit winzigen Schritten auf den Abgrund zu. Ihm musste klar geworden sein, dass er sterben würde. Der Chevauleger konnte sich also einfach mitsamt dem Kind in den Abgrund fallen lassen. Der Bub hörte auf zu schreien und weinte. Noch zwei Schritte für Lenz.

»Mama«, heulte das Kind. »Ich hab Angst, Mama!«

Vogelsang war bereit. Er schloss die Augen und vollführte den letzten Schritt zur Kante. Nun musste er sich nur noch nach vorne fallen lassen.

Lenz zog den abgebrochen Stock von Herrn Schilling aus seinem Jackenärmel. Den Schmerz in der Schulter, als sein Arm nach unten fiel, ignorierte er. Lenz hechtete Vogelsang entgegen, holte aus und versetzte ihm einen heftigen Schlag mit dem Löwenkopf von der Seite gegen die Stirn. Vogelsang kippte nach hinten und landete auf seinem Hintern. Erneut spritzte Blut im hohen Bogen aus seinem Hals. Sein Herz pumpte mit jedem seiner letzten Schläge eine Ladung des roten Lebenssaftes aus ihm heraus.

Lenz schlug haarscharf an der Felskante auf dem Bauch auf. Ihm wurde schwarz vor Augen. Die Erschütterung des Aufpralls schickte eine Schockwelle von Schmerzen durch seine lädierte Schulter und die kaputte Nase. Das holte ihn in die Realität zurück. Er robbte vom Abgrund fort und ließ Vogelsang dabei nicht aus den Augen.

Der Chevauleger hockte auf dem Boden, als ob er nach einer anstrengenden Wanderung die großartige Bergkulisse genießen und sich ausruhen wollte. Das Kind strampelte sich aus seiner Umklammerung und krabbelte weinend auf Lenz zu.

Ein weiterer Schwall schoss aus Vogelsangs Hals. Der junge Mann tat einen tiefen Atemzug, stöhnte leise auf und kippte zur Seite.

Mit aufgerissenen Augen blickte Friedrich Vogelsang starr in die Weite des grandiosen Panoramas.

Bis du eingeschlafen bist

Marianna Rieger saß auf der Veranda des Küchengebäudes und vergrub das Gesicht in den Händen. Als vor ein paar Minuten der Schuss gefallen war, hatte die Verzweiflung in ihr die Oberhand gewonnen. Ihre Füße hatten einfach nachgegeben und sie musste sich setzen.

Sie wusste nicht, was der Schuss zu bedeuten hatte, aber in ihrer Vorstellung hatte gerade jemand ihr Kind getötet, weil sie versagt hatte. Nur aus den Augenwinkeln hatte sie mitbekommen, wie eine Handvoll Soldaten auf den Belvedere zugestürmt war. Aus dieser Richtung war der Knall gekommen.

Sie hatte alles getan und nichts erreicht. Der König hatte eine neue Terrine mit Suppe erhalten, serviert von einem der Lakaien, und wartete auf den nächsten Gang des Menüs. Das Gift war sowieso verschüttet, sie hätte also gar keinen weiteren Versuch wagen können.

Marianna weinte. Ohne ihren Sohn wollte sie nicht weiterleben.

Die Stimmen von unterhalb des Küchengebäudes nahm sie nur unbewusst wahr. Ein wirres Durcheinander von aufgeregten Männerstimmen. Gleich würden sie ihr den toten Körper ihres Sohnes bringen. Marianna vergrub das Gesicht noch tiefer in ihre Handflächen.

Die Männerstimmen kamen näher.

Sie wollte nicht, dass sie sich näherten.

Geht weg!

Verschwindet!

Tränen flossen durch ihre nassen Finger.

Doch was war das? Zwischen den dunklen Stimmen vernahm sie ein helles Schluchzen. So, als ob ein Kind weinen würde. Das musste sie sich einbilden. Ihr Verstand spielte ihr einen Streich.

»Der gehört zu dir, oder?«

Marianna erschrak. Sie nahm die Hände vom Gesicht. Etwas unterhalb der Veranda stand ein Mann im mittleren Alter, in eine grüne, reichlich ramponierte Ausgehuniform gekleidet. Er lächelte sie freundlich an.

Und er trug etwas auf seinen Armen.

Marianna musste zweimal hinsehen, um es zu glauben. Er brachte ihr das Kostbarste, das einzig Wichtige in ihrem Leben. Sie schluckte ein paar Mal, während neue Tränen über ihre Wangen rollten. Da war er, ihr kleiner Bub mit den schwarzen Haaren. Sie sprang auf, neues Leben durchströmte sie.

»Hansi!«, rief sie, »mein Hansi!«

Ihr Sohn rannte auf sie zu.

Marianna und Hansi fielen sich vor der Veranda in die Arme. Ihr Herz vollführte einen Freudentanz. Sie drückte ihren Sohn und wollte ihn nie wieder loslassen. Hansi schluchzte ihr ununterbrochen ins Ohr.

»Mama. Mama. Mama.«

Nach einer Weile hielt sie ihn etwas von sich, ohne ihn jedoch ganz loszulassen. Sie betrachtete ihn genauer und bemerkte, dass seine

Kleidung blutverschmiert war. Immer neue Tränen flossen über ihre Wangen.

»Keine Angst. Das ist nicht sein Blut«, beruhigte sie der Mann, der ihr Hansi gebracht hatte.

Hastig untersuchte sie nun den ganzen Körper ihres Kindes. Der Mann hatte recht. Bis auf einen Kratzer auf der Stirn und ein paar Schürfwunden schien ihm nichts zu fehlen. Ein erleichtertes Lächeln huschte über ihre Lippen. Sie wirbelte das Kind durch die Luft, bis es anfing zu lachen, und sie schließlich voller Glück einstimmte. Sie drehten und wirbelten sich herum, bis ihr die Puste ausging und sie mitsamt dem Buben zu Boden sank. Dann lief sie mit ihm zum Brunnen, wo sie ihn gründlich wusch, bevor sie ihn zum Arzt brachte.

Dr. Fahrer konnte an dem Kind keine gröberen Verletzungen feststellen. Eine vernarbte Platzwunde an der Stirn, mehrere Abschürfungen und blaue Flecken. Die seelischen Wunden wollte der Leibarzt des Königs nicht abschätzen. Der Bub sei noch jung und wie alle kleinen Kinder mit der Gabe des raschen Vergessens gesegnet.

Irgendwann waren Marianna und Hansi alleine in der Kammer, in der sie vor ein paar Tagen gemeinsam hatten übernachten wollen.

Sie streichelte seine schwarzen Haare, bis der Bub, mit dem Kopf auf dem rot-weiß karierten Kissen, einschlief. Die Spielzeugfigur umklammerte er fest mit beiden Händen, so als wolle er sie nie wieder loslassen. Was auch immer sich zugetragen hatte, wer auch immer hinter der Entführung und der Rettung steckte, würde sie später erfahren.

Jetzt hatte Marianna nur noch Augen für ihren Sohn Und wollte nichts anderes auf der Welt als ihm Sohn beim Schlafen zuzuschauen.

Ein Sturm zieht auf

Graf Dürckheim-Montmartin nahm einen letzten Zug, ließ den Rauch stoßweise entweichen und schnippte den Stummel in die Schlucht.

Seit dem Gewitter vor ein paar Tagen hatte die Luft deutlich abgekühlt. Die Sonne schien wieder. Der Herbst hielt Einzug im Voralpenland.

Der Flügeladjutant scharrte Kieselsteine mit den Sohlen seiner auf Hochglanz polierten Stiefel zum Abgrund. Einen größeren kickte er mit der Fußspitze seiner Zigarettenkippe hinterher. Er zog die graue Schirmmütze mit dem roten Band herunter, kratzte sich am Kopf und setzte sie wieder auf. Danach zwirbelte er die Enden seines Schnauzbarts zwischen Daumen und Zeigefinger so fest, als wolle er sie zum Glühen bringen.

Dürckheim-Montmartin trug eine Hauptmannsuniform und beeindruckte mit seiner stattlichen Figur. Er war hochgewachsen, schlank und hatte eine entschieden militärische Haltung. Nach langem Schweigen drehte er sich zu Heiland und Lenz um.

»Man stelle sich vor, sämtliche Sprengsätze wären zur Detonation gekommen«, sagte er und gesellte sich zu ihnen auf die unterste Stufe der Freitreppe.

»Ich will es mir gar nicht vorstellen, Herr Hauptmann«, antwortete Heiland. Er steckte immer noch in seiner grünen Ausgehuniform, der man die Strapazen ihres Abenteuers deutlich ansah. Nach einer kurzen ärztlichen Behandlung hatte Heiland Partenkirchen verlassen und zu Lenz' Mutter nach Füssen reisen können. Lenz selber musste zwei Tage länger im Hospital verbringen. Sein Nasenbein würde eine leichte Krümmung behalten, die Schulter hatte man ruhiggestellt. Noch zwei bis drei Tage Ruhe, dann wollte er seinen Dienst in Hohenschwangau wieder antreten. Für den Anfang musste er eben mit einem Arm auskommen.

»Eine derartige Verschwörung gegen das Eigentum des Königs hat es bislang noch nicht gegeben. Davon darf die Öffentlichkeit niemals erfahren.« Dürckheim-Montmartin holte sein silbernes Etui hervor und bot den beiden eine Zigarette an.

Heiland griff zu. »Eigentlich wollte ich damit aufhören«, sagte er entschuldigend.

Lenz lehnte ab.

Der Graf reichte Heiland Feuer und zündete danach seine eigene Zigarette an.

»Nach dem, was Sie erlebt haben, können Sie sich eine gönnen, Herr Leutnant.«

Graf Dürckheim-Montmartin und Freiherr von Crailsheim waren nach Hohenschwangau gereist, um Heiland und Lenz zu den Ereignissen zu befragen. Krafft Freiherr von Crailsheim war Minister des Königlichen Hauses und des Äußern. Er pflegte sein Gegenüber mit stechendem Blick zu durchbohren, als wolle er ihm die intimsten Geheimnisse entreißen. Das lag wohl an den buschigen Augenbrauen, die seine hohe Stirn betonten und die Augen in tiefen Höhlen verschwinden ließen. Lenz schätzte ihn auf Mitte Vierzig. Ein sehr junger Mann für einen so bedeutenden Posten.

Die Männer lauschten interessiert, stellten ab und zu eine Zwischenfrage und Crailsheim fertigte Notizen an. Am Ende wollten sie eine eidesstaatliche Erklärung über ihre absolute Verschwiegenheit. Heiland und Lenz unterschrieben das Papier. Lenz hatte nicht damit gerechnet, dass man ihnen die Geschichte so einfach abkaufte.

Nachdem sich Crailsheim wortkarg verabschiedet hatte, bat der Graf die beiden Freunde, ihn noch auf die Neue Burg zu begleiten.

Während der Fahrt zur Burg Neuschwanstein berichtete der Graf, dass man im Haus des Gerüstbauers umfangreiches Material sichergestellt hatte. Skizzen, Zündschnüre und einige Dynamitstangen. Nun standen sie zusammen auf der Treppe zum oberen Hof und blickten auf die Geröllspur in die Pöllatschlucht. Auch wenn das Nebengebäude im Vergleich zu den anderen Gebäuden des Schlosses nicht besonders groß gewesen war, fehlte ein Teil der Burg. Es klaffte eine Lücke im Bollwerk des unteren Hofes.

Am letzten Dienstag hatten die beiden Freunde ebenfalls in einen Abgrund geschaut. Lenz konnte den Anblick des Kindes nicht vergessen, das mit blutverschmierten Händen auf ihn zugekrochen war. Der Bub suchte Schutz bei ihm. Lenz hätte ihn gegen einen weiteren Angriff nicht mehr verteidigen können. Sie schauten sich an, dann wurde Lenz schwarz vor Augen.

Er war in einem fremden Bett erwacht, in einer winzigen Kammer. Dr. Fahrer saß auf der Bettkante und fühlte seinen Puls. Sein Rat war, dass er viel trinken und sich schonen solle. Man werde ihn später mit einem Wagen ins Tal befördern. Bis es soweit wäre, flöße man ihm Chloralhydrat ein, das ihn einschlafen ließe. Wegen der Schmerzen.

Heiland berichtete ihm später vom herzzerreißenden Wiedersehen von Mutter und Kind.

Herr Schilling hatte Heiland ständig zugeraunt, wie frappierend ähnlich der Bub dem König schaue. Er konnte kaum noch damit aufhören. Heiland selber hielt das für eine Laune der Natur, einen dummen Zufall, der sich im Lauf der Zeit verwachsen werde.

Das Schlafmittel hatte rasch gewirkt. Lenz erwachte erst wieder mitten in der Nacht, dann schon in einem Hospitalzimmer. Von der holprigen Abfahrt hatte er nichts mitbekommen. Auf seinem Nachtkästchen stand der bunte Spielzeugsoldat. Daneben lagen ein grauweißes Edelweiß und ein Brief. Darin bedankte sich die Mutter des Kindes bei Lenz für alles, was er und die anderen für sie beide getan hatten. Sie solle ihm den Spielzeugsoldaten als Dankeschön von ihrem Sohn Hansi geben. Lenz wollte die Figur nicht behalten, sondern zu den anderen Soldaten der kleinen Sammlung in den Dachboden von Schloss Hohenschwangau zurückstellen. Er erinnerte sich daran, dass Klara den Soldaten zuletzt bei sich gehabt hatte. Ihm kam das Bild wieder in den Sinn, wie sie in einer Blutlache bewegungslos vor ihm lag.

Lenz rief nach einer Schwester. Es dauerte eine gefühlte Ewigkeit, bis endlich eine erschien. Doch sie drückte ihn mit sanfter Gewalt ins Bett zurück, aus dem er sich bereits hochgequält hatte. Sie wollte ihn gar nicht zu Wort kommen lassen und beschwor ihn, Ruhe zu geben. Lenz musste sie anbrüllen, um ihren Redeschwall zu unterbrechen. Beleidigt teilte sie ihm schließlich mit, dass eine Frau mit blonden Haaren gemeinsam mit ihm eingeliefert worden war. Sie liege in der unteren Etage und habe das Bewusstsein noch nicht wiedererlangt.

Lenz haderte nicht lange, ob er es wagen sollte, in die Frauenabteilung hinabzugehen. Selbst wenn man ihn hochkant hinauswerfen würde, er musste Klara unbedingt sehen.

»Männer Ihres Kalibers könnten wir gut gebrauchen«, sagte der Graf plötzlich, zog an seiner fast zu Ende gerauchten Zigarette und blies einen Rauchkringel in die Luft. »Sie haben eindrucksvoll bewiesen, was in Ihnen steckt.«

Lenz fragte sich, worauf der Flügeladjutant hinauswollte.

Heiland verstand es schneller. »Nun ja, Herr Hauptmann. Ich stehe in Diensten der königlichen Hoheit, des Prinzen Otto. Seine Majestät, unser ehrwürdigster König, hat mich höchstpersönlich dazu berufen.«

Graf Dürckheim-Montmartin trat erneut an die Absturzstelle und schleuderte den Zigarettenstummel in die Schuttrinne hinab.

Heiland nutzte die Gelegenheit und stieß Lenz mit dem Ellenbogen in die Seite.

»Der will was von uns«, flüsterte er.

Mehr konnte er nicht sagen, schon kehrte der Graf zurück.

Die Sonne war mittlerweile hinter grauen Wolkenfeldern verschwunden und zeigte sich nur noch sporadisch. Eine frische Brise wirbelte durch den Hof. Der erste Tag im September des Jahres 1885 würde ungemütlich und mit Regen zu Ende gehen.

Lenz war zu Klara hinuntergegangen. Er saß unbemerkt bis zum Morgengrauen an ihrem Bett und hielt ihre Hand, bis ihn eine wuchtige Schwester freundlich, aber bestimmt aus dem Zimmer und der Abteilung komplimentierte. Tagsüber ließ er sämtliche Behandlungen und Besuche über sich ergehen, um nachts erneut an ihrem Lager zu sitzen.

Erst in der dritten Nacht öffnete Klara Grünspan die Augen. Sie lächelte ihn an, war zu schwach zum Reden. Lenz gab ihr einen Kuss auf die Stirn, holte die Schwester und verdrückte sich, bevor ihn ein Tobsuchtsanfall traf. Er war erleichtert, dass Klara das Bewusstsein wiedererlangt hatte. In dieser Nacht konnte Lenz endlich schlafen.

Am nächsten Morgen wurde Lenz entlassen, ohne dass er sich von Klara verabschieden konnte. Die Schwestern hatten die Türen zur Frauenabteilung einfach abgesperrt. Er klopfte solange, bis eine der Pflegerinnen sich dazu herabließ, aufzumachen. Lenz konnte Klara wenigstens ein paar Zeilen schreiben, in der Hoffnung, man würde ihr den Brief auch tatsächlich aushändigen. Ein Wagen des Marstalls brachte ihn zu seiner Mutter nach Füssen. Der Kutscher hatte es furchtbar eilig, loszukommen und zerrte Lenz förmlich in seine Kalesche. Heiland begrüßte ihn mit den Worten »Endlich kann mein Urlaub beginnen!«

»Wie ich erfahren habe, hat Seine Majestät eine Adresse an Finanzminister Riedel auf den Weg gebracht«, schien der Graf das Thema zu wechseln.

Der Wind frischte auf und peitschte die Wolken über die Neue Burg. Dürckheim-Montmartin schloss den Kragen seines Überrocks.

»Der König befiehlt Riedel, die Finanzen seiner Kasse schnellstmöglich so zu regeln, dass sämtliche Bauten umgehend vollendet werden können. Doch Riedel wird einen Teufel tun. Er steckt mit den anderen Ministern unter einer Decke.«

»Das wäre Majestätsbeleidigung«, antwortete Heiland.

»Sie sagen es. Er legt es darauf an. Riedel wird einen Verweis in Kauf nehmen. Sollte der König mit seiner Entlassung drohen, stünden die anderen Minister Gewehr bei Fuß.«

»Das heißt, der gesamte Ministerrat wartet nur darauf, in Ungnade zu fallen, um seine Entlassung durch den König zu provozieren?«, fragte Lenz.

»Die wissen genau, dass die Konservativen in der augenblicklichen Krise keinen Ministerrat bilden möchten. Ein solcher wäre ziemlich kurzlebig, wenn die neuen Minister dem König nicht die gewünschten Geldmittel verschaffen könnten. Seine Majestät würde ihre Entlassung schnellstmöglich befehlen! Zudem vertraut Lutz darauf, dass der König die romtreuen Kräfte nicht stärken möchte. Ludwig wollte mit seinen liberalen Ministern stets einen Ausgleich schaffen zur konservativ-katholischen Übermacht im Landtag. Auch um ein Zeichen nach Preußen zu übermitteln und die preußenfeindlichen Kräfte in Bayern klein zu halten. Aber das Vertrauen und Festhalten Seiner Majestät an Minister Lutz ist diesem und seinen Weggefährten zu Kopf gestiegen. Sie denken, dass sie unersetzlich seien.«

Ein Hartschier erschien im Hof, hinter ihm fuhr eine geschlossene, schwarze Kutsche durch den Torbogen und hielt hinter Dürckheims Wagen.

»Wenn es um seine Schlossbauten geht, zieht der König vielleicht irgendwann einen Schlussstrich unter das Kapitel Lutz und entlässt ihn aus seinem Amt. Ich möchte nicht wissen, was die Beamten tun, wenn ihnen das bewusst wird. Noch behandeln sie die Schulden des Königs als dessen Privatangelegenheit. Durch die Adresse Seiner Majestät an den Finanzminister könnte sich das ändern. Jetzt sind sie nämlich offiziell aufgefordert, etwas zu unternehmen.«

Lenz hörte dem Grafen nur noch mit einem Ohr zu. Er konnte die Augen nicht von der Kutsche lassen. Der Wachsoldat umrundete das Gefährt und öffnete die Wagentür. Der König konnte es kaum sein, ansonsten wären mindestens ein Vorreiter und Lakaien dabei gewesen.

Er war enttäuscht, als Herr Schilling aus dem dunklen Gefährt stieg. Der steuerte schnurstracks auf sie zu und verdeckte die Sicht auf den Wagen.

»Herr Schilling und ich hätten Ihnen beiden einen Vorschlag zu unterbreiten.«

Inzwischen war der Geheimpolizist bei ihrer kleinen Gruppe angekommen. Sie schüttelten sich die Hände. Lenz linste seitlich an ihm vorbei. Eine weitere Person stieg aus der Kutsche.

»Sie beide erhalten eine neue Anstellung bei der Geheimpolizei, mit einer kostenlosen Wohnung in München und guten Bezügen. Sie arbeiten dann für eine wichtige Abteilung der bayerisch königlichen Polizei. Eine deutliche Steigerung«, sagte der Flügeladjutant.

Lenz' Atem stockte, als er Klara Grünspan vor der Kutsche stehen sah.

»Sie werden Herrn Schilling unmittelbar unterstellt und müssen mir regelmäßig Bericht erstatten. So ist es besprochen, nicht wahr, Herr Schilling?«

Der Geheimpolizist nickte.

»Sie schulden mir noch einen Gehstock, Baumgartner. Oder Sie, Heiland.« Er reichte ihnen nochmals die Hände. »Damit ist unsere Abmachung besiegelt.«

»Es gibt da aber eine Bedingung«, sagte Lenz zu Herrn Schilling und dem Grafen. Er deutete mit dem Kopf in Klaras Richtung, die verlegen mit ihren Haarsträhnen spielte. Obwohl sie noch nicht im Dienst sein konnte, trug sie eine Haube. Wahrscheinlich, um die kahlrasierte Stelle mit der Naht an ihrem Hinterkopf zu verstecken.

Dürckheim-Montmartin lächelte milde.

»Na, geh'n Sie schon rüber, Baumgartner. Was meinen Sie, warum wir sie mitgebracht haben?«

Das ließ sich Lenz nicht zweimal sagen. Er flog förmlich über den Burghof. Klara strahlte ihn an. Lenz konnte gerade noch vor ihr abbremsen. Er nahm mit der gesunden Hand ihre beiden Hände und kniete sich vor sie. Die Zuschauer waren ihm dabei völlig gleichgültig.

»Klara Grünspan. Willst du meine Ehefrau werden?«

Klara blickte ihn entgeistert und mit geöffnetem Mund an. Ihm schien, als sehe er einen Tränenfilm in ihren Augen.

Sie wird »Nein« sagen. Lenz wurde ganz schummrig zumute.

Klara drückte seine Hand.

»Ja, Lorenz Baumgartner. Ich will deine Frau werden. Zehn Jahre zu spät! Das tut mir unendlich leid.« Sie zog Lenz zu sich und küsste ihn.

Er spürte eine Hand auf seiner Schulter. Der Flügeladjutant stand unmittelbar neben ihm. Unpassender hätte der Augenblick nicht sein können.

»Ich will das junge Glück nicht stören, aber ...« Er zeigte zum Himmel.

Inzwischen hatten schwarze Gewitterwolken den Gipfel des Säulings verschluckt und drohten auch die Neue Burg einzunehmen.

»Zeit zu gehen.« Dürckheim-Montmartin blickte sie ernst an.

»Ein Sturm zieht auf!«

Postskriptum

In der Chronik des Schwangauer Dorflehrers Alois Left findet sich für das Jahr 1885 folgender Eintrag: *Abrutsch einer Felsenpartie am kgl. Neubau – Thorbau.*

An anderer Stelle wurde eine Fotografie der Baustelle in die Chronik eingefügt, versehen mit einem handschriftlichen Hinweis auf zwei Felsstürze in der Nähe des Torbaus von Neuschwanstein und den Absturz des seitlichen Anbaus: der erste Felssturz im Jahr 1883, ein weiterer 1885.

In einer älteren Veröffentlichung des langjährigen Schlossverwalters von Neuschwanstein Julius Desing heißt es: *Ein großer Felsen zwischen dem Thorbau und der Pöllatschlucht trennte sich 1885 vom Schloß-Fundament. Bei seinem Sturz in die Tiefe nahm er viele Kubikmeter Fels, Mauer und Erdreich mit. Die Schlucht ist an dieser Stelle jetzt um mindestens fünf Meter breiter geworden. Bei diesem Fels-Abbruch verschwand auch das kleine Sandstein-Gebäude neben dem Thorbau.*

Auf meine Nachfrage hin erzählte Julius Desing, dass er diese Notiz seinerzeit der Left-Chronik entnommen hatte. Heute ist der Eintrag in der Chronik nicht mehr zu finden. Diese Ungereimtheiten machten mich stutzig. Steckt etwa mehr hinter den Felsstürzen und dem verschwundenen Gebäude von Neuschwanstein?

In Anbetracht der Lebensumstände des bayerischen Märchenkönigs durchaus möglich. Er hatte panische Angst vor Attentaten durch Anarchisten und Sozialdemokraten und verkürzte deshalb die traditionellen Aufenthalte in seiner Hauptstadt München auf ein Minimum. Vielleicht auch, weil er sich wegen der Finanzkrise der königlichen Kasse nicht mit seinen Kritikern auseinandersetzen wollte. Jedenfalls bildete diese Abstinenz den Nährboden für seine Gegner.

Für mich fügt sich das auf rätselhafte Weise abgestürzte Gebäude von Neuschwanstein in das Bild einer sich anbahnenden Verschwörung gegen den Monarchen ab dem Jahr 1885.

Gleichzeitig stieß ich auf einen Zeitungsartikel über einen angeblichen Nachfahren von König Ludwig II. aus Partenkirchen. Es existieren zahlreiche Anekdoten über Begegnungen des menschenscheuen Königs mit Bewohnern des Alpenvorlandes. Ebenso tauchen immer wieder Gerüchte über angebliche Nachkommen des unverheirateten Regenten auf. Die Geschichte von Johann Rieger und seiner Mutter Marianna passt in dieses Bild. Und wiederum nicht. Um mehr darüber zu erfahren, stattete ich Maria Rieß in Partenkirchen einen Besuch ab. Sie heiratete in die Familie des Johann Rieger ein und lernte diese schillernde Persönlichkeit kennen. Viele Jahre wusste sie gar nichts von den Gerüchten, dass Johann von König Ludwig II. abstammen soll. Johanns Mutter Marianna diente als Magd auf Ludwigs Berghaus auf dem »Schachen«.

Neun Monate bevor Johann das Licht der Welt erblickte, hielt sich Marianna angeblich alleine mit dem König in der Bergresidenz auf. Die Gerüchte über die königliche Vaterschaft kochten sofort nach Johanns Geburt in Partenkirchen hoch und hielten sich hartnäckig.

Im Erwachsenenalter entwickelte der einfache Bauernbub Johann eine Vorliebe für die Kunst, wurde später sogar Leiter des Heimattheaters von Partenkirchen. Was Maria Rieß neben der besonderen künstlerischen Ader und der optischen Ähnlichkeit von Johann mit Ludwig II. besonders stutzig macht, ist der Erwerb eines größeren Anwesens durch den beinahe mittellosen Bauernsohn kurz nach dem Ende der bayerischen Monarchie.

Bis heute fragt sie sich, woher Johann das Geld für diese Immobilie hatte. Johann Rieger habe nie über die Gerüchte gesprochen, dass Ludwig II. sein Vater sein soll. Im Gegenteil, er reagierte äußerst unwirsch, wenn man ihn damit konfrontierte.

Ich habe Maria Rieß mit dem Gefühl verlassen, eine interessante Geschichte mit einem Funken Wahrheit gehört zu haben.

Kurz nach der Veröffentlichung von »Ins Herz« lernte ich den Zimmerermeister Thomas Gindhart kennen. Thomas erzählte mir von der Geschichte seiner Vorfahren. Ihnen gehörte einst der Hof des Hans Linder im Graswangtal, an dessen Stelle sich heute das Königsschloss Linderhof von Ludwig II. befindet.

Anfang des 19. Jahrhunderts verkaufte Joseph Ginthart den Hof, den er erst wenige Jahre zuvor aus dem Besitz des Klosters Ettal erworben hatte, an das Armee-Gestüt Schwaiganger. Es folgte ein jahrelanger Rechtsstreit darüber, ob Joseph Ginthart wissentlich Forst- und Weiderechte an das Gestüt mitverkauft hatte, die sich im Zuge der Säkularisation bereits im Staatsbesitz befanden. Mit dem Verkauf der Hofstelle verlor Josephs jüngerer und einziger Bruder, der mit seiner Familie in einem Nebengebäude des Linder-Hofes lebte, jeden Besitzanspruch. Er und seine Familie wurden heimat- und mittellos. Sie durften den Hof zwar noch einige Jahre im Auftrag des Armee-Gestüts bewirtschaften, mussten die Schwaige jedoch nach einiger Zeit verlassen.

Seit den frühen 1840er Jahren hielt sich der bayerische Kronprinz und spätere König Maximilian II. regelmäßig im Linder-Hof auf. Das Armee-Gestüt sah sich irgendwann gezwungen, dem König die Hofstelle dauerhaft als Unterkunft während seiner Jagdausflüge zu überlassen. Die Art und Weise, wie die Familie Ginthart ihren Besitz an das Armee-Gestüt Schwaiganger und damit später an König Maximilian II. von Bayern abtreten musste, erinnert Thomas Gindhart wohl eher an eine Enteignung. Die Familiengeschichte ist tief mit der Umgebung von Linderhof verwurzelt und durfte deshalb im Roman nicht fehlen. Es sei mir verziehen, dass der interfamiliäre Umgang als rau beschrieben wird. Der Charakter des Michael und seiner Vita entspringt natürlich rein meiner Fantasie.

Paul Lieb und Friedrich Vogelsang stehen stellvertretend für die zum persönlichen Dienst beim König abkommandierten Chevaulegers. Einige dieser Reitersoldaten haben später in Augenzeugenberichten von ihrer Zeit am Hof Ludwigs II. berichtet.

Eine besondere Rolle spielte damals der Marstallfourier Karl Hesselschwerdt. Zum einen war er der Adressat zahlloser handschriftlicher Briefe, in denen ihm der König unter anderem auftrug, attraktive, junge Männer anzuwerben und fotografieren zu lassen. Hesselschwerdt sollte die Briefe auf Anweisung Ludwigs II. verbrennen, setzte sich über diesen »Befehl« jedoch hinweg. Deshalb fand sich ein großer Teil dieses Konvoluts, dessen Echtheit von vielen »Königstreuen« angezweifelt wird, bei einer Urenkelin Hesselschwerdts. Zum anderen diente Hesselschwerdt dem König spätestens ab Sommer 1885 als Privatsekretär. Deshalb dürfte der Marstallfourier – neben dem Kammerlakaien Lorenz Mayr – den intimsten Einblick in das Leben des »Märchenkönigs« gehabt haben.

Es sind zahlreiche sogenannte »Kammerbefehle« erhalten geblieben, in denen Ludwig II. Mayr Anweisungen für Bauprojekte oder Geldbeschaffung erteilte oder Mayr und andere Lakaien die Befehle des Königs niedergeschrieben haben. Diese hat der König dann meistens noch mit Korrekturen versehen. Weder seinen Kabinettsekretär, der ja eigentlich zwischen dem Monarchen und den Ministern vermitteln sollte, noch den Hofsekretär, der für die königlichen Finanzen zuständig war, hat der König zu dieser Zeit noch zu Gesprächen vorgelassen.

Ludwig II. zog sich mit zunehmendem Alter mehr und mehr aus der Öffentlichkeit zurück. Neuschwanstein diente ihm als Fluchtburg. Er floh in die Vorstellung einer für ihn idealen Welt, ohne die Sorgen und Nöte des Alltags. Eine Welt, die ihn vor den neugierigen Blicken der Untertanen abschirmen und vor den Ideen einer möglichen Abschaffung der Monarchie schützen sollte.

In meiner Zeit auf Schloss Neuschwanstein habe ich zu spüren bekommen, wie einen die ausgesetzte Lage im Gebirge und die dicken Mauern der *Neuen Burg* von der Außenwelt abschotten und dadurch persönlich verändern können.

Das Schicksal des bayerischen Märchenkönigs Ludwig II. ist untrennbar mit Schloss Neuschwanstein verwoben. Und diese Geschichte ist noch nicht zu Ende erzählt.

Allen Leserinnen und Lesern von »Ins Herz« und »Ohne Herz«, den Besucherinnen und Besuchern meiner Lesungen, Bloggerinnen und Bloggern und den Medien sei herzlich gedankt. Ich hätte mit vielem gerechnet, aber nicht mit so viel positiver Resonanz und Begeisterung.

Ich danke Thomas Endl, Klaus Reichold und Beatrix Mannel für die Inspiration und Unterstützung.

Vielen Dank an meinen Sohn Philipp für seine musikalischen Ideen zur Untermalung von Trailern und Lesepassagen. Aber auch an meine anderen Kinder: Noah, Aaron und Emma. Ich bin stolz auf euch alle.

Danke auch an Christian Sepp für seine Freundschaft und die vielen interessanten Gespräche.

Zu guter Letzt danke ich meiner Frau Vanessa, die ich über alles liebe, ohne die ich rettungslos verloren wäre und mit der ich meine Begeisterung teilen darf.

Markus Richter, Füssen 2019

Wir legen Ihnen noch ans Herz:

Markus Richter
Ins Herz
Neuschwanstein-Thriller, Teil 1

372 Seiten
Broschur mit Klappen
14,90 € (D)
ISBN 978-3-944936-32-1
(auch als E-Book erhältlich)

1875: Auf der Baustelle der Hohenschwangauer »Neuen Burg« (Neuschwanstein) stirbt der Bauführer durch einen Schuss ins Herz. Was die tatsächlich erhaltene Chronik des Dorflehrers nur knapp notiert, macht Markus Richter zum Ausgangspunkt eines atemlosen Verschwörungsabenteuers.

Markus Richter
Königsherz
Neuschwanstein-Thriller, Teil 3

390 Seiten
Broschur mit Klappen
18,00 € (D)
ISBN 978-3-944936-64-2
(auch als E-Book erhältlich)

1886: »König Ludwig II. ist abgesetzt«, verkündet eine Delegation aus München. Während sich die Bevölkerung von Schwangau und Füssen schützend vor den Monarchen stellt, soll ein Bote brisante Tagebücher von Ludwig in Sicherheit bringen. Doch der Auftrag führt ins Verderben.

Was nach dem Ende König Ludwigs II. von Bayern Herrn Schilling zustößt, verrät **Markus Richter** in der Krimi-Anthologie *Mordsgipfel*:

Markus Richter, Heidi Rehn, Friederike Schmöe, Harry Kämmerer, Bettina Brömme, Marta Donato u.a.: Mordsgipfel — Krimis aus den bayerischen Bergen

Wenn eine junge Frau aus der Seilbahn stürzt, ein Paraglider mit Priesterweihe vom Himmel fällt und ein Auftragsmörder im Gebirgsbach landet, dann werden Sie Zeugen tödlicher Bergdramen. Spannung vom Fichtelgebirge bis zur Frankenalb, vom Bayerischen Wald über den Olympiaberg bis zu den Gipfeln der Alpen.

Mehr Spannung in der edition tingeltangel:

Bettina Brömme: Des Glückes dunkle Seele
Thriller

Neun Jahre in Haft. Unschuldig! Als sie entlassen wird, wartet der wahre Täter schon auf sie.

Ein mitreißender Thriller um Liebe, Familie, Eltern-Kind-Beziehungen, über Verantwortung und Schuld. Immer wieder wechseln die Erzählebenen von Gegenwart zu Vergangenheit, was dem Thriller eine zusätzliche Spannung verleiht.
(ekz Bibliotheksdienste)

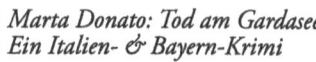

Marta Donato: Tod am Gardasee
Ein Italien- & Bayern-Krimi

Matthias Holzinger, Bürgermeister einer Chiemsee-Gemeinde, wird am Gardasee jäh aus dem Leben gerissen. Die Kommissare stoßen auf Korruption, Immobilienschwindel und Künstlerneid.

Marta Donato (...) mordet mit leichter Hand, stets sehr amüsant und spannend bis zum Schluss. (BR)

Folgebände: *Flucht über den Brenner, Schnee vom Gardasee, Gardasee-Gold*

Und wie war das nun tatsächlich mit dem Monarchen, der nach seinem tragischen Tod geradezu zum Mythos wurde?

In der Biographie *Die phantastische Welt des Märchenkönigs* präsentieren Klaus Reichold und Thomas Endl ein Feuerwerk erstaunlicher und sinnlicher Details aus dem Leben Ludwigs II., die seine Anziehungskraft über alle Zeiten hinweg erklären.

Die phantastische Welt
des Märchenkönigs

280 Seiten
Broschur mit Klappen
14,90 € (D)
ISBN 978-3-944936-33-8
(auch als E-Book erhältlich)
Edition Luftschiffer

Aktualisierte Neuausgabe des ursprünglich bei
Hoffmann und Campe erschienenen Hardcovers
*Ludwig forever – Die phantastische Welt des
Märchenkönigs*.

Er träumt von absolutistischer Allmacht und ist ein Opfer der Ohnmacht. Er sieht sich als Fürst des Friedens und führt zwei furchtbare Kriege. Er verdammt den Sog der Moderne und bedient sich der neuesten Technik. Er fürchtet den Gang zum Zahnarzt und vergöttert tapfere Ritter. Ludwig II. ist der Bühnenbildner seiner eigenen Traumwelten — und zugleich sein eigener und einziger Zuschauer. Am Ende erklärt man ihn für verrückt. Dabei wird Ludwig II. schon zu Lebzeiten wie ein Popstar verehrt.

»*Wer dieses Buch liest, hat viele Rätsel des Märchenkönigs gelöst, ohne dass das Geheimnisvolle verloren gegangen ist!*« (Münchner Abendzeitung)

In den kulturhistorischen Reihen »Die Wittelsbacher privat« und »Auf den Spuren des Märchenkönigs« bieten die Autoren immer wieder Vorträge und Führungen an. Details gibt es unter *www.histonauten.de/bavaricum*.

In der Nacht vom 7. auf den 8. November 1918 stürzt mit König Ludwig III. von Bayern der erste deutsche Monarch von seinem Thron. Seine Flucht aus München samt Familie und Bediensteten ist an Pannen kaum zu überbieten. Ein exklusiver Einblick in die ganz private Tragödie der bayerischen Königsfamilie:

Christiane Böhm (Hg.)
Eben noch unter Kronleuchtern ...
Die Revolution 1918/1919
aus Sicht der bayerischen Königstöchtert

180 Seiten mit zahlreichen Abbildungen
Hardcover mit Lesebändchen
18,00 € (D)
3. Auflage
ISBN 978-3-944936-52-9
Edition Luftschiffer

Im Geheimen Hausarchiv der Wittelsbacher hat Christiane Böhm die Tagebücher der Königstochter Wiltrud entdeckt. Sie erlauben einen einzigartigen Blick hinter die Kulissen jener turbulenten Tage, werden in diesem Band erstmals ausführlich veröffentlicht und lassen den Leser in ein Drama von shakespeare'scher Wucht eintauchen: Die Königin ist sterbenskrank. Ihre Angehörigen fürchten, einem ähnlichen Schicksal anheimzufallen wie die russische Zarenfamilie, die wenige Wochen zuvor ermordet worden ist. Die jüngste Tochter bangt um das Zustandekommen ihrer mühsam arrangierten Ehe. Und ihr Verlobter wird Augenzeuge der tödlichen Schüsse auf den Revolutionsführer und bayerischen Ministerpräsidenten Kurt Eisner.

Unter den Veröffentlichungen zum 100-jährigen Jubiläum des Freistaates Bayern und zum Ende der Wittelsbacher fällt dieses kleine Buch aus dem Rahmen. Es ist die Perspektive, die es so besonders macht, eben diese Sicht der Königstöchter.
(...) Ein besonderes Zeitdokument, sehr zu empfehlen!
(Klaus Bovers, Bayern im Buch)